KB253043

페스트·이방인(外)

A. 카뮈

일신서적출판사

페스트·이방인(外)
차례

페스트

페스트

1

　이 기록의 주제를 이루는 괴이한 사건은 194×년 오랑에서 일어났다. 보통이라고 하기엔 다소 엉뚱한 사건인데, 일어난 장소가 그런 일에 걸맞지 않는다는 게 일반 사람들의 의견이다. 언뜻 보기엔 오랑은 아닌게아니라 보통 도시이고, 알제리아 해안에 있는 프랑스의 한 도청 소재지 이상의 아무것도 아니다.

　도시 자체가 아무래도 초라한 거리랄 수밖에 없다. 그저 평온한 도시이고, 지구 위 어디에나 있는 다른 많은 상업 도시와 다른 것을 깨닫기 위해서는 다소 시일이 걸린다. 어떻게 말하면 상상할 수 있을까. 예컨대 비둘기도 없고 나무도 정원도 없는, 날개를 퍼덕이는 새도, 산들거리는 나뭇잎도 볼 수 없는 거리, 한마디로 말하면 하나의 중성(中性) 같은 장소라고나 할 만한 거리다. 계절의 변화도 여기서는 하늘에서밖에 찾아볼 수가 없다. 봄은 그저 공기의 질에 따라, 혹은 어린 장사꾼들이 근처에서 또다시 가져오기 시작하는 꽃바구니를 보고서야 알게 될 뿐이다. 다시 말하면 시장에서 팔고 있는 봄이다. 여름 동안은 태양이 건조한 집들을 불사를 것같이 뜨겁게 내리쬐어, 쥐색의 재로 벽을 뒤덮는다. 그렇게 되면 이젠 덧문을 달아 버려서 좀 어두워진 집안에서밖에 살지 못한다. 가을엔 반대로 진흙의 홍수다. 아름답게 갠 날은 겨울에만 찾아온다.

　어떤 도시를 아는 데 적절한 한 가지 방법은, 사람들이 거기서 어떻게 일하고 어떻게 사랑하며 어떻게 죽는지를 관찰하는 것이다. 우리들의 이 작은 도시에서는 풍토의 작용 때문인지 그런 일들이 모두 뒤섞여서 열광적이면서도 공허한 똑같은 가락으로 벌어진다. 즉, 사람들은 지루하고 따분한 나날을 보내고 있고, 습관이 몸에 배게 하려고 애쓰고 있는 것이다. 우리 시민들은 열심히 일하지만, 그것은 단지 부자가 되기 위해서이다. 그들은 특히 장사에 관심이 깊고, 또 그들의 표현에 따르면 무엇보다도 사업을 하는 데 전념한다. 물론 단순한 기쁨에도 흥미를 가져서 여자와 영화와 해수욕을 사랑한다. 그러나 매우 분별이 있어 즐거움은 토요일 밤과 일요일을 위해 아껴 두고, 다른 평일엔 돈을 벌려고 무척 애쓴다. 저녁때 사무실이 문을 닫을 즈음엔 일정한 시간에 카페에 모이고, 같은 한길을 산책하고, 혹은 자기 집 발코니에 나가 있는다. 젊은이들의 욕망이 거칠고 무뚝뚝한 반면, 나이가 지긋한 사람들의 취미는 볼링 회합이나 친목회의 회식이나 카드 놀이에 큰 돈을 거는 클럽 등의 영역을 벗어나지 않는다.

아마 이런 것은 우리들의 도시에만 있는 특별한 일은 아니며, 필경 현대인은 모두 그렇다고 할 수 있을지도 모른다. 확실히 사람들이 아침부터 밤까지 일하고, 그런 뒤에 남는 시간을 스스로 택해 카드 놀이에, 카페에, 또는 잡담을 하는 데 허비하는 광경 만큼 오늘날 자연스런 것은 없다. 그러나 사람들이 간혹은 또다른 것의 존재를 슬며시 느끼고 있는 듯한 도시와 나라도 있다. 일반적으로는 그것이 그들의 생활을 변하게 하지는 않지만, 그렇더라도 느끼는 만큼 항상 그만한 수확으로는 되어 있다. 오랑은 이와는 딴판으로 분명히 그런 감지(感知) 등은 존재하지 않는 도시, 바꿔 말하면 아주 근대적인 도시다. 따라서 이 도시에서 사람들이 서로 사랑하는 방식을 명확하게 묘사할 필요는 없다. 남자들과 여자들은 애욕의 행위라고 불리는 것 속에서 급속히 서로를 파먹거나, 아니면 두 사람의 오랜 습관 속에 빠져 버리거나 한다. 이 양극 사이에 중간이라는 것은 그다지 보이지 않는다. 이 역시 특이한 일은 아니다. 오랑에서도 다른 곳과 마찬가지로 시간과 반성의 여지가 없기 때문에 사람들은 저도 모르게 어쩔 수 없이 서로 사랑하게 되는 것이다.

이 도시에서 그것보다 더 특이한 일은 죽어 가는 데 어려움을 겪게 된다는 점이다. 하긴 어려움을 겪는다는 것은 적당한 말은 아니고, 쾌적하지 못하다고 말하는 편이 더 적절할지도 모른다. 앓고 있다는 것은 어떤 경우에도 유쾌한 일은 아니지만, 그러나 앓고 있는 중에 몸을 부축해 주고, 어떤 의미에서는 태평스럽게 날개를 펴고 있을 듯싶은 그런 도시와 나라도 있다. 환자가 부드러움을 바라며 무엇엔가에 의지하고 싶어하는 것은 극히 자연스런 일이다. 그런데 오랑은 유난스런 기후와 사람이 경영하는 사업의 중요성, 무의미한 겉치레, 빨리 지나가는 황혼, 그리고 쾌락의 성질 등, 모든 것이 건강을 요구하고 있다. 환자는 이 도시에서는 완전히 외토리다. 더위에 튕겨질 듯한 수백 개의 벽의 그늘에서 함정에 빠져 죽어 가려 하고 있는 사람과, 한편 바로 그 순간에 전화의 송수신기나 카페에서 어음과 선박화물의 증권, 할인 등에 관해 얘기를 나누고 있는 모든 주민을 여기서 생각해 보라. 죽음이라는 것이, 아무리 근대적인 죽음이라 해도 이런 식으로 무미건조한 장소에서 덮쳐 오는 경우엔, 거기에 쾌적하지 못한 것이 있을 수 있다는 것을 이해할 수 있으리라.

이상과 같은 몇 가지 지적만으로도 우리 도시의 모습을 상상하기엔 아마 충분할 것이다. 그리고 또 무엇이든지 과장해서는 안 된다. 강조해야 할 것은 이 도시와 생활의 평범한 모습이다. 그러나 사람은 습관이 몸에 배면 이내 어렵지 않게 그날을 보내게 되는 것이다. 우리들의 도시는 바로 습관을 장려하는 편이기 때문에 만사가 썩 잘 되어 간다고도 할 수 있다. 이런 각도에서 보면 확실히 생활이란 그리 정열을 북돋우는 것 같은 것은 아니다. 적어도 우리들의 도시에서는 혼란이라는 것을 본 적이 없다. 그리고 솔직하고 호감이 가며 활동적인 우리 주민은 항상 여행자의 가슴에 걸맞는 경의를 불러일으켰던 것이다. 아름다운 경치도 없고 정신도 없는 이 도시는 결국 마음이 편해지는 것으로 보며, 마침내 사람들은 여기에서 잠들어 버린다. 그러나 이 도시가 나무랄 데 없는 선을 그리고 있는 만(灣)의 앞쪽과 밝은 언덕에 둘러싸인 벌거숭이 평지 위에 위치하며 절경이랄 수 있는 풍경에 이어져 있다는 것은 덧붙여 두는 게 공평하다. 다만 아쉬운 것은 그 만에 등을 돌리고 도시가 건설되어서 바다를 볼 수 없기 때문에 언제나 일부러 보러 가야 한다는 점이다.

이쯤 하면 쉽게 납득이 가리라. 우리 시민들에게 그 해 봄에 일어난 여러 가지 사소한 일들을, 후에야 알게 된 일이지만 그런 일들이야말로 여기에 기록하려고 생각한 일련의 중대 사건의 첫 조짐이 되리라는 사실을 전혀 예상하지 못했다는 것을. 이런 사실은 어떤 사람들에겐 자못 자연스러운 일로, 또 어떤 사람들에겐 반대로 도저히 있을 성싶지도 않은 일로 보일 것이다. 그러나 결국 기록 작가는 그런 모순을 고려하고 있을 수는 없는 것이다. 그가 하는 일은 '어떤 일이 일어났다'고——어떤 일이 실제로 일어났고 그것이 국민 전체의 생활에 관계가 있으며, 따라서 그가 하는 말의 진실성을 자신의 가슴으로 평가할 수 있는 동인이 수천 명이나 있다는 것을 스스로 알고 있는 경우에——그저 그렇게 말하는 것이다.

그리고 또 이 필자는 결국 늦지 않은 시기에 그가 누구인지 알게 되겠지만, 혹시 우연한 사정으로 어떤 공술(供述)을 기록할 수 있는 상황에 놓여 있지 않았다면, 그리고 사건의 압력에 의해 다음에 말하려고 하는 모든 일에 스스로 관여하는 처지에 빠지지 않았다면, 이런 종류의 계획에서 내세울 수 있는 직함 등은 거의 가지지 않았을 사람이다. 이런 사실이 역사가처럼 행세할 권리를 그에게 준다. 말할 나위도 없이 역사가는 설혹 전문가가 아닐지라도 반드시 자료를 가지고 있다. 이 이야기의 필자도 따라서 자신의 그것을 가지고 있다. 우선 그 자신이 실제로 본 일, 다음에 다른 사람들이 본 일——그 자신의 역할 때문에 그는 이 기록 속의 모든 인물들이 털어놓는 얘기를 듣게 되지만——그리고 마지막으로 결국 그의 손에 넘어오기로 된 각종 문서. 그는 적당하다고 생각되는 경우엔 그 속에서 인용하고, 또 마음대로 그것을 이용할 작정이다. 그리고 또 그의 속셈으로는……. 그러나 모름지기 이젠 주석과 머리말 등은 버리고, 이야기 자체를 시작해야 할 것이다. 최초의 며칠 동안의 서술은 다소 세밀하게 쓸 필요가 있다.

4월 16일 아침, 의사 베르나르 리외는 진찰실에서 나가려 하다가 층계 한가운데에서 하마터면 한 마리의 죽은 쥐를 밟을 뻔했다. 그 순간 대수롭지 않게 여겨 밀어 치우고는 층계를 내려갔다. 그러나 한길에까지 나갔다가, 그 쥐가 평소에는 있을 성싶지 않은 장소에 있었다는 생각이 문득 떠올라 되돌아가서 문지기에게 주의를 주었다. 그러자 미셸 노인의 반발에 부딪혀서, 자기가 발견한 일이 에사로운 일이 아님을 더욱 뚜렷이 느끼게 되었다. 그 죽은 쥐의 존재는 그에겐 그저 기묘하게 생각될 뿐이지만, 그것이 문지기로서는 수치스러운 일이 될 수도 있다. 그러나 그는 그 이상의 무언가를 느꼈다. 문지기의 태도는 명백했다. 이 건물에 쥐는 없다는 것이었다. 의사가 이층 층계에서 한 마리, 더구나 아마 죽은 듯싶은 것이 있었다고 아무리 단언해도, 미셸 씨의 확신은 끄떡도 하지 않았다. 이 건물에 쥐는 없다. 그러니 그건 외부에서 가져 온 게 틀림없다. 요컨대 장난인 것이다라는 주장이었다.

같은 날 저녁때, 베르나르 리외는 아파트 현관에 서서 자기 방에 올라가기 전에 방 열쇠를 찾고 있었는데, 그때 복도의 어두운 안쪽에서 비실거리며 털이 빠진 큰 쥐가 나타났다. 쥐는 멈춰 서서 잠시 몸의 균형을 잡으려고 하는 듯했으나, 갑자기 의사 쪽으로 달려왔다가 또 멈춰 서서 나직한 울음 소리를 내며 뺑뺑 돌고는, 마지막으로 반쯤 벌어진 입에서 피를 토하고 쓰러졌다. 의사는 한동안 그 모습을 바라보고 있다가 자기 방으로 올라갔다.

그가 궁리하고 있는 것은 쥐에 관한 일이 아니었다. 쥐가 토한 피로 인해 자신의 걱정거리로 되돌아온 것이다. 1년 전부터 앓고 있는 그의 아내는 어느 산속에 있는 요양소로 내일 떠나기로 되어 있었다. 돌아와 보니 아내는 그가 시킨 대로 거실에 누워 있었다. 그렇게 해서 전지(轉地)의 피로에 대비하고 있는 것이었다. 그녀는 미소를 지었다.

「아주 기분이 좋아요.」 그녀는 말했다.

의사는 머리맡의 전등 불빛 아래에서 자기 쪽으로 돌려진 아내의 얼굴을 바라보았다. 나이 30이 되어 병 때문에 수척해지긴 했으나, 리외에게 있어서 이 얼굴은 항상 젊었을 적의 얼굴로 보였다. 아마 다른 모든 것을 지워 버리는 그 미소 때문이리라.

「잠을 자도록 해요. 간호원은 열 한 시에 올 거요. 열 두 시 기차를 탈 수 있도록 데려다 주겠소.」

그는 약간 땀이 밴 이마에 키스했다. 아내의 미소가 방문까지 그를 바래다 주었다.

이튿날 4월 17일 여덟 시에 문지기는 지나가는 의사를 불러 놓고, 못된 장난을 하는 녀석들이 복도 한가운데에 죽은 쥐를 세 마리 놓고 갔다며 투덜거렸다. 큰 덫으로 잡은 게 틀림없다. 아뭏든 피투성이니까. 문지기는 쥐의 발을 들고 잠시 입구에 우뚝 선 채, 범인들이 스스로 정체를 드러낼 양으로 뭔가 조롱하는 말이라도 던져오기를 기다리고 있었던 것이다. 그러나 전혀 아무 기척도 없었다.

「정말 그놈들을」미셸 씨는 말했다. 「기어코 붙잡고야 말 거요.」

무슨 곡절이 있을 성싶어, 리외는 환자들 중에서 제일 가난한 사람들이 살고 있는 외곽 지역부터 왕진을 시작하기로 했다. 쓰레기를 모으는 작업이 그 지역에서는 매우 늦게 시작되어, 그곳의 먼지투성이의 곧은 길을 달려가는 자동차는 보도의 가장자리에 방치된 쓰레기통을 스칠 듯이 지나갔다. 그렇게 하여 지나간 길에서 의사는 채소 부스러기며 지저분한 누더기 위에 던져진 쥐를 열 두 마리쯤 보았다.

찾아간 최초의 환자는 도로를 향한 침실과 식당을 겸한 방에 누워 있었다. 그는 볼이 꺼지고 딱딱한 얼굴의 늙은 스페인 남자였다. 그는 자기 앞의 테이블 위에 완두콩이 가득 담긴 남비를 두 개 놓고 있었다. 의사가 들어갔을 때 마침 환자는 반쯤 몸을 일으켜 뒤로 젖히면서, 천식이 있는 노인의 쿨럭거리는 숨결을 회복하려고 애쓰고 있는 중이었다. 그의 아내가 세수 대야를 가져왔다.

「그런데 선생님,」주사를 맞는 동안에 그는 말했다. 「그것들이 나오는 걸 보셨나요?」

「그렇다니까요.」그의 아내도 말했다. 「옆집에선 세 마리나 봤다는군요.」

영감은 손을 비비고 있었다.

「이만저만 나와야 말이지요. 쓰레기통이란 쓰레기통엔 죄다 있다니까요. 이건 기근이에요.」

잇따라 리외가 그 언저리에서 온통 쥐 얘기를 하고 있는 것을 확인하는 데엔 그다지 시간이 걸리지 않았다. 왕진을 끝내고 그는 집으로 돌아왔다.

「위층에 전보가 와 있어요.」미셸 씨가 말했다.

의사는 또 쥐를 봤느냐고 물었다.

「아, 아닙니다.」문지기는 말했다. 「내가 단단히 감시하고 있거든요. 그러니 그놈들이 감히 그런 짓을 못하는 거지요.」

전보는 어머니가 내일 도착한다는 것을 리외에게 알리는 내용이었다. 환자가 집에 없는 동안 아들 집을 보살펴 주러 오는 것이었다. 의사가 집에 들어가니 간호원은 이미 와 있었다. 보니 아내는 일어나서 옷을 갈아 입고 화장까지 끝내고 있었다. 그는 미소를 지으며,

「아아, 멋있군.」하고 말했다.

그리고 잠시 후 정거장에서 그녀를 침대차에 태웠다. 그녀는 침대차 안을 둘러보았다.

「우리 처지로는 굉장한 요금이겠지요. 그렇잖아요?」

「그래도 필요한 일이니까.」리외는 말했다.

「그런데 이번의 쥐 소동은 대관절 어떻게 된 거예요?」

「모르겠소. 정말 기묘한 일이요. 하지만 이제 곧 끝날 테지.」

그리고 그는 몹시 빠른 말투로 그녀에게, 진작 신경을 썼어야 하는데 너무 오래 내버려 두어서 미안하다고 말했다. 그녀는 아무 말도 말라는 듯이 고개를 흔들고 있었다. 그러나 그는 덧붙였다.

「모든 게 좋아질 거요, 다음에 돌아오면. 그때는 새출발을 하는 거지.」

「정말 그래요.」눈을 반짝이며 그녀는 말했다. 「다시 시작해야지요.」

그리고 잠시 후 그녀는 그에게 등을 돌리고 유리창 바깥을 바라보고 있었다. 플랫폼 위에서는 사람들이 서로 부딪히며 바쁘게 오가고 있었다. 기관차의 쉬쉬 하는 소리가 그들이 있는 데까지 들려왔다. 그는 아내 이름을 불렀다. 뒤돌아보는 그녀의 얼굴은 눈물로 뒤범벅이 되어 있었다.

「울면 안 되지.」그는 부드럽게 말했다.

눈물 사이로 다시 이지러지듯이 미소가 떠올랐다. 그녀는 크게 숨을 내쉬었다.

「잘 다녀 와요. 모든 일이 잘 될 거요.」

그는 그녀를 껴안았다. 그리고 플랫폼 위에 서서 유리창 저편에서 그저 그녀의 미소를 볼 뿐이었다.

「부디 몸조심해요.」그는 말했다.

그러나 그녀에겐 남편의 음성이 들리지 않았다.

출구 가까이의 역내에서 리외는 어린 아들의 손을 이끌고 가는 예심판사 오통 씨와 마주쳤다. 의사는 그에게 여행을 떠나느냐고 물었다. 키가 크고 머리가 검은 오통 씨는 절반은 전에 사교계의 인사로 불린 사람을 닮았고, 절반은 장례식의 인부와 흡사한 모습이었는데, 상냥하면서도 그러나 무뚝뚝한 목소리로 이렇게 대답했다.

「아내를 기다리고 있지요. 본가에 문안을 드리러 가 있었거든요.」

기관차의 기적이 울렸다.

「쥐가……」판사가 말했다.

리외는 열차 쪽으로 약간 몸을 움직였지만, 이내 또 출구 쪽으로 돌아섰다.

「예.」그는 말했다. 「하지만 아무 것도 아니에요.」

이 순간에 관해 기억에 남은 일이 있다면, 그것은 쥐가 가득히 들어 찬 작은 상자를 옆구리에 낀 한 사람의 역무원이 지나갔다는 것뿐이었다.

같은 날 오후 진찰 시간이 시작될 즈음 리외는 한 젊은 남자의 방문을 받았는데, 그는 신문기자로 이미 아침에도 찾아왔었다는 것이었다. 이름은 레이몽 랑베르라고 했다. 몸집이 작으나 어깨가 단단해 보이며, 윤곽이 뚜렷한 얼굴에 밝고 총명한 눈을 가진 그는 운동복을 입었고, 생활에는 걱정이 없는 사람같이 보였다. 그는 단도직입적으로 말문을 열었다. 파리 어느 큰 신문사에 기고하기 위해 아라비아인의 생활 조건에 대해 조사하고 있는 중인데, 그들의 위생 상태에 관해 묻고 싶다는 것이었다. 리외는 그 방면의 상태는 좋지 않다고 말했다. 그러나 얘기를 더 계속하기 전에, 대관절 신문기자는 사실을 그대로 보도할 수 있는지 그걸 알고 싶다고 말했다.

「물론입니다.」상대방은 말했다.

「내가 말하는 의미는 전면적으로 공격을 하는 데까지 추적할 수 있는가 하는 겁니다.」

「전면적으로는 할 수가 없지요. 그건 아무래도 그렇습니다. 그러나 공격을 한다는 그건 별로 근거가 없는 일일 테지요.」

온화한 말투로 리외는 이 물음에 대답하여, 아닌게아니라 그렇게 공격을 한다는 건 근거가 없는 일이겠지만, 그러나 그런 질문을 한 것은 다만 랑베르의 증언이 유보(留保)가 없는 것일 수 있는지 어떤지를 알려고 한 것이라고 말했다.

「나는 유보가 없는 증언밖에 인정하지 않지요. 그러니 당신의 경우에도 내 자료를 제공할 수 없습니다.」

「그야말로 상쥐스트(프랑스 혁명 당시의 열광적인 정의론자)의 말이군요.」 미소를 지으며 신문기자는 말했다.

리외는 이에 대해 별로 언성을 높이지도 않고, 그 점은 어떤지 모르지만 이것은 자기가 살고 있는 세계에 넌더리가 나 있으면서도, 그래도 여전히 인간끼리 애착을 가지고 자기 자신에 관한 한 부정을 거부하기로 결의한 인간의 말이라고 말했다. 랑베르는 고개를 고정시키고 유심히 의사의 얼굴을 응시하고 있었다.

「당신 심정은 알 수 있을 것 같습니다.」 하고 일어서며 마지막으로 그는 말했다. 의사는 문어귀까지 따라갔다.

「당신이 그렇게 받아들여 주셔서 나도 기쁘군요.」

랑베르는 초조한 기색을 보였다.

「예, 알고 있습니다.」 그는 말했다. 「바쁘신데 방해를 해서 죄송합니다.」

의사는 그의 손을 잡고, 지금 시내에서 발견되고 있는 많은 죽은 쥐에 관해 흥미 있는 보도 기사를 쓸 수 있을 것이라고 말했다.

「아아!」 랑베르는 탄성을 질렀다. 「그거 재미있겠군요.」

오후 5시에 또 왕진을 가려고 나오던 의사는 층계 중간에서 음영이 깊은 다부진 얼굴에 짙은 눈썹이 한일 자로 그어진, 모습 전체에 무게가 있는 젊은 사내와 마주쳤다. 그 사내와는 간혹 이 아파트의 맨 위층에 살고 있는 스페인 댄서들 집에서 만난 적이 있었다. 장 타루는 자꾸 담배를 피우면서 발밑의 층계 위에서 죽어 가고 있는 한 마리의 쥐의 마지막 경련을 바라보고 있었다. 그는 의사 쪽으로 그 잿빛 눈의 침착하고 다소 노려보는 듯한 눈길을 던지며 인사말을 하고는, 이 쥐들의 출현은 흥미 있는 일이라고 덧붙였다.

「예.」 리외는 말했다. 「그렇지만 이렇게 되면 이젠 좀 시끄러워지겠지요.」

「어떤 의미에선 그럴 테지요. 하지만 어떤 의미에서 뿐이에요. 다시 말하면 이런 일은 본 적이 없다는 것입니다. 그러나 나는 이걸 흥미 있는 일, 정말 실제로 흥미 있는 일이라고 생각하고 있지요.」

타루는 머리칼을 뒤로 쓸어 넘기고, 지금은 이미 움직이지 않게 된 쥐를 다시 바라보고는 리외에게 미소를 던졌다.

「그러나 요컨대 이건 무엇보다도 문지기의 문제인 셈이지요.」

마침 그때 의사는 아파트 입구 옆의 벽에 기대어 있는 문지기를 발견했는데, 평소엔 혈색이 좋던 붉은 얼굴이 피로에 지쳐 있었다.

「아, 알고 있지요.」 미셸 노인은 새로운 발견을 알린 리외에게 말했다. 「아무튼 지금은 두 마리, 세 마리씩 발견되니까요. 하지만 이건 다른 아파트에서도 마찬가지란 말이에요.」

그의 기색은 자못 큰 충격을 받아 걱정스러운 듯했다. 기계적인 동작으로 연신 목을 비비고 있었다. 리외는 건강 상태는 어떠냐고 물었다. 문지기는 물론 몸이 불편하다고는 말하지 못했다. 다만 아무래도 개운하지는 못하다고 했다. 그의 의견으론 정신적인 것이 작용하고 있는 것이다. 그 쥐들 때문에 충격을 받았으니 그것들이 사라져 버리면 만사가 훨씬 순조롭게 될 것처럼 생각되었다.

그러나 이튿날 4월 18일 아침, 역에서 어머니를 모셔 온 의사는 미셸 씨가 더한층 찌푸린 얼굴을 하고 있는 것을 보았다. 지하실에서부터 다락방까지 열 마리나 되는 쥐들이 층계에 흩어져 있었던 것이다. 이웃집들의 쓰레기통은 쥐들로 가득 찼다. 의사의 어머니는 그런 애기를 듣고서도 별로 놀라지 않았다.

「여러 가지 일들이 있게 마련이지.」

눈이 검고 부드러운 은발의 자그마한 부인이었다.

「네 얼굴을 보게 되어서 나는 기쁘구나, 베르나르.」 그녀는 말했다. 「쥐든 무엇이든 그런 것은 상관할 바 없지 않니?」

그도 그 말에 끄덕였다. 정말 그녀 앞에서는 모든 것이 언제나 대수롭지 않은 일로 여겨지는 것이었다.

리외는 서해(鼠害) 대책과에 전화를 걸었다. 과장과는 잘 알고 있는 사이였다. 과장은 대량으로 바깥에 나와 죽는 쥐들에 관한 소문을 듣고 있는 것일까? 과장인 메르시에는 그 소문을 듣고 있었고, 강변에서 멀지 않은 곳에 있는 그의 사무실에서도 그것이 오십 마리쯤 발견되어 있었다. 그러나 그는 그것이 과연 진지하게 대책을 강구해야 할 사건인지 어떤지 언뜻 판단을 내리지 못하고 있었다. 리외도 그 점에 대해서는 어떻게도 말할 수 없었지만, 아무래도 서해 대책과에서 나서야 할 일이라고 얘기했다.

「응, 명령만 있다면……」 메르시에는 말했다. 「자네가 혹시 그렇게 할 만한 일이라고 생각한다면, 어디 한번 명령이 내리도록 해 봐도 좋지.」

「그야 그렇게 할 만한 일이긴 하지, 언제든지.」 리외는 말했다.

가정부가 들어서며 알려 준 바에 따르면 그녀의 남편이 일하고 있는 큰 공장에서는 죽은 쥐가 수백 마리나 모아졌다고 한다.

어쨌든 이럴 즈음에 우리 시민은 불안해지기 시작했던 것이다. 왜냐하면 이날 18일부터 공장과 창고에서는 사실 수백 마리나 되는 쥐들의 시체가 쏟아져 나오기 시작한 것이다. 어떤 경우엔 죽기 직전의 몸부림이 너무 오랜 놈은 어쩔 수 없이 손을 대어 죽이기까지 했다. 더구나 외곽 지역에서부터 시의 중심부에 이르기까지 의사 리외가 지나가는 곳, 시민이 모이는 곳 도처에 산더미를 이루어 쓰레기통 속에, 혹은 길게 줄지어 도랑 속에 쥐들이 자빠져 있었다. 석간 신문은 드디어 이날부터 이 사건을 다루어, 시청은 과연 움직이기 시작할 작정인지 어떤지, 또 이 불쾌한 내습에서 시민을 보호하기 위해 과연 어떤 긴급 조치를 검토했는지를 문제로 삼았다. 시청에서는 여태 무엇을 할 예정도 없고 어떤 검토도 하고 있지 않았지만, 그 대신 우선 회의를 열어 의논을 하는 일부터 시작했다. 아침마다 새벽녘에 죽은 쥐를 주워 모으라는 명령이 서해 대책과에 내려졌다. 그리하여 주워 모으면 서해 대책과의 자동차 두 대가 그 쥐들을 쓰레기 소각장에 실어 가 불살라 버리기로 하였다.

그러나 그 뒤의 며칠 동안 사태는 더욱 악화되었다. 쥐들은 점점 더 많이 죽어 갔고, 그 수거되는 양은 엄청나게 늘어 가기만 했다. 나흘째부터는 쥐들이 바깥에 나와 떼를 지어 죽기 시작했다. 은신처에서, 지하실에서, 움에서, 하수도에서 비틀거리는 긴 줄을 이루어 올라와, 밝은 햇빛 속에서 비실거리고 빙빙 돌다가는 인간들 옆에서 죽어 가는 것이었다. 밤엔 복도와 골목에서 그 단말마의 나직한 울음 소리가 뚜렷이 들렸다. 아침이 되면 변두리 쪽에서는 도랑 가득히 어떤 놈은 피 거품을 묻힌 채, 어떤 놈은 부어 올라 썩기 시작한 채, 어떤 놈은 여태 수염이 빳빳한 채 굳어져 있는 것이 발견되었다. 도심지에서조차도 층계며 안뜰에 자그마한 산더미를 이루고 있는 것을 보게 되었다. 또 관공서의 홀과 학교의 실내 체육관이며 카페의 테라스에 간혹 한두 마리가 호젓이 죽어 있는 경우도 있었다. 시민들을 놀라게 하려는 듯이 그것은 이 도시에서 제일 인파가 많은 장소에서도 발견되었다. 연병장과 가로수길과 해변의 산책로도 이따금 더럽혀졌다. 새벽녘에 죽은 쥐들을 일소한 거리는 그날 안에 또다시 점점 더 많아지는 쥐들을 보게 되는 것이었다. 밤에 산책을 즐기는 사람들이 보도에서 갓 죽은 시체의 탄력 있는 덩어리를 발밑에 느끼거나 하는 일도 종종 있었다. 흡사 우리들의 집이 서 있는 대지 자체가 속에 괴어 있는 고름을 다 내어, 그때까지 내부를 좀먹고 있던 옹(癰)이나 피고름을 표면으로 유출시키기라도 한 듯싶었다. 지금까지는 그야말로 평온했는데 며칠 사이에 돌변한 이 작은 도시, 마치 건강했던 사람이 갑자기 검붉은 피를 마구 쏟아내는 듯한 그 놀라움을 생각해 봐 주기를 바란다.

사태는 드디어 랑스도크 통신사(정보, 자료 제공 등 모든 문제에 관한 소식을 전하는 보도 기관)가 무료로 정보를 제공하는 라디오 방송을 통해, 25일 하루 동안에만 6천 2백 31마리의 쥐들이 수집되어 불태워졌다고 보도하기에 이르렀다. 이 숫자는 이 도시가 눈앞에 보고 있는 매일의 광경에 하나의 명료한 의미를 주는 것이며, 이것이 더욱 혼란을 증대시켰다. 그때까지 사람들은 다소 기분 나쁜 일이라 하여 투덜거리고 있었을 뿐이었다. 그러나 이제 사람들은 아직 그 전모를 명확하게 파악하지도, 원인을 규명하지도 못하는 이 현상이 뭔가 심상치 않은 것을 간직하고 있음을 깨달은 것이다. 그런데 그 스페인인 천식 환자 영감 한 사람만 여전히 손을 비비적거리며, 「잘도 나오는구먼, 잘도 나와.」 하고 늙은이다운 기쁨을 느끼며 되뇌이고 있었다.

그러다가 4월 28일엔 랑스도크 통신사가 약 8천 마리의 쥐가 수집

되었음을 보도하자, 시중의 불안은 절정에 이르렀다. 사람들은 근본적인 대책을 요구하면서 당국을 비난했고, 해안에 집을 가지고 있는 사람들 중엔 벌써 그쪽으로 물러가려는 얘기까지 꺼내는 사람도 있었다. 그런데 이튿날 통신사는 이 현상이 갑자기 그쳐서, 서해 대책과는 문제로 삼을 수도 없는 수량의 쥐의 시체를 수집했을 뿐이라고 보도했다. 시민들은 마음을 놓았다.

그리고 같은 날 정오, 의사 리외는 아파트 앞에 자동차를 세우고, 저만큼 떨어진 한길에서 문지기가 고개를 숙이고 손발을 늘어뜨린 채 꼭두각시 같은 모습으로 고달픈 듯이 걸어오고 있는 것을 보았다. 노인은 어떤 신부의 팔을 잡고 있었는데, 그 신부는 리외도 알고 있는 사람이었다. 파늘루 신부라고 불리는 그 사람은 박학하고 적극적인 예수회 소속인데, 그도 간혹 만난 적이 있고 이 도시에서는 종교상의 일에 무관심한 사람들 사이에서조차 존경을 받고 있었다. 의사는 두 사람을 기다렸다. 미셸 노인은 눈을 번득이며 숨이 차서 헐떡이고 있었다. 아무래도 몸이 개운치 못해 바깥 공기를 쐬어 보려고 했는데, 목과 겨드랑이와 사타구니에 심한 통증이 생겨서 되돌아가야 하게 되어, 파늘루 신부의 도움을 청하지 않을 수 없었던 것이다.

「아무래도 종기가 난 모양이에요.」그는 말했다. 「몹시 힘들었지요.」

자동차 문으로 팔을 내어 의사는 미셸이 내미는 목 아래 부분을 손가락으로 더듬었다. 일종의 옹 같은 것이 느껴졌다.

「누워서 열을 재 둬요. 오늘 오후에 와서 봐 드릴 테니까요.」

문지기가 가 버리자 리외는 파늘루 신부에게, 쥐 소동에 대해 어떻게 생각하고 있느냐고 물었다.

「뭐 그저,」신부는 말했다. 「전염병이겠지요.」이렇게 말하고 그의 눈은 둥근 안경 그늘에서 미소를 지었다.

점심을 먹고 나서 리외가 아내의 도착을 알리는 요양소로부터의 전보를 다시 읽고 있는데 전화 벨이 울렸다. 시청에서 근무하고 있는 예전의 환자에게서 걸려 온 것이었다. 오랫동안 대동맥 협착(狹窄) 증세에 시달리고 있었는데, 가난한 사내였으므로 리외는 무료로 치료해 줬던 것이다.

「저를 아시겠지요?」상대방은 말했다.「그런데 사실은 다른 사람 때문에 전화를 걸었습니다. 이웃집에 좀 사건이 생겨서 급히 와 주셨으면 합니다.」

그 목소리는 숨이 차 있었다. 리외는 문지기가 걱정되었으나 그쪽은 나중에 들러 보기로 했다. 몇 분 후 그는 외곽 지역의 페테르브 가(街)에 있는 낮은 건물 입구로 들어갔다. 썰렁하고 악취가 풍기는 층계 중간에서 마중나온 공무원 조제프 그랑을 만났다. 길게 늘어진 노란 콧수염을 기른, 어깨가 좁고 팔다리가 여윈 50 전후의 사내이다.

「좀 괜찮은 것 같습니다.」리외 쪽으로 다가오면서 그는 말했다.「하지만 정말 끝장 나는 줄 알았었지요.」

그는 자꾸 코를 풀고 있었다. 3층, 즉 맨 위층으로 올라가니 왼쪽 문에 붉은 분필로 이렇게 씌어 있는 것이 보였다. 들어오시오. 나는 목을 매달았소.

두 사람은 들어갔다. 탁자는 한쪽 구석으로 밀려나고 뒤집어진 의자 위쪽에 밧줄이 느슨하게 걸려 있었다. 그러나 그 밧줄은 그저 허공에 드리워져 있을 뿐이었다.

「늦기 전에 제가 와서 내려 줬지요.」하고 그랑은 말했는데, 제일 간단한 말을 얘기할 때도 늘 적절한 말을 찾기 위해 더듬거렸다.「저는 마침 그때 나가려고 했거든요. 그러자 무슨 소리가 들리더군요. 저 글씨를 봤을 때 어떻게 설명해야 좋을지, 저는 장난인 줄 알았었지요. 그런데 그때 묘한 신음 소리가 나는 거예요. 묘한, 그야말로 확실히 불길하다고 말해도 좋을 만한⋯⋯.」

그는 머리를 긁적거렸다.

「제 생각으로는 그런 일은 참 고통스러울 것입니다. 물론 저는 들어갔습니다.」

그들이 문을 밀자 밝지만 가구가 별로 없는 방 입구가 보였다. 뚱뚱한 몸집의 자그마한 사내가 구리 침대에 누워 있었다. 그는 거칠게 숨을 쉬며 핏발이 선 눈으로 두 사람을 바라보았다. 의사는 멈춰 섰다. 그 호흡 소리 사이에 쥐의 울음 소리가 희미하게 들리는 것 같았기 때문이다. 그러나 구석 언저리에는 아무 것도 움직이고 있는 기척은 없었다. 리외는 침대 쪽으로 갔다. 사내는 그다지 높은 데서 떨어진 것은 아니어서 추골(椎骨)은 무사했다. 물론 다소 질식 증상은 있다. X선 사진을 찍어 볼 필요가 있을 것 같았다. 의사는 강심제 주사를 놓은 뒤 2,3일이면 완전히 회복이 될 것이라고 말했다.

「감사합니다, 선생님.」 짓눌린 듯한 목소리로 사내는 말했다.

리외는 그랑에게 경찰에 알렸느냐고 물었다. 그러자 그랑은 좀 당황한 기색을 보이며

「그건 아직……. 저는 그렇게 생각했지요, 제일 급한 일은……」

「그야 물론 그렇지요.」 하고 리외는 가로막았다. 「그럼 그건 내가 하겠어요.」

그런데 그렇게 말하자, 사내가 안절부절을 못하며 침대 위에서 몸을 일으키더니, 이젠 나았으니 그렇게 할 것까지는 없다고 반대했다.

「마음을 가라앉히세요.」 리외는 말했다. 「그리 대단한 일은 아니니 염려 마세요. 여하튼 신고를 해야 합니다.」

「아아!」 상대방은 신음 소리를 냈다. 그리고 반듯하게 드러눕더니 흐느껴 울었다. 그랑은 얼마 전부터 자꾸 콧수염을 비틀고 있다가 그 옆으로 다가갔다.

「이러지 말아요, 코타르 씨.」 그는 말했다. 「잘 생각해 봐요. 아무튼 선생님에겐 책임이 있다고도 할 수 있으니까요. 가령 만일 당신이 또 엉뚱한 생각이라도 하게 되면……」

그러나 코타르는 눈물 속에서 자기는 두번 다시 그런 짓을 하지는 않는다, 그건 일시적인 착란이었고 자기는 그저 건드리지 말아 주기를 바랄 뿐이라고 말했다. 리외는 처방을 썼다.

「잘 알았습니다.」 그는 말했다. 「그 얘기는 이제 그만하고 2,3일 후에 또 오겠어요. 하지만 어리석은 짓을 해서는 안 됩니다.」

층계에서 그는 그랑에게, 신고는 아무래도 해야 하지만, 그러나 경관의 조사는 이틀이 지난 후에 하도록 말해 둘 작정이라고 말했다.

「오늘 밤엔 누군가 옆에 붙어 있어 줘야지요. 가족은 있나요?」

「가족이 있는지 없는지 저도 모릅니다. 하지만 제가 붙어 있어 줄 수 있지요.」

그는 고개를 흔들었다.

「그 사람을 잘 알고 있다고는 할 수 없지만, 어쨌든 서로 도와야 하

니까요.」

아파트의 복도를 지나가면서 리외는 기계적으로 구석 쪽을 바라보고, 이 지역에서 쥐가 완전히 자취를 감췄는지 어떤지 그랑에게 물었다. 그랑은 전혀 아무 것도 알지 못했다. 그런 얘기는 아닌게아니라 듣고 있었지만, 그는 시내에 나도는 소문에는 그다지 주의를 기울이지 않는 편이었다.

「저에겐 마음이 쓰이는 다른 일이 있거든요.」그는 말했다.

리외는 이미 그의 손을 잡고 있었다. 아내에게 편지를 쓰기 전에 문지기를 진찰해야 했기 때문에 급히 서둘렀다. 가두에서 파는 석간은 쥐들의 소동이 멈췄다고 전해 주고 있었다. 그런데 리외가 가 보니, 환자는 침대 바깥에 반쯤 몸을 내밀고 한 손은 배에, 또 다른 손은 목 언저리에 대고, 몹시 꾸역거리며 장미빛이 섞인 즙액을 뱉어 내고 있었다. 잠시 고통에 시달린 끝에 허덕이며 문지기는 또 잠자리에 드러누웠다. 열은 39도 5분이고 목 부분의 임파선과 사지가 부어올랐으며, 옆구리에 거무스름한 반점이 두 개 번지기 시작하고 있었다. 그는 이젠 내부의 동통을 호소하고 있었다.

「속이 타는군요.」그가 말했다. 「이 망할 놈의 통증이 온통 나를 불살라 버리는 것 같아요.」

거무튀튀하게 변한 입 밖으로 겨우 말을 씹어 뱉듯이 끊었다 이었다 하며, 그는 두통 때문에 눈물이 글썽거리는 눈을 의사에게로 향했다. 문지기의 부인은 잠자코 있는 리외를 불안한 듯이 쳐다보고 있었다.

「의사 선생님,」그녀가 물었다. 「대체 무슨 병입니까?」

「여러 가지로 볼 수 있겠는데요. 그러나 아직 정확한 병명은 알 수 없습니다. 오늘 저녁까지 굶기고 대신 청정제를 들게 하세요. 물을 많이 마시도록 하시고.」

마침 문지기는 목이 말라붙을 지경이었다.

집으로 돌아와서, 리외는 시내에서 가장 유력한 의사 가운데 한 사람인 리샤르에게 전화를 했다.

「아뇨,」리샤르가 말했다. 「나는 뭐 특별한 징후라고는 발견하지 못했어요.」

「국부적으로 발생하는 염증과 더불어 열을 수반하는 환자를 못 봤습니까?」

「아! 그리고 보니, 염증이 몹시 심한 임파선 환자가 두 사람 있었군요.」

「비정상적이었던가요?」

「저, 당신도 아시다시피 보통 그런 환자란……」 리샤르가 말했다.

그날 저녁 문지기는 계속 정신이 오락가락했고 열이 40도까지 올라서 그놈의 쥐들에 대해 계속 원망을 퍼부었다. 리외는 농창 고착(膿瘡固着) 치료를 시도해 보았다. 테레빈 주사로 인한 타는 듯한 통증에 문지기는 「아! 망할 것들 같으니!」 하고 외쳐 댔다.

임파선은 부어 있었고, 만져 보니 딱딱한 것이 잡혀졌다. 문지기의 부인은 거의 미칠 지경이었다.

「밤새 지키셔야 합니다.」 의사가 그녀에게 말했다. 「그리고 만약 무슨 일이 생기거든 나를 부르세요.」

그 이튿날인 4월 30일, 푸르고 습기에 찬 하늘엔 어느새 훈훈한 미풍이 불고 있었다. 미풍은 가장 먼 교외로부터 오는 꽃 향기를 날라다 주었다. 거리에서는 아침의 소음이 여느 때 보다 더욱 활기 있고 즐겁게 들려 왔다. 한 주일 동안 겪었던 그 무거운 걱정을 떨쳐 버리고, 우리들의 이 작은 도시는 소생의 날을 맞았다. 리외 자신도 아내의 편지를 받고 마음이 놓여서 경쾌한 기분으로 문지기에게로 갔다. 그의 체온은 아침에 38도까지 내려가 있었다. 기력이 없는 환자는 침대에 누운 채 미소를 짓고 있었다.

「의사 선생님, 괜찮을 것 같죠?」 그의 부인이 말했다.

「더 두고 보아야 합니다.」

그러나 한낮이 되자 갑자기 열이 40도까지 치솟았다. 환자는 끊임없이 헛소리를 했고 다시 구토가 시작되었다. 목의 임파선이 닿기만 해도 아파서, 문지기는 가능한 한 머리를 몸과 멀리 하려는 듯이 보였다. 그의 부인은 침대 가에 앉아, 두 손을 이불 위에 얹어 놓고 환자의 두 발을 살며시 누르고 있었다. 그녀는 리외를 쳐다보았다.

「내 말 좀 들어 보세요.」 리외가 말했다. 「주인을 격리시켜서 특수 치료를 받게 해야 합니다. 전화로 구급차를 불러 환자를 옮겨야겠습니다.」

두 시간 후 구급차 안에서 의사와 환자의 부인은 환자 얼굴을 들여다보고 있었다. 균상(菌狀)의 좁쌀 같은 것이 온통 뒤덮인 입에서 몇 마디의 말이 새어 나오고 있었다. 「고약한 쥐들 같으니!」하고 환자는 말하고 있었다. 밀랍 같은 입술은 푸른색으로 변했고 눈꺼풀은 아래로 처졌으며, 숨은 거칠고 가빴다. 목의 임파선 때문에 몸이 제멋대로 놀고 있었다. 몸 위에다 이불을 덮고 싶은 듯, 또 땅속에서 오는 무엇인가에 잠깐의 휴식도 없이 불리고 있는 것같이, 문지기는 눈에 보이지 않는 중압(重壓) 밑에 허덕이고 있었다. 부인은 울고 있었다.

「이젠 희망이 없을까요, 선생님?」

「죽었습니다.」리외는 말했다.

문지기의 죽음은 사람들을 놀라게 하는 것 같은 숱한 조짐에 넘친 한 시기의 종료와, 거기에 비해 더 어려운 한 시기——초기의 놀라움이 점점 공포로 변해 간 시기——의 발단을 구분한 것이었다고 할 수 있다. 나중에야 생각이 미쳤지만, 우리 시민들은 이 소도시가 쥐들이 한낮에 많은 사람들이 보는 가운데 죽고, 문지기가 괴상한 병 때문에 죽어 가는 그런 장소로 특별히 선정되리라고는 꿈에도 생각하고 있지 않았다. 이런 점에서도 그들은 결국 잘못 생각하고 있었고, 그들의 생각은 바뀌어져야 할 것이었다. 그래도 혹시 모든 것이 거기에만 머물러 있었다면, 모름지기 습관이 승리를 거두었을 것이다. 그런데 시민들 중에서 반드시 수위나 빈민도 아닌 다른 사람들이, 미셀 씨가 먼저 발을 들여놓은 길을 그대로 더듬어 가게 되었다. 즉 이 순간부터 공포와 함께 반성이 시작되었던 것이다.

그러나 이제부터 새로운 일들을 상세하게 언급하기 전에, 필자는 앞에서 얘기를 끝낸 그 시기에 관해, 또 한 사람의 목격자의 의견을 적어 두는 게 유익하리라 믿는다. 장 타루는 이미 이 이야기의 첫머리에서 만난 인물이지만, 몇 주일 전에 오랑에 거처를 정했는데, 그 때부터 중앙 지역의 어느 큰 호텔에 살고 있었다. 그는 여러 가지 수입으로 상당히 여유 있게 살고 있는 듯했다. 그러나 이 도시의 사람들도 점점 그 모습에 익숙해졌음에도 불구하고, 누구 하나 그가 어디서 왔는지, 또 무엇 때문에 그러고 있는지를 알고 있는 사람은 없었다. 여하튼 공중(公衆)이 모이는 모든 장소에서 그의 모습을 볼 수 있었다. 이미 이른봄부터 자주 해변에서, 그것도 분명히 즐거운 듯한 기색을 보이며 종종 헤엄치고 있는 것을 보게 되었다. 붙임성이 좋아 늘 싱글벙글 웃고 있는데, 정상적인 오락이라면 무엇이든지 그것에 사로잡히지 않고 그저 알맞게 즐기는 듯이 보였다. 실제로 그에게서 볼 수 있었던 유일한 습관은, 이 도시에 상당히 많은 스페인 댄서와 악사들에게로 열심히 다니는 일뿐이었다.

어쨌든 그의 수첩에도 역시 그 어려운 시기에 관한 일종의 기록이 남아 있었다. 그러나 이 기록은 사소한 일만을 다루는 방침을 따랐다고 생각되는 아주 특수한 기록이다. 얼핏 보면 타루는 일부러 궁리해서 사물과 존재를 유난히 미시적(微視的)으로 바라보려 했다고도 여겨질 것이다. 일반적인 혼란 속에서 그는 결국 이야기가 없는 것에 관한 화자(話者)이고자 애쓰고 있는 것이다. 확실히 이 기정 방침을 유감스럽게 생각하고, 그것은 냉담한 마음 때문이 아닐까라고 볼 수도 있을 것이다. 그러나 그렇더라도 이 수첩이 이 기간의 하나의 기록으로서 이의적(二義的)인 사소한 일들을 무수히 제공할 수 있는 데는 변함이 없고, 더구나 그런 사소한 일들에는 각각 그것에 걸맞는 중요성이 있으며, 또 그 기묘함 자체가 이 흥미 있는 인물에 대해 너무 조급하게 판단을 내리는 것을 방해할 것이다.

장 타루가 기록한 최초의 노트는 그가 오랑에 도착한 날부터 시작되고 있다. 그것은 서두에서부터 거리 전체가 이토록 추잡한 도시에 온 데 대한 야릇한 만족감을 표시하고 있다. 시청을 장식하고 있는 두 마리의 청동 사자에 대한 상세한 서술과, 나무가 없고 가옥이 무미건조한 점, 어리석은 도시 계획 등에 관한 호의적인 고찰을 거기서 찾아볼 수 있다. 그리고 타루는 또 전차나 시내에서 들은 대화 등도 거기에 삽입하고 있는데, 그것에도 특히 주석을 덧붙이지는 않았다. 다만 예외로서는 그런 회화의 하나로 캉이라는 사내에 관한 것의 경우가 있을 뿐이다. 타루는 두 사람의 전차 차장의 문답을 옆에서 듣고 있었다.

「그 캉이라는 사내는 자네도 잘 알고 있겠지?」한 사람이 말했다.

「캉? 그 키가 크고 검은 콧수염을 기른?」

「응, 그래. 전철(電鐵) 쪽에서 일하고 있었지.」

「응, 그건 알고 있어.」

「그런데 그 친구가 죽었다는군.」

「뭐! 그래 대관절 언제?」

「그 쥐 소동이 벌어진 후야.」

「저런! 도대체 무슨 병이었는데?」

「그건 몰라. 열병일 테지. 그리고 그 녀석은 튼튼한 편은 아니었거든. 겨드랑이에 종기가 생겼다더군. 그걸 견뎌 낼 기운이 없었던 거지.」

「그래도 보기엔 여느 사람들과 다를 바가 없었는데.」

「그렇지 않아. 녀석은 가슴이 약했어. 남성(男性) 합창대의 음악을 하고 있었지. 노상 관악기를 분다는 건 진력이 나는 일이거든.」

「정말 그래.」두 번째 사내가 말을 끝맺었다.「병이 있는 인간은 관악기 따윌 부는 게 아니지.」

타루는 이 같은 몇 행인가의 보고에 이어, 왜 캉은 그 자신의 가장 명백한 이익을 저버리고 남성 합창대에 들어갔으며, 그로 하여금 일요일의 의식을 위해 생명을 위태롭게 하기에 이르게 한 깊은 이유가 무엇이었는지를 문제로 삼고 있다.

그 다음에 타루는 그의 방 창문 맞은편 발코니에서 종종 벌어지는 하나의 광경에서, 좋은 인상을 받은 듯싶었다. 그의 방은 자그마한 옆길을 향하고 있었는데, 거기서는 집들의 벽 그늘에서 고양이들이 잠들어 있었다. 그런데 매일 점심 식사 후 거리 전체가 뜨거운 열기 속에서 반쯤 잠드는 시각이 되면, 길 저편의 발코니에 자그마한 노인 한 사람이 나타나는 것이었다. 백발을 말끔히 빗어 올리고 군복같은 옷을 위엄 있게 입은 노인은「나비야, 나비야.」하고 쌀쌀한 듯하면서도 또 동시에 부드러운 목소리로 고양이를 부른다. 고양이는 멍청하게 졸리는 듯한 눈길을 던지지만 아직 몸을 움직이려고는 하지 않는다. 이윽고 노인이 작은 종이 조각을 길 위에서 찢어 보이면, 고양이들은 이 흰나비처럼 보이는 종이가 흩날리는 모습에 마음이 끌려, 마지막 종이 조각 쪽으로 멈칫거리는 다리를 뻗으면서 길 한가운데로 나온다. 자그마한 노인은 이때 고양이를 향해 정확하게 겨냥해서 힘껏 침을 뱉는다. 날려 보낸 침이 표적에 명중하면 그는 웃음 소리를 내는 것이었다.

요컨대 타루는 외관도 활동도 향락조차도 모두 거래의 필요에 의해 움직여지고 있는 듯한, 이 도시의 그 상업적인 성격에 결정적으로 매료되어 있었던 듯싶다. 이 특이성(이것은 이 수첩에서 사용되고 있는 말이다)은 타루의 찬사를 받았는데, 그런 찬사를 늘어놓은 고찰의 하나는 '마침내!'라는 감탄의 외침으로 끝맺어져 있을 정도다. 이것은 이 시기에 있어 이 여행자의 각서가 개인적인 성격을 띠는 것같이 생각되는 유일한 대목이다. 그것이 의미하는 바와 진지함의 정도를 간단하게 판정하기는 어렵다. 예를 들면 한 마리의 죽은 쥐가 발견되는 바람에 호텔의 회계 담당자가 계산서에 계산 착오를 일으켜 버린 일을 말하고 나서, 타루는 여느 때보다 명료하지 못한 필적으로 이렇게 덧붙이고 있다. 《문제 —— 시간을 허비하지 않기 위해서는 어떻게 해야 할까. 해답 —— 시간의 길이를 남김 없이 맛볼 것. 방법 —— 매일 치과의원의 대기실에서 편하지 못한 의자에 앉아 지낼 것, 일요일 오후를 자기 방의 발코니에서 지낼 것, 자기가 모르는 외국어로 하는 강연을 들을 것, 제일 길고 또 제일 불편한 기차를 선택하여 물론 선 채로 여행할 것, 극장의 입장권을 사기 |위해| 줄을 서면서도 입장권은 사지 말 것 등등……》그러나 이 같은 말이나 혹은 사고 방식으로 탈선을 한 직후에 수첩은 이 거리의 전차에 관해, 그 거룻배 같은 모양이며 어중간한 색깔과 항상 지저분하다는 점을 소상하게 서술하기 시작했다가, 그런 고찰을 '이것은 주목해야 할 일이다'라고 하는, 전혀 어떤 대상에 대한 설명이 아닌 듯한 구절로 마무리짓고 있다.

여하튼 다음은 쥐 문제에 관해 타루가 적어 둔 내용이다.

《오늘 맞은편의 자그마한 노인은 난감한 듯싶다. 이젠 고양이들이 없는 것이다. 사실 그들은 여기저기서 엄청나게 많이 발견된 죽은 쥐에 자극을 받아 자취를 감춰 버렸다. 내 생각으로는 고양이가 죽은 쥐를 먹는다는 일은 있을 수 없다. 나는 기억하고 있지만 우리 집에서 기르고 있던 고양이는 그것을 몹시 싫어했었다. 그건 그렇고, 역시 그들은 움에서 뛰어다니고 있을 것이 틀림없고 자그마한 노인은 난감해 하고 있다. 여느 때처럼 머리도 단정하지 않고 정정한 느낌도 없다. 자못 불안한 듯한 기색이다. 잠시 후 그는 허공에 대고 침을 한 번 뱉고는 안으로 들어가 버렸다.》

《시내에서 오늘 전차 한 대가 정지했다. 그것은 어쩌다가 그런 곳에 나타나게 되었는지 모를 죽은 쥐 한 마리가 전차 안에서 발견되었기 때문이다. 2,3명의 여성들이 전차에서 내렸다. 쥐는 버려졌다. 전차는 다시 떠났다.》

《호텔에서는 방범대원——그는 신뢰할 만한 사내다——이, 자기는 이 쥐들을 통해 어떤 불행을 예상하고 있다고 나에게 말했다. 「쥐가 배에서 달아날 적엔……」 나는 그에게 대답하여, 배인 경우엔 그것이 사실이지만 도시의 경우는 아직 지금껏 검증된 적이 없다고 말했다. 그렇지만 그의 확신은 이미 굳어져 있었다. 나는 그의 견해를 따르면 대관절 어떤 불행을 예상할 수 있느냐고 물었다. 그도 불행이라는 것은 예견할 수 없어서 그것은 알지 못했다. 그러나 설령 지진이 일어난다고 해도 그는 놀라지는 않을 것이다. 나도 그것은 있을 수 있음을 인정했고, 그러자 그는 불안해지지는 않느냐고 나에게 물었다.

「내가 마음이 끌리는 유일한 일은」 나는 그에게 말했다. 「마음속의 평화를 찾아내는 거니까요.」

그는 내가 말하는 의미를 완전히 이해하였다.

《호텔 식당에 아주 흥미 있는 한 가족이 있다. 아버지는 키가 크고 여윈 사내인데 검은 옷을 입고 딱딱한 칼라를 달고 있다. 머리 한가운데가 벗겨지고 좌우에만 흰머리가 한 움큼씩 나 있다. 둥글고 위엄이 있는 작은 눈, 가느다란 코, 한 일자로 그어진 입 등 점잖은 올빼미 같은 모습이다. 그는 항상 앞장을 서서 식당 입구에 와서는 물러서서, 마치 검은 새앙쥐처럼 호리호리한 아내를 먼저 들여보내고 훈련견 같은 옷을 입은 작은 사내아이와 계집아이를 뒤에 거느리고 들어간다. 식당 앞에 가면 먼저 아내가 의자에 앉기를 기다렸다가 자기도 앉는다. 그제서야 겨우 두 꼬마들은 저마다 자기 의자에 걸터앉을 수 있다. 그는 아내와 아이들을 보고 '당신'이라 말하고, 아내를 나무랄 때는 예의바르게, 아들딸에겐 윽박지르는 듯이 말을 한다.

「니콜, 당신 말투는 더없이 기분 나쁘게 느껴져요.」

그러면 계집애는 금세 울상이 된다. 이것이 틀에 박힌 습관같이 되어 있는 셈이다.

오늘 아침 사내아이는 쥐 이야기에 몹시 흥분해 있었다. 그는 식탁에서 한마디 지껄이려고 했다.

「식사 때는 쥐 얘기 따월 하는 게 아니예요, 필립. 앞으로 쥐라는 말을 입 밖에 내면 용서하지 않을 거예요.」

「정말 아빠 말씀이 옳아요.」 생쥐 부인이 말했다.

두 꼬마는 저마다 접시에 코를 디밀고, 올빼미 씨는 전혀 여유도 없이 끄덕이며 감사하는 마음을 표시했다.》

《이 같은 훌륭한 본보기가 있음에도 불구하고 시중에서는 이 쥐 얘기가 크게 화제에 오르고 있었다. 신문도 한몫 끼었다. 지방 기사는 평소에는 무척 다종다양한데, 지금은 완전히 시청에 대한 논전(論戰)에 독점되어 있다. 그들은 '우리 시 의원님들은 썩어 나자빠진 쥐들이 야기시킬지도 모를 위험에 대해 생각해 본 적이 있는가?'라는 식으로 비난을 퍼부었다. 호텔 지배인은 이젠 다른 이야기는 아무 것도 꺼내지 않게 되었다. 그만큼 그는 화가 났던 것이다. 어엿한 호텔의 엘리베이터 안에서 쥐가 발견된다는 것은 그로서는 도저히 생각할 수 없는 일인 것이다. 그를 위로하기 위해 나는 이렇게 말해 주었다.

「하지만 세상이 온통 그 모양이니까요.」

「그러게 말입니다.」 그는 말했다. 「우리도 이젠 다른 데와 마찬가지지요.」》

《사람들이 불안해지기 시작한 그 돌발적인 열병의 최초의 경우에 대해 얘기해 준 것은 그다. 그가 부리고 있는 객실 하녀 한 사람이 그런 병에 걸린 것이다.

「그러나 물론 이건 전염병은 아닙니다.」 그는 급히 덧붙였다.

나는 그런 건 나로서는 아무래도 상관 없는 일이라고 말했다.

「알았습니다. 당신도 저와 마찬가지로 운명론자군요.」

나는 그런 생각은 해 본 적이 없고 더구나 나는 운명론자는 아니다. 나는 그것을 그에게 말해 주었다.······》

즉 이 시기부터 타루의 수첩은 공중 사이에 이미 불안을 불러일으키고 있는 그 정체 불명의 열병에 관해 좀 상세히 얘기하기 시작한 것이다. 그 자그마한 노인이 쥐들이 사라지자 겨우 고양이들을 다시 만나, 여느 때 같은 사격을 끈기 있게 다시 조정하고 있는 얘기를 기술하면서, 타루는 이 열병에 걸린 환자들의 수가 이미 10건쯤 저서되고, 그 대부분의 환자는 사망하게 되었음을 덧붙이고 있다.

하나의 참고 자료로서 타루가 서술한 의사 리외의 모습을 다시 그려보아도 괜찮으리라. 필자가 판단할 수 있는 한에서는, 그것은 상당히 정확했다.

《언뜻 볼 때에 35세 정도. 중키. 다부진 어깨. 거의 장방형의 얼굴. 직선적인 어두운 눈매, 그러나 턱은 튀어나와 있다. 듬직한 코는 모양이 반듯하다. 아주 짧게 깎은 검은 머리. 입은 활처럼 휘어지고 입술은 두툼한데 거의 언제나 굳게 다물어져 있다. 살갗은 볕에 타고 검은 머리털과 항상 어두운 색깔의, 그러나 그에게 잘 어울리는 옷을 입고 있는 모습은 시칠리아의 농부를 연상케 한다.

그는 빨리 걷는다. 일정한 속도로 보도를 내려가지만, 그러나 세 번에 두 번은 반대쪽 보도에 껑충 뛰다시피 하며 올라간다. 자동차 핸들을 잡고 있을 때는 멍청해져 있어, 모퉁이를 돌아간 뒤에도 방향을 중시하는 신호등을 켜 둔 채로 놔 두고 있을 때가 종종 있다. 언제나 모자는 쓰지 않는다. 매사에 달관한 듯한 태도이다.》

타루의 숫자는 정확했다. 의사 리외는 그것에 관해 어느 정도 알고 있었다. 문지기의 시체를 격리해 버리자 그는 리샤르에게 전화를 걸어, 그런 사타구니의 열에 대해 물었던 것이다.

「나도 전혀 모르겠어요.」 리샤르는 말했다. 「사망이 두 사람인데 한 사람은 48시간 이내, 또 한 사람은 3일 만에 숨졌지요. 3일 만에 죽은 환자는 그날 아침에 보고 왔을 적엔 아주 나아가고 있는 것같이 보이더군요.」

「혹시 또 그런 예가 있거든 좀 알려 주세요.」 리외는 말했다.

그는 몇 사람의 의사를 또 불러냈다. 이렇게 조사해 본 결과 2, 3일 사이에 20명쯤의 유사한 실례를 파악할 수 있었다. 거의 전부가 사망이었다. 그래서 그는 오랑 의사회 회장으로 있는 리샤르에게 새 환자의 격리를 요청했다.

「하지만 그것은 나로서도 어떻게 할 수 없는 일이에요.」 리샤르는 말했다. 「그러려면 주(州)를 통해 절차를 밟아야 하거든요. 한데 전멸될 위험이 있다거나 무슨 그런 사정이 있는 건가요?」 「그런 사정은 아무 것도 없습니다. 그러나 여러 가지 징후가 어쩐지 불안하군요.」

리샤르는 그래도 자기는 그런 자격이 없다고 생각했다. 그가 할 수 있는 일은 그 문제에 관해 지사에게 얘기하는 정도뿐이었다.

그러나 그런 얘기를 하고 있는 동안에 날씨가 사나워지기 시작했다. 문지기가 사망한 이튿날엔 몹시 짙은 안개가 하늘을 뒤덮었다. 억수같이 쏟아지는 호우가 단속적으로 이 도시를 덮쳤다. 폭풍을 간직한 더위가 이 갑작스런 소나기에 이어졌다. 바다조차 그 깊고 푸른 빛을 잃고, 짙은 안개에 가려진 하늘 아래에서 눈이 아플 정도로 은빛 혹은 철색(鐵色)의 광채를 띠었다. 이 봄철의 끈적끈적한 무더위는 여름의 불볕 더위가 그리워지게 할 정도였다. 언덕 위에 나선 모양으로 형성되어 바다를 향해 거의 열려 있지 않은 이 도시에는, 무겁고 흐릿한 마비 상태가 넘쳐 있었다. 거칠게 칠한 긴 외벽(外壁)에 둘러싸인 가운데 먼지투성이의 쇼윈도가 늘어선 거리에서, 지저분한 황색의 전차 안에서 사람들은 어쩐지 하늘 아래에 갇혀 버린 것같이 여겨지는 것이었다. 리외의 환자인 할아버지 한 사람만은 천식을 정복하여 이 날씨를 기뻐하고 있었다.

「찌는 듯이 햇빛이 뜨겁구려.」 노인은 말했다. 「기관지에는 좋은 날씨야.」

정말 찌는 듯한 더위였고 그 느낌은 열병과 조금도 다를 바가 없었다. 도시 전체가 열병에 걸려 있었는데, 적어도 이것은 코타르의 자살 미수에 관한 조사에 입회하기 위해 페테르브 가로 간 아침, 의사 리외의 마음에 달라붙어 있는 인상이었다. 그러나 이 인상은 그로서는 부조리한 것으로 여겨졌다. 그는 그것을 현재의 신경 과로와 여러 가지 심로에 시달리고 있는 탓이라 생각하고, 우선 급히 자신의 생각을 다소 정리할 필요가 있음을 인정했다.

그가 도착했을 때 경관은 아직 와 있지 않았다. 그랑이 층계 어귀에서 기다리고 있었는데, 두 사람은 일단 그랑의 방에 들어가 문을 열어 놓은 채 있기로 했다. 시청 공무원으로 있는 이 사람의 주거는 두 개의 방으로 되어 있고, 가구 등은 매우 소박했다. 사전을 두서너 권 세워 놓은 칠하지 않은 나무 시렁과, '꽃이 만발한 오솔길'이라는 말이 반쯤 지워진 채 아직 알아 볼 수 있는 흑판이 눈에 띌 뿐이었다. 그랑의 얘기로는 코타르는 매우 상태가 좋은 하룻밤을 보냈다. 그러나 아침에 잠이 깨더니 자꾸 머리가 아프다고 하면서 어떤 반응도 보일 기력이 없었다. 그랑은 피곤해서 신경질이 되어 있는 기색이어서, 방안을 빙빙 걸어 다니면서 책상 위의 원고 용지가 가득 찬 두꺼운 서류철을 열었다 닫았다 하고 있었다.

그래도 그가 의사에게 얘기한 바에 따르면 그는 코타르에 대해서는 잘 모르지만, 그러나 약간의 돈은 가지고 있을 것으로 생각한다는 것이었다. 코타르는 색다른 사내였다. 오랫동안 그들의 관계는 층계에서 간혹 인사를 하는 정도에 머물러 있었다.

「그 사람과 얘기해 본 것은 겨우 두 번뿐입니다. 4,5일 전이었는데 저는 층계 어귀에서 분필 상자를 뒤집어 버렸거든요, 집에 가지고 돌아가려 하다가. 분필은 붉은 것과 푸른 것이 있더군요. 마침 그때 코타르 씨가 층계 어귀에 나와 그걸 줍는 걸 거들어 주었지요. 그리고 그런 여러 가지 색깔의 분필을 무엇에 쓰느냐고 묻는 거예요.」

그러자 그랑은 라틴어를 좀 다시 공부해 보려 하고 있다고 설명해 주었다는 것이다. 고등학교를 졸업한 후로 지식이 희미해져 버리고 있기 때문에.

「그렇지요.」그는 의사에게 말했다.「프랑스어의 의미를 잘 알려면 그게 확실히 도움이 된다는 말을 들었으니까요.」

그래서 그는 라틴어를 흑판에 쓰기로 했는데, 단어의 수(數), 성 (性), 격(格)의 변화와 활용에 따라 변하는 부분을 푸른 분필로 쓰고, 전혀 변하지 않는 부분은 붉은 분필로 썼다는 것이다.

「코타르 씨가 제대로 납득을 했는지 어떤지는 모르지만, 아무튼 흥미를 느낀 모양인지 저에게 붉은 분필을 하나 달라고 말하더군요. 저는 좀 뜻밖이다 싶었지만 그러나 어쨌든……. 저는 물론 그게 그 사람의 계획에 도움이 된다는 것까지는 뚫어보지 못한 셈이지요.」

리외는 두 번째 대화의 화제는 어떤 것이었느냐고 물었다. 그러나 이때 경관이 서기를 데리고 와서, 먼저 그랑의 말부터 들으려고 했다. 리외는 그랑이 코타르에 관해 얘기할 때 늘 '절망에 사로잡힌 그 사람'이라고 말한다는 것을 깨달았다. 어느 순간에는 '숙명적인 결의'라고 표현하기까지 했을 정도다. 그들은 자살의 동기에 관해 논의했으나, 그랑은 용어의 선택에 세심한 망설임을 보였다. 마지막으로 그들 일동은 '내적인 비탄'이라는 말을 찾기에 이르렀다. 경관은 코타르의 태도에, 그의 이른바 '이 사내의 최후적 결의'를 예상하게 할 만한 것은 아무 것도 없었느냐고 물었다.

「그 사람은 어제 제 방문을 노크했습니다. 성냥을 빌려 달라고 하면서」하고 그랑은 말했다. 「저는 한 갑 줬지요. 그랬더니 이웃끼리 참 미안하니 어쩌니 하는 말을 하더군요. 그리고 이 성냥은 반드시 돌려 주겠노라고 말하는 거예요. 저는 그건 그냥 가지고 있으라고 말했지요.」

경관은 그랑에게 코타르의 태도가 이상하게 생각되지는 않더냐고 물었다.

「제가 이상하게 생각한 건, 그 사람이 어쩐지 말동무라도 갖고 싶어하는 것 같은 기색이었던 점입니다. 하지만 저는 일을 좀 하고 있던 중이었거든요.」

그랑은 리외 쪽을 돌아다보고 쑥스러운 듯한 기색으로 이렇게 덧붙였다.

「개인적인 일이지만요.」

경관은 여하튼 당사자를 만나 보기를 원했다. 그러나 리외는 먼저 코타르에게 이 회견에 대비할 마음의 준비를 하게 하는 편이 좋겠다고 생각했다. 그가 방에 들어가자 코타르는 회색이 섞인 플란넬 잠옷 바람으로 잠자리에서 일어나 앉아, 불안에 사로잡힌 표정으로 문 쪽을 돌아다보았다.

「경찰에서 오셨지요?」

「예.」리외는 말했다. 「그러나 걱정할 건 없어요. 두세 가지 틀에 박힌 절차를 끝내면 그걸로 아주 마음을 놓을 수 있을 겁니다.」

그러나 코타르는 그런 일은 아무 도움도 되지 못하며, 자기는 경찰을 싫어한다고 말했다. 리외는 짜증스런 기미를 보였다.

「나도 좋아하지는 않습니다. 다만 빨리 끝낼 수 있도록 저런 질문에 재빨리 틀림없이 대답해야 해요.」

코타르는 침묵을 지키고 리외는 문어귀 쪽으로 되돌아갔다. 그러나 코타르는 또다시 그를 불러 세웠다. 그리고 그가 침대 옆에 오자 그의 두 손을 잡았다.

「환자를, 그것도 목을 매어 죽으려 했던 사람을 건드리지는 않겠지요? 그렇죠, 선생님?」

리외는 한동안 그의 모습을 지켜보고 있다가 마지막으로, 그런 종류의 일은 전혀 문제가 되지 않고 또 환자를 보호하기 위해 자기가 와 있다며 그를 안심시켰다. 코타르는 그제서야 겨우 긴장이 풀리는 모양이어서, 리외는 경관을 들어오게 했다.

일동은 코타르에게 그랑의 증언을 읽어 주고, 그의 행위의 동기를 명확하게 밝힐 수 있느냐고 물었다. 그는 경관 얼굴을 보지 않고 다만 「내적인 비탄이라는 말은 아주 적절합니다」라고 대답했을 뿐이었다. 경관은 그가 또 그런 짓을 할 생각인지 어떤지를 자꾸 말하게 하려고 했다. 코타르는 갑자기 기운이 나서 그럴 생각은 없다, 다만 자기의 평화로운 생활을 가만히 내버려 두어 주기를 바랄 뿐이라고 대답했다.

「충고를 해 드립니다마는」 경관은 짜증이 난 말투로 말했다. 「지금의 당신이야말로 남의 평화를 어지럽히고 있는 겁니다.」

그러나 리외가 눈짓을 하자 그것도 그 정도로 끝났다.

「당신들은 어떻게 생각하고 있는지 모르지만,」하고 나가면서 경관은 한숨을 쉬었다. 「부질없는 일에 관여하고 있을 겨를이 없어요, 그 열병 소문이 나돌기 시작하면서부터는…….」

그는 의사에게 이것이 진지하게 생각해야 할 일이냐고 물었고, 리외는 그건 자기도 전혀 모른다고 말했다.

「날씨 탓이겠지요, 그뿐입니다.」 경관은 결론을 내렸다.

확실히 날씨 탓이 틀림없었다. 날마다 시간이 흘러감에 따라 무엇이든지 손에 끈적거리게 되고, 리외는 그의 염려가 왕진을 할 때마다 증대하는 것을 느꼈다. 같은 날 밤, 외곽 지역 쪽에서 그 늙은 환자의

이웃 사람이 사타구니를 누르고 열 때문에 헛소리를 하면서 토사를
계속했다. 임파선은 문지기 것보다 훨씬 커져 있었다. 그 하나는 고
름이 나오기 시작하다가 이내 상한 과일처럼 입을 벌렸다. 집에 돌아
오자 리외는 주(州)의 의약품 보관소에 전화를 걸었다. 그날 기록된
그의 임상 메모에는 '부정적인 회답'이라고만 적혀 있었다. 그런데 어
느새 벌써 다른 방면에서 유사 증상 때문에 부르러 와 있었다. 농양
(膿瘍)을 절개할 필요가 있었다. 그것은 명료했다. 메스로 두 줄기를
열 십자로 베자 임파선에서는 피가 섞인 걸직한 즙액이 흘러 나왔다.
환자들은 온몸이 상처투성이가 되어 출혈을 하고 있었다. 그러나 반
점이 배와 다리에 나타나고, 임파선 하나는 고름이 맺었는가 싶더니
이윽고 또 부어 오른다. 대부분의 경우 환자들은 무서운 악취 속에서
죽어 가는 것이었다.

쥐들의 사건에선 그토록 말이 많던 신문이 이젠 아무 반응도 보이
지 않았다. 쥐는 길거리에서 죽고 사람은 방안에서 죽기 때문이다.
그리고 신문은 길거리에서 일어난 일밖에 다루지 않는다. 그러나 시
청은 의혹을 품기 시작하고 있었다. 의사들이 저마다 두세 건 이상의
증례를 모르고 있을 동안은 누구도 움직이기 시작하려고 생각하는 사
람은 없었다. 그러나 요컨대 누군가 합계를 내 보려고 생각하기만 하
면 되었던 것이다. 합계는 놀라운 것이었다. 겨우 며칠 사이에 사망
자 수는 점점 더 늘어나고 이 기괴한 병을 다루고 있는 사람들로서는
그것이 어김 없는 전염병임이 명백해졌다. 그무렵 리외의 동업자이
며 그보다 훨씬 나이가 많은 카스텔이라는 사내가 그를 찾아왔다.

「물론」카스텔은 말했다. 「자네는 이것이 뭔지 알고 있을 테지, 리
외 군.」

「저는 분석 결과를 기다리고 있습니다.」

「나는 그걸 알고 있네. 그러니 분석 따윈 필요치 않아. 나는 생애
의 일부를 중국에서 지냈고, 20년 전쯤에 파리에서 몇 가지 증례도
봤었지. 그러나 세상 사람들은 그 즉시로는 거기에 병명을 붙일 용기
가 없었던 거야. 세론(世論)이라는 건 신성하단 말야. 냉정을 잃지 말
아야지, 무엇보다도 냉정을 잃지 말아야 해. 그리고 어느 동료가 한
말이지만 '그런 일은 있을 수 없다. 누구든지 알고 있는 것처럼 그건

서양에서는 자취를 감춰 버린 거야'라는 거지. 그렇지, 누구든지 그건 알고 있었어, 죽은 사람 이외엔. 자, 어떤가, 리외 군. 자네도 나와 마찬가지로 그게 무엇이라는 걸 잘 알고 있을 거야.」

리외는 잠시 생각에 잠겨 있었다. 서재의 창문으로 멀리 항만(港灣)을 막고 있는 벼랑의 바위투성이의 어깨 언저리를 그는 바라보고 있었다. 하늘은 푸른 하늘이면서 흐릿한 광채를 내뿜고 있었으나, 그것은 한낮이 지남에 따라 점점 부드러워지기 시작했다.

「그렇습니다, 카스텔 씨.」그는 말했다.「정말 거의 믿을 수 없는 일입니다. 하지만 아무래도 이건 페스트 같군요.」

카스텔은 일어서서 문 쪽으로 발길을 돌렸다.

「거기에 대해 어떤 말을 듣게 될지 알고 있을 테지?」늙은 의사는 말했다. 그 병은 기후가 온화한 나라에서는 이미 여러 해 전에 소멸해 버렸다고 말할 거요.」

「소멸이란 말은 어처구니가 없군요.」어깨를 움츠리며 리외는 대답했다.

「그렇지, 그리고 잊어서는 안 돼. 파리에서도 겨우 20년 전에 있었다는 걸.」

「알았습니다. 아무튼 이번에는 그때보다 더 심해지지 않기나 빌어야겠군요. 그렇지만 정말 믿을 수 없는 일입니다.」

'페스트'라는 말은 지금 처음으로 나왔다. 이야기의 이 대목에서 베르나르 리외를 그의 방 창가에 남겨 둔 채, 필자는 이 의사의 놀라움을 해명하는 것을 독자 여러분이 허용해 주리라고 생각한다. 왜냐하면 여러 가지 뉘앙스는 있더라도, 그가 나타낸 반응은 바로 우리 시민의 대부분이 나타낸 그것이었기 때문이다. 천재(天災)라는 것은 사실 흔히 있는 일이지만, 그것이 우리 머리 위에 쏟아졌을 때엔 쉽사리 천재라고는 믿어지지 않는다. 이 세상엔 전쟁과 같은 정도의 수효의 페스트가 있었다. 더구나 페스트나 전쟁이 내습했을 때, 사람들은 항상 대비가 없는 상태에 있었다. 의사 리외 역시 우리 시민들이 대비가 없었던 것처럼 대비가 없었던 셈이고, 그의 망설임은 바로 그렇게 풀이해야 한다. 마찬가지로 또한 그가 불안과 신뢰와 서로 다투는 듯한 심정에 사로잡혀 있는 것도 그렇게 풀이해야 한다. 전쟁이 발발하면 사람들은, 「이건 너무나 어리석은 일이니 오래 계속되지는 않을 게다.」라고 말한다. 전쟁이라는 것은 확실히 어리석은 일이지만, 그것은 전쟁이 오래 계속 되는 데 아무런 방해도 되지 않는다. 우행(愚行)은 항상 끈질기게 계속되기 마련이며, 사람들도 노상 자기 일만 생각하고 있지 않다면 그것을 깨달을 수 있을 것이다. 우리 시민들은 이런 점에서 일반 사람들과 마찬가지로 모두 자기 일만을 생각하고 있었다. 바꿔 말하면 그들은 인간중심주의자였다. 즉 천재 같은 것을 믿지 않았던 것이다. 천재라는 것은 인간의 척도와는 일치하지 않는다. 따라서 천재는 비현실적인 것, 이윽고 지나가 버리는 악몽이라고 생각할 수 있다. 그런데 천재는 반드시 지나가지는 않고, 악몽에서 악몽으로 인간 쪽이 지나가게 된다. 특히 인간주의자들이 맨 먼저 지나가게 되는 것은, 그들이 스스로 조심하지 않았기 때문이다. 우리 시민들도 보통 사람들보다 더 조심하지 않은 것은 아니고 겸손한 마음가짐을 잊고 있었던 것뿐이다. 자기들에게는 모든 일이 가능하다고 믿고 있었으며, 그 믿음은 천재는 일어날 수 없다고 단정짓게 했다. 그들은 장사를 계속하고 여행 준비를 하거나 의견을 내놓았다. 미래도 이동도 토론도 막아 버리는 페스트를 어떻게 생각할 수 있었으랴! 그들은 스스로 자유라 믿고 있었지만, 천재라는 것이 있는 한 누구도 결코 자유일 수는 없는 것이다.

그리고 리외가 본 한 무리의 환자들은 어떤 경고도 남기지 않고 페스트로 죽어 갔다고 친구 앞에서 인정한 그 후에조차, 위험은 그에겐 여전히 비현실적인 것이었다. 그러나 다만 의사쯤 되면 고통에 대한 개념을 터득하고 있고, 다소는 상상력도 풍부할 수 있었던 것이다. 전혀 달라진 게 없는 거리의 외관을 창문으로 바라보면서 리외는 불안이라 불리는 미래에 대한 희미한 답답함이, 몸 속에 솟구치는 것조차 거의 느끼지 못할 정도였다. 그는 이 병에 관해 알고 있는 일만을 머릿속에서 정리해 보려고 했다. 여러 가지 숫자가 그의 기억 속에 감돌아, 역사에 남겨진 약 30회의 큰 페스트가 1억 가까운 사망자를 내고 있다고 그는 마음속으로 중얼거렸다. 그러나 1억의 사망자란 대체 무엇일까. 전쟁중의 한 사람의 사망자가 무엇을 의미하고 있는지

안다는 것은 거의 불가능하다. 그리고 죽은 인간이란 그 죽은 것을 보지 않는 한 전혀 의미가 없는 것이고 보면, 널리 역사상에 흩뿌려진 1억의 시체 같은 것은 상상 속에서는 한 줄기의 연기에 지나지 않는다. 프로코페우스에 의하면 하루에 1만명의 희생자를 냈다고 하는 콘스탄티노플의 페스트를 리외는 상기했다. 1만 명의 사망자라면 큰 영화관의 관중의 5배가 된다. 그렇다, 이런 식으로라도 해 보는 거다. 다섯 군데 영화관이 문을 닫을 때 관중을 모아 시의 광장에 데리고 가서, 어떻게 되는지 살펴보기 위해 한 무더기로 죽게 해 본다. 그렇게 하면 적어도 낯익은 얼굴을 이 무명의 인산(人山) 속에 곁들일 수 있을 것이다. 그러나 물론 이것은 실현이 불가능하고, 또 누가 대관절 1만 명의 얼굴을 알고 있으랴. 그리고 또 프로코페우스 같은 사람들은 계산하는 방법을 알지 못했다는 것도 주지의 사실이다. 중국 광동(廣東)에서는 70년 전에 4만 마리의 쥐들이 그 재화(災禍)의 화살을 주인에게 던지기 전에 페스트 때문에 죽어 갔다. 그러나 1871년에는 쥐의 수효를 계산하는 방법이 없었다. 사람들은 개산(槪算)으로 대충 계산했으나, 오차가 생길 가능성이 많았다. 그렇더라도 쥐 한 마리의 길이가 30센티라면, 4만 마리의 쥐를 앞뒤로 이어 늘어놓으면 그 길이는…….

그러나 리외는 그런 심정에 반발을 했다. 질질 끌려가는 대로 되어 있었으나 그것은 금물이다. 두세 가지 증례만으로 전염병이라고는 할 수 없고, 조심을 해 두고만 있으면 되는 것이다. 자기가 알고 있는 일만 단서로 생각해 두어야 한다. 이를테면 마비 및 허탈, 눈의 충혈, 구강의 오염, 두통, 임파선 종창, 심한 갈증, 정신 착란, 몸의 반점, 내부에서의 상처 파열, 그리고 그런 모든 것들의 다음에 오는 것 등……. 그리고 마침내 한 구절이 리외의 뇌리를 스쳐 갔다. 그것은 바로 여러 증세가 열거되어 있는 의학 개설서의 마지막 부분에 씌어져 있는 구절이었다. —— '맥박은 극히 희미해지고 사소한 동작을 할 때 돌연 죽음을 맞게 된다.' 그런 모든 것들의 마지막으로는, 그야말로 이젠 실 한 올에 이어져 있는 운이지만, 그들 중의 4분의 3쯤(이것은 정확한 수치였다)의 사람들은 성급하게 죽음으로 몰아넣은 그 사소한 동작을 하고 싶어하는 것이다.

리외는 여전히 창밖을 마냥 바라보고 있었다. 유리창 한쪽엔 봄의 상쾌한 하늘, 그리고 다른 한쪽에는 지금도 여전히 방안에 울리고 있는 페스트란 단어. 이 말은 비단 과학이 분명히 그 속에 담으려고 했던 것을 간직하고 있을 뿐 아니라, 이 누렇고 흐릿한 거리에는 걸맞지 않는 이상한 갖가지 환영의 긴 행렬을 내포하고 있었다. 이 시각엔 온화하게 활기가 있고, 소음이라기보다는 차라리 날개 소리를 내고 있어서, 필경 행복하게 —— 만일 인간이 동시에 행복하고 또 우울할 수 있다면 —— 살고 있는 이 거리. 그리고 그토록 천하태평인, 그토록 무관심한 평온이라는 것은 그 재화의 옛스런 환상을 거의 어려움도 없이 부정해 버리고 있었다. 페스트에 짓밟혀 새 한 마리 살지 않게 된 아테네, 소리도 없이 단말마에 허덕이고 있는 사람들이 가득 찬 중국 도시들, 즙액이 뚝뚝 떨어지는 시체를 구덩이 속에 쌓아 올리고 있는 마르세이유의 죄수들, 프로방스 지방에서의 페스트가 휘몰아치는 광풍을 막기 위한 대규모 방벽(防壁)의 건설, 자파와 그 도시의 추악한 거지들, 콘스탄티노플 병원의 봉당에 밀착하여 습기로 썩으려 하고 있는 간이 침대들, 그 처참한 페스트가 한창 창궐하고 있을 때 갈고리로 끌려 나오는 환자, 복면을 한 의사들의 광연(狂宴), 밀라노의 묘지에서 아직 살아 있는 사람끼리 벌이는 교합(交合), 공포에 싸인 런던 시내의 시체 운반차들, 그리고 항상 사람들의 끝없는 외침 소리에 가득 찬 도처의 밤과 낮. 아니, 이 같은 모든 것도 아직 이날 하루의 평화를 말살하기에 넉넉할 만큼 강렬하지는 않았다. 유리창 저편에서 모습이 보이지 않는 한 대의 전화 벨이 돌연 울리더니, 그 순간 잔인과 고통과의 논거(論據)를 뒤집어 버렸다. 오직 바다만이 집들의 음울한 바둑판 무늬 끝에서 불안한 것과 결코 안정되지 못한 것이 이 세상에 있다는 것을 증명해 주고 있었다. 그리고 의사 리외는 물끄러미 만(灣)을 바라본 채, 루크레티우스가 말하고 있는, 병마(病魔)에 시달린 아테네 사람들이 바다 앞에 쌓았다고 하는 화장대(火葬臺)를 생각하고 있었다. 사람들은 밤중에 시신을 거기에 운반해 갔지만, 그러나 장소가 부족하여 생존자들은 자기들과 친근했던 사람들을 거기에 넣으려고 횃불로 서로 때렸는데, 시체를 버리고 갈 바엔 차라리 피투성이의 싸움을 계속하는 편을 택했다고 한다. 조용하고 어두운 바다 앞에서 붉게 빛나고 있는 화장대, 불꽃에 번쩍이는 어둠 속의 횃불의 쟁투, 그리고 유심히 그것을 지켜 보는 하늘을 향해 솟아오르는 독이 있는 짙은 증기 등을 생생하게 상상해 볼 수 있다. 그리고 어쩌면…….

그러나 이 한순간의 환상은 이성 앞에서는 항거하지 못했다. 아닌 게아니라 '페스트'라는 말이 입 밖에 나온 것은 사실이고, 지금 이 순간에도 재액(災厄)은 2, 3명의 희생자를 괴롭히며 쓰러뜨리고 있는 것도 사실이다. 그러나 그것은 여기서 머물러 버릴지도 모르지 않는가. 해야 할 일은, 확인해야 할 것을 명료하게 확인하고 쓸데없는 망령은 끝내 쫓아 버려 적절한 조치를 취하는 것이다. 그러고 나서 페스트가 멎는다면 그것은 페스트 따위를 생각할 수 없거나 혹은 잘못 생각했기 때문이다. 만약 페스트가 멎는다면, 더구나 그것은 가장 있을 수 있을 성싶은 일이지만, 만사는 잘 되어 가는 것이다. 이와 반대인 경우에는 페스트가 어떤 것이며, 우선 그것에 대처하고, 다음에 그것을 극복하기 위한 방법이 있는지 어떤지 알게 되는 것이다.

리외가 창문을 열자 거리의 소음이 일시에 들려왔다. 가까이의 제작소에서 짧게 반복하는 기계톱이 삐걱거리는 소리가 들려왔다. 리외는 몸을 움직여 기운을 차렸다. 날마다 하는 일, 그 속에야말로 확실한 것이 있다. 그 밖의 것은 하찮은 연계와 충동에 좌우되고 있으며, 그런 것에 발을 멈추고 있을 수는 없다. 긴요한 일은 자신의 직무를 완수하는 것이다.

의사 리외가 생각에 잠기면서 마침 이렇게 궁리하고 있었을 때, 조제프 그랑이 찾아왔다는 연락이 왔다. 시청 직원으로 그 직무는 매우 잡다했는데, 그랑은 정기적으로 통계과와 호적 관계의 업무에도 배치되고 있었다. 그래서 그는 자연히 사망을 집계하게 되었다. 그리고 워낙 남의 일을 잘 도와 주는 성미여서, 조사한 결과의 사본을 직접 리외한테 가져다 주는 일을 승낙해 주었던 것이다.

리외는 그랑이 옆방의 코타르를 데리고 들어오는 것을 보았다. 그랑은 종이를 한 장 흔들어 보였다.

「숫자는 상승하고 있습니다, 선생님.」 그는 보고했다. 「48시간에

11명이 사망했군요.」

리외는 코타르에게 인사를 하고 기분이 어떠냐고 물었다. 그랑은 코타르가 기어코 선생님에게 사례하고 여러 모로 폐를 끼친 데 대해 사과하고 싶다기에 이렇게 데리고 왔노라고 설명했다. 그러나 리외는 통계표를 유심히 들여다보고 있었다.

「이젠 아무래도」하고 리외는 말했다. 「드디어 이 병도 명확하게 병명대로 부를 결심을 해야 할 것 같구면. 지금까진 우리도 주춤거리고 있었지요. 이제부터 시험소에 가 봐야겠는데 같이 가지 않겠어요?」

「물론 그래야지요.」리외를 따라 층계를 내려가며 그랑이 말했다. 「어떤 일이든지 명확하게 이름대로 불러야 하지요. 그런데 그 병명이 무엇인가요?」

「그건 말할 수 없어요. 그리고 말해 봐야 당신에겐 조금도 도움이 되지 않는 일이에요.」

「그야 물론 그렇지요.」그랑은 웃었다. 「정말 쉬운 일은 아닙니다.」

그들은 연병장 쪽으로 향했다. 코타르는 여전히 잠자코 있었다. 길거리는 인파로 붐비기 시작했다. 이 지방의 빨리 저무는 황혼은 벌써 지나가 버리고 밤의 어둠이 성큼 다가서서, 아직 뚜렷이 보이는 지평선 언저리에 최초의 별들이 나타나 있었다. 잠시 후 가로등이 켜지자 하늘 전체가 더욱 어둡게 느껴졌고, 소곤거리는 말소리는 한 가락 높아진 것같이 여겨졌다.

「죄송하지만」연병장 모퉁이에서 그랑이 말했다. 「저는 이젠 전차를 타야 합니다. 저의 밤 시간은 신성하거든요. 저의 고향에서 흔히 하는 말이지만, '결코 내일로 미루지 말라'니까요…….」

리외는 이미 그랑의 그런 버릇을 눈치채고 있었는데, 몽텔리마르 태생인 그는 툭하면 자기 고향의 격언이나 속담을 꺼내어서는 '꿈꾸는 듯한 날씨'라느니 '동화의 나라 같은 조명(照明)' 등 어느 지방의 것도 아닌 케케묵은 표현을 덧붙이는 것이었다.

「정말 그렇다니까요.」코타르가 말했다. 「저녁 식사 후엔 절대로 이 사람을 집에서 끌어내지 못합니다.」

리외는 밤에도 시청을 위해 일을 하고 있느냐고 그랑에게 물었다. 그랑의 대답으로는, 그렇지는 않고 그는 자기 자신을 위해 일을 하고 있다는 것이었다.

「그렇구먼!」하고 여하튼 무슨 말이든 응대하기 위해 리외는 말했다.「그래 그건 잘 진척이 되고 있나요?」

「벌써 여러 해 전부터 하고 있으니 그야 아무래도……. 하지만 다른 의미에서 보면 그다지 진척이 되어 있지 않아요.」

「요컨대 어떤 방편의 일인데요?」멈춰 서며 리외가 말했다.

그랑은 큰 귀 위로 둥근 모자를 단단히 고쳐 쓰면서 빠른 말투로 중얼거렸다. 그리고 리외는 아주 막연하나마 그것이 한 인간의 개성 신장(伸張)에 관한 어떤 것임을 이해할 수 있었다. 그러나 그랑은 이미 두 사람 곁을 떠나, 마른 가로의 무화과나무 그늘을 잰 걸음으로 올라가고 있었다. 시험소 입구에 닿자 코타르는 리외에게, 언젠가 찾아 뵙고 조언을 듣고 싶다고 말했다. 호주머니 속에서 자꾸 통계표를 만지작거리고 있던 리외는, 그렇다면 진찰 시간에 와 달라고 말했다가 다시 생각을 바꾸어서 내일 그 지역에 가니 오후 느지막이 들르겠노라고 말했다.

코타르와 헤어지자 리외는 자기가 그랑에 대해 생각하고 있음을 깨달았다. 페스트의 와중에 놓인 그랑의 모습. 그것도 짐작컨대 대수롭지 않은 페스트가 아니라, 역사상 대규모의 페스트의 와중에 있는 모습을 상상해 보는 것이었다. '그 사람이야말로 그런 경우에 무사히 재앙을 피할 수 있는 종류의 인간이지.' 그는 페스트는 체질이 허약한 사람은 건드리지 않고, 특히 체질이 강건한 사람을 파괴한다는 글을 어디선가 읽었던 기억이 났다. 그리고 계속해서 그런 생각을 하고 있는 중에 리외는 그랑에게서 어떤 신비스런 모습을 발견하는 것이었다.

언뜻 보기엔 조제프 그랑은 그 태도가 아주 몸에 밴 시청의 하급 공무원 이외의 아무 것도 아니다. 호리호리한 마른 몸매에다가 지나치게 큰 옷을 걸쳐서 옷 속에서 마치 몸이 따로 떠돌고 있는 것 같지만, 그는 오래 입을 수 있으리라는 착각으로 노상 너무 큰 옷을 고르는 것이다. 아래 잇몸에는 이가 아직 대부분 남아 있지만, 위의 이는 하나도 남아 있지 않다. 그가 웃을 때엔 특히 위쪽 입술이 젖혀지기 때문에 흡사 유령의 입을 연상시켰다. 그런 초상에 마치 신학생 같은 태도에, 벽에 바짝 붙어서 걸어가다가 문어귀에서 슬며시 들어가는 버릇, 움집과 담배 연기 냄새 등. 보잘것없는 인간의 모든 풍모 등을 덧붙여 보면, 시내의 목욕탕 요금을 검토하거나 젊은 상관을 위해 일반 가정의 오물 청소에 관한 새로운 세금용 보고 자료를 모아 주는 게 고작인 듯이 보이는 사람이었다. 따라서 사무실 책상 앞이 아닌 곳에서 그의 모습을 본다는 것은 상상할 수 없다는 것을 누구나 수긍할 수 있을 것이다. 설혹 전혀 선입감이 없는 눈으로 보더라도, 그는 일당 62프랑 30상팀을 받는 시청의 임시 보조 관리로서 보잘것없으면서도 불가결한 직무를 수행하기 위해 이 세상에 태어난 것같이 생각되는 것이었다.

이 일당 62프랑 30상팀의 시청 임시 보조 공무원이라는 것은 사실상 고용(雇用)표의 '직무 자격'이라는 어구 아래에 기입되어 있다고 그 자신이 말하고 있는 용어였다. 22년 전에 대학을 나와 돈이 없어서 그 이상은 진학하지 못하고 이 직함을 감수했을 때엔, 그의 얘기로는 급속한 '전임으로의 승격'을 기대할 수 있을 듯했다. 이 도시의 행정이 부과하는 여러 가지 필요한 문제에서 얼마 동안 자신의 유능함을 입증해 보이기만 하면 그 후에는 틀림없어 —— 하고 상대방은 단언했던 것이다 —— 편집자의 지위까지 승급할 수 있고, 그러면 풍족하게 살 수 있을 것이라고 얘기했다는 것이었다. 물론 조제프 그랑은 야심 등에 충동을 받아 움직인 것은 아니었고, 그것은 그 자신이 권태로운 미소를 띄우며 보증하는 바이다. 그러나 착실한 방법으로 물질적으로 보장되는 생활이라는 앞날의 전망, 또한 따라서 자기가 좋아하는 일에 양심의 가책이 없이 몰두할 수 있는 가능성이 크게 그의 마음을 풀었다. 그가 제공된 지위를 받아들인 것은 명예로운 이유 때문이며, 하나의 이상에 대한 충실성에서였다.

이미 오랜 세월에 걸쳐 이 임시 상태는 결속되고 있었고 물가는 엄청난 율로 팽창해 버려서, 그랑의 급료는 약간의 총체적인 인상이 있었음에도 불구하고 너무나도 적은 액수였다. 그는 거기에 대한 불편을 리외에게 털어놓고 있었지만, 그러나 누구 하나 그런 점을 생각해 주는 기색은 없었다. 여기에야말로 그의 특이성이, 혹은 적어도 그 특징의 하나가 있는 것이다. 실제로 그는 권리라고까지 말할 자신은 없더라도 적어도 사람들이 자신에게 한 확약을 실행하라고 주장할 수는 있었다. 그러나 그를 채용해 준 국장은 이미 오래 전에 사망했고, 또 그랑도 결국 자기가 약속을 받은 정확한 조건조차 기억하고 있지 못했다. 결국 조제프 그랑은 자신 있게 주장할 말을 찾아내지 못한 셈이었다.

그 특성이야말로 리외도 주목했듯이 우리들의 그랑 군의 풍모를 가장 잘 나타내고 있는 것이다. 사실 그것이 항상 그를 방해하여, 그가 계획하고 있는 요구서를 써 보내는 일이나 혹은 경우에 따라 요구되는 조치를 취하지 못하게 하는 것이다. 그의 얘기가 사실이라면 그는 자기가 그것에 대해 전혀 자신이 없는 권리라는 말이나 또 약속이라고 하는, 즉 자기가 당연히 차지해야 할 것을 청구했다는 의미를 포함하여, 따라서 그가 수행하고 있는 하찮은 직무와 서로 용납하지 않는 어떤 뻔뻔스러움 같은 성격을 띠는 듯싶은 말은 특히 사용하기가 어려울 것같이 여겨지는 것이었다. 한편으로는 또 후의(厚意)니, 탄원이니, 깊은 감사와 같은 용어는 자신의 인격적 위엄과 조화되지 않는 것같이 생각되어 입 밖에 내고 싶지 않았다. 그리하여 적절하고 정확한 말을 찾아내지 못한 채, 우리들의 조제프 그랑은 어지간한 나이가 되기까지 여전히 눈에 띄지 않는 그들의 직무를 수행하고 있었던 것이다. 그리고 이 역시 그가 리외에게 얘기한 바에 따르면, 그는 자기 자신의 물질적 생활은 여하튼 보장되어 있다는 것을 처세술로써 깨달았던 것이다. 그래서 그는 시장이 잘하는 말 가운데 하나가 옳다는 것을 인정했는데, 시내의 큰 사업가인 시장은 힘차게 단언하여, 필경(그는 이 논의의 모든 무게가 거기에 걸려 있는 이 말에 특히 힘을 주었다), 지금까지 누구 하나 굶어 죽는 인간을 본 사람이 없다는 것이었다. 여하튼 조제프 그랑이 영위하고 있는 그의 금욕주의랄 수 있는 생활은 결국 사실상 이런 종류의 번거로움에서 일체 그를 해방시켜 주었던 것이다. 그는 여전히 해야 할 말을 마냥 찾고 있었다.

어떤 의미로는 그의 생활은 모범적인 것이었다고도 할 수 있다. 그는 다른 곳에서와 마찬가지로 이 도시에서도 좀처럼 볼 수 없는, 항상 자신의 선량한 감정을 거리낌없이 드러내는 사람들 축에 속해 있었다. 그가 자신의 신상에 관해 털어놓은 약간의 일도, 실제로 오늘

날엔 사람들이 감히 고백하려고 하지 않는 종류의 선량함과 애착심을 나타내고 있었다. 그는 남아 있는 유일한 핏줄로서, 오 년에 한 번씩 프랑스 본국에 만나러 가는 생질들과 여동생을 자랑하고 있다고 인정하는 것을 부끄러워 하지 않았다. 자기가 젊었을 때 숨진 부모를 생각하면 슬퍼지는 것을 분명히 인정하고 있었다. 저녁에 다섯 시경 조용히 울리는 그 근처의 어떤 종소리를 무엇보다도 사랑하고 있다고 자인하는 것을 꺼리지 않았다. 그런데 그러면서도 그런 단순한 감동을 표현하기 위해 극히 적은 말조차 그로서는 그지없이 고심을 해야 했다. 그리하여 마침내는 이 같은 어려움이 그의 최대의 걱정거리가 되어 버렸다. 「아! 선생님, 어떻게 해서든지 잘 표현하는 말재주를 익히고 싶군요.」 그는 리외를 만날 적마다 그런 얘기를 꺼내는 것이었다.

리외는 그날 밤 그랑이 물러가는 모습을 바라보면서 돌연 그가 말하려고 한 의미를 이해했다. 그는 모름지기 한 권의 책이나 혹은 그것과 유사한 무엇인가를 쓰고 있는 것이다. 겨우 시험소에 도착하여 안으로 들어간 뒤에도 그런 생각이 리외의 불안을 가라앉히고 있었다. 그런 느낌이 터무니없다는 것은 그도 알고 있었지만, 그러나 그럴 듯한 괴벽에 몰두하고 있는 겸손한 관리를 볼 수 있는 도시에 페스트가 퍼지리라고는 도저히 믿기 어려운 심정이었던 것이다. 즉 정확하게 말하면 페스트가 한창 설치고 있는 판국에 그 같은 도락의 여지 같은 것은 상상할 수가 없었고, 그래서 실제로 페스트는 우리 시민들 사이에서는 오래 가지 못하리라고 판단했던 것이다.

이튿날 끈질기게 주장한 결과——그것도 아주 엉뚱한 주장같이 간주되기는 했으나——리외는 도청에 보건위원회를 소집하게 할 수 있었다.

「시민들이 불안해 하는 것은 사실입니다.」 하고 리샤르도 그것은 인정하고 있었다. 「그리고 지껄여 대는 얘기라는 게 만사를 크게 과장시키기 마련이지요. 지사는 나보고 '아무튼 조속히 끝내도록 합시다. 그러나 눈에 띄지 않도록 말입니다.'라고 말하더군요. 그리고 지사도 결국 시민들이 공연히 떠들고 있다는 생각을 하고 있지요.」

베르나르 리외는 도청으로 갈 때 카스텔을 자기 자동차에 동승시켰다.

「자네는 알고 있는가?」카스텔은 말했다.「도청에는 혈청이 없다네.」

「알고 있습니다. 저장소에 전화를 걸어 봤지요. 소장은 마치 구름 위에서 떨어진 것처럼 놀라더군요. 아무래도 파리에서 구해 와야겠습니다.」

「오래 걸리지 않아야 할 텐데.」

「벌써 전보를 쳐 놓았습니다.」리외는 대답했다.

지사는 상냥했지만 신경질적이었다.

「이젠 시작할까요, 여러분.」지사는 말했다.「먼저 제가 요약해서 사태를 얘기하겠습니다.」

리샤르는 그것은 소용 없는 일이라 생각하고 있었다. 의사들은 사태를 이미 알고 있는 것이다. 문제는 다만 어떤 조치를 취하는 게 적당한가를 명확하게 해 두는 일이었다.

「문제는」카스텔 노인이 퉁명스럽게 내뱉었다.「문제는 그것이 페스트인지 아닌지를 알아 내는 일이지요.」

두세 사람의 의사들이 탄성을 질렀다. 다른 사람들은 좀 주저하는 기색이었다. 지사는 느닷없이 벌떡 일어서서 기계적으로 문어귀 쪽을 돌아다보며, 마치 그 문이 이 엄청난 말이 복도에 퍼뜨려지는 것을 확실히 막아 주었는지를 확인이라도 하려는 기색이었다. 리샤르는 자기 의견으로는 냉정을 잃어서는 안 된다고 생각한다고 선언했다. 사타구니에 발생하는 열병이 문제일 뿐이며 아무튼 가설이라는 것은 과학에서나 실생활 속에서도 틀릴 가능성이 있다는 점을 지적하지 않을 수 없다고 했다. 카스텔 노인은 노르스름한 콧수염 끝을 태연하게 씹고 있다가 맑은 눈을 리외 쪽으로 돌렸다. 그리고 자못 부드러운 눈길을 일동에게 던지고는, 자기는 그것이 페스트임을 썩 잘 알고 있으며, 물론 그것을 공식으로 인정하게 되면 가차없는 조치를 취하지 않을 수 없게 되리라는 것을 지적했다. 결국 그런 것이 동료들을 주춤거리게 하고 있음을 그도 알고 있고, 따라서 그들의 평온을 위해 그것이 페스트가 아니라고 인정해도 좋다는 것이다. 지사는 홍분하여, 여하튼 그것은 좋은 의논 방법은 아니라고 공언했다.

「중요한 일은」카스텔은 말했다.「이런 의논 방법이 좋다느니 어떻다느니 하는 게 아니라, 그걸 듣고 모두가 잘 생각해 봐야 한다는 겁니다.」

리외가 입을 다물고 있자 사람들이 그의 의견을 물었다.

「요컨대 장티푸스성의 열병이지만, 임파선 종창과는 구토가 따릅니다. 저는 임파선종을 절개해 왔습니다. 그래서 분석 시험을 요청할 수 있었는데, 분석 결과 시험소에서는 강한 페스트균을 확인할 수 있을 것 같다고 말하고 있습니다. 그러나 실수가 없도록 한마디 해 둬야 할 것은, 이 균의 몇몇 특수한 변화들이 옛날부터의 기록과 반드시 일치하는 것은 아닙니다.」

리샤르는 그 점 때문에 주저할 여지가 있음을 강조하고, 적어도 며칠 전부터 시작된 일련의 분석의 통계적인 결과를 기다려야 할 것이라고 말했다.

「어떤 세균이」하고 잠시 잠자코 있다가 리외가 말했다.「3일 동안에 비장(脾臟)의 용적이 4배나 비대해지게 하고, 장간막(腸間膜) 임파선이 오렌지만큼 용적이 커지고 죽만큼 물렁해지게 한다면, 사태는 그야말로 주저를 허용하지 않을 것입니다. 전염의 중심은 시시각각으로 확대되고 있습니다. 병독(病毒)이 이렇게 전파되는 상태를 보건대, 이것을 저지하지 못한다면 2개월 이내에 시민 전체의 절반이 사멸될 위험이 있습니다. 따라서 여러분이 이것을 페스트로 부를 것인지, 혹은 지혜열(知慧熱)로 부를 것인지는 그리 중요한 일이 아닙니다. 중요한 건 다만 그것 때문에 시민의 반수가 사멸되는 것을 막는 일입니다.」

리샤르는 무슨 일이든 어두운 쪽으로만 생각할 필요는 없고, 무엇보다도 환자의 친지들이 아직 무사한 이상, 전염성인지 아닌지는 확실히 증명되지 않은 셈이라고 했다.

「그러나 다른 사람들이 사망했거든요.」하고 리외는 지적했다.「그리고 물론 전염은 결코 절대적인 것은 아닙니다. 만일 그렇지 않다면 그야말로 무한하게 수학적으로 증가하게 되어, 전격적인 인구 감소를 초래하게 될 것입니다. 어두운 쪽으로만 생각하느니 어떻느니 할 일이 아닙니다. 즉시 경계 조치를 취해야 합니다.」

그러나 리샤르는 사태는 결국 다음과 같이 요약된다고 생각하고 이렇게 지적했다——이 병을 종식시키기 위해서는, 혹시 그것이 자연히 종식되지 않는다면 명확하게 법률에 의해 규정된 중대한 예방 조치를 적용해야 한다. 그렇게 하기 위해서는 그것이 페스트임을 공식적으로 확인할 필요가 있다. 그런데 이 점에 관해 확실성은 반드시 충분하지는 않으며, 따라서 신중히 고려할 필요가 있다고.

「문제는」하고 리외는 주장했다.「법률에 의해 규정되는 조치가 중대한지 어떤지 하는 게 아니라, 그것이 시민의 반수가 사멸되는 걸 막기 위해 필요한가 어떤가 하는 점입니다. 그 다음 일은 행정상의 문제이고, 더구나 현재의 제도에서는 이런 문제를 처리하기 위해 지사라는 직위가 마련되어 있는 겁니다.」

「그건 그렇지요.」지사는 말했다.「그러나 저로서는 그것이 페스트라는 전염병임을 여러분이 공식적으로 인정해 주시는 것이 필요합니다.」

「우리가 그것을 인정하지 않더라도,」리외는 말했다.「그것은 여전히 시민의 반수를 사멸시킬 위험성을 간직하고 있습니다.」

리샤르가 다시 신경을 곤두세운 듯한 말투로 참견했다.

「솔직히 말하면 리외 씨는 페스트라고 믿고 있는 거요. 조금 전에 증후군을 설명한 말투가 그걸 증명하고 있지.」

리외는 이에 대해 자기는 증후군 등을 설명한 것은 아니고, 본 그대로를 말했을 뿐이라고 했다. 그리고 자기가 본 것은 임파선종이고 반점이며 착란성의 고열인데, 그런 것들이 48시간 이내에 죽음을 초래하는 것이라 말했다. 그리고 도대체 리샤르 씨는 이 전염병이 엄중한 예방 조치를 하지 않고 종식될 수 있으리라고 단언하는 데 대해 책임을 질 수 있느냐고 물었다.

리샤르는 주춤거리며 물끄러미 리외의 얼굴을 바라보았다.

「당신 생각을 솔직히 말해 줘요. 당신은 페스트라고 분명히 확신을 갖고 있나요?」

「그건 문제의 설정이 잘못 되었습니다. 이건 어휘 문제가 아니라 시간 문제입니다.」

「당신 생각은」 지사가 말했다. 「설령 이것이 페스트가 아니더라도, 페스트가 발생했을 때 지정되는 예방 조치를 역시 적용해야 한다는 거군요.」

「제 생각을 꼭 말하라고 하신다면, 바로 그게 제 생각입니다.」

의사들이 의논을 한 끝에 마지막으로 리샤르가 이렇게 말했다.

「다시 말하면 이 병이 마치 페스트인 것처럼 행동한다면 우리는 책임을 져야 하는 셈입니다.」

이런 표현은 열렬한 찬의(贊意)로써 환영을 받았다.

「이건 당신 의견이기도 한 셈이겠지요, 리외 군?」 하고 리샤르는 물었다.

「그런 표현은 저로서는 아무래도 상관없습니다.」 하고 리외는 말했다. 「다만 이것만은 말해 두고 싶군요. 우리는 마치 시민의 반수가 사멸될 위험이 없는 것처럼 행동해서는 안 된다는 겁니다. 왜냐하면 그럴 경우, 시민은 실제로 그렇게 되어 버릴 테니까요.」

분위기가 온통 어수선해진 가운데 리외는 그 자리에서 물러나왔다. 그리고 잠시 후 튀김 기름과 소변 냄새가 나는 변두리에서, 사타구니가 피투성이인 채 숨지기 직전의 신음 소리를 내고 있는 한 여자가 그를 향해 몸을 돌리고 있었다.

회의가 있은 이튿날, 열병은 또 이내 약간의 진전을 보였다. 이 열병에 관한 기사는 신문에까지 보도되었으나, 그것도 가볍게 다루어져서 신문은 이에 대해 몇 마디로 언급하는 정도로 만족을 했던 것이다. 어쨌든 이틀이 지난 후, 리외는 구청에서 제일 눈에 띄지 않는 시내 구석구석에 신속하게 붙인 희고 자그마한 벽보를 읽을 수 있었다. 그 벽보를 통해 당국이 사태를 올바르게 보고 있다는 증거를 끌어내기는 어려웠다. 조치는 준엄한 것이 아니었고, 여론을 불안하게 하지 않으려는 욕구 때문에 많은 것을 희생시킨 모양이었다. 포고문의 서두에는 사실 다음과 같이 고시되어 있었다──과연 전염성인지 아닌지는 아직 어떻게도 말할 수 없지만, 몇 건의 악성 열병이 오랑 시에 발생했다. 그러나 그 증상들이 실제로 불안을 느끼게 할 만큼은 현저한 특징을 나타내고 있지 않으므로, 시민이 냉정을 유지할 수 있으리라는 것은 의심할 바 없다. 그럼에도 불구하고, 모든 시민이 이해해 주리라 믿으면서 신중을 기하기 위해 지사는 약간의 예방 조치를 강구하기로 했다. 규정대로 정확하게 이해되고 실행되면, 이와 같은 조치는 전염병의 온갖 위협을 즉시 저지할 수 있을 만한 것이다. 따라서 지사의 노력에 대해 시민 여러분이 가장 헌신적으로 협력해 주리라는 것을 지사로서 조금도 의심하지 않겠다는 요지였다.

이어서 벽보에는 총괄적인 조치가 고시되었는데, 그 중에는 하수도에 독가스를 주입하는 방법에 의한 과학적인 쥐의 구제(驅除)라든가, 물의 공급에 대한 엄중한 경계 등과 같은 항목이 있었다. 시민에 대해서는 철저한 청결을 장려하고, 마지막으로 벼룩이 있는 사람은 시의 무료 진료소에 출두하도록 권고하고 있었다. 한편 의사의 진단이 내려졌을 경우, 가족은 이를 의무적으로 신고하고 그 환자를 시립 병원의 특별 병실에 격리하는 데 동의해야 한다는 것이었다. 이런 병실은 또한 최소 한도의 기간 내에 최대 한도의 치유 효과를 볼 수 있는 최고의 설비가 갖추어져 있다는 것이었다. 몇 가지 부기 조항에서는 환자의 병실과 운반용 차량을 의무적으로 소독하도록 규정해 놓았다. 그 나머지는 근친자에게 위생상의 준칙을 지키도록 권고하는 데 그치고 있었다.

리외는 벽보 앞에서 발길을 돌려 다시 자신의 진료실을 향해 걸어가기 시작했다. 조제프 그랑이 그를 기다리고 있다가 그의 모습을 보더니 두 팔을 들어 올렸다.

「응, 알고 있어요.」 리외는 말했다. 「숫자가 증가하고 있는 거지요?」

그 전날 밤에 십여 명의 환자가 시내에서 쓰러져 죽었던 것이다. 리외는 그랑에게, 오늘 밤에 코타르를 방문할 예정이니 아마 다시 만날 수 있을 것이라고 말했다.

「그것 좋은 일이군요.」 그랑은 말했다. 「틀림없이 기뻐할 거예요. 아무튼 그 사람도 달라졌으니까요.」

「그건 또 무슨 말인가요?」

「상냥하게 변했어요.」

「여태까지는 그렇지 않았던가요?」

그랑은 망설였다. 사실 코타르가 상냥하지 않았다고 말할 수는 없었다. 그런 표현은 정당하지 않을지도 모른다. 그는 자기 자신을 드러내지 않고 말수가 적었으며, 멧돼지 같은 느낌의 사내였다. 그 거실과 허름한 식당과 그리고 어지간히 수수께끼에 싸인 드문 외출 등이 코타르의 생활의 전부였다. 표면상으로는 술과 리큐르 주(酒)류의 대리판매업자로 되어 있었다. 간혹 단골인 듯한 두세 사내가 찾아오긴 했다. 밤에는 이따금 집 맞은편에 있는 영화관에 간다. 그랑이 눈치챈 일이지만 코타르는 즐겨 갱 영화를 보는 모양이었다. 어떤 경우에도 이 사내는 혼자 있기를 좋아하고 사람들을 경계하고 있었다.

그랑의 말에 의하면 그런 모든 점이 무척 달라진 것이다.

「어떻게 말하면 좋을지 모르겠지만, 여하튼 그런 느낌이 드는군요. 세상 사람들과 화해하려 하고 있다고 할까, 이 세상 사람을 죄다 자기 편이 되게 하고 싶어 한다고 할까. 저한테도 자주 말을 건네며 함께 외출을 하려고도 하고, 저도 그렇게 노상 거절만 할 수는 없고요. 그리고 저로서는 흥미가 있는 인물이고, 또 어쨌든 목숨을 구해 준 인간이니까요.」

그 자살 미수 사건 이후로 코타르를 찾아오는 손님은 한 사람도 없었다. 길거리와 가게 등에서 그는 한껏 호감을 얻으려고 애썼다. 그토록 정겹게 식품 가게 주인에게 말을 건네고, 그토록 흥미 있게 담배 가게 아낙네의 얘기에 귀를 기울인 사람은 없을 정도였다.

「그 담배 가게 아낙네는」 그랑은 설명했다. 「그야말로 악질이에요. 저는 코타르한테 그렇게 말했지만, 코타르는 그건 당신이 잘못 생각하고 있는 즉, 그 여자에게도 좋은 점이 있으니 그걸 찾아낼 줄 알아야 한다고 대답하더군요.」

그리고 코타르는 두세 번, 시내와 호화로운 식당이나 카페에 그랑을 데리고 갔었다. 실제로 그는 그런 곳에 자주 출입하기 시작하고 있었다.

「이런 곳은 기분이 좋거든요.」 코타르는 말했다. 「그리고 주위 사람들 모두가 호감이 가지요.」

그랑은 그런 음식점 사람들이 코타르를 각별히 융숭하게 대해 주고 있다는 것을 깨달았는데, 코타르가 막대한 팁을 내놓고 가는 것을 보고 그 이유를 알았다. 코타르는 그 대가로 사람들이 보여 주는 융숭

한 태도에 매우 민감한 듯했다. 어느 날 수석 웨이터가 그를 배웅하며 외투를 입혀 주었을 때 코타르는 그랑에게 이렇게 말하기도 했었다.

「정말 착한 사람이에요. 이런 사람 같으면 증인이 되어 줄 테지요.」

「증인이라니 무슨?」

코타르는 우물거렸다.

「말하자면 내가 나쁜 인간이 아니라는……」

하긴 그는 간혹 변덕스럽게 기분이 갑자기 달라질 때가 있었다. 어느 날 식품 가게 주인이 여느때처럼 상냥하게 굴지 않자, 그는 몹시 화가 난 채 집에 돌아왔다.

「다른 녀석들과 치근덕거리더란 말이에요. 너절한 영감 같으니.」

하고 그는 뇌까리는 것이다.

「다른 누구하고요?」

「누구든지 모두예요.」

그랑은 또 그 담배 가게 아낙네 집에서 기묘한 장면을 목격한 적이 있었다. 한참 신바람이 나서 이야기를 주고받고 있었는데, 그 여자가 알제이 시에서 소문이 자자한 최근의 어떤 체포 사건에 관해 얘기했다. 그것은 한 젊은 사무원이 해안에서 어떤 아라비아인 한 사람을 살해한 사건이었다.

「그런 악당들은 모조리 감옥에 가둬 버리면」 하고 담배 가게 아낙네는 말했다. 「정직한 사람들이 안심하고 살 수 있을 거예요.」

그러나 그 아낙네는 상대방이 별안간 흥분하는 바람에 얘기를 중지하지 않을 수 없었다. 코타르가 말 한 마디 안하고 느닷없이 가게 밖으로 뛰어 나가 버린 것이다. 그랑과 아낙네는 달아나는 그의 모습을 그저 우두커니 바라보고만 있었다.

그 후 그랑은 이 밖에도 코타르의 성격의 또 다른 변화를 리외에게 보고하게 되었다. 코타르는 그때까지 항상 극히 자유로운 의견을 가지고 있었다. '큰 것은 항상 작은 것을 병탄(倂呑)한다.'고 하는 그가 입에 자주 담는 문구가 그것을 잘 증명하고 있었다. 그러나 얼마 전부터는 오랑의 온건파 신문만 사 보게 되었고, 더구나 그것을 공공 장소에서 읽고 있는 것을 어쩐지 우쭐해 하고 있다고 생각지 않을 수 없을 정도였다. 또한 병석에서 일어날 수 있게 된 2, 3일 후에, 그는 우체국에 가려는 그랑에게, 먼 곳에 있는 여동생에게 매달 보내는 백 프랑 환(換)을 송금해 달라고 부탁한 적이 있다. 그런데 그랑이 정작 떠날 때가 되자,

「2백 프랑을 보내 주시오.」코타르가 부탁했다. 「여동생은 뜻밖의 일이어서 무척 기뻐할 거예요. 자기를 걱정해 주지도 않는다고 생각하고 있으니까요. 하지만 사실은 나는 여동생을 몹시 사랑하고 있거든요.」

마지막으로, 그는 그랑과 기묘한 얘기를 나눈 적이 있었다. 그랑은 자기가 밤마다 붙들고 있는 사소한 일에 대해서 궁금해 하고 있는 코타르의 질문에 대답을 아니할 수가 없었다.

「그렇군요.」코타르는 말했다. 「말하자면 책을 쓰고 있군요.」

「그렇게 말해도 좋지만 그보다 좀더 복잡하지요.」

「아!」코타르는 외쳤다. 「나도 당신처럼 해 보고 싶네요.」

그랑이 놀란 얼굴을 하자 코타르는 우물거리면서, 예술가가 되면 모든 일이 적절하게 잘 해결될 게 틀림없다고 말했다.

「어째서요?」그랑은 물었다.

「예술가는 다른 사람들에게 없는 권리를 가지고 있기 때문이지요. 누구든지 그건 알고 있거든요. 남들이 할 수 없는 일이 허용되지요.」

「별것 아니예요.」벽보가 나붙은 날 아침에 리외는 그랑에게 말했다. 「쥐 사건 때문에 머리가 좀 이상해졌을 뿐이지요. 그 밖에도 그런 사람들이 많이 있으니까요. 아니면 또 열병이 무서워지기라도 했거나……」

그랑은 대답했다.

「저는 그렇게 생각지 않는데요. 선생님, 제 의견을 말하라고 말씀하신다면……」

쥐 청소차가 시끄러운 배기음(排氣音)을 내면서 창문 아래로 지나갔다. 리외는 자기가 하는 말이 상대방에게 들릴 수 있게 되기까지 잠깐 잠자코 있다가, 내키지 않는 어투로 그랑의 의견을 물었다. 상대방은 신중하게 그의 얼굴을 바라보며

「그는 뭔가 마음에 가책을 받는 일이 있는 사람입니다.」하고 말했다.

리외는 어깨를 으쓱했다. 언젠가 경관도 말했지만, 부질없는 일에까지 관여하고 있을 겨를은 없는 것이다.

오후에 리외는 카스텔과 잠시 협의했다. 혈청은 아직 도착하지 않았다.

「게다가」리외는 물었다. 「그 혈청이 과연 쓸모가 있을까요? 이번 균은 아주 다릅니다.」

「아니예요.」카스텔은 말했다. 「당신과 나는 의견이 다르구려, 그런 것들은 언제나 좀 색다른 데가 있는 법이지. 하지만 근원은 같은 거예요.」

「적어도 그렇게 추정하시는군요. 하지만 사실상 그런 점에 관해서 우리는 아무 것도 모르거든요.」

「물론 내 추정이지. 하지만 누구든지 아직 그 정도로밖에 모르니까요.」

그날 온종일 리외는 페스트에 대해 생각할 때마다 덮쳐 오는, 좀 머리가 어지러워지는 듯한 기분이 점점 더 심해지는 것을 느꼈다. 마침내 그는 자기가 공포에 사로잡혀 있음을 인정했다. 그는 사람들이 가득 차 있는 카페에 두 번이나 들어갔다. 그도 코타르와 마찬가지로 인간적인 따뜻한 정을 감지하고 싶은 욕구를 느끼고 있었던 것이다. 그는 그것을 어리석은 일이라고 생각했지만, 그러나 그 덕택에 코타르를 찾아가기로 약속을 했던 일을 떠올렸다.

저녁때 리외가 가 보니, 코타르는 식당으로 되어 있는 방의 탁자 앞에 있었다. 그가 들어갔을 때, 탁자 위에는 한 권의 탐정소설이 펴 놓은 채로 있었다. 그러나 날도 이미 저물었으므로, 짐작컨대 짙어가는 어둠 속에서 책을 읽는 것도 어려울 터였다. 코타르는 지금까지 가만히 앉아 어두컴컴한 방안에서 생각에 잠겨 있었을 게 틀림없었다. 리외는 건강 상태가 어떠냐고 물었다. 코타르는 의자에 앉으면서, 이제 자기는 괜찮으며, 아무도 자기에게 참견만 하지 않는다면 오히려 건강이 더 좋아질 것이라고 중얼거렸다. 리외는 인간이란 언제나 혼자 있을 수만은 없다는 점을 일깨워 주었다.

「아니, 그런 얘기가 아닙니다. 제가 말하는 건 귀찮게 구는 못된 녀석들 얘기지요.」

리외는 잠자코 있었다.

「저 자신의 일은 아닙니다만 분명히 말해 둡니다. 제가 사실은 이 소설을 읽고 있었는데, 한 불행한 사내가 돌연 체포되는 겁니다. 누가 그의 일에 참견하고 있었는데, 그 사람은 아무 것도 몰랐던 셈이지요. 관공서에서는 그에 관한 얘기가 퍼지게 되고 카드에 그 이름을 기록한 거지요. 그게 도대체 정당한 일이라고 생각합니까? 한 인간에 대해 그런 짓을 할 권리가 있다고 생각합니까?」

「경우에 따라 다르겠지요.」리외는 말했다. 「어떤 의미에선 절대로 그런 권리는 없습니다. 그러나 그런 일은 이차적인 문제지요. 너무 오랫동안 집안에 틀어박혀 있으면 안 됩니다. 외출을 하도록 해야지요.」

코타르는 갑자기 흥분한 모양이어서, 자기는 오직 그렇게만 살고 있고, 그것을 증명할 필요가 있다면 이 근처의 사람들이 모두 자기를 위해 증인이 되어 줄 수도 있을 거라면서 이 근처 외에도 교제하는 상대자는 얼마든지 있다고 말했다.

「리고 씨를 알고 계시지요? 건축가 말입니다. 그 사람도 제 친구지요.」

방안은 어둠이 짙게 깔렸다. 이 교외의 거리에는 활기가 넘쳤고, 바깥의 가로등이 켜지자 은은하고 가벼운 감탄의 소리가 터져 나왔다. 리외는 발코니로 갔고 코타르가 그 뒤를 따랐다. 이 시내에서는 매일 저녁 그렇지만, 근처의 모든 구역에서 불어오는 가벼운 미풍이 수런거리는 소리와 고기 굽는 냄새와, 떠들썩한 젊은이들이 차지한 길거리에 점점 흘러넘치는 명랑하고 풍요로운 자유의 숨결을 실어 오고 있었다. 밤의 어둠, 모습이 보이지 않는 배의 요란한 고동 소리, 바닷물처럼 흐르는 군중으로부터 새어 나오는 소음 등 리외가 잘 알고 있는, 그리고 예전에는 좋아했던 이 시각이 오늘은 그가 알고 있는 모든 사실 때문에 무언가 찍어 누르는 것처럼 그의 가슴을 무겁게 하는 것이었다.

「불을 켜도 괜찮을까요?」그는 코타르에게 말했다.

방안이 밝아지자, 이 자그마한 사내는 눈을 깜박이며 리외의 얼굴을 바라보았다.

「어떻습니까, 선생님. 혹시 제게 병이 생기면 선생님 병실에 입원을 하게 해 주시겠지요?」

「그야 물론이죠.」

그러자 코타르는 진료소나 병원에 있는 사람이 체포된 적이 있느냐고 물었다. 리외는 이 물음에 대해, 그런 일도 있었지만 그런 일은 모두 환자의 용태 여하에 따른다고 대답했다.

「저는」코타르는 말했다.「저는 선생님을 신뢰하고 있습니다.」

그러고 나서 그는 리외의 자동차로 시내까지 태워다 줄 것을 부탁했다.

시내의 중심부 언저리에는 이미 길거리의 인파도 줄어들고, 불빛도 드문드문 보일 뿐이었다. 어린이들은 아직도 문 앞에서 놀고 있었다. 코타르의 부탁에 따라 리외는 그런 어린이들의 한 무리 앞에 자동차를 세웠다. 어린이들은 연신 소리를 질러 대면서 돌차기를 하며 놀고 있었다. 그런데 그들 중에서 착 달라붙은 검은 머리에 단정하게 가리마를 내고 얼굴이 지저분한 한 어린애가, 맑고 기가 죽은 듯한 눈으로 물끄러미 리외의 얼굴을 바라보았다. 리외는 눈길을 돌렸다. 코타르는 보도 위에 내려서서 리외와 악수를 나누었다. 그는 두서너 번 등뒤를 돌아보더니 목이 쉬어 듣기에 거북한 목소리로 말했다.

「사람들이 전염병 얘기를 하고 있던데, 대관절 정말입니까? 선생님.」

「세상 사람들은 늘 그런 소문을 퍼뜨리게 마련이지요. 그게 자연스런 일입니다.」리외는 말했다.

「정말 그렇군요. 그리고 10여 명의 사망자가 생기면, 금방 세계의 종말이 온 것같이 떠들어 대지요. 하지만 지금 필요한 건 그런 일이 아닙니다.」

모터는 이미 윙윙 소리를 내고 있었다. 리외는 기어에 손을 올려놓고 있었다. 그러나 그는 여전히 엄숙하고 조용한 표정으로 그의 얼굴을 빤히 지켜보고 있는 어린애 쪽을 또 바라보았다. 그러자 돌연 아무런 동기도 없이 어린애는 그에게 미소를 던졌다.

「그럼 지금 필요한 건 대체 어떤 일인가요?」어린애의 미소를 되받아 주며 리외는 물었다.

코타르는 느닷없이 자동차 문을 잡아 젖히더니, 이윽고 달아나듯 물러가기 전에 마치 우는 것 같은 미친 듯한 목소리로 이렇게 외쳤다.

「지진입니다, 그야말로 굉장한 지진……」

그러나 지진은 일어나지 않았고, 이튿날 한나절 동안 리외는 단지 시내를 이곳 저곳 돌아다니면서 환자의 가족과 상의를 하고 환자들과 이야기를 나누기도 하면서 보냈다. 리외가 자기 직업을 이토록 답답하게 느낀 적은 없었다. 지금까지, 환자들은 그가 쉽게 일할 수 있도록 도와 주었고, 아예 그에게 몸을 맡겨 버렸었다. 의사로서의 그는 이번에 처음, 환자들이 사실대로 말하지 않고 경계하는 듯한 일종의 놀라움을 가지고 병의 내면 깊숙이 몸을 피하고 있음을 느꼈다. 그런 현상은 그가 아직 익숙해지지 못한 투쟁이었다. 그리고 그날 밤 열 시경, 마지막으로 왕진을 간 그 천식 환자 할아버지 집 앞에 자동차가 멎었을 때, 리외는 좌석에서 몸을 일으키기가 무척 힘겨웠다. 그는 잠시 그대로 어두컴컴한 길거리와 암흑의 하늘에 명멸하는 별들을 바라보고 있었다.

천식이 있는 노인은 침대에서 일어나 있었다. 호흡도 전보다 쉽게 할 수 있게 된 기색인 듯, 남비에 담긴 이집트 콩을 골라 내어 다른 남비로 옮겨 놓고 있었다. 그는 자못 기쁜 듯한 얼굴로 리외를 맞았다.

「그래 어떻습니까, 선생님. 역시 콜레라인가요?」

「그런 얘기를 어디서 들었어요?」

「신문에서 봤지요. 그리고 라디오에서도 그렇게 말하고 있더군요.」

「그렇지 않아요. 콜레라가 아닙니다.」

「아무튼」노인은 몹시 흥분한 어투로 말했다.「건강한 사람들까지도 걸린다면서요!」

「그런 말은 곧이듣지 않는 게 좋아요.」리외는 말했다.

그는 할아버지의 진찰을 끝내고, 이젠 그 보잘것없는 식당 한가운데 앉아 있었다. 그는 정말 무서워졌다. 이 지역에서도 내일 아침이 되면 10명 정도의 환자들이 임파선 종창 탓으로 몸을 구부리고 그를 기다리고 있으리라는 것을 그는 알고 있었다. 지금까지 겨우 두세 사람의 환자들의 종창 절개가 다소 좋은 결과를 가져 온 데 지나지 않았다. 그러나 대부분의 환자들로서는 그것은 곧 입원이며, 그리고 입원이 가난한 사람들에게 무엇을 의미하는가를 그는 알고 있었다. 「의사들의 실험 재료가 되는 건 싫어요.」 하고 어느 환자의 아내는 그에게 말했던 것이다. 환자는 실험 재료는 되지 않을 것이다. 그는 죽어 버리면 그것으로 끝나는 것이다. 시행된 조치는 불충분한 것으로서 그것은 명백한 일이었다. 이른바 '특별히 설비된 병실'에 대해서 그는 그 실상을 알고 있었다. 두 군데 분관(分館) 병동에서 황급히 다른 환자들을 이전시키고, 창문을 밀폐하고 나서 그 주위에 전염병 격리의 차단선을 설치했던 것이다. 전염병이 자연히 종식하지 않는 한, 행정 당국이 생각하고 있는 정도의 조치로는 도저히 그것을 극복할 수는 없을 것이다.

그러나 그날 밤에도 공식 발표는 여전히 낙관적이었다. 이튿날 랑스도크 통신사는, 현 당국의 조치는 평온한 가운데 시행되고, 벌써 30명 정도의 환자가 신고되었다고 보도했다. 카스텔은 리외에게 전화를 걸어 왔다.

「분관의 수용 능력은 어느 정도인가?」

「80명입니다.」

「물론 시내의 환자 수가 30명 이상이겠지?」「무서워서 신고하지 않는 사람들도 있겠고, 나머지 대부분은 신고를 할 여유조차 없는 사람들이겠죠.」

「매장하는 일은 조사를 받지 않는가?」

「하고 있지 않습니다. 저는 리샤르 씨에게 전화를 걸었지요. 철저한 조치를 취해야 하고, 이러니저러니 말만 하고 있어서는 아무 소용도 없다고요. 질병에 대해 완전한 방벽을 쌓지 않으면 전혀 아무 것도 하지 않는 것만 못하다고 말했지요.」

「그랬더니 뭐라던가?」

「자기에겐 그렇게 할 권한이 없다고 대답하더군요. 제 의견으론 병균의 세력이 더욱 커져 있습니다.」

사흘 동안에, 과연 두 군데 분관은 만원이 되었다. 리샤르가 믿는 바에 따르면, 당국에서는 어느 학교를 접수하여 예비 병원을 준비하려 하고 있는 모양이라는 것이었다. 리외는 한편으로 왁찐을 기다리면서 가래톳 절개를 계속하고 있었다. 카스텔은 도서관에 가서 낡은 책을 찾아내어 오랫동안 읽고 있었다.

「쥐들은 페스트나 혹은 그것과 아주 흡사한 어떤 병균 때문에 죽은 거요.」하고 그는 결론을 내렸다.「그 쥐들이 수만 마리의 벼룩을 퍼뜨려 놓았기 때문에 이것들이 병독을 전파하는 거지. 그야말로 기하급수적으로. 빨리 이걸 막지 않으면……」

리외는 잠자코 듣고만 있었다.

마침 이 무렵에 날씨도 평온을 되찾은 것같이 생각되었다. 태양은 최근의 소나기 때문에 생긴 물구덩이의 물을 펌프처럼 빨아 올렸다. 노란 광선이 넘쳐 있는 맑게 갠 푸른 하늘, 움트기 시작한 서열(暑熱) 속에서의 비행기 소리 등 계절의 모든 것들이 청랑(晴朗)한 느낌을 주었다. 그렇지만 지난 4일 동안 열병은 4단계의 놀라운 비약을 보였다. 사망 16명, 24명, 28명, 그리고 32명. 나흘째엔 어느 유치원 안에 보조 분원이 개설되었다고 보도되었다. 지금까지는 줄곧 불안을 농담으로 얼버무려 온 시민들도 길거리에서 보게 되는 모습에 아주 풀이 죽고 조용해진 것같이 여겨졌다.

리외는 용기를 내어 지사에게 전화를 걸었다.

「지금과 같은 조치로는 불충분합니다.」

「저한테도 숫자가 보고되어 왔는데」하고 지사는 말했다.「실제로 걱정하지 않을 수 없는 숫자입니다.」

「걱정 정도가 아닙니다. 이젠 명료합니다.」

「총독부의 지시를 바라도록 합시다.」

리외는 카스텔이 보고 있는 앞에서 전화를 끊었다.

「지시를 기다리다니! 어떻게든 해 볼 생각을 해야지.」

「그런데 혈청은 어떻게 됐지요?」

「이번 주 안에 올 겁니다.」

구청에서는 리샤르를 통해, 지시를 요청하기 위해 식민지 총독부에 보낼 보고서의 작성을 리외에게 의뢰해 왔다. 리외는 그 보고서에 임상적인 설명과 숫자를 써 넣었다. 같은 날 약 40명의 사망자가 생겼다. 그 자신이 한 말에 의하면, 지사는 자기 책임하에 당장 내일부터 소정의 조치를 더욱 강화하기로 했다. 의무적인 신고와 격리는 여전히 계속되었다. 환자가 생긴 집들은 폐쇄되고 소독되었으며, 근친자는 일정한 기간 동안 예비적으로 격리되어야 하고 매장은 시에 의해 행해지며, 그 조건은 추후 발표하기로 되었다. 하루 늦게 혈청이 비행기편으로 도착했다. 그것은 현재 치료중인 환자들에게는 적절한 분량이었다. 그러나 앞으로 질병이 만연한다면 그것으로는 불충분했다. 리외의 전보에 대해, 구급용 저장품은 이미 떨어져 버려서 새로 만들기 시작했다는 회신이 왔다.

그러는 동안에도 인근의 모든 교외에서 봄은 시장으로 찾아들어왔다. 수천 송이의 장미꽃이 죽 보도를 따라 꽃장수들의 바구니 속에서 시들고, 그 감미로운 향기가 거리에 온통 떠돌고 있었다. 언뜻 보기엔 하나도 달라진 것이 없었다. 전차는 여전히 러시 아워 때는 만원이고, 낮에는 텅 비어 있었으며 지저분했다. 타루는 그 자그마한 노인을 관찰하고 있었고, 그 노인은 고양이들에게 침을 뱉어 주고 있었다. 그랑은 밤마다 집에 돌아와 수수께끼 같은 일을 계속하고 있었다. 코타르는 여기저기를 돌아다녔고, 예심 판사인 오통 씨는 여전히 그의 애완 동물을 데리고 다녔다. 천식이 있는 할아버지는 완두콩을 옮겨 넣고 있었고, 냉정하고 매사에 자못 관심이 있는 듯한 신문기자 랑베르 씨의 모습도 이따금 보였다. 밤이 되면 늘 똑같은 군중이 길거리를 메우고 영화관 앞에는 행렬이 이어졌다. 그리고 전염병도 쇠퇴한 것같이 보였으며, 며칠 사이에 겨우 10명 남짓한 사망자가 생겼을 뿐이었다. 그러나 돌연 그 숫자는 거침없이 늘어났다. 사망자 수가 다시 30명 대에 이른 날, 베르나르 리외는 「아주 겁을 먹어 버렸군.」 하고 말하며 지사가 내민 관용 전문을 들여다보고 있었다. 전문에는 이렇게 적혀 있었다. ‘페스트임을 선언하고 시를 폐쇄하라.’

2

이 순간부터 페스트는 우리들 모두의 사건이 되었다고 할 수 있다. 그때까지는 이런 기괴한 일들에 의해 빚어진 놀라움과 불안에도 불구하고, 시민 각자는 평소의 장소에서 여하튼 불완전하나마 저마다의 업무를 계속하고 있었다. 그리고 모름지기 이런 상태는 계속될 터였다. 그러나 일단 이 도시의 대문이 폐쇄되어 버리자 그들은 모두(필자 자신도 그러했지만) 독 안에 든 쥐가 되었으며, 그 안에서 그럭저럭 지내야 한다는 것을 깨달았던 것이다. 그래서 예컨대 사랑하는 사람과의 별거 같은 극히 개인적인 감정이 이미 처음 몇 주부터 갑자기 시민 전체의 감정이 되었으며, 공포심과 함께 이 오랜 격리 기간의 주요한 고통이 되었던 것이다.

시문(市門)이 폐쇄되면서 가장 두드러지게 나타난 결과의 하나는, 사실 그럴 생각이 전혀 없었던 사람들이 돌연 별거 상태에 놓이게 된 일이었다. 어머니와 아이들, 부부, 연인들은 며칠 전만 하더라도 그저 일시적인 작별이라고 생각했었기에 역의 플랫폼에서 두세 마디 서로 당부의 말을 주고받으며 포옹했었다. 또한 며칠이나 몇 주일 후에 재회할 수 있다고 확신하며, 인간적인 어리석은 신뢰감에 잠겨서 이 이별 때문에 오히려 일상적인 근심들로부터 어느 정도 해방되었다고까지 느끼기도 했었다. 그런데 이젠 단 한번의 페스트 기습 때문에 어떻게 할 도리도 없이 떨어지게 되어, 서로 만나지도 편지를 주고받지도 못하게 되었던 것이다. 왜냐하면 주지사의 포고가 발표되기 몇 시간 전에 폐쇄가 단행되고, 또 당연한 일이지만 개개의 특례(特例)를 고려하는 것은 불가능했기 때문이다. 이 질병의 사정 없는 침입은 그 최초의 결과로서, 이 도시의 시민에게 마치 개인 감정 등이 전혀 없는 사람처럼 행동하게 만들었던 것이다. 포고가 시행된 날의 처음의 몇 시간 동안은 구청은 무리를 지은 진정자들의 공격을 받았는데,

그들은 전화기나 혹은 담당자 앞에서 모두 절실하면서도 동시에 검토가 불가능한 각자의 사정을 지껄여 대는 것이었다. 실제로 우리가 전혀 타협의 여지가 없는 상황에 처해 있으며, '타협'이나 '특전'이나 '예외'라는 말들이 전혀 의미가 없어져 버렸음을 납득하기까진 여러 날이 지나야 했던 것이다.

편지를 쓴다고 하는 사소한 만족조차 우리에겐 주어져 있지 않았다. 사실상 이 도시는 통상적인 교통 수단으로는 국내의 다른 지역과 연락을 할 수 없게 되었을 뿐만 아니라, 또 새로운 포고에 의해 편지가 병독의 매개로 되는 것을 막기 위해, 일체의 서신 교환이 금지되어 버린 것이다. 처음 며칠 동안은 특권적인 지위에 있는 두세 사람은 시의 출구에서 보초를 매수하여, 외부에 소식을 전하게 할 수 있었다. 그러나 그것도 질병이 발생한 초기의, 보초들이 동정에서 생기는 충동에 꺾이는 것도 당연하다고 생각될 시기의 일이었다.

그러나 얼마쯤 시일이 지나 그 보초들도 사태의 중대성을 십분 파악해 버리자, 그 결과가 어디까지 미칠지 예상도 할 수 없는 그런 책임을 지는 일을 거부하게 되었다. 처음에 허용되어 있던 시외 전화도 그 때문에 공중 전화와 회선의 큰 혼잡을 일으키기에 이르러, 며칠 동안 전면적으로 금지되고, 이어 사망과 출생, 결혼 같은 이른바 긴급한 경우에만 쓰도록 엄중히 제한되었다. 그래서 전보가 우리들에게 남겨진 통신의 유일한 수단이었다. 이해와 애정과 혈연에 의해 맺어져 있는 사람끼리, 결국 겨우 몇 마디의 전문의 대문자 속에서나 지난날의 오랜 정분의 표시를 찾아야 할 지경이 되었다. 그리고 사실상 전보에 사용할 수 있는 문구는 이내 밑바닥이 드러나게 되는 것이므로, 오랜 공동 생활이나 혹은 고민에 싸인 정열 같은 것도, 결국은 '여기는 무사, 걱정하고 있다, 건강을 빈다.'고 하는 상투적인 어구의 정기적인 교환으로 급속히 바뀌어 갔던 것이다.

우리들 중에서도 어떤 사람들은 그래도 여전히 편지를 쓰는 일에 집착하여, 외부와 서신을 주고받기 위해 갖가지 방안을 궁리해 내는 것이었으나, 결국 항상 빗나가는 것을 확인하는 결과로 끝났다. 설령 또 이쪽에서 궁리한 몇 가지 방안이 성공했더라도, 회답이 오지 않으니 상대방에 관해서는 아무 것도 알지 못했다. 그래서 여러 주일 동안이나 우리는 끊임없이 같은 편지를 고쳐 쓰고, 같은 정보, 같은 호소를 되풀이하게 되어 버린 끝에, 어느 기간이 지나면 처음엔 우리들의 심장에서 피가 뚝뚝 떨어지는 것같이 신선하게 나온 말도, 완전히 그 의미가 상실되어 버리는 것이었다. 그래서 우리는 그저 기계적으로 그것을 고쳐 쓰면서, 그런 죽은 어구를 통해 우리들의 어려운 생활의 징표를 보여 주려고 애쓰고 있었다. 그리고 마지막엔 소득이 없는 이런 끈질긴 독백, 이 무미건조한 벽과의 대화보다는, 전보의 틀에 박힌 호소 쪽이 그래도 좀더 낫다고 생각되었던 것이다.

그런데 며칠 후, 누구든지 이 도시에서 나갈 수 있는 가망이 없다는 것이 명백해졌을 때, 사람들은 전염병이 발생되기 전에 나간 사람들의 귀환이 허용되는지 어떤지를 물어 보려고 생각하게 되었던 것이다. 며칠 동안 고려한 후 구청은 긍정적으로 대답해 주었다. 그러나 거기에 단서를 붙여서, 복귀하는 사람은 어떤 경우에도 다시 외부로 나가지는 못하며, 돌아오는 것은 자유지만 나가는 것은 그렇지 않다는 것을 명확하게 했다. 그래도 여전히 약간의 가정 —— 매우 소수이기는 했지만 —— 에서는 사태를 경솔하게 판단하여, 살붙이를 다시 만나고 싶다는 욕구를 모든 조심성보다 앞세워, 상대방에게 이 기회를 이용할 것을 권했던 것이다. 그러나 너무나 빨리 페스트의 포로가 되어 버린 사람들은 그렇게 함으로써 근친을 위험에 부딪치게 한다는 것을 이해하고, 이 이별을 체념하여 감내하려고 했다. 병세가 가장 심각해졌을 때엔 인간적인 감정 쪽이 고뇌에 시달리는 죽음에 대한 공포보다도 강했다고 하는 예는, 단 한 건밖에 볼 수 없었다. 그것도 사람들이 기대할 성싶은, 사랑 때문에 고통을 초월하여 서로 끌리는 연인끼리의 경우는 아니었다. 그것은 다름 아닌, 이미 오랜 세월 동안 결혼 생활을 계속해 온 늙은 의사 카스텔과 그 부인의 경우였다. 카스텔 부인은 전염병이 발생하기 2, 3일 전에 어느 인근 소도시에 가 있었던 것이다. 그들은 별로 모범적인 행복의 본보기를 세상에 보여 줄 만한 부부도 아니었고, 필자가 여러 면으로 생각해 보건대 이 부부는 지금까지 자기들의 결합에 만족을 하고 있었는지 어떤지 피차 확실치 않았다고 말할 수 있는 근거를 가지고 있다. 그런데 느닷없는, 더구나 오래 끌게 된 이 별거는 그들이 서로 떨어져서는 살 수 없다는 것, 그리고 돌연 밝혀진 이 진상에 대해서는 페스트 따위는 별것도 아니라는 것을 서로 확신시키기에 이르렀던 것이다.

이 경우는 하나의 예외였다. 대부분의 경우 별거는 이젠 명백하게 전염병이 종식되기까지 끝나지 않을 셈이었다. 그리고 우리들 모두에게 있어 우리들의 생활을 이루고 있었던 감정, 더구나 우리가 충분히 다 알고 있다고 생각하고 있던 감정(오랑 사람들은, 전에도 말했지만 단순한 정열을 지니고 있다)이 하나의 새로운 면모를 드러내기 시작했다. 아내나 연인에 대해 최대의 신뢰를 품고 있는 남편이나 애인들이 스스로 질투가 심한 남자임을 발견했다. 애정에 경박하다고 자인하고 있는 남자들이 변함 없는 성실성을 되찾았다. 어머니 곁에서 살면서 번번이 그 얼굴을 바라보려고도 하지 않았던 아들들이, 그들의 기억 속에 머무르고 있는 어머니 얼굴의 주름살 한 가닥에도 온갖 불안과 그리움을 쏟게 되었다. 이 이음매가 없고 느닷없는 앞날을 예상도 할 수 없는 별거에 우리는 그저 당황해지고, 지금도 여전히 퍽 가까우면서도 지극히 먼 그 모습의 추억에 항거할 방도도 모르는 상태에서, 이젠 그 추억이 우리들의 나날을 점령하고 있었던 것이다. 사실 우리는 이중의 고뇌에 시달리고 있었다. 우선 우리들 자신의 괴로움과, 또 아들이나 아내나 연인 등, 집에 없는 사람들의 몸에 상상되는 괴로움이었다.

그것도 다른 경우에 처했더라면 시민들은 좀더 외면적이고 활동적인 생활의 돌파구를 찾아낼 수도 있었을 것이다. 그러나 페스트는 일시에 시민들을 한가한 신세가 되게 하여 음울한 시내를 빙빙 돌아다니는 수밖에 없게 하였고, 날마다 공허한 추억의 유희에 잠기게 했던 것이다. 왜냐하면 정처 없이 산책을 할 때 그들은 결국 언제나 같은 길을 지나가게 되었고, 더구나 대개의 경우 이런 작은 도시에서의 길은 틀림없이 그 전의 시대에, 지금은 곁에 없는 그 사람과 함께 돌아다닌 길이라는 결과가 되는 것이었다.

이처럼 페스트가 우리 시민에게 가져다 준 최초의 선물은 곧 추방 상태였다. 그래서 필자 자신이 그때 느낀 일은 곧 대부분의 시민과 동시에 느낀 일이므로, 그것을 모든 사람들의 이름으로 여기에 적어둘 수가 있다고 생각한다. 실제로 바로 이 추방감이야말로 우리들의 마음에 항상 깃들어 있는 그 공허하고 명확한 감정의 움직임——과 거로 거슬러 올라가거나, 혹은 반대로 시간의 걸음을 빨라지게 하려고 하는 부조리한 소망이며, 찌르는 듯한 그 추억의 화살——이었다. 가령 우리가 이따금씩 상상의 나래를 펴고 귀가한 사람이 울리는 초인종의 소리나 혹은 층계를 오르는 귀에 익은 발소리를 즐거운 마음으로 기다려 볼지라도, 그리고 그 순간 기차가 움직이지 않게 되어 있는 것을 스스로 잊으려 한다 해도, 그래서 대개 저녁때의 급행으로 온 여객이 이 지역에 도착하는 시각에 맞춰 집에 있도록 해 볼지라도, 물론 그런 유희는 오래 계속하고 있을 수 없었다. 반드시 어떤 순간이 와서 기차는 도착하지 않는다는 것을 우리는 분명히 깨닫게 되는 것이다. 그때 우리는 우리들의 별거가 계속될 운명에 있고, 시간에 대해 적절하게 절충을 하도록 노력을 해야 한다는 것을 알게 된다. 그래서 우리는 결국 현재의 포로의 처지를 다시 완전히 인식하여 과거의 일에만 몰려 버리고, 또 가령 그 중의 두세 사람이 미래에 살고 싶다는 유혹을 느끼고 있었더라도, 상상을 마음의 의지로 삼으려 하는 사람이 결국 그 때문에 입는 상처의 고통을 느끼고, 적어도 되도록 빨리 그것을 처벌해 버리는 것이었다.

특히 시민 일동은 격리되어 있는 날짜를 헤아리는 습관조차도 공공연하게 서둘러 떨쳐 버리고 말았던 것이다. 그것은 왜냐하면 가령 제일 비관적인 사람들이 그것을 예컨대 6개월로 예정하고, 닥쳐올 그 다량의 온갖 고통을 미리 다 맛보았을 때, 이 시련의 높이에까지 간신히 용기를 내어 그런 오랜 나날의 계속된 고뇌의 정상에도 약해지지 않으려고 마지막 힘을 짜내고 있을 때, 우연히 만난 친구라거나 신문에 발표된 의견이라거나 순간적인 의혹, 혹은 갑작스런 통찰 등이 결국 이 전염병이 6개월 이상은 계속되지 않는다는 어떤 이유도 없고, 어쩌면 1년 혹은 더 이상 계속되는지도 모른다는 생각을 그들로 하여금 품게 하는 것이다.

그렇게 되었을 때 그들의 용기, 의지, 그리고 인내의 붕괴는 실로 급격하여, 이젠 영원히 그 시궁창에서 기어 올라오지 못할 것이라고 느껴질 정도였다. 따라서 그들은 자기들이 해방될 날을 결코 생각하지 않으려고 하고 미래 쪽은 돌아다보지 않으려 했다. 이를테면 항상 눈을 내리깐 채로 있으려고 했다. 그러나 이와 같은 조심스러움, 고통을 벗어나려고 하고 전투를 거부하기 위해 스스로 경계심을 단념하는 이런 방법으로서는 당연히 좋은 결과를 얻지 못했다. 그들은 어떤 일이 있더라도 생기게 하고 싶지 않은 그 붕괴를 피하는 동시에, 또 사실상 닥쳐올 회합의 이미지 속에 페스트를 잊을 수 있다고 하는, 상당히 빈번한 순간을 필경 스스로 빼앗기게 되었던 것이다. 그리하여 그들은 그 심연(深淵)과 정상의 중간지점에 좌초되어, 삶을 영위한다기보다는 차라리 표류하면서, 기약도 없는 나날과 메마른 추억 속에 몸을 맡긴 채 망령처럼 살아 나갔는데, 사실 이들이야말로 고통스러운 대지 속에 뿌리를 박으려고 애쓸 때만 힘을 낼 수 있는 진정한 망령이었던 것이다.

그들은 이렇게 해서 아무 쓸모도 없는 기억을 품고 생활을 하는, 모든 죄수와 모든 유형자들의 심각한 고통을 맛보았다. 그들이 끊임없이 회상하고 있는 그 과거조차, 그저 회한의 쓴 맛을 지닐 뿐이었다. 사실 그들은 되도록이면 그 과거에, 그들이 현재 기다리고 있는 그나 혹은 그녀와 함께 할 수 있는 동안에 미처 해 두지 못했음을 아쉽게 생각하는 모든 일들을 덧붙이고 싶었던 것이고 동시에 또 자기들의 포로 생활의 모든 정황, 비교적 행복한 정황에조차도 그들은 그 부재(不在)의 사람들을 한데 합치려고 했었지만 자기들의 현재의 상태는 그들을 만족시키지 못했다. 자신의 현재에 초조하고 과거에 한을 품은 데다 미래를 빼앗긴 그런 우리들의 모습은, 인류의 정의나 또는 증오 때문에 쇠창살 속에서 살게 된 사람들과 흡사했다. 이 견디기 어려운 휴가에서 벗어나는 유일한 방법은, 상상에 의해 기치를 달리게 하고, 실제로는 끈덕지게도 침묵만 하는 초인종의 반복된 울림소리를 들으며 시간을 메워 가는 것이었다.

그러나 유형이라고 해도 대부분의 경우 그것은 자택에서의 유형이었다. 그리고 필자는 일반 사람들과 같은 유형밖에 경험하지 않았지만, 예컨대 신문기자 랑베르와 그 밖의 사람들처럼, 마침 페스트에 붙들려서 시내에 억류된 여행자로서 곁에 돌아오지 못하게 된 상대방으로부터도, 자기 고향이었던 나라로부터도 다같이 격리되어 버렸다는 사실에 대해, 별거의 고통이 더 커져 있는 것 같은 반대의 경우도 간과할 수는 없다. 전반적인 유형 중에서도 그들은 특히 중형(重刑)의 유형이었다. **왜냐하면** 그들은 다른 사람들과 마찬가지로 시간 본래의 초조감에 사로잡히는 동시에 또 공간에도 묶여서, 페스트가 침범한 그 임시 주거와 잃어버린 고향을 막는 벽에 끊임없이 부딪치고 있었던 것이다. 온종일 먼지투성이의 시가지를 헤매는 모습이 보인다면 모름지기 그들이 틀림없고, 그들만이 알고 있는 저녁 경치와 그들 고장의 아침을 그렇게 하여 회상하고 있었다. 그렇게 해서는 날아다니는 제비나 저녁놀이나, 이따금 인기척이 없는 노상에 태양이 떨구고 있는 기묘한 광선 같은 헤아릴 수도 없는 징표나, 막연한 소식에도 그 고뇌가 더 깊어지게 하는 것이었다. 항상 모든 것에서부터 구제해 주는 이 외계(外界)라는 것에 관해서도, 그들은 그것에는 눈을 감고 오로지 한마음으로 너무나 생생한 자신의 공상을 아껴서, 어떤 종류의 광선과 두세 군데의 언덕이며, 마음에 든 나무와 여자들의 얼굴이 그들에겐 티없이 소중한 풍토를 만들어 주고 있는 고장에 관해, 한껏 그 이미지를 추구하고 있었던 것이다.

  마지막으로 특히 분명히 연인들——가장 흥미가 있고, 또 필자가 모름지기 그것을 얘기하기에 제일 적절한 위치에 있는 이 사람들——에 관해 말한다면, 그들은 또 다른 번민에도 시달리고 있었는데, 그 중의 하나로 후회라는 것을 들지 않을 수 없다. 이번 사태는 사실 그들에게 자신의 감정을 일종의 열병 비슷한 객관성을 가지고 고찰할 수 있도록 해 주었다. 그리고 그런 기회에 그들 자신의 실수가 그들 눈에도 명확하게 보이지 않는 경우는 드물었다. 그것은 우선, 곁에 없는 상대방의 행위와 동작을 정확히 상상하는 데 어려움을 느낀다는 점에서 최초의 계기를 찾아냈다. 그렇게 되면 상대방이 시간을 어떻게 보내는지를 현재의 자기가 모르고 있다는 것이 서글퍼진다. 그리고 그것에 대해 묻기를 게을리하고, 사랑하는 사람에게 있어서 사랑하는 상대방의 소일 방법이 모든 기쁨의 원천은 아닌 것처럼 가장했던 자신의 경솔함을 스스로 책망하는 것이었다. 이제 이 순간부터 그들이 자기들의 애정의 자취를 거슬러 올라가, 그 불완전했던 점을 음미하는 것은 쉬운 일이었다. 보통 때라면 우리들은 누구나 의식적이건 무의식적이건간에 완전한 사랑은 있을 수 없으며 또 우리의 사랑은 보잘것없다는 것을 인정했던 것이다. 그러나 추억이라는 것은 더 제멋대로이다. 그리고 그야말로 이치에 합당한 일이지만, 외부에서 내습하여 도시 전체를 덮친 이 불행은, 우리 모두가 분개할 수도 있었던 그 당치도 않은 괴로움만을 가져 온 것은 아니었다. 그것은 또한 우리가 스스로를 고통에 빠뜨리고 그 고통을 받아들이도록 했던 것이다. 이것은 전염병의 특유한, 주의를 딴 데로 돌리게 하고 사태에 분규가 생기게 하는 술책의 하나였다.

이렇게 하여 각자는 혼자 하늘만 바라보면서 그날그날을 살아가는 것을 승복해야 했다. 이러한 일반인들의 버림 받은 상태는 오랜 동안에는 결국 사람들의 성격을 단련할 만한 성질의 것이었지만, 처음에는 사람들을 하찮은 일에 움직이게 하는 경박한 인간이 되게 했다. 예컨대 시민 중의 어떤 축들은 거기서 또 다른 노예 상태에 빠져, 태양과 비에 의해 마음대로 지배되는 인간이 되어 버렸다. 그들의 기색을 보고 있노라면 난생 처음으로, 그것도 직접 그날 날씨에 대한 반응을 보이는 것처럼 여겨졌다. 단지 금빛 광선이 비치는 것만으로 못내 기쁜 듯한 얼굴을 하고 있는가 하면, 비가 오는 날에의 그들의 얼굴과 생각은 두꺼운 장막에 싸이는 것이었다. 그들도 몇 주일 전에는 그러한 허약함과 이성을 잃은 것 같은 연속 상태에 빠지지 않아도 됐었는데, 그것은 그들이 세계에 대해 외토리가 아니며 어떤 의미에서는 자기와 함께 살고 있는 인간이 자기가 사는 세계의 앞쪽에 개재(介在)해 주고 있었기 때문이었다. 반대로 이제 이 순간부터, 그들은 어쩔 수 없이 하늘의 변덕에 맡겨지게 되어, 이유도 없이 괴로워하고 또 희망을 품게도 되었던 것이다.

이와 같은 극도의 고독 속에서는 요컨대 누구든지 이웃사람의 도움을 기대할 수 없고, 저마다 혼자 따분하게 지내고 있을 뿐이었다. 가령 우리들 중의 한 사람이 어쩌다가 자기 감정상의 어떤 일을 털어놓거나 혹은 얘기하려고 했더라도 이에 대한 상대방의 대답은 어떤 대답이건 대개의 경우, 그의 마음에 상처를 주는 것이었다. 그러면 그는 결국 그 상대방과 자기는 같은 얘기를 하고 있지 않았다는 것을 깨닫는 것이다. 그는 실제로 오랜 반추(反芻)와 고뇌의 나날의 깊은 밑바닥에서 표현을 한 것이었고, 상대방에게 전하고 싶어하는 이미지는 기대와 정열의 불로 오랫동안 익힌 것이었다. 이와 반대로 상대방은 흔해빠진 감동과 시중에서 파는 상품 같은 슬픔과 통틀어 묶은 감상 정도로 생각하고 있었다. 호의적이거나 반발적이거나 그 대답은 항상 표적을 빗나가 있어, 결국 체념을 하는 수밖에 없었다. 혹은 적어도 침묵이 견딜 수 없게 여겨지는 것 같은 사람들의 경우 등에는, 남들이 진심에서 우러나오는 말을 쓸 줄 모르는 이상, 그들도 처음부터 차라리 시장 바닥의 말을 쓰고 자기도 또한 상투적인 말투로, 단순한 이야기 책이나 잡보(雜報)나, 어떤 점에서는 날마다의 신문 기사 같은 형식으로 얘기하는 것이었다. 이런 경우에도 또한 가장 진실한 슬픔이 회화의 진부한 방식으로 번역되어 버리는 길이 통례로 되었던 것이다. 겨우 이런 대가를 치름으로써 페스트의 포로가 된 사람들은 문지기의 동정을, 혹은 얘기를 듣는 상대자의 관심을 얻을 수 있었던 것이다.

그렇지만 이것은 가장 중요한 점인데, 이와 같은 고뇌가 아무리 괴로웠다 해도, 무거우면서도 공허한 이런 마음을 품고 있는 것이 아무리 답답했다 해도, 이런 유형수들은 페스트의 제 1 시기에 있어서는 확실히 혜택을 받은 사람들이었다고 할 수 있다. 사실 시민이 광란 상태에 빠지기 시작했을 때조차 그들의 생각은 죄다 그들이 기다리고 있는 사람들 쪽으로 쏠려져 있었다. 일반적인 슬픔 속에서도 사랑의 이기주의가 그들을 지켜 주었고, 또 그들이 페스트에 대해 생각한다고 하더라도 그것은 항상 페스트가 그들의 별거를 영구적인 것으로 만들 위험성이 있다고 하는 범위에서인 데 지나지 않았다. 이리하여 그들은 전염병이 한창 기승을 부릴 때조차도 건전한 오락을 즐겨 왔는데, 그것은 어쩌면 냉정하다고 간주될 수 있을 정도였다. 그들의 절망이 그들을 공포 상태에서 구제하고 그들의 불행에는 좋은 면도 있었던 것이다. 가령 그들 중의 한 사람이 병마에 쓰러지는 것 같은 일이 있었더라도, 그것은 거의 항상 그들이 그것을 경계할 겨를도 없는 사이에 일어나는 것이었다. 망령을 상대로 계속해 온 그 긴 마음 속의 대화에서 풀려 나왔는가 하면, 그들은 거기서 어떤 중간 상태도 없이 단숨에 대지의 가장 무거운 침묵 속에 내팽개쳐지는 것이었다. 그들은 아무 것도 할 겨를이 없었던 것이다.

우리 시민들이 이 돌연한 유형에 어떻게든 대처하려 시도하고 있는 동안에, 페스트는 시의 출입구에 보초를 배치하고, 오랑 시를 향해 항해하고 있는 선박의 침로를 바꾸게 했다. 시가 폐쇄된 후로 한 대의 차량도 시내에는 들어오지 않았다. 그날부터 자동차는 한 곳을 빙빙 돌기 시작한 듯한 느낌이었다. 항구도 또한 한길의 높이에서 바라보는 사람의 눈에 이상한 외관을 드러내고 있었다. 그곳을 연안 최대의 항구 가운데 하나로 만들었던 평소의 활기는 별안간 사라져 버렸다. 검역중인 몇몇 선박들이 아직도 정박해 있는 것이 보였다. 그러나 부두에는 장치가 제거된 큰 기중기와 옆으로 넘어진 광차(鑛車)며 산더미같이 쌓인 술통과 자루 등이 무역 역시 페스트로 죽었음을 역력히 보여 주고 있었다.

이 생소한 광경에도 불구하고 시민들은 분명히 그들의 몸에 일어난 일을 쉽게 이해하지 못하고 있었다. 별거나 공포 같은 공통의 감정은 있었지만, 사람들은 여전히 개인적인 관심사를 가장 중요하게 생각했다. 누구든지 아직 전염병을 진심으로는 인정하고 있지 않았던 것이다. 대부분의 사람들은 그들의 습관을 방해하거나, 혹은 그들의 이익을 침범하는 일에 대해 특히 민감했다. 그들은 그 때문에 안달이 나거나 초조해지기도 했지만, 그런 면이 결코 페스트와 맞서게 할 수 있는 것 같은 감정은 아니었다. 그들의 최초의 반응은 예를 들면 시청 당국에 죄를 뒤집어 씌우는 것이었다. 신문에 반향이 되어 나타나는 여러 가지 비판 '책정된 조치의 완화를 고려할 수는 없는 것일까?'에 대한 지사의 대답은 상당히 예상 밖의 것이었다. 그때까지는 각 신문이나 랑스도크 통신사도 전염병에 관한 통계의 공식 통보는 받지 못했던 것이다. 지사는 그것을 날마다 통신사에 통고하고, 그것을 매주 보도하도록 의뢰했다.

그러나 이 경우에도 아직 시민의 반응은 즉시 나타나지 않았다. 사실 페스트가 발생한 지 3주일이 되었을 때 3백 2명의 사망자가 나왔다고 하는 보도 등은 그들의 예측과 그리 빗나가는 숫자는 아니었다. 한편으로 생각하면 사망자 모두가 페스트로 죽었다고 할 수도 없었다. 또 다른 면으로 보아도, 평상시 이 도시에서 매주 몇 명 정도가 죽고 있는지 알고 있는 사람은 없었다. 이 도시는 20만의 인구를 가

지고 있었다. 사람들은 이 사망률이 정상적인 것인지 어떤지 알지 못
했던 것이다. 이런 종류의 정확한 지식은 분명히 흥미를 돋우는 것임
에도 불구하고, 사람들이 결코 관심을 기울이지 않는 것이기조차 하
다. 이를테면 대중에게는 비교의 기준이 없었던 것이다. 결국 오랫
동안 사망자의 증가를 확인하기에 이르러, 여론도 진상을 명확하게
이해했던 것이다.

사실 5주째에는 사망자가 3백 21명이 되고, 6주째에 가서는 3백 45
명이 되었다. 적어도 그 증가율은 사태의 심각성을 잘 말해 주고 있
었다. 그러나 그것도 충분히 강력한 수치는 아니어서 시민들은 불안
에 싸여 있으면서도, 이것은 확실히 걱정을 해야 할 일임에는 틀림없
지만 결국은 일시적인 것이라는 인상을 여전히 떨쳐 버리지 못하고
있었던 것이다.

그래서 그들은 여전히 거리를 줄지어 걸어다니고 카페의 테라스에
서 탁자를 둘러싸고 앉아 있었다. 전반적인 관점에서 볼 때 그들은
비굴한 태도는 아니었으며 넋두리보다는 농담을 더 잘 하면서, 분명
히 일시적인 것으로 알고 있는 여러 가지 부자유를 기분 좋게 받아들
이려고 하는 기색을 보였다. 겉으로 보기에는 별다른 이상이 없었다.
그러나 월말쯤, 그리고 기도 주간(이에 관해서는 어차피 나중에 말하겠
지만) 행사가 가까워지자, 더 심각한 변모가 이 도시의 겉모양을 변
화시켰다. 첫째, 지사는 승용차의 운행과 식량 보급에 관한 조치를
취했다. 식량 보급은 제한되고 휘발유는 할당제로 되었다. 전력의 절
약까지 규제되었다. 겨우 생활 필수품만 육로와 공로를 통해 오랑 시
에 수송되고 있었다. 그리하여 차량의 운행은 점점 감소하여 끝내는
거의 없다시피 되고, 사치품 상점은 날마다 잇따라 문을 닫았다. 그
뿐 아니라 다른 상점들도 진열장에 문을 닫는다는 게시판을 내걸고,
한편 그런 상점 앞에는 물건을 사려는 사람들이 줄을 서 있게 되었
다.

오랑 시는 이제 이상한 모습을 띠게 되었다. 보행자는 눈에 띄게
많아지고, 더구나 한산한 시각에조차 상점이나 혹은 몇몇 사무소 등
의 폐쇄로 아무 것도 할 일이 없어진 많은 사람들이 길거리며 카페를
가득 메우고 있었다. 그러나 그들은 아직 일터를 잃은 것은 아니고

휴가를 보내고 있을 뿐이었다. 그래서 오랑 시는 예컨대, 오후 세 시경 맑게 갠 날 같은 때면 축하 행사를 벌이고 있는 거리로 자칫 착각을 할 것같은 인상을 주어, 뭔가 공적인 행사가 벌어지기 때문에 교통을 멈추고 상점을 폐쇄하여, 시민이 그 축제 소동에 참가하려고 거리에 넘쳐 나오기라도 한 듯싶었다.

물론 영화관은 이 일반 사람들의 휴가 상태 때문에 이익을 얻어 크게 돈벌이를 했다. 그러나 도내(道內)의 필름의 배급망이 두절되어 두 주일 후엔 각 영화관끼리 프로그램을 서로 교환하지 않을 수 없게 되고, 어느 기간 후엔 항상 같은 필름만을 돌리게 되어 버렸다. 그래도 그 수입은 감소하지 않았다.

끝으로 카페는 포도주와 알콜 음료의 판매가 제일 큰 몫을 차지하고 있어, 전부터 축적된 상당량의 재고품 덕분으로 말미암아 그들 역시 고객의 요구를 만족시킬 수가 있었다. 실제로 사람들은 무척 마셔댔다. 어느 카페에서 '순수한 알콜은 세균을 죽인다'고 하는 벽보를 내붙였기 때문에, 그렇지 않아도 알콜은 전염을 예방한다고 하는 공중의 자연스런 생각이 그들의 의견 속에서 강해졌다. 밤마다 두 시경, 카페에서 쫓겨난 적지 않은 주정꾼들이 거리에 넘쳐서, 자꾸 낙관적인 말을 큰소리로 지껄여대고 있는 것이었다.

그러나 이런 변화는 어떤 의미에서 정말 이상하고, 더구나 실로 급속하게 진행되었으므로, 그것을 지속성이 있는 정상적인 것으로 보는 것은 결코 쉬운 일이 아니었다.

그 결과로 우리는 여전히 자기들의 개인적인 감정을 첫째 관심사로 생각하고 있었던 것이다.

시문이 폐쇄된 지 이틀 후, 의사 리외는 병원에서 나오면서 코타르를 만났는데, 그는 아주 흡족해 보이는 표정을 지어 보였다. 리외는 그의 안색이 좋아졌음을 축하해 주었다.

「그렇습니다. 아주 건강이 좋습니다.」하고 이 자그마한 사내는 말했다. 「그런데 선생님, 어떻습니까, 이 페스트라는 것이 점점 심해져 오는 것 같지 않습니까?」의사는 그것을 인정했다. 그러자 코타르는 어쩐지 재미있어 하고 있기라도 하는 듯한 말투로 이렇게 말했다.

「그게 이제 와서 멈출 이유는 아무 것도 없으니까요. 이제 곧 그야말로 무서운 소동이 벌어질 겁니다.」

두 사람은 한동안 함께 걸었다. 코타르는 그가 살고 있는 지역의 식료품 상점 주인이 잔뜩 비싸게 팔 작정으로 식료품을 비축하고 있었는데, 발병한 그를 병원에 데려가기 위해 찾아갔을 때, 침대 밑에서 많은 통조림이 발견되었다는 얘기를 했다. 「결국 그대로 병원에서 죽었지요, 페스트가 어디 물건 값을 대신 내주나요.」코타르는 이렇게 이번 전염병에 관한, 사실과 거짓말이 뒤섞인 화제를 듬뿍 가지고 있었다. 가령 중앙 지구에서 어느 날 아침 한 남자가 페스트의 징후를 보였는데, 그는 정신 착란 상태 속에서 바깥으로 뛰어 나가, 느닷없이 만난 한 여자에게 덤벼들어, 나는 페스트에 걸렸다고 고함을 치면서 그 여자를 껴안았다고 하는 것이었다.

「드디어 그런 때가 온 셈이군요.」하고 그런 일을 공정하기에는 어울리지 않는 화사한 말투로 코타르는 주석을 달았다. 「우리는 그야말로 틀림없이 모두 미치광이가 되어 버릴 겁니다.」

이와 마찬가지로 또 같은 날 오후, 조제프 그랑은 드디어 개인적인 고백을 의사 리외에게 하게 되었다. 그는 책상 위에 놓인 리외 부인의 사진을 문득 보고 나서 리외를 돌아다보았다. 리외는 아내가 시외에서 요양을 하고 있다고 말했다.

「어떤 의미로는」하고 그랑은 말했다. 「그건 운이 좋았군요.」리외는 이 말에 대해, 아닌게아니라 그것은 운이 좋았던 게 틀림없지만, 그러나 이렇게 된 바엔 다만 아내가 완쾌해 주기를 비는 수밖에 없다고 대답했다.

「정말 그런 심정은 짐작할 수 있습니다.」그랑은 중얼거렸다.

그리고 리외가 알게 된 이후 처음으로 그는 마음대로 거리낌없이 얘기하기 시작했다. 아직도 말을 골라서 하려는 기색이 보이긴 했지만, 자신이 말하고 있는 내용을 오래 전부터 미리 생각해 두기나 했던 것처럼, 거의 틀림없이 적절한 표현을 하는 데 성공하는 것이었다.

그는 아주 젊은 시절에 가난한 아가씨와 결혼했다. 결혼하기 위해 학업을 중단하고 취직을 했다고 말해도 무방했다. 쟌느와 그는 그 지역에서 한 걸음도 외부에 나가 본 적이 없었다. 그는 늘 그녀 집에 찾아갔고, 그녀의 부모는 입을 꾹 다물고 있는 이 무뚝뚝한 구혼자를 다소 우습게 보고 있었다. 그녀의 아버지는 철도 인부였는데, 비번일 때는 언제나 창가의 한 구석에 앉아 큰 손을 양쪽 무릎에 단정하게 올려놓고, 조용히 생각에 잠긴 듯한 얼굴로 노상의 움직임을 바라보고 있었다. 어머니는 언제나 집안일을 했으며 쟌느가 그것을 거들고 있었다. 쟌느는 너무나 가냘퍼서 그녀가 길을 건너 가는 모습을 보고 있으면 그랑은 불안해지지 않을 수 없을 정도였다. 그의 눈에는 차량들이 비정상적으로 거칠게 지나다니는 것처럼 보였던 것이다. 어느 날, 크리스마스 장식을 해 놓고 있는 가게 앞에서 쟌느는 그 진열장을 감탄하며 바라보고 있다가, 느닷없이 그에게로 몸을 기대면서「어머나, 예쁘기도 해라 !」하고 말했다. 이때 그는 그녀의 손목을 잡았으며, 이렇게 해서 결혼은 결정되었던 것이다.

그랑의 말에 의하면, 그 후의 얘기는 매우 단순한 것이었다. 세상 사람들은 누구나 그런 법이다. 결혼하고, 아직도 다소는 사랑할 수도 있다. 그리고 일을 한다. 부지런히 일을 하다 보면 끝내는 사랑하는 것도 잊어버리게 된다. 쟌느 역시 일을 하고 있었는데, 그것은 그 국장과의 약속이 이행되지 않았기 때문이었다. 이 대목에 관해 그랑이 말하려는 것을 이해하기 위해서는 약간의 상상력이 필요했다. 피로까지 겹쳐서 그는 저도 모르게 더욱 더 말수가 적어졌고, 자기는 사랑을 받고 있다고 생각하는 젊은 아내의 자긍심을 뒷받침해 주려고도 하지 않았다. 일하고 있는 남자, 가난, 서서히 막혀 가는 장래, 저녁 식탁을 둘러 싸는 침묵. 이런 분위기에 정열이 끼어들 여지는 없는 것이다. 쟌느는 아마 몹시 괴로워했을 것이다. 그래도 그녀는 꾹 참고 있었다. 사람은 오랫동안 저도 모르게 괴로워하고 있는 경우가 있는 법이다. 몇 해가 지났다. 그 후 그녀는 떠나 버렸다. 물론 그녀는 그냥 떠나가 버린 것은 아니었다. '무척 당신을 사랑하고 있었어요. 하지만 이젠 너무 지쳐 버린 거예요……. 떠나가는 것을 행복하다고는 생각하고 있지 않지만, 다시 시작하기 위해서는 구태여 행복을 느낄 필요는 없지요.' 이것이 그녀가 써 놓고 간 쪽지의 내용이다.

이번엔 조제프 그랑이 괴로워했다. 그도 리외가 지적한 것처럼 다시 한 번 고쳐 시작할 수도 있었을 것이다. 그러나 솔직히 말해서 자신이 없었던 것이다.

다만 그는 여전히 그녀를 생각하고 있었다. 그가 바라는 바는 그녀에게 편지를 한 통 써서 자신을 해명하는 일이었다. 「그런데 그건 어려운 일이더군요.」하고 그는 말하는 것이었다. 「벌써 무척 오랫동안 그걸 생각하고 있었지요. 서로 사랑하고 있는 동안은 말 같은 건 하지 않아도 피차 알고 있었지만요. 그러나 그렇게 언제까지나 서로 사랑하고 있을 수는 없었습니다. 어느 시기가 왔을 때 그녀를 붙잡아 둘 수 있을 만한 적절한 말을 제가 찾았어야 했습니다. 그런데 저는 그렇게 못했거든요.」그랑은 체크 무늬가 새겨진 손수건 같은 것으로 코를 풀었다. 그리고 그 다음엔 콧수염을 닦았다. 리외는 물끄러미 그 모습을 바라보고 있었다.

「실례했습니다, 선생님.」하고 노인은 말했다. 「하지만 뭐랄까, 아무튼 저는 선생님을 신뢰하고 있습니다. 선생님하고라면 얘기를 할 수 있거든요. 그러면 그만 감정에 끌려 버려서……」

분명히 그랑은 페스트로부터 만 리 밖의 먼 곳에 있었다.

그날 밤 리외는 아내에게 전보를 쳐서, 이 도시가 폐쇄되었다는 것, 자기는 건강하고 그녀가 지금까지 그랬던 것처럼 몸을 조심해야 한다는 것, 그리고 자기는 항상 그녀를 사랑하고 있다는 것 등을 알려 주었다.

도시가 폐쇄된지 3주일 후, 리외가 병원에서 나오는데 젊은 남자 한 사람이 그를 기다리고 있었다.

「어쩌면 저를 기억하고 계실지도 모른다고 생각하는데요.」하고 그는 말했다.

리외는 본 적이 있는 듯싶기도 했지만 얼른 말이 나오지 않았다.

「이런 사건이 일어나기 전에 찾아뵌 적이 있습니다.」하고 상대방은 말했다. 「아라비아인의 생활 상태에 관해 물으러 찾아왔었지요. 레이몽 랑베르라고 합니다.」

「아아, 그렇군요.」리외는 말했다. 「그럼 이번엔 또 굉장한 특종(特種)이 생긴 셈이군요.」

상대방은 어쩐지 신경질이 나 있는 듯한 기색이었다. 그가 말하기로는, 사실은 그런 것이 아니라 의사 리외에게 협조를 부탁하고 싶은 일이 있어서 왔다는 것이었다.

「정말 죄송합니다.」그는 덧붙였다. 「그러나 저는 이 도시에 아무도 아는 사람이 없거든요. 게다가 저의 신문사의 주재원이 어리석은 위인이라서요.」

리외는 중앙 지역의 무료 진료소까지 같이 걸어가자고 말했다. 두세 가지 지시를 해 두어야 할 일이 있었기 때문이다. 두 사람은 흑인가의 골목을 죽 내려갔다. 저녁때가 다가왔으나, 예전에는 그토록 시끄러웠던 분위기가 사라진 시가지는 기묘하리만큼 쓸쓸해 보였다. 아직 금빛으로 물들어져 있는 하늘에 울리는 몇 번인가의 나팔 소리만이 간신히, 군인들이 직무를 수행하고 있다는 기색을 나타내고 있었다. 푸른 색과 카키 색이며 보랏빛 집들의 벽 사이에 난 가파른 비탈길을 걸어가면서, 랑베르는 몹시 흥분해서 지껄였다. 그는 아내를 파리에 남겨 두고 왔다. 정식 아내는 아니었으나 그건 큰 문제가 아니었다. 그는 이 도시가 폐쇄되자 곧 아내에게 전보를 쳤다. 처음엔 이것도 일시적인 일이라 생각하고, 그녀와 서신을 주고받을 수 있는 방도를 찾고 있었던 것이다. 그런데 오랑의 동업자들은 자기들로서는 어쩔 수도 없다고 말했고, 우체국에서는 쫓겨 나왔고, 구청의 어느 서기는 코웃음을 치는 판이었다. 마지막으로 겨우 두 시간을 줄을 서서 기다린 끝에, 전보를 한 통 접수시킬 수가 있어서 이렇게 쳤다. '만사 걱정 없다. 곧 돌아간다.'

그런데 아침에 일어나자, 결국 이런 상태가 얼마 동안 계속될지 자기도 알 수 없다는 생각이 문득 떠올랐다. 그는 출발하기로 결심했다. 소개장을 가지고 있었기에(그의 직업으로서 편의는 얼마든지 있었다) 구청의 관방장(官房長)을 만날 수 있었다. 그래서 자기는 오랑에는 관계가 없는 사람이며, 이 도시에 남아 있거나 하는 것이 능사가 아니라 우연히 있게 되었을 뿐이고, 설혹 일단 외부로 나간 뒤에 격리 기간이 정해지지 않을 수 없게 될지라도, 여하튼 퇴거를 하게 해 주는 것이 정당하다는 것 등을 말했다. 이에 대해 관방장은 사정은 잘 알겠지만 예외를 인정할 수는 없고, 아무튼 생각해 보기는 하겠지만 요컨대 사태는 중대하니 어떻게든지 결정은 할 수 없다는 것이었다.

　「그러나 여하튼」 랑베르는 말했다. 「저는 이 도시와는 관계없는 인간이거든요.」

　「그야 그렇겠지요. 하지만 어쨌든 이 전염병이 그리 오래 계속되지 않기를 바랍시다.」

　마지막으로 리외는 랑베르에게 오랑에는 흥미 있는 보도 재료가 있고, 잘 살펴 보면 좋은 면이 있기 마련이라는 애기를 함으로써 그를 위로하려 했다. 랑베르는 어깨를 움츠렸다. 그들은 마침 중심 지역 근처까지 와 있었다.

　「정말 어이가 없습니다. 아무튼 나는 보도 기사를 쓰기 위해 이 세상에 태어난 건 아니니까요. 그렇지 않고 아마 어떤 여자와 같이 살기 위해 태어났을지도 모르지요. 이건 도리에 합당한 말은 아니지만요.」

　리외는 어떻든 그것은 당연한 말같이 생각된다고 말했다.

　중앙 지역 근처의 한길도 여느 때처럼 북적거리지는 않았다. 몇몇의 통행인이 먼 집으로 급히 걸어가고 있을 뿐이었다. 누구 하나 웃는 얼굴을 보여 주고 있는 사람은 없었다. 리외는 그것을, 이날 있었던 랑스도크 통신사의 보도 결과라고 생각했다. 24시간 후면 시민은 또 다시 희망을 품기 시작할 것이다. 그러나 그 당일에는 그들의 기억 속에 너무나 생생한 숫자가 들어 있었던 것이다.

　「왜냐하면」 하고 랑베르는 느닷없이 또 말문을 열기 시작했다. 「그녀와 나는 최근에 만났지만 그런데도 서로의 마음이 꼭 맞거든요.」

　리외는 아무 말도 하지 않았다.

　「선생님께 폐가 될지는 모르겠습니다만,」 랑베르는 말을 이었다. 「사실은 그저 증명서를 하나 써 주실 수 없을까, 그것만 여쭈어 보고 싶었던 겁니다. 즉 내가 그런 병에 걸리지 않았다는 것을 확인한다는 의미의 증명서이지요. 그게 있으면 도움이 될 것 같아서요.」

　리외는 끄덕이기만 했다. 작은 사내아이가 그의 다리 사이로 갑자기 뛰어들자 그는 그 아이를 안아 일으켜 주었다. 두 사람은 다시 걸음을 옮겨 연병장에 당도했다. 무화과와 종려 나무의 가지가 먼지투성이의 너저분한 공화국(共和國)의 여신상 주위에 먼지를 뒤집어 쓴 채 잿빛이 되어 가만히 드리워져 있었다. 두 사람은 그 기념상 아래에 멈춰 섰다. 리외는 희뿌연 잿빛 도료 같은 먼지로 뒤덮인 신발을 번갈아 땅바닥에 탁탁 털었다. 그는 물끄러미 랑베르의 모습을 바라보았다. 중절모를 약간 뒤로 젖혀 쓰고 넥타이 안으로 와이셔츠의 목 단추를 벗겨 둔 채, 신문기자는 수염도 제대로 밀지 않았으며 좀 시무룩하고 토라진 기색을 보이고 있었다.

「당신 얘기는 잘 알겠지만」 마침내 리외는 말했다. 「그러나 당신 의견은 옳다고는 할 수 없지요. 나는 그런 증명서를 써 드릴 수는 없습니다. 왜냐하면 사실 나는 당신이 그런 병에 걸려 있는지 어떤지조차 모르고, 또 설령 그렇지 않은 경우에도 당신이 우리 진료실에서 나온 순간부터 구청에 들어가는 순간까지의 사이에 병독에 감염되는 일이 없다고는, 나로서도 보장할 수가 없기 때문입니다. 그리고 설혹…….」

「설혹, 어떻다는 겁니까?」 랑베르가 말했다.

「설혹 내가 그런 증명서를 써 드리더라도 그건 당신에겐 아무 도움이 되지 않을 겁니다.」

「왜요?」

「이 도시에는 당신 같은 처지의 사람이 수천 명 있지요. 하지만 그런 사람들을 내 보낼 수는 없으니까요.」

「하지만 페스트에 걸려 있지 않은 그런 사람들까지 말입니까?」

「그건 충분한 이유가 되지 못합니다. 정말 어처구니 없는 일이지요, 나도 잘 압니다. 그러나 그건 우리 모두에게 관계가 있는 일입니다. 있는 그대로 받아들이는 수밖에 없지요.」

「그렇지만 나는 이 고장 사람이 아니거든요.」

「이제부터는 어쩔 수 없이 당신도 이 고장 사람이 되는 거예요. 모든 사람들과 마찬가지로.」

랑베르는 흥분하기 시작했다.

「그렇게 되면 이건 그야말로 인도 문제예요. 아마 당신은 이해하지 못할 겁니다. 심성을 서로 잘 알고 있는 두 사람이 이렇게 따로 떨어져 있게 되는 일이 대체 어떤 것인지.」

리외는 이내 대답하지는 않았다. 그러다가 잠시 후 그것은 자기도 이해할 수 있을 것 같다고 말했다. 그는 랑베르가 아내와 재회하고, 서로 사랑하는 모든 사람들이 다시 합쳐지기를 충심으로 열망하고 있지만, 거기에는 포고와 법률이라는 것이 있고 페스트라는 것이 있어, 그로서는 단지 할 일을 하는 것뿐이라고 말했다.

「아니예요.」랑베르는 씁쓸히 말했다. 「당신은 이해하지 못합니다. 당신은 이성적인 말을 하고 있는 거예요. 당신은 추상(抽象)의 세계에 빠져 있는 거예요.」

의사는 공화국의 여신상 쪽으로 눈을 치켜 올리고, 자기가 이성적인 말을 하고 있는지 어떤지는 모르지만, 명백한 사실을 얘기하고 있으며, 그것은 반드시 같은 일은 아니라고 말했다. 랑베르는 넥타이를 바로잡았다.

「그렇다면 다른 방법으로 어떻게 해야 한다는 얘기군요?」하고 도전하는 듯한 말투로 그는 말을 이었다. 「여하튼 나는 이곳에서 나가겠어요.」

의사는 이번에도 그가 하는 말은 잘 알겠지만, 그것은 자기와는 관계가 없는 일이라고 말했다.

「아니지요. 당신한테 관계가 있는 일입니다.」돌연 울화통이 치민 기색으로 랑베르는 말했다. 「내가 당신을 찾아 온 건, 이번 일을 결정할 때 당신이 크게 관여하셨다는 얘기를 들었기 때문입니다. 그렇다면 적어도 한 건쯤에 대해서는, 자신이 협력해서 작성한 조항이라면 풀어 주실 수도 있을 것이라고 나는 생각한 거지요. 그런데 그런 일이 당신에겐 어쨌든간에 좋은 일이군요. 당신은 누구의 일도 생각지 않은 거예요. 따로 떨어져 있는 사람들의 일 따윈 고려해 보려고도 하지 않았던 겁니다.」

리외는 어떤 의미로는 그것이 사실이고, 자기는 그것을 고려하지 않으려고 했다는 것을 인정했다.

「아니, 알고 있습니다.」랑베르는 말했다. 「이를테면 공익을 위한 직무라는 걸 말씀하시는 것이겠지요. 그러나 공공의 복지라는 것도 한 사람 한 사람의 행복에 의해 이루어지거든요.」

「어쩔 수 없는 일입니다.」멍한 상태에서 깨어난 듯한 표정으로 의사는 말했다. 「이 세상엔 그런 일도 있고, 또 다른 일도 있지요. 심판

을 하는 건 금물입니다. 그러나 화를 내거나 하는 건 부당한 일이에
요. 혹시 당신이 이 문제를 잘 해결한다면 나는 진심으로 기쁘게 생
각할 겁니다. 다만 나에겐 직무상 금지되어 있는 일이 있는 거지요.」
　상대방은 짜증 난 듯이 머리를 흔들었다.
「화를 내서 미안합니다. 그리고 이런 개인적인 일로 시간을 낭비하
게 해서……」
　리외는 앞으로도 경과를 알려 달라고 부탁하고, 자기에 대한 원한
을 품지 않도록 해 달라고 말했다. 틀림없이 자기들 두 사람이 합치
할 수 있는 면이 있을 거라는 얘기였다. 랑베르는 갑자기 난처해진
듯한 기색을 보였다.
「나는 그렇게 생각해요.」 잠시 후 그는 이렇게 말했다. 「내 심정과
당신이 하신 말씀은 어떻든 역시 나도 그렇게 생각해요.」
　그는 머뭇거리다가 다시 말을 이었다.
「하지만 나는 당신이 옳다고는 생각되지 않습니다.」
　그는 펠트 모자를 이마까지 내려 쓰고 빠른 걸음으로 물러갔다. 리
외는 그가 장 타루가 묵고 있는 호텔로 들어가는 것을 보았다.
　잠시 후 의사는 고개를 끄덕였다. 그 신문기자가 자신의 행복에 대
해 조바심하는 것도 일리는 있었다. 그러나 그가 의사를 비난하는 것
이 과연 옳은 일일까? 「당신은 추상의 세계에 살고 있는 거예요.」
페스트가 더욱 기승을 부려, 주평균 환자 수가 5백 명에 이르고 있는
병원에서 지내게 된 나날이 과연 추상이었을까! 불행 속에는 과연
추상과 비현실의 일면이 있다. 그러나 그 추상이 우리를 죽이려고 덤
벼들면 우리는 추상을 상대해야 하는 것이다. 그리고 리외는 그렇게
하는 것이 쉬운 일은 아니라는 것을 알고 있을 뿐이다. 예컨대 그가
알고 있는 그 보조 병원(지금은 셋이 되었다)을 운영해 가는 일 등도
결코 쉽지는 않았다. 그는 진료실을 향한 방에 접수실을 꾸미게 했
다. 바닥을 파내어 크레졸 산액(酸液)의 웅덩이를 만들고, 그 중앙에
는 벽돌로 작은 섬을 만들었다. 환자를 그 섬으로 옮겨서, 재빨리 옷
을 벗기면 그 옷이 물 속에 떨어지도록 해 놓았다. 몸을 깨끗이 씻기
고 물기가 마르면 병원의 껄껄한 잠옷으로 갈아 입혀서 리외에게 넘
겨졌다가 이 병실에 옮겨지는 것이다. 어떤 학교의 실내 체육관까지

이용해야 하게 되어, 모두 5백 개나 되는 병상이 거의 환자로 가득 차 있었다. 그가 직접 지휘하는 아침의 접수가 끝나면, 환자에게 왁찐 주사를 놓고 임파선종의 절개를 끝내고 나서, 리외는 또 다시 각종 통계를 검토한 뒤, 오후의 택진(宅診)차 돌아온다. 마지막으로 밤에는 왕진을 갔다가 늦게서야 집에 돌아온다. 그 전날 밤, 리외의 어머니는 며느리인 리외 부인에게서 온 전보를 아들에게 넘겨 주려고 하다가, 그의 손이 떨리고 있는 것을 보았었다.

「예, 그래요.」하고 그는 말했다. 「그러나 잘 버티고 애쓰다 보면 저도 좀 신경이 안정되겠지요.」

그는 몸이 튼튼하고 내구력(耐久力)이 있었다. 그리고 사실 아직 지쳐 있지는 않았다. 그러나 예컨대 날마다 왕진하는 일이 그로서는 무척이나 견디기 어려웠다. 전염성의 열병이라고 진단하는 것은 결과적으로 이내 환자를 데려가게 하는 일이었다. 여기서부터 사실 추상과 곤란이 시작되는데, 환자의 가족들은 완쾌되거나 사망하지 않는 한 그 환자를 두번 다시 만나지 못한다는 것을 알고 있었기 때문이다. 「제발 가엾게 생각해 주세요, 선생님!」타루의 호텔에서 일하고 있는 하녀의 어머니인 로레 부인은 이렇게 말했던 것이다. 그것은 대체 무엇을 의미하고 있었던가? 물론 그는 가엾게 생각하고 있었다. 그러나 그것은 누구에게도 도움이 되지 않았다. 전화는 걸어야 했다. 이윽고 구급차의 사이렌 소리가 울려 온다. 근처 사람들은 처음 얼마 동안은 창문을 열고 내다보기도 했다가 나중에는 당황해서 창문을 닫게 되었다. 그래서 결국 쟁투와 눈물과 설득, 요컨대 추상이 시작되는 것이었다. 환자의 열과 불안으로 말미암아 과열된 이 방 저 방에서는 광란의 장면이 벌어진다. 그러나 환자는 옮겨져 버린다. 그러면 리외도 물러갈 수가 있는 것이었다.

처음에 몇 번 정도는 리외는 전화를 건 후, 구급차가 오기를 기다리지 않고 다른 환자를 찾아가기도 했었다. 그런데 그렇게 하면 가족은, 이제는 결말을 뻔히 알고 있는 이별보다는 차라리 페스트와 얼굴을 맞대고 있는 편이 낫다고 생각하여 문을 닫아 버리는 것이었다. 아우성과 명령, 경찰의 간섭, 그리고 후에는 무장된 병력으로 환자는 무력에 의해 탈취되는 셈이었다. 최초의 몇 주일 동안에 리외는 구급차가 도착하기까지 어쩔 수 없이 남아 있게 되었다. 그 후 의사가 각자 순회할 때 자원(自願) 감독관을 한 사람씩 데리고 다니게 되면서부터는, 리외도 이미 다른 환자에게로 갈 수 있게 되었다. 그러나 처음 얼마 동안은 밤마다 그 로레 부인한테로 갔던 날 밤과 마찬가지였는데, 어느 날 밤 부채와 조화(造花)로 장식된 자그마한 아파트 방에 들어갔을 때 반쯤 굳어지기 시작한 웃는 얼굴로 그를 맞아들인 로레 부인으로부터 이런 말을 듣게 된 것이었다.

「설마 이것이 어디서든지 쑥덕거리고 있는 그 열병은 아니라고 생각하는데요.」

그래서 그는 모포와 속옷을 걷어 올려 복부와 대퇴부의 붉은 반점과 임파선의 종창을 말없이 들여다보았다. 어머니는 딸의 넓적다리를 들여다보고는 자기도 모르게 소리를 지르고 말았다. 밤마다 어머니들은 죽음의 온갖 징후를 나타내며 드러나는 복부 앞에서 멍한 기색으로 그렇게 울부짖었고, 밤마다 사람들의 팔은 리외의 팔에 매달려 어쩔 도리도 없는 말과 약속, 눈물을 흘렸으며 밤마다 구급차의 벨은 온갖 비탄과 마찬가지로 공허한 감정의 발작을 유발하는 것이었다. 그리고 늘 같은 날들이 그토록 오래 계속되자, 리외는 무한정하게 되풀이되는 비슷한 장면의 기나긴 연속 외에는 아무 것도 기대하지 못했다. 정말 페스트라는 것은 추상과 마찬가지로 단조로웠다. 오직 단 하나 달라진 것이 있다면 그것은 바로 리외 자신이었다. 그는 그날 저녁 공화국의 여신상 아래에서, 자기 마음을 채우기 시작한 벅찬 무관심을 의식하면서, 랑베르가 자취를 감춘 호텔 입구를 줄곧 바라보고 있었을 때, 그것을 느꼈던 것이다.

시내의 모든 사람들이 길거리에 쏟아져 나와 한 곳을 배회하고 있던 그 여러 날에 이어, 피로에 휩싸인 몇 주일이 지나 버리자, 리외는 이젠 더이상 동정심을 억제하려고 할 필요가 없어져 버렸음을 깨달았다. 동정이 허사인 경우, 사람은 동정에도 지쳐 버리는 것이다. 그리고 마음의 문이 저절로 서서히 닫혀져 가는 그런 느낌 속에, 의사는 짓눌려 버릴 듯싶은 이런 나날의 유일한 위안을 찾아내고 있었던 것이다. 그는 자기가 하는 일이 그것에 의해 쉬워지리라는 것을 알고 있었다. 그가 그것을 기뻐한 것은 그런 이유에서다. 그의 어머니는 새벽 두 시에 그를 맞이하면서 자기를 바라보는 아들의 공허한 눈초리를 슬퍼했는데, 그때 그녀는 리외가 받을 수 있는 유일한 위안을 한탄하고 있었던 것이다. 추상과 싸우기 위해서는 다소 추상을 닮아야 한다. 그러나 어떻게 그런 일이 랑베르에게 통해질 수 있었겠는가? 추상은 랑베르로서는 무릇 그의 행복과 상반하는 것이었다. 그리고 사실은 리외도 랑베르가 어떤 의미에서는 과연 옳다는 것을 알고 있었다. 그러나 그는 또한 추상이 행복보다 더 강하게 나타날 수도 있는데, 그런 경우에는, 그때만 그것을 고려해야 한다는 것을 알고 있었던 것이다. 그것은 이윽고 랑베르 자신에게도 일어나고야 말았고, 리외는 그 후 랑베르로부터 들은 애기에 의해 그 내력을 알 수 있었다. 리외는 이렇게, 그것도 새로운 각도에서 한 사람 한 사람의 행복과 페스트의 추상과의 사이에서 오랜 기간 동안 우리 도시의 전 생활을 지배했던 그 암울한 종류의 투쟁을 계속할 수 있었던 것이다.

그러나 어떤 사람들이 추상을 보고 있는 곳에서, 또 다른 어떤 사람들은 진리의 모습을 보고 있었다. 페스트가 발생한 첫달 말경은 사실 전염병의 눈에 띄는 극성과 파늘루 신부——미셸 노인을 발병 초에 간호했던 그 예수회 신부——의 열렬한 설교에 의해 암울하게 채색되었던 것이다. 파늘루 신부는 오랑 지리학 협회 회보에 자주 기고하여 이에 유명해져 있었고, 그의 금석문사(金石文史)의 고증은 권위가 있었다. 더구나 그는 근대 개인주의에 관한 일련의 강연을 하여, 어떤 전문가보다도 더 광범위한 청중을 확보했다. 그는 그 강연에서 근대의 방일(放逸)이나 지난 세기의 몽매주의와는 거리가 먼 일종의 엄격한 기독교의 열렬한 수호자가 되었다. 기회가 있을 때마다, 그는 청중 앞에서 준엄한 진실을 토로하기를 주저하지 않았다. 거기에서 그의 명성은 자꾸 높아만 갔다.

그런데 이 달 말경, 시내의 교회 수뇌부는 집단 기도 주간을 책정함으로써 독자적인 방법으로 페스트와 싸울 것을 결정했다. 이 공적인 신앙심의 표시는 마지막으로 일요일에, 페스트에 쓰러진 성자인 성(聖)로크(14세기의 프랑스의 성자, 중부 이탈리아에서 페스트 환자를 구호하는 데 헌신했다. 페스트에 대한 수호 성자로 숭앙을 받고 있다)의 가호에 바쳐지는 장엄한 미사로써 끝나게 되어 있었다. 그때 파늘루 신부가 설교자로 지명되었다. 약 이 주일 전부터 신부는 그를 위해 서열상 아주 각별한 지위를 차지하게 해 준, 성 아우구스티누스와 아프리카 교회에 관한 연구도 포기하고 있었다. 원래 다혈질이고 급한 성미였던 그는 이 사명을 결연한 태도로 알았다. 그 설교가 있기 훨씬 전부터 이미 사람들의 화제에 올랐고, 그것은 그 당시의 역사에 하나의 중대한 날짜를 기록해 놓았던 것이다.

기도 주간에는 많은 일반인이 참가했다. 이것은 평상시 오랑 시민이 특히 신앙심이 두텁기 때문은 아니었다. 예를 들면, 일요일 아침 같은 때의 해수욕은 미사에 대한 만만치 않은 경쟁 상대가 되어 있는 것이다. 이것은 또 갑작스런 회심(回心)이 그들을 각성시켰기 때문도 아니었다. 그러나 한편으로는 도시가 폐쇄되고 항구는 차단되어 해수욕이 불가능해져 있었고, 다른 한편으로는 그들은 이때 매우 특수한 정신 상태에 있어서, 그들을 덮친 놀라운 일을 마음속으로는 아직 받아들이지 않고 있으면서도, 뭔가 달라졌다는 것만은 분명히 느끼고 있었던 것이다. 그래도 많은 사람들은 여전히 전염병이 이윽고 사라져서 자기들은 가족과 함께 구조될 것이라는 희망을 품고 있었다. 따라서 그들은 아직 무엇을 해야 한다고 하는 필요조차 느끼고 있지 않았다. 페스트는 그들에게 있어서 언젠가는 물러갈 불쾌한 방문자인 데 지나지 않았다. 겁을 내고는 있었으나 절망하고 있지는 않았고, 이윽고 페스트가 흡사 그들의 생활 형태 자체로까지 보여져서, 그때까지 그들이 행위할 수 있었던 생활을 잊어버리기에 이른 그 시기는 아직 오지 않았다. 요컨대 그들은 기대 속에 싸여 있었던 것이다. 종교에 관해서도 다른 많은 문제에 관해서와 마찬가지로, 페스트는 그들에게 하나의 기묘한 정신적 태도——냉담으로부터도 열성으로부터도 거리가 멀고, 객관적이라는 말로 상당히 잘 표현될 수 있을 성싶은 태도——를 취하게 했다. 기도 주간에 참가한 대부분의 사람들은 예컨대 신자 중의 한 사람이 의사 리외 앞에서 입 밖에 낸「여하튼 그게 해가 될 건 없으니까요.」라는 말을 구실로 삼을 것이었다. 타루조차도 그의 수첩에, 이와 같은 경우 중국인은 페스트의 정령(精靈) 앞에서 북을 칠 거라는 것을 적고 나서, 과연 북이 각종의 예방 조치보다도 더 큰 효력을 발휘할 수 있을지는 절대로 알 수 없는 일이라고 했다. 그는 이에 덧붙여 이 문제를 해결하기 위해서는 우선 페스트의 정령이라는 것의 존재에 대해 알아야 하겠지만, 이 점에 관한 우리들의 무지는 사람들이 간직할 수 있는 일체의 의견을 공소(空疎)한 것이 되게 하고 있다고만 기술하고 있다.

이 도시의 중앙 성당은 여하튼 그 주간 내내 거의 신자들로 메워졌다. 처음 2,3일은 많은 시민들이 성당 정문 앞에 이어진 종려나무와 석류나무의 정원에 서서, 길거리에까지 울려 오는 기원과 기도의 물결 소리에 귀를 기울이고 있었다. 그러다가 차츰 모범을 보이는 사람이 나옴에 따라 다른 사람들도 용기를 내어 안에 들어가, 회중의 추창(追唱)에 주뼛주뼛 목소리를 뒤섞게 되었다. 그리고 일요일에는 성당 안이 넘쳐 흘러 상당수의 사람들이 앞뜰과 층계 끝에까지 넘쳐 있었다. 전날 밤부터 하늘은 흐리기 시작하더니 비가 억수같이 쏟아지고 있었다. 바깥에 있는 사람들은 우산을 펴 들고 있었다. 향 내음과 젖은 옷 냄새가 성당 앞에 감도는 가운데 이윽고 파늘루 신부가 단에 올라갔다.

그는 중간 정도의 키였지만 살집이 좋았다. 그가 살찐 두 손으로 단을 눌러 죄듯이 하며 설교단 가장자리에 섰을 때, 사람들의 눈에는 무언가 두꺼운 검은 형체 위에, 강철테 안경 아래의 불그레한 뺨이 두 개의 반적처럼 얹혀 있는 모습밖에 보이지 않았다. 그가 힘차고 열정적인 목소리로,「여러분은 지금 재화 속에 있습니다. 여러분, 그것은 당연한 응보인 것입니다.」하고 한 마디 한 마디를 끊는 것처럼 통렬한 말로써 청중에게 얘기했을 때, 일종의 술렁거림이 청중 사이를 줄달음쳐서 성당 앞뜰 쪽에까지 전해졌다.

그 뒤에 이어진 말은 논리적으로 볼 때 이 비장한 머리말과 일치하지 않는 것같이 여겨졌다. 연설이 더 계속되자 시민들은 그제서야 겨우, 신부가 교묘한 웅변술로 마치 일격을 가하려는 듯이, 그 설교 전체에 걸친 주제를 먼저 한꺼번에 제시한 것임을 깨달았다. 사실 파늘루는 이 말 바로 뒤에, 이집트에서의 페스트에 관한 출애굽기의 한 귀절을 인용했던 것이다.「이 재화가 처음으로 역사상에 나타난 것은 하느님의 적을 분쇄하기 위해서였습니다. 이집트왕(모세가 거느린 이스라엘인들을 박해한 이집트왕 파로)은 영원하신 분의 뜻을 어기고 있었는데, 그때 페스트가 그를 무릎 꿇게 했던 것입니다. 모든 역사가 시작된 후로, 하느님의 재화는 교만한 자들과 눈 먼 자들을 그 발밑에 무릎을 꿇게 하고 있는 것입니다. 이 점을 잘 생각하고 여러분은 무릎을 꿇어 주시오.」

바깥에서는 빗발이 더 거세어지고, 쥐죽은 듯한 정적 속에 던져진 이 마지막 한 구절은 유리창에 부딪치는 소나기 소리 때문에 한결 심원한 느낌을 띤 채 일종의 특별한 가락을 가지고 울려 퍼졌으므로, 몇몇 청중은 설 의자로부터 미끄러지듯 내려와서 기도대 위로 가는 것이었다. 다른 사람들도 그 본을 받아야겠다고 생각한 결과, 옆에서부터 옆으로, 몇 개의 의자가 삐걱거리는 이외엔 아무 소리도 나지 않는 가운데, 이윽고 모든 청중이 무릎을 꿇고 있었다. 그러자 파늘루는 다시 몸을 일으켜 깊이 숨을 들이키고는 더욱 힘찬 어투로 말을 이었다. 「오늘날 페스트가 여러분과 관련을 가지게 되었다고 하면, 그것은 곧 반성을 해야 할 때가 왔기 때문인 것입니다. 마음이 올바른 사람은 그것을 두려워할 까닭이 없습니다. 그러나 사악한 사람들은 공포에 떨어야 할 이유가 있는 것입니다. 세계라고 하는 거대한 곡창 속에서 가차없는 재앙의 도리깨는 인류라는 보리를 쳐서, 마침내 짚에서 낟알이 떨어지게 할 것입니다. 거기에는 낟알보다 더 많은 짚이 있고, 선택된 자보다 부름을 받고 모여든 자가 더 많을 것이지만, 그러면서도 이 재앙은 하느님이 원하시는 일은 아닌 것입니다. 너무나 오랫동안 이 세상은 악과 맺어져 있었습니다. 너무나 오랫동안 하느님의 자비 위에 안주(安住)하고 있었습니다. 오직 회개하기만 하면 되었습니다. 어떤 일이라도 용서 받고 있었던 것입니다. 더구나 회개하는데 대해서는 누구나 자신을 가지고 있었습니다. 드디어 때가 오면 반드시 회개가 느껴질 것이 틀림없었습니다. 그때까지 제일 쉬운 길은 마음대로 하게 내버려 두는 일입니다. 하느님의 자비가 그 뒤의 일은 좋게 되도록 해 주실 것입니다. 그런데 말입니다. 그런 일은 오래 계속되지 못했던 것입니다. 정말 오랜 세월 동안 이 도시의 사람들 위에 그 연민의 얼굴을 보여 주시고 계시던 하느님은 기다리는 데 지치고 영겁의 기대를 배신 당해, 이제 눈길을 던지신 것입니다. 하느님의 빛을 빼앗겨서 우리는 오랫동안 페스트의 암흑 속에 떨어져 있게 되었습니다 ! 」

청중석 쪽에서 누군가 마치 성난 말처럼 재채기를 해 댔다. 잠깐 쉬었다가 신부는 약간 목소리를 낮추며 또 말을 이었다——「《황금전설》(역주 : 1260년 경 제노바에서 편찬된 성자 열전)을 읽어 보면 이런 이야기가 있습니다——롬바르디아의 훔베르트 왕(역주 : 7세기의 롬바르디아 국왕) 시대에 이탈리아는 페스트가 기승을 부리는 바람에, 살아 있는 사람이 죽은 사람을 간신히 매장할 정도밖에 남아 있지 않을 지경이었는데, 이 페스트는 특히 로마와 파비아(역주 : 이탈리아 북부, 옛날 롬바르디아 왕국의 수도)에서 맹위를 떨쳤습니다. 그리고 한 사람의 선의 천사가 육안으로 볼 수 있게 나타나, 멧돼지 사냥에 쓰는 창을 가진 악의 천사에게 집집마다 돌아다니며 문을 두드리라고 명령하고 있었습니다. 그러자 한 집의 문을 두드린 수효만큼 사망자가 그 집에서 생겼다는 것입니다.」

파늘루는 이렇게 말하고 그 짧은 양팔을, 마치 펄럭이는 장막 같은 빗발 저편의 무엇인가를 가리키려고 하는 듯이 앞뜰 쪽으로 내밀었다. 「여러분」하고 그는 힘주어 말했다. 「그와 같은 죽음의 사냥꾼이 오늘 우리들의 도시의 길을 거침없이 뛰어다니고 있는 것입니다. 보십시오, 그 페스트의 천사를. 마치 마왕처럼 당당하고 악 그 자체처럼 번들거리며 당신들의 집 지붕 위에 버티고 서서, 오른손에는 붉은 멧돼지 창을 들고, 왼손으로는 여러분의 집들의 하나를 가리키고 있습니다. 지금 이 순간에도 모름지기 그의 손가락은 여러분의 집을 향해 뻗어 멧돼지 창으로 그 문을 두드리고 있는지도 모릅니다. 그리고 또 이 순간에 페스트는 여러분의 집안에 들어가 여러분의 방에 앉아, 여러분이 돌아오기를 기다리고 있는지도 모릅니다. 페스트는 거기에 있습니다. 인내심이 강하고 주의 깊게, 이 세상의 질서 자체인 것처럼 침착하게. 페스트가 여러분 쪽으로 내미는 그 손은 어떤 지상의 힘도, 인간의 지혜도, 여러분이 이것을 피할 수 있게 하지는 못하는 것입니다. 그리고 고통스런 피투성이의 보리타작 마당에서 얻어 맞아, 여러분은 짚 부스러기와 함께 버려지는 것입니다.」

그리고 신부는 더 여유 있게 윤색을 하여, 재화의 비참한 이미지를 계속 얘기했다. 그는 또한 거대한 나무 도막이 이 도시의 상공을 선회하면서 닥치는 대로 때려 부수고는 또 피투성이가 되어 날아올라가, 마지막엔 '진리의 수확을 준비하는 파종을 위해' 인류의 고통과 피를 뿌리는 광경을 묘사해 보이기도 했다.

이 긴 한 구절이 끝나자 파늘루 신부는 머리카락을 이마에 드리우고 온몸을 떨며, 그 진동을 두 손끝으로 설교단에까지 전하면서 잠시 쉬었다. 그리고 지금까지보다 더 나직한 목소리로, 그러나 책망하는 듯한 어투로 또 얘기를 계속했다. 「그렇습니다. 반성을 해야 할 때가 온 것입니다. 여러분은 일요일에 하느님의 집을 찾아오기만 하면, 그 이외의 날은 자유라고 생각하고 있었지요. 두세 번 무릎을 꿇으면 죄에 가득찬 무관심이 충분히 메워진다고 생각하고 있었습니다. 그러나 하느님은 미적지근한 분은 아닌 것입니다. 그런 거리가 먼 접촉으로써는 하느님의 무한한 자애에 충분히 보답할 수 없습니다. 하느님은 당신들과 더 오래 가까이 하기를 바라고 계셨던 것입니다. 그것이야말로 하느님이 당신들을 사랑하시는 방법이고, 또 사실은 그것이야말로 사랑의 유일한 방법인 것입니다. 그래서 당신들이 오기를 기다리기에 지치신 하느님은 재화가 여러분을 찾아오는 것을 방치하셨습니다. 무릇 인류의 역사가 생긴 이후로 죄 있는 모든 거리에 찾아왔던 것처럼, 그것이 찾아오는 것을 방치하셨던 것입니다. 여러분은 이제는 죄악이 무엇인지를 알게 된 것입니다. 카인과 그 자식들이 그것을 알았던 것처럼, 홍수 이전의 사람이, 소돔과 고모라(역주 : 둘 다 구약성서 창세기 속의 도시, 주민의 배덕 탓으로 신의 불에 의해 전멸되었다)의 사람들이, 파라온과 욥과 또 모든 저주 받은 자들이 그것을 알았던 것처럼 아는 것입니다. 그리고 이 도시가 당신들과 이 재화를 가두어 놓고 문을 닫아 버린 이후로, 당신들은 그런 모든 사람들이 그랬던 것처럼, 하나의 새로운 눈을 생물과 사물에게 돌리고 있는 것입니다. 여러분은 마침내 본질적인 것에 복귀해야 한다는 것을 알게 된 것입니다.」

눅눅한 바람이 이젠 본당 아래까지 불어 와, 촛불은 가늘어지면서 한쪽으로 기울어졌다. 짙은 양초 냄새와 기침 소리며 누군가의 재채기 소리 등이 파늘루 신부 쪽으로 흘러 갔다. 신부는 이때 크게 칭찬을 받은 바 있는 교묘한 말솜씨로 자신의 논제(論題)에 되돌아오자,

온화한 목소리로 다시 설교를 계속했다. 「여러분 중에는 제가 어떤 결론에 도달하려 하고 있을까 하는 의문을 품고 계시는 분도 많을 것입니다. 저는 여러분을 진리에 당도하게 해 드리고 싶고, 또 제가 말한 것과 같은 모든 일들이 있을지라도, 기쁨을 가져야 한다는 것을 여러분에게 가르쳐 드리고 싶은 것입니다. 충고와 우애의 손길이 여러분을 선으로 밀어내는 수단이었던 시기는 이미 지나갔습니다. 오늘날에의 진리는 명령입니다. 그리고 구원의 길이란 그 길을 여러분에게 가리켜 주고 여러분을 그곳으로 밀어 내는 재앙의 붉은 창입니다. 여러분, 여기에야말로 모든 것 속에 선과 악을 놓고, 분노와 연민과 페스트와 구원을 놓아 두신 하느님의 자비가 마침내 명백하게 나타나 있는 것입니다. 여러분을 괴롭히고 있는 이 재화 자체가 여러분을 향상시켜 주고 길을 제시해 주는 것입니다.

머나먼 옛날 일이지만 아비시니아의 기독교도들은 페스트를 영생을 얻기 위한 수단으로 간주하고 있었습니다. 페스트에 걸리지 않은 사람들은 스스로 페스트 환자의 모포를 뒤집어 쓰고 확실히 죽으려고 했습니다. 물론 이런 광신적인 구제 간구(懇求)는 상찬할 만한 것은 아닙니다. 거기에는 실로 오만에 가까운 유감스런 성급함이 나타나 있습니다. 하느님 이상으로 급히 서둘러서는 안 되며, 하느님이 일단 영구하게 세우신 불변의 질서를 빨리 변하게 하려고 하는 것 같은 일은, 모두 이단으로 이끄는 것입니다. 그러나 적어도 이런 예는 그 나름대로의 교훈을 간직하고 있습니다. 보다 명백하게 모든 것을 볼 수 있는 우리들의 흐리지 않은 정신으로 볼 때, 그것은 모든 고뇌의 밑바닥에 깃들 영생의 무상의 광채를 한층 더 빛나는 것으로 만들 뿐입니다. 이 광채, 그것은 해방에 도달하는 황혼의 길을 비추는 것입니다. 그것은 악을 선으로 바꿔 주시는 하느님의 뜻을 보여 주는 것입니다. 오늘날에도 여전히 죽음과 고뇌와 아우성의 길을 통해, 그것은 우리들을 본질적인 정적에로, 모든 생활의 근원적인 의의에로 이끌어 주는 것입니다. 여러분, 이것이야말로 제가 여러분에게 안겨 드리고자 원했던 광대무변의 위안인 것이며, 이런 말을 들음으로써 여러분은 이 자리에서 비단 징계의 말뿐 아니라, 또한 마음을 부드럽게 해 주는 생기도 가지고 돌아가시기를 바라는 것입니다.

사람들은 파늘루가 해야 할 말을 끝냈다고 느꼈다. 밖에는 비가 멎어 있었다. 물기와 햇빛이 뒤섞인 하늘이 한결 싱싱한 광선을 쏟고 있었다. 한길 쪽에서는 사람들의 목소리와 자동차가 삐걱거리면서 미끄러지는 소리며, 다시 활동하기 시작한 이 도시의 모든 술렁거림이 들려왔다. 청중은 조용히 수근거리기 시작하며 돌아갈 채비를 하고 있었다. 그러나 신부는 또 말문을 열어, 페스트가 하느님으로부터 나왔다는 것과, 이 재화의 징계적인 성격을 밝힌 이상 자기가 할 말은 끝났고, 마지막으로 이 설교를 매듭짓기 위해, 이 자리에 어울리지 않을 것 같은 웅변술에 도움을 청하는 짓은 하지 않을 작정이라고 말했다. 그로서는 이것 저것 죄다 모든 사람들에게 명백해졌다고 생각되는 것이다. 그는 다만 마르세이유에서 페스트가 맹렬하게 번졌을 때, 그 기록자 마티외 마레(역주 : 루이 15세 시대의 파리 재판소의 전속 변호사)가 그렇게 구제도 희망도 없이 살고 있다가 아주 지옥에 떨어져 버렸다고 한탄한 사실에 대해 언급했다. 즉 그것은 마티외 마레가 눈이 멀었기 때문이다! 그와 반대로 파늘루 신부는 오늘날만큼 만인에게 제시된 하느님의 구제와 기독교인의 희망을 느낀 적은 없는 것이다. 그는 모든 희망을 초월하여, 우리 시민이 이 나날의 참상과 죽어가는 사람들의 외침에도 불구하고, 기독교인의 유일한 말인 사랑의 말을 하늘에 바칠 것으로 기대하고 있다. 그리고 그 나머지 일은 하느님이 해 주실 것이라고 말했다.

이 설교가 우리 시민들에게 영향을 주었는지 어떤지, 그것은 말하기가 어렵다. 예심 판사 오통 씨는 리외를 보고, 자기는 파늘루 신부의 논지(論旨)를 '전혀 반박을 할 여지가 없다'고 생각한다고 언명했다. 그러나 누구나 그 같은 명확한 의견을 가진 것은 아니었다. 다만 이 설교는 어떤 사람들에게 그때까지는 어슴푸레했던 관념, 즉 자기들은 뭔지 모를 죄를 지은 벌로 무서운 감금 상태에 놓여 있다고 하는 관념을, 더한층 뚜렷이 느끼게 했던 것이다. 그리고 어떤 사람들은 여전히 그들의 조촐한 생활을 계속하고 유폐 상태에 순응하고 있는 반면에 다른 사람들의 유일한 생각은 그때부터 이미 이 감옥을 탈출하려 하고 있었다.

사람들은 처음에 외부로부터 차단되는 일을 그들의 몇 가지 습관이 바뀌는데 지나지 않는 정도의, 일시적으로 불쾌한 일을 받아들이는 것 같은 심정으로 받아들였던 것이다. 그런데 찌는 듯한 여름 하늘이 마치 뚜껑을 덮고 있는 듯한 일종의 감금 상태를 돌연 의식하며, 그들은 이 칩거(蟄居)가 그들의 모든 생활을 위협하고 있음을 막연하게 느끼고, 또 밤이 되면 선선한 공기와 함께 되살아나는 정력이 때로는 그들을 자포 자기의 행위를 하도록 하는 것이었다.

무엇보다도 먼저 우연의 일치로 빚어진 결과건 아니건간에, 이 일요일을 고비로 하여 우리들의 도시에는 상당히 일반적이고도 심각한 일종의 공포가 생겼는데, 그것은 시민들이 그들이 처해 있는 상황에 대해 진실로 자각하기 시작했음을 나타내게 하는 것이 있었다. 이런 관점에서 보면 이 도시에서 우리가 살아온 분위기는 다소 달라졌다. 그러나 실제로 변화는 분위기에 있었는지, 혹은 사람들의 마음에 있었는지 그것이 문제다.

설교가 있은 지 며칠도 지나지 않은 어느 날, 리외가 그랑과 함께 이번 일에 대해 두루 얘기하면서 변두리 쪽으로 가는데, 앞쪽의 어둠 속에서 한 사내가 앞으로 나아가려고 하지 않고 비실거리고 있는 것을 보았다. 마침 이 순간 점점 더 늦게 켜지던 시의 가로등이 별안간 환해졌다. 산책을 하는 두 사람의 등뒤에 있는 가로등이 갑자기 그 사내를 비추자, 그는 눈을 감은 채 소리도 내지 않고 웃고 있었다. 소리도 없는 큰 웃음에 일그러진 그 창백한 얼굴에는 큰 눈물 방울이 흐르고 있었다. 두 사람은 지나갔다.

「미친 사람이군요.」 그랑은 말했다.

리외는 그랑을 빨리 끌고 가려고 그의 팔을 잡았는데, 그때 그랑이 신경의 발작으로 떨고 있는 것을 느꼈다.

「이 거리의 울타리 안에는 이제 곧 미친 사람밖에 없게 될 테지.」 리외는 중얼거렸다.

피곤까지 겹쳐 그는 목이 마른 것을 느꼈다.

「뭘 좀 마십시다.」

그들이 들어간, 카운터 위쪽의 단 하나의 불빛으로 비춰져 있는 작은 카페에서는, 사람들이 탁한 공기 속에서 이렇다 할 이유도 없이 목소리를 낮춰서 얘기하고 있었다. 카운터에서 그랑은 알콜을 주문하여 그것을 단숨에 들이키고는, 자기는 술을 잘 마시는 편이라고 말했다. 리외는 놀랐다. 그리고 그랑은 밖으로 나가자고 말했다. 바깥에 나가자 리외는 주변의 밤이 신음 소리에 가득 차 있는 것같이 여겨졌다. 가로등 위쪽 언저리, 암흑의 하늘 어딘가에서 문득 무딘 소리가 들렸는데, 그것이 뜨거운 공기를 끈질기게 휘젓고 있는 눈에 보이지 않는 도리깨를 연상하게 했다.

「다행이야, 다행이야.」그랑은 말했다.

리외는 그가 무엇을 말하려 하고 있는지 의아해 했다.

「저에게는 하는 일이 있어서 다행이지요.」상대방은 말했다.

「그래요, 그건 마음 든든한 일이지요.」리외는 말했다.

그리고 무딘 소리에 귀를 기울이지 않으려고 마음먹고, 그는 그 일이 생각했던 대로 잘 되어 가고 있느냐고 물었다.

「그럭저럭 잘 되어 갈 것같이 생각하고 있지요.」

「그건 오래 걸리나요?」

그랑은 활기가 되살아나는 기색이어서, 알콜의 열기가 목소리에도 느껴졌다.

「글쎄 어떨는지요. 하지만 문제는 그게 아닙니다. 선생님, 그런 일은 아예 문제가 안 됩니다.」

어둠 속에서 리외는 그가 팔을 흔들고 있는 것을 알았다. 그는 무슨 얘기를 꺼낼 준비를 하고 있는 기색이었는데 그게 돌연 구변이 좋게 입에서 튀어 나왔다.

「제가 바라는 게 무엇인지 아시겠습니까, 선생님. 원고가 출판사에 넘겨진 날 그 출판 업자가 그걸 읽고 나서 일어서서, 사원들에게 이렇게 말해 주기를 바라고 있지요. ‘모두 모자를 벗어요!’라고 말입니다.」

이 갑작스런 선언은 리외를 놀라게 했다. 그랑은 한 손을 머리에 대고 나서 팔을 수평으로 뻗으면서 모자를 벗는 흉내를 낸 듯싶었다. 상공에서는 그 기묘한 무딘 소리가 더 크게 들리기 시작한 것같이 생각되었다.

「그렇습니다.」그랑은 말했다.「그건 완벽한 것이어야 합니다.」

　문학계의 관습에 대해서는 거의 지식이 없었지만, 그래도 리외는 그런 일이 그렇게 단순하게는 되지 않을 것이고, 또 출판사의 직원들도 사무실에서는 모자를 쓰지 않고 있을 것이 틀림없다고 여겨졌다. 그러나 실제로는 그렇지 않을지도 모르니, 리외는 잠자코 있는 것이 좋다고 생각했다. 저도 모르게 그는 페스트의 은밀한 기척에 귀를 기울이고 있었다. 어느새 그랑이 살고 있는 동네에 가까워지고 있었다. 그 동네는 좀 높은 지대라서 가벼운 미풍이 상쾌하게 느껴지고, 동시에 그것이 거리에서 모든 소리를 날려 버리고 있었다. 그랑은 여전히 애기를 계속하고 있었으나, 리외는 이 호인이 하는 말의 의미를 완전히 파악하지는 못했다. 다만 알게 된 것은 문제의 그 작품은 이미 엄청난 매수에 이르고 있는데, 그것을 완벽한 것으로 마무리하기 위해 저자가 쏟은 노고는 그야말로 괴로운 것이었다는 점이었다. 「말 한마디 때문에 여러 밤, 여러 주일을 허비해 버리는 수가 있거든요……. 더구나 그것이 단지 접속사 하나인 경우도 있지요.」여기까지 말하자 그랑은 멈춰 서서 리외의 망토의 단추를 잡았다. 이가 빠진 입 속에서 말이 더듬거리며 기어 나왔다.

　「이해해 주시겠지요, 선생님. ‘그러나’와 ‘그리고’ 중에서 어느 것을 선택하는가 하는 건 상당히 쉽습니다. 그렇지만 ‘그리고’와 ‘그리고 나서’를 골라야 하는 경우에는 무척 어려워지지요. ‘그리고 나서’와 ‘다음에’는 더 어렵게 됩니다. 그러나 뭐니뭐니 해도 제일 어려운 건 ‘그리고’를 넣어야 할지 어떨지를 판단하는 일입니다.」

　「그럴 테지요. 그건 알 만합니다.」리외는 말했다.

　이렇게 말하고 그는 또 걸음을 옮겨 놓았다. 상대방은 당황한 듯한 기색이 되었고 다시 평소의 자기 태도를 되찾았다.

　「실례했습니다.」그는 빠른 말투로 중얼거렸다.「정말 오늘 밤은 내가 어떻게 되었구먼!」

　리외는 가볍게 그의 어깨를 두드리면서, 자기는 그를 도와 주고 싶어 하며, 그의 애기는 퍽 흥미가 있다고 말했다. 상대방은 적이 기분이 좋아진 기색이어서, 집 앞에까지 오자 잠깐 망설이고 나서 좀 올라가지 않겠느냐며 의사에게 권했다. 리외는 그를 따라 들어갔다.

　식당에서 그랑은, 온통 지운 자국투성이의 종이 조각이 잔뜩 놓인 탁자 앞에 앉도록 권했다.

「예, 그러지요.」하고 눈짓으로 물은 의사에게 그랑은 말했다. 「한데 뭘 좀 마시지 않겠습니까? 술이 조금 있지요.」

리외는 사양했다. 그는 그 종이 조각들을 바라보고 있었다.

「보지 말아 주세요.」그랑은 말했다. 「그건 첫머리의 한 귀절입니다. 그것 때문에 애썼지요, 무척 애를 태우고 있답니다.」

그 자신도 자주 그 종이 조각들을 바라보고 있었는데, 그의 손은 어쩔 수 없는 힘으로 그 중의 한 장에 끌리는 모양이어서, 그는 그것을 집어 들고 갓이 없는 전구 앞에 비추어 보았다. 종이 조각은 그의 손안에서 떨고 있었다. 리외는 그랑의 이마가 땀에 젖어 있는 것을 깨달았다.

「어서 앉으세요.」그는 말했다. 「그걸 한번 읽어 주시지요.」

상대방은 그의 얼굴을 바라보며 감사하는 마음을 곁들여 미소를 지었다.

「그렇군요.」그는 말했다. 「저도 들려 드리고 싶기도 합니다.」

그는 여전히 그 종이 조각을 바라보며 잠깐 주춤거리다가 앉았다. 리외는 그와 동시에 뚜렷하지 않은 날개 소리 같은 것을 들었는데, 그것은 이 도시가 재앙에 답하는 소리처럼 생각되었다. 그는 바로 이 순간 발밑에 펼쳐진 이 도시와, 그 도시가 형성하는 폐쇄된 세계와, 그리고 그 도시가 어두운 밤 속에서 내지르고 있는 무서운 절규를 아주 민감하게 느끼고 있었다. 그랑이 나직한 목소리로 읽기 시작했다. 「아름답게 갠 5월의 아침. 예쁘고 단정한 여자 기수(騎手)가 날렵한 밤색 암말을 타고 불로뉴 숲속의 꽃이 만발한 오솔길을 달리고 있었다.」다시 침묵이 번지더니 그와 동시에 고민하는 도시의 그 아리송한 술렁거림이 또 들려왔다. 그랑은 종이 조각을 내려놓고 여전히 그것을 바라보고 있었다. 잠시 후 그는 눈을 들었다.

「어떻게 생각하십니까?」

리외는 그 서두의 글을 듣고 그 다음을 알고 싶어졌다고 대답했다. 그러나 그랑은 자신 만만한 듯한 어투로 그렇게 보는 것은 옳지 않다고 말했다. 그는 손바닥으로 종이 조각을 두드렸다.

「이건 아직 대강 거기에 가까운 데까지 가 있을 뿐입니다. 제가 상상하고 있는 화면을 완전히 그려 내는 데 성공하고, 저의 문장이 구보 산책의 '하나 둘 셋, 하나 둘 셋'하는 가락과 똑같은 문장이 되었을 때, 그 다음은 더 쉽고, 눈에 보이는 듯한 정경이 첫머리부터 선명해서, 느닷없이 '모자를 벗으라'는 말이 나오게 할 가능성도 있을 것입니다.」

그러나 그렇게 되게 하기 위해서는 그는 아직 해야 할 일이 많다는 것이었다. 그는 이 문장을 현재 있는 그대로 인쇄소에 넘기는 것은 절대로 용납하지 않을 것이다. 왜냐하면 이 문장에 만족을 느낄 수는 있더라도 그것이 현실에 아직 완전히 밀착하고 있지 않음을 깨닫고 있고, 또 어느 정도 가락이 안이한 구석이 있어 그것이 약간이기는 할지라도 이 문장을 상투적인 것에 가까워지게 하고 있는 것은 틀림없기 때문이다. 여하튼 이것이 그가 한 말의 의미였는데, 그때 창문 아래를 사람들이 달려가는 발소리가 들렸다. 리외는 일어섰다.

「아무튼 어떻게 되는지 두고 보십시오.」그랑은 말했다. 그러고 나서 창문 쪽으로 몸을 돌리더니 덧붙였다.「이 소동이 완전히 끝나 버린 후에 말입니다.」

그런데 황급한 발소리가 또 들리기 시작했다. 리외는 이미 아래로 내려가고 있었는데, 길에 나섰을 때 두 사내가 앞을 지나갔다. 분명히 그들은 시문(市門) 쪽으로 가는 것이었다. 시민들 중의 어떤 사람들은 더위와 페스트에 협공(挾攻)을 당해 분별을 잃어버려 벌써 불법 수단을 쓰기 시작하여, 보초들의 경계망을 뚫고 시외로 달아나려고 시도하고 있었던 것이다.

한편 랑베르 같은 사람들은 싹트기 시작한 이 공포의 분위기에서 역시 달아나려고 하여, 더욱 효과적으로라고는 말할 수 없더라도 더욱 교묘하게 애쓰고 있었다. 랑베르는 최초에는 정면으로 노력을 계속했다. 그가 말하는 바에 따르면 그는 항상 끈기는 결국 모든 것을 이겨 낸다고 생각하고 있었고, 또 어떤 관점으로 보면 난관을 교묘하게 돌파하는 것은 그의 본직이랄 수도 있었다. 그래서 그는 숱한 관리들과 여러 계층의 사람들을 만났는데, 그들은 평소라면 그 직무 능력에 관해서는 논의할 여지도 없는 사람들이었다. 그런데 이 문제에 관한 한, 그런 능력도 그들에겐 아무 도움이 되지 않았다. 그들은 대개의 경우 은행이라든가 수출이라든가 감귤류라든가, 혹은 또 술 거래 같은 일에 관해서는 대체로 정확하고 잘 정리된 생각을 가지고 있는 사람들이었다. 계류중인 사건이라거나 보험 같은 문제에 관해서는 확고한 면허장과 명백한 선의를 계산에 넣지 않더라도, 논쟁을 할 여지가 없는 지식의 소유자들이었다. 그러나 페스트에 관한 그들의 지각은 제로에 가까웠다.

그래도 그들의 한 사람 한 사람 앞에서, 그리고 그렇게 할 수 있을 때마다 랑베르는 자신의 처지를 변명했다. 그의 논거(論據)는 여전히 자기는 이 도시에 관계가 없는 인간이고, 따라서 자기 경우는 특별히 검토되어야 한다는 데 있었다. 랑베르가 면담한 사람들은 대체로 이의 없이 그 점을 인정했다. 그러나 그들은 그 같은 경우의 사람들은 그 밖에도 약간 있으니, 그의 문제는 그가 생각하고 있는 것만큼 특수한 것은 아니라는 점을 생각하게 하려 하는 것이었다. 이에 대해 랑베르는 그것은 자신의 논거를 조금도 달라지게 하는 것은 아니라고 반박할 수 있었으나, 상대방은 거기에 대답하여, 그것은 행정상의 난점에 관해 약간의 차이를 가져오게 하는 것이며, 심한 혐오감을 표명함으로써 '전례'라고 불리는 것을 만들어 닐 위험이 있을 듯싶은 일체의 특혜 조치는 배제되어야 한다고 말했다. 랑베르가 의사 리외에게 제시한 분류에 따르면, 이런 종류의 이론을 펴는 사람들은 형식주의자의 범주를 구성하는 것이었다. 그들과 나란히 구변이 더 좋은 사람들도 있어, 이런 일은 그리 오래 계속되는 것은 아니라며 안심시키고, 확실한 대답을 요구하면 이것은 단지 일시적인 불쾌한 일이라고 단정해 버리며 랑베르를 위로하려 했다. 또 점잖빼는 축도 있어, 내방자를 보고 자신의 경우에 관해 요점을 적은 메모를 놓고 가라고 말하고는, 그런 경우에 대해서는 어차피 규정을 만들 것이라고 통지해 주곤 했다. 무책임한 자들은 숙박권을 제공하거나 숙박비가 싼 하숙의 번지를 가르쳐 주려고 했다. 형식주의자들은 카드에 기입시키고 그 카드를 분류했다. 몹시 바쁘게 일하고 있는 자들은 양팔을 들고, 귀찮아 하고 있는 자들은 눈길을 돌렸다. 마지막으로 제일 수가 많은 보수적인 사람들은 랑베르에게 다른 관청이나 혹은 다시 밟아야 할

새 절차를 제시했다.

랑베르는 이렇게 사람들을 찾아 다니는 데 지쳐 버렸다. 그는 면세의 국채 신청 권유와 식민지 군의 지원을 권유하는 큰 게시판 앞에서 종종 기다리고 있는 동안에, 혹은 사무원들이 문서 정리함이나 서류철만큼이나 건성으로밖에 대해 주지 않는 사무실에 노상 출입하다 보니, 그는 시청이나 도청이 도대체 어떤 것일 수 있는가 하는 데 대해 하나의 정확한 관념을 가지게 되었다. 그렇게 해서 이득을 얻은 일이 있다면, 랑베르가 씁쓰레한 얼굴로 리외에게 말했듯이, 그런 일 덕분에 진실한 사태가 그의 눈에 가려져 있었다는 점이다. 실제로 그는 페스트의 진행을 깨닫지 못하고 있었다. 그리고 그 이외에도 그렇게 하고 있으면 날이 지나가는 것이 빠르고, 또 시내의 모든 사람들이 처해 있는 그런 상황 속에서는 하루가 지나갈 때마다, 만일 죽지만 않으면 한 사람 한 사람이 시련의 종말에 그만큼 접근한 셈이었다. 리외도 이 점이 진실인 것은 인정해야 했지만, 그러나 그렇더라도 이것은 좀 너무 지나치게 개략적인 진실이라고 생각되었다.

한동안 어느 시기에 랑베르는 희망을 품은 적이 있었다. 도청에서 기입하지 않은 조사표가 송부되어 왔는데, 거기에 정확하게 기입하라는 것이었다. 조사표는 그의 신원, 가족 상황, 과거 및 현재의 수입, 그리고 그의 이력이라고 불리는 것 등을 밝히기를 요구하고 있었다. 그는 그것이 평소의 거주지에 송환될 가능성이 있는 사람들의 인원수를 조사하는 것을 목적으로 한 것이라고 느꼈다. 어떤 관청에서 얻어 들은 두세 가지의 확실치 않은 정보도 이 느낌을 뒷받침했다. 그런데 몇 가지 틀에 박힌 절차를 거쳐서 겨우 그 조사표를 보내 온 기관에 문의해 볼 수 있었는데, 상대방에서는 만일의 경우를 위해 그런 조사가 시행되었다고 말하는 것이었다.

「어떤 경우인가요?」 랑베르는 물었다.

그러자 상대방은 그 점을 명확하게 밝혀, 그것은 그가 페스트에 걸려서 사망한 경우 한편으로는 가족에게 통지할 수 있게 하기 위해서이고, 또 한편으로는 병원의 비용을 시의 예산에 계상(計上)해야 할지, 아니면 근친자로부터의 변제를 기대할 수 있을지를 알기 위해서라고 대답해 주는 것이었다. 분명히 이것은 그가 자기를 기다리고 있는 그녀로부터 완전히 떨어져 있지는 않다는 것을 증명하고 있고, 사회는 그들 두 사람의 일을 염두에 두고 있었던 것이다. 그러나 그것은 위안은 되지 않았다. 그보다도 주목해야 할 점은, 그리고 랑베르도 그 때문에 거기에 주목을 했던 것이지만, 그것은 어떤 재앙의 절정에 있어서도 한 관청이 여전히 그 사무를 계속하고, 또 그것이 그 사무를 위해 설치된 관청이라는 이유만으로, 종종 최고 당국도 모르는 사이에 또 다른 시기에 관한 자발적인 방책을 취한다고 하는 그런 자세였다.

그 이후의 한동안은 랑베르로서는 가장 편하기도 하고, 또 제일 괴롭기도 했던 시기였다. 그것은 바꿔 말하면 마비된 기간이었다. 그는 모든 관청을 찾아다니며 한껏 애쓰고 있었지만, 그 방면의 해결책이 그 시점에서는 막혀 있었다. 그래서 그는 카페에서 카페로 헤매며 다녔다. 아침 나절 어느 카페 테라스의 좌석에 한 잔의 미지근한 맥주를 앞에 놓고 앉아, 전염병이 멀지 않아 끝날 성싶은 어떤 조짐이라도 보이지 않을까 희망을 걸면서 신문을 보고, 길을 지나가는 사람들의 얼굴을 빤히 바라보고 있다가도, 그 구슬픈 표정에 진저리가 나서 눈길을 돌린다. 그리고 맞은편에 있는 여러 가지 상점 간판과 이젠 어디서든지 내놓지 않게 된 유명한 아페리티프 광고를 읽고 난 다음에 그는 일어나, 시내의 누르스름한 거리를 발길이 가는 대로 걸어갔다. 고독한 산책에서 다시 카페로, 카페에서 레스토랑으로 그렇게 하면서 저녁때까지 헤매는 것이었다. 리외는 어느 날 저녁때, 마침 랑베르가 어느 카페 입구에서 들어가려다 말고 망설이고 있는 것을 목격했다. 이윽고 결심을 한 모양으로 카페 안쪽에 가서 앉았다. 마침 카페에서는 행정 당국의 명령으로 불을 켜는 시간을 될 수 있는 대로 늦추고 있었는데, 바로 그런 시각이었다. 황혼의 그림자는 흡사 회색의 물결처럼 카페 안에 침입하고, 저녁 하늘의 장미빛은 색유리에 반사되고, 또 대리석 식탁은 감돌기 시작한 어둠 속에서 희미하게 빛나고 있었다. 인기척이 없어진 카페 한가운데서 랑베르는 혼자 남은 망령처럼 보여서, 리외는 그가 체념하는 시간이라고 생각했다. 그러나 그것은 또한 이 거리에 갇혀 있는 모든 사람들이 그들의 방심을 느끼는 순간이며, 그리고 해방을 앞당기기 위해서는 무슨 일인가를 하지 않아서는 안 되었다. 리외는 발길을 돌렸다.

랑베르는 또 역에서 긴 시간을 보내곤 했다. 플랫폼에 접근하는 것은 금지되어 있었다. 그러나 외부로부터 들어갈 수 있는 대합실은 열린 채로 있어, 간혹 거렁뱅이들이 몹시 더운 날엔 거기가 선선하기 때문에 거기에 진을 치고 있었다. 랑베르는 거기에 와서는 예전의 시간표와 침을 뱉는 것을 금하는 표지판, 또는 열차 내의 공안 규칙 등을 읽어 보는 것이었다. 그리고 그는 한구석에 앉는다. 대합실 안은 어둡다. 남은 무쇠 난로가 낡아빠진 수법의 8면의 모조화에 둘러싸여, 이미 여러 달 동안 써늘하게 놓여 있었다.

벽에는 몇 개의 광고가 방돌(역주 : 남부 프랑스의 피한지로 알려져 있는 작은 마을)이나 또는 칸느에서의 행복하고 자유로운 생활을 선전하고 있다. 랑베르는 여기서 궁핍의 시궁창에서 찾아 볼 수 있는 그 참혹한 자유라고도 할 만한 것에 접촉하고 있었던 것이다. 그때 그가 마음에 떠올리는 것 중 가장 괴로웠던 이미지는, 적어도 그가 리외에게 애기한 바에 따르면 파리의 이미지였다. 낡은 석벽(石壁)과 물의 풍경, 궁(宮)의 비둘기들, 북부 정거장, 팡테옹 지역 등, 그 밖에 자기가 그토록 사랑하고 있는 줄도 몰랐던 그 도시의 몇몇 장소가 랑베르의 마음에 달라붙어서, 무슨 일이든지 전혀 할 수 없게 해 버리는 것이었다. 리외는 랑베르가 그런 이미지를 그의 사랑의 이미지와 하나로 보고 있는 것이라고 생각했다. 그리고 랑베르가 새벽 네 시에 잠이 깨어 자신의 도시에 대해 생각하는 것을 좋아한다고 말한 날에도, 리외는 자신의 경험에 비추어, 그는 자기가 남겨 두고 온 여성의 일을 그때 상상하기를 좋아하는 것이라고 대수롭지 않게 고쳐 해석할 수가 있었던 것이다. 그 시각은 사실 그가 그녀 생각에 사로잡힐 수밖에 없는 때였다. 새벽 네 시까지는 일반적으로 사람들은 아무 것도 하지 않고, 설혹 그 밤이 유익하지 못했던 밤이었더라도 다만 자고 있는 게 보통이다. 실제로 이 시각엔 사람들은 자고 있으며 그리고 이것은 마음을 편하게 해 주는 일이다. 왜냐하면 불안한 애정의 간절한 소망은 자기가 사랑하는 사람을 끊임없이 소유하고 싶은 것이고, 혹은 만일 자기 곁에서 떨어질 때가 왔을 경우에는 그 사랑하는 사람을 다시 함께 있게 될 날까지 깨어나지 않을, 꿈도 없는 잠 속에 되도록 가라앉혀 주고 싶은 것이기 때문이다.

　설교가 있은 지 얼마 후 더위가 시작되었다. 이젠 6월 말이 되어 있었다. 설교가 있은 일요일을 인상 깊게 한, 철보다 뒤늦게 비가 내린 그 이튿날엔, 여름이 성큼 다가와 하늘과 집들 위를 뜨거운 햇살이 두루 비췄다. 격심한 열풍이 일더니 그것이 온종일 불어서 집들의 벽을 건조시켰다. 날씨는 아주 고정되었다. 뜨거운 열기와 햇살의 끊임없는 물결이 온종일 이 도시를 적셨다. 아케이드가 있는 거리와 2층 건물 안의 주택 이외엔, 그야말로 눈부신 반사 속에 놓이지 않는 곳은 시내에 한 군데도 없는 것같이 생각되었다. 태양은 시민들을 모든 길모퉁이로 몰아넣었고, 또 혹시 멈춰 서기라도 하면 이내 덤벼들었다. 이 최초의 뜨거운 열기가 한 주일에 7백명 가까운 숫자로 불어난 희생자 수의 급속한 상승과 일치했으므로, 절망적인 공기가 시내에 넘쳤다. 변두리 근처의 보도가 없는 거리와 테라스가 딸린 집들 사이에서는 활기가 희박해지고, 또 사람들이 노상 문어귀에서 살고 있었던 이 지역도 모든 문은 닫히고 덧문도 닫혔다. 그렇게 해서 페스트에서 몸을 지킬 작정인지, 아니면 햇빛을 막으려고 그러는 것인지 알 수 없는 것이었다. 그래도 몇 집에서는 신음 소리가 들리고 있었다. 예전엔 그런 일이 일어나면 구경하기를 좋아하는 사람들이 길에서 가만히 엿듣고 있는 것을 흔히 볼 수 있었던 것이다. 그러나 이젠 어떤 인간의 심장도 굳어진 것같이 여겨져서, 모두들 그런 비탄의 목소리가 인간의 자연스런 말이기라도 한 것처럼, 그 옆에서 걷거나 생활을 하고 있기도 했다.

　그때 헌병은 어쩔 수 없이 무기를 사용하게 되었지만, 시문에서의 소동은 어쩐지 불온한 공기를 빚어냈다. 확실히 부상자는 있었을 게 틀림없지만, 그러나 시중에서는 사망자가 있다는 소문까지 나도는 등, 더위와 공포 탓으로 모든 것이 과장되었다. 여하튼 불만은 시시각각으로 증대할 뿐이어서, 당국에서는 최악의 사태를 두려워하여, 이렇게 재화 속에 갇혀 있는 주민이 반항할 경우에 취해야 할 조치를 진지하게 고려하고 있었던 것은 사실이다. 신문에는 시외로 빠져 나가는 것을 거듭 금지하고 위반자는 투옥을 한다는 내용의 포고가 발표되었다. 순찰대가 시내를 순회하고 있었다. 인기척이 없는 뜨거운 길에서 포석을 밟는 말발굽 소리를 앞세우고, 기마 경비대가 닫힌 창문들 사이를 나아가는 것을 종종 볼 수 있었다. 순찰대의 모습이 보이지 않게 되어 버리면, 의심이 감도는 무거운 침묵이 이 거리를 다시 감도는 것이었다. 이따금 멀리서, 최근의 명령으로 벼룩을 퍼뜨릴 위험이 있는 개와 고양이를 죽이는 임무를 띤 특별대가 발포하는 소리가 울렸다. 이 간드러진 폭발음은, 그것도 하나의 원인이 되어 시중에 심상치 않은 공기가 감돌게 했다.

더위와 침묵 속에서, 더구나 한껏 겁이 나 있는 시민들의 마음으로서는 모든 것이 보통 이상의 무게를 지니게 되어 있었다. 하늘의 빛깔과 흙내음 등, 계절의 변화를 보여 주고 있는 것들이, 처음으로 모든 사람들에게 느껴지게 되었다. 모두들 뜨거운 열기는 전염병이 더 번지게 할 것임을 이해하고, 더구나 동시에 여름이 드디어 본격적으로 된 것을 깨달았던 것이다. 저녁 하늘의 제비 울음 소리도 거리의 상공에서 훨씬 가냘프게 들리기 시작했다. 그것은 지평선이 지금까지보다 훨씬 멀어지는 6월의 이 지방의 황혼에는 어울리지 않는 것이었다. 시장의 꽃들도 봉오리가 아니라, 이미 다 피어 있어서 아침에 팔아 버린 뒤엔 그 꽃잎이 먼지가 낀 보도에 흩어져 있었다. 봄은 다 가서 여기저기에 잇따라 피어 나온 숱한 꽃들에 힘을 쏟아 넣어 버리고, 지금은 페스트와 뜨거운 열기의 이중의 압력 아래 서서히 짓눌려서 깊은 잠에 빠지려 하고 있는 것을 뚜렷이 알아 볼 수 있었다. 시민들에게는 이 여름 하늘과, 먼지와 권태의 빛깔로 퇴색해 가는 이 거리 거리는, 날마다 이 도시의 공기가 무거워지게 하고 있는 백 명쯤의 사망자와 같을 정도로 마음을 위협하는 의미를 지니고 있었다. 쉴 새없이 내리쬐는 햇살, 잠과 휴가를 생각하게 하는 그 시시 각각도 이젠 예전처럼 물과 육체와의 향연을 부추기게 하는 일은 없었다. 반대로 그 시각은 갇혀서 쥐죽은 듯이 조용해진 시내에 공허한 것이 울리게 했다. 행복했던 계절의 그 구리빛 광채는 없어져 버렸다. 페스트의 햇살은 모든 색채를 지우고 모든 기쁨을 쫓아 버린 것이다.

이것은 돌림병에 의한 커다란 혁명의 하나였다. 시민들은 모두 평소엔 희희 낙락 여름을 맞고 있었다. 도시는 그 무렵엔 바다를 향해 열렸었고, 젊은이들을 바닷가로 밀어 내는 것이었다. 이와 반대로 이

번 여름은 가까운 바다도 출입이 금지되어, 몸은 그 즐거움을 맛볼 권리를 잃어버렸다. 이 같은 조건 속에서 대체 어떻게 하면 좋은가? 이에 대해서도 역시 타루가 당시의 우리 생활의 가장 진실한 정황을 전해 주고 있다. 그는 물론 전반적으로 본 페스트의 진행 과정을 더 듬고 있지만, 전염병의 한 단계에 선이 그어진 것은, 라디오가 한 주일에 몇백 명의 사망자라는 식으로 보도하지 않고 하루에 92명, 107명, 120명이나 되는 사망자를 보도하게 된 때였다고 정확한 관찰로써 기술하고 있다. '신문과 당국은 페스트에 대해 더없이 교묘하게 대처하고 있다. 그들은 130은 910에 비해 큰 숫자는 아니라고 보고 페스트에서 점수를 뺏는 것으로 생각하고 있는 것이다.' 그는 또 돌림병의 비장한 혹은 연극적인 양상도 묘사하여, 덧문을 닫은 인기척이 없는 길 한 모퉁이에서 그의 머리 위의 창문을 돌연 밀어 제치고 큰 목소리로 두 번 외치고 나서 짙게 그늘진 방에 다시 덧문을 내려 버린, 그런 한 부인의 일 등을 적고 있다. 그러나 또 다른 데서는, 박하 사탕이 약방에서 자취를 감춰 버렸는데, 그것은 많은 사람들이 예기치 않은 감염을 예방하기 위해 그것을 먹게 되었기 때문이라고 적고 있다.

그는 또 자기가 좋아하는 인물들에 대한 관찰도 계속하고 있다. 그것에 따르면 고양이를 상대하는 그 자그마한 노인 역시 비극 속에서 살고 있었음을 알게 된다. 사실 어느 날 아침 몇 방의 총소리가 울렸는데, 타루의 기록에 의하면, 가래침 같은 납 덩어리 총알들이 대부분의 고양이를 죽였고 그 밖의 고양이들은 겁을 먹고 그 길에서 없어져 버렸던 것이다. 같은 날 몸집이 작은 노인은 여느 때와 같은 시간에 발코니에 나왔으나 분명히 놀라는 기색을 보이며, 몸을 내밀어 길 끝까지 살펴보고는 단념하고 우두커니 기다리고 있었다. 그 손은 발코니 난간을 톡톡 치고 있었다. 그는 여전히 기다리다가 종이를 조금 찢고 안에 들어갔다가는 또 나와, 얼마쯤 시간이 지나자 화가 난 듯이 문을 등뒤로 쾅 닫고는 돌연 자취를 감추었다. 그 후 며칠 동안 같은 장면이 되풀이되었지만, 그 작은 노인의 얼굴에는 슬픔과 혼란의 기색이 날마다 드러나는 것을 알아 볼 수 있었다. 한 주일이 지나 타루는 그 노인이 나타나기를 날마다 기다렸으나, 창문은 슬픔을 간직하고 굳게 닫혀진 채로 있었다. '페스트가 유행할 때에는 고양이에게 침을 뱉는 것을 금한다'고 수첩은 결론을 내리고 있었다.

한편 또 타루가 저녁때 돌아오자, 노상 입구의 홀에서 여기저기를 걸어 다니고 있는 방범 대원의 어두운 얼굴을 보게 되었다. 이 사람은 늘 남의 얼굴만 보면 자기가 이번 일을 미리 알고 있었다는 말을 꺼내곤 하는 것이었다. 타루가, 그가 재앙을 예견한 것은 확실히 들었음을 인정하고, 그러나 그가 생각하고 있던 것은 지진이었음을 지적한 데 대해, 늙은 방범 대원은 이렇게 대답했다. 「정말 이것이 지진이었다면 한 번 크게 흔들리고는 모든 애기가 끝나 버릴 텐데……. 죽은 사람과 살아 남은 사람을 계산해서 그걸로 승부는 나 버리지요. 그런데 이 병은 걸리지 않은 사람까지도 가슴속에 그걸 안고 있게 한단 말이에요.」

지배인의 지친 모습도 이에 못지 않았다. 처음엔 여행자들도 이 도시가 폐쇄되는 바람에 떠나지 못하고 호텔에 억류되어 있었다. 그러나 점점 전염병이 오래 끌게 되자, 많은 사람들이 친구네 집에 숙박하는 편이 좋다고 생각하게 되었다. 그래서 호텔의 모든 방마다 사람들로 가득 차게 했던 바로 그 이유 때문에 그때부터 방들이 빈 채로 있게 된 것이다. 왜냐하면 이 도시에는 이젠 더이상 새로운 여행자가 오지 않았기 때문이다. 타루는 계속해서 숙박하는 극소수의 숙박객의 한 사람이 되어 있었는데, 지배인은 기회만 있으면 타루를 붙잡고, 마지막 손님들에게 잘 해 드리고 싶은 마음만 없었더라면, 자기는 벌써 이 호텔을 닫아 버렸으리라는 말을 꺼내는 것을 잊지 않았다. 그는 자주 타루에게, 이 전염병이 얼마 동안이나 계속될는지 그 기간을 어림 짐작을 해 달라고 부탁했다. 「애기를 들으니」 하고 타루는 의견을 말했다. 「이런 종류의 병은 추위를 싫어한다더군요.」 지배인은 어림도 없다는 듯한 기색으로 「하지만 여기서는 정말 추워지는 일은 없잖습니까. 여하튼 다소나마 추워지려면 아직 여러 달이 지나야 하지요.」 그리고 그는 여행자는 그 후에도 오랫동안 이 도시에 오지 않을 것으로 확신하고 있었다. 이번의 페스트는 관광 여행의 파멸이었다.

식당에서는 잠시 모습을 보이지 않던 그 올빼미 사내 오통 씨가 다시 나타나는 것이 보였지만, 이번엔 그 학자 견(犬) 같은 두 꼬마를 데리고 있을 뿐이었다. 정보에 따르면 아내는 친정 어머니를 간호하다가 장례를 끝내고, 목하 격리중에 있다는 것이었다.

「이런 건 아무래도 싫군요.」지배인은 타루에게 말했다. 「격리중이건 아니건 부인 쪽은 수상하고, 따라서 저 사람들도 역시 수상하지요.」

타루는 그렇게 보면 누구든지 수상한 법이라고 생각하게 하려고 했다. 그러나 상대방은 그 문제에 관해서는 명확한 견해를 가지고 있었다.

「그렇지는 않습니다. 당신도 저도 수상하지는 않지요. 그렇지만 저 사람들은 수상한 거예요.」

그러나 오통 씨는 그 정도의 일로 변하지는 않았고, 이번 페스트도 그에게는 별수가 없었다. 그는 똑같은 태도로 식당에 들어가 아이들보다 먼저 앉았다. 그리고 그들에게 여느 때처럼 점잖으면서도 짓궂게 말하고 있었다. 그런데 작은 사내애만은 외모가 변해 있었다. 누이처럼 검은 옷을 입었는데, 전보다 약간 앞으로 구부정해진 모습은 자기 아버지의 작은 그림자같이 보였다. 방범 대원은 오통 씨를 싫어해서 타루한테 이렇게 말한 적이 있었다.

「저 양반은 죽을 때에도 아마 정장을 하고 있을 걸요. 그러면 몸치장을 해 줄 필요도 없을 테고 곧바로 저승으로 갈 수 있을 테지요.」

파늘루의 설교도 역시 보고되어 있는데 다만 다음과 같은 주석이 붙어 있다. '호감이 가는 그 열정적인 언동은 나도 이해할 수 있다. 재화의 시초와 그것이 끝났을 때엔 사람들은 항상 다소 수식(修飾)을 하는 법이다. 첫째 경우에는 습관이 아직 없어져 있지 않고, 둘째 경우에는 습관이 어느새 회복되어 있는 것이다. 불행의 시기야말로 사람들은 진실에, 즉 침묵에 익숙해지는 것이다. 앞날을 기다리자.'

끝으로 타루는 의사 리외와 오랫동안 얘기를 나누었음을 기술하고, 이에 대해서는 단순히 그것이 좋은 결과를 얻은 점을 지적하고 있을 뿐이지만, 여기에 곁들여서 어머니인 리외 부인의 밝은 갈색 눈동자에 대해 언급하면서, 이렇게까지 선량한 마음이 나타나 있는 눈초리는 필경 페스트를 이겨 낼 것이라고 그녀에 관해 기묘한 단언을 했다. 그리고 마지막으로 리외가 진료하고 있는 천식 환자 할아버지를 위해, 상당히 긴 글을 할애하고 있다.

그는 의사와 애기를 나눈 뒤 함께 할아버지를 만나러 갔다. 할아버지는 생떼를 쓰는 것 같은 말을 늘어놓으면서 손을 비비적거리며 타루를 만났다. 그는 이불 속에서 베개에 등을 기댄 채, 두 개의 완두콩 남비 위에 몸을 굽히고 있었다. 「또 한 사람 더 왔구려.」 타루의 모습을 보더니 그는 말했다. 「정말 세상은 거꾸로 됐구면, 환자보다 의사가 더 많아지다니. 말하자면 걷잡을 수 없이 푹푹 쓰러져 가는 셈인가요? 신부님이 말씀하신 대로구면, 정말 당연한 응보지요.」 이튿날 타루는 예고도 없이 또 찾아 갔다.

그의 수첩에 적힌 내용을 믿는다면, 천식이 있는 이 할아버지는 자그마한 잡화점을 하고 있었는데, 나이 50이 되었을 때 벌써 이 장사도 지긋지긋하다고 생각했다는 것이다. 그리고는 병들어 눕게 되었는데 그 후엔 다시 일어나지 못했다. 그러나 그의 천식은 가만히 서 있어도 그럭저럭 견딜 만했던 것이다. 약간의 연금 덕택으로 75세까지 살아 왔고, 그 나이가 되어서도 명랑했다. 그는 시계를 보면 견딜 수 없었고, 또 실제로 그의 집엔 어디를 찾아봐도 시계는 하나도 없었다. 「시계라는 건」 하고 그는 말했다. 「비싼 데다 어처구니 없는 물건이지.」 그는 시간을, 그것도 특히 그로서는 유일하게 중요한 식사 시간을, 잠이 깼을 때 한쪽에는 완두콩이 가득히 들어 있는 두 개의 남비로 측정하고 있었다. 그는 언제나 똑같이 근면하고 규칙적인 동작으로 한 알 한 알 한쪽 남비에 콩을 넣는다. 그는 이렇게 해서 남비로 측정된 하루 속에 눈금이 되는 것을 찾아내고 있었던 것이다. 「남비가 열 다섯 번 찰 때마다 나는 식사를 해야 하거든요. 아주 간단한 일이지요.」

그의 마누라의 말을 믿는다면, 그는 아주 젊어서부터 그렇게 하는데 적합한 소질을 보이고 있었다. 사실 그가 하는 일도 친구도 카페도 음악도 여자도 산책도, 여태껏 그의 흥미를 끈 적이 없었다. 그는 끝내 이 도시에서 나가 본 적이 없고, 오직 어느 날 하루만 가족의 볼일로 알제이에 가야 하게 되었지만, 오랑에 제일 가까운 역에서 도저히 그 이상 모험을 하고 싶지가 않아, 거기서 중단해 버린 적이 있었다. 그는 최초의 기차로 집에 돌아왔다.

그가 하고 있는 탈속(脫俗)한 듯싶은 생활에 놀란 기색을 보인 타루에게, 그는 대강 이렇게 설명했다——종교가 가르치는 바에 따르면 한 인간의 전반생은 상승이고 후반생은 하강이며, 하강기엔 그 인간의 하루하루가 이미 그의 것이 아니어서 언제 어느 때 빼앗겨 버릴지도 모르는 것이며, 따라서 그는 그것을 어쩔 수도 없다, 그러니 제일 좋은 것은 그것을 어떻게도 하지 않는 일인 것이다. 하긴 모순 당착도 전혀 그가 두려워하는 바는 아니었던 셈이어서, 그 얼마 후 타루를 보고 신은 확실히 존재하지 않는 게 틀림없다, 왜냐하면 그렇지 않은 경우엔 신부 같은 건 소용 없을 게 아니냐고 말하기도 했다. 그러나 이런 말에 이어 들은 몇 가지 얘기를 통해, 타루는 이 철학이 그 교구에서 자주 있은, 기부금을 모으기 위한 모임 때문에 품게 된 그의 기분과 밀접하게 연결되어 있음을 이해했다. 그러나 노인의 초상의 마지막 마무리로서 기술되어 있는 것은 하나의 소망——미상불 진심에서 우러난 소망인 모양이어서, 타루 앞에서 몇 번이고 되풀이한 소망——이다. 즉 그는 나이가 무척 많으니 죽고 싶다고 바라고 있는 것이었다.

'이 영감은 성자일까?' 타루는 스스로 묻고 있다. 그리고 이렇게 대답하고 있다. '그렇다, 성자의 미덕이 습관의 총화라면.'

그러나 동시에 타루는 페스트에 침범된 도시에서의 하루를 상당히 정밀하게 묘사함으로써, 이 여름 동안 시민들이 하고 있는 일과 생활에 관해 하나의 정확한 관념을 제공하고 있다. '주정꾼 이외엔 누구든지 웃는 사람은 없다.'고 타루는 말하고 있다. '그리고 주정꾼들은 너무 지나치게 웃는다.' 그리고 그는 다음과 같이 묘사한다.

《날이 밝을 무렵, 어렴풋한 숨결이 아직 인기척이 없는 거리를 스쳐 지나간다. 밤중의 죽음과 낮의 고민과의 사이에 위치하는 이 시작에는, 페스트도 한동안 그 기세를 꺾고 한숨 돌리는 것같이 여겨진다. 모든 가게 문은 닫혀 있다. 그러나 그 중의 몇 채인가에는 '페스트 때문에 폐점함.'이라는 종이가 붙어 있어, 얼마 후에도 다른 가게들과 함께 개점은 하지 않을 것임을 명시하고 있다. 아직 자고 있는 신문팔이들은 뉴스를 외쳐 대지는 않지만, 그 대신 길 모퉁이에 등을 기댄 채, 몽유병자 같은 몸짓으로 그들의 상품을 가로등 쪽으로 내밀고 있다. 잠시 후면 그들은 첫 전차 소리에 잠이 깨어 온 도시의 여기저기로 흩어져 가면서, '페스트'라는 낱말이 크게 눈에 띄는 지면을 팔을 한껏 펴서 내밀 것이다. '페스트는 가을까지 계속될 것인가?' 'B교수는 아니라고 대답함.' '사망자 120명, 페스트 발생 94일째의 현황.' 이러한 제목이 실린 신문을 말이다.》

《용지의 부족 상태는 더욱 격화하여 어떤 종류의 정기 간행물 등은 어쩔 수 없이 지면을 줄였음에도 불구하고, 《전염병 시보》라는 다른 신문이 창간되었다. 그 신문은 '전염병의 진행이나 혹은 쇠퇴에 관해 엄밀한 객관성에 유의하면서 시민에게 보고하고, 전염병의 앞으로의 움직임에 관해 가장 권위 있는 증언을 제공하며, 유명 무명을 불문하고 재화와 싸우려는 의지가 있는 모든 사람들을 지면을 통해 지지하며 국민의 사기를 북돋우고 당국의 지시를 전하는 등, 한마디로 말하면 우리들에게 덮친 불행에 대해 효과적으로 싸우기 위해, 모든 사람들의 선량한 의지를 결집하는 것'을 그 임무로 하였다. 실제로 이 신문은 페스트를 예방하는 데 확실한 효력이 있는 온갖 신제품의 광고를 게재하는 쪽으로 한정되어 버렸다.》

《아침 여섯 시경이 되면 이런 모든 신문들은 상점이 열리기 한 시간 이상 전부터 가게 입구에 진을 치고 있는 행렬 속에서 팔리기 시작하고, 이어 변두리에서 만원이 되어 오는 전차 안에서 팔린다. 전차는 유일한 수송 수단이 되어 버려, 승강대도 난간도 터질 듯이 잔뜩 싣고 간신히 전진하고 있다. 그런데도 기묘하게도 모든 승객들은 될 수 있는 대로 서로 등을 돌려서, 서로 전염을 피하려 하고 있는 것이다. 정류소에서 전차가 실어 온 한 무리의 남녀를 뱉어 내면, 그들은 멀어져서 혼자가 되려고 황급히 걸어가는 판이다. 단지 불쾌하다는 이유만으로 자주 싸움이 벌어지고, 그런 불쾌감은 이젠 만성적으로 되었다.》

《첫 전차가 지나가고 나면 거리는 차츰 잠이 깨어, 제일 빠른 맥주집이 '커피 품절' '설탕을 가지고 오세요' 등등의 종이가 붙어 있는 카운터 앞의 문을 연다. 그리고 가게가 열리면서 길거리는 활기를 되찾는다. 동시에 햇살이 비치기 시작하여 더위가 7월의 하늘을 점점 납빛으로 물들여 간다. 이 무렵이 아무 일도 하고 있지 않은 사람들이 한길에 나가 보는 시각이다. 그 대부분은 그들의 호사함을 드러내 보임으로써 페스트의 병마를 쫓아 버리는 것을 자신의 임무로 삼고 있는 것같이 보인다. 날마다 열 한 시경엔 주요한 간선 도로에 젊은 남자들과 젊은 여자들의 현란한 행렬이 일고, 거기서 커다란 재화 속에서도 솟아나는 그 삶에 대한 정열을 감지할 수 있다. 전염병이 증대하면 도덕 또한 확대된다. 무덤 옆에서의 밀라노의 광연(狂宴)(역주 : 16세기에 밀라노 시에 페스트가 크게 번졌을 때의 삽화)을 다시 볼 수 있게 될 것이다.》

《정오가 되면 레스토랑은 삽시간에 만원이 된다. 좌석을 잡지 못한 사람들의 작은 집단이 이내 그 문어귀에 이루어 진다. 하늘은 지나친 더위에 광채를 잃기 시작한다. 큰 차양 그늘에 들어가 식량을 구하려 는 사람들은, 햇빛으로 타 들어가는 길가에서 차례를 기다리고 있다. 레스토랑에 몰려드는 것은 그렇게 하면 식량 보급 문제가 한결 간단 해지기 때문이다. 그러나 레스토랑에서도 전염에 대한 불안은 그대 로 남아 있다. 회식을 하는 사람들은 그들의 식기를 깨끗이 닦는 데 긴 시간을 소비하고 있다. 조금 전까지만 해도 '이 식당에서는 식기를 끓여 놓았습니다. '라는 종이를 내붙이고 있는 레스토랑도 있었다. 그러나 점점 모든 광고를 단념하게 되어 버렸다. 왜냐하면 손님들은 오지 않을 수 없게 되어 있었기 때문이다. 그리고 손님들은 즐겨 돈을 쓰고 싶어했다. 최고급이거나 혹은 최고급으로 여겨지는 술과 제일 비싼 안주 등, 먼저 이런 것에서부터 경쟁이 시작되었다. 또 어떤 레스토랑에서는 몸에 이상이 생긴 손님 한 사람이 창백해져서 일어서서 비틀거리다가 이내 나갔다고 해서 공포에 휩싸인 일도 있었다고 한다.》

《두 시경이 되면 거리는 점점 텅 비게 되는데, 이때는 침묵과 먼지 와 햇빛과 페스트가 가두에서 서로 만나는 순간이다. 회색의 커다란 집들을 따라 뜨거운 열기는 줄곧 쉴새없이 흐른다. 이 기나긴 감금의 시간은 인구가 많아 소란스러운 이 도시에 저녁이 불꽃에 타듯 무너져 내려야만 끝난다. 더위가 시작된 초기의 며칠은 간혹, 그리고 왠지도 모르게 저녁때 인기척이 아주 없어져 버리는 수가 있었다. 그러나 지금은 선선한 기운이 일기 시작하면, 희망까지는 아니더라도 하나의 휴식을 가져다 준다. 그래서 모두 길거리에 나가 수다스레 지껄이거나 싸우거나 장난을 치거나 하며, 7월의 붉은 하늘 아래 거리는 쌍쌍의 남녀들과 시끄러운 목소리로 채워져서 숨가쁜 밤을 향해 표류하기 시작한다. 영험을 받은 한 노인이 한길에서 중절모를 쓰고 나비 넥타이를 맨 모습으로, 군중 속을 가로지르면서「하느님은 위대하시니 하느님께로 모이시오」하고 끊임없이 되풀이해도 아무 보람이 없다. 사람들은 모두 반대로 뭔가 자기들이 충분히 다 알고 있지 못한 것, 혹은 하느님보다 더 긴급하다고 여겨지는 것 쪽으로 모여 드는 것이다. 맨 처음에 그들이 이번에도 다른 병과 같은 것이라 생각하고 있었을 적엔 종교도 그 위치를 보전하고 있었다. 그러나 그것이 진짜임을 알게 되자 그들은 향락을 생각해 낸 것이다. 낮에 사람들의 얼굴에 떠올라 있는 모든 오뇌의 기색은 그때 녹아 버려, 뜨겁고 먼지가 낀 황혼 속에서 일종의 거친 흥분, 그야말로 민중 전체가 들뜬 것 같은 부자연스런 방종으로 변해 버리는 것이다.》

《그리고 나 역시 그들과 마찬가지다. 이상할 것은 하나도 없다. 나와 같은 사람들에게 있어 죽음은 아무 것도 아닌 것이다. 그것은 하나의 사건, 그들의 태도가 옳다는 것을 증명하는 하나의 사건인 것이다.》

그가 수첩 속에서 말하고 있는 그 면담은 타루 쪽에서 리외에게 요청했던 것이다. 리외가 그를 기다리고 있었던 밤에, 의사는 마침 어머니가 식당 한 구석에서 의자에 호젓이 앉아 있는 모습을 바라보고 있었다. 집안 일을 하고 있지 않을 때엔 그녀는 언제나 거기서 날마다 지내고 있는 것이었다. 두 손을 무릎 위에 가지런히 놓고 그녀는 기다리고 있었다. 리외는 그녀가 과연 자기를 기다리고 있는지 어떤지조차 명백하게 알지 못했다. 그러나 그래도 그가 나타나면 어머니의 얼굴에는 어떤 변화가 일어나는 것이었다. 노고의 생애가 그 얼굴에 새겨놓은 과묵한 표정이 그때 생기를 띠는 것같이 여겨졌다. 그리고 그녀는 다시 침묵 속에 가라앉는 것이었다. 그날 밤 그녀는 창문으로, 지금은 이미 인기척이 없어진 길거리를 바라보고 있었다. 밤의 조명은 3분의 2가 감소되어 있었다. 그리고 극히 약한 전등 불빛이 하나씩 거리의 어둠 속에 약간의 반영을 던지고 있었다.

「페스트가 계속되는 동안 불빛은 내내 줄인다는 거냐?」하고 리외 부인은 말했다.

「아마 그럴 테지요.」

「겨울까지 계속되지 않아야 할 텐데, 그때까지 계속되면 무척 음산할 것이다.」

「정말 그래요.」리외는 말했다.

보니 어머니의 눈길은 그의 이마에 쏠리고 있었다. 그는 요즘 며칠 동안의 불안과 과로가 자기 얼굴을 수척해지게 하고 있음을 알고 있었다.

「오늘은 무슨 일이 잘 되지 않았느냐?」리외 부인은 말했다.

「여느 때와 마찬가지예요.」

여느 때와 마찬가지예요! 그것은 즉 파리에서 보내 온 새 혈청이 최초의 것보다 효력이 없는 듯싶어, 통계 숫자가 상승하고 있음을 가리키는 말이다. 이미 환자가 나온 가정 이외에도 예방의 혈청 접종을 할 수 있을 가능성은 여전히 없었다. 혈청의 사용을 일반화하기 위해서는 공장에서 대량으로 제조하지 않으면 안 되었다. 임파선종의 대부분은 마치 굳어지는 계절이 되기라도 한 것처럼 벌어지지 않아 절제하기가 어려웠고, 그 때문에 환자들은 몹시 고통에 시달렸다. 간밤부터 전염병의 새로운 형태를 나타내는 환자가 시내에서 둘쯤 있었다. 이런 경우 페스트는 폐장성(肺臟性)의 것으로 되어 있었다. 그날 즉시 어떤 회합 석상에서 지칠 대로 지친 의사들은 어찌 할 바를 모르는 지사에게, 폐장성 페스트의 입에서 입으로의 감염을 막기 위해 새로운 조치를 요구하여 허락을 얻었다. 여느 때처럼 여전히 아무 것도 알고 있지 못했다.

그는 어머니를 바라보았다. 아름다운 갈색 눈동자가 그의 마음에 지난날의 자애의 세월을 되살아나게 했다.

「어머니는 무서워지셨어요?」

「이 나이가 되면 무서운 것이 별로 없는 거야.」

「해는 길고, 또 제가 거의 곁에 없으니 말이에요.」

「네가 꼭 돌아온다는 걸 알고 있기만 하면, 기다리는 것쯤은 아무

렇지도 않다. 그리고 네가 곁에 없을 적엔 나는 네가 지금 뭘 하고 있
는지 혼자 생각하고 있거든. 그래 네 처한테서는 소식이 있더냐?」

「예, 맨 마지막 전보를 보면 용태는 좋은 것 같아요. 하지만 저를
안심시키려고 그렇게 알려 왔다는 건 알고 있지요.」

문어귀의 벨이 울렸다. 의사는 어머니에게 미소를 지어 보이고 문
을 열어 주러 갔다. 층계의 희미한 불빛 속에서 타루의 모습은 회색
옷을 입은 큰 곰같이 보였다. 리외는 손님을 자기 책상 앞에 앉게 했
다. 그 자신은 팔걸이 의자 뒤에 선 채였다. 그들은 방안에 하나만 켜
있는 책상의 전등을 사이에 두고 마주 보고 있었다.

「당신하고는 단도직입적으로 얘기를 할 수 있다고 생각하고 있지
요.」 하고 서두도 없이 타루는 느닷없이 말했다.

리외는 묵묵히 끄덕였다.

「앞으로 반 달이나 한 달쯤 지나면 당신들은 이 고장에서 아무 소
용도 없게 되어 버릴 겁니다. 당신들은 이번 사건의 진행 속도를 따
라가지 못합니다.」

「그건 사실이지요.」 리외는 말했다.

「보건과의 조직이 엉망이더군요. 당신들은 일손도 시간도 부족한
거지요.」

리외는 그것도 사실임을 인정했다.

「얘기를 들으니 도청에서는 일반 구조 작업에 튼튼한 남자를 의무
적으로 참가시키기 위해, 일종의 민간 봉사단 같은 걸 구상하고 있다
더군요.」

「그 정보는 정확하지요. 하지만 불만스럽게 생각하는 사람들이 적
지 않아서, 지시는 망설이고 있습니다.」

「왜 지원자를 모집하지 않지요?」

「한 번 해 봤지만 그 결과는 신통치 않았지요.」

「그저 형식적인 방법으로 해 봤겠지요. 사무적인 방법에 의해서 말
이에요. 그들에게 부족한 건 상상력입니다. 그들은 결코 재해의 크기
에 척도를 맞추지 못합니다. 그러니 그들이 생각해 내는 구제책은 기
껏해야 두통이나 감기에도 적합할까 말까 하는 정도의 것입니다. 그
들에게 맡겨 두면 모두 당해 버립니다. 더구나 그들과 함께 우리들까

지도.」

「그건 있을 수 있는 일이지요.」리외는 말했다.「그러나 말씀을 드려 두어야겠는데, 그들은 그래도 죄수들을 써 볼까 하는 생각까지 했던 겁니다. 거친 일 같은 데 말입니다마는.」

「저는 그런 일을 일반인이 해 주는 편이 좋다고 생각하는데요.」

「저도 그렇게 생각합니다. 하지만 왜 그렇게 생각하시는지요?」

「저는 사형 선고 따윈 질색입니다.」

리외는 타루의 얼굴을 지켜보았다.

「그래서요?」

「그래서 저는 자원 보건대를 조직하기 위한 한 가지 방안을 가지고 있지요. 저한테 그걸 시행하는 허가가 나오게 해 주시고, 당국을 제쳐 놓고 해 보시지 않으렵니까? 그리고 그들은 어차피 일손이 부족하지요. 저는 여기저기에 친구가 있고, 그들이 맨 먼저 핵심이 되어 줄 겁니다. 그리고 당연히 저도 참가합니다.」

「그건 이미 아실 테지만 물론 저는 기꺼이 승낙합니다.」하고 리외는 말했다.「꼭 협조해 주실 필요가 있습니다. 특히 이런 일을 시작하고 있으면, 그런 생각을 도청이 수락하게 하는 건 제가 맡겠습니다. 더욱이 그들 관리들은 이것 저것 가릴 선택의 여지가 없습니다.」

그러나 리외는 잠시 생각했다.

「그러나 잘 알고 계실 테지만 이런 일은 목숨을 걸게 되는지도 모릅니다. 그러니 여하튼 저로서는 일단 주의는 해 드려야 합니다. 당신은 잘 생각해 보셨는지요?」

타루는 그 잿빛 눈으로 리외의 얼굴을 바라보았다.

「파늘루의 설교에 대해 당신은 어떻게 생각하십니까?」

자연스런 말투로 질문이 던져졌고 리외도 자연스럽게 대답했다.

「저는 병원 안에서만 너무 오래 살아 왔기 때문에, 집단적인 징벌 등과 같은 관념은 좋게 생각할 수가 없지요. 그러나 아무튼 기독교도라는 건 이따금 그런 말을 하는 법이에요, 실제로는 결코 그렇게 생각지도 않으면서 결국에 외부에 나타난 면보다는 좋은 사람들이지만요.」

「그런데도 당신도 역시 파늘루처럼 생각하고 있겠지요? 페스트에도 좋은 효능이 있고 사람들의 눈을 뜨게 하며 무언가를 생각하게 해 준다고 믿고 계시겠죠!」

의사는 초조한 듯이 머리를 흔들었다.

「그건 이 세상의 모든 병이 그렇다는 거지요. 그러나 이 세상의 불행이라는 것에 관해 사실인 것은 페스트의 경우에도 사실입니다. 그건 몇몇 사람들을 위대하게 하는 데 도움이 되는 수가 있습니다. 그렇지만 그것이 빚어 내는 비참과 고통을 보면 그야말로 미치광이나 장님이나 비겁자가 아닌 한, 페스트에 대해 체념을 한다는 건 있을 수 없는 일입니다.」

리외는 거의 말투조차 높이지 않고 있었다. 그러나 타루는 마치 그를 진정시키기라도 하려는 것처럼 손으로 제지하는 몸짓을 했다. 그는 미소를 짓고 있었다. 「예.」하며 리외는 어깨를 으쓱해 보였다. 「그런데 아까 물은 말의 대답을 듣지 못했군요. 당신은 잘 생각해 보셨는지요?」

타루는 팔걸이 의자 속에서 좀 편한 자세가 되어 머리를 불빛 쪽으로 디밀었다.

「당신은 하느님을 믿고 있습니까?」

질문은 또 자연스럽게 던져졌다. 그러나 이번엔 리외는 잠깐 망설였다.

「믿고 있지 않아요. 그러나 그건 대체 어떤 일인지, 나는 어두운 밤 속에 있지요. 그리고 그 속에서 어떻게 해서든지 명확하게 찾아 내려고 애쓰고 있는 겁니다. 벌써 오래 전부터 나는 그런 걸 별로 이상한 일이라고는 생각지 않게 되었지요.」

「당신과 파늘루가 다른 점은 바로 그런 데 있지 않을까요?」

「그렇게는 생각지 않아요, 파늘루는 학자입니다. 사람이 죽는 걸 많이 본 적이 없지요. 그래서 진리의 이름으로 말하거나 하는 거예요. 그러나 어떤 하찮은 시골 목사라도 제대로 교구의 사람들과 접촉하고, 임종하는 인간의 숨소리를 들은 적이 있는 사람이라면 저하고 마찬가지로 생각합니다. 그 비참한 장면이 훌륭한 까닭을 증명하려고 하기 전에, 먼저 응급 처치를 할 테지요.」

리외가 일어섰다. 이제 그의 얼굴은 어둠 속에 있었다.

「이런 얘기는 그만둡시다.」그는 말했다. 「당신이 대답하려고 하시지 않으니.」

타루는 의자에서 움직이려 하지 않은 채 미소를 지었다.

「대답 대신 질문을 하나 해도 괜찮을까요?」

이번엔 의사가 미소를 지었다.

「수수께끼를 좋아하시는군요.」그는 말했다. 「들어 봅시다.」

「이런 애깁니다.」타루가 말했다. 「왜 당신 자신은 그렇게 헌신적으로 일하십니까, 하느님을 믿고 있지 않다고 말씀하시면서? 당신 대답에 따라 저도 어쩌면 대답할 수 있게 될지도 모르지요.」

어둠 속에서 나오려고 하지 않은 채 의사는 그것은 이미 대답했다면서, 만일 자기가 전능의 신을 믿고 있었다면, 사람들을 치료하는 일은 그만두고 그런 걱정은 신에게 맡겨 버릴 것이라고 말했다. 그러나 이 세상에 누구도, 설령 신을 믿는다고 생각하고 있는 파늘루조차도, 그런 식으로 신을 믿지는 않는데 그 증거로는 누구도 완전히 자기를 맡겨 버리려고는 하지 않으며, 그리고 적어도 이 점에 있어서는 리외 자신도 있는 그대로의 세상과 싸움으로써 진리의 길을 가고 있다고 믿는다고 했다.

「아, 그러면 당신은 당신 자신의 직업에 대해 그렇게 생각하고 계시는 셈이군요?」타루는 말했다.

「대체로 그렇지요.」다시 불빛 속으로 되돌아오며 의사는 대답했다.

타루가 살며시 휘파람을 불자 의사는 그 얼굴을 바라보았다.

「그렇지요.」그는 말했다. 「그러려면 상당한 오만함이 필요하다고, 당신은 그렇게 생각하시겠지요. 그러나 나는 필요한 만큼의 오만함을 가지고 있을 뿐이에요. 앞날에 무엇이 기다리고 있는지, 이런 모든 일 뒤에 무슨 일이 일어날지 나는 모릅니다. 지금 당장은 많은 환자가 있으니 그걸 치료해 줘야 하는 거예요. 그 후에 그들도 반성할 테고 나도 그렇게 할 겁니다. 그러나 무엇보다도 긴급한 건 그들을 치료해 주는 일입니다. 나로서는 될 수 있는 대로 그들을 지켜 주자는 것뿐이지요.」

「그건 무엇에 대해 지키는 겁니까?」

리외는 창문 쪽을 돌아다보았다. 멀리에 바다가, 시계(視界)를 가름하는 한결 어두운 선에 의해 뚜렷이 보이고 있었다. 그는 오직 피로만을 느끼면서도 동시에 이 색다른, 그러나 아주 형제같이 여겨지는 사람에게 좀더 마음을 털어놓아 보고 싶다고 하는, 갑작스런 부조리한 욕망과 싸우고 있었다.

「그건 전혀 모르겠어요. 나로서는 통 알 수가 없지요. 내가 이 직업에 종사하기 시작했을 때엔, 어떤 의미로 보면 그저 추상적으로 그렇게 했었지요. 다시 말하면 그럴 필요가 있었기 때문에, 이것도 젊은 사람들이 생각하는 사회적인 하나의 지위이기 때문에 그랬던 셈이지요. 어쩌면 또 나와 같은 노동자의 자식에겐 그것이 특별히 어려운 길이었을지도 모릅니다. 그리고 얼마 후 죽는 장면을 봐야 했지요. 한사코 죽고 싶어하지 않는 사람들이 있다는 걸 알고 있습니까? 들은 적이 있습니까? 한 여자가 죽으려고 하는 순간에 '아냐, 아냐, 죽기는 싫어!' 하고 외치는 목소리를. 나는 들었어요. 그리고 나는 그런 일에 익숙해지지는 못할 것이라고 그때 깨달았지요. 나는 그 무렵엔 젊었고, 나 자신의 혐오는 세계의 질서 자체에 향해져 있다고 생각하고 있었습니다. 그 후 나도 마음이 더 겸손해졌습니다. 하지만 나는 여전히 죽는 장면을 보는 데는 익숙해지지 못하는 거예요. 나는 그 이상은 아무 것도 모릅니다. 그러나 결국……」

리외는 입을 다물고 다시 앉았다. 그는 입 안이 바싹 마르는 것을 느꼈다.

「결국 어떻다는 건가요?」 타루가 조용히 말했다.

「결국……」 하고 의사는 말을 잇고는 망설이며 타루의 얼굴을 빤히 바라보았다. 「이건 당신 같은 사람이라면 이해할 수 있는 일이 아닐까 생각하지만, 여하튼 이 세상의 질서가 죽음의 율법에 지배되고 있는 이상은, 어쩌면 신으로서도 사람들이 자기를 믿어 주지 않는 편이 좋을지도 모릅니다. 그리고 최선을 다해 죽음과 싸우는 편이 좋은 겁니다. 신이 침묵을 지키고 있는 천상의 세계에 눈을 돌리거나 하지 말고.」

「그렇군요.」 타루는 머리를 끄덕였다. 「말씀하시는 뜻은 알겠습니다. 그러나 당신의 승리는 항상 일시적인 것이지요. 그저 그뿐입니다.」

리외는 어두운 기분이 된 것 같았다.

「항상 그렇다는 거군요, 그건 알고 있습니다. 하지만 그렇다고 해서 싸움을 그만둘 이유는 되지 않습니다.」

「확실히 이유는 되지 않지요. 그러나 나는 생각해 보고 싶어지는데요, 이 페스트가 당신에겐 과연 어떻게 되는지.」

「예, 그렇지요.」리외는 말했다.「끝없이 계속되는 패배예요.」

타루는 잠시 의사의 얼굴을 물끄러미 바라보다가 일어서자, 무거운 걸음걸이로 문 쪽으로 걸어가기 시작했다. 그래서 리외도 그 뒤를 따라갔다. 그가 다 따라갔을 때 타루는 물끄러미 발밑을 내려다보고 있는 기색이었는데 그에게 이렇게 말했다.

「그런 여러 가지 일을 누가 가르쳐 주던가요?」

대답은 즉시 되돌아왔다.

「가난이지요.」

리외는 방문을 열고 복도로 나가자, 자기도 변두리 쪽에 환자 한 사람을 보러 가야 하니 같이 가겠노라고 타루에게 말했다. 타루가 그를 따라가고 싶다고 말하자 의사는 승낙했다. 복도 끝에서 두 사람은 리외 부인을 만났는데, 의사는 타루에게 그녀를 소개했다.

「친구예요.」그는 말했다.

「처음 뵙는군요.」리외 부인은 말했다.「이렇게 오셔서 기뻐요.」

그녀가 가 버리자 타루는 또 그쪽을 돌아다보았다. 층계 어귀에서 의사는 자동 조명 단추를 눌러 보았으나 켜지지 않았다. 층계는 어둠 속에 가라앉은 채였다. 의사는 이것은 새로운 절약 조치 때문인가 하고 생각해 보았다. 그러나 어떻게 된 판인지 알 수는 없었다. 이미 얼마 전부터 집안에서도 시내에서도 모든 것이 뒤죽박죽이 되기 시작하고 있었다. 이것은 아마 문지기들도 또 일반 시민도 이젠 무슨 일에건 주의를 기울이지 않게 되었기 때문인지도 몰랐다. 그러나 의사는 그 이상 생각해 볼 겨를이 없었다. 왜냐하면 타루의 목소리가 등뒤에서 울렸기 때문이다.

「우스꽝스럽게 생각하실지도 모르지만 한 마디 더 하게 해 주세요. 당신 생각은 완전히 옳습니다.」

리외는 암흑 속에서 자조적(自嘲的)으로 어깨를 으쓱해 보였다.

「나는 정말 아무 것도 모릅니다. 그런데 당신은 대체 어디까지 알고 있지요?」

「아니예요.」상대방은 태연한 듯한 기색으로 말했다. 「나로서는 이 이상 더 알아야 할 것 같은 건 별로 없지요.」

의사는 멈춰 서고 타루의 발은 그 뒤에서 한 층계를 헛디뎠다. 타루는 리외의 어깨를 잡고 몸을 지탱했다.

「인생에 대해 이젠 다 알고 있다고 당신은 생각하고 있습니까?」하고 리외는 물었다.

대답은 여전히 태연한 목소리에 실려 어둠 속에서 되돌아왔다.

「그렇지요.」

길에 나서 보니 이젠 어지간히 늦어서 열 한 시경임을 알 수 있었다. 시내는 조용했고, 단지 바스락거리는 소리만이 가득 차 있었다. 훨씬 멀리서 구급차의 벨이 울렸다. 두 사람이 자동차를 타자 리외는 시동을 걸었다.

「내일 예방주사를 맞으러 병원에 와 주셔야겠어요.」하고 리외는 말했다. 「하지만 마지막으로 그 얘기를 하기 전에, 다시 한번 잘 생각해 봐 주세요. 당신은 세 번에 한 번 밖에 무사히 살아날 기회는 없는 거예요.」

「그런 계산 따윈 의미가 없는 일이에요, 그건 당신도 나와 마찬가지로 알고 있을 테지요. 백 년 전에 페스트가 창궐하는 바람에 페르시아의 어느 도시의 모든 주민이 죽었을 때, 시체를 씻는 일을 맡은 남자만 살아 남았거든요, 잠시도 쉬지 않고 그 일을 하고 있었는데.」

「그 사람은 말하자면 제3의 기회를 잡았을 뿐입니다.」하고 리외는 갑자기 울림이 무디게 된 목소리로 말했다. 「그러고 보니 이 문제에 관해서는 죄다 아직 알아야 할 일뿐이군요.」

길은 이제 변두리로 접어들고 있었다. 신호등이 인기척이 끊긴 길거리에 반짝이고 있었다. 자동차가 멈췄다. 자동차 앞에서 리외는 타루에게 집안에 들어가겠느냐고 물으니 타루는 들어가겠다고 말했다. 하늘로부터 한 줄기의 반사가 두 사람의 얼굴을 비추고 있었다. 리외는 별안간 친밀감이 깃든 웃음을 터뜨렸다. 「그럼 가 봐 주시지요.」

그는 말했다. 「대체 무엇이 당신을 그렇게 하게 합니까, 이런 일에까지 깊이 관여하다니.」

「글쎄 모르겠군요. 어쩌면 나 자신의 도의심 때문일 겁니다.」

「이를테면 어떤 도의심입니까?」

「이해하는 일이지요.」

타루는 집 쪽을 돌아보고, 리외는 두 사람이 천식 환자인 할아버지네 집에 들어간 순간까지 그의 얼굴을 보지 않았다.

그 이튿날부터 타루는 이내 일을 시작하여 우선 최초의 한 부대를 모았는데, 잇따라 많은 부대가 편성될 모양이었다.

그러나 필자는 이런 보건대를 실제 이상으로 중요시해서 생각하지는 않겠다. 필자의 처지에서 보면, 아닌게아니라 많은 시민이 지금은 그 역할을 과장하고 싶은 유혹에 빠질 것이다. 그러나 필자는 오히려, 아름다운 행위에 지나친 중요성을 인정하는 것은, 결국 간접적인 힘찬 찬사를 악에 바치게 된다고 믿고 싶은 것이다. 왜냐하면 그렇게 되면 아름다운 행위가 그만한 가치를 지니게 되는 것은 그것이 희소하고 또 악의와 냉담이야말로 인간의 행위에 있어 훨씬 빈번한 원동력이기 때문이라고 추정하는 것도 허용된다. 그런 생각은 필자가 동조할 수 없는 사상이다. 세상에 존재하는 악은 거의 항상 무지에서 유래하는 것이며, 선한 의지도 충분한 지식이 없으면 악의와 같을 정도로 많은 피해를 주는 경우가 있을 수 있다. 인간은 사악하기보다는 차라리 선량하며, 사실 이것은 그다지 문제가 아니다. 그러나 인간들은 다소나마 무지하며, 그것은 바로 미덕이나 악덕이라고 불리는 것이어서, 가장 구제할 수 없는 악덕이란 스스로 죄다 알고 있다고 믿고, 그래서 스스로 사람을 죽이는 권리를 인정하는 것 같은 무지의 악덕이라 하겠다. 살인자의 영혼은 장님이며, 최대한의 명확한 지식이 없이는 참된 선량함도 아름다운 사랑도 존재할 수 없다.

때문에 타루가 애써서 실현된 우리들의 보건대도 객관성을 지닌 만족감을 가지고 판단되어야 하는 것이다. 그러므로 필자가 그 의지와 영웅주의에 너무나 근사한 칭송자가 되려 하지 않고, 그것에 걸맞는 중요성을 인정하는 것은 바로 이런 이유 때문이다. 그 대신 필자는 여전히 페스트 때문에 그 당시 모든 시민이 얼마나 가슴 아파하고 절박한 심정이 되어 있었던가 하는 데 관해, 한 역사가로서 계속 기술할 것이다.

보건대에서 헌신적으로 일하고 있는 사람들도 사실 별반 기특한 일을 한 것은 아니고, 그들은 이것이야말로 해야 할 유일한 일임을 알고 있었던 것이어서, 그런 결의를 하지 않는 쪽이 당시로서는 오히려 믿어지지 않는 일이었을지도 모르는 것이다. 이런 부대가 편성됨으로써 시민들이 한층 깊이 페스트 속으로 들어가는 것을 돕고, 전염병이 현재 눈앞에 있는 이상은 그것과 싸우기 위해 해야 할 일을 하지 않으면 안 된다는 것을, 일부분 그들에게 납득시켰던 것이다. 이리하여 페스트가 어떤 사람들이 당연히 해야 할 일로 되었기 때문에, 페스트는 현재 있는 그대로의 것, 즉 모든 사람들에게 관련이 있는 사건으로서 눈에 비치기에 이르렀다.

이것은 좋은 일이다. 그러나 교사가 둘 더하기 둘은 넷이 된다고 가르쳤다고 해서 별로 칭찬을 받지는 않는다. 칭찬을 받는 수가 있다면 그것은 아마 그 같은 훌륭한 직업을 선택했기 때문일 것이다. 그러므로 타루와 그 밖의 사람들이 둘 더하기 둘은 넷이 되는 것을 증명하는 쪽을 택한 것은 칭찬할 만한 일이었다고 말해 두기로 하고, 그러나 또 이 선한 의지는 그들과 함께 교수 및 교사와 같은 마음을 지닌 모든 사람들에게 공통의 것이라는 점도 말해 두고 싶다. 이런 사람들은 인류의 명예를 걸고 말하지만, 흔히 생각되고 있는 이상으로 많으며 적어도 그것이 필자의 확신인 것이다. 하긴 필자로서도 이에 대한 반박이 있을 수 있다는 것은 충분히 의식하고 있고, 그것은 즉 이런 사람들은 생명의 위험을 무릅쓰고 있었다는 점에 대해서다. 그러나 역사에 있어서는 둘 더하기 둘은 넷이 된다는 사실을 굳이 말하는 사람이 죽음으로써 벌을 받게 되는 때가 반드시 오는 법이다. 교수도 그것을 잘 알고 있다. 그리고 문제는 어떤 보상이나 또는 징벌이 그 추론(推論)을 기다리고 있는가를 아는 일은 아니다. 문제는 둘 더하기 둘이 과연 넷이 되는지 어떤지를 아는 일이다. 시민들 중에서 그때 생명의 위험을 무릅썼던 사람들의 경우도, 그들이 결정해야 할 일은 자기들이 과연 페스트 속에 있는지 어떤지, 그리고 그것에 대해 싸워야 할지 어떨지를 판단하는 것이었다.

새로운 도학자(道學者)들이 당시엔 많이 시내에 횡행하여, 무슨 짓을 하건 아무 소용도 없고 무릎을 꿇을 수밖에 없다고 말하면서 돌아다니고 있었다. 그리고 타루도 리외도 그들의 친구도 이러니 저러니 반박을 할 수는 있었지만, 그러나 결론은 항상 그들이 알고 있는 일, 즉 이러이러한 방법으로 싸워야 하며 무릎을 꿇어서논 안된다는 것이었다. 문제는 될 수 있는 대로 많은 사람들이 사망하거나 결정적으로 별거하지 않게 하는 데 있었다. 그러기 위해서는 단 하나 페스트와 격투하는 방법밖엔 없었던 것이다. 이 사실은 별로 감탄할 만한 일도 아무 것도 아니며 당연한 귀결이었던 데 지나지 않는다.

그러므로 이것도 당연한 일이라고 할 수 있거니와, 카스텔 노인은 임시로 변통을 한 기재(器材)로 현장에서 혈청을 만드는 일에 모든 신념과 정열을 남김없이 쏟아 넣고 있었던 것이다. 리외와 그는 이 도시에서 날뛰고 있는 그 균 자체를 배양해서 만들어진 혈청은, 외부에서 온 혈청보다 더 직접적인 효력이 있을 것으로 기대하고 있었는데, 왜냐하면 그 균은 옛날부터 정설로서 규정되어 있는 대로의 페스트의 병원균과는 다소 달랐기 때문이다. 카스텔은 그의 최초의 혈청이 빨리 얻어지기를 기대하고 있었다.

또한 바로 이런 이유로, 영웅다운 데라고는 전혀 없는 그랑이 보건대에서 일종의 서기직 같은 업무를 맡기로 한 것도 자연스런 일이었다.

타루가 편성한 각 부대의 일부는 사실 인구가 조밀한 지역에서 예방을 위한 보조 작업을 하고 있었다. 사람들은 그 지역에 필요한 위생 상태를 보전하는 데 애써서, 소독이 되지 않았던 헛간과 움의 수효를 조사했다. 다른 일부의 부대는 의사가 왕진하는 것을 거들어서 페스트 환자를 운반할 때 실수가 없도록 하기도 하고, 후에는 전문 직원이 없는 경우 환자나 사망자를 태운 자동차를 운전하기도 한다. 이런 일은 모두 등록과 통계 사무를 필요로 하는 것인데, 그것을 그랑이 맡아 하고 있었던 것이다.

이런 점에서 보면 필자는 리외와 타루보다도 그랑이야말로 그런 위생대의 원동력으로 되어 있었던 조용한 미덕의 사실상의 대표자였다고 간주하는 것이다. 그는 항상 그 자신 그대로의 선한 의지로써, 망설이지 않고 「응」이라고 말했다. 그가 바란 것은 사소한 일로 이바지하고 싶다는 것뿐이었다. 다른 일을 하기엔 나이가 너무 많았던 것이다. 오후 여섯 시부터 여덟 시까지 그는 시간을 낼 수 있었다. 그리고 리외가 열의를 다해 사례하면 그는 의아한 얼굴이 되었다. 「이런 게 제일 중요한 일은 아니지 않습니까. 현재 페스트가 있으니 여하튼 막아야 하지요, 이건 뻔한 일입니다. 정말 무슨 일이든지 이만큼 간단하면 좋을 텐데요.」 이렇게 말하고 그는 또 글에 관한 얘기를 꺼내는 것이었다. 간혹 밤에 카드를 정리하는 일이 끝나면 리외는 그랑과 얘기를 나누었다. 마침내는 그 회화에 타루도 끼어 들게 되자, 그랑은 날이 갈수록 더 솟구치는 기쁨을 드러내며 두 사람에게 고백하는 것이었다. 두 사람 쪽에서도 그랑이 페스트가 창궐하고 있는 가운데 계속하고 있는 그 작업을 흥미 있게 지켜보고 있었다. 그들 역시 거기서 일종의 휴식 같은 것을 발견하고 있었던 것이다.

「여자 기수는 어떻습니까?」 하고 타루는 종종 묻는 수가 있었다. 그러면 그랑은 언제나 똑같이 「여전히 달리고 있지요.」 하고 아리송한 미소를 띄우며 대답하는 것이었다. 어느 날 밤 그랑이 말한 바에 따르면, 그는 그 여자 기수를 위해 '단정하고 아름다운'이라는 형용사를 결정적으로 포기하고, 앞으로는 '나긋나긋한'이라는 말로 대신하기로 했다고 했다. 「그러는 게 더 구체적이니까요.」 하고 그는 덧붙였다. 또 언젠가 한 번 그는 두 사람에게 다음과 같이 수정된 첫머리의 한 구절을 읽어 주었다. 「아름답게 갠 5월의 이른 아침, 한 사람의 나긋나긋한 여자 기수가 씩씩한 밤색 암말을 타고, 불로뉴 숲의 꽃이 핀 오솔길을 달리고 있었다.」

「어떻습니까.」 그랑은 말했다. 「이렇게 고치는 쪽이 더 뚜렷하게 모습이 눈앞에 떠오르지요. 그리고 저는 '5월의 이른 아침'이라고 하는 편이 좋다고 생각했습니다. 왜냐하면 '5월 달의'라고 하면 좀더 템포가 완만해져 버리니까요.」

그는 이어 '씩씩한'이라는 형용사 때문에 몹시 고심을 한 기색을 보였다. 그에 따르면 이 말은 충분한 호소력이 없어서, 그는 자기가 마음속으로 그리고 있는 위풍 당당한 암말을 한 마디로 정확하게 재현할 수 있는 말을 찾고 있는 것이었다. '풍만한'이라는 말도 아무래도 적절하지 않고, 이것은 구체적이기는 하지만 다소 천박하다. ‘윤기가 있는’이라는 말에는 한때 마음이 끌렸지만, 그 울림이 아무래도 걸맞지 않는다. 어느 날 밤 그는 의기 양양하게 ‘칠흑의 밤색털의 암말’이라는 말을 찾아냈다고 보고했다. 칠흑이라는 말도 그의 견해로는 단정하고 아름다운 것을 은근하게 나타내고 있다는 것이었다.

「그건 있을 수 없지요.」리외는 말했다.

「그건 왜요?」

「밤색털이라는 표현은 색깔을 가리키는 말이니까요.」

「어떤 색깔인데요?」

「어떤 색깔이냐 하면, 여하튼 검은 색과는 다른 색깔이지요.」

그랑은 몹시 낙심하는 기색이었다.

「그런가요.」그는 말했다. 「이렇게 당신들이 제 곁에 있어 주시니 다행입니다. 그러나 보시다시피 이렇게 무척 어렵지요.」

「‘화사한’이라는 표현은 어떻게 생각합니까?」타루는 말했다.

그랑은 상대방의 얼굴을 바라보았다. 그는 궁리하고 있었다.

「그렇군.」그는 말했다. 「그게 좋겠구먼.」

그러자 그의 얼굴에 차츰 미소가 떠오르는 것이었다.

그리고 잠시 후 그는 ‘꽃이 핀’이라는 말 때문에 골치를 앓고 있다고 고백했다. 그는 오랑과 몽텔리마르 외엔 가 본 적이 없었으므로, 간혹 이 두 사람에게 불로뉴 숲의 오솔길에 어떻게 꽃이 피어 있는지 가르쳐 달라고 부탁했다. 정확하게 말하면 리외도 타루도 그 오솔길에 꽃이 어우러져 피어 있다는 느낌은 가져 본 적이 없었지만, 그랑의 확신은 그들을 동요시켰다. 그는 두 사람의 느낌이 정확하지 못한 것을 이상하게 생각했다. 「오직 예술가만이 사물을 관찰할 줄 알고 있는 겁니다.」그러나 리외는 한번 그가 몹시 흥분해 있는 것을 본 적이 있다. 그는 ‘꽃이 핀’을 ‘꽃이 만발한’으로 바꾼 것이다. 그는 자꾸 손을 비비적거리고 있었다. 「이젠 이걸로 드디어 눈앞에 떠오르는 느낌이 되었지요. ‘모두 모자를 벗어요!’입니다.」그는 의기 양양하게 다음 글을 읽었다. 「아름답게 갠 5월의 이른 아침, 한 사람의 나긋나긋한 여자 기수가 화사한 밤색 암말을 타고, 불로뉴 숲의 꽃이 만발한 오솔길을 달리고 있었다.」그런데 실제로 읽어 보니 마지막 부분의 '의'가 겹쳐지는 대목이 이상하게 들려서 그랑은 좀 멈칫했다. 그는 몹시 실망한 듯 털썩 앉았다. 그리고 의사에게 잠시 자리를 뜨겠으니 실례를 용서해 달라고 말했다. 그는 좀 생각해 볼 필요가 있었던 것이다.

나중에 안 일이지만, 그는 이 시기에 직장에서 우두커니 생각에 잠겨 있는 듯한 징조를 보이기 시작하여, 사람이 한 명 줄면 그만큼 자기들 일이 많아졌으므로 다른 직원들은 이를 유감스럽게 여기게 되었다. 과(課)에서는 그 때문에 지장이 생겨서 국장은 그를 질책하여, 어떤 업무를 수행하기 위해 그는 급료를 받고 있는데 그 업무를 수행하고 있지 않다며 주의할 것을 촉구했다. 「들은 얘기로는」 하고 국장은 말했다. 「당신은 당신이 맡은 업무 외에 보건대에 지원해서 일하고 있다더군. 그건 나한테는 관계가 없는 일이오. 그러나 나한테 관계가 있는 건 당신이 맡고 있는 업무요. 그리고 이렇게 심각한 상황 속에서 당신을 쓸모 있는 일꾼이 되게 하는 방법은, 당신이 맡고 있는 업무를 똑바로 하게 하는 것뿐이에요. 그 밖의 일은 아무 데도 쓸모가 없지.」

「국장이 한 말이 옳지요.」 그랑은 리외에게 말했다.

「그렇군요.」 의사는 동의했다.

「하지만 저도 모르게 그 생각만 하게 되는 거예요, 그 문장의 마지막 부분을 어떻게 마무리해야 할지 몰라서요.」

그는 누구든지 알게 될 것이라 싶어 '불로뉴'라는 말을 뺄까도 생각했다. 그러나 그렇게 되면 '숲의'라는 말이 꽃에 붙게 되는 꼴이 되어 버리지만, 이것은 실제로는 '오솔길'에 걸려 있는 것이다. 그는 또 '꽃이 만발한 숲의 오솔길'이라고 고쳐 쓸 수 있는 가능성도 검토해 보았다. 그러나 '숲'이라는 말이 수식어와 명사 사이에 제멋대로 끼어 있는 꼴이 되는 것은, 그로서는 몸 속에 가시가 박힌 듯한 느낌이었다. 어느 날 밤엔 그는 그야말로 리외보다 더 지친 기색을 보이고 있기도 했다.

정말 그는 마음이 온통 쏠리고 있는 이 문제 때문에 지쳐 있었지만, 그래도 여전히 변함없이 보건대가 필요로 하는 집계와 통계 사무를 계속 맡아 보고 있었다. 끈기 있게 밤마다 그는 카드를 정리하고 거기에 곡선을 그려 넣고는, 천천히 시간을 들여 될 수 있는 대로 정밀한 도표를 제출하기 위해 애쓰는 것이었다. 꽤 자주 그는 어느 병원엔가 리외를 찾아가, 어느 사무실이나 병원 책상을 빌려 달라고 말하는 수가 있었다. 그는 서류를 안고, 마치 시청의 자기 책상 앞에 앉듯이 그 책상 앞에 앉아, 소독약과 병 자체 때문에 혼탁해진 것 같은 공기 속에서, 종이에 쓴 잉크를 말리려고 자꾸 그것을 흔드는 것이었다. 그는 그런 때엔 그 여자 기수에 대해서는 생각지 않고, 지금 해야 할 일만 하려고 고지식하게 애쓰고 있었던 것이다.

만일 사람들이 이른바 영웅의 모범과 작은 모형을 눈앞에 보기를 열망한다는 것이 사실이라면, 또 이 이야기 속에 그것이 꼭 한 사람 필요하다면, 필자는 미미하여 눈에 띄지 않는 이 영웅——그가 지니고 있는 것이라곤 약간의 선량한 마음과, 언뜻 보기에 우스꽝스런 이상이 있을 뿐인 이 영웅——을 제공한다. 그것은 진리에는 진리가 귀결되어야 할 것을, 둘과 둘의 덧셈에는 넷이라는 합계를, 그리고 영웅주의엔 본래 있어야 할 제 이위(二位)라는 지위——즉 행복이라는 것의 아낌 없는 요구에 버금가는, 절대로 그 앞은 아닌 지위——를 부여하게 될 것이다. 그것은 또 이 기록에도 기록다운 성격을 주게 될 것이지만, 그 성격이란 좋은 감정을 가지고——즉 노골적으로 악의적인 것도 아니고, 또 구경거리처럼 천박한 선정적인 것도 아닌 감정을 가지고——적힌 서술이라는 성격이어야 한다.

이것은 적어도 외부의 세계가 페스트에 공격을 당한 이 도시에 전하게 하려는 호소와 격려를, 신문으로 보거나 라디오로 듣고 있었을 때의 의사 리외의 의견이었다. 공로(空路)와 육로로 수송되어 오는 구조 물자와 동시에, 밤마다 전파를 타거나 혹은 신문 지상에서 동정적이거나 칭찬하는 주석이 붙은 말이, 그 후로 고립하고 있는 이 도시를 향해 날아왔다. 그리고 그 서사시 또는 수상식의 연설조(調)를 접하게 될 때마다 의사를 짜증나게 했다. 물론 그는 그런 간절한 배려가 겉보기만은 아닌 것을 알고 있었다. 그러나 그것은 사람들이 스스로를 인류에 결부시키도록 표현하려고 시도하는 경우의 관례적인 말에 해당되는 것이었다. 그리고 그런 말은, 예컨대 페스트가 기승을 부리고 있는 중의 그랑이라는 인물의 의미를 이해할 수 없기 때문에,

그랑의 나날의 하찮은 노력에 대해서는 언급될 리가 없었던 것이다.

자정에, 이젠 인기척이 끊긴 도시의 깊은 정적 속에서 아주 짧은 동안이나마 잠자리에 들 때, 간혹 의사는 라디오의 다이얼을 돌려 보는 수가 있었다. 그러면 세계의 끝에서 수천 킬로를 지나 우애의 여러 목소리가, 그들도 연대자임을 말하려고 노력하고, 또 실제로 그것을 말하지만, 그러나 동시에 자기 눈으로 볼 수 없는 고통은 어떤 인간이라도 정말 서로 나눌 수는 없다고 하는, 무력함을 증명하는 것이었다. 「오랑! 오랑!」 공허하게 부르는 목소리는 바다를 건너 오고, 리외는 공허하게 귀를 기울일 뿐인데, 이윽고 웅변은 톤이 높아지지만 그랑과 연설자를 서로 이방인으로 만드는 그 본질적인 차이점을 더욱 명확하게 하는 것이다. '오랑 사람들! 정말 오랑 사람들은…….' '아냐, 안 돼' 하고 의사는 생각하는 것이었다. '사랑하거나 아니면 같이 죽는 거다, 그 밖엔 방법이 없는 거다. 그들은 너무 멀리에 있다.'

한데 전염병이 전력을 집결하여 결정적으로 이 도시를 점거하려 했던 기간의 일을 서술하기 전에, 지금 여기서 또 하나 말해 두어야 할 것은, 랑베르처럼 마지막으로 남은 개인들이 다시 자기들의 행복을 찾아내기 위해, 또 그들이 모든 침해에 대해 지켜 나갈 그들 자신의 몫을 페스트로부터 되찾기 위해, 절망적이고도 단조로운 오랜 노력을 계속했던 일이다. 이것도 역시 강요되는 굴종을 거부하려고 하는 그들 나름의 방식이어서, 이 거부는 언뜻 보기엔 또 하나의 거부만큼 유효하지 않았다고는 하나, 필자의 의견으로는 그것은 역시 그것대로의 의미를 지녔고, 또 동시에 그것은 자만심과 모순에 있어서조차도, 당시 우리들 각자 속에 어느 정도의 기개가 있었는가에 대해서 증명하는 것이다.

랑베르는 페스트가 그를 덮쳐 버리는 것을 막으려고 싸우고 있었다. 합법적인 수단으로는 이 도시에서 나가지 못한다는 확증을 얻었으므로, 다른 수단을 쓰기로 결심했다고 그는 리외에게 말했다. 신문 기자는 우선 카페의 웨이터 노릇부터 시작했다. 카페의 웨이터는 항상 온갖 소식을 잘 알게 마련이다. 그러나 그가 맨 처음에 질문한 웨이터들은 이런 종류의 기도가 매우 무거운 형벌로써 제재된다는 것을 특히 잘 알고 있었다. 언젠가 한 번은 그런 짓을 부추기는 자로 오해를 받았을 정도다. 결국 리외가 있는 데서 코타르를 만나, 겨우 그 계획이 진척되게 되었다. 그날 리외와 그는 랑베르가 여러 관청을 돌아다니며 헛수고를 한 데 대해 또 얘기하고 있었던 것이다. 며칠 후 코타르는 랑베르를 길거리에서 만나자, 스스럼없는 태도로 그를 대했다.

「여전히 아무 진척도 없습니까?」그는 물었다.

「예, 전혀 없지요.」

「관청은 믿을 곳이 못 됩니다. 전혀 남의 얘기를 이해할 만한 자들이 아니니까요.」

「정말 그래요. 하지만 나는 다른 쪽에서 찾고 있는데 이게 좀 어렵거든요.」

「그렇군요.」코타르는 말했다.

그런데 그는 하나의 루트를 알고 있어, 놀라는 랑베르를 보고, 자기는 훨씬 전부터 오랑의 모든 카페에 다니고 있었고 친구들도 많아, 이런 종류의 공작을 직업적으로 하고 있는 어떤 조직이 있다는 얘기를 듣고 있노라고 설명했다. 사실 코타르는 그 후부터 지출이 수입을 넘게 되어 배급 물자를 밀수하는 일에 관계하고 있었던 것이다. 그는 그렇게 해서 담배며 저질 알콜 음료 등을 전매(轉賣)하고 있었는데, 그 값은 자꾸 치솟아 이젠 그는 약간의 재산을 모으기 시작하고 있는 중이었다.

「그건 틀림없는 얘깁니까?」랑베르는 물었다.

「예, 실제로 그런 제안을 나한테 하는 사람이 있었으니까요.」

「그래서 그 제안을 받아들이지 않았습니까?」

「의심하지 않아도 됩니다.」코타르는 서글서글하게 말했다. 「내가 받아들이지 않은 건, 나는 나가려는 생각이 없기 때문입니다. 나한테는 나만의 이유가 있지요.」

그는 잠시 잠자코 있다가 이렇게 덧붙였다.

「당신은 내 이유가 어떤 것인지 들으려고 하지 않는군요?」

「나한테는 관계가 없는 일 같아서요.」랑베르는 말했다.

「어떤 의미에선 아닌게아니라 당신에겐 관계가 없는 일이겠지요. 그러나 또 다른 의미로 말하면……. 아무튼 오직 한가지 분명한 건 나로서는 여기가 훨씬 살기가 좋아졌다는 점입니다. 페스트와 함께 살게 되면서부터.」

랑베르는 그의 말을 가로채서 말했다.

「그 조직엔 어떻게 연락을 할 수 있지요?」

「그렇게 쉽게는 되지 않겠지만 여하튼 따라와 보시오.」하고 코타르가 말했다.

오후 네 시였다. 무덥고 갑갑한 하늘 아래 거리는 지글지글 끓다시피하고 있었다. 모든 가게들은 차양을 내려놓고 있었다. 차도에는 인기척이 아예 끊어져 있었다. 코타르와 랑베르는 아케이드로 되어 있는 길을 택해 묵묵히 오래 걸었다. 이 시간은 페스트가 눈에 보이지 않는 때이기도 했다. 이 침묵, 이 색채와 움직임의 사멸(死滅)은 전염병에 의한 침묵과 사멸인 동시에, 또한 여름의 그것일 수도 있는 것이었다. 사방의 공기를 갑갑하게 하고 있는 것이 전염병의 위협인지, 아니면 먼지와 뜨거운 열기인지 알 수 없게 되는 것이다. 관찰을 하고 잘 생각해 보기 전엔 페스트의 거처를 찾아 낼 수가 없었다. 왜냐하면 페스트의 징후라는 게 음성적인 것으로, 밖으로는 드러나 있지 않기 때문이다. 코타르는 페스트와 인연을 맺고 있었던 만큼, 예를 들면 평소 같으면 복도 입구에 축 늘어져서 누워, 바랄 수 없는 선선함을 찾아 허덕이고 있을 개가 전혀 없는 것 등을, 랑베르에게 지적해 보였다.

그들은 종려나무 길을 지나 연병장을 가로질러 해군로(海軍路)의 한 지역에로 내려갔다. 왼쪽에 녹색 페인트 칠을 한 카페가 올이 굵은 삼베의 노란 차양을 비스듬히 내밀어 놓고 있었다. 그 안으로 들어가며 코타르와 랑베르는 아마를 닦았다. 두 사람은 녹색의 함석 탁자 앞의, 접는 식으로 된 정원 의자에 앉았다. 가게 안은 전혀 인기척이 없었다. 파리가 공중에서 힘없이 날아 다니고 있었다. 다리가 구부러진 카운터 앞에 놓인 노란 새장 안에서는, 깃털이 다 빠져 버린 앵무새가 횃대 위에 축 늘어져 있었다. 군대적(軍隊的)인 정경을 그린 낡은 그림이 때와, 굵은 거미줄에 덮여 벽에 걸려 있었다. 어느 함석 위에도, 랑베르 앞에까지도 닭똥이 달라 붙어 있는데, 그는 그것이 대관절 어디서 온 것인지 납득이 가지 않고 있었지만, 잠시 후 어두운 구석 쪽에서 잠깐 무언가를 찾고 있는 듯싶더니 한 마리의 으젓한 수탉이 어기적거리며 나왔다.

더위는 이때 더 심해진 것같이 여겨졌다. 코타르는 상의를 집어 들고 함석 위를 툭툭 쳤다. 작은 사내가 한 사람 긴 물색의 앞치마에 온 몸이 가려져 버릴 것 같은 꼴로 안쪽에서 나와, 멀리서 코타르의 모습을 보자마자 꾸벅 허리를 굽히고는, 힘껏 발로 차서 수탉을 쫓아대며 다가왔다. 그리고 닭이 울어 대는 소음 속에서, 손님들에겐 무엇을 드릴까요 하고 물었다. 코타르는 백포도주를 주문하고 가르시아라는 사내에 대해 물었다. 작은 사내의 얘기로는, 벌써 4,5일 전부터 이 카페에는 나타나지 않는다는 것이었다.

「오늘 밤엔 올 듯싶은가요?」

「글쎄요.」 상대방은 말했다. 「나도 그리 잘 아는 사이는 아니거든요. 그러나 손님은 그 사람 형편을 잘 알고 계시지요?」

「그래요. 하지만 큰 볼일이 있는 건 아니에요. 그저 좀 소개하고 싶은 친구가 있어서요.」

웨이터는 앞치마 겉으로 땀이 밴 손을 닦았다.

「손님도 역시 그런 일을 하고 계신가요?」

「그래요.」 코타르는 말했다.

작은 사내는 코를 훌쩍거렸다.

「그럼 저녁때 오세요. 꼬마를 심부름 보낼 테니까요.」

바깥에 나가자 랑베르는 일이라는 건 어떤 일이냐고 물었다.

「물론 밀수지요. 여러 가지 물건이 교묘하게 시문을 통과하게 하는 거예요. 그리고 아주 비싼 값으로 파는 거지요.」

「그렇군요.」 랑베르가 말했다. 「서로 짜고 하는 일이겠죠?」

「그렇지요.」

그날 저녁때 차양은 올려지고 앵무새는 새장 속에서 짹짹거리고, 또 함석 탁자는 와이셔츠 바람의 사내들에게 둘러싸였다. 그 중의 한 사람, 맥고 모자를 뒤로 젖혀 쓰고 흰 와이셔츠를 헤쳐 흑갈색의 가슴을 드러내 보이고 있는 사내가, 코타르가 들어가자 일어섰다. 검붉게 탄 단정한 얼굴, 검고 작은 눈, 하얀 이빨과 손가락에 반지를 두세 개 끼고 있는데 나이는 30 전후로 보였다.

「먼저 인사를 해야지요.」 사내는 말했다. 「카운터에서 한 잔 합시다.」

그들은 묵묵히 세 잔씩 연거푸 마셨다.

「나갈까요.」 이윽고 가르시아가 말했다.

그들은 항구 쪽으로 내려갔는데 가르시아는 자기에 대한 용건을 물었다. 코타르는 이에 대해, 랑베르를 소개하려고 한 것은 사실은 밀수 관계의 일 때문이 아니라, 단지 그의 이른바 '외출' 건이라고 말했다. 가르시아는 담배를 태우며 곧게 앞을 보고 걸었다. 그는 여러 가지를 물었지만, 랑베르를 '선생'이라고 호칭하면서도 그의 존재 따윈 전혀 안중에 없는 듯한 기색이었다.

「뭣 때문에 그렇게 하고 싶다는 거요?」 그는 말했다.

「아내가 프랑스에 있거든.」

「아, 그래요!」

그리고 잠시 말이 없었다.

「저 선생은 뭘 하고 있는 사람이오?」

「신문 기자지.」

「꽤 말이 많은 직업이구면.」

랑베르는 잠자코 있었다.

「친구란 말이요.」 코타르는 말했다.

그들은 그대로 묵묵히 걸어갔다. 드디어 부두까지 왔으나 부두는 철조망이 쳐져 있어 출입 금지가 되어 있었다. 그러자 그들은 그 냄새가 그들에게까지 풍겨 오고 있는, 정어리 튀김을 팔고 있는 작은 포장마차 쪽으로 발길을 돌렸다.

「어차피」 하고 가르시아는 매듭을 지으려는 듯이 말했다. 「이건 내가 관여할 일이 아니라, 라울이 있어야 해요. 그러니 그 친구를 찾아 내야 할 텐데 그게 좀 쉽지 않을 걸요.」

「숨어 있나요?」 코타르는 놀란 듯이 물었다.

가르시아는 대답하지 않았다. 포장마차 가까이에 오자 그는 멈춰 서서, 처음으로 랑베르 쪽을 돌아다보았다.

「모레 열 한 시에 이 거리 꼭대기의 세관 모퉁이에서 만나기로 해요.」

그는 그대로 가 버릴 것 같았지만, 또 두 사람 쪽을 돌아다보았다.

「비용이 들어요.」 그는 말했다.

다짐을 하는 셈이었다.

「그야 물론이지요.」 랑베르는 승낙했다.

잠시 후 랑베르는 코타르에게 고맙다는 말을 했다.

「뭘요.」 상대방은 기분좋게 말했다. 「제가 도움이 된다니 기쁩니다. 그리고 당신은 신문 기자니 틀림없이 저를 도와 주실 일이 있을 거예요, 조만간에.」

이틀 후 랑베르와 코타르는 그 도시의 꼭대기로 향하여 나 있는 나무 그늘도 없는 넓은 비탈길을 올라갔다. 세관 건물의 일부는 병동(病棟)으로 개조되어 있어, 그 앞문 앞에는 허용될 리가 없는 면회에 희망을 걸거나, 혹은 필경 한 시간쯤이면 무효가 되어 버릴 정보를 얻기 위해 찾아 온 사람들이 서성거리고 있었다. 여하튼 이 인파(人波)를 보면 무척 사람들이 많이 왕래하는 쪽이었으므로, 이 점에 대한 고려가 가르시아와 랑베르가 만나기로 한 장소로 선택되는 데 관계가 있었으리라는 추측은 당연한 것이었다.

「저렇게 모두 나가고 싶어하다니 참 이상하구면.」 코타르는 말했다. 「아무튼 지금 일어나고 있는 일들은 제법 재미있지 않습니까?」

「나로서는 그렇지 않지요.」 랑베르는 대답했다.

「그야 물론 어떤 위험은 있지요. 하지만 페스트가 퍼지기 전에도 위험한 일은 항상 겪었지요. 왕래가 많은 네거리를 건널 때 같은.」

마침 그때 리외의 자동차가 그들 앞에 와서 멈췄다. 타루가 운전을 하고 리외는 잠들어 있는 듯싶었다.

그는 눈을 뜨고 소개를 하려고 했다.

「벌써 알고 있어요.」 타루는 말했다. 「같은 호텔에 살고 있으니까요.」

그는 랑베르에게 시내까지 태워다 주겠다고 말했다.

「여기서 잠깐 누굴 만나기로 되어 있습니다.」

리외는 랑베르의 얼굴을 바라보았다.

「그렇다니까요.」랑베르는 말했다.

「그럼 선생도 사정을 알고 계십니까?」하며 코타르는 놀란 얼굴을 보였다.

「예심 판사가 왔습니다.」코타르 쪽을 보며 타루가 주의를 주었다.

코타르는 안색이 변했다. 아닌게아니라 오통 씨가 비탈길을 내려, 힘차고도 일정한 걸음걸이로 그들 쪽으로 다가갔다. 그는 그 사람들 앞을 지나가며 모자를 벗어 인사를 했다.

「안녕하십니까, 판사님.」타루가 말했다.

판사는 자동차 안의 두 사람에게 먼저 인사를 하고, 뒤쪽에 처져 있는 코타르와 랑베르를 보더니 점잖게 고개를 숙여 보였다. 타루는 연금 생활자와 신문 기자를 소개했다. 판사는 잠깐 하늘을 쳐다보고 있다가 한숨을 쉬며, 정말 무척 얄궂은 시대가 되었다고 말했다.

「좀 얘기를 들었습니다만 타루 씨, 당신은 예방 조치를 시행하는 데 진력하고 계신다지요. 그 정신은 아무리 칭찬을 해도 부족할 것 같군요. 그리고 어떻습니까, 선생님. 병은 아직도 만연할 것 같습니까?」

리외는 제발 그렇게 되지 않기를 바래야 한다고 말하고, 판사는 신의 섭리는 예측할 수 없으므로 어떤 때에도 희망을 가져야 한다고 역설했다. 타루는 이번 일 때문에 그의 업무가 증가하게 되었느냐고 물었다.

「반대지요. 우리가 보통법 관계의 사건이라고 부르고 있는 건, 오히려 감소하고 있습니다. 요즘 제가 심리하는 건 이번의 새 조치에 대한 중대한 위법 사건뿐이지요. 전에 없이 종래의 법률은 잘 존중되고 있습니다.」

「그것은」하고 타루가 말했다. 「비교해 보면, 그쪽이 좋은 법률이라고 생각할 수 있기 때문이겠지요.」

판사는 그때까지 눈길을 허공에 던지고 있는 듯한 몽롱한 태도에서 벗어났다. 그리고 냉정한 표정으로 타루의 모습을 뚫어지게 바라보았다.

「새로운 조치가 무얼 했나요?」하고 그는 말했다. 「중요한 건 법규가 아니라 형(刑)의 결정입니다. 그건 우리로서는 어쩔 수도 없는 겁니다.」

「저 양반은」 판사가 가 버리자 코타르가 말했다. 「필시 적 1호인 셈이군.」

자동차는 움직이기 시작했다.

그리고 잠시 후 랑베르와 코타르는 가르시아가 오고 있는 것을 보았다. 가르시아는 별로 아는 체도 안하고 그들 쪽에 다가와, 느닷없이 인사처럼 「아직 시간이 좀 일러요.」라고 말했다.

그들 주변에서는 무리를 지은 사람들이 —— 그 중엔 여성이 압도적으로 많았지만 —— 한결 같은 침묵 속에 기다리고 있었다. 거의 모든 사람들이 바구니를 들고 있었는데, 그녀들은 그것을 살붙이 환자에게 전해 줄 수 있을지도 모른다는 공허한 희망과, 또 환자가 그녀들이 가져온 식량으로 도움을 받을 수 있을지도 모른다고 하는, 더 어리석은 생각을 품고 있었던 것이다. 대문은 무장을 한 감시병이 경비하고 있고, 또 이따금 괴상한 외침 소리가 건물과 대문 사이의 앞뜰을 건너 들려 왔다. 그러자 그 자리의 사람들 중에서 불안한 얼굴들이 병동 쪽으로 돌려지는 것이었다.

세 남자는 이 광경을 유심히 바라보고 있었는데, 그때 등뒤에서 「안녕하세요」 하는 뚜렷하고 묵직한 목소리가 그들을 뒤돌아보게 했다. 몹시 더운데도 라울은 매우 단정한 옷차림을 하고 있었다. 키가 크고 다부진 몸에 다소 어두운 색깔의 양복을 입고 차양을 젖힌 중절모를 쓰고 있다. 안색은 어지간히 흰 편이었다. 눈은 갈색이고 입은 굳게 다물고 있는데, 말할 적엔 요점만 빨리 말했다.

「시내 쪽으로 내려가요.」 그는 말했다. 「가르시아, 너는 이젠 없어도 돼.」

가르시아는 담뱃불을 붙이고 떠나 버렸다. 두 사람은 가운데에 낀 라울의 보조에 맞춰 빨리 걸어갔다.

「가르시아한테 얘기는 들었어요.」 라울은 말했다. 「그건 못할 일은 아니에요, 아무튼 1만 프랑은 들어요.」

랑베르는 좋다고 대답했다.

「내일 점심을 같이 듭시다. 해안로의 스페인 식당에서.」

랑베르가 응낙하자, 그제서야 라울은 처음으로 웃음을 보이며 그와 악수했다. 라울이 가 버리자 코타르도 이젠 가야겠다고 말했다. 그는 내일 바쁘고, 또 랑베르도 이젠 그를 필요로 하지 않았다.

이튿날 신문 기자가 그 스페인 식당에 들어가자, 모든 사람들의 시선이 그를 향해 모아졌다. 햇빛에 바싹 마른, 한길보다 좀 낮은 골목에 있는 이 지하의 술집은 평소의 손님은 남자뿐이고, 그것도 대부분은 스페인 계였다. 그러나 안쪽 식탁을 차지한 라울이 신문 기자에게 손짓을 하고 랑베르가 그쪽으로 향하는 것을 보자, 사람들의 얼굴에서 호기심은 사라지고 그 얼굴은 다시 접시의 요리 쪽으로 돌아갔다. 라울의 식탁엔 수염을 기르고 어깨가 굉장히 넓은 데다 말상이고 머리털이 많이 빠진, 깡마르고 키가 큰 사내가 같이 있었다. 검은 털에 뒤덮인 가늘고 긴 팔이, 걷어 올린 그 사내의 와이셔츠 소매에서 나와 있었다. 그는 랑베르를 소개받자 세 번쯤 끄덕였다. 사내 이름은 말하지 않고 라울은 그에 대해 말할 때 '이 친구'라고밖엔 말하지 않았다.

「이 친구가 당신을 도울 수 있을 것 같다고 말하고 있어요. 그래서 이제부터 당신을……」

라울은 웨이터가 랑베르의 주문을 받으러 나타나자 잠깐 입을 다물었다.

「그래서 이제부터 당신을 우리 패의 두 사람과 연락을 하게 해 준다는 얘긴데, 그 친구들이 우리가 포섭하고 있는 보초병들과 당신을 접선시켜 주는 거요. 하지만 그걸로 다 되는 건 아니요. 보초병들이 좋은 때라고 생각해야지요. 제일 간단한 건 당신이 2,3일 그 녀석들 중의 한 사람과 같이 숙박을 하는 일인데, 대문 바로 옆에서 살고 있는 녀석이 있거든요. 하지만 그러기 전에 이 친구가 필요한 사람들을 연결시켜 줘야지요. 연결이 끝나면 당신은 이 친구한테 비용을 주면 돼요.」

친구는 또 한 번 그 말상을 끄덕여 보이는 한편 토마토와 피망의 샐러드를 으깨는 손놀림은 멈추지 않고 자꾸 질금질금 먹고 있었다. 그리고 그는 좀 스페인 어투가 섞인 말로 얘기하기 시작했다. 그는 랑베르에게 모레 아침 여덟 시에 성당 정문 앞에서 만나자고 제의했다.

「또 이틀이군요.」 하고 랑베르는 특히 그 점을 지적했다.

「그게 쉬운 일이 아니기 때문이요.」라울은 말했다. 「녀석들을 만나야 하겠고 하니……」

말상은 이번에도 또 긴 상판을 아래위로 흔들고, 랑베르는 탐탁치 않은 기색으로나마 동의했다. 남은 식사 시간은 화제를 찾는 데 소비되었다. 그러나 말상이 축구 선수임을 랑베르가 알게 되면서부터는 만사가 무척 쉬워졌다. 그 자신도 이 운동을 어지간히 했던 것이다. 그래서 프랑스 선수권과 영국의 프로 팀의 진가(眞價)며 W진형의 전법 등의 얘기가 나왔다. 식사가 끝날 무렵엔 말상은 아주 열중해서 랑베르를 친구처럼 여기면서, 팀 중에서 센터 하프만큼 근사한 위치는 없다는 것을 납득시키려고 했다. 「알겠소.」그는 말했다. 「센터 하프라는 건 플레이를 모두에게 나눠 주는 역할을 하는 거요. 한데 플레이를 나눠 하는 것이 바로 축구거든요.」랑베르도 자기는 항상 센터 포드를 맡고 있었지만 같은 의견이었다. 그들의 얘기는 라디오 방송 소리 때문에 중단되었는데, 라디오는 먼저 감상적인 멜로디를 은근한 가락으로 되풀이하고 나서, 전날 페스트로 인해 137명의 희생자가 생겼다고 방송했다. 같이 있는 사람들 중에 누구 하나 반응을 나타내는 사람은 없었다. 말상의 사내는 어깨를 으쓱 올리며 일어섰다. 라울과 랑베르도 그를 따랐다.

헤어질 때 센터 하프는 랑베르의 손을 힘껏 쥐었다.

「내 이름은 곤잘레스요.」그는 말했다.

이 이틀 동안이 랑베르로선 끝없이 길게 여겨졌다. 그는 리외한테 찾아가 자초지종을 자세히 얘기했다. 그리고 의사가 어느 집으로 왕진을 가는데 따라갔다. 그는 페스트에 걸린 듯한 환자가 기다리고 있는 집 대문 어귀에서 의사와 작별했다. 복도 쪽에서는 달리거나 뭐라고 말하고 있는 소리가 들리고 있었다. 가족에게 의사가 왔음을 알리고 있는 것이다.

「타루가 이제는 올 듯싶은데.」리외는 중얼거렸다.

그는 지친 기색이었다.

「전염하는 기세가 예상외로 심해졌습니까?」랑베르는 물었다.

리외는 별로 그런 것은 아니고, 통계의 곡선은 오히려 상승도가 완만해졌을 정도지만, 페스트와 싸우기 위한 수단이 충분하지 않은 것이라고 말했다.

「자재가 부족하거든요.」 그는 말했다. 「전세계의 어떤 군대에서도 일반적으로 자재의 부족은 인원으로 보충하고 있지요. 그런데 우리에겐 인원도 부족하거든요.」

「외부에서 의사가 왔지 않습니까, 그리고 보건 관계의 직원도.」

「예」리외는 말했다. 「의사 10명과 백명 정도의 인원이 왔지요. 이건 언뜻 생각하기엔 대단한 인원이에요. 하지만 이걸로는 현재의 병세에 겨우 충당할까 말까 할 정도지요. 더 만연하면 이걸로는 부족하게 될 겁니다.」

리외는 집안의 소리에 귀를 기울이고 나서 랑베르에게 미소를 지어 보였다.

「정말 그래요.」 그는 말했다. 「당신도 빨리 결판을 내도록 하시는 게 좋아요.」

어두운 그림자가 랑베르의 얼굴을 스쳤다.

「당신도 알다시피,」 나직한 목소리로 그가 말했다. 「나는 그런 일 때문에 나가려는 것이 아닙니다.」

리외는 그것은 알고 있다고 대답했으나 랑베르는 말을 이었다.

「나는 내가 어지간한 때엔 비겁자는 아니라고 믿고 있습니다. 그걸 시험해 보는 기회에도 부딪쳤지요. 다만 나로서는 도저히 견딜 수 없는 생각이라는 것이 있지요.」

의사는 똑바로 상대방의 얼굴을 바라보았다.

「반드시 그 여자를 만날 수 있을 거예요.」 그는 말했다.

「아마 그렇겠지요. 하지만 나로서는 견딜 수가 없는 겁니다. 이건 언제까지나 계속될 것이다, 그리고 그렇게 하고 있는 동안에 그녀는 나이가 들어 버릴 거라고 생각하면, 30이 되면 차차 늙기 시작하니, 무슨 수라도 사용해야지요. 이렇게 말하면 당신이 이해해 주실지 어떨지……」

리외는 자기도 이해할 만하다고 중얼거렸는데, 이때 타루가 활기에 차서 나타났다.

「나는 방금 파늘루한테 우리가 하는 일에 협조해 달라고 부탁하고 오는 길이에요.」

「뭐라던가요 ?」 의사는 물었다.

「잠시 생각하더니 승낙하더군요.」

「그건 기쁜 일이군요.」 의사는 말했다. 「그가 그 자신의 설교보다는 나은 인간이라는 걸 안 것만으로도 기쁘군요.」

「누구든지 그렇게 말하는 법이에요.」 타루는 말했다. 「다만 기회를 줘 봐야 하는 거지요.」

그는 히죽 웃고는 리외에게 흘끗 눈짓을 해 보였다.

「기회를 제공한다는 건 내 인생의 일이니까요.」

「실례합니다.」 랑베르는 말했다. 「이젠 가야겠습니다.」

만나기로 한 목요일, 랑베르는 여덟 시 오 분 전에 중앙성당의 정문 근처로 갔다. 공기는 아직 꽤 상쾌했다. 하늘엔 둥글고 작은 흰 구름이 많이 솟아 올라 있었으나, 그것도 조금만 더 더워지면 대번에 열기에 흡수되어 버리는 것이었다. 약간의 물기가 아직 잔디밭에서 솟고 있지만 잔디는 이미 다 말라 있었다. 태양 광선은 동쪽 집들의 그늘에서 광장을 장식하는 온몸이 금빛인 잔 다르크 상의 투구 부분을 녹여 주고 있었다. 어디선가 시계가 여덟 번을 쳤다. 랑베르는 인기척이 없는 포치 뒤를 두세 걸음 걸었다. 성가를 부르는 목소리가 지하실과 옛스런 향 냄새와 함께 성당 안에서 흘러 나왔다. 돌연 노래 소리가 멎었다. 10명 남짓한 조그만 그림자들이 성당에서 나오자, 시내 쪽으로 쪼르르 달려갔다. 랑베르는 초조해지기 시작했다. 다른 검은 모습이 몇인가 큰 층계를 올라가 포치 쪽으로 향해 갔다. 그는 담뱃불을 붙였으나, 이내 이곳에선 어쩌면 그래서는 안 될지도 모른다는 생각이 들었다.

여덟 시 십오 분에 성당의 파이프 오르간이 은은하게 연주되기 시작했다. 랑베르는 어두운 둥근 지붕 아래로 들어갔다. 잠시 후, 그보다 조금 먼저 들어간 조그만 검은 사람들의 그림자를 분간할 수 있었다. 그들은 모두 한구석의, 이 도시의 어딘가의 아틀리에에서 황급히 제작된 성 로크 상이 최근 바꿔 걸린, 임시 변통의 제단 같은 것 앞에 모여 있었다. 무릎을 꿇고 있는 모습은 더욱 작게 보여 회색의 벽화 속에 번져 들어 마치 응결한 그림자 덩어리처럼 사방의 아지랑이보다도 짙게 점점이 그 속에 떠돌고 있는 듯싶었다. 그 머리 위에서는 파이프 오르간이 끝없는 변주곡을 연주하고 있었다.

랑베르가 나왔을 때엔 곤잘레스는 이미 층계를 내려 시내 쪽으로 향하려 하고 있었다.

「벌써 가 버린 줄 알았지.」하고 그는 랑베르에게 말했다.「그게 당연하니까.」

그의 얘기로는 그는 또 하나 만날 약속을 하고 있어, 여기서 멀지 않은 어느 장소에서 여덟 시 십 분 전에 친구를 기다리고 있었다. 그런데 이십 분을 기다려 보았으나 허사였다.

「무슨 사고가 생긴 게 틀림없소. 우리가 하고 있는 일 이런 일은 항상 마음대로 된다고는 할 수 없거든.」

그는 이튿날 같은 시각에 전몰자 기념비 앞에서 다시 한번 만나기로 하자고 말했다. 랑베르는 한숨을 쉬고 중절모를 뒤로 젖혔다.

「이 정도는 아무 것도 아니지.」웃으며 곤잘레스는 말했다. 「글쎄 생각 좀 해 봐요, 한 골 넣기까지 후퇴하고 패스하면서 별의별 전술을 써야 하거든.」

「그야 그렇지요.」랑베르도 말했다. 「그러나 시합은 한 시간밖에 계속되지 않거든요.」오랑의 전몰자 기념비는 이 도시에서 바다가 보이는 유일한 장소가 있는 곳의, 상당히 짧으면서 항구를 향한 벼랑에 따라 나 있는 일종의 산책로 같은 곳에 있다. 이튿날 랑베르는 기다리는 약속 시간보다 먼저 와서, 명예의 전사자의 이름을 천천히 읽어 보고 있었다. 몇 분 후 두 남자가 다가와 그의 모습을 무관심하게 바라보면서, 산책로의 난간에 가서 팔꿈치를 세운 채 인기척이 없는 텅 빈 부두를 바라보는 데 아주 정신이 팔려 있는 듯한 기색이었다. 두 사람 다 키가 같고 푸른 양복바지에 소매가 짧은 세일러 자켓을 입고 있었다. 랑베르는 좀 멀리 떨어져서 벤치에 앉아 천천히 그들을 바라볼 수 있었다. 그러자 그들이 20세 이상은 아니라는 것을 깨달았다. 마침 그때 곤잘레스가 변명을 하며 그를 향해 다가오는 것이 눈에 띄었다.

「저쪽에 친구들이 와 있소.」그는 말하고 랑베르를 두 젊은이에게로 데리고 가서, 마르셀과 루이라는 이름을 말하며 소개했다. 정면으로 보니 두 사람은 아주 닮아서, 랑베르는 틀림없이 형제일 것이라고 생각했다.

「이젠」 하고 곤잘레스는 말했다. 「접선은 끝난 셈이니 중요한 용건을 처리해야겠군.」

그러자 마르셀인지 루이인지가 말하기를, 그들의 경비 당번은 이틀 후에 시작되어 1주일쯤 계속되므로, 그 동안에 제일 형편이 좋은 날을 지정할 필요가 있다고 했다. 그들은 넷이서 서쪽 문을 지키고 있는데 다른 두 사람은 직업 군인이었다. 그들을 이번 일에 끌어들인다는 것은 문제가 되지 않았다. 그들은 확실한 인간이 아니었고, 또 그렇게 하면 비용도 더 들게 된다. 그러나 어떤 날엔 두 동료가 밤 시간의 일부를 지내러 단골 바의 별실에 가는 수가 있다. 마르셀인지 루이인지는 그래서 랑베르에게 대문 가까이의 그들 집에 묵으면서 데리러 오기를 기다리는 게 어떠냐고 말했다. 그렇게 하면 관문을 통과하는 것은 그야말로 식은 죽 먹기다. 그러나 어떻든 급히 서두를 필요가 있다. 왜냐하면 시의 바깥쪽에 제 2의 초소를 설치한다는 얘기가 조금 전부터 나와 있었기 때문이다.

랑베르는 동의하고 마지막 담배를 두세 개비 꺼내어 권했다. 두 사람 중에서 그때까지 아직 입을 열지 않은 사내가 곤잘레스에게, 그러면 비용 문제는 이미 얘기가 되어 있느냐, 선금은 받을 수 있느냐고 물었다.

「아냐, 그럴 필요는 없지.」 곤잘레스는 말했다. 「이 사람은 우리 패나 마찬가지야. 비용은 떠날 때 주고받기로 하지.」

또다시 만나기로 얘기가 되었다. 곤잘레스는 모레 스페인 식당에서 저녁 식사를 같이 하자고 말했다. 거기에서 곧바로 경비원들의 집으로 갈 수 있는 셈이었다.

「첫날 밤은」 하고 그는 랑베르에게 말했다. 「내가 같이 있어 줄 거요.」

이튿날 랑베르는 자기 방으로 올라가다가 호텔 층계에서 타루와 마주쳤다.

「이제부터 리외한테로 가는 길인데.」 타루는 말했다. 「당신도 같이 가지 않겠어요 ?」

「폐를 끼치게 되지 않을지 모르겠군요.」 잠시 망설이고 나서 랑베르는 말했다.

「그런 일은 없을 겁니다. 당신 얘기는 무척 많이 들었으니까요.」

신문 기자는 생각하고 있었다.

「그럼 이렇게 합시다.」그는 말했다. 「저녁 식사 후에 좀 여가가 있으면, 늦더라도 상관 없으니 호텔의 바에 두 분이 와 주시지요.」

「의사 선생과 페스트의 형편 나름이겠지요.」타루는 말했다.

밤 열 한 시나 되어서 리외와 타루는 좁고 작은 그 바 안으로 들어 갔다. 30여 명이 어깨를 나란히 붙이다시피 하고 큰 목소리로 지껄여 대고 있었다. 페스트에 사로잡힌 시내의 정적 속에서 왔으므로 두 사람은 적이 어리둥절해서 멈춰 섰다. 이 떠들썩한 분위기는 알콜 음료가 아직 나오고 있는 것을 보게 되자 그들로서도 납득이 갔다. 랑베르는 카운터의 한쪽 외진 곳의 높은 의자에서 그들에게 손짓을 했다. 두 사람은 그를 둘러쌌는데 타루는 시끄러운 옆 좌석의 사내를 태연하게 밀어 치웠다.

「알콜은 괜찮을까요 ?」

「괜찮고 말고요.」타루는 말했다.

리외는 자기 글라스의 씁쓰레한 들풀 향기를 맡아 보았다. 이 소란 속에서는 얘기를 나누기도 어려웠지만, 랑베르는 특히 마시는 쪽에 마음이 쏠려 있는 기색이었다. 의사로서는 그가 취해 있는지 어떤지 아직 판단을 할 수가 없었다. 그들이 있는 좁은 한 구석의 남은 공간을 차지하고 있는 두 개의 식탁 중의 하나엔, 해군 장교 한 사람이 양팔에 여자를 한 사람씩 안고, 얼굴이 시뻘개진 뚱뚱한 말동무에게 카이로에서 장티푸스가 유행했을 때의 일을 얘기하고 있었다. 「수용소가 있었거든.」그는 말했다. 「토인용의 수용소를 설치해서 환자를 가둬 넣는 천막을 치고는 그 둘레에 죽 보초선을 배치했었지, 그리고 가족이 민간요법 약을 몰래 가져 오려고 하면 사정없이 사격을 하는 거야. 괴로운 일이었지만 그러나 올바른 조치였어.」멋진 옷차림의 청년들이 차지하고 있는 또 하나의 식탁에선 무슨 말인지 알 수 없는 얘기를 나누고 있었으나, 말소리가 위쪽에 설치되어 있는 확성기에서 흘러 나오는 〈세인트 제임스 인퍼머리〉(역주 : 조 프림로즈가 작곡한 블루스곡)곡 속으로 사라져 버리고 있었다.

「잘 되었습니까?」리외는 목소리를 높이며 말했다.

「드디어 가까와졌습니다.」랑베르는 말했다. 「어쩌면 이번주일지도 모릅니다.」

「유감스럽군요.」타루가 외쳤다.

「어째서요?」

타루는 리외의 얼굴을 보았다.

「아니,」리외는 말했다. 「타루가 그렇게 말하는 건, 당신도 여기에 있어 주면 우리가 하고 있는 일에 도움이 될 거라고 생각하기 때문이지요. 하지만 나로서는 당신이 떠나고 싶어하는 심정을 너무나 잘 알고 있습니다.」

타루는 한 잔씩 더 하자고 말했다. 랑베르가 의자에서 내리자 처음으로 타루의 얼굴을 똑바로 바라보았다.

「대체 어떤 일로 내가 도움이 될 수 있습니까?」

「어떤 일이라니.」자기 술잔 쪽으로 천천히 손을 내밀며 타루는 말했다. 「바로 우리들의 보건대 일이지요.」

랑베르는 평소의 버릇대로 뚱하게 생각에 잠긴 듯한 얼굴을 하고, 또 의자 위에 올라 앉았다.

「그런 보건대는 유용하다고 생각지 않습니까?」술잔을 비운 타루는 이렇게 말하고 유심히 랑베르의 얼굴을 지켜보았다.

「아주 유용하지요.」신문 기자는 이렇게 말하고 술을 들이켰다.

리외는 랑베르의 손이 떨리고 있는 것을 보았다. 끝내 완전히 취해 버린 거라고 그는 생각했다.

이튿날 랑베르가 또 두 번째로 그 스페인 식당에 들어갔을 적엔, 몇사람인가 그가 지나가는 통로의 입구 앞에 의자를 꺼내어, 풀빛과 금빛으로 채색된 저녁때의, 열기가 겨우 약해지기 시작하는 시각을 즐기고 있는 참이었다. 그들은 매캐한 냄새가 나는 담배를 피우고 있었다. 식당 안은 거의 인기척이 없었다. 랑베르는 맨 처음에 곤잘레스와 만났던 그 안쪽 식탁에 가서 앉았다. 여급에겐 잠깐 기다리는 사람이 있다고 말했다. 꼭 7시 30분이었다. 사람들은 차츰 실내에 식사를 하러 돌아와 좌석에 앉기 시작했다. 요리가 나오기 시작하고 둥근 천장 아래는 식기와 불명료한 대화의 울림으로 가득 찼다. 8시가 되었는데도 랑베르는 여전히 기다리고 있었다. 불이 켜졌다. 새 손님들이 그의 식탁에 와서 앉았다. 그는 혼자 식사를 준비했다. 8시 30분에 다 끝내 버렸지만, 곤잘레스도 두 젊은이도 나타나지 않았다. 그는 담배를 피웠다. 식당 안은 천천히 비어 가고 있었다. 바깥은 급속히 밤이 되기 시작하고 있었다. 바다에서 불어 오는 미지근한 바람이 창문의 커튼을 조용히 흔들어 주고 있었다. 9시가 되었을 때 랑베르는 실내가 텅 비고, 여급이 이상한 듯이 자기 쪽을 자꾸 바라보고 있는 것을 깨달았다. 그는 계산을 마치고 바깥에 나갔다. 그 식당 맞은편에 카페가 한 집 열려 있었다. 랑베르는 그 집 카운터에 앉아 식당입구를 감시하고 있었다. 9시 30분에, 그는 주소도 물어 두지 않은 곤잘레스를 어떻게 찾아내야 할까 하고 헛되이 궁리하면서, 또다시 시작해야 할 모든 절차를 생각하면 정말 난감하기만 하여 호텔 쪽으로 걸어가기 시작했다.

바로 이 순간 달려가는 구급차가 가로지르는 어두운 밤 속에서, 그는 이윽고 의사 리외에게도 말했듯이 자기와 아내를 가로막는 벽에 어딘가 출구를 찾아내려고 전력을 기울이고 있었기 때문에, 이 기간 동안 내내 어떤 의미에서 그녀를 잊고 있었음을 깨달았던 것이다. 그러나 동시에 또 이 순간에 모든 길이 또 한 번 막혀 버리고 보니, 다시금 자신의 소망의 중심에 그녀의 모습이 발견되고, 더구나 그것이 정말 갑작스런 고통의 격발(激發)과 함께 왔으므로, 그는 느닷없이 호텔 쪽으로 달려가면서 이 무참한 고통에서 벗어나려고 했다. 그러나 그 아픔은 그래도 그를 따라와 그의 관자놀이를 죄었던 것이다.

이튿날 그는 일찌감치 리외를 찾아와, 코타르를 만나려면 어떻게 하면 좋으냐고 물었다.

「남은 방법은」 그는 말했다. 「결국 또 그 절차를 더듬는 수밖에 없는 거지요.」

「내일 밤 오세요.」 리외는 말했다. 「타루가 코타르를 불러 달라고 말하고 있답니다. 무슨 연유인지는 모르지만, 그는 열 시에 올 예정이니 열 시 반쯤에 와 주시면 됩니다.」

이튿날 코타르가 의사 집에 왔을 때, 타루와 리외는 리외의 소관(所管)내에서 예상 밖으로 일어난 완치된 경우에 관해서 얘기하고 있었다.

「10명에 한 사람이구면, 운이 좋았던 거지요.」타루는 말했다.

「아니지요, 그건」코타르가 말했다. 「페스트가 아니었던 겁니다.」

두 사람은 그를 보고, 그것은 확실히 그 병이었음을 단언했다.

「그럴 리가 없습니다. 나은 것을 보니까 말이죠. 제가 아니더라도 잘 알고 계시겠지만, 페스트에 걸리면 살아나기가 어렵지요.」

「일반적으로는 그렇지요.」리외는 말했다. 「그러나 좀더 끈질기게 버티면 뜻밖의 결과를 얻을 수도 있지요.」

코타르는 웃었다.

「그렇게는 보이지 않는군요. 오늘 밤 그 숫자를 들었습니까?」

타루는 호의적인 눈으로 코타르를 지켜보고 있다가, 자기는 그 숫자를 알고 있고 사태는 중대하지만, 그것은 더욱더 특례적인 조치가 필요하다는 것을 증명하는 것뿐이라고 대답했다.

「하지만 그건 이미 하고 있지 않습니까?」「예, 그러나 그걸 각자가 스스로 할 필요가 있는 겁니다.」

코타르는 납득이 잘 되지 않아 물끄러미 타루의 얼굴을 바라보고 있었다. 타루는 너무나 많은 사람들이 할일 없이 지내고 있다는 것, 전염병은 모두 개개인의 문제며 한 사람 한 사람이 자기 의무를 다해야 한다는 것을 말했다. 봉사대는 모든 사람들에게 개방되어 있는 것이다.

「그것도 한 가지 생각입니다.」하고 코타르는 말했다. 「그러나 그런 건 아무 소용도 없습니다. 페스트라는 건 도저히 감당해 낼 수 있는 병은 아니니까요.」

「글쎄요, 그건 최선을 다해 보기 전엔 알 수 없는 일이지요.」참을성 있게 타루는 말했다.

그러는 동안 리외는 책상 앞에 앉아 카드를 고쳐 쓰고 있었다. 타루는 의자 위에서 자꾸 꿈지럭거리고 있는 코타르의 모습을 여전히 물끄러미 지켜보고 있었다.

「코타르 씨는 왜 우리와 함께 일하지 않으시죠?」

상대방은 불쾌해진 듯한 기색으로 일어서며 자기의 둥근모자를 집어 들었다.

「그런 건 제가 할 만한 일이 아닙니다.」

그리고 유난히 도전하는 듯한 어투로 말을 이었다.

「그리고 저는 페스트 속에서 사는 게 기분이 좋으니까요. 그러니 그걸 끝내게 하려는 일에 관여할 이유는 저로서는 찾아내지 못하겠는데요.」

타루는 갑자기 뭔가 알았다는 듯이 자기 이마를 툭 치며 말했다.

「아아, 그렇군요. 아주 잊어버리고 있었습니다. 당신은 이번 일이 없으면 체포되는 거지요.」

코타르는 느닷없이 몸을 뒤로 젖히자, 금시라도 쓰러질 듯한 꼴로 의자를 붙잡았다. 리외는 카드를 쓰는 일을 그만두고, 진지한 표정으로 그 모습을 주시했다.

「누가 그런 말을 했습니까?」코타르는 외쳤다.

타루는 마치 뜻밖의 질문이라도 들은 듯한 표정으로 말했다.

「당신이 말씀하셨지 않습니까. 그렇지 않더라도 여하튼 리외와 저는 들었을 텐데요.」

그러자 코타르는 돌연 걷잡을 수 없는 분노가 치솟아 얼토당토 않는 말을 막 지껄여 대기 시작했다.

「흥분하지 마세요.」타루가 제지했다. 「리외도 저도 당신을 밀고할 사람은 아니니까요. 당신 얘기는 우리에게 관계가 없는 일입니다. 그리고 우리는 경찰 따윈 좋아하는 사람들이 아니니까요. 걱정 말고 앉으세요.」

코타르는 의자를 바라보며 잠깐 망설이고 나서 앉았다. 잠시 후 그는 한숨을 쉬었다.

「오래 전 일입니다.」그는 스스로 인정했다. 「그런 걸 이제 와서 끄집어 내다니……. 저는 이미 잊혀진 일로 생각하고 있었습니다. 그런데 한 사람 지꾜인 녀석이 있는 거예요. 그래서 호출을 당해 조사가 끝날 때까지 언제나 출두할 수 있도록 하라는 말을 들었습니다. 그래서 결국 저는 체포될 거라는 걸 알게 되었던 거지요.」

「중벌을 받게 될까요?」타루는 물었다.

「그건 말씀하시는 의미에 따라 다르겠지요. 아무튼 살인은 아닙니다.」

「금고나 아니면 징역입니까?」

코타르는 몹시 풀이 죽어 있었다.

「운이 좋더라도 금고쯤 될 겁니다.」

그는 잠시 후 또 맹렬한 기세로 말문을 열었다.

「우연히 저지른 잘못입니다. 누구든지 잘못이라는 건 있게 마련이지요. 저는 생각하기만 해도 견딜 수가 없습니다. 그런 일로 끌려 가다니, 그리고 자기 집에서도, 지금까지의 생활에서도, 모든 친지들에게서도 떨어져 있게 되다니……」

「목을 매려고 한 건 그래서였군요?」 타루가 물었다.

「정말 어리석은 짓을 했습니다.」

리외는 처음으로 입을 열어 코타르에게, 그의 불안한 마음은 잘 알지만 그러나 아마 만사가 잘 될지도 모른다고 말했다.

「지금은 별로 아무 걱정이 없다는 건 알고 있습니다.」

「아마」 타루는 말했다. 「우리들의 봉사대엔 들어오시지 못할 것 같군요.」

상대방은 두 손으로 모자를 빙빙 돌리고 있다가 애매한 눈길을 타루에게로 던지며

「나쁘게 생각지 말아 주십시오.」

「물론이지요. 그러나 적어도」 타루는 웃으며 말했다. 「병균을 일부러 흩뿌리고 다니는 것 같은 짓만은 하지 말아 주세요.」

코타르는 항변(抗辯)하여, 자기는 페스트를 원한 것은 아니며, 페스트는 저절로 왔을 뿐이고, 덕분에 지금 현재 자기의 일이 잘 되어 나간다고 해서, 그것이 자기 탓은 아니라고 말했다. 그리고 랑베르가 문어귀에 도착했을 때엔 코타르는 힘찬 목소리로 이렇게 덧붙이는 것이었다.

「그리고 당신들은 어떤 성과도 못 올리실 거라는 게 내 생각입니다.」

랑베르가 물어 보니 코타르도 곤잘레스의 주소를 알지 못하지만, 그 작은 카페에는 지금이라도 다시 가 볼 수가 있다는 것이었다. 이튿날 만나기로 얘기가 되었다. 그리고 리외가 앞으로 진전 상황을 알려 달라고 말하자, 랑베르는 금주 말에 밤 몇 시라도 좋으니 타루

와 함께 자기 방에 와 달라고 말했다.

아침에 코타르와 랑베르는 그 작은 카페에 가서, 가르시아에게 오늘 밤이나 혹은 지장이 있을 경우엔 내일 만나게 해 달라고 말해 주고 왔다. 그날 밤 두 사람은 기다려 보았으나 허사였다. 이튿날엔 가르시아가 와 있었다. 그는 묵묵히 랑베르의 얘기를 들었다. 그로서는 사정은 잘 몰랐지만, 그가 알고 있는 바로는 호별 조사를 시행하기 위해 여러 구역의 전체에 걸쳐 24시간 교통이 차단되었다. 어쩌면 곤잘레스와 두 젊은이는 차단선을 돌파하지 못했을 지도 모른다. 그러나 그가 할 수 있는 일이라곤 또 한 번 그들을 라울과 연결시키는 것뿐이었다. 당연히 그것은 모레 이전은 불가능하다.

「아무래도」 랑베르는 말했다. 「처음부터 아주 다시 시작해야 할 것 같군요.」

이틀 후 어느 길모퉁이에서 라울은 가르시아의 추측을 긍정했다. 상가(商街) 쪽이 교통 차단이 되어 있었던 것이다. 또 곤잘레스와 연락을 취할 필요가 있었다. 이틀 후 랑베르는 그 축구 선수와 식사를 같이 하고 있었다.

「멍청이 같은 짓이었어.」 곤잘레스는 말했다. 「무슨 연락 방법을 정해 뒀어야 했지.」

그것은 랑베르도 같은 의견이었다.

「내일 아침, 젊은 녀석들한테 가기로 해요. 거기서 어떻게든 결판을 내봅시다.」

이튿날 젊은 녀석들은 집에 없었다. 그래서 그들에게, 내일 정오 고등학교 광장에서 만나자고 전갈을 해 두고 왔다. 그리고 랑베르가 돌아왔을 때의 표정은 그 날 오후 타루가 만났을 때 깜짝 놀랐을 정도였다.

「잘 되어 가지 않습니까?」 타루는 물었다.

「자꾸 같은 일만 되풀이하게 되는군요.」 랑베르는 말했다.

그는 전날의 초대를 또 되풀이했다.

「오늘 밤 와 주시지요.」

그날 밤 두 사람이 랑베르의 방에 들어가니 랑베르는 누워 있었다. 그는 일어나, 미리 준비해 둔 잔에 술을 채웠다. 리외는 자기 술잔을 집으며 그 일은 잘 진행되고 있느냐고 물었다. 랑베르는 자기가 또 한 번 코스를 한 바퀴 돌아 겨우 전과 같은 곳에까지 왔다는 것과, 얼마 후 마지막으로 만나기로 되어 있다는 것을 얘기했다. 그는 술을 들이키고 이렇게 덧붙였다.

「물론 그 녀석들은 오지는 않아요.」

「그런 일을 그렇게 단정해 버릴 건 없습니다.」 타루는 말했다.

「당신들은 아직 모르고 있습니다.」 랑베르는 어깨를 으쓱해 보이면서 말했다.

「대관절 뭘 말입니까?」

「페스트라는 걸.」

「뭐요!」 리외는 중얼거렸다.

「그렇습니다. 당신들은 모르고 있는 거예요, 페스트의 정체는 노상 되풀이한다는 겁니다.」

랑베르는 방 구석으로 가서 작은 축음기 뚜껑을 열었다.

「그 레코드는 뭡니까?」 타루가 물었다. 「들은 적이 있는 곡인데.」

랑베르는 이것은 〈세인트 제임스 인퍼머리〉라고 대답했다.

레코드가 반쯤 돌아갔을 때 멀리서 두 방의 총소리가 울리는 것이 들렸다.

「개가 아니면 탈주자겠지.」 타루가 말했다.

잠시 후 레코드가 끝나자 구급차의 경적이 점점 뚜렷이 커지면서 호텔 방의 창문 아래를 지나갔다가 다시 작아지더니 이윽고 사라져 버렸다.

「이런 레코드는 재미도 없지만」 랑베르는 말했다. 「그런데도 오늘은 벌써 열 번이나 이걸 듣고 있는 거예요.」

「그게 그렇게 좋습니까?」

「그렇지 않지만 이것밖에 없으니까요.」

그리고 잠깐 입을 다물고 있다가 말했다.

「당신한테 얘기지만, 그것은 다시 발생하기 마련입니다.」

그는 리외에게 보건대는 어떤 형편이냐고 물었다. 현재 다섯 개 반이 활동하고 있다. 그 밖에도 몇 개의 반을 더 조직하길 바라고 있었다. 랑베르는 침대에 걸터앉아 손톱을 다듬는 데 여념이 없는 듯했다. 리외는 침대 가장자리에 구부정하게 앉은 그 나직하면서도 건장한 실루엣을 유심히 바라보고 있었다. 돌연 깨달으니 랑베르가 이쪽을 빤히 보고 있었다.

「그야 물론」 그는 말했다. 「당신들의 보건대에 대해서는 나도 무척 생각했습니다. 그런데도 같이 일하지 않는 건 나름대로의 이유가 있기 때문입니다. 다른 일이라면 지금도 목숨을 내놓고서라도 할 수 있을 겁니다. 나는 스페인 전쟁에도 참가했으니까요.」

「어느 쪽이었지요?」 타루가 물었다.

「진 쪽입니다. 그러나 그 후로 나는 좀 생각해 보게 되었습니다.」

「뭘요?」 타루가 물었다.

「용기라는 거 말입니다. 이제 나는 인간이 위대한 행위를 할 수 있다는 걸 알게 됐습니다. 그러나 만일 그 인간이 위대한 감정을 갖지 못한다면, 그건 나로서는 흥미가 없는 인간입니다.」

「인간은 어떤 능력이라도 지닐 수 있을 것같이 생각되는데요.」 타루는 말했다.

「그럴 리는 없습니다. 인간은 오랫동안 괴로워하지도 못하고 행복하게 지내지도 못합니다. 즉 가치가 있는 일 따윈 아무 것도 하지 못하는 겁니다.」

그는 물끄러미 두 사람을 바라보고 있다가 이윽고

「어떻습니까, 타루 씨, 당신은 사랑을 위해 죽을 수 있습니까?」

「글쎄 어떨는지요. 그러나 지금은 아무래도 죽지 못할 것 같군요.」

「그렇지요, 그런데도 당신들은 하나의 관념을 위해서는 죽을 수 있는 겁니다. 그건 빤히 눈에 보이고 있습니다. 그런데 나는 이젠 관념을 위해 죽는 자들에 대해서는 진저리가 나 있습니다. 나는 영웅주의라는 걸 믿지 않습니다. 나는 그것이 용이하다는 걸 알고 있고, 그것이 살인을 하는 짓이었다는 걸 알았던 겁니다. 내가 마음이 끌리는 건 자기가 사랑하는 사람을 위해 살고 또 죽는다는 것입니다.」

리외는 신문 기자의 말을 열심히 듣고 있었다. 그리고 상대방을 주시하는 눈을 떼지 않고 그는 부드럽게 이렇게 말했다.

「인간은 관념은 아닙니다, 랑베르 씨.」

상대방은 격정에 얼굴이 불타 오르며 침대에서 뛰어 내렸다.

「관념입니다. 더구나 아주 보잘것없는 관념인 거예요, 인간이 사랑에 등을 돌리게 되면. 그런데 우리는 이젠 사랑을 지탱할 수 없게 되어 버린 겁니다. 그렇게 생각하고 단념해야지요, 언젠가는 그걸 할 수 있게 되기를 기대하기로 하고. 만일 끝내 그것이 불가능해진다면 꼭 찾아올 해방의 날을 기다릴 뿐입니다. 영웅 행세는 하지 말고 말입니다. 나는 그 이상은 도저히 어쩔 수가 없습니다.」

리외는 갑자기 피곤해진 듯한 기색으로 일어섰다.

「당신 말이 맞아요, 랑베르 씨, 정말 그래요. 그러니 나는 설령 어떤 일을 위해서일지라도, 당신이 지금 하려 하고 있는 일에서 당신을 끌어내려고는 생각지 않습니다. 그건 나로서도 옳은 일, 좋은 일이라고 생각되니까요. 그러나 그렇더라도 이것만은 꼭 말해 두고 싶군요. 이번 일은 영웅주의 같은 문제가 아니예요. 이건 성실성의 문제지요. 이런 사고 방식은 어쩌면 우스울지도 모르지만, 페스트와 싸우는 유일한 방법은 성실성이라는 것이지요.」

「성실성이라는 건 어떤 겁니까?」갑자기 진지한 얼굴이 되며 랑베르는 말했다.

「일반적으로는 어떤 것인지 잘 모르겠지만, 그러나 내 경우엔 자기 의무를 다하는 것으로 알고 있습니다.」

「아아, 나는 정말」랑베르는 안타까운 듯이 중얼거렸다. 「무엇이 내 직무인지 모르겠어. 실제로 어쩌면 사랑을 택한 게 잘못이었을지도 몰라.」

리외는 그쪽으로 돌아섰다.

「그렇지는 않아요.」그는 힘주어 말했다. 「당신은 잘못하고 있지는 않아요.」

랑베르는 생각에 잠긴 듯 차분한 눈빛으로 두 사람 쪽을 바라보았다.

「당신들은 두 분 다 그런 일을 위해 아무 것도 잃은 것은 없을 테니까. 좋은 쪽에 서는 건 쉬운 일입니다.」

리외는 술잔을 비웠다.

「아직 할 일이 남아 있어요.」그는 말했다.

그는 나갔다.

타루도 그를 뒤따랐으나 나가려고 하는 순간 문득 생각이 달라진 듯, 신문 기자를 돌아다보고 이렇게 말했다.

「리외의 아내가 여기서 몇 백 킬로나 떨어진 요양소에 가 있는 걸 알고 있습니까?」

랑베르는 놀라는 몸짓을 했으나 타루는 이미 나가 버렸다.

이튿날 아침 일찍 랑베르는 의사에게 전화를 걸었다.

「나도 같이 일을 하게 해 주실 수 있을까요? 이 고장을 떠날 방법을 찾아내기까지.」

저편에선 잠시 침묵을 지키고 있다가 이윽고

「그렇게 하세요, 랑베르 씨. 고맙습니다.」라고 말했다.

3

이리하여 계속된 여러 주에 걸쳐 페스트에 갇혀 있는 사람들은 모두 저마다 한껏 분투를 계속했던 것이다. 그리고 그들 중의 몇몇 사람, 예컨대 랑베르 등은 자기네들이 아직 자유로운 인간인 것처럼 행동하고 있었으며, 심지어는 아직도 선택의 여지가 있다고 생각하고 있었다. 그러나 8월 중순이라는 이 시기엔 페스트가 모든 것을 뒤덮고 있었다고 말해도 좋았다. 이미 이 무렵엔 개인의 운명이라는 것은 존재하지 않고, 오직 페스트라는 집단적인 사실(史實)과, 모든 사람이 함께 해 온 여러 가지 감정이 있을 따름이었다. 가장 두드러졌던 것은 별거와 유배의 감정이었다. 거기에는 두려움과 반항이 내포되어 있었다. 그러므로 필자는 이 열기와 전염병의 절정에 있어 총괄적인 정황과, 그리고——예증적인 의미로——생존 시민의 폭행, 사망자의 매장, 따로 떨어진 연인들의 고통 등에 대해 기술해 두는 게 적당하다고 믿는 것이다.

마침 이 한 해의 중간쯤에 바람이 일어, 페스트가 만연한 시내에 여러 날 계속 불어 왔다. 바람은 오랑 주민들이 특히 두려워하는데,

그것은 도시가 건설되어 있는 평지 위에서는 바람에 어떤 장애도 받지 않고, 온갖 맹위를 떨치며 거리거리에 불어 오기 때문이다. 여러 달 동안 내내 한 방울의 비도 내리지 않아, 거리는 온통 회색 도료 같은 먼지에 뒤덮여 있었는데, 그것이 바람에 날려 푸석푸석 떨어졌다. 그리고 바람은 물결처럼 먼지와 종이 나부랑이를 날려 보내어, 더욱 더 뜸해진 행인들의 발밑에 떨어뜨렸다. 사람들은 구부정한 자세로 손수건이나 손을 입에 대고 길을 급히 걸어가곤 했다. 저녁때가 되면 지금까진 날마다 이것이 마지막이 될는지도 모를 그 하루를 될 수 있는 대로 연장시키려고 하여 사람들이 몰려 있었던 것과는 딴판으로, 자기 집이나 혹은 카페를 찾아 걸음을 재촉하고 있는 약간의 사람들을 보게 되었다. 이 계절엔 일찍 찾아드는 황혼 무렵에는 길거리에 인기척이 끊기고, 바람만이 쉴새없이 윙윙거리는 신음 소리를 내고 있는 것같이 되어 버렸다. 출렁거림이 높아진, 여전히 모습이 보이지 않는 바다에서는 해초와 소금 냄새가 풍겨 왔다. 먼지에 새하얗게 되고 바다 냄새를 물씬 풍기며 바람 소리에 휩싸인 이 황량한 도시는, 이때 흡사 슬픔의 섬처럼 흐느끼는 것이었다.

지금까지 페스트는 시내의 중심지보다도 인구가 밀집하여 쾌적하지 못한 외곽 구역 쪽에서 훨씬 많은 희생자를 내고 있었다. 그런데 그것이 돌연 관공서 지역에도 가까이 자리를 잡는 듯했다. 주민들은 그것을 바람이 병독의 씨앗을 날려 보내 온 탓이라 생각했다. 「바람이 모든 걸 휘저어 버린다.」고 호텔 지배인은 말하고 있었다. 그러나 그 점은 어떻든, 중심가의 사람들은 밤중에, 더구나 더욱 자주 페스트의 음울하고 감정이 없는 목소리를 창문 아래에 울리는, 구급차의 벨 소리를 가까이에 듣게 되면서 드디어 자기들의 차례가 왔음을 알게 되는 것이었다.

도심 안에서도 특히 피해가 심한 약간의 구역을 격리하여, 거기서는 꼭 필요한 직무를 가진 인간밖에 나가지 못하게 하려는 조치가 구상되었다. 지금까지 거기에 살고 있는 사람들은 이 조치를, 특히 자기들만을 대상으로 한 약자에 대한 학대처럼 생각하지 않을 수가 없었다. 여하튼 그들은 다른 지구의 거주자들을 마치 자유로운 인간에 대해 생각하듯 생각하고 있었던 것이다. 다른 지구의 거주자는 이와 반대로 그들의 가장 곤란한 순간에도, 다른 사람들은 자기들보다 더 자유를 빼앗기고 있다고 생각하는 데서 하나의 위안을 찾아내고 있었다. 「그래도 아직 나보다도 속박을 당하고 있는 사람이 있다」는 것이, 그때 유일한 희망을 단적으로 표시하는 말이었다.

거의 같은 시기에, 이 도시의 서쪽 언저리의 별장지구에서 화재가 자주 일어나는 사태가 생겼다. 실정을 조사해 보니, 예방 격리에서 돌아와 복상(服喪)의 슬픔과 불행에 거의 광란 상태에 빠진 사람들이, 페스트를 불태워 죽이려는 환상에 사로잡혀 자기들 집에 불을 지르는 것이었다. 이런 짓을 사전에 막기는 무척 힘들고, 그것이 자주 발생하는 것은 세찬 바람 탓이어서, 그 지역 전부를 끊임없는 위험에 직면하게 하고 있었다. 당국에서 시행하는 가옥 소독만으로 병독 오염의 모든 위험을 몰아내는 데 충분하다는 것을 아무리 입증해 보여도 허사여서, 결국은 이런 죄없는 방화자에 대해 매우 엄중한 형벌을 공포하지 않으면 안 되었다. 더구나 모름지기 이 불행한 사람들을 겁나게 한 것은 투옥이라는 관념이 아니라, 모든 시민에게 공통된 확신, 즉 시의 감옥에서 나타나는 극도의 사망률로 보건대 투옥은 사형과 같다고 하는 확신이었다. 물론 이 신념은 근거가 없는 것은 아니었다. 언뜻 보기에 명백한 이유로 페스트는 병사, 수도자, 혹은 죄수 등, 모두 집단을 이뤄 생활하는 습관이 몸에 밴 사람들에 대해 특히 맹위를 떨치고 있는 것같이 보였다. 어떤 종류의 구금자는 개인별로 격리되어 있다고는 하지만, 교도소는 하나의 공동체며, 또 그것을 잘 증명하는 것은 이 시의 교도소에서 형무관들도 죄인 못지 않게 그 병으로 희생을 치렀다는 것이다. 페스트가 처한 우월한 입장에서 보면 소장으로부터 제일 경미한 구금자에 이르기까지 모두가 벗어날 수 없는 운명을 선고 받은 인간이며, 그리고 모름지기 처음으로 완전무결한 정의가 교도소 안에서 시행되었던 것이다.

당국은 이 평등한 상태에 계급성을 끌어들이려고 시도하여, 직무 수행중에 사망한 형무관들에게 훈장을 수여한다는 계획을 착상했으나, 이 역시 필경 공허한 노력이었다. 계엄령이 포고되어 있어 어떤 각도에서 보면 교도소의 형무관들은 동원된 상태와 같았기 때문에, 당국은 그들에게 사후 추증(追贈)의 명목으로 전공 훈장을 수여했다.

그런데 구금자들로부터는 항의하는 어떤 말도 나오지는 않았지만, 군부에서는 이 조치를 못마땅하게 생각하여, 일반 대중의 뇌리에 바람직하지 못한 혼동이 생기게 할 염려가 있다고 자못 지당한 점에 주의를 환기했다. 당국은 그들의 요구를 지당하다고 인정하여, 제일 간단한 방법은 사망한 형무관들에게 방역(防疫)공로장을 수여하는 일이라고 생각했다. 그러나 최초의 희생자들에겐 행차 후의 나팔이어서 훈장을 되찾는다는 것은 생각할 수 없었고, 군부에서는 여전히 그들의 견해를 계속 주장했다. 한편 또 방역 공로장에 관한 면에서 보면 전염병이 만연할 때엔 이런 종류의 훈장을 받는 것 따윈 평범한 일이므로, 군부의 훈장 수여에 의해 얻어진 것 같은 정신적 효과를 초래하지 않는다는 난점이 있었다. 결국 너나없이 불만을 품게 되는 결과가 되었다.

더욱이 교도소 당국은 종교기관이나 또는 그 차이가 그리 심한 건 아니지만, 군 당국처럼 조치를 취할 수가 없었다. 시내에 둘 밖에 없는 수도원의 수도사들은 사실 독실한 가정에 임시로 분산되어 숙박하고 있었던 것이다. 마찬가지로 병영(兵營)에서는 그렇게 할 수 있을 적엔 언제든지 작은 분대가 분산 파견되어 학교며 공공 건물에 주둔하고 있었다. 이리하여 언뜻 보아서 포위된 자들의 연대성을 주민에게 강요하고 있었다고 간주되는 전염병은, 동시에 전통적인 결함을 파괴하고 또 각 개인을 각자의 고독에 몰아넣고 있었던 것이다. 이것은 혼란을 빚어냈다.

이와 같은 모든 상황이 바람의 내습에 곁들여, 어떤 종류의 사람들의 정신에도 화재를 발생케 했음은 생각할 수 있는 일이다. 시의 각 출입구는 또다시 밤에 여러 번, 더구나 이번엔 무장된 소집단에 의해 습격되었다. 총격의 응수, 부상자, 그리고 약간의 도망자가 있었다. 초소가 강화되자 이와 같은 시도는 상당히 자취를 감췄다. 그래도 이런 일은 시내에 일말의 혁명의 숨결이 생기게 하기에 충분하여, 그것이 약간의 폭력적인 장면을 유발했다. 화재가 났거나 혹은 보건상의 이유로 폐쇄된 가옥이 약탈을 당한 것이다. 실제로 그 같은 행위가 미리 계획된 것이었다고 추측하기는 어렵다. 대개의 경우는 갑작스런 기회가, 그때까지 훌륭한 인물이었던 사람들을 난폭한 행동을 하게 하고, 그것을 즉시 다른 사람들이 본을 받게 되는 것이었다. 그래서 아직 불길에 싸여 있는 집에, 슬픔 때문에 멍청해져 있는 그 집주인의 눈앞에서 뛰어들어가는 처절한 인간도 있었다. 집주인이 가만히 있는 것을 보자 구경꾼들도 그들의 행동을 따랐고, 그래서 그 어두운 길거리엔 꺼지기 시작한 불길과 어깨에 멘 물건이나 가구 때문에 이상하게 이지러진 그림자의 무리가, 사방팔방으로 달아나는 모습이 화재 현장의 불빛으로 보이는 것이었다. 이 같은 부수(附隨) 사건 때문에 당국은 부득이 페스트령을 계엄령과 동일하게 다루어, 거기에 입각한 규칙을 적용하기에 이르렀던 것이다. 절도범 두 사람이 총살되었지만, 그러나 이 일이 다른 사람들에게 감명을 주었는지 어떤지는 의심스러웠다. 왜냐하면 이렇게 많은 사망자가 있는 중에서 이 두 처형쯤은 전혀 눈에 띄는 일 없이 끝나 버렸기 때문이다. 그 야말로 바다에 떨어뜨린 물 한 방울과 같았다. 그리고 실제로 같은 사건이 상당히 자주 되풀이되었지만, 이에 대해 당국은 적극 단속을 하려는 기척도 보이지 않았다. 모든 시민에게 감동을 주었다고 생각되는 유일한 조치는 등화 관제 제도였다. 밤 열 한 시를 고비로 하여 완전한 어둠 속에 가라앉아 버린 도시는 흡사 돌로 변한 거리였다.

달빛 아래 도시는 그 집들의 희뿌연 벽과 한 그루 나무의 검은 그림자도, 산책자 한 사람의 발소리에도, 한 마리의 개가 짖어 대는 소리에도 헝클어지는 일이 없는 거리들이 길게 이어져 있다. 쥐죽은 듯이 조용한 대도시는 이때 이미 생기를 잃은 거대한 입방체의 집합에 지나지 않아, 그 동안 잊혀진 사업가들과, 영원히 청동 속에 갇혀 버린 지난날의 큰 인물들의 말 없는 초상만이, 돌이나 혹은 철제의 그 가짜 얼굴을 가지고, 지난날 인간이었던 자의 영락한 모습을 환기(喚起)하려고 혼자 시도하고 있는 것이었다. 이런 진부한 우상은 우중충한 하늘 아래, 생기가 가셔 버린 네거리에 그 몸뚱이를 드러내 보이고 있었지만, 감각이 없는 우둔한 인간 같은 그 모습은 이제 우리가 돌입한 부동(浮動) 상태의 시대, 또는 적어도 그 종국의 양상 —— 페스트와 돌덩어리와 어두운 밤이 끝내 모든 목소리를 침묵케 한 하나의 지하실의 묘지 같은 양상 —— 을 어지간히 잘 상징하고 있었던 것이다.

그러나 어두운 밤은 모든 사람들의 가슴속에도 있었고, 또 매장에 관해 전해지는 전설과도 같은 진실은 다 같이 시민의 마음을 편안케 할 만한 것은 못되었다. 왜냐하면 매장에 관해서도 역시 얘기할 필요가 있는 것이지만, 그렇더라도 필자의 실례를 용서해 주기 바란다. 이 점에 대해 비난을 받을지도 모른다는 것은 필자도 충분히 느끼고 있지만, 그러나 필자의 유일한 변명은 이 기간을 통해 항상 매장이 있었고, 또 매장에 대해 모든 시민이 어쩔 수 없이 몰두했던 것과 마찬가지로, 필자 역시 어쩔 수 없이 그랬었다는 점이다. 여하튼 이것은 필자가 이런 종류의 의식에 취미를 가지고 있기 때문은 아니고, 필자는 오히려 반대로 살아 있는 사람들과 같이 지내는 일, 한 가지 예를 들면 해수욕 등이 좋은 것이다. 그러나 결국 해수욕은 금지되어 버렸고, 또 살아 있는 사람들은 하루 종일 죽은 사람들에게 뒷덜미를 잡히지 않을까 겁내고 있는 형편이었다. 즉 이것은 명백한 사실이었던 것이다. 물론 여전히 그것을 보지 않으려고 애쓰고, 눈을 막아 그것을 받아들이지 않고 있을 수는 있었지만, 그러나 명백한 사실이라는 것은 무서운 힘을 지니는 것이어서 마지막엔 항상 모든 것에 이겨 버린다. 예컨대 여러분이 사랑하는 사람들이 매장을 필요로 하게 되었을 때, 어떻게 매장을 받아들이지 않을 수 있는지 한번 물어 보고 싶은 것이다.

그런데 초기에 우리의 장례식의 특색을 이루고 있던 것은 바로 그 신속성이라는 것이었다. 모든 형식은 간소화되어, 일반적인 형식으로서는 장례의 의식은 폐지되어 있었다. 환자는 가족으로부터 멀리 떨어져서 죽고 밤샘은 폐지되어 있었으므로, 결국 초저녁에 죽은 사람은 그대로 시체만으로 그날 밤을 지내고, 낮에 죽은 자는 지체하지 않고 매장되었다. 물론 가족에겐 알려졌지만, 그러나 대개의 경우는 그 가족도 만일 환자 옆에서 살고 있었던 사람이라면, 예방 격리되어 있으므로 거기에서 움직일 수가 없었다. 가족이 고인과 같이 살고 있지 않은 경우엔, 그 가족은 지정된 시각에 가는 것이었으나, 그것은 시신이 깨끗이 씻기고 관에 넣어져서 묘지로 떠나는 시각이었던 것이다.

가령 이와 같은 절차가 의사 리외가 맡고 있는 그 분원에서 시행되었다고 하자, 그 학교엔 본관 뒤쪽에 출구가 하나 설치되어 있었다. 복도를 향한 넓은 헛간에 사망자들의 관이 수용되어 있다. 가족은 그 복도에 이미 뚜껑을 덮어 못을 박아 버린 관이 하나만 놓여 있는 것을 발견한다. 사람들은 곧 중요한 일을 시작하는데, 그것은 호주들에게 각자의 서류에 서명을 시키는 일이다. 이어 시체를 자동차에 싣는데 이것은 트럭인 경우도 있고, 큰 구급차를 개조한 것인 경우도 있다. 가족은 아직 허용되어 있는 택시를 타고, 전속력으로 자동차들은 외곽의 가로를 지나 묘지에 이른다. 입구에서 헌병이 일행을 정지시키고, 우리 시민들이 마지막 주거로 부르고 있는 것을 얻는 것도 불가능한 공식 통행증에 고무인을 찍고는 뒤로 물러선다. 그러면 자동차는 여러 개의 묘혈이 채워지기를 기다리고 있는 한 구획 가까이까지 가서 정차한다. 신부 한 사람이 유체를 맞는다. 왜냐하면 매장 의식은 교회에서는 금지되어 있기 때문이다. 기도를 드리는 가운데 하관하는데 밧줄을 걸고 관은 끌리면서 이끌어 떨어져 구멍 바닥에 닿는다. 신부가 관수기(灌水器)를 흔들면 어느새 최초의 흙이 뚜껑 위에 튕겨진다. 구급차는 소독액으로 씻기기 위해 조금 전에 돌아가 버리고, 또 가족들은 삽으로 파서 던져지는 점토 소리가 점점 무디게 울리고 있는 동안에 택시에 올라탄다. 15분 후엔 집에 돌아가 있는 것이었다.

  이렇게 모든 일은 최대한의 속도와 최소한의 위험성을 지니고 시행되었다. 그리고 적어도 초기엔 의심할 것도 없이 가족의 자연스런 감정은 그런 일 때문에 상처를 입었다. 그러나 페스트가 유행하고 있을 때엔 그런 배려는 도저히 할 수가 없었다. 실용성(實用性) 때문에 모든 것을 희생시키고 있었던 것이다. 더구나 비록 초기엔 시민들의 정신 상태도, 격식에 따라 매장하고 싶다는 욕망이 우리들이 생각하고 있는 이상으로 널리 퍼져 있었기에, 이와 같은 행사를 괴롭게 생각했지만, 얼마 후엔 다행히 식량 보급 문제가 미묘해져서, 주민의 관심은 더 직접적인 염려 쪽으로 돌려졌다. 먹고 살기 위해 줄을 서고 절차를 밟고 서식(書式)을 갖추고 해야 하는 일에 정신이 팔려서, 사람들은 자기들 주변에서 사람들이 어떻게 죽어 가는지, 또 언제 자기가 어떻게 죽어 가게 될지, 그런 생각을 하고 있을 겨를이 없었다. 그래서 원래는 하나의 재난이어야 할 이런 물자의 궁핍이, 후에는 하나의 천혜(天惠) 같은 성질을 나타냈다. 그리고 이미 밝힌 바와 같이 만일 이 돌림병이 만연하고 있지 않았더라면, 만사가 더없이 잘되어 갈 뻔했던 것이다.

왜냐하면 그 무렵엔 관이 적어지고 수의로 쓸 천도, 묘지 내의 장소도 부족해져 있었던 것이다. 어떻게든 대책을 세워야 했다. 제일 간단한 것은 이것도 역시 실용성이 있다는 이유에서지만, 장례를 한꺼번에 치루고, 또 그럴 필요가 있을 경우엔 병원과 묘지 사이의 왕래를 몇 번이라도 되풀이하는 것이라 생각되었다. 여기서 리외의 담당에 관해 말하면, 그 병원은 이 시기에는 다섯 개의 관을 사용하고 있었다. 그것이 가득 차 버리면 구급차가 그것을 싣고 간다. 묘지에서는 관이 비워지고, 철색이 된 유체는 들것에 실려, 그 용도를 위해 개조된 헛간에서 차례를 기다리고 있는 것이었다. 관은 소독약이 뿌려지고 병원에 다시 실려 간다. 그리고 이런 일이 필요한 횟수만큼 되풀이된다. 이런 착상은 아주 좋아서 지사도 적이 만족을 하고 있는 듯했다. 지사는 리외를 보고, 이것은 결국 옛날의 페스트의 기록에서 볼 수 있는 것 같은, 검둥이가 끌고 가는 시체 운반차 따위보다는 낫다고 말했을 정도이다.

「그렇습니다.」리외는 말했다. 「결국 비슷한 매장 광경이지만 우리는 카드를 작성하고 있으니까요. 그러니 진보는 뚜렷합니다.」

이 같은 처리면에서의 성공이 있었음에도 불구하고, 이렇게 되자 그 절차가 내포하고 있는 불쾌한 성격 때문에, 도청에서는 어쩔 수 없이 가족을 장례에서 떼어 놓아야 했다. 단지 그들이 묘지 입구까지 오는 것만 허용되었지만 그나마 그것도 공식적인 일은 아니었다. 왜냐하면 최후의 의식에 관한 점에서 사정이 좀 달라진 것이다. 묘지 끝 쪽의 유향(乳香)나무에 싸인 벌거숭이 땅에 거대한 묘혈이 둘 파여져 있었다. 남자용의 묘혈과 여자용의 묘혈이 정해져 있었다. 이런 점에서 보면 행정 당국은 재래식 예법을 존중하고 있는 셈이다. 그리고 훨씬 후에야 비로소 사태의 압력에 의해 이 최후의 수치심도 가셔 버려서, 남자들과 여자들을 예절상의 조심성이고 뭐고 아랑곳없이, 막 뒤섞어 쌓아서 묻게 되었던 것이다. 다행히 이와 같은 극도의 난

장판은 전염병의 마지막 시기의 현상이었을 뿐이었다. 지금 여기서 말하고 있는 시기에 있어서는 묘혈의 구별이 있어, 도청에서는 이 점을 크게 고집하고 있었다. 이 묘혈들의 바닥에는 각각 두터운 층을 이룬 생석회가 김을 뿜어 올리며 솟아나 있었다. 구덩이 가장자리엔 같은 석회더미가 바깥 공기를 향해 거품을 내고 있다. 구급차의 왕복이 끝나 버리자 들것에 실린, 벌거숭이의 약간 비틀린 것 같은 시체들이 잇따라 구덩이 바닥에 미끌어 떨어진다. 그리고 그 순간 생석회와 흙이 그 위에 뒤덮여지지만, 그러나 그것도 잇따라 올 다음 주인에게 장소를 비워 두기 위해 일정한 깊이에서 멎는다. 이튿날 가족은 한 통의 등록 서류에 서명을 하게 되는데, 이것은 예컨대 인간과 개 등과의 사이에 있을 수 있는 차이를 나타내는 것이었다. 즉 등록은 어떤 경우에도 가능했던 것이다.

이와 같은 모든 작업을 위해서는 인원이 필요하지만 항상 그것이 부족한 상태였다. 맨 처음엔 정식의, 후에는 임시 직원이었던 간호원들과 무덤을 파는 인부들도 페스트 때문에 많이 사망했다. 아무리 조심해도 언젠가는 감염되어 버리는 것이었다. 그러나 잘 생각해 보면, 가장 놀라운 일은 전염병의 모든 기간을 통해 이런 직업의 인간이 결코 부족했던 적은 끝내 없었다는 점이다. 위기는 페스트가 절정에 이르기 조금 전에 있었는데, 그때 의사 리외의 불안은 근거가 있는 것이었다. 간부도, 이른바 거친 일을 하는 막노동꾼도, 인력이 충분하지는 못했다. 그러나 페스트가 사실상 시내 전역을 점령하기에 이른 시기부터는, 그 격렬함 자체가 거기서는 매우 편리한 결과를 빚어냈다. 왜냐하면 페스트가 모든 경제 생활의 조직을 파괴하여 적지 않은 실업자를 생기게 했기 때문이다. 대부분의 경우 그들은 간부들을 위한 충원(充員)은 되지 못했지만, 막일에 관한 작업은 그 때문에 훨씬 편해졌다. 이 시기부터는 실제로 궁핍이 공포보다 더 큰 힘을 보이는 사실들이 항상 보였고, 일은 위험 정도에 따라 임금이 지불되고 있었던 만큼 더더욱 그러했다. 보건과에서는 취업 희망자의 명부를 비치해 둘 수 있었고, 어디엔가 결원이 생기면 즉시 그 명부의 첫머리에 이름이 기재된 사람들에게 통지하는 것이었다. 그러면 그전에 그들 자신이 결원이 되어 버린 경우 외엔, 그들은 언제나 틀림없이 출두하는 것이었다. 그래서 유기나 혹은 무기 죄수들을 이런 종류의 작업에 이용하려던 계획의 실천을 오래 주저하고 있던 지사도, 이 궁극 수단까지 쓰는 것을 피할 수 있었던 것이다. 실업자가 있는 동안은 견딜 수 있다는 의견이었다.

여하튼 그것도 8월 말까지는, 시민들은 그 마지막 보금자리에 예법에 맞는 방법은 아닐지라도, 적어도 행정 당국이 스스로 그 의무를 다하고 있다는 의식을 계속 가질 수 있을 만큼 질서 있게 보낼 수 있었던 것이다. 그러나 그들이 마침내 의지하지 않을 수 없었던 최후의 방법을 얘기하기 위해서는, 이 사건들 이후의 것에 대해 미리 좀 말해 둘 필요가 있다. 8월에 접어든 후로 사실상 페스트가 절정에 도달한 상태를 지속하고 있는 시기에, 희생자의 누적은 이 도시의 자그마한 묘지가 제공할 수 있는 가능성을 훨씬 넘어 버렸다. 담장 일부를 무너뜨리고 사자들을 위해 옆의 땅에 돌파구를 마련해 보아도 부족하여, 이내 또 다른 대책을 찾아봐야 했다. 우선 야간에 매장하기로 결정되었는데, 이것은 분명히 어떤 고려를 배제하게 만들었다. 그래서 점점 더 많은 시체를 구급차에 쌓을 수 있었다. 그리고 모든 규칙을 무시하고 소등 시간 후에 외곽 지역에는 아직도 볼 수 있는 늘어진 몇몇 산책자들(혹은 직업상 그렇게 된 사람들)은, 이따금 길쭉한 백색의 구급차 몇 대가 그 윤기 없는 벨 소리를 한밤의 공허한 길거리에 울리면서 전속력으로 달려가는 것을 목격하게 되는 것이었다. 시체는 황급히 묘혈에 던져졌다. 시체의 동요가 완전히 멎기 전에 삽의 석회가 그 얼굴에 던져지고, 흙이 더욱더 깊이 파여진 구덩이 속에 그것을, 완전히 무명의 형태로 뒤덮어 버리는 것이었다.

그러나 좀더 후에는 더 다른 방면을 찾아, 어쩔 수 없이 더 널리 손을 쓰지 않을 수 없게 되었다. 도지사령(道知事令)으로 영대 차지권(永代借地權)이 무효로 되어 발굴된 유체는 모두 소각장에 보내졌다. 얼마 후 페스트의 사망자까지도 화장터로 가지 않으면 안 되게 되었다. 그런데 그렇게 되자 동쪽의 시문 바깥에 있는 옛날 화장터를 이용하지 않을 수 없게 되었다. 경비 초소를 지금까지보다 더 멀리로 옮기고, 또 시청의 어느 관리가 옛날 임해 도로를 달리고 있었던 선에서 당시 폐선(廢船)이 되어 있는 시내 전차를 이용할 것을 진언하여, 당시의 일이 크게 쉬워지게 했다. 그리하여 유람차와 견인차에서 걸상을 제거하여 내부를 개조하고, 또 선로를 소각장까지 우회시켰기 때문에 소각장은 하나의 선의 기점이 되었던 것이다.

그리고 여름철의 막바지 동안 내내, 또 가을에 비가 계속 내릴 때에도 임해 도로를 따라 날마다 한밤중에, 승객이 없는 전차의 괴이한 종대가 해안 위를 비실거리며 지나가는 것이 보였다. 시민도 끝내 그 사정을 알게 되었다. 그리고 순찰대가 돌아다니며 임해 도로에 접근하는 것을 금하고 있었는데도, 종종 여러 패의 사람들이 물결 위에 솟아 나 있는 바위 틈에 교묘하게 숨어 들어가, 전차가 지나갈 때 유람차 안에 꽃을 던져 넣는 수가 있었다. 그러면 여름 밤 속에 여전히 흔들리면서 꽃과 시체를 싣고 달려 가는 전차 소리가 들리는 것이었다.

그것은 어떻든, 처음 얼마 동안은 구역질이 날 것 같은 짙은 연기가 시의 동쪽 가까운 지역의 상공에 떠돌았다. 모든 의사들의 의견으로는 이 증기가 불쾌감을 주는 것이기는 하지만, 누구에게도 해로운 것은 아니라는 얘기였다. 그러나 이 지역 주민들은 그것 때문에 페스트가 상공에서 자기들에게 덮쳐 오는 것으로 생각하고 있어, 즉시 그 지역에서 물러가 버리겠다고 위협했으므로, 끝내 그 연기를 복잡한 도관(導管) 장치로 다른 방향으로 가게 하지 않을 수 없게 되었다. 그러자 주민들은 조용해졌다. 오직 바람이 거세게 부는 날에만 동쪽에서 흘러 오는 희미한 냄새가, 그들로 하여금 자신들이 새로운 질서 속에 자리를 잡고 있으며 또 페스트의 화염이 날마다 그들의 공물(貢物)을 깡그리 먹어 치우고 있음을 그들에게 상기시키는 것이었다.

이것은 전염병이 극한에 도달한 마지막 상태였다. 그러나 전염병이 그 후 증대하지 않은 것은 행운이었다. 왜냐하면 우리 관청의 명쾌하고 민첩한 대책이나 도청의 처리 능력이나 소각장의 큰 가마의 소화 능력조차도 어쩌면 따라잡지 못하게 되었을지도 몰랐기 때문이다. 그렇게 되면 리외는 시체를 바다에 던지는 최종적인 해결책이 예상되고 있었음을 알고 있었고, 푸른 수면에 그런 시체가 처참한 물보라를 일으키는 광경을 쉽사리 상상할 수 있었다. 그는 또 만일 통계가 상승을 계속했더라면, 아무리 우수한 조직일지라도 어떤 조직도 그것에 대항하지 못하고, 설혹 도청은 있어도 사람들은 겹겹이 쌓이며 죽어 길거리에서 썩어 가게 되리라는 것과, 그리고 시내에는 죽음을 눈앞에 둔 사람들이 정당한 증오와 어리석은 희망이 뒤섞인 심정으로 생존자에게 매달리는 모습도, 공공 장소에서 볼 수 있게 되리라는 것을 알고 있었던 것이다.

즉 이런 종류의 명료한 사실이나 혹은 염려가, 여하튼 우리 시민들의 마음에 그들이 유형에 처해지고 격리되어 있다는 느낌을 마냥 품게 했던 것이다. 이 점에 관해 예를 들면 사람들을 격려하는 어떤 영웅이나, 눈부신 어떤 행동이나, 옛날 기록에 보이는 그것과도 흡사한, 참으로 구경거리일 수 있는 어떤 것도 여기에 기술하지 못하는 것이, 얼마나 유감스런 일인지는 필자 자신도 너무나 잘 알고 있다. 그것은 즉 천재(天災)만큼 구경거리일 수 있는 데가 적은 것은 없고, 그것이 오래 계속된다는 그 사실로 보아, 큰 재액은 단조로운 것이기 때문이다. 스스로 페스트의 나날을 산 사람들의 추억 속에서는, 그 처절한 나날은 줄기차게 불타 오르는 잔인한 화마(火魔) 같은 것으로서가 아니라, 차라리 그것이 길의 모든 것을 짓밟고 가는 끝없는 제자리 걸음 같은 것으로서 그려지는 것이다.

페스트는 그야말로 발생 초에 의사 리외의 마음을 사로잡은, 사람들을 흥분하게 하는 장대한 이미지와는 동일시(同一視)할 만한 아무 것도 지니고 있지 않았다. 그것은 무엇보다도 먼저 거침없이 활동하는 조심스럽고 또 실수가 없는 하나의 행정 사무였다. 이왕 말이 나왔으니 말이지만, 그래서 누구도 속이지 않고, 특히 자기 자신을 속이지 않기 위해 필자는 객관성에 입각하는 데 애써 왔던 것이다. 필자는 거의 아무 것도 예술적 효과에 의해 수식하고 싶지 않았다. 거의 일관성 있는 이야기가 되기 위해 기본적으로 필요한 사항에 관계되는 것을 제외하고는 말이다. 그리고 그 객관성이라는 것 자체가 필자로 하여금 이렇게 말하도록 명한다. 이 시기에 있어서의 커다란 고통, 가장 일반적인 동시에 가장 심각한 고통은 벌거였더라도, 또 그것에·관해 페스트의 이 단계에서의 새로운 서술을 양심적으로 하는 것이 불가결했더라도, 그 고통 자체조차 당시엔 그 비장한 것을 잃고 있었다는 것은 여전히 사실인 것이라고.

시민들, 적어도 이 별거를 제일 괴로워하고 있는 사람들은 현재의 상황에 익숙해져 버린 것일까? 그것을 긍정하는 것은 완전히 옳다고는 할 수 없을 것이다. 그들은 정신적으로도 육체적으로도 살이 빠져서 여위는 데 괴로워하고 있었다고 말하는 편이 더 정확할 것이다. 페스트의 초기엔, 그들은 자기 곁에서 없어진 사람의 일을 무척 잘 떠올리며 그리워하곤 했던 것이다. 그러나 사랑하는 그 얼굴과 그 웃음 소리며, 이제 와서 그것은 행복한 나날이었다고 알게 된 어느 날의 일 등은 선명하게 떠올렸더라도, 그들이 그렇게 되새기고 있는 그 시각에, 더구나 그 후로 정말 먼 곳이 되어 버린 장소에서 상대방이 무엇을 하고 있는지 상상하기는 어려웠다. 요컨대 이 시기에 있어서는 그들에겐 기억은 있었지만 상상이 불충분했던 것이다. 페스트의 제2단계에서, 그들은 기억도 잃어버렸다. 그 얼굴을 잊어버린 것은 아니고, 결국 같은 이야기이지만, 그 얼굴이 살집을 잃어버려서, 그들은 그 얼굴을 자기 내부에서 찾아볼 수 없게 되어 버린 것이다. 그리고 그들은 최초의 몇 주일 동안은 자신의 사랑에 관한 일에서 이젠 망령밖에 상대할 수 없게 된 것을 한탄하고 싶어했는데, 그 후 그들은 이런 망령이 더욱 여위어서, 추억에 의해 남아 있는 가장 사소한 색깔까지 잃어버릴 수 있음을 깨달았던 것이다. 이 긴 별거의 기간 끝에, 마침내 그들은 지난날 그들끼리의 것이었던 그 친근감도, 또 언제나 그 어깨에 손을 얹어 놓을 수 있었던 상대자가 자기 곁에서 대체 어떻게 살고 있었던지도 상상할 수 없게 되어 버렸다.

이런 점에서 보면 그들은 페스트의 세계 자체에, 평범한 만큼 일층 위력이 있는 세계에 들어가 있는 셈이다. 우리들의 도시에선 이젠 누구 하나 과장된 감정을 느끼지 않게 되었다. 그 대신 너나없이 단조로운 감정을 맛보고 있었다. 「이젠 끝날 때도 되었을 텐데.」 시민들은 이렇게 말하고 있었는데, 그것은 재앙이 있을 때엔 집단적인 고통이 끝나기를 원하는 것이 예사로운 일이기 때문이며, 또 실제로 그들은 그것이 끝나기를 원하고 있었기 때문이다. 그러나 이런 말도 최초의 시기 같은 열기와 뼈저린 감정은 없고, 그저 우리가 아직 분명히 간직하고 있는 빈약한 분별을 가지고 입 밖에 나오게 되는 것이었다. 최초의 몇 주일 동안의 격렬하고 저돌적인 충동에 이어 하나의 소침 상태가 왔는데, 그것을 체념이라고 보는 것은 잘못일 테지만, 그렇더라도 일종의 일시적인 동의임엔 틀림없었다.

시민들은 사태의 진전을 감수하면서 보조를 맞추어, 세상 사람들의 말마따나 스스로 적응해 갔던 것이지만, 그것도 그 외엔 다른 방도가 없었기 때문이다. 그들은 당연히 아직 불행과 고통에 찌든 태도를 취하고 있었지만, 그 아픔은 이젠 느끼고 있지 않았다. 그리고 의사 리외 등도 그렇게 생각하고 있었지만 바로 그것이 불행이며, 그리고 절망에 익숙해지는 일은 절망 자체보다도 더 나쁜 것이다. 예전엔 동떨어져 있는 사람들도 실제로는 불행하지 않고, 그들의 괴로움 속엔 갓 사라진 광명의 빛이 있었다. 지금은 길모퉁이와 카페며 친구들이 있는 곳에서 볼 수 있는 그들의 모습은 조용하고 방심한 것같이, 그리고 정말 진저리가 난 듯한 눈빛을 보여 주고 있어, 그들 탓으로 도시 전체가 대합실같이 보일 정도였다. 직업을 가지고 있는 사람들도 그 일을 마치 페스트 자체 같은 동작으로 안달하며 생기 없이 하는 것이었다. 너나없이 모두 겸손해져 있었다. 지금 처음 따로 떨어져 있는 사람들도 없어진 상대방 얘기를 하거나, 만인에게 공통된 용어를 사용하거나, 자기들의 별거를 전염병 통계와 같은 각도에서 검토하거나 하는 일을 싫어하지 않게 되었다. 그때까진 자기들의 고통을 집단적인 불행에서 무턱대고 떼어놓고 있었는데, 지금은 그 혼교(混交)를 허용하고 있었다. 기억도 없고 희망도 없이 그들은 그저 현재 속에 눌러 앉아 있었다. 실제로 모든 것이 그들에겐 현재로 되어 있었던 것이다. 이것도 말해 두어야 할 일이지만, 페스트는 모든 사람들로부터 연애와 우정의 능력조차도 뺏어 버렸다. 왜냐하면 사랑은 다소간의 미래를 요구하는 것이며, 더구나 우리로서는 이젠 시시각각의 순간밖에 존재하지 않았기 때문이다.

물론 이런 일은 모두 절대적인 것은 아니다. 왜냐하면 따로 떨어져 있는 사람들이 모두 이런 상태에 도달한 것은 사실이었더라도, 모두가 거기에 동시에 도달한 것은 아니며, 일단 이 새로운 태도 속에 정착했다가도 갑작스럽게 번개처럼 제정신이 들거나 해서, 그 인내성에 익숙해 있던 사람들로 하여금 다시 더 젊고, 더 괴로운 감수성을 갖게 했다는 사실도 덧붙이는 것이 정확한 얘기가 될 것이기 때문이다. 그런 속에서는 페스트가 끝난 것이 내용의 일부로 되어 있는 것 같은 어떤 계획을 그들이 그려 보거나 하는, 엉뚱한 방심의 순간들도 있어야 했다. 느닷없이, 그것도 어떤 은총의 덕분으로 대상도 없는 질투의 괴로움을 그들이 느끼는 것 같은 경우도 없을 수는 없었다. 다른 사람들은 또 돌연한 소생에 부딪치는 수가 있어, 한 주일 안의 어느 날에 그 마비 상태에서 벗어나는 것이었다. 그것은 당연히 일요일과 토요일 오후 등인데, 왜냐하면 지금 없는 그 상대자가 있었을 적엔 그런 날은 어떤 의례적인 즐거움에 바쳐져 있었기 때문이다. 혹은 또 나날의 마지막에 그들이 사로잡히는 어떤 종류의 우울증이, 항상 분명한 것은 아니지만, 그들에게 기억력이 다시 살아날지도 모른다는 경고를 하기도 했다. 저녁때의 이 시각, 신자들로서는 양심을 음미하는 한때인 이 시각은, 음미할 것이라곤 공허밖에 없는, 잡혀 있거나 혹은 유배된 사람들로서는 괴로운 시각이다. 그 시각이 되면 그들은 한동안 어정쩡해지다가 다시 무기력 상태로 돌아가, 페스트 속에 틀어박혀 버리는 것이었다.

이미 이해했을 것으로 생각하지만, 이것은 결국 그들이 지닌 가장 개인적인 것을 단념한다는 일이었다. 페스트의 초기엔 그들은 남들에겐 어떤 존재 가치도 없지만, 그들로서는 크게 문제가 될 성싶은 사소한 일들이 많이 있는 것에 놀라기도 했다. 그리고 또 그것에 의해 개인 생활을 체험하고 있는 셈이었지만, 지금은 반대로 그들은 남들이 흥미를 갖는 일에밖에 흥미를 갖지 않고, 일반적인 생각밖에 하지 않게 되었으며, 그 사랑조차도 그들에겐 가장 추상적인 모습을 보여 주기에 이르렀다. 그들은 페스트에게 한껏 짓밟히고 있었으니, 이젠 이따금 잠을 자고 있는 동안밖에 희망을 품지 않게 되었고, 문득 정신이 들면 혼자 이런 생각을 하기도 하는 판국이었다. '그 임파선종이라는 고약한 병은 이젠 끝날 때가 되지 않았을까!' 그러나 그들은 사실은 이미 잠을 자고 있었던 것이고, 또한 이 기간 전부가 바로 긴 잠이었던 것이다. 거리는 눈을 뜬 수면자들의 무리로 가득 차고, 이런 사람들이 현실적으로 그 운명에서 벗어나는 수가 있다면, 그것은 분명히 아물어진 것으로만 알았던 자신들의 상처가 한밤에 갑자기 되살아나는 때였다. 그리고 깜짝 놀라 잠이 깨면서 방심한 듯한 심정으로 근질거리는 상처를 만져 보고는, 눈 깜박할 사이에 돌연 청신함을 되찾은 그들의 고뇌와, 그것에 따라 그들의 사랑이 막 휘저어져 버린 모습을 다시금 발견하는 것이었다. 아침이 되면 그들은 다시 재앙에로, 즉 고정된 습관에로 되돌아갔던 것이다.

그런데 대체 따로 떨어진 이 사람들은 무엇을 닮은 모습을 하고 있었느냐고 묻는 사람이 있을지도 모른다. 그렇게 묻는다면 그 대답은 간단하다. 그들은 이렇다 할 특이한 모습도 보이고 있지 않았던 것이다. 혹은 이렇게 말하는 편이 좋다면, 그들은 보통 사람과 같은 모습, 그야말로 일반인에게 공통된 모습을 보이고 있었던 것이다. 그들은 이 도시의 평정함과 대수롭지도 않은 흥분을 다 같이 공유하고 있었다. 냉정한 외모를 가지고 있으면서도 비판적 감각의 외모는 잃고 있었다. 예컨대 그들 중에서 제일 총명한 자들이 일반 사람들과 마찬가지로 신문 지상과 혹은 라디오 방송 속에, 페스트의 급속한 종식을 믿는 이유를 찾는 듯한 기미를 보이며 공상적인 희망을 드러내 보이거나, 혹은 어떤 신문 기자가 답답해서 하품을 하면서 되는 대로 갈겨 쓴 예측 기사를 읽고, 근거가 없는 두려움을 느끼고 있는 모습도 보였던 것이다. 그 밖의 점에서는 저마다 맥주를 마시거나 환자를 간병하거나, 게으름을 피우거나 한껏 애쓰거나, 카드를 정리하거나 축음기 판을 돌리거나 하고 있을 뿐이어서, 그 외에 서로 구별되는 점은 없었다. 바꿔 말하면 그들은 이젠 무엇이건 선호(選好)하고는 있지 않았던 것이다. 페스트는 여러 가지 가치 판단을 봉쇄해 버렸다. 그리고 이런 사실은 누구든지 자기가 사는 의복이나 혹은 식량의 질을 개의치 않게 된 데서도 명백히 보이고 있었다. 사람들은 모든 것을 두리뭉실하게 받아들이고 있었던 것이다.

요컨대 따로 떨어져 있는 사람들도 애초에 그들만을 보호해 주고 있었던 그 기묘한 특권을 이젠 누리지 못했다고 말할 수 있다. 그들의 사랑의 에고이즘과, 동시에 또 거기에서 나오고 있는 이득을 잃어버렸다. 여하튼 이젠 사태는 명료하여, 재화는 모든 사람들에 관한 일이었다. 우리는 모두 시문에서 울리는 총소리와, 우리들의 삶이나 혹은 죽음의 각 단계를 명확하게 구획짓는 고무 도장의 날인에 둘러싸여, 화재와 카드, 공포와 절차에 둘러싸여 수치스럽게도 등록되는 죽음을 예약 받고, 무서운 연기와 구급차와 조용한 벨 소리 속에서 모두 같은 정배살이의 빵으로 연명하면서, 무의식 속에 모두 같은 놀라운 재회와 평화를 고대하고 있었던 것이다. 우리들의 사랑은 확실히 여전히 거기에 대기하고 있었으나, 다만 그것은 쓸모가 없는 것이며 짊어지기엔 무겁고, 우리들의 내부에 가라앉아 흡사 죄악이나 처벌처럼 결실(結實)이 없는 것이었다. 그것은 이젠 장래가 없는 인종과 좌초한 기대에 지나지 않았다. 그리고 이런 점에서 보면 어떤 시민들의 태도는 시내의 여기저기의 식료품 가게 앞에 보이는 그 긴 줄을 연상하게 하는 것이 있었다. 그것은 끝이 없는 동시에 환상이 없는, 똑같은 체념과 똑같은 인내력이었다. 그러나 별거에 관한 면에서는 이 감정을 천 배나 확대된 척도로 높일 필요가 있을 것이다. 왜냐하면 이 경우엔 또 다른 굶주림, 더구나 모든 것을 죄다 먹어 치울 가능성이 있는 굶주림의 문제였기 때문이다.

여하튼 떨어져 있는 이 도시 사람들의 당시의 정신 상태에 대해 정확한 관념을 갖고자 하는 사람이 있다면, 여기서 다시 한 번, 영원히 되풀이되는 그 금빛의 먼지 낀 황혼이 나무가 없는 도시 위에 떨어질 무렵, 남녀들이 길거리로 쏟아져 나가는 그 황혼을 떠올려 볼 필요가 있음직하다. 왜냐하면 이상하게도 그때 아직 해가 비치고 있는 테라스 쪽으로 올라오는 것은, 대개 도시의 모든 술렁거림을 이루고 있는 수레바퀴와 기계 소리 같은 것이 없어져 버린 결과, 다만 무딘 발소리와 인간의 목소리의 거대한 술렁거림이었기 때문이다. 무겁고 답답한 하늘의 재앙의 도리깨 소리에 리듬이 새겨지는 수천의 구두창의 괴로운 듯한 삐걱거림뿐이고, 요컨대 점점 도시 전체에 가득 차게 된 숨가쁘고도 끝없는 제자리 걸음, 그리고 우리들의 마음속에서 그때 사랑 대신 자리를 차지하고 있던 맹목적인 집념에 저녁마다 가장 충실하고 가장 음울한 자신의 목소리를 전해 주고 있던 숨막히게 발을 구르는 소리였기 때문이다.

4

9월과 10월 두 달 동안, 페스트는 이 도시를 그 발밑에 엎드리게 하고 있었다. 여하튼 그 정체는 제자리 걸음이었으므로, 수십만의 인간이 언제 끝날지도 모를 한 주일과 또 그 다음주 사이에 여전히 제자리 걸음을 계속하고 있었다. 아지랑이와 뜨거운 열기와 비가 잇따라 하늘에 찾아왔다. 남쪽에서 온 찌르레기와 티티새의 조용한 대열은 멀리 상공을 지나갔다. 그러나 마치 파늘루 신부가 말한 재앙, 휘파람을 불어 대며 집들 위로 떠돌아다니는 이상한 나무 조각이 그 새들을 격리시키기라도 한 듯, 새들은 도시 외곽만을 돌고 있었다. 10월 초엔 큰비가 가로를 깨끗이 씻어 주었다. 그리고 이 기간 동안 그 거대한 제자리 걸음 소리말고는 아무런 중요한 일은 일어나지 않았다.

리외와 친구들은 그때 자기들이 어느 정도까지 지쳐 있는가를 깨달았던 것이다. 사실 보건대의 사람들은 이젠 어떻게 해서든지 이 극심한 피로를 감내해 내지 못하게 되어 있었다. 의사 리외는 친구들과 자기 자신의 태도에 기묘한 무관심이 증대하고 있는 것을 보고 그것을 깨달았다. 예를 들면 그때까지 페스트에 관계가 있는 모든 보도에 대해 정말 깊은 관심을 보이고 있었던 이런 사람들이, 이젠 전혀 그런 일을 걱정하지 않게 되어 버렸다. 랑베르는 조금 전부터 그의 호텔에 개설된 예방 격리소의 하나를 관리하는 직무를 임시로 맡고 있었는데, 격리되어 있는 사람들의 인원수에 대해 소상하게 알게 되었다. 갑자기 병의 징조를 나타내는 사람들을 위해 그가 고안한 즉시 퇴거의 절차에 관해서도, 아주 세밀한 항목에 이르기까지 속속들이 알고 있었다. 예방 격리자에 대한 혈청의 효과에 관한 통계는 그의 기억에 아로새겨져 있었다. 그러나 그는 페스트의 희생자들의 한 주일 동안의 숫자를 말하지는 못했고, 페스트가 기승을 부리고 있는 중인지, 그 기세가 꺾이고 있는지에 대해서는 실제로 알지 못하고 있었다. 더구나 그로서는 이와 같은 모든 사실에도 불구하고, 오래지 않아 탈출할 수 있을 것이라는 희망을 마냥 품고 있었던 것이다.

밤낮으로 저마다 같은 일에 몰두하고 있는 그 밖의 사람들은 신문도 읽지 않고 라디오도 듣지 않았다. 그리고 가령 누군가 어떤 경과를 보고하면, 그들은 그것에 흥미를 갖는 체하지만, 실제로 그것을 맞는 태도는 건성으로 듣는 무관심이었다. 그것은 노역에 지칠 대로 지쳐서 자신의 나날의 임무에만 충실하려고 노력하면서, 결정적인 작전 행동도 휴전의 날도 이젠 기대하지 않게 되어 있는 대전쟁의 전투원에게서나 상상할 수 있을 듯싶은 태도였다.

그랑은 여전히 페스트 때문에 필요해진 계산을 계속하고 있었으나, 그로서는 아마 그 총괄적인 결과를 지적하지 못했을 게 틀림없다. 분명히 피로에 대해 저항력이 강한 타루와 랑베르와 리외와는 반대로, 그의 건강은 여태껏 좋았던 적이 없었다. 그런데 그는 시청에서의 보조원의 직무와 리외 밑에서의 서기 노릇과, 또 그 자신의 밤의 일을 겸무(兼務)하고 있었다. 그래서 그는 항상 지쳐 버린 상태에 있고, 간신히 두세 가지 고정 관념——페스트가 끝나면 적어도 한 주일쯤 완전히 휴가를 얻고 나서, 그야말로 '모자를 벗고' 지금 시작하고 있는 자기 일을 차분히 계속하려고 하는 것 같은——에 의해 지탱되고 있음을 알아볼 수 있는 것이었다. 그는 또 돌연 감상적인 기분이 되는 수가 종종 있어, 그런 때엔 자기 입으로 리외에게 쟌느 얘기를 하면서, 지금 이 순간 그녀는 어디에 있을까, 신문을 보며 자기를 걱정해 주고 있지는 않는가 하는 것을 문제로 삼는 것이었다. 그런 그를 상대로 리외 자신도 어느 날 문득 깨닫고 보니, 가장 평범한 말투로 자기 아내에 관한 얘기를 하고 있었던 것인데, 그런 일은 지금껏 한 번도 해 본 적이 없었다. 항상 안심시키기만 하려는 내용의 아내로부터의 전보를 어느 정도로 믿어야 좋을지 몰라, 그는 용기를 내어 아내가 요양하고 있는 요양소의 주임 의사에게 전보를 쳐 보았던 것이다. 곧 이어 병세가 악화되었다는 보고와, 병의 진행을 막기 위해 최선을 다하겠다는 보장을 받았다. 그는 그 통지를 자기 혼자만의 가슴속에 간직해 두었고, 피로 탓이라는 외엔 어쩌다가 그런 얘기를 그랑에게 털어 놓았는지 스스로도 납득이 가지 않았다. 그랑은 쟌느 얘기를 하고 나서 그의 부인에 대해 물었고, 리외는 그래서 대답했던 것이다. 「그래도」 하고 그랑은 말했다. 「 요즘은 그 병도 무척 잘 낫게 되었지요.」 그리고 리외도 이 말에 동의하면서, 다만 별거가 너무 오래 계속되어 자기로서도 아내가 병을 이겨내는 걸 도와 줄 수 있었을 텐데, 현재로서의 그녀는 아주 외토리가 된 심정이 되어 있을 게 틀림없다고만 말했다. 그리고 그는 입을 다물고는, 그랑의 질문에 대해서도 피하는 듯한 태도로밖에 대답하지 않게 되어 버렸다.

다른 사람들도 같은 상태였다. 타루가 제일 잘 견뎌 내고 있었지만 그의 수첩에 적힌 바에 따르면, 그의 호기심이 깊이에 있어서는 줄어들지 않았지만 폭이 좁아진 것을 보여 주고 있었다. 이 기간중 내내 그는 표면상 코타르에 대해서밖에 흥미를 나타내고 있지 않았다. 호텔이 예방 격리소로 개조된 후부터 어쩔 수 없이 얹혀 살게 된 리외의 집에서, 밤에 그랑과 리외가 여러 가지로 결과를 발표해도 그는 거의 듣는 둥 마는 둥 할 정도였다. 그는 이내 그의 총괄적인 관심의 표적인 오랑의 시정(市井) 생활의 사소한 일에 화제를 돌리는 것이었다.

카스텔은 어떠냐 하면, 그가 리외한테 혈청 준비가 되었다고 알리러 온 날, 그와 리외는 마침 병원에 새로 데려온, 리외가 보기에는 그 증세가 절망적이었던 오통 씨의 어린 아들에게 첫 시험을 해 보기로 결정하고 나서, 리외가 그 노인에게 최근의 통계를 알려 주었는데, 그때 그는, 의자 속에 깊숙이 파묻혀 자신이 리외의 대화 상대자란 사실도 잊은 채 깊은 잠에 빠져 있었던 것이다. 그리고 평소에는 한 가닥의 부드러움과 짓궂은 그림자가 영원한 젊음을 간직했던 그 얼굴이, 돌연 있는 그대로의 모습을 드러내어 반쯤 벌어진 입술 사이로 침을 흘리면서 피폐와 노쇠를 보여 주고 있었는데, 리외는 이때 목구멍이 죄어드는 것 같음을 느꼈다.

말하자면 이렇게 심약해지면서 리외는 자신의 피로를 판정할 수가 있었던 것이다. 그의 감수성은 이젠 마음대로 되지가 않았다. 대부분의 경우 굳어져서 메말라 버리고 있었는데, 그것이 이따금 이젠 더 억제할 수 없는 감동에 빠지게 해 버리는 것이었다. 그의 유일한 방어는 그 경화(硬化) 작용에 도피하여 자기 속에 엉켜 있는 매듭을 더 단단히 당겨서 꽉 죄는 일이었다. 그는 그것이 일을 계속 해 나가기 위한 좋은 방법임을 잘 알고 있었다. 그 밖의 일에 대해서는 그는 별로 환상도 품고 있지 않았고, 그의 피로는 그가 여태껏 줄곧 품어 온 환상마저 뺏어 버렸다. 왜냐하면 전혀 짐작할 수도 없는 어느 기간에 걸쳐, 그의 역할은 이젠 치료하는 일이 아님을 그는 알고 있었던 것이다. 그의 역할은 진단을 하는 일이었다. 발견하고 조사하고 기술하고 등록하고, 그리고 선고하는 것이 그의 직무였다. 남편과 아내들은 그의 손목을 잡고 울부짖고 있었다. 「선생님, 제발 살려 주십시오.」 그러나 그는 환자를 살려 내기 위해 거기에 있는 것이 아니라, 격리시키기 위해 거기에 버티고 있는 것이었다. 그때 사람들의 얼굴에서 볼 수 있는 증오의 기색 따위가 대체 무슨 소용이 있었으랴. 「당신은 인정이 없어요.」 이런 말도 들었던 것이다. 그렇지는 않다, 그는 인정이 있었다. 그것이 그의 경우엔 날마다 살기 위해 태어난 인간들이 죽어 가는 것을 보는 24시간을 지탱하기 위해 도움이 되고 있었다. 날마다 똑같은 일을 시작하는 데 도움이 되고 있다. 그 후로 그는 그 때문에 꼭 충분할 만한 인정을 지니게 되어 버렸던 것이다. 그런 인정만으로 어떻게 목숨을 구해 줄 수 있었겠는가?

그야말로 그가 날마다 사람들에게 나눠 주고 있는 것은 구제가 아니라 지식이었다. 이런 일은 물론 인간의 직무라고 말할 수 있는 것은 아니었다. 그러나 결국 공포에 직면한, 사망자가 연신 나오는 이 민중 속에서, 대체 누구에게 인간다운 직무를 수행할 여유가 남아 있었을까? 피로라는 것이 있었던 것은 그나마 다행이었다. 만일 리외가 더 생기가 발랄한 상태에 있었더라면, 도처에 넘친 이 죽음의 악취는 그를 감상에 잠기게 했을지도 몰랐다. 그러나 4시간밖에 자지 못한 경우 인간은 전혀 감상적일 수 없는 법이다. 그는 사물을 있는 그대로 본다. 즉 정당성 —— 꺼림칙하면서도 어리석은 정당성 ——의 눈으로 보는 것이다. 그리고 상대방, 즉 선고를 받은 사람들 역시 마찬가지로 그것을 잘 느끼고 있었다. 페스트가 발생하기 전까지만 해도 그는 구전의 신처럼 환영을 받았던 것이다. 알약 세 개와 주사기 한 대로 모든 처치가 되고, 사람들은 그의 팔을 껴안다시피 하며 복도를 안내해 주곤 했던 것이다. 이것은 나쁘지 않은 기분이었지만 그러나 경계해야 할 일이었다. 그러나 지금은 그렇기는커녕 그는 군인을 데리고 가서 개머리판으로 난타하여 간신히 그 집 사람들이 문을 열게 하는 것이었다. 그들은 그를, 또 전인류를, 그들과 함께 죽음 속으로 끌어들이고 싶었을 것이다. 이것은 정말 확실한 사실이었다. 인간은 동료로서의 인간이 없이는 살 수가 없고, 그는 그런 불운한 사람들과 같이 속수 무책의 처지이고, 그 자신 그들과 헤어져서 나오면, 가슴속에 뜨겁게 솟구치는 연민의 전율을 느낄 만한 인간이었던 것이다.

여하튼 이 끝없는 여러 주일이 계속되는 동안, 의사 리외가 자신의 별거 상태에 대한 심정과 함께 자꾸 마음속에 되뇌던 그런 생각이었다. 그리고 이것은 또한 그의 친구들의 얼굴에서도 그 반영을 읽어낼 수 있는 생각이었다. 그러나 이 재앙과의 싸움을 계속하고 있는 모든 사람들을 점점 주눅이 들게 하고 있는 가장 위험한 결과는, 외부의 사건이나 남의 감정에 대한 무관심 속에는 없고, 오히려 그들이 스스로 빠지는 대로 내버려 두고 있는 자포자기한 태도 속에 있었다. 왜냐하면 그 무렵 그들은 절대로 불가결한 것은 아닌 것 같은 동작——더구나 그것이 그들에겐 항상 그들의 힘에 부치는 일같이 생각되고 있었던 것이지만——은 일체 피하려고 하는 경향이 있었다. 그래서 이런 사람들은 그들 자신이 규정한 위생 규칙을 점점 자주 등한시하게 되어, 자기 몸에 해야 할 어떤 소독을 잊거나, 때로는 전염에 대해 어떤 예방 준비도 없이 폐장 페스트에 걸린 환자 곁으로 달려가기도 하게 되었다. 왜냐하면 병독에 침범된 집에 가야 한다는 것을 최후의 촉박한 시간에 알게 되거나 하면, 민가의 소독소까지 되돌아가 필요한 주사를 맞는 일 등이, 하기 전부터 벌써 지쳐 버릴 것같이 여겨지는 것이었다. 이런 행동이야말로 진짜 위험한 일이었다. 왜냐하면 페스트와의 싸움 자체가 오히려 그들을 페스트에 제일 빨리 걸리게 하는 셈이었기 때문이다. 그들은 결국 요행을 바라고 있는 셈이지만 요행은 누구 편도 듣지 않는 것이다.

그런데 이 도시 속에서 전혀 초췌한 기색도 낙심한 기색도 없이, 흡사 만족의 화신 같은 모습을 보전하고 있는 인간이 딱 한 사람 있었다. 그는 코타르였다. 그는 다른 사람들과 관계를 유지하면서도 여전히 저 혼자만 남들로부터 떨어져 있었다. 그는 타루가 일에 지장을 받지 않는 한 타루를 만나 보기로 마음을 먹었는데, 그것은 타루가 그의 사정을 잘 알고 있었기 때문이며, 또 타루가 몸집이 자그마한 이 금리 생활자를 항상 변함없이 친밀한 태도로 맞아 줄 줄을 알고 있었기 때문이었다. 정말 끝없이 되풀이되는 기적이었지만, 타루는 대단한 노력(勞力)을 제공하고 있는데도 변함없이 남에 대해 호의적인 주의 깊은 태도를 견지하고 있었다. 설혹 어느 날 밤엔 아예 피로에 짓눌려 버린 것같이 되어 있었다가도 이튿날이 되면 또 새로운 정력을 되찾곤 하는 것이었다. 「그 사람과는 얘기를 나눌 수가 있지요.」 하고 코타르는 랑베르에게 말했던 것이다. 「아무튼 그는 상당한 인물이니까요. 내가 하는 말을 항상 이해해 주거든요.」

이런 이유로 그 시기의 타루의 수기는 점점 코타르라는 인물에 집중하게 되는 것이다. 타루는 코타르가 고백한 대로의 형식이나, 혹은 그의 해석을 곁들인 형식으로, 코타르의 여러 가지 반응과 고찰과의 일람표를 작성하려고 시도하고 있다. 〈코타르와 페스트와의 관계〉라는 제목의 그 일람표는 수첩의 여러 페이지를 차지하고 있으며, 필자는 그것을 요약해서 여기에 소개해 두는 것이 유용한 일이라 믿는 것이다. 이 작달막한 금리 생활자에 대한 타루의 총괄적인 의견은 다음과 같은 판정으로 요약된다. '그는 성장하고 있는 인물이다.' 외견상으로 보더라도 그는 기분이 좋은 가운데 성장하고 있었다. 그는 사건이 현재 같은 추이(推移)를 더듬는 데 대해 불만은 없었다. 간혹 타루 앞에서 자기 생각의 밑뿌리를 설명하며 다음과 같은 종류의 고찰을 하는 수가 있었다——「그야 확실히 전혀 좋아지지는 않지만요. 그러나 아무튼 모두 마찬가지로 말려들어 있으니까요.」

《물론》 하고 타루는 덧붙이고 있다. 《그도 다른 사람들과 마찬가지로 위협을 받고 있는 것이지만, 그러나 이것은 다른 사람들과 똑같이 그런 것이다. 그리고 이것은 이젠 확실한 일이지만, 그는 자기가 페스트에 걸릴 수 있으리라고는 정말 생각하고 있지 않는 것이다. 그의 생각이 어처구니 없다고 단정할 수는 없지만, 그는 어떤 큰 병이나 혹은 심각한 번민에서 시달리고 있는 인간은, 그것과 함께 다른 모든 병이나 혹은 번민이 면제된다는 생각에 입각하여 살아 가고 있는 것같이 보인다. 「당신은 이런 일을 깨달은 적이 있습니까, 인간은 여러 가지 병을 같이 앓을 수는 없는 겁니다.」하고 그는 나에게 말했다. 「가령 당신이 진짜 암이나 폐결핵 같은 중증이거나 불치의 병에 걸렸다고 합시다. 당신은 절대로 페스트나 장티푸스에 걸리지는 않습니다. 그런 일은 있을 수가 없지요. 그리고 이건 더 광범위한 문제인데, 암환자가 자동차 사고로 죽는 것을 본 적이 없을 테지요.」진위(眞僞)는 어떻든 이와 같은 생각은 코타르의 기분을 아주 유쾌하게 만들고 있는 것이다. 그의 원하지 않는 유일한 일은 다른 사람들로부터 동떨어지는 일이다. 그로서는 다른 사람들과 같이 위협을 받고 있는 편이 외토리로 사로잡힌 몸이 되어 있는 것보다 나은 것이다. 페스트라는 것이 있는 동안은 비밀 조사도, 서류도, 카드도, 비밀에 싸인 심리도, 임박한 체포도 이젠 문제가 될 수 없는 것이다. 정확하게 말하면 이젠 경찰이라는 것도 없고 예전의, 혹은 새로운 범죄라는 것도, 죄인이라는 것도 없고, 있는 것은 오직 특사 중에서도 제일 자유재량적인 특사를 기다리고 있는 수형자(受刑者)의 무리뿐이다. 더구나 그 속에 경찰들 자신도 포함되어 있는 것이다.》그래서 코타르는 이 역시 타루의 해석에 따르면 시민들이 드러내고 있는 고뇌와 혼란의 조짐을「여하튼 말해 보세요. 나는 당신 같은 사람보다도 전에 그런 생각을 한 적이 있으니까요.」라는 말로 표현될 수 있을 듯싶은 너그럽고 이해가 있는 흡족한 마음으로 고찰하기 위한 충분한 근거를 가지고 있었던 것이다.

《다른 사람들로부터 동떨어지지 않도록 하는 유일한 방법은 결국 똑바로 양심을 가지는 일이라고 아무리 내가 말해 줘도, 그는 비웃는 것같이 내 얼굴을 보고 이렇게 말하는 것이었다. 「그렇다면 그런 점으로 말해서 누구 하나 남과 같이 있을 수 있는 사람은 없습니다.」그리고 또「이건 제가 말하니 의심치 말고 그렇게 생각하고 계세요. 그들을 같이 있게 하는 유일한 방법은 역시 페스트를 출동시키는 겁니다. 아무튼 자기 주변을 둘러 보십시오.」그리고 실제로 나는 그가 말하려는 뜻도, 현재의 생활이 그로서는 얼마나 쾌적하게 생각될 것이 틀림없는가 하는 것도 잘 아는 것이다. 어찌 그가 한때 자기의 것이었던 여러 가지 반응을, 재빨리 깨닫지 않고 있을 수 있으랴. 세상 사람들 모두를 자기 패에 끌어들이려고 너나없이 시도하고 있는 노

력, 길을 찾지 못하는 통행인에게 간혹 길을 가르쳐 줄 때 사람들이
베풀어 주는 친절과, 예전의 그런 경우에 겪게 되었던 불쾌감, 고급
레스토랑에서의 사람들의 쇄도. 그 집에 들어가 거기서 푹 쉬고 있는 데
대한 그들의 만족감, 날마다 영화관 앞에 줄을 서고, 모든 공연장과
댄스홀까지도 만원이 되게 하고, 방축을 펼친 물결처럼 모든 공공 장
소에 넘쳐 있는 무질서한 군중의 흐름, 온갖 접촉에 대한 기회, 그러
면서도 한편에선 사람들을 다른 사람들 쪽으로, 팔꿈치를 팔꿈치에,
이성(異性)을 이성에게 밀어내는 인간적인 체온에의 욕구……. 코타
르는 이런 모든 일들을 그들보다 먼저 경험했던 것이다. 그것은 명백
하다. 그러나 여자 관계만은 좀 예외였는데, 왜냐하면 그 얼굴로는…
…. 그리고 내가 추측하기엔 그가 자칫 여자들을 찾아갈 듯한 기분이
되었을 때에도, 나중에 신상에 해롭게 될지도 모를 것 같은 나쁜 버
릇이 몸에 배게 하지 않으려는 생각으로 미상불 그런 욕구를 억제했
을 것이다.》

　《요컨대 페스트는 그에게는 안성맞춤이다. 고독하면서도 고독해지
기를 원하지 않는 한 사내를 페스트는 하나의 공모자로 만들었다. 왜
냐하면 분명히 그는 하나의 공모자이며 그것도 더없이 흡족해하고 있
는 공모자이기 때문이다. 그는 그 눈에 비치는 모든 것, 즉 여러 가지
미신, 부조리한 두려움, 절박한 이런 사람들의 다감성(多感性), 될
수 있는 대로 페스트 얘기를 하지 않으려 하면서도 쉴새없이 그런 얘
기를 하고 싶어하는 그들의 이상한 경향, 이 병이 두통에서부터 시작
된다고 알게 된 후로는 조금만 머리가 아파져도 겁을 집어먹고 창백
해지는 그들의 태도, 초조해지고 다감해져서 요컨대 불안정하여, 단
순한 실례를 모욕으로 생각해 버리고, 반바지의 단추 하나를 잃은 일
을 한탄하는 것 같은 그들의 감수성, 이 모든 것들의 공범자인 것이
다.》

　타루는 밤에 종종 코타르와 함께 나가는 수가 있었다. 그는 그 후
그의 수첩 속에서, 어떻게 그들이 석양 무렵이나 컴컴한 밤중에 군중
속에 섞여 어깨를 나란히 한 채 드문드문 전등이 비치는 희고 검은 무
리 속에 잠기면서, 페스트의 냉기를 막아 주는 열띤 쾌락을 향한 그
인간의 행렬과 함께 하고 있는가를 얘기했다. 코타르가 몇 달 전 공

공의 장소에서 찾고 있었던 호사와 여유가 있는 생활도, 그가 꿈꾸면서 끝내 그 소망을 충족시키지 못했던 것, 즉 지나치게 흥거운 향락도 이제 와선 주민 전체가 그것을 추구하고 있었다. 모든 물가는 한없이 올라가 있었는데 사람들이 이때만큼 돈을 낭비한 적은 없고, 또 대부분의 사람들에겐 필수품이 결핍했던 반면, 이때만큼 불필요한 것들이 낭비된 적은 없었다. 사실은 휴업 상태에 지나지 않은 유한성(有限性)에서 빚어지는 모든 위락(慰樂)이 여러 가지 형태로 증대해 가는 것을 볼 수 있었다. 타루와 코타르는 간혹 무척 오랫동안 한 쌍의 남녀를 뒤따라가는 수가 있었는데, 예전엔 자기들의 관계를 숨기려고 무던히 애쓰던 그런 사람들이 지금은 꼭 붙어서 언제까지고 시내 쪽을 걸어 다니면서, 대단한 정열에서 볼 수 있는 다소 심각한 듯한 방심으로, 주위의 군중은 안중도 없는 기색이었다. 코타르는 몹시 감동을 한 모양이었다. 「정말 즐거운 것 같구먼!」그는 이렇게 말하고 있었다. 그러고 나서 그는 큰 목소리로 지껄이면서, 집단적인 열기와 주위에서 뿌려지는 아낌없는 팁과, 눈앞에서 벌어지는 숱한 남녀의 정사(情事) 속에서 마음 푹 놓고 위안을 얻고 있었다.

그러나 코타르의 태도엔 거의 악의 같은 것은 섞여 있지 않다고 타루는 보고 있었다.「나는 그들보다 먼저 그걸 맛보았으니까.」하는 그의 말도 자랑스런 마음보다는 오히려 그 자신의 불행을 나타내는 것이었다. 《내가 생각하기에는》 하고 타루는 말하고 있다. 《그는 하늘과 도시의 외벽과의 사이에 갇힌 이런 사람들을 사랑하기 시작하고 있는 것이다. 예를 들면 그들에게 이것이 그렇게 무서운 일은 아님을 될 수 있는 대로 설명해 주고 싶은 정도일 것이다.「당신도 들으셨겠지만」하고 그는 나에게 분명히 말한 적이 있다. 「저 사람들은 자주 말하고 있지요. 페스트가 끝나면 이렇게 하자, 페스트가 끝나면 저렇게 하자는둥……. 그들은 스스로 일부러 생활을 어둡게 하고 있는 거예요. 잠자코 태평스럽게 지내면 좋을 텐데, 게다가 그들 쪽의 유리한 점조차 이해하지 못하고 있거든요. 저 같은 사람이 대체 그런 말을 할 수가 있겠습니까? 체포가 끝나면 이렇게 하자라니. 체포라는 건 일의 시작이지 종말은 아닙니다. 그런데 페스트 쪽은……. 제 의견을 좀 말해 볼까요? 그들이 불행한 건 스스로 마음의 고삐를 늦추

지 않기 때문이에요. 이 말이 뭘 의미한다는 걸 충분히 알고 저는 말하고 있으니까요.》

《아닌게아니라 그는 자기가 하고 있는 일의 의미를 잘 알고 있다.》고 타루는 덧붙이고 있다. 《그는 오랑 주민들의 모순을 있는 그대로 비판하고 있는 것이다. 주민들은 그들을 서로 접근시키는 따뜻한 것에 대한 욕구를 깊이 느끼고 있는 동시에, 또한 그들을 서로 멀어지게 하는 경계심 때문에 아주 그렇게 되지도 못하고 있는 것이다. 이웃을 믿을 수 없다는 것, 자기도 모르는 사이에 페스트를 가지고 오거나 방심하고 있는 틈을 타 병균에 감염될는지도 모른다는 것을 너무나 잘 알고 있는 것이다. 코타르처럼 사실은 자기가 교제하고 싶어하는 모든 사람들이 어쩌면 밀고자일지도 모른다고 생각하며 살아 온 인간으로서는, 그런 감정은 잘 이해할 수 있는 것이다. 페스트가 오늘이나 내일에라도 당장 그들의 어깨에 손을 얹어놓을지도 모르며, 자칫하면 자기 자신이 아직 무사함을 기뻐하고 있는 순간에, 마침 그렇게 접근해 올지도 모른다는 생각 속에서 생활하고 있는 사람들에 대해서는, 자기 자신도 동료 같은 마음으로 지낼 수 있다. 여하튼 그는 가능한 범위에서 공포 속에 안주(安住)하고 있는 것이다. 그러나 그는 이런 모든 것을 그들보다 먼저 알았으므로, 이 불안의 참혹함을 완전히 그들과 함께 느끼는 것은 그로서는 불가능한 일이 아닐까 싶다. 요컨대 아직 페스트로 죽지 않은 우리들 모두와 마찬가지로, 그 역시 자신과 자유와 생명이 날마다 당장 내일이라도 파괴될 것같이 되어 있는 것은 충분히 느끼고 있다. 그러나 그 자신 공포 속에서 산 경험이 있기 때문에, 이번엔 다른 사람들이 그것을 경험하는 것을 예삿일로 생각하고 있는 것이다. 좀더 정확하게 말하면, 그렇게 되면 그 공포도 그가 혼자 그것을 견디고 있는 경우만큼은 무거운 짐이 아닌 것같이 그로서는 생각되는 것이다. 이것이 그가 잘못 생각하고 있는 점이고, 다른 사람들보다 이해하기 어려운 사고 방식이다. 그러나 결국 이 점에 있어, 그는 다른 사람들 이상으로 우리가 이해하려고 애써 볼 가치가 있는 것이다.》

마지막으로 타루의 기술은, 코타르에게도 페스트에 걸린 사람들에게도 다같이 생긴 이 같은 기묘한 의식을 그대로 그림으로 그려 놓은 것 같은, 하나의 이야기로 끝나고 있다. 이 이야기는 그 시기의 험악한 분위기를 거의 그대로 재현하는 것이므로, 필자는 특히 이것을 중요시하는 것이다.

두 사람은 마침 〈오르페우스와 에우리디케〉를 공연하고 있는 시립 오페라 극장에 갔다. 코타르가 타루를 유인한 것이다. 출연하고 있는 것은 페스트가 시작된 봄에 이 도시에 공연을 하러 온 가극단이었다. 전염병 탓으로 발이 묶여 버린 이 가극단은 오페라 극장측과 협의한 끝에, 어쩔 수 없이 매주 한 번씩 그 가극을 되풀이하게 되었던 것이다. 그래서 몇 달 동안 금요일마다 이 도시의 시립극장에서는, 오르페우스의 풀이 죽은 한탄과 에우리디케의 연약한 부르짖음이 울려 퍼지고 있었던 것이다. 그러나 이 가극은 여전히 사람들의 인기를 얻어 항상 초만원의 흥행 성적을 올리고 있었다. 제일 고급 좌석을 차지한 코타르와 타루가 있는 데서는 시민 중에서도 제일 멋을 부리는 사람들로 초만원이 되어 있는 아래층의 일반 좌석을 내려다볼 수 있었다. 입장하는 관객들은 보고 있어도 알 수 있을 만큼 빈틈 없는 화려한 모습을 보이려고 한껏 애쓰고 있었다. 무대 전면의 휘황한 조명 아래에서 악사들이 악기를 조절하고 있는 동안, 사람들의 그림자가 자세히 드러났으며, 좌석의 어느 한 줄에서 다른 줄로 옮겨 가기도 하고, 멋을 부리며 몸을 굽히기도 하고 있었다. 품위가 있는 대화의 조용한 술렁거림 속에서, 사람들은 몇 시간 전에 시내의 어두운 길거리에서는 잃고 있었던 마음의 안정을 되찾는 것이었다. 연미복이 페스트를 쫓아내고 있는 것이다.

1막이 상연되는 동안 내내 오르페우스는 유연하게 탄성을 질러 대고, 헐거운 튜닉을 입은 몇몇 여자들이 그의 불행에 부드럽게 주석을 곁들이고, 또 경가극의 형식으로 사랑의 노래가 불리어졌다. 장내는 조심성 있는 열중으로 이에 응답했다. 오르페우스가 제2막의 노래에서 악보엔 실려 있지 않은 떨리는 목소리를 섞어, 비장감이 너무 지나친 가락으로 저승의 왕에게, 그의 눈물에 감동해 달라고 호소하는 것도 거의 알아채지 못하고 있었다. 그의 동작에 문득 나타난 어떤 종류의 거친 몸짓도, 가극에 제일 정통한 사람들의 눈에조차 그 가수의 연기에 더욱 광채를 곁들이는 하나의 양식화의 표현으로 보였던 것이다.

마침내 제3막의 오르페우스와 에우리디케의 장대한 이중창 장면(에우리디케가 사랑하는 애인에게서 떨어져 가는 순간이다)까지 와서야, 겨우 어떤 놀라는 기색이 장내에 흘렀다. 그리고 그 가수는 마치 관객의 그 충동만을 기다리고 있었다는 것처럼, 혹은 이렇게 말하는 편이 더 정확할지도 모르지만, 그는 마침 이 순간에 고대의 의상을 입은 채로 팔다리를 쭉 뻗치며 괴이한 모습으로 무대 쪽으로 나오자, 배경의 여러 가지 목가적인 풍경 한가운데에 그대로 주저앉아 버렸다. 그리고 그 무대 장치는 늘 시대 착오적인 것이었지만, 관객의 눈에는 이때 비로소, 더구나 처절한 형태로 시대 착오의 것이 되었던 것이다. 왜냐하면 그와 동시에 오케스트라는 끝나고 일반 좌석의 관객은 일어서서 서서히 물러가기 시작한 것이다. 처음엔 마치 의식이 끝나 교회에서, 혹은 문상을 마치고 시신이 안치된 방에서 나올 때처럼 묵묵히, 여성들은 스커트 자락을 끌어올리고 고개를 숙이며 나가고, 남자들은 동행한 여자에게 팔을 잡게 하면서 보조 의자에 부딪히지 않게 조심하며 걸어 나가고 있었다. 그러나 사람들의 움직임은 점점 급격해져서 속삭임은 외침으로 변하고, 군중은 출구에 쇄도하여 서로 밀고 밀리다가, 마지막엔 고함을 지르며 서로 밀치고 야단이었다. 코타르와 타루는 단지 일어선 자세로, 당시 자신들의 생활 그 자체와도 같은 이 장면을 바로 눈앞에서 보면서 그저 외롭게 서 있었다. 무대 위엔 관절을 다친 어릿광대의 분장을 한 페스트, 그리고 관람석에는 의자의 붉은 쿠션 위에 잊고 간 부채와, 레이스 세공품들이 아무 쓸모도 없게 된 하나의 사치품으로 남아 있었다.

랑베르는 9월 상순 동안 리외 옆에서 진지하게 일했다. 다만 남자 고등학교 앞에서 곤잘레스와 두 젊은이와 만나기로 되어 있는 날에 하루만 휴가를 얻었을 뿐이었다.

그날 정오에 곤잘레스와 신문 기자가 보고 있는데, 그 두 미성년자가 와서 웃는 것이었다. 그들 얘기로는 저번엔 운이 나빴지만, 그 정도의 일은 각오하고 있어야 한다고 말했다. 어쨌든 지금은 그들이 경비 당번이 된 것은 아니다. 다음주까지 참고 있어야만 했다. 그런 뒤에 또 되풀이하는 거다. 랑베르는 그야말로 적절한 말이라고 말했다. 그러자 곤잘레스는 다음 월요일에 만나기로 하자고 제안했다. 그 대신 이번엔 랑베르를 마르셀과 루이의 숙사에 유숙시킬 수 있는 셈이다.「둘이서 만나기로 해요, 당신과 나. 혹시 내가 오지 않으면 당신은 곧바로 이 사람들한테로 가면 돼요. 지금 이 사람들이 살고 있는 곳을 가르쳐 줄 테니.」그러나 마르셀인지 루이인지가 이때, 제일 간단한 것은 지금 곧 이 분을 안내하는 일이라고 말했다. 선생이 까다로운 편이 아니라면 넷이서 먹을 만한 것은 있다는 얘기였다. 그러니 그렇게 하면 선생도 납득이 갈 것이라고 말하는 것이었다. 곤잘레스는 그건 참 좋은 생각이라 말했고, 그래서 그들은 항구 쪽으로 내려갔다.

마르셀과 루이는 해군로 끝의, 임해 도로를 향해 열려 있는 문 옆에서 살고 있었다. 벽이 두꺼운 스페인풍의 작은 집인데, 창문에는 바깥으로 열리는 페인트 칠을 한 작은 나무 문이 열려 있고, 방안은 아무 장식도 없는 채 좀 어두웠다. 식사로는 쌀밥이 나오고 젊은이들의 어머니라고 하는, 화사하고 주름투성이의 스페인인 노파가 시중을 들어 주었다. 곤잘레스는 놀라는 기색을 보였다. 왜냐하면 쌀은 이미 시중에는 없었기 때문이다.「시문에서 적당히 마련하는 거지요.」하고 마르셀이 말했다. 랑베르는 먹고 마셨고, 곤잘레스는 이 친구는 진짜로 자기들의 패거리라느니 하는 말을 하고 있었지만, 신문 기자는 그 동안 지금부터 지내야 할 한 주일 동안의 일만을 생각하고 있었다.

실제로 그는 두 주일을 기다려야 하는 셈이었다. 왜냐하면 경비 당국은 반(班)을 적게 하기 위해 15일 교대로 되어 있었던 것이다. 그리고 그 15일 동안 랑베르는 몸을 아끼지 않고 숨쉴 겨를도 없을 만큼, 어떤 의미로는 모든 것에 눈을 감고 새벽부터 밤중까지 부지런히 일했다. 밤 늦게 잠자리에 들면 깊은 잠에 빠져 버렸다. 한가한 처지에서 힘겨운 이런 일을 하게 되었기 때문에, 그는 거의 꿈도 없고 기력도 없는 상태가 되어 버렸다. 가까워진 탈출에 대해서도 거의 입 밖에 내지 않았다. 다만 하나 특기할 만한 사실이 있었는데 그것은 한 주일이 지났을 때 그는 리외에게, 전날 밤 난생 처음으로 술에 취해 봤다고 고백한 것이다. 술집에서 나오자 그는 돌연 사타구니가 부은 것 같았고, 겨드랑이는 쉽게 움직이지 않는 것같이 여겨졌다. 이건 페스트라고 그는 생각했다. 그리고 그때 그가 할 수 있는 유일한 반사적인 동작은——그도 그것이 이치에 맞지 않는 행위라는 것을 리외와 함께 인정했지만——이 도시의 제일 높은 곳에 뛰어 올라가, 여전히 바다는 보이지 않지만 하늘이 좀 넉넉하게 보이는 자그마한 광장에서 크게 소리 높여 이 도시의 외벽 너머로 아내를 불러 보는 것이었다. 집에 돌아와서 자기 몸에 어떤 감염의 조짐도 발견하지 못하고 보니, 그는 이 갑작스런 발작이 별로 자랑할 만한 일이 못되는 것같이 여겨졌던 것이다. 리외는 인간이 그런 식으로 행동하는 경우도 있을 수 있다는 것을 아주 잘 이해할 수 있다고 말했다.「어떻든」하고 그는 말했다.「그런 식으로 해 보고 싶은 기분이 되는 건 있을 수 있는 일이지요.」

「오통 씨가 오늘 아침 당신 얘기를 하고 있더군요.」랑베르가 돌아가려 했을 때, 별안간 리외는 덧붙였다.「내가 당신을 알고 있느냐고 물으면서, ‘그럼 충고를 해 드리세요.’라고 말하더군요. ‘남의 눈에 띄어 밀수를 하는 녀석들과 왕래하지 않도록 하시오’라고 덧붙였어요.」

「그건 무슨 뜻일까요?」

「급히 서둘러야 한다는 뜻이지요.」

「친절하게 말씀해 주시니 감사합니다.」의사의 손을 잡으며 랑베르는 말했다.

출구에서 그는 별안간 뒤를 돌아보았다. 리외는 페스트가 시작된 후로 그가 처음으로 미소를 짓고 있는 것을 보았다.

「그런데 왜 당신은 나를 가지 못하게 하시지 않습니까? 그렇게 할 수단은 있을 텐데요.」

리외는 언제나와 같은 동작으로 머리를 흔들어 보이며, 이것은 랑베르의 문제고 랑베르는 행복 쪽을 택한 셈이니, 리외로선 그것을 반대할 문제에 있어 무엇이 선인지도 무엇이 악인지도, 자기로서는 판단할 수가 없을 것같이 여겨지고 있는 것이다.

「그런데 왜 나더러 빨리 하라고 말씀하십니까?」

이번엔 리외가 방긋이 웃었다.

「아마 나 자신도 행복이라는 걸 위해 뭔가 해 보고 싶기 때문이겠지요.」

이튿날 그들은 이젠 아무 말도 하지 않았으나 그 대신 같이 일했다. 다음주 랑베르는 드디어 그 스페인풍의 작은 집에 유숙하게 되었다. 거실에 그를 위해 침대가 마련되어 있었다. 젊은이들은 식사하러 돌아오지 않았고, 또 되도록 바깥에 나가지 말라는 주의를 듣고 있어서, 그는 대개 거기서 혼자 살거나, 혹은 어머니라는 노파와 애기를 나누기도 했다. 할머니는 다부진 몸매이고 부지런한데 검은 옷을 입고, 주름 잡힌 갈색 얼굴에 어지간히 깨끗한 백발을 지니고 있었다. 말수가 적고 그저 랑베르의 얼굴을 보면 화사한 눈매로 얼굴 가득히 미소를 떠올리는 것이었다.

언젠가 할머니는 랑베르에게, 부인한테 페스트 균을 옮길까 봐 두렵지는 않느냐고 물어 본 적이 있다. 그의 생각으로는 그런 만일의 위험도 있을 수 있지만, 그것은 미미한 것이고, 한편 시내에 남아 있으면 그들 두 사람은 영원히 따로 떨어져 있게 되어 버릴 염려가 있는 셈이었다.

「그녀는 부드러운 여자겠지요?」할머니는 빙그레 웃으며 말했다.

「예, 아주 부드럽지요.」

「예쁜 여자겠지요?」

「아마 그렇겠지요.」

「네!」할머니는 말했다. 「말하자면 그래서군요.」

랑베르는 궁리하고 있었다. 확실히 그 때문인 것은 틀림없지만, 그러나 단지 그 때문뿐이라는 건 있을 수 없었다.

「당신은 하느님을 믿고 있지 않아요?」아침마다 미사에 나가고 있는 할머니는 말했다.

랑베르가 그렇다고 긍정하자, 할머니는 또다시 그 때문인 것이라고 말했다.

「역시 그 여자한테로 가야지요. 당신 생각은 당연해요. 그렇게 하지 않으면 당신에겐 무엇이 남을 것이 있겠습니까?」

그 후엔 랑베르는 거칠게 칠한 벽 주변을 빙빙 돌면서, 벽에 못박혀 있는 부채를 만져 보기도 하고, 혹은 탁자보의 수술로 되어 있는 털실 무더기를 세어 보기도 하고 있었다. 저녁때가 되면 젊은이들이 돌아왔다. 그들은 별로 지껄이는 편이 아니고, 겨우 아직 시기가 아니라는 걸 말하는 정도였다. 저녁 식사가 끝나면 마르셀은 기타를 치고 증류주를 둘이서 마셨다. 랑베르는 생각에 잠겨 있는 듯했다.

수요일에 마르셀은 돌아오자마자, 「내일 밤 열 두 시요. 준비를 해 둬요.」하고 말했다. 그들과 함께 보초를 서 있는 두 사내 중 한 사람은 페스트에 걸리고 또 한 사람은 평소에 그 사내와 한 방을 쓰고 있었으므로 격리중이었다. 그래서 2, 3일 동안 마르셀과 루이는 둘만 있게 된다. 오늘 밤 안에 그들은 마지막으로 세세한 준비를 갖춰 놓을 거라고 했다. 내일은 드디어 마음놓고 결행할 수 있을 지도 모른다. 랑베르는 사례했다. 「기쁘겠지요?」하고 노파는 물었다. 그는 그렇다고 대답했지만 속으로는 다른 생각을 하고 있었다.

이튿날은 하늘이 우중충한데다 끈적이고 무더워서 숨가빴다. 페스트의 정보는 좋지 않았다. 스페인인 할머니는 그래도 여전히 태평스러웠다. 「이 세상엔 죄라는 게 있거든요.」하고 할머니는 말하였다. 「그러니 아무래도 이런 일은 어쩔 수 없지요!」마르셀이나 루이와 마찬가지로 랑베르도 상반신은 알몸이 되어 있었다. 그러나 어떻게 해 봐도 땀이 등줄기와 가슴 위를 흘렀다. 덧문을 닫아 버린 집안의 어둑어둑한 방에서 그렇게 하고 있으니, 그들의 상반신은 갈색을 띠고 번들거리고 있었다. 랑베르는 말없이 빙빙 돌고 있었다. 돌연 오후 네 시에 그는 옷을 입고 잠깐 나갔다 오겠다고 말했다.

「잊어서는 안 돼요.」마르셀이 말했다. 「오늘 밤 열 두 시니까요. 준비는 이미 다 되어 있는 거요.」

랑베르는 리외한테로 갔다. 리외의 어머니는 랑베르에게 높은 지대의 병원에 가면 만날 수 있을 거라고 말했다. 초소 앞에서는 여전히 같은 군중이 한 곳을 빙빙 돌며 움직이고 있었다. 「어서들 가요!」눈을 부릅뜬 순경 한 사람이 말했다. 사람들은 다시 움직이기 시작했으나 여전히 그냥 빙빙 돌고 있을 뿐이었다. 「아무리 기다려 봐도 아무 소용이 없단 말입니다.」상의에 땀이 밴 채 순경은 말하였다. 상대방도 같은 의견이었지만, 그래도 살인적인 더위를 무릅쓰고 그들은 역시 거기에 머물러 있었다. 랑베르가 통행증을 보이자 순경은 타루의 사무실을 가르쳐 주었다. 그 방 입구는 앞뜰을 향하고 있었다. 랑베르는 마침 그 방에서 나온 파눌루 신부와 도중에서 마주쳤다.

약제와 눅눅한 모포 냄새가 나는 흰 빛깔의 잘고 지저분한 방에서, 타루는 검은 나무 책상 저편에 앉아 와이셔츠 소매를 걷어 붙인 채, 팔굽에 흐르는 땀을 손수건으로 누르고 있었다.

「여태 있었군요?」 그는 말했다.

「예, 리외 씨한테 좀 할 얘기가 있어서요.」

「병실 쪽에 있습니다. 그러나 리외가 없어도 될 일이라면, 그렇게 하는게 좋겠는데요.」

「어째서요?」

「선생님도 너무 과로했거든요. 내가 할 수 있는 일은 될 수 있는 대로 시키지 않도록 하고 있습니다.」

랑베르는 타루의 모습을 바라보았다. 타루는 무척 여위어 있었다. 피로 탓으로 눈돌림도 얼굴의 선도 무너져 있다. 다부진 어깨도 둥그렇게 움츠러져 있었다. 문을 두드리는 소리가 나더니 한 간호원이 흰 마스크를 하고 들어왔다. 그는 타루의 책상 위에 한 묶음의 카드를 올려놓고는 마스크에 짓눌린 목소리로 그저 「6명입니다」라고만 말하고는 나가 버렸다. 타루는 랑베르의 얼굴을 바라보고 이 카드를 부채꼴로 펴 놓으며 그에게 보였다.

「어때요, 그럴 듯한 카드지요? 그런데 그렇지가 않아요. 이건 밤 사이의 사망자입니다.」

그의 얼굴은 어두워졌다. 그는 카드 다발을 먼저대로 묶어 두었다.

「우리에게 남겨진 유일한 일은 단지 장부를 만드는 일입니다.」

타루는 책상을 짚으며 일어섰다.

「이제 곧 떠나십니까?」

「오늘 밤 열 두 시지요.」

타루는 그것은 자기로서도 기쁜 일이고, 부디 랑베르도 몸을 조심해 달라고 말했다.

「진정으로 그렇게 말씀하시는 겁니까?」

타루는 어깨를 움츠렸다.

「이 나이쯤 되면 싫어도 진정으로 말해 버리게 됩니다. 거짓말을 한다는 건 아주 귀찮은 일이지요.」

「죄송합니다만」 하고 랑베르는 말했다. 「잠깐 리외 씨를 만나 뵙고 싶은데요, 미안합니다.」

「알고 있습니다. 선생님은 나보다도 인간적이니까요. 그럼 가 봅시다.」

「그런 건 아니지만요.」 랑베르는 어쩐지 난감한 듯이 말했다. 그리고 도중에 입을 다물어 버렸다.

타루는 그의 얼굴을 바라보다가 돌연 문득 히죽이 웃어 보였다.

두 사람은 벽을 밝은 녹색으로 칠한 마치 수족관 같은 광선이 떠돌고 있는 작은 복도를 따라갔다. 마침 유리문 저편 쪽엔 기묘한 망령들이 떠돌아 다니고 있는 듯한 유리 겹문에 다다르기 바로 전에, 타루는 사방을 미닫이로 차단한 좁다란 방으로 랑베르를 들어가게 했다. 그는 그 찬장의 하나를 열어 소독기에서 흡수성 가제로 만든 마스크를 둘 꺼내어, 그 하나를 랑베르에게 주며 그것으로 입을 막으라고 권했다. 랑베르가 이런 건 무슨 소용이 있느냐고 묻자, 타루는 아무 소용도 없는 것이지만, 이걸 하고 있으면 저편이 안심한다고 대답했다.

두 사람은 유리문을 밀어 올렸다. 거기는 널찍한 큰 방인데, 이 더운 계절에도 창문은 꼭 닫아 버리고 있었다. 벽 위쪽에 환기 장치가 윙윙 소리를 내고 있었는데 그 환기 장치의 날개가 두 줄로 늘어선 회색의 침대 위쪽에서, 찌는 듯한 뿌연 공기를 휘젓고 있었다. 모든 방향으로부터 무디거나, 혹은 날카로운 신음 소리가 들려오는데 그것이 모두 하나로 합쳐져서 단조로운 비명같이 되어 있었다. 흰 옷을 입은 남자들이 높은 들창으로 흘러드는 뜨거운 햇빛 속에서 느릿느릿 움직이고 있었다. 랑베르는 이 방의 지독한 더위 속에서 아무래도 마음이 가라앉지 않아, 신음하고 있는 어떤 그림자 위에 몸을 구부리고 있는 리외의 모습을 좀처럼 알아보지 못했다. 리외는 두 간호원이 침대 양쪽 끝에서 움직이지 못하게 누르고 있는 환자의 사타구니를 절개하고 있었다. 이윽고 몸을 일으키더니 그는 그 수술 도구를 조수한 사람이 내미는 쟁반 속에 떨어뜨리고는, 한동안 가만히 선 채 붕대를 감아 주고 있는 그 환자를 바라보고 있었다.

「무슨 색다른 일이라도……」옆에 다가온 타루에게 그는 말했다.

「파늘루가 예방 격리소 쪽에서 랑베르가 하던 일을 맡아 줬어요. 지금까지도 무척 애써 줬지만……. 이제 제3검색반은 랑베르를 뺀 상태에서 재편성해야 해요.」

리외는 고개를 끄덕였다.

「카스텔은 최초의 제품을 마무리한 모양이더군요. 한번 시험해 보고 싶다고 말하고 있어요.」

「허어!」리외는 말했다. 「그것 참 다행이군요.」

「그리고 여기에 랑베르가 와 있는데…….」

리외는 돌아다보았다. 마스크 위로 랑베르의 모습을 확인하자 그는 눈을 찌푸렸다.

「이런 곳에서 뭘 하고 있어요?」그는 말했다. 「당신은 이미 다른 곳에 가 있기로 되어 있지 않았던가요?」

타루가 드디어 오늘 밤 열 두 시로 정해졌음을 말하자 랑베르가 덧붙였다. 「원칙적으로 그렇다는 거지요.」

그들 중의 누군가가 말할 적마다 가제 마스크는 부풀어 올랐고 입에 닿는 부분이 축축해졌다. 그것이 마치 조각품들끼리의 대화 같은 다소 비현실적인 얘기를 주고받는 것 같았다.

「잠깐 얘기를 하고 싶군요.」랑베르는 말했다.

「같이 돌아갑시다, 당신만 괜찮다면. 타루 방에서 기다려 줘요.」

그리고 잠시 후 랑베르와 리외는 의사의 승용차 뒷좌석에 앉았다. 타루가 운전을 했다.

「이젠 휘발유가 없는 걸.」차를 움직이게 하며 타루는 말했다. 「내일은 걸어 다녀야지.」

「역시」하고 랑베르는 리외에게 말했다. 「나는 가지 않겠습니다. 당신들과 함께 남아 있을까 합니다.」

타루는 전혀 움직이지도 않았다. 그대로 운전을 계속하고 있었다. 리외는 이젠 도저히 피로에서 헤어나지 못하는 기색이었다.

「그럼 부인은?」짓눌린 듯한 목소리로 그는 말했다.

랑베르의 얘기로는 그는 다시 한번 곰곰히 생각해 봤고, 지금도 여전히 자기가 믿고 있는 대로 믿고 있지만, 만일 자기가 떠나갔더라면 틀림없이 부끄러운 짓을 하는 것이 될 거라고 대답했다. 그런 심정이라면 그곳에 남겨 두고 온 그녀를 사랑하는 데도 지장이 있을 거라는 얘기였다. 그러나 리외는 곧게 몸을 일으키고는 뚜렷한 목소리로, 그것은 어리석은 일이고 행복 쪽을 택하는 데 부끄러워할 건더기는 없다고 말했다.

「그렇습니다.」랑베르는 말했다. 「그러나 자기 혼자 행복해진다는 건 부끄러워해야 할 일인지도 모르지요.」

타루는 그때까지 입을 다물고 있다가 두 사람 쪽으로 고개를 돌리려고도 않고 이렇게 주의해 주었다──만일 랑베르가 남들과 불행을 함께 하려고 한다면, 행복을 위한 시간을 앞으로는 결코 얻지 못할지도 모른다. 양자 택일을 해야 한다.

「그런 게 아닙니다.」랑베르는 말했다. 「나는 지금까지 줄곧, 나 자신은 이 도시와는 관계가 없는 인간이다, 나 자신과 당신들과는 어떤 관련도 없다고 생각하고 있었습니다. 그런데 현재 본 바와 같은 걸 봐 버린 지금으로서는 나 자신이 좋든 싫든간에 이 고장 사람이라는 사실을 깨달았습니다. 이 사건은 우리 모두에게 관계가 있는 일인 것입니다.」

아무도 대답하려 하지 않아, 랑베르는 적이 초조해진 듯한 기색이었다.

「그리고 당신들도 그건 잘 알고 계시잖습니까! 그렇지 않으면 그 병원에서 뭘 하시려고 하는 겁니까? 당신들은 대체 선택을 하신 겁니까? 그리고 행복을 단념하셨습니까?」

타루도 리외도 여전히 대답하려 하지 않았다. 침묵은 오래 계속되고 마침내 리외의 집이 가까워졌다. 그리고 랑베르는 또다시 조금 전의 질문을 더욱 힘주어 되풀이했다. 그러자 오직 리외만이 그를 돌아다보았다. 리외는 애써 몸을 일으켰다.

「섭섭하게 생각지 말아 줘요, 랑베르 씨.」그는 말했다. 「그러나 나로서도 그걸 알 수가 없는 거예요. 당신 자신이 그러고 싶다면 우리와 함께 남아 있어 주면 되지요.」

자동차가 약간 옆으로 미끄러지기에 그는 입을 다물었다. 그리고 물끄러미 앞을 바라보며 또 말을 이었다.

「자기가 사랑하는 사람으로부터 떨어지게 할 만한 가치가 있는 건 이 세상에 아무 것도 없어요. 그런데도 나 역시 확실한 이유도 모른 채 거기에서 떨어져 있는 거예요.」

그는 또 힘없이 쿠션에 기대었다.

「이건 한 가지 사실일 뿐이에요.」 그는 주체할 수 없이 지친 얼굴로 말했다. 「아무튼 그대로 기록해 두고, 거기서 끌어낼 수 있는 결론만을 채택하도록 합시다.」「어떤 결론입니까?」 랑베르는 물었다.

「글쎄요.」 리외는 말했다. 「인간은 병을 고치면서 동시에 그걸 알아 낼 수는 없는 법이지요. 그렇다면 될 수 있는 대로 빨리 치료해야겠지요. 이게 우선 긴급한 일이지요.」

밤 열 두 시에 타루와 리외는 랑베르에게, 그가 검색을 맡게 된 지역의 지도를 작성해 주고 있었는데, 타루는 문득 그의 팔시계를 보았다. 고개를 들자 랑베르의 눈길과 부딪혔다.

「탈출 안 하겠다는 걸 알려 주긴 했겠지요?」

랑베르는 눈길을 돌렸다.

「한 마디만 말하고 왔습니다.」 입이 무거운 듯 그는 천천히 말했다. 「당신을 찾아뵙기 전에.」

카스텔의 혈청이 시험된 것은 10월 하순이었다. 사실 그것은 리외의 마지막 희망이었다. 이것마저 실패로 돌아갈 경우엔 이 도시는 전염병이 몇 개월에 걸쳐 그 위력을 계속 떨치든가, 혹은 아무 이유도 없이 그치든가에 관계없이 페스트의 변덕에 시달리어 곤욕을 치르게 될 것을 리외는 확신하고 있었던 것이다.

카스텔이 리외를 찾아온 바로 전날 밤 오통 씨의 아들이 발병하여, 그 가족 모두가 예방 격리소에 수용되지 않을 수 없게 되었다. 어머니는 조금 전에 격리소에서 나왔으니, 또다시 격리된 셈이었다. 정해진 규정을 충실하게 지키는 판사는 어린애 몸의 병의 징후를 보자, 지체하지 않고 의사 리외를 불러오게 했던 것이다. 리외가 갔을 때 아버지와 어머니는 침대의 발치에 서 있었다. 작은 계집애는 멀리 동떨어져 있었다. 어린애는 마침 기진해 있었으므로 별로 싫어하지도 않고 진찰을 받았다. 의사가 고개를 들었을 때 그는 판사의 시선과, 그 뒤에서 손수건을 입에 대고 의사의 동작을 크게 뜬 눈으로 유심히 지켜보고 있는 어머니의 창백해진 얼굴과 마주쳤다.

「역시 그렇겠지요?」 판사는 냉담한 목소리로 말했다.

「예, 그렇군요.」 또 어린애 쪽을 바라보며 리외는 대답했다.

어머니의 눈은 더 크게 뜨여졌지만 그래도 그녀는 여전히 입을 열려고 하지 않았다. 판사 역시 잠자코 있다가, 이윽고 전보다 나직한 목소리로 이렇게 말했다.

「그렇다면 선생님, 우리는 규정대로 해야 합니다.」

리외는 여전히 손수건을 입에 댄 채로 있는 어머니 쪽을 될 수 있는 대로 보지 않도록 하고 있었다.

「그건 이내 할 수 있지요.」 하고 망설이며 그는 말했다. 「잠깐 전화를 걸게 해 주시면……」

오통 씨는 곧 안내하겠다고 말했다. 그러나 리외는 부인 쪽을 돌아다보았다.

「어떻게 말씀 드려야 할지 모르겠습니다. 그러나 부인께선 여러 가지 일용품 등을 준비하셔야 합니다. 준비할 건 알고 계실 줄 압니다마는.」

오통 부인은 몹시 당황한 기색이었다. 그는 물끄러미 발밑을 내려다보았다.

「네.」 하고 그녀는 고개를 흔들며 말했다. 「지금 준비하겠어요.」

작별 인사를 하기 전에 리외는 무언가 필요한 것은 없느냐고 그들에게 묻지 않을 수 없었다. 부인은 여전히 말없이 그의 얼굴을 바라보고 있었다. 그러나 판사는 이번엔 눈길을 돌렸다.

「별로 없습니다.」 하고 그는 말하고 나서 침을 삼켰다. 「다만 저 아이를 살려 주십시오.」

예방 격리는 애초엔 단순히 형식에 지나지 않았던 것이지만, 리외와 랑베르에 의해 조직되어 매우 엄중한 형태의 것으로 되어 있었다. 특히 그들은 한 집에서 사는 가족끼리 반드시 서로 격리되게 하는 것을 강요했다. 만일 그 가족 중의 한 사람이 저도 모르는 사이에 감염되고 있었다면, 발병의 기회를 증가시키는 것 같은 일은 해서는 안 되었다. 리외는 그런 이유를 판사에게 설명하고, 판사는 그것을 당연하다고 인정했다. 그렇지만 부인과 판사가 서로 얼굴을 마주 본 표정에서, 이 격리가 그들을 얼마나 의지할 곳 없는 심정이 되게 해 버렸는가를 리외는 느꼈다. 오통 부인과 어린애는 랑베르가 관리하고 있는 호텔의 격리소에 수용될 수 있었다. 그러나 예심 판사는 도청이 도로과에서 차용한 천막을 이용하여 시립 경기장에 건설중인 격리 수용소 이외엔 가 있을 만한 장소가 없었다. 리외는 그 점을 사과했으나, 오통 씨는 만인을 위한 규칙은 하나밖에 없고 그것을 따르는 것이 정당하다고 말했다.

어린애는 분원의, 예전의 교실 안에 침대가 여섯 개 설치되어 있는 방에 옮겨졌다. 20시간쯤 후엔 리외는 이젠 절망적인 증상이라고 판단했다. 작은 몸은 반응 하나 나타내지 않은 채 병독이 파고드는 데 맡기고 있었다. 아플 듯한, 그러나 아직 거의 형체를 이루고 있지 않을 정도의 극히 작은 임파선종이 가냘픈 팔다리의 관절을 폐색(閉塞)하고 있었다. 이미 승산이 없는 싸움이었다. 그런 이유 때문에 리외는 카스텔의 혈청을 이 아이에게 시험해 보려고 생각했던 것이다. 즉시 그날밤 저녁 식사 후, 그들은 긴 시간에 걸쳐 접종을 했으나, 어린애에게서는 하나의 반응도 얻지 못했다. 이튿날 새벽녘이 되자 모든 사람들이 이 결정적인 실험의 결과를 알아보려고 어린애 옆으로 갔다.

어린애는 마비 상태에서 깨어나 모포 속에서 경련적으로 몸을 뒤척이고 있었다. 리외와 카스텔, 그리고 타루는 새벽 네 시부터 그 곁에 붙어 있으면서 병의 일진일퇴를 지켜보고 있었다. 침대의 머리맡에는 타루의 다부진 몸이 약간 등을 굽히고 있었다. 침대의 발치에서는 서 있는 리외 옆에 앉아, 카스텔이 표면상으로는 아주 조용하게 뭔가 낡은 책을 읽고 있었다. 아침 햇빛이 이 예전의 교실 안에 점점 퍼짐에 따라 다른 사람들이 찾아왔다. 먼저 파늘루가 와서 타루와는 침대의 반대쪽에 벽을 등지고 자리를 잡았다. 괴로운 듯한 표정을 그 얼굴에 볼 수 있었고, 그가 몸을 바쳐 일해 온 지난 며칠 동안의 피로가 푸르게 핏줄이 돋아난 이마에 주름살을 잡아놓고 있었다. 다음엔 조제프 그랑이 왔다. 꼭 일곱 시인데 그랑은 숨이 차 헐떡거리면서 미안하게 되었다고 말했다. 자기는 잠시밖에 있지 못하지만, 이젠 뭔가 확실한 것을 알게 되었느냐고 물었다. 아무 말도 안 하고 리외는 어린애를 가리켰다. 아이는 딴판으로 변해 버린 얼굴로 눈을 감은 채 한껏 이를 악물고, 몸은 꼼짝도 하지 않고 베갯잇도 없는 베개 위에서 자주 머리를 좌우로 돌리고 있었다. 어지간히 밝아져서 드디어 방 안쪽의 원래 있는 장소에 그대로 남아 있는 흑판 위에, 예전의 방정식을 지우다 만 자국을 알아볼 수 있게 되었을 무렵에 랑베르가 왔다. 그의 옆 침대의 발밑에 등을 기대고 담뱃갑을 꺼냈다. 그러나 잠깐 어린애 쪽을 보고 나서 담뱃갑을 도로 호주머니에 넣었다.

카스텔은 여전히 앉은 채 내려진 안경 너머로 리외 쪽을 바라보았다.

「아버지에 대해서는 무슨 얘기를 들었어요?」

「아뇨.」 리외는 말했다. 「지금 격리 수용소 쪽에 있지요.」

리외는 어린애가 신음하고 있는 침대의 나무를 힘껏 붙들고 있었다. 그는 그 작은 환자에게서 눈을 떼지 않고 있었는데, 어린애는 돌연 몸이 굳어지면서 이를 더 세게 악물고, 몸을 약간 구부리고 팔다리를 천천히 벌리는 것이었다. 군대 모포 밑의 벌거벗은 작은 몸에서는 털실 냄새와 시큼한 땀 냄새가 풍겼다. 어린애는 점점 축 늘어져서 팔과 다리를 침대의 중앙을 향해 끌어당기고, 여전히 눈을 감고 목소리를 죽인 채 전보다 호흡이 빨라진 것같이 보였다. 리외는 타루와 눈길이 부딪혔으나 타루는 눈을 돌렸다.

몇 달 전부터 병마의 맹위는 이젠 상대자를 선택하지 않게 되었으므로 그들은 이미 어린이들이 죽어 가는 모습을 수없이 보아왔다. 그러나 오늘 아침처럼 그렇게까지 어린애의 고통을 시시각각으로 지켜본 적은 여태 한 번도 없었다. 더구나 물론 그런 죄 없는 사람에게 가해지는 고통은 그들의 눈에 지금껏 그 실체(實體)그대로의 것, 즉 공분(公憤)을 느낄 만한 사실로서 보였던 것이다. 그러나 적어도 그때까지는 그들은 어떤 의미에선 추상적으로 공분을 느끼고 있었을 뿐이었다. 왜냐하면 그들이 지금까지 죄 없는 사람의 단말마의 고통을 이토록 오래 똑바로 본 적이 없었기 때문이었다.

마침 이때 어린애는 위장이 죄어진 듯 가냘픈 신음 소리를 내며 또 다시 몸을 굽혔다. 어린애는 그렇게 하고 긴 몇 초 동안 가만히 몸을 움츠린 채, 마치 그 연약한 뼈대가 사납게 휘몰아치는 페스트의 바람에 휘어지고, 연신 부채질하는 열에 비걱거리는 것같이, 경련과도 같은 떨림에 흔들리고 있었다. 그 발작이 지나가자 어린애는 긴장을 좀 풀고 열은 내려서, 독기가 서린 음습한 갯가에 허덕이는 몸을 버리고 간 것처럼 보이고, 그 조용해진 모습은 이미 죽음을 닮고 있었다. 불타는 듯한 열의 물결이 세 번 또 덮쳐 와 그 몸을 조금 들어 올려놓는 듯하더니 어린애는 다시 오그라들어서 그를 불태울 것 같은 불꽃의 공포에 싸여 침대 밑바닥으로 움츠러들었다. 그리고 모포를 발로 차서 치우면서 미친 듯이 머리를 흔들었다. 큰 눈물 방울이 불긋해진 눈꺼풀에서 솟아나 납빛 얼굴에 흐르기 시작하고, 발작이 마침내 끝났을 때 탈진하며, 48시간 동안에 살이 아주 빠져 버린 양팔과 뼈가 앙상한 두 다리에 경련을 일으키면서, 어린애는 몹시 헝클어진 잠자리 속에서 십자가에 못박힌 사람처럼 괴상한 자세를 취했다.

타루는 몸을 굽혀 무겁게 움직이는 손으로 눈물과 땀에 젖은 작은 얼굴을 닦아 주었다. 조금 전부터 카스텔은 책을 덮고 물끄러미 환자를 바라보고 있었다. 그는 한 마디 말하기 시작했으나, 그 말을 마지막까지 하기 위해서는 도중에 헛기침을 해야 했다. 목소리가 별안간 이상해져 버렸기 때문이다.

「아침에 병세의 후퇴가 있었던 게 아니오, 리외 씨?」

리외는 그것은 그렇지만, 그러나 어린애는 보통 볼 수 있는 것보다도 오랜 시간에 걸쳐 병에 대항하고 있다고 말했다. 파늘루는 좀 기운이 빠진 것처럼 벽에 기대고 있었는데, 그때 무딘 목소리로 중얼거렸다.

「이렇게 해서 숨진다면 남들보다 오래 괴로워한 셈이 되어 버리겠군요.」

리외는 느닷없이, 그쪽으로 고개를 돌려서 입을 열어 무슨 말을 하려고 했지만, 그대로 입을 다물고 분명히 애써 자신을 억제하면서 다시 어린애 쪽으로 눈길을 던졌다.

햇빛은 방안에 가득 차 있었다. 다른 다섯 개의 침대에서는 환자들이 움직이며 신음하고 있었는데 모두 의논이라도 한 것처럼 한결같이 조심스러웠다. 한 사람만 방 저편 끝에서 고함을 지르는데 규칙적인 간격을 두고, 고통보다는 차라리 놀라움이 스며 있는 것같이 여겨지는 작은 외침 소리를 내고 있었다. 환자들 자신의 경우조차도 그런 양상은 초기의 무서움이 아닌 것처럼 보였다. 지금은 병을 앓는 그 태도 속에 일종의 동의 같은 것이 곁들여져 있었다. 어린애만이 혼자 전력을 다해 싸우고 있었다. 리외는 별로 그럴 필요가 있는 것은 아니고, 그저 현재 자기가 놓여 있는 무력한 무위(無爲) 상태에서 벗어나기 위해, 이따금 어린애의 맥을 짚어 보고 있었지만, 눈을 감으면 어린애의 그 몸부림이 자기 자신의 물결치는 핏줄기와 뒤섞이는 것을 느꼈다. 그러면 그 고통을 당하고 있는 그 어린애와 자기가 하나로 융합되어 버려서, 아직 건전한 자신의 모든 힘을 쏟아 어린애를 지탱해 주려고 시도하는 것이었다. 그러나 한순간 어우러졌다 싶으면 두 사람의 심장의 고동은 가락이 맞지 않게 되어, 어린애는 그의 손에서 빠져 나가고, 그의 노력은 공허 속에 가라앉아 갔다. 그래서 그는 그 가는 손목을 놓고 자기 자리로 돌아가는 것이었다.

회칠을 한 벽을 따라 햇빛은 장미빛에서 노란빛으로 변해 갔다. 창 유리 저편에서는 뜨거운 열기의 아침이 펄럭이기 시작하고 있었다. 그랑이 또 와 보겠노라고 말하며 돌아간 것은 누구도 알았을까 말까 할 정도였다. 모두 가만히 기다리고 있었다. 어린애는 여전히 눈을 감은 채 좀 가라앉은 듯 싶었다. 마치 새 발톱같이 된 손은 조용히 침대의 양쪽 모서리를 문지르고 있었다. 그 손이 제자리로 돌아와 무릎 언저리의 모포를 긁어 대더니 돌연 어린애는 다리를 구부려서 양쪽 넓적다리를 배 가까이까지 끌어올리고는 움직이지 않았다.

이때 아이는 처음으로 눈을 뜨고 눈앞에 있는 리외의 모습을 바라보았다. 이젠 회색의 점토처럼 응고해 버린 그 꺼진 얼굴 속에서 입이 열리더니, 즉시 지속적인 비명 —— 거의 호흡에 의한 억양조차 따르지 않고 돌연 단조롭고 불협화(不協和)한 항의로 방안을 가득 채우고, 또 마치 모든 인간이 동시에 질러 댔다고 생각될 만큼 비인간적인 비명 —— 이 그 입에서 튀어 나왔다. 리외는 이를 악물고 타루는 얼굴을 돌렸다. 랑베르는 카스텔의 바로 옆 침대에 다가가고, 카스텔은 무릎에 펴놓은 채로 있는 책을 덮었다. 파늘루는 병으로 인해서

까맣게 타 버린 그 어린애의 입을 바라보았다. 그리고 그가 갑자기 무릎을 꿇더니 약간 숨을 죽인 듯한 목소리, 그러나 그치려고도 하지 않는 비명의 그늘에 뚜렷이 알아들을 수 있는 목소리로 이렇게 기도하는 것을 모두들 들었다. 「하느님, 제발 이 아이를 구해 주시옵소서.」

그러나 어린애는 마냥 외치고, 그 주위의 환자들까지 흥분하기 시작했다. 아까부터 방안 저편 끝에서 외침 소리를 멎지 않고 있던 환자는 그 신음 소리의 리듬을 빨리하여 마침내는 그 역시 비명을 지르기에 이르렀고, 그러는 동안 다른 환자들은 더욱더 심하게 신음하기 시작했다. 물결 같은 흐느낌이 방안에 밀려들면서 파늘루가 기도하는 목소리를 뒤덮고, 한편 리외는 침대의 모서리에 매달린 채 피로와 혐오에 취한 것같이 되어 눈을 감았다.

다시 눈을 떠 보니 타루가 옆에 있었다.

「도저히 나는 여기에 더 있지 못하겠어요.」리외는 말했다. 「이젠 더 듣고 있을 수가 없어요.」

그런데 돌연 다른 환자들이 조용해졌다. 리외는 그때 어린애의 비명이 점점 더 약해지다가 방금 들리지 않게 된 것을 깨달았던 것이다. 그러더니 주위에서 다시 비탄의 소리가 나지막하게, 이제 방금 끝이 난 그 싸움의, 멀리서 울려 오는 메아리와도 같이 다시 시작되고 있었다. 싸움은 이제 끝나 버렸다. 카스텔은 침대 저편 쪽으로 돌아가, 이젠 끝났다고 말했다. 입을 벌린 채 어린애는 헝클어진 이불이 움푹 들어간 곳에 몸을 웅크리고, 눈물 자국을 얼굴에 남긴 채 누워 있었다.

파늘루는 침대에 다가가 강복(降福)을 비는 몸짓을 했다. 그리고 자기 성의를 집어 들고 중앙 통로를 지나 나갔다.

「또 다시 시작해야 할까요?」타루는 카스텔에게 물었다.

늙은 의사는 머리를 흔들었다.

「어쩌면 그럴지도 모르겠군요.」일그러진 미소를 띄우며 그는 말했다. 「요컨대 오래 지탱하기는 했지만.」

그러나 리외는 이미 방을 나서려 하고 있었다. 더구나 몹시 잰 걸음으로 얼굴이 굳어져 있기에, 그가 파늘루를 앞질러 가려 했을 때 파늘루는 팔을 뻗어 그를 붙들려고 했을 정도였다.

「잠깐 기다리세요, 리외 씨.」그는 말했다.

흥분한 듯한 동작으로 리외는 돌아다보며 사정없이 뱉어내듯 말했다.

「정말 그 아이만은 적어도 아무 죄도 없었습니다. 당신도 그건 알고 계실 테지요!」

그리고 또 얼굴을 돌리더니 그는 파늘루보다 먼저 방문을 지나 교정의 안쪽으로 갔다. 그는 먼지투성이의 작은 나무숲 사이에 있는 벤치에 앉아, 이미 눈에 흘러 들어갈 것같이 된 땀을 닦았다. 그는 심장이 부서질 것같이 몹시 죄어드는 응어리를 지금 여기서 풀기 위해 더 실컷 떠들어 대고 싶었다. 더위가 무화과 나뭇 가지 사이에 서서히 쏟아져 내려왔다. 아침의 푸른 하늘은 이내 희뿌옇게 흐려지기 시작하여, 그것이 대기를 한층 더 숨가쁘게 했다. 리외는 벤치에서 푹 쉬었다. 물끄러미 나뭇 가지와 하늘을 바라보면서 서서히 정상 호흡을 되찾아 조금씩 피로를 풀어 갔다.

「왜 저더러 그렇게 화를 내며 말씀하셨어요?」하고 뒤에서 말하는 목소리가 있었다. 「저 역시 그런 광경은 차마 볼 수가 없었습니다.」

리외는 파늘루 쪽을 돌아다보았다.

「정말 그랬었군요.」그는 말했다. 「나쁘게 생각지 말아 주세요. 아무튼 지쳤을 적엔 미친 사람처럼 되니까요. 그리고 이 도시에서 나는 이젠 분노밖에 느끼지 못하게 될 때가 종종 있거든요.」

「그건 압니다.」파늘루는 중얼거렸다. 「정말 분노를 터뜨리고 싶을 만한 일입니다. 왜냐면 그건 곧 우리들의 척도(尺度)를 넘은 일이기 때문입니다. 그러나 우리는 미상불 우리 자신이 이해할 수 없는 일을 사랑해야 하는 겁니다.」

리외는 느닷없이 상체를 곧게 폈다. 그는 그때 몸 속에 느낄 수 있는 최대한의 힘과 정열을 곁들여서 빤히 파늘루의 얼굴을 지켜 보고는 머리를 흔들었다.

「그런 일은 있을 수 없습니다.」그는 말했다. 「나는 사랑이라는 걸 좀 다르게 생각하고 있습니다. 그리고 어린애들이 고통을 받도록 만들어진 이런 세계를 사랑해야 한다는 건 죽어도 긍정할 수가 없습니다.」

 파늘루의 얼굴에 곤혹스런 그림자가 스쳤다.

 「정말, 리외 씨.」그는 구슬픈 듯이 중얼거렸다. 「저는 이제야 은 총이라고 불리는 게 어떤 것인지 겨우 알았습니다.」

 그러나 리외는 또 벤치 위에 힘없이 몸을 내던졌다. 또 되돌아온 피로의 수렁 속에서 조금 전부터 부드러운 말투로 이렇게 대답했다.

 「그건 확실히 나에겐 없는 것입니다. 그러나 나는 그런 일을 당신 과 논의하고 싶지는 않습니다. 우리는 같이 일하고 있는 거예요, 모 독이나 기도를 넘어서 우리를 맺어 주고 있는 어떤 것을 위해. 그것 만이 중요한 점입니다.」

 파늘루는 리외 옆에 앉았다. 그는 감동을 한 기색이었다.

 「그렇지요.」그는 말했다. 「당신도 확실히 인류의 구제를 위해 일 하고 계시는 겁니다.」

 리외는 짐짓 미소를 지어 보이려 했다.

 「인류의 구제라는 건 너무 거창한 말입니다, 나한테는. 나는 그런 엄청난 일은 생각하고 있지 않아요. 인간의 건강이 나의 관심의 대상 입니다. 첫째로 인간의 건강입니다.」

 파늘루는 잠깐 망설였다.

 「리외 씨.」그는 말했다.

 그러나 그는 그대로 입을 다물었다. 그의 얼굴에도 땀이 흐르기 시 작하고 있었다. 「실례하겠습니다.」라고 중얼거리고 일어섰을 때엔 그 눈은 반짝이고 있었다. 그가 가려고 하자, 그때 생각에 잠겨 있던 리외도 일어서서 그 옆으로 한 발 다가섰다.

 「정말 죄송합니다. 또 한 번 사과합니다.」그는 말했다. 「그런 화 풀이는 두번 다시 하지 않을 겁니다.」

 파늘루는 손을 내밀며 구슬픈 듯이 말했다.

 「그런데도 저는 당신을 설득하지 못했으니까요.」

 「그게 어떻다는 겁니까.」리외는 말했다. 「내가 미워하고 있는 건 죽음과 불행입니다. 그건 알고 계실 테지요. 그리고 당신이 원하시건 원하시지 않건 우리는 다같이 그걸 참으며 그것과 싸우고 있는 거예 요.」

리외는 파늘루의 손을 잡았다.

「보시는 바와 같이 이렇게.」파늘루의 얼굴을 보지 않도록 하며 그는 말했다. 「하느님조차도 이젠 우리를 떼어놓지 못하는 겁니다.」

보건대에서 일하게 된 후로 파늘루는 병원과 페스트가 들끓는 장소를 떠난 적이 없었다. 그는 구호자들 중에서 마땅히 자기가 차지해야 한다고 생각된 지위, 즉 제1선의 지위에 몸을 두고 있었던 것이다. 죽음의 장면을 목격하는 경우도 드물지는 않았다. 그리고 원칙적으로는 혈청에 의해 안전이 보장되어 있는 셈이기는 하지만, 자기 자신이 죽을 우려도 역시 아주 없는 것은 아니었다. 겉으로 보기에 그는 언제나 냉정을 유지하고 있었다. 그러나 한 어린애가 죽어 가는 것을 오랫동안 바라보고 난 그날부터 그는 변한 것같이 여겨졌다. 뚜렷한 긴장의 기색을 그 얼굴에서 볼 수 있게 되었다. 그러나 그가 리외에게 자기는 현재 〈사제는 의사의 진찰을 요구할 수 있는가?〉라는 논제에 관해 짧은 논문을 준비중이라고 웃으며 말했을 때, 리외는 그것이 어쩐지 파늘루가 하는 말 같지가 않고, 좀더 심각한 그 무엇을 의미하는 듯한 느낌을 받았다. 리외가 그 논문의 내용을 알고 싶다는 희망을 표명하자, 파늘루는 이번에 남자들을 위한 미사에서 설교를 하기로 되었는데, 그 기회에 적어도 몇 가지 자기 견해를 말할 작정이라고 말했다.

「당신도 와 주시지요. 논제는 아마 당신에게도 흥미가 있을 거예요.」

신부는 바람이 거세게 부는 어느 날 그의 두 번째 설교를 했다. 실제로 청중은 첫번째 설교 때보다 적었다. 그것은 이런 종류의 모임이 시민들로서는 이젠 신기한 것으로서의 매력은 없어져 버렸기 때문이다. 이 도시가 겪고 있는 어려운 상황 속에서는 '신기'하다는 말 자체가 이젠 의미를 잃고 있었다. 그리고 대부분의 사람들은 설혹 종교상의 의무를 완전히 버리고 있지는 않았더라도, 혹은 그것을 어떤 배덕적(背德的)인 생활에 아주 걸맞는 것으로 만들어 버리고 있지 않았더라도, 통상적인 종교적 의무를 전혀 불합리한 미신으로 바꿔 놓아 버리고 있었다. 그들은 미사에 참석하기보다는 차라리 재앙을 막는 메달이나 성 로크의 부적을 몸에 지니고 있었던 것이다.

그 예로 시민들이 예언을 함부로 믿고 들먹이고 있던 사실을 들 수 있다. 봄에는 실제로 이제나저제나 하고 병이 끝나기를 기다리면서도 전염병의 지속 기간에 관해서는 확실한 것을 알아내려고 하는 사람은 없었거니와, 이것은 어차피 언제까지나 계속될 리는 없다고 모두들 확신하고 있었기 때문이었다. 그러나 날이 지나감에 따라 사람들은 이 불행이 종말을 고할 날은 없지 않을까 하고 걱정하기 시작했다. 그리고 동시에 전염병의 종식이 모든 희망의 대상이 되었던 것이다. 그래서 고대의 마술사와 카톨릭 교회의 성자들이 한 여러 가지 예언이 이 사람 저 사람에게로 전해지게 되었다. 시내의 인쇄업자들은 이와 같은 열중을 이용하여 한바탕 돈벌이를 할 수 있다고 재빨리 판단하여, 유통되고 있는 원문을 무척 많이 인쇄해서 퍼뜨렸다. 설화(說話)에서도 예언이 부족해져 버리자, 저널리스트들에게 주문하게 되었는데 이들은 적어도 이 점에 관한 한, 과거 몇 세기의 시범(示範) 못지 않은 유능한 솜씨를 발휘했다.

이런 예언 중에 어떤 종류의 것은 신문 지상에 연재되기까지 했고, 더구나 그것은 건전한 시절의 그 난에 실렸던 감상적인 이야기보다 더 열심히 읽혀졌다. 이와 같은 예언의 몇 가지는 그 해의 기원 연 수와 사망자 수, 페스트가 계속되었던 달 수 등이 곁들여진, 기묘한 계산을 근거로 삼고 있었다. 또 어떤 것은 역사상 대규모의 페스트와의 비교를 시도하여, 거기에서 유사점(예언은 이것을 항상 변함없는 것이라 말하고 있었다)을 끄집어내어, 이것도 전자 못지 않은 기묘한 계산을 해서, 현재의 시련에 관한 교훈을 거기에서 끌어낼 수 있다고 했다. 그러나 제일 일반적으로 귀중하게 여겨진 것은 물론 묵시록(默示錄)의 말로써 알려주는 일련의 일들――그 하나하나가 현재 이 도시가 경험하고 있는 것일 수 있고, 또 그 복합성 때문에 온갖 해석이 허용되는 것 같은 일련의 일들――을 예고한 것이었다. 노스트라다무스(16세기 프랑스의 점성술사)와 성녀 오딜이 매일같이 인용되고, 더구나 항상 그럴 듯한 수확이 있었다. 그리고 모든 예언의 공통점은 결국 사람을 안심시키는 것이었다는 점이다. 단지 페스트만은 그렇지 않았다.

그래서 이같은 미신이 시민들에게 종교의 자리를 대신 차지하고 있었으며, 그런 이유로 파늘루의 설교도 겨우 7할쯤 청중이 들어찬 성당 안에서 진행되었던 것이다.

그날 밤 리외가 갔을 적엔 양쪽으로 열리는 입구의 문틈으로 불어 들어오는 바람이 청중 사이를 제멋대로 휩쓸고 있었다. 그리고 춥고 조용한 교회의, 특히 남자들뿐인 청중 속에 그는 자리를 잡고, 신부가 단상으로 올라가는 모습을 보았던 것이다. 신부는 첫번째 설교 때보다 더 온화하고 생각이 깊은 말투로 얘기했는데, 청중은 거기에 어떤 망설임이 보이는 것을 깨달았다. 그리고 흥미깊게도 그는 이젠 '당신들'이라고 말하지 않고, '우리들'이라고 말하는 것이었다.

그렇지만 그의 목소리는 점점 또렷해졌다. 그는 먼저 몇 달 동안이나 페스트가 우리들 사이에 존재했음을 지적하고, 지금은 그것이 우리들의 식탁이나 혹은 사랑하는 사람의 머리맡에 도사리고, 우리 옆을 거닐며, 작업장에 우리가 오기를 기다리고 있는 것을 그토록 자주 보게 되었는데, 그것이 우리들에게 쉴새없이 말해 주는 것을, 처음에는 놀라서 잘 알아듣지 못했을 가능성도 있지만, 아마도 이번에는 우리가 더욱 잘 알아들을 수 있을 거라는 말부터 하기 시작했다. 같은 이 장소에서 저번에 이어 파늘루 신부가 설파한 얘기는 여전히 진실이다. 혹은 적어도 그는 그렇게 확신하고 있다. 더구나 아마 우리는 누구든지 그런 면이 있었을 것이고, 자기는 가슴을 두드리며 스스로 책망하지만, 그는 그런 일을 자비심 없이 생각하고 또 말했던 것이다. 그러나 여전히 진실인 것은 모든 일에서 항상 취할 점이 있다는 사실이다. 가장 잔혹한 시련은 기독교도에겐 역시 이득이 되었던 것이다. 그리고 기독교도가 바로 이 문제에 관해 탐구해야 할 것은 바로 그 이익이고, 그 이익이 어떤 점에 있으며 어떻게 그것을 찾아낼 수 있는가 하는 일이다.

이때 리외의 주위에선 사람들이 의자의 팔걸이 사이에서 자세를 편하게 하고, 될 수 있는 한 기분좋게 고쳐 앉으려고 하는 눈치였다. 입구의 가죽을 단 문 하나가 가볍게 펄럭였다. 누군가 일어서서 그것을 눌렀다. 그리고 리외가 이 소동에 정신이 팔려 잠시 듣지 못하고 있는 사이에 파늘루는 또 그 설교를 계속했다. 그는 페스트가 가져다 준 광경을 해석하려고 해서는 안 된다, 다만 거기에서 배울 수 있는 것을 습득하려고 애써야 한다고, 대강 이런 내용의 말을 한 듯 싶었다. 리외가 어렴풋이 그 뜻을 파악한 바로는, 신부의 의견으로는 거기엔 해석해야 할 것은 아무 것도 없는 것이었다. 그의 흥미가 아주 끌린 것은, 파늘루가 이 세상엔 신에 대해 해석할 수 있는 사람과 해석할 수 없는 사람이 있다고 힘차게 말했을 때였다. 확실히 선과 악이라는 것은 있고, 또 일반적으로 양자를 구별하는 것은 손쉽게 설명할 수 있다. 그러나 악의 내부 세계에서 어려움이 시작되는 것이다. 예컨대, 명백히 필요한 악과 쓸데 없는 악이 있다. 예를 들어 지옥에 떨어진 돈 환과 어린이의 죽음을 생각해 보면, 탕아가 벼락을 맞는 것은 정당한 일이나 어린이가 고통에 시달린다는 것은 납득할 수 없는 것이다. 그리고 실로 이 지상의 어떤 것도 어린이의 고통과 이 고통에 얽히는 잔혹함, 또 여기서 찾아내야 할 이유보다 더 중요한 것은 없는 것이다. 그 밖의 생활에 있어서는 신은 우리들을 위해 모든 것을 용이하게 해 주시고, 또 거기까지는 종교도 별로 공덕(功德)은 없다. 그러나 거기서 신은 지금까지와는 반대로 우리를 고통의 벽에 몰아붙인다. 우리는 이를테면 그런 상태에서 페스트의 벽에 싸여 있는 셈이며, 그리고 이 벽의 죽음의 그림자 속에서야말로 우리들의 이익을 찾아내야 하는 것이다. 파늘루 신부는, 그런데도 우리는 손쉽게 그 벽을 넘을 수 있게 해 주는 우선권조차 거부하고 있다는 것이었다. 그로서는 그 어린이를 기다리고 있는 구원의 환희가 그 고통을 보상할 수 있다고 말하는 것은 쉬운 일이겠으나, 사실 그는 그 점에 관해서는 아무 것도 모른다는 것이었다. 사실, 영원의 기쁨이 순간적인 인간의 고통을 보상할 수 있다고 누가 단언할 수 있을까? 그런 말을 하는 자는 몸소 육신과 영혼의 고통을 맛보신 주를 섬기는 기독교도라고는 단연코 말할 수 없는 것이다. 아니, 신부는 벽에 몰아붙여진 채 십자가가 상징하고 있는 그 육신의 고통을 충실하게 본받아서, 어린이의 고통에 똑바로 마주 서 있을 작정이라는 것이다. 그리고 그는 이날 자기 설교를 듣고 있는 사람들을 향해 두려움 없이 이렇게 말하는 것이었다. 「여러분, 그 시기가 왔습니다. 모든 것을 믿느냐, 아니면 모든 것을 믿지 않느냐, 이것입니다. 그리고 우리들 중에서 대체 누가 모든 것을 부정하는 짓을 감히 할 수 있겠습니까?」

　리외가, 신부는 이제 이단자가 되어 가고 있구나 하고 생각하는 순간, 신부는 어느새 힘차게 말을 이어, 그 명령, 그 무조건의 요구야말로 기독교도가 은총을 입은 점이라고 단언했다. 그것은 또한 기독교도의 덕목(德目)이기도 하다. 신부는 그가 이제부터 얘기하려는 덕목에 격렬한 것이 있는 점이, 가장 너그럽고 제일 전통적인 도덕에 익숙해져 있는 많은 사람들의 정신에 반발을 느끼게 할 것이라는 것을 알고 있다. 그러나 페스트 시대의 종교는 평소의 종교와 같은 것일 수는 없고, 신도 행복의 시대에는 인간의 영혼이 안식하고 또 즐기는 것을 용납하거나 혹은 소양하기조차 하시는 경우가 있을 수 있었더라도, 극도의 불행 속에서는 그 영혼이 격렬해지기를 바라시는 법이다. 신은 오늘날 그가 만드신 자들에게 은총을 주시고, 그들이 '전체' 또는 '무'라는 가장 위대한 덕목을, 기어코 찾아내어 다시 실천을 하지 않으면 안 될 만한 불행 속에 우리를 던지신 것이다.

　수백 년 전에 어떤 버릇없는 저술가가 최초의 세계에 교회의 비밀을 폭로한다고 말하고, 연옥(煉獄) 같은 것은 존재하지 않는다고 단언한 적이 있다. 그 저자가 그런 표현으로 은근히 비치려 한 것을 어중간한 정도라는 것은 존재하지 않는다는 것과, 천국과 지옥밖에 존재하지 않는다는 것, 그리고 사람은 스스로 택한 바를 따라 구제되거나, 혹은 떨어뜨려지거나 하는 이외에는 있을 수 없다는 것이었다. 파늘루가 말하는 바를 믿는다면 이것은 방종한 영혼만이 생각해 낼 수 있는 엄청난 이단인 것이다. 왜냐하면 연옥이라는 것은 역시 존재하기 때문이다. 그러나 확실히 그런 연옥을 너무 기대해서는 안 되는 시대, 곧 하찮은 죄로 소란을 피울 수 없는 특수한 시대가 있다. 모든 죄가 죽음을 의미하고, 모든 냉담함은 죄가 되는 시대, 즉 전부가 아니면 무인 시대가 있다는 것이다.

　파늘루가 잠깐 말을 그치자, 리외에겐 그때 바깥에서 더욱 거세어진 듯한 바람이 문 뒤에 부딪혀서 나는 소리가 한결 더 잘 들렸다. 신부는 마침 이 순간에 또 얘기하기 시작했다——자기가 말하고 있는 무조건적인 복종이라는 덕목은 보통 생각되고 있는 것 같은 좁은 의미로 이해되어야 할 것은 아니며, 그것은 평범한 체념도, 곤란한 자기 비하라는 것조차도 아니다. 이것은 복종이지만, 그러나 복종하는 자가 스스로 동의하고 있는 복종이다. 확실히 어린이의 고통이라는 것은 정신적으로도 감정적으로도 굴욕적인 일이다. 그러나 그러므로 그 속에 들어가야 하는 것이다라고 말하면서 파늘루는 자기가 지금 말하려 하고 있는 것은 결코 표현하기 쉬운 일은 아니라고 청중을 향해 단언했다――하느님이 원하시기 때문에 그것을 받아들여야 하는 것이다. 이렇게 해서야만 기독교도는 어떤 것도 간과(看過)하는 일 없이, 더구나 모든 출구가 막혀서 본질적인 선택의 심오한 내면으로 향할 수 있을 것이다. 그는 모든 것을 부정하는 비극의 수렁에 빠지지 않으려고 모든 것을 믿는 길을 택할 것이다. 그리고 지금 이 순간에도 여기저기의 교회에서 씩씩한 부인들이 환부에 생기는 임파선종이 바로 페스트를 물리치는 자연스런 방법이라는 말을 듣고,「하느님, 제발 우리 아이에게 임파선종을 점지해 주시기를 비옵니다.」라고 말하고 있는 것처럼, 기독교도는 신의 의지에――설사 그것이 이해할 수 없는 것일지라도――몸을 맡길 줄 알아야 할 것이다.「나는 저것은 이해할 수 있으나 받아들일 수 없다.」라는 말은 할 수 없다. 우리들에게 제시된 그 받아들일 수 없는 고통 속으로 우리 자신을 몰입시켜야만 한다. 어린이의 고통은 우리들의 입에 맞지 않는 쓴 빵이지만, 그러나 이 빵이 없이는 우리들의 영혼은 그 정신적인 굶주림 탓으로 사멸할 것이다.

이때 파늘루 신부가 잠깐 쉴 적마다 대개 조금씩 술렁거리는 기척이 들리기 시작했으나, 다음 순간 설교자는 또다시 열의있게 얘기하기 시작하여, 청중을 대신해서 묻는 것 같은 형식으로, 결국 어떻게 처신을 해야 하는가를 물었다. 그도 충분히 예상하고 있는 바지만, 사람들은 운명론이라는 무서운 말을 꺼내려고 할 것이다. 그렇게 말한다면 그도 그 말 앞에서 반드시 주춤거리지는 않을 것이지만, 그러나 그것은 자기에게 '능동적'이라는 형용사를 덧붙이는 것이 허용되는 경우에 한해서이다. 그리고 또 한 번 말하지만, 확실히 그가 전에 말한 아비시니아의 기독교도의 흉내를 내서는 안 된다. 또 기독교도의 보건대에 자기들의 옷가지를 던지면서, 하느님이 점지해 주신 재앙에 항거하려고 하는 이 비신자(非信者)들에게 페스트를 내려 주십사 하는 말을 입 밖에 내며 하늘에 기원한 저 페르샤의 페스트 환자들을 본받으려고는 생각조차 하지 말아야 한다. 그러나 반대로 또 지난 세기의 전염병 때 병독이 깃들어 있을 수 있는, 물기가 있고 따뜻한 입과의 접촉을 피하기 위해 핀셋으로 성체의 빵을 집으면서 성체 배령을 시켜 주던 카이로의 수도사들을 역시 모방해서는 안 된다. 페르샤의 페스트 환자들과 이 수도사들은 다같이 죄를 짓고 있는 것이다. 왜냐하면 전자의 경우는 어린이의 고통 따위는 전혀 문제가 아니고, 후자는 반대로 고통에 대한 매우 인간적인 공포가 모든 것을 압도해 버리고 있는 것이다. 이 양자는 어느 경우에도 문제가 뒤바뀌고 있다. 모두 신의 목소리에 대해 귀머거리가 되어 있었던 것이다. 그러나 파늘루가 상기하고 싶어한 또 다른 예가 있었다. 마르세이유에 크게 페스트가 유행했을 당시의 기록자의 말을 믿는다면, 메스시파(1603년 마드리드에 창건된 수도사회)의 수도원의 81명의 수도사들 중에서 네 사람만 이 열병이 있은 후에 살아 남았다. 그리고 이 네 사람 중에서 세 사람은 도망해 버렸다. 기록자들은 이렇게 말하고 있을 뿐이며, 그 이상을 말하는 것은 그들의 직분이 아니었다. 그러나 파늘루 신부는 그 기록을 읽으면서 오직 홀로 남아 있던 그 수도사——77개의 시체를 봤는데도, 또 특히 세 사람의 동료들의 선례가 있는데도 혼자 머물러 있던 그 수도사——에게 쏠렸던 것이다. 그리고 신부는 설교단의 가장자리를 주먹으로 치면서 크게 소리쳤다. 「여러분, 우리는 마지막까지 머물러 있는 자가 되어야 합니다.」

그것은 결코 경각심이라는 것——하나의 사회가 재화의 혼란 속에 질서를 가져다 주고 있는 지적으로 훌륭한 규율——을 거부하는 일은 아니다. 다만 무릎을 꿇고 모든 것을 포기해야 한다고 말하고 있는 그 도학자들에게 귀를 기울여서는 안 된다. 어둠 속을 다소 저돌적으로 전진하기 시작하여, 선을 행하려고만 노력해야 한다. 그러나 이 밖의 점에 대해서는 지금까지와 같은 태도를 지키고, 또 스스로 납득하여 모든 것을, 어린이의 죽음조차도 하느님의 뜻에 맡기고, 개인의 힘에 의지하지 않도록 해야 한다.

여기서 파늘루 신부는 마르세이유에서 페스트가 유행했을 때 벨징스 주교(마르세이유의 주교. 1720~21년 페스트 유행 때 가장 헌신적인 구호 활동을 하여 역사상 그 이름을 남겼다)라는 기품이 높은 인물 얘기를 꺼냈다. 그가 지적한 바에 따르면 전염병이 막바지에 접어들었을 무렵, 주교는 해야 할 일을 다한 끝에 이젠 다른 수단이 없다고 믿고, 식량을 비축하여 집에 틀어박히고는 그 집에 담장을 둘러쳤다. 그때까지 그를 우상같이 숭배하고 있었던 주민들은 슬픔이 극도에 이르렀을 때 흔히 볼 수 있는 것 같은 감정적인 반동으로, 주교에 대해 분개하여, 그 집 주위에 시체를 쌓아 전염병을 감염시키려고 했다. 그뿐 아니라 아주 확실하게 죽게 하려고 담장 앞으로 시체를 던져 넣기까지 했다. 주교는 자신이 죽음의 세계와 격리되어 있다고 믿고 있었으나 실상 그의 죽음은 하늘에서 머리 위로 떨어져 내리고 있었던 것이다. 우리들의 경우도 그와 마찬가지여서, 페스트 속에 고도(孤島)는 없다는 것을 단단히 스스로 마음속에 타일러 두어야 한다. 그야말로 중간이라는 것은 존재하지 않는다. 공분(公憤)을 느낄 만한 사실은 허용해야 한다. 왜냐하면 우리는 신을 미워해야 할지, 사랑해야 할지를 선택해야 하기 때문이다. 그런데 누가 감히 신을 미워하는 길을 선택할 수 있을까?

「여러분.」하고 마침내 결론을 내릴 단계가 되었음을 알리는 것 같은 어투로 파늘루 신부는 마지막으로 말했다. 「신에 대한 사랑은 어려운 사랑입니다. 그것은 자아의 전면적인 포기와 자기 자신에 대한 멸시를 전제로 하고 있습니다. 그러나 이 사랑만이 어린이의 고통과 죽음의 슬픔을 지워 버릴 수 있으며, 이 사랑만이 어떻든 그것을 필요한 것 —— 이해할 수가 없기 때문에, 그리고 다만 그것을 바랄 뿐이기 때문에 필요한 것 —— 으로 할 수 있는 것입니다. 이것이야말로 내가 여러분과 함께 나누기를 원했던 어려운 교훈입니다. 이것이야말로 인간의 눈에는 잔혹하게 보이면서, 신의 눈에는 결정적인 신앙이니, 우리는 거기에 접근해 가야 하는 것입니다. 우리는 애써 이 두려운 원형(原型)을 뒤따라 가야 합니다. 최고로 높은 이 경지에서는 모든 것이 융합하고 모든 것이 동등해지며, 겉으로는 부정의로 연이은 것으로부터 진리가 솟구쳐 나올 것입니다. 그러므로 프랑스 본국의 미리(프랑스 남부 지역을 통틀어 막연하게 가리키는 호칭) 지방의 많은 교회에서는 페스트로 쓰러진 사람들이 여러 세기 동안 내진(內陣)

의 돌바닥 밑에 잠들어 있어서, 사제들은 그들의 무덤 위에서 얘기하고, 또 사제들이 선포하는 정신은 이 재 속에서——어린이들 역시 거기에 끼어 있는 이 재 속에서——분출하고 있는 것입니다.」

리외가 바깥에 나가려고 하자 모진 바람이 반쯤 열린 문에서 불어와 신자들의 얼굴을 정면으로 후려쳤다. 그 바람은 비 냄새와 젖은 포도의 냄새를 교회당 안에 실어와서, 신자들은 바깥에 나가기 전에 시내의 정황을 짐작할 수 있었다. 리외 앞에서는 마침 그때 나온 한 사람의 늙은 사제와 젊은 부제가 머리에 쓴 모자를 날릴까봐 애를 먹고 있었다. 나이가 든 사제는 그 정도의 일 때문에 설교에 주석을 다는 일을 멈추지는 않았다. 그는 파늘루의 웅변에 경의를 표명했지만, 신부가 제시한 사고 방식의 대담한 몇 가지 구절에 우려를 품고 있었다. 그는 파늘루 신부의 설교에는 힘찬 기세보다도 오히려 불안이 나타나 있다고 평가했다. 젊은 부제는 바람 피하기 위해 고개를 숙이면서, 자기는 무척 자주 신부를 찾아가곤 했기 때문에 그의 사상적 발전에 대해서는 잘 알고 있다면서, 그의 논문은 또 그 이상으로 훨씬 더 대담한 것이 될 것이고, 모름지기 출판 허가는 얻지 못할 것이라고 단언했다.

「그럼 그의 사상은 어떤 것이란 말인가?」 늙은 사제가 물었다.

그들은 마침 앞뜰에 나와 있었으므로, 바람이 거세게 윙윙거리며 휘몰아치고 있어 젊은 부제는 말을 할 수가 없었다. 겨우 입을 열 수 있게 되자 그는 다만 이렇게 말했다.

「사제가 의사의 진찰을 요청한다면 거기엔 모순이 있다고 하는 겁니다.」

파늘루의 설교 내용을 보고한 리외에게, 타루는 시력을 잃은 젊은 남자의 얼굴을 보고 전쟁중에 신앙을 잃은 어떤 사제를 자기는 알고 있다고 말했다.

「파늘루의 생각은 옳아요.」 타루는 말했다. 「죄 없는 자가 눈을 다쳐서 장님이 된다면, 기독교도는 신앙을 잃거나, 아니면 눈이 찌부러지는 일을 받아들여야지. 파늘루는 신앙을 잃고 싶지 않은 거예요. 끝까지 소신대로 가 볼 참인 거요. 그는 그런 뜻을 말하려고 한 거지요.」

타루의 이 같은 관찰은 그 후 곧 일어난 그리고 그때의 파늘루의 행동이 주위 사람들에게 이해할 수 없게 생각된 불행한 사건을 밝혀낼 수 있는데 어느 정도나 도움이 될는지 그것은 독자들의 판단에 맡기고 싶다.

설교가 있은 지 2, 3일 후 파늘루는 마침 이사하게 되었다. 당시는 전염병의 진전에 따라 끊임없이 시내에 이사를 다닐 필요성이 생기고 있을 때였다. 그리고 타루가 호텔에서 나와 리외네 집에 유숙하지 않을 수 없게 되었던 것과 마찬가지로 신부 역시 교구에서 마련해 준 거실을 떠나, 교회의 단골이고 또 페스트의 재난을 면하고 있는 어느 늙은 부인네 집에 기숙을 하지 않을 수 없게 되었다. 이사를 하는 동안에 신부는 자신의 피로와 불안이 급증하는 것같이 여겨졌다. 그리고 그런 탓으로 그는 여자 주인으로부터 존경을 받지 못하게 되었던 것이다. 왜냐하면 그녀가 성녀 오딜의 예언의 공덕을 열렬하게 찬양한 데 대해, 신부는 아마 피로 탓이었을 것이지만, 다소나마 짜증이 나는 듯한 기색을 보인 것이다. 그 후 아무리 노력해서 그 늙은 부인에게서 최소한 호의적인 중립이나마 얻으려고 해 봐도 끝내 성공하지 못했다. 그는 나쁜 인상을 주어 버린 것이다. 그리고 밤마다 코바늘로 뜬 레이스 커튼이 치렁치렁 늘어진 자기 방으로 돌아가기 전에, 그는 객실에 앉은 여자 주인의 등을 물끄러미 바라보아야 했다. 그래도 그녀가 돌아다보지도 않으면 예전에 그녀가 해 주었던「안녕히 주무세요, 신부님.」이라는 밤인사를 떠올리며 자기 방으로 돌아가는 것이었다. 그런 어느 날 밤 마침 잠자리에 들려고 하는데, 그는 머리가 쑤시고 여러 날 전부터 몸 속에 숨어 있는 열의 사나운 물결이 손목과 관자놀이에 밀려오는 것을 느꼈던 것이다.

그 후에 있은 일은 나중에 여자 주인의 입을 통해 비로소 알려지게 되었다. 아침에 그녀는 평소의 습관대로 일찍 일어났다. 시간이 좀 지났는데도 신부가 방에서 나오는 기척이 없는 것을 이상하게 여기고, 그는 무척 주저하면서도 큰 마음을 먹고 그 방문을 두드려 보았다. 보니 신부는 밤새 뜬눈으로 새우고 여태 잠자리에서 드러누워 있었다. 그는 가슴이 몹시 답답한 모양이고 여느 때보다 얼굴이 충혈되어 있는 것같이 보였다. 부인 자신의 말에 따르면, 그녀는 의사를 부를

까요 하고 간곡하게 말해 봤지만, 그 제의는 거칠게 배제되었다. 그렇게 거칠게 말할 것은 없지 않느냐 싶어 새삼 섭섭한 생각이 드는 것이다. 그는 물러나는 수밖에 없었다. 조금 있다가 신부는 벨을 울려 그녀더러 와 달라고 청했다. 그는 조금 전의 신경질 같은 발작에 대해 사과하고, 페스트에 걸릴 듯 싶은 징조는 하나도 보이지 않고, 그저 일시적으로 피로가 쌓였기 때문이라고 확언했다. 늙은 부인은 위엄이 있는 태도로 자기가 그렇게 말한 것은 그런 종류의 염려가 있어서 그랬던 게 아니고, 또 하느님의 뜻으로 좌우되는 자기 자신의 안전 따위는 물론 생각지 않았고, 다만 자기도 일부 책임이 있다고 생각하고 있는 신부님의 건강을 걱정했을 뿐이라고 말했다. 그러나 신부는 그 이상 아무 말도 더 하려 하지 않았으므로 그녀의 말을 믿는다면, 자신의 의무만은 다하기를 원하고 있는 여자 주인은 거듭 의사를 부르는 게 어떻겠느냐고 말해 보았다. 신부는 또 거부하면서 여러 가지로 변명을 덧붙였지만 늙은 부인으로서는 그것이 아주 두서없는 말 같이 생각되었던 것이다. 그녀가 좀 안 것같이 여겨진 일은, 더구나 그것이 그녀로선 정말 이해할 수 없는 일이지만, 신부가 의사의 진찰을 거부하는 것은 그것이 그의 사상과 일치하지 않기 때문이라는 사실이었다. 그래서 그녀는 높은 열이 이 하숙인의 생각을 혼란스럽게 했다는 결론을 내리고는, 약을 지어다 주는 것으로 자신의 의무를 끝내고 말았다.

이런 사태에서 생기는 여러 가지 의무를 아주 정확하게 수행하기로 늘 마음먹고 있던 그녀는, 2시간마다 규칙적으로 환자를 지켜보고 있었다. 무엇보다도 그녀의 눈에 제일 잘 띈 것은 끊임없는 흥분인데, 그날 온종일 신부는 그런 상태로 지냈다. 모포를 젖혀 버렸다가는 다시 자기 쪽으로 끌어당기는가 하면, 쉴새없이 땀이 솟은 이마를 손으로 만지면서 자주 몸을 일으키는 마치 쥐어짜듯이 목이 죄어드는 것 같은 기침을 하려고 한다. 그런 때의 몰골은 마치 목구멍 속에 솜이 막혀 있는 것을 끄집어내지 못해, 숨이 막혀 버리기라도 한 것 같았다. 그런 발작이 끝나면 그는 기진맥진한 기색을 보이며, 축 늘어져서 뒤로 쓰러져 버리는 것이었다. 마지막으로 그는 또 반쯤 몸을 일으켜 잠깐, 그때까지의 모든 흥분보다도 더 강렬하고 의젓한 태도로 유심히 앞쪽을 바라보기도 했다. 그러나 늙은 부인은 의사를 불러 환자의 비위를 건드리게 될까 봐 여태 망설이고 있었다. 옆에서 보기엔 아무리 심상치 않게 여겨지더라도, 단순히 열 때문에 일으키는 발작인지도 알 수 없었던 것이다.

오후가 되자 그래도 그녀는 신부에게 말해 보려고 했으나, 두세 마디 갈피를 잡을 수 없는 말을 대답으로 들었을 뿐이었다. 그녀는 또 말을 꺼내 보았다. 그러자 신부는 또 일어나 반쯤 숨이 막히는 것같이 하며 자기는 의사한테 진찰을 받기는 싫다고 명확하게 대답했다. 그런 말을 들었을 때 여자 주인은 내일 아침까지 기다려 보았다가, 신부의 용태가 그래도 좋아지지 않으면, 람스도크 통신사가 날마다 열 번쯤은 라디오로 되풀이하고 있는 번호에 전화를 걸어 보기로 결심했다. 여전히 자기 의무에 주의를 게을리하지 않는 그녀는 밤에도 환자를 지켜 보면서 보살펴 주리라 생각하고 있었다. 그런데 밤에 새로 달인 약을 가져다 주고 나니 피곤해져서 조금 눕고 싶었다. 그런데 간신히 잠이 깼을 때엔 이튿날 새벽녘이었다. 그녀는 그 방으로 달려갔다.

신부는 꼼짝도 않고 누워 있었다. 전날의 격심한 고열에 이어 지금은 납빛 같은 창백함이 나타나, 그것이 여태 얼굴 모양이 아직도 말짱한 만큼 더욱 눈에 띄었다. 신부는 침대 위에 매달려 있는, 여러 가지 색깔의 구슬 장식이 달린 샹들리에를 물끄러미 바라보고 있었다. 늙은 부인이 들어가자 그는 그쪽으로 머리를 돌렸다. 여자 주인의 얘기로는 그는 밤새도록 고통에 시달려서 이젠 반응을 나타낼 힘을 숫제 잃어버린 것 같은 기색이었다. 그녀는 좀 어떠냐고 물었다. 그러나 그녀의 관심을 끌 만큼 무관심한 목소리로, 병세는 악화했고 의사에게 진찰을 받을 필요는 없지만 모든 것을 규칙대로 하기 위해 자기를 병원에 옮겨다 주기만 하면 될 것이라고 그는 말했다. 깜짝 놀라 늙은 부인은 전화가 있는 데로 달려갔다.

리외는 정오에 도착했다. 여자 주인이 늘어놓는 말에 대해 그는 그저 파늘루가 말한 대로이고 아마 이젠 손을 써 봐도 소용없을 거라고 대답했다. 신부는 전혀 변함없는 무관심한 기색으로 그를 맞았다. 리외는 진찰해 봤으나 호흡 곤란 이외엔, 어디에도 페스트의 주요한 징후가 전혀 나타나 있지 않은 데 놀랐다. 어쨌든 맥박은 극히 약하고 전반적인 증상도 정말 우려할 만한 것이 있어, 거의 소생할 가망은 없었다.

「병의 주요한 징후가 하나도 없군요.」 그는 파늘루에게 말했다. 「그러나 실제로 의심할 점은 있으니 역시 격리해야겠습니다.」

신부는 기묘한 표정으로 마치 예의상 어쩔 수 없다는 듯이 히죽 웃었다가 이내 그대로 침묵을 지켜 버렸다. 리외는 전화를 걸러 나갔다가 이내 돌아왔다. 그는 신부의 얼굴을 빤히 바라보았다.

「내가 따라가 드리겠습니다.」 그는 부드럽게 말했다.

상대방은 약간 생기가 나는 듯, 일종의 따사로움 같은 것이 되살아난 것같이 보이는 눈을 의사 쪽으로 돌렸다. 그리고 힘겨운 듯이 한 마디 한마디를 끊으면서, 슬픈 심정으로 말하고 있는지 그렇지 않은지 전혀 알 수 없는 말투로 「고맙군요.」 하고 그는 말했다. 「하지만 수도사에겐 친구라는 건 없습니다. 모든 것을 하느님께 바친 몸이니까요.」

그는 침대 머리맡에 걸어 두었던 십자가상을 집어 달라고 부탁하여, 그것을 받아들자 저쪽으로 돌아앉아 유심히 그것을 살펴보았다.

병원에서도 파늘루는 전혀 말하지 않았다. 그 몸에 시행되는 온갖 치료에 대해 마치 물건처럼 자기를 하는 대로 내맡겼지만, 십자가상만은 내놓으려 하지 않았다. 그러나 신부의 증상은 여전히 애매했다. 의혹은 여전히 리외의 마음에서 가시지 않고 있었다. 페스트 같기도 하고 페스트가 아닌 것 같기도 했다. 그리고 얼마 전부터 페스트란 놈이 의사의 진단을 갈팡질팡하게 하고 있는 듯한 기미가 있었다. 그러나 파늘루의 경우엔 이 불확실성도 이렇다 할 의미가 없었음을, 그 후의 경과가 보여 주었다.

열은 올랐다. 기침 소리는 더 심하게 카랑카랑해져서 그날 온종일 환자를 괴롭혔다. 드디어 밤이 되자 신부는 호흡을 막고 있던 그 솜을 기침과 함께 뱉어냈다. 그것은 시뻘갰다. 열이 기승을 부리고 있는 가운데도 파늘루는 그 무관심한 눈초리를 보전하고 있었는데, 이튿날 아침 침대에서 반쯤 몸을 내밀고 숨져 있는 모습이 발견되었을 때에도, 그 눈엔 어떤 표정도 떠올라 있지 않았다. 그의 병원 카드에

는 이렇게 기입되었다. '병명 미상'

그 해의 만성절(萬聖節)은 여느 때의 그날과는 달랐다. 확실히 기후는 안성맞춤이었다. 날씨는 갑자기 변하여 무더위가 돌연 선선한 기운에 자리를 양보하고 있었던 것이다. 다른 해와 마찬가지로 찬바람이 지금은 쉴새없이 불고 있었다. 큰 구름이 지평에서 지평으로 흘러 집들을 그림자로 덮고, 그것이 지나가 버리자 11월 하늘의 냉랭한 금빛 광선이 또 집들 위에 내려왔다. 그 해 처음으로 비옷이 모습을 나타내고 있었다. 그것은 놀랄 만큼 많은, 번들번들한 고무천이 눈에 띄는 것이었다. 사실 신문 지상에서는 2백 년 전 남부 프랑스에 페스트가 크게 번졌을 때, 의사들이 그들 자신의 예방을 위해 기름칠한 옷을 걸치고 있었다는 얘기가 보도되고 있었다. 상점은 그것을 이용하여 유행에 뒤떨어진 재고품 옷가지를 팔았고, 모두들 그런 옷가지로 면역성을 얻게 되기를 원하고 있었던 것이다.

그러나 이 같은 계절의 모든 변화도 묘지들이 내버려져 있다는 사실을 잊게 해 주지는 못했다. 다른 해에는 전차들은 국화꽃의 은은한 향기로 가득 차고, 부인네들은 때를 지어 그들의 친척이 묻혀 있는 무덤에 꽃을 놓으러 가곤 하였다. 그럼으로써 사람들은 고인에 대해, 긴 세월에 걸쳐 잊고 지냈던 것을 용서받으려고 하였다. 그러나 이 해는 누구든지 사망한 사람들을 생각하려고 하는 사람은 없었다. 확실히, 이미 지나치리만큼 그들을 생각하고 있었던 것이다. 그러므로 이제는 더이상 회한과 감상에 넘치는 심정으로 그들을 찾아볼 필요는 없었다. 사자들은 이미 한 해에 한 번씩 사람들의 변명을 들을 권리가 있는 존재가 아니었다. 그리하여 성묘하는 날도 이 해엔 얼버무려져 버렸다. 코타르의 표현에 의하면 —— 타루는 그가 더욱더 짓궂은 말을 구사하게 된 것을 깨닫고 있었지만 —— 매일매일이 초혼제였던 것이다.

실제로 또 페스트의 기세 등등한 불길은 화장터 안에서 여전히 경쾌하게 불타오르고 있었다. 나날의 추이에 비하면 사망자 수는 사실 별로 증가하고 있는 것은 아니었다. 그러나 페스트는 최정상에 태연히 버티고 앉아, 그 나날의 살육에 고지식한 관청 직원 같은 정확성과 규칙성을 보이기 시작한 것같이 생각되었다. 원칙적으로는, 그리고 또 그 방면의 전문가들의 의견에 따르면 이것은 좋은 징조였다. 페스트의 진행 그래프는 부단한 상승에 이어서 긴 평형 상태를 보여 줌으로써, 예를 들어 리외 같은 의사에겐 그야말로 바람직한 현상으로 보였던 것이다. 「정말 나무랄 데 없이 양호한 그래프군요.」 하고 그는 말하고 있었다. 그는 전염병이 수평 상태에 도달한 것으로 간주하고 있었다. 앞으로는 쇠퇴할 뿐인 것이다. 그는 그 공적을 카스텔의 새로운 혈청의 힘에 돌리고 있었는데, 사실 그 혈청은 최근 두세 번의 예기치 않은 성공을 거두고 있었다. 카스텔 노인도 그런 의견을 굳이 반대하지는 않았지만, 그러나 실제로 전염병의 역사에는 예기치 않은 여러 가지 일들을 내포하고 있었으므로 앞날을 예상은 할 수 없다고 생각하고 있었다. 도청은 이미 오랫동안 시민들의 마음을 어떻게든 가라앉혀 주고자 했는데도, 페스트는 좀처럼 그 요구를 들어주지 않았다. 그러자 행정 당국은 의사들을 모아 이 문제에 관해 토의해 보려고 생각하고 있었는데, 바로 그때 의사 리샤르가 페스트에 걸려, 그것도 이 전염병의 평형 상태에서 목숨을 잃고 말았던 것이다.

행정 당국은 확실히 충격적인, 그러나 정말 어쩔 도리가 없는 엄연한 사실 앞에서, 지금까지의 낙관적인 자세에서부터 또다시 모순에 찬 비관주의로 돌아서고 말았다. 한편 카스텔은 여하튼 될 수 있는 대로 혈청을 정성껏 만들기로 했을 뿐이었다. 아무튼 이젠 공공 장소 가운데 병원이나 검역소로 개조되어 있지 않은 것은 하나도 없고, 아직 도청만은 손을 대지 않은 것도 모임을 가질 장소를 역시 남겨둘 필요가 있기 때문이었다. 그러나 총체적으로 말해서, 또 이 시기에 있어 페스트가 비교적 안정된 상태에 있었다고 하는 사실로 볼 때, 리외가 미리 계획을 세워 둔 조직은 결코 늦은 게 아니었다. 의사와 조수들은 혼신의 노력을 기울이고 있었으나, 그 이상의 노력을 생각할 필요는 느끼지 않았다. 그들은 이 초인적인 일을 그저 규칙적으로 계속하고 있으면 되었던 것이다. 이미 나타나 있는 폐장성 페스트는 지금은 마치 바람이 사람들의 가슴속에 불길을 타오르게 하고 있는 것처럼 시내 도처에 번져 있었다. 토혈을 계속하면서 환자들은 훨씬 급속하게 쓰러져 갔다. 전염성의 위험은 이러한 새로운 증세와 더불어 더 확산될 것 같았다. 사실 전문가들의 의견은 이 점에 관해 항상 서로 대립하고 있었던 것이다. 그래도 더 안전을 기약하기 위해, 보건 관계의 사람들은 여전히 소독 거즈 마스크 밑에서 계속 호흡하고 있었다. 여하튼 언뜻 보기엔 전염병은 더욱 증대할 듯싶었다. 그러나 선(腺) 페스트의 증례가 감소되어 있었으므로 저울은 균형을 유지하고 있었던 것이다.

그렇지만 날이 갈수록 증대하는 식량 보급의 어려움은 전염병의 또다른 결과로서, 그 밖에도 여러 가지 불안의 요인이 되는 문제가 있을 수 있었다. 투기가 성행하여, 보통 시장에는 결핍하고 있는 긴요한 생활 필수품 등이 거짓말 같은 값으로 팔리고 있었다. 그래서 가난한 가정은 몹시 어려운 처지에 빠져 있었지만, 한편 부유한 가정에서는 무엇이든지 구입하지 못하는 것이 하나도 없을 지경이었다. 페스트가 그 작업 양상에서 보여 준 효율적인 공평성에 의해 시민들 사이에 평등성이 강화될 성싶었지만, 페스트는 오히려 인간의 마음속에 에고이즘을 확고하게 심어 줌으로써 불공평을 더욱더 심화시켰던 것이다. 물론 완전 무결한 죽음의 평등만은 남겨져 있었지만, 그러나 이 평등은 누구도 바라는 사람은 없었다. 그래서 굶주림에 시달리고 있는 가난한 사람들은 한결 깊은 향수를 품고 생활이 자유로우며 빵도 비싸지 않은 근처의 소도시와 시골에 대해 생각하고 있었다. 자기들에게 충분한 식량을 공급하지 못하는 이상, 당연히 이 도시로부터의 퇴거를 허용해 주어야 한다는——물론 전혀 이치에 맞지 않는——그런 감정이 그들에겐 있었다. 그리하여 하나의 암호 같은 말이 퍼뜨려지게 되어 그것이 간혹 벽에 씌어져 있거나 또 어떤 때는 지사가 지나갈 때 외쳐지기도 했다. 「빵을 주든지, 아니면 공기를 달라!」 이 짓궂은 문구는 몇몇 시위의 도화선이 되었는데, 그것은 즉시 진압되기는 했지만 그 중대성은 누구의 눈에도 명백했다.

신문은 당연히 무슨 일이 있건 낙관주의를 표방해야 한다고 하는, 항상 가르침을 받고 있는 금령을 따르고 있었다. 신문지상에서 보면 현재의 사태의 두드러진 특색이라 할 만한 것은 시민이 보여 주고 있는 '평정과 침착의 감동할 만한 실례'였다. 그러나 그 자체 속에 갇

혀진 한 도시, 어떤 일도 거기서는 비밀이 보장될 수 없는 한 도시에
서는, 당국에 의해 제시되는 '실례' 따위에 속는 사람은 없었다. 그
리고 여기서 문제로 되어 있는 평정과 침착이라는 것에 대해 올바른
관념을 얻기 위해서는, 당국에 의해 조직된 어딘가의 예방 격리소나
격리 수용소 중의 한군데에 들어가 보는 것만으로도 충분했다. 필자는
공교롭게도 다른 일에 동원되고 있어 그런 장소의 실태를 알지 못하
고 말았다. 그러므로 필자로서는 여기서 타루의 견문기(見聞記)를 인
용할 수밖에 없는 것이다.

　타루는 실제로 그 수첩에, 랑베르와 함께 시립 경기장에 설치된 수
용소를 찾아갔을 때의 일을 기술하고 있다. 경기장은 거의 시의 입구
에 위치하여 한쪽은 전차가 다니고, 또 한쪽은 장터가 마련되어 있는
언덕 기슭까지 펼쳐진 일대의 공지에 접해 있다. 평소부터 높은 콘크
리트 벽에 둘러싸여 있었으므로, 탈주를 어렵게 하기 위해서는 네 군
데 출입구에 경비병을 배치하는 것만으로도 충분했다. 마찬가지로
또 그 담장은 외부 사람들이 예방 격리되어 있는 불행한 사람들에게,
호기심으로 부질없고 귀찮은 생각을 하게 하는 것을 방지하고 있었
다. 그 대신 이 사람들은 온종일 모습이 보이지 않는 전차가 지나가
는 소리를 듣고, 또 전차와 함께 지나가는 술렁거림이 한결 커지게
됨으로써, 근로자들의 출퇴근 시간이 된 것을 짐작하는 것이다. 그들
은 이렇게 하여 자기들이 거기에서 추방되어 있는 생활이 바로 5, 6미
터 저편에서 여전히 계속되고, 또 콘크리트 담장은 서로 관련이 없는
두 세계 —— 저마다 다른 유성 위에 있었다고 하더라도 이토록 관련
이 없을 수는 없을 성싶은 두 세계 —— 를 갈라놓고 있음을 알게 되는
것이었다.

　어느 일요일 오후를 택해 타루와 랑베르는 경기장으로 향했다. 축
구 선수 곤잘레스가 같이 따라왔는데, 랑베르가 그를 찾아냄으로써
거우 수용소의 교대 감시를 허락받을 수 있었다. 랑베르는 그를 수용
소 소장에게 소개하기로 되어 있었다. 곤잘레스는 조금 전에 만났을
때 두 사람에게, 페스트가 발생하기 이전이라면 자기는 시합을 시작
하기 위해 유니폼으로 갈아입을 시간이라고 말했다. 경기장이 징발
되어 버린 지금은 그런 일도 이젠 있을 수 없어, 곤잘레스는 아주 무

료하게 지내고 있으며, 또 실제로 그런 기색을 보이고 있었다. 그런 사연이 있기도 하여 그는 감시하는 일을 주말 동안만 근무한다는 조건으로 맡았던 것이다. 하늘은 반쯤 구름에 덮여 있어, 곤잘레스는 고개를 쳐들면서 비가 올 것 같지도 않고 덥지도 않은 이런 날씨가 좋은 시합을 하기엔 꼭 적합하다고 아쉬운 듯이 설명했다. 그는 탈의실에서 바르는 약 냄새와 술렁거리는 관람석이며, 연한 황갈색의 땅바닥에서 뛰는 선명한 색깔의 유니폼과 중간 휴식 때 마시는 시트론이며, 혹은 바싹 마른 목구멍을 수천 개의 상쾌한 바늘끝으로 자극하는 레몬 쥬스 등, 그런 모든 것을 나름대로 묘사해 보였다. 그리고 타루가 적어 둔 기록에 의하면, 몹시 울퉁불퉁한 변두리의 한길을 지나가는 동안 내내, 곤잘레스는 돌멩이를 볼 적마다 그것을 걸어차기를 멈추지 않았다. 그는 그것을 하수도 구멍에 차 넣으려고 했는데, 한 번 성공하면 「일 대 영!」 하고 외치기도 했다. 담배를 다 피웠을 적엔 그 꽁초를 앞으로 뱉어내어 그것이 떨어질 때 차 버리려고 했다. 경기장 가까이에서 놀고 있는 아이들이 지나가는 일행 쪽으로 공을 굴려 보내면, 곤잘레스는 일부러 다가가 정확하게 겨냥하여 그것을 차서 돌려보내 주었다.

그들은 겨우 경기장 안으로 들어갔다. 관람석은 사람들로 가득 차 있었다. 그러나 운동장은 수백 개의 붉은 천막으로 뒤덮이고, 그런 천막의 내부에는 멀리서도 침구류나 짐꾸러미 등이 보이고 있었다. 관람석은 그대로 남겨져서, 심한 더위나 비가 오는 날에는 수용자들이 몸을 피할 수 있도록 되어 있었다. 다만 일몰과 동시에 모두 천막에 복귀해야 했다. 관람석 아래쪽에는 새로 마련된 샤워 설비와, 예전의 선수들의 탈의실을 개조한 사무실과 병실이 있었다. 대부분의 수용자들은 관람석에 진을 치고 있었다. 다른 사람들은 터치라인 언저리에서 빈둥거리고 있었다. 어떤 사람들은 자기들의 천막 입구에 웅크리고 앉아, 이곳저곳을 휑한 눈으로 두리번거리고 있었다. 관람석에서는 많은 사람들이 풀이 죽은 몰골로 걸터앉아 있는 폼이, 마치 무언가를 기다리고 있는 것 같았다.

「낮엔 모두 뭘 하고 있습니까?」 타루는 랑베르에게 물었다.

「아무 것도 하고 있지 않아요.」

거의 모든 사람들이 실제로 그저 멍하니 손을 싸매고 앉아 있었다. 이 방대한 인간 집단은 이상하리만큼 조용하기만 했다.

「초기에는 이 속에 들어가면 서로 말소리를 알아들을 수 없을 정도였지요.」하고 랑베르는 말했다.「그런데 날이 갈수록 모두 지껄이지 않게 되었습니다.」

수첩에 기록된 내용을 믿는다면, 타루로서는 그들의 심정을 알 수 있고 애초의 그들의 동태도 눈앞에 떠올릴 수 있었지만, 천막 안에 빽빽이 들어차서 파리 소리를 듣거나 몸을 긁적거리는 것 같은 짓만을 일삼고 있는 그들은, 상냥하게 귀를 기울여 주는 사람만 만나면 자기들의 분노와 공포를 떠들어 대고 있었던 것이다. 그러나 수용소가 초만원이 되면서부터 상냥하게 들어주는 사람은 점점 적어졌다. 그래서 그들은 이제는 침묵을 지키면서 서로 경계하는 것밖엔 할 일이 없어져 버린 것이다. 사실 거기엔 일종의 경계심 같은 것이 잿빛으로 빛나는 하늘로부터 붉은 천막 위로 쏟아져 내려오고 있었다.

확실히 그들에겐 모두 경계를 게을리하지 않는 기색이 있었다. 다른 사람들로부터 분리되었으므로 그럴 만한 이유가 없을 리는 없고, 그래서 그들은 저마다 자기 자신을 위한 이유를 찾으면서도 두려워하고 있는 듯한 얼굴을 하고 있었다. 타루가 관찰한 사람들은 너나없이 공허하고 삭막한 눈초리였고, 모두 그들의 생활을 이루고 있었던 것과의 전면적인 분리를 번민하고 있는 기색이었다. 그리고 노상 죽음을 생각하고 있을 수만은 없으므로 그들은 아무것도 생각하고 있지 않았다. 즉 휴가 기간에 접어들었던 것이다. 《그러나 무엇보다도 제일 나쁜 일은》하고 타루는 적고 있다. 《그들이 잊혀진 인간이라는 것, 그리고 그들 자신이 그것을 알고 있다는 사실이다. 그들을 알고 있는 사람들도 다른 일을 생각하고 있기 때문에 그들을 잊어버리고 있으며, 이것은 충분히 이해할 수 있는 일이다. 그들을 사랑하고 있는 사람들은 어떠냐 하면, 이 역시 그들을 거기에서 나오게 하기 위해 계획을 세우고 분주하게 돌아다녀야 하기 때문에, 그들을 잊어버리고 있다. 나오게 해야 한다는 것만 생각하고 있어서, 이젠 나오게 할 당사자에 대해서는 생각지 않고 있는 것이다. 이 역시 당연한 일이다. 그리고 결국 마지막으로 깨닫게 되는 것은, 누구든지 최악의 불행 속에 있어서조차 진실로 누군가에 대해 생각하지는 못한다는 사실이다. 왜냐하면 진실로 누군가에 대해 생각한다는 것은, 시시각각으로 어떤 사물에도 —— 집안 일의 걱정에도, 파리가 날아다니고 있는 것에도, 식사에도, 가려움에도 —— 마음이 번거로워지는 일 없이 그것을 생각하는 일이기 때문이다. 그런데 파리와 가려움 같은 것은 항상 존재한다. 그러므로 인생을 살아가는 일이 어려운 것이다. 그리고 이 사람들은 그것을 잘 알고 있는 것이다.》

소장은 그들이 찾아왔다는 말을 듣고 돌아와, 오통 씨라는 사람이 그들을 만나고 싶어한다고 말했다. 소장은 곤잘레스를 자기 사무실에 안내하고는, 그들을 관람석 한구석으로 데리고 가자 다른 사람들에게서 좀 떨어져 있던 오통 씨가 일어서서 그들을 맞았다. 오통 씨는 여전히 평소의 옷차림을 하고 여느 때와 같은 딱딱한 칼라를 달고 있었다. 다만 타루의 눈에 띈 바로는 관자놀이에 난 머리털이 예전보다 훨씬 흐트러지고, 한쪽 구두 끈이 풀려 있었다. 판사는 지친 기색이어서, 그야말로 한 번도 상대방의 얼굴을 똑바로 보려고 하지 않았다. 그는 그들을 만나게 되어서 기쁘다고 말하고, 리외 씨가 여러 모로 보살펴 준 데 대해 감사하다는 말을 전해 주기를 바란다고 말했다.

두 사람은 잠자코 있었다.

「그래도 아마」 잠시 후 판사는 말했다. 「우리 필립은 그다지 괴로워하지는 않았겠지요?」

그가 자기 아들 이름을 입 밖에 내는 것을 듣는 것은 이번이 처음이어서 타루는 무언가 변했음을 깨달았다. 태양은 지평선으로 기울었는데, 구름 사이로 그 빛은 비스듬히 관람석을 비추면서 그들 세 사람의 얼굴을 금빛으로 물들이고 있었다.

「예.」 하고 타루는 말했다. 「그렇습니다. 정말 괴로워하지는 않았습니다.」

그들이 돌아가자 판사는 햇빛이 비쳐 오는 쪽을 마냥 물끄러미 바라보고 있었다.

그들은 곤잘레스에게 작별 인사를 하러 갔는데, 곤잘레스는 감시 교대표를 검토하고 있는 참이었다. 축구 선수는 그들의 손을 잡으며 웃었다.

「아무튼 탈의실만은 볼 수 있었어요.」하고 그는 말했다.「그것만이라도 있으니 다행이지요.」

잠시 후 소장이 타루와 랑베르를 전송해 주고 있는데, 그때 관람석 속에서 크게 술렁거리는 소리가 났다. 곧 이어 좋았던 시절에는 시합 결과를 알리거나 팀을 소개하는 데 사용되곤 했던 확성기가 콧소리가 섞인 목소리로, 수용자들은 저녁 식사를 배급 받을 수 있도록 각자의 천막에 돌아가 있으라고 알리고 있었다. 사람들은 천천히 관람석을 떠나 발을 끌며 천막 안으로 들어갔다. 그들이 전부 천막 안에 들어가 버리자, 역에서 볼 수 있는 것 같은 자그마한 전기 자동차 두 대가 천막 사이를 지나며 커다란 남비를 실어 갔다. 사람들은 팔을 내밀고 두 개의 국자가 두 개의 남비에 들어갔다가 나오면, 두 개의 주발 속에 저녁 식사가 담겨지는 것이었다. 자동차는 또 움직이기 시작했다. 다음 천막에서도 같은 작업이 되풀이되었다.

「과학적이군요.」타루는 소장에게 말했다.

「그렇지요, 과학적입니다.」상대방은 그들의 손을 잡으며 흡족한 듯 말했다.

초저녁의 어둠은 눈앞에 다가오고 하늘은 맑게 개어 있었다. 부드럽고 상쾌한 햇빛이 수용소를 적시고 있었다. 황혼의 정적 속에서 숟가락과 접시 소리가 여러 방향에서 일고 있었다. 박쥐가 몇 마리 천막 위를 날다가 돌연 자취를 감춰 버렸다. 한 대의 전차가 담장 너머에서 삐걱거리며 지나갔다.

「판사가 불쌍하군.」입구를 나서며 타루는 중얼거렸다.「어떻게 좀 도와 줘야 할 텐데. 하지만 어떻게 도와 줘야 할지?」

이렇게 시중에는 그 밖에도 많은 수용소가 있었지만, 필자는 신중을 기하기 위해, 또 직접적인 정보가 없고 보니 그것에 관해 이 이상은 말할 수 없는 것이다. 그러나 필자가 말할 수 있는 것은 그런 수용소의 존재와 거기에서 풍겨 오는 인간의 체취며, 초저녁의 어둠 속에서의 확성기의 엄청나게 큰 목소리와 담장의 은밀함이며, 혐오를 느끼게 하는 이런 장소에 대한 공포 등이 시민들의 정신을 무겁게 짓눌러서 모든 사람들의 혼란과 불안을 더 증폭시키고 있었다는 사실이다. 행정 당국과의 하찮은 사건과 말썽 등은 늘어날 뿐이었다.

11월 말이 되자 아침 나절은 몹시 차가웠다. 홍수 같은 비가 거침없이 포석을 씻고 하늘을 맑게 하며, 그 후엔 반짝이는 거리 위에 구름 한 점 없는 하늘이 남아 있게 되었다. 가냘픈 태양이 아침마다 거리 위에 반짝이면서도 한껏 차가워진 빛을 쏟았다. 저녁때가 가까워지면 반대로 공기는 오히려 훈훈해지곤 했다. 마침 그런 때를 택해 타루는 의사 리외에게 자신의 내력을 조금씩 이야기해 주었다.

어느 날 밤 열 시쯤, 지루하고 고달픈 하루를 보낸 뒤, 타루는 리외가 그 천식 환자 할아버지한테 저녁 왕진을 가는 데 따라 나섰다. 하늘은 그 지역의 낡은 집들 위에 희미하게 빛나고 있었다. 미풍이 어두운 길목을 건너 소리도 없이 불고 있었다. 조용한 길에서 벗어나자마자 두 사람은 느닷없이 할아버지의 요설(饒舌)에 붙잡혀 버렸다. 할아버지는 두 사람에게 가르치는 것이었다. 즉 아무래도 순조롭게 잘 되어 가지 않는 면이 있는데, 맛좋은 국물을 마시는 건 늘 같은 패거리고, 이런 일이 계속되면 언젠가는 망해 버리게도 될 테고, 그러니 아마——할아버지는 이렇게 말하고 손을 비비적거렸다——소동이 벌어지게 될 거요……. 리외가 진찰을 해 주고 있는 동안에도 할아버지는 이런저런 일에 주석을 다는 것을 멈추지 않았다.

머리 위에서 사람이 걸어 다니는 소리가 나고 있었다. 영감의 아내인 할머니는 흥미를 느낀 듯한 타루의 기색을 눈치채고는, 이웃 여자들이 테라스에 나가 있다고 설명해 주었다. 이와 동시에 들은 얘기로는, 그 위에서는 조망이 퍽 좋고, 또 집들의 테라스는 흔히 한쪽이 통해져 있는 수가 있어, 이 근처의 아낙네들은 자기 집에서 나가지 않고 서로 찾아 다닐 수 있다는 것이었다.

「그렇다니까요.」할아버지는 말했다. 「아무튼 올라가 보시오. 거기에 나가면 바람이 참 좋지요.」

가 보니 테라스는 텅 비어 있고 의자만 세 개 놓여 있었다. 한쪽은 온통 테라스 뿐이고, 그 끝에는 어둡고 울룩불룩한 덩어리가 드러나 있었는데, 그것이 첫번째 언덕임을 알아볼 수 있었다. 다른 한쪽은 몇 군데 거리와 보이지 않는 항구 너머로 하늘과 바다가 함께 숨쉬며 뒤섞여 있는 수평선이 내다보였다. 거기가 벼랑임을 알고 있는 그 너머에서는 어디서 비치는지도 모를 불빛 한 줄기가 규칙적으로 깜빡거렸다. 해변의 등대가 지난 봄부터 다른 항구로 항로를 바꾸는 선박을 위해 여전히 회전을 계속하고 있었다. 바람에 씻기고 닦여진 하늘엔 맑은 별이 빛나고 또 등대의 머나먼 불빛이 이따금 별빛과 부딪쳐 잠깐씩 회색으로 빛나기도 했다. 미풍이 향료와 돌 냄새를 실어 왔다. 그야말로 완전한 정적이었다.

「기분이 좋군요.」하고 앉으며 리외는 말했다. 「마치 페스트도 여기까지는 올라오지 않았던 것 같군요.」

타루는 그에게 등을 돌린 채 바다를 바라보고 있었다.

「네.」잠시 후 타루도 말했다. 「정말 기분이 좋군요.」

그도 의사 옆에 와서 앉아 물끄러미 그 얼굴을 바라보았다. 등대 불빛이 세 번 하늘에서 깜빡거렸다. 어디선가 접시가 부딪치는 소리가 깊은 한길 바닥에서 그들이 있는 곳에까지 올라왔다. 집안에서 문이 삐걱거렸다.

「그런데 리외 씨.」자못 자연스럽게 타루는 말했다. 「당신은 지금까지 내가 어떤 인간인지 알고 싶다고 생각한 적은 없는가요? 나에 대해 우정은 가지고 있겠지요?」

「그렇소.」의사는 대답했다. 「당신에 대해서는 우정은 갖고 있어요. 하지만 지금까지 그런 것을 표시할 시간이 없었거든요.」

「그렇군요, 그럼 안심이 돼요. 어때요, 지금 이 시간을 우정을 나누는 시간으로 삼아 줄 수 있겠어요?」

대답 대신 리외는 그에게 미소를 지어 보였다.

「그럼 아무튼 들어 줘요……」

저편 길에서 자동차 한 대가 젖은 아스팔트 위를 달려가는 모습이 보였다. 그 자동차가 멀리로 사라지더니, 이내 잇따라 멀리서 들려오는 두루 뒤섞인 외침 소리가 또 다시 정적을 깨뜨렸다. 그리고 또 이 정적은 하늘과 별과의 모든 무게를 가지고 다시 두 사람 위에 내려왔다. 타루는 일어서서 테라스의 난간 위에 걸터앉아, 여전히 움푹 패인 의자에 웅크리고 있는 리외를 마주 보았다. 그 모습에서는 하늘에 뚜렷이 떠오른 건장한 몸의 윤곽이 보일 뿐이었다. 그는 오래 얘기했는데, 다음은 그 얘기를 대개 원형대로 기술해 본 것이다.

「얘기를 간단하게 하기 위해 미리 말해 두지만, 나는 이 도시와 이번 전염병을 만나기 훨씬 전부터 이미 페스트에 시달리고 있었던 거요. 이건 말하자면 나 역시 이곳의 모든 사람들과 마찬가지라는 얘기지요. 하지만 세상엔 그런 걸 모르는 사람도 있고, 그런 상태 속에서 좋다고 살고 있는 사람도 있지요. 또 그런 걸 알고 될 수 있으면 거기서 빠져 나가고 싶어하는 사람도 있지요. 나는 항상 빠져 나가고 싶다고 생각했었지요.

젊어서 나는 나 자신이 결백하다는 생각을 가지고 살고 있었어요. 다시 말하면 생각이라는 것은 전혀 하지 않았던 셈이지요. 나는 고민하는 성격도 아니었고, 세상에의 첫걸음도 순조롭게 내디뎠거든요. 모든 형편이 좋아서 지능면에서도 어려움을 겪는 일은 없었고, 여자들한테도 무척 인기가 있었지요. 간혹 불안 같은 걸 느낄 때가 있어도, 이내 잊고 말았어요. 하지만 어느 날 나는 반성하기 시작했지요. 이제는……

미리 말해 두지만 나는 당신처럼 가난하지는 않았어요. 아버지는 차석 검사로 있었는데 이건 사회적으로 상당한 지위예요. 그러나 아버지는 그렇게는 보이지 않았어요. 원래 마음 착한 호인이었거든요. 어머니는 유순하고 조심스런 여자여서 나는 항상 변함없이 사랑하고 있었지만, 그런 얘긴 그만둡시다. 아버지는 애정을 가지고 나를 생각해 주고 있었고, 나를 이해하려고 애쓰고 있기조차 했다고 생각하지요. 바깥에선 여러 가지로 여성 관계도 있었던 모양이고, 지금은 그건 확실한 일이라고 생각하지만 그래도 그걸 분개하는 마음은 별로 없어요. 아버지는 그런 경우에도 당연히 기대해도 좋을 만한 행동을 취하고 있었을 뿐이고, 누구를 짓밟는 것 같은 일도 하고 있지 않았지요. 간단히 말하면 그렇게 색다른 인간은 아니었던 셈이지만, 그것도 돌아가신 지금으로서는 평생 성자처럼 산 인생은 아니었더라도, 또한 악인도 아니었다는 걸 나는 분명히 알 수 있는 거예요. 아버지는 중용을 지키고 있었지요. 그저 그뿐이에요. 그리고 이런 타입의 인간에 대해서는 분명히 애정을 느끼게 되는 법이에요. 즉 그대로 지속할 수 있는 애정 말입니다.

아버지는 그래도 한 가지 특별한 면을 갖고 있었지요——그 큰 〈철도 여행 안내〉란 책은 아버지가 늘 머리맡에 두고 있던 거예요. 별로 여행을 자주 다녔다는 얘기는 아니지요. 휴가철이면 약간 땅을 가지고 있는 브르타뉴로 떠나는 정도였지요. 그러나 아버지는 정확하게 가르쳐 줄 수가 있었던 거예요. 즉 파리-베를린선의 출발과 도착 시각이라든가, 리용에서 바르샤바까지 갈 때엔 언제 어디서 갈아타야 되는지, 수도와 수도와의 사이의 정확한 킬로 수라든가 하는 것들 말이지요. 당신은 브리앙송(역주 : 프랑스의 이탈리아 국경 가까이의 산속의 요새)에서 샤모니(역주 : 프랑스의 스위스 국경 가까이의 여행 중심지, 몽브량의 등산로 입구와 동계 스키장으로 유명)로 가려면 어떻게 가는 게 좋을지 말할 수 있겠어요 ? 역장이라도 이런 질문에는 어리둥절할 거예요. 하지만 아버지는 얼떨떨해지거나 하진 않았거든요. 그리고 거의 밤마다 그런 공부를 하셨으며, 그런 박학함을 자랑스럽게 생각하고 있었던 것 같아요. 이건 나로서도 무척 재머있어서 마주 질문을 해 보고는, 아버지의 대답을 〈철도 여행 안내〉로 조사해 보고, 그게 틀리지 않은 걸 확인하고서는 기뻐했었지요. 이런 하찮은 놀이는 우리 부자를 아주 깊이 맺어 주게 했던 거예요. 아무튼 나는 아버지를 위해 애기를 들어 주는 사람이 되어 드렸고, 그것도 진정으로 그렇게 하고 있는 게 아버지로서는 기뻤던 거지요. 한편 나는 철도에 관한 지식의 이런 수월성도 충분히 다른 우월성에 필적한다고 생각하고 있었지요.

이런 애기를 너무 장황하게 늘어놓다가는 아버지를 너무 중요한 인물로 지나치게 생각하게 될 것 같군요. 왜냐하면 아버지는 나의 결심에 대해 간접적인 영향을 준 데 지나지 않거든요. 기껏해야 내게 어떤 기회를 제공해 줬을 정도예요. 내가 17세가 되었을 때였는데, 아버지가 나더러 당신이 하는 논고를 들으러 오라고 하더군요. 그건 중죄 재판소에서 개정되는 어떤 중대한 사건인데, 아버지는 아마 그때 자기가 제일 훌륭하게 보일 거라고 생각했을 겁니다. 그리고 또 젊은 인간의 상상력에 호소하기 쉬운 그 의지적인 면이, 아버지 자신이 택한 길로 나를 들어가게 하는 데 자극제가 되리라는 것도 기대하고 있었을 테지요. 나는 가기로 했어요. 왜냐하면 그건 아버지를 기쁘게 해 드리는 일이었고, 또 아버지가 우리들 사이에서 하고 있는 것과는 다른 역할을 하는 모습을 보고 싶은 생각이 들었기 때문이지요. 그 이상의 일은 아무 것도 생각하고 있지 않았지요. 법정에서 벌어지는 일은 7월 14일의 열병식과 어떤 수상식과 마찬가지로 자연스럽고 불가결한 일처럼 나로서는 늘 생각되고 있었거든요. 그것에 대해서는 극히 추상적인 관념을 가지고 있었고, 별로 꺼림칙하게 느끼는 일은 없었지요.

그런데 그날 있은 일에 관해 내 마음엔 단 하나의 이미지가 남았을 뿐이에요. 그건 그 죄인의 이미지였지요. 나는 그 사내가 실제로 유죄였다고 믿고 있고, 그게 어떤 죄였는지는 별로 문제가 아니었어요. 그러나 30세쯤 된 그 자그마한 붉은 머리털의 사내는 모든 걸 죄다 인정하기로 아주 결심을 하고 있는 기색이어서, 자기가 한 일과 이제부터 자기에 대해 하려는 일에 몹시 겁을 내고 있는 것 같더군요. 그래서 잠시 후 나는 그 사람만을 뚫어지게 살펴보고 있었지요. 그 사내는 마치 강렬한 광선에 질겁을 한 올빼미 같은 몰골이더군요. 넥타이의 매듭도 칼라가 여며진 곳에 잘 맞지 않았어요. 한쪽 손, 오른손의 손톱을 씹고 있는 거예요……. 요컨대 길게 더 말하지 않더라도 아시겠지만, 그 사내는 살아 있었던 겁니다.

그러나 나는 그때 돌연 그걸 깨달았던 거지요. 그때까지는 그저 ‘용의자’라는 편리한 관념을 통해서밖에 그를 생각하고 있지 않았으니까요. 그때에도 아버지의 존재를 잊고 있었다고는 말할 수 없지만, 그러나 뭔가가 내 배를 죄는 것 같아서 그 형사 피고인 외에는 아무 데에도 주의를 기울일 수가 없었죠. 나는 거의 아무 말도 들리지 않았어요. 다만 그 살아 있는 사내를 모두들 죽이려 하고 있다는 걸 느끼자, 큰 물결 같은 걷잡을 수 없는 본능이 일종의 완강한 맹목적인 힘으로 나를 그 사내 곁으로 밀어냈지요. 내가 겨우 제정신이 든 건 아버지의 논고가 시작되었을 때였어요.

붉은 옷을 입은, 호인도 상냥한 인간도 아니게 된 아버지는, 거창한 말이 마치 뱀처럼 그 입에서 튀어 나오더군요. 그리고 내가 알게 된 건 아버지가 사회의 이름으로 이 사내의 죽음을 요구하고 있다는 것, 이 사내의 목을 베라고까지 요구하고 있다는 사실이었지요. 하긴 아버지는 그저 이렇게 말했을 뿐이었지요. 「이 목은 떨어져야 합니다.」 그러나 결국 그 차이는 대단한 게 아니었지요. 더구나 그건 실제로 같은 일이 되거든요. 아무튼 아버지는 그 목을 손에 넣었으니까요. 다만 그 경우엔 실제로 일하는 사람은 아버지가 아니라는 것뿐이지요. 그런데 나는 그 후 특히 이 사건만을 마지막까지 계속해서 방청하고 있었는데, 나는 그 불행한 사내에 대해 아버지는 전혀 느낄 수 없었던 아찔할 만큼의 친밀감을 느낀 거예요. 그런데도 아버지는 관례에 따라 이른바 최후의 순간에도 입회했을 겁니다. 최후의 순간이라는 건 그럴 듯한 말이지만, 그것이야말로 가장 비열한 살인이라고 할 만한 겁니다.

그날 이후로 나는 이젠 〈철도 여행 안내〉도 역겨워져서 보기조차 싫어져 버렸지요. 그날 이후로 나는 소름이 끼치는 기분으로 법률과 사형 선고며 형의 집행에 주의를 기울이게 되었어요. 얼마 후 눈앞이 아찔해지는 것같이 여겨졌는데, 그건 아버지는 이미 수없이 그런 장소에 입회하고 있었을 테고, 그날이 바로 아버지가 무척 일찍 일어나는 날이라는 사실을 알고부터였어요. 실제로 아버지는 그런 때엔 자명종을 이용하고 있었으니까요. 나는 그걸 어머니에게 얘기할 용기는 없었지만, 그렇게 되자 지금까지보다 더 잘 관찰하게 되었고, 이 부부 사이엔 이젠 아무 것도 남아 있지 않아 어머니는 체념의 생활을 하고 있다는 걸 알게 되었던 겁니다. 그 점을 염두에 두어 나는 어머니를 용서할 수 있었다고 그 당시엔 스스로 그렇게 타일렀었지요. 그러나 그 후 잘 알게 되었지만 어머니에겐 용서를 받아야 할 만한 일은 아무 것도 없었던 거예요. 이 세상에 태어나서 결혼할 때까지 내내 가난에 시달리고 있어서, 가난 덕택에 체념을 배우게 된 여자니까요.

당신은 아마 내가 그때 곧 집을 뛰쳐 나갔을 거라고 기대하고 있을 테지요. 그렇지는 않아요. 나는 여러 달 동안, 아니, 거의 1년이나 더 머물러 있었지요. 그러나 나의 마음은 이미 병들어 있었지요. 어느 날 밤 아버지는 이튿날 아침에 일찍 일어나야 한다며 자명종을 가져오게 하더군요. 나는 그날 밤 자지 않았어요. 이튿날 아버지가 돌아왔을 때엔 나는 이미 집을 나가 버린 후였지요. 이것도 미리 말해 두는 게 좋을 성싶군요. 아버지는 나를 찾게 했고 나는 아버지를 만나러 가서, 만일 강제로 돌아오게 하려고 하면 자살을 해 버리겠다고 냉정하게 아무 설명도 곁들이지 않고 말했던 거예요. 아버지는 결국 승복하더군요. 아무튼 본래 온순한 편이었으니까요. 그리고 자활(自活)을 하고 싶다는 것이 얼마나 어리석은 생각인가에 대해 설교를 늘어놓고(아버지가 내 행동을 그렇게 해석하고 있었기 때문에 나는 굳이 그런 오해를 해명하려고는 하지 않았지요), 여러 가지로 주의를 주면서 진심으로 눈물이 나오려는 걸 꾹 참고 있더군요. 무척 긴 세월이 흐른 후 나는 규칙적으로 어머니를 만나러 돌아가게 되었는데, 그런 때면 아버지도 만나는 경우가 있었지요. 그런 연관만으로도 아버지에겐 충분했다고 생각하지요. 나로서는 아버지에 대해 원한을 품고 있었던 것이 아니고 그저 약간 마음에 슬픔을 간직하고 있었을 뿐이에요. 아버지가 돌아가시자 나는 어머니를 내 집에 모셔 왔고, 지금도 내 곁에 있었을 테지만 그 어머니도 이윽고 숨져 버렸지요.

지금까지 사건의 발단에 대해 장황하게 얘기했지만, 그건 이것이 실제로 모든 일의 발단이 되었기 때문이지요. 이제부터는 좀 빨리 얘기를 계속하기로 합시다. 나는 안락한 생활에서 뛰쳐나오자 18세에 가난을 알게 되었지요. 자활을 하기 위해 그야말로 별의별 일을 다해 봤어요. 그러나 그것도 잘 되지 않을 때가 많았지요. 하지만 내 관심의 대상은 사형 선고라는 것이었어요. 나는 그 붉은 털의 올빼미와 명확하게 결판을 내고 싶었던 거예요. 그 결과 나는 세상 사람들이 흔히 말하는 정치 운동을 하게 되었지요. 페스트 환자가 되고 싶지 않았던 거예요. 그저 그뿐인 거요. 나는 내가 살고 있는 사회는 사형 선고라는 기초 위에 이루어져 있다고 믿었으며 이것과 싸움으로써 살인과 싸울 수 있다고 믿었어요. 나는 그렇게 믿었고 다른 사람들도 나한테 그렇게 말했으며 또 결국 그것은 대부분 진실이었던 거지요. 그래서 나는 다른 사람들——내가 변함 없이 계속해서 사랑해 온 사람들——과 행동을 함께 했지요. 나는 그들 속에 오래 머물러 있었고, 유럽의 나라들 중에 내가 그 투쟁에 참가하지 않는 나라는 없을 정도였지요. 하지만 그런 얘기는 대수롭지 않은 것이죠.

물론 우리도 필요한 경우에 처형을 선고하고 있었다는 것은 나도 알고 있었어요. 그리고 그런 몇 사람의 죽음은 앞으로 누구도 죽음을

당하는 일이 없는 세계를 위해 필요한 것이라는 말을 나는 듣고 있었
지요. 이건 어떤 의미에선 진실이지만, 결국 나는 이런 종류의 진실
을 끝까지 믿을 수 없는 성질을 타고 났는지도 몰라요. 확실한 건 내
가 주저하고 있었다는 사실이에요. 그러나 나는 그 올빼미에 대해 생
각하고 있었고, 그래서 그때까지 하던 일을 그대로 계속할 수 있었던
거지요. 그런 끝에 어느 날 마침내 나는 어떤 처형 장면을 보게 되었
지요(그것은 헝가리에서의 일이었어요). 그리고 지난날 소년이던 나를
엄습했던 것과 같은 현기증 때문에, 어른이 된 내 눈도 시꺼멓게 흐
려져 버렸던 겁니다.

　당신은 인간을 총살하는 현장을 본 적이 있으신지요? 물론 없을
게 뻔해요. 그것은 일반적으로 입회인을 초대해 놓고 행해지는데, 입
회인은 미리 정해져 있는 거예요. 그 결과 당신들의 지식은 판화나
서적의 영역에 머무르게 되지요. 눈가리개, 죄수를 묶어 두는 기둥,
그리고 멀리에 몇 명의 군인들……. 그런데 실제로는 그렇지 않죠!
당신은 알고 있는지 모르겠군요. 그렇기는커녕 총살반은 처형자 앞
의 1.5미터 지점에 늘어서는 거예요. 처형자가 두 발 앞으로 나서면
총구가 가슴에 닿을 정도란 말이에요. 그런 근거리에서 처형자의 심
장을 향해 집중 사격을 하니, 총알은 커서 그야말로 주먹이 들어갈
만한 구멍이 뚫릴 수밖에 없는 거죠. 정말 당신은 그런 일을 알지 못
해요. 그런 세밀한 점은 누구도 말하려고 하지 않기 때문이에요. 사
람들의 안면(安眠)은 페스트 환자의 생명 이상으로 신성한 거예요.
선량한 사람들의 잠을 방해해서는 안 되지요. 그런 짓은 어지간한 악
취미가 아니고서는 할 수가 없고, 좋은 취미라는 것은 무슨 일이건
강조하지 않는 데 있거든요. 누구든지 모두 그걸 알고 있는 거예요.
그러나 나는 그때부터 잘 자 본 적이 없단 말이에요. 악취미건 무엇
이건 역겨운 뒷맛이 입에 남아 있었고, 또 고집도 그랬어요. 늘 그런
생각을 계속 하고 있었던 거예요.

　그때 나는 그 긴 세월 동안, 더구나 최선을 다해 바로 페스트 자체
와 싸우고 있다고 믿고 있는 동안에도 적어도 나 자신이 끝내 페스트
환자가 아니었던 적은 없었다는 것을 깨달았지요. 나는 나 자신이 수
천 명의 인간의 죽음에 간접적으로 동의하고 있었다는 것, 불가피하

게 그런 죽음이 있게 했던 행위와 원리를 선이라고 인정함으로써 그 죽음을 도발하기조차도 하고 있었다는 걸 알았지요. 다른 사람들은 그런 일에 괴로워하고 있지 않은 기색이었고, 그렇지 않더라도 여하튼 자기 입으로는 그런 얘기를 절대로 하려고 하지 않았지요. 나는 목구멍이 막혀 버린 것 같은 기분이었지요. 그들과 함께 있으면서도 외토리였어요. 내가 자신의 의문을 표명하거나 하면, 그들은 나에게 지금 무엇 때문에 싸우고 있는가를 생각해 볼 필요가 있다고 말해요. 그리고 어떤 때는 무척 감명을 주는 듯한 이유를 내세워, 내가 아무래도 납득이 가지 않는 일을 억지로 납득시키려고 했지요. 그러나 나는 이렇게 대답한 거예요. 그 거대한 페스트 환자들, 즉 붉은 법복을 입고 있는 자들에게도 그런 경우의 훌륭한 이유가 있을 것이고, 만일 내가 하찮은 페스트 환자들이 내세우는 불가항력이라는 이유와 필요성 같은 것을 용인한다면, 거대한 환자들의 요구도 부인할 수 없게 된다고 말했거든요. 그러자 그들은 더 깊이 생각할 것을 촉구하면서, 붉은 법복을 입은 자들에게만 형의 선고를 독점하게 한다는 건 그야말로 그들을 옳다고 인정하는 거나 다름없다고 말하는 거예요. 그래서 나는 생각했지요. 한 번 양보해 버린 다음엔 도중에서 멈출 이유는 없는 것이라고. 아마 역사는 내 생각을 뒷받침해 준 것 같군요. 현재는 마치 서로 죽이는 놀음을 하고 있는 것 같아요. 그들은 모두 살륙의 열기에 들떠 있어요. 그리고 그들로서는 그 외에 다른 방법이 없는 거지요.

내 문제는 여하튼 당치 않은 이유를 생각해 내는 일은 아니었죠. 그건 그 붉은 털의 올빼미였어요. 그 역겨운 사건——독을 지닌 고약한 입이 쇠사슬에 묶여 있는 사내를 보고 너는 죽어야 한다고 선고하고, 또 그 사내가 고민의 여러 밤을 지낸 끝에 분명히 제정신인 채 살해되는 것을 기다리고 나서, 실제로 그대로 죽도록 모든 절차를 갖춰 놓은—— 바로 그 역겨운 사건이었던 거예요. 내 문제라고 하는 것은 그 가슴에 뚫린 구멍이었던 거죠. 그리고 나는 이렇게 생각했죠. 적어도 나만큼은 그 악랄한 학살에 그야말로 단 하나의——알겠어요, 단 하나뿐인 거예요——근거라도 주는 것 같은 일은 절대로 거부해야 한다고 말이에요. 그래요. 나는 이렇게 완강한 맹목적인 태

도를 택한 거예요. 더 확실히 판단할 수 있을 때까지만이라도 말이에
요.

　그 후로 내 생각은 변하지 않았어요. 그때부터 무척 오랫동안 나
는 부끄럽게 생각하고 있었지요. 설사 극히 간접적이었더라도, 또 선
의의 의도에서였건 이번엔 나 자신이 살해자 쪽에 돌아가 있었다는
것이 죽고 싶을 만큼 부끄러웠죠. 세월이 흘러 감에 따라 나는 단순
하게 그렇게 깨달았지만, 다른 축들보다 훌륭한 사람들조차 오늘날
엔 남을 죽이거나, 혹은 죽이게 그냥 두지 않고선 살아갈 수가 없고
그건 그들이 살고 있는 논리 속에 포함되어 있는 일이기 때문인 것 같
아요. 우리는 남을 죽게 하는 두려움이 없이는 이 세상에서 몸짓 하
나 할 수가 없는 거예요. 정말 나는 줄곧 부끄럽게 생각하고 있었고,
우리는 모두 페스트 속에 있다는 걸 분명히 알게 되었지요. 그래서
나는 마음의 평화를 잃어버렸어요. 나는 지금도 그것을 추구하면서
모든 사람들을 이해하며, 누구에 대해서도 불구대천(不俱戴天)의 적
은 되지 않으려고 애쓰고 있는 거예요. 다만 나는 이것만은 알고 있
지요. 앞으로는 페스트 환자가 되지 않도록 해야 할 일을 하는 거라
고. 그것만이 마음의 평화를, 혹은 그것이 얻어지지 않으면 부끄럽지
않은 죽음을 기대하게 해 주는 것인 거예요. 이것이야말로 사람들을
위로할 수 있는 것, 그들을 구제할 수 없을지라도 아무튼 될 수 있는
대로 해롭지 않도록 하여 때로는 다소 좋은 일마저 해 줄 수 있는 것
인 거예요. 그래서 그런 이유로 나는 직접적으로건 간접적으로건, 좋
은 이유에서건 나쁜 이유에서건 남을 죽게 하거나, 죽게 하는 일을
정당화하거나 하는 모든 것을 거부하기로 결심한 거예요.

　같은 이유로 또 이 전염병을 통해서 나는 아무 것도 새로 알게 되는
것은 없고, 혹시 그런 게 있다면 당신들 옆에서 그것과 싸워야 한다
는 것뿐이지요. 나는 확실한 지식에 의해 알고 있지만(그렇지요. 리외
씨, 나는 인생에 대해 죄다 알고 있어요. 그건 당신이 본다고 해도 명백
할 거요), 누구든지 저마다 자기 자신 속에 페스트를 갖고 있는 겁니
다. 왜냐하면 누구 하나, 정말 이 세상에 누구 하나 그 병독을 면하고
있는 사람은 없기 때문이지요. 그리고 끊임없이 스스로 경계하고 있
지 않으면, 잠깐 방심한 순간에 남의 얼굴에 입김을 뿜어 대서 병독

을 옮겨 버리게 되기도 하지요. 자연스러운 것, 그게 바로 병균인 거예요. 그 밖의 것들, 즉 건강이라든가 완전함, 혹은 청정(淸淨)이라고 말해도 좋지만, 그런 것들은 의지의 결과이며, 더구나 그 의지는 결코 늦춰서는 안 되는 겁니다. 훌륭한 인간, 즉 거의 누구에게도 병독을 감염시키지 않는 인간이란 마음의 긴장을 풀지 않는 사람을 말하는 겁니다. 그리고 그렇게 되기 위해서는 그야말로 굳센 의지와 긴장을 가지고 절대로 마음이 해이해지지 않도록 해야 하는 거예요. 리외 씨, 실제로 페스트 환자로 있는다는 것은 무척 고달픈 일이에요. 그러나 페스트 환자가 되지 않으려고 하는 건 더 고달픈 일이지요. 너나없이 지친 모습을 하고 있는 건 바로 그 때문인 거예요. 어쨌든 오늘날엔 너나없이 다소 페스트 환자가 되어 있으니까요. 그러나 또 그 때문에 페스트 환자가 아니게 되기를 바라는 약간의 사람들은, 죽음 이외엔 이젠 어떤 것도 해방해 주지 않을 것 같은 격심한 피로를 맛보는 거예요.

여하튼 나는 나 자신이 이 세계 자체에 대해 아무런 가치도 없는 인간이 되어 버렸다는 것을, 내가 남을 죽이는 일을 단념한 순간부터 결정적으로 추방된 신세가 되었다는 것을 알고 있지요. 역사를 만드는 건 다른 사람들이죠. 나는 또 내가 그런 다른 사람들을 노골적으로 비판할 수 없다는 것도 알고 있어요. 이성적인 살인자에겐 그렇게 될 수 있는 하나의 특질이 있는데, 나한테는 그게 없단 말이에요. 그러니 그건 우월성이랄 수도 없지요. 그러나 지금의 나는 본래의 나 자신이 되는 것을 감수하고 있고, 겸양이라는 것도 배웠어요. 다만 내가 말하고 있는 건 이 세상엔 천재(天災)와 희생자가 있다는 것, 그리고 될 수 있는 대로 천재 편을 드는 걸 거부해야 한다는 거예요. 이건 당신으로서는 어쩌면 다소 단순한 생각같이 여겨질는지도 모르지만, 아무튼 나는 이것이 진실이라는 걸 알고 있어요. 나는 너무 여러 가지 이론을 주위 들어서 머리가 돌아 버릴 뻔하기도 했는데, 그 이론들은 모두 다른 사람들의 머리를 돌게 만들고, 그래서 그들로 하여금 살인 행위에 동의하도록 만들어 버렸어요. 덕분에 나는 인간의 모든 불행은 그들이 명료한 얘기를 하지 않는 데서 온다는 걸 깨달았지요. 그래서 나는 틀림없는 길을 택하도록 명료하게 얘기하고 명료하게 행동하기로 작정한 거예요. 따라서 나는 천재와 희생자가 있다고 말할 뿐, 그 이상은 더 얘기하지 않습니다. 그렇게 함으로써 비록 나 자신이 천재가 되는 일이 생기더라도 나는 그것에 동조하지 않을 겁니다. 차라리 나는 내가 죄없는 살인자가 되길 바라죠. 별로 대단한 야심은 못 되지만요.

물론 제 삼의 카테고리, 즉 진정한 의사로서의 카테고리가 필요하겠지만, 그건 그리 쉽게 찾을 수 있는 것도 아니고, 어쩌면 상당히 어려운 일일지도 모르죠. 그래서 나는 언제나 희생자들 무리에 끼어서 그 피해를 되도록이면 줄이려고 합니다. 희생자들 틈에서 어떻게 하여 제 삼의 카테고리, 즉 마음의 평화에 이를 수 있는지에 대해 생각해 보기도 하죠.」

애기를 끝내자 타루는 한쪽 발을 흔들거리면서 발끝으로 테라스 바닥을 조심스럽게 두드리고 있었다. 잠깐 침묵이 있은 후 리외는 조금 몸을 일으켜, 마음의 평화에 도달하기 위해 취해야 할 길에 대해 타루에게 어떤 새로운 생각이 있느냐고 물었다.

「있지요. 공감이라는 거예요.」

구급차의 벨이 두 번 멀리서 울렸다. 아까는 명확하지 않던 외침 소리가 시의 경계 쪽, 바위투성이의 언덕 언저리에 응집했다. 동시에 발포하는 소리 같은 것이 들려 왔다. 그리고 다시 정적이 돌아왔다. 리외는 등대가 두 번 깜박이는 것을 보았다. 미풍은 다소 강해진 것 같이 생각되고, 동시에 바다 쪽에서 불어 온 바람이 바닷물 냄새를 실어 왔다. 지금은 분명히 벼랑에 밀려오는 물결의 은밀한 숨결 소리가 들리고 있었다.

「결국」담담한 어투로 타루는 말했다. 「내가 마음이 끌리는 건 어떻게 하면 성자가 될 수 있을까 하는 문제지요.」「하지만 당신은 신을 믿고 있지 않잖습니까?」

「물론이죠. 그러니까 과연 인간이 신을 의지하지 않고 성자가 될 수 있을 것인가 하는 것이 오늘날 내가 알고 있는 유일한 구체적인 문제인 거요.」

돌연 외침 소리가 들리고 있는 언저리에서 환한 섬광이 줄달음치고, 바람을 타고 명료하지 않게 떠드는 목소리가 두 사람이 있는 곳에까지 들려 왔다. 섬광은 이내 어두워지고, 멀리 테라스가 이어져 있는 끝 언저리에 조금 불긋한 것이 남아 있을 뿐이었다. 바람이 잠깐 멎었을 때 사람들의 외침 소리가 뚜렷이 들리고, 또 사격 소리와 군중이 떠들어 대는 목소리가 들렸다. 타루는 일어서서 귀를 기울였다. 이제는 아무 것도 들리지 않았다.

「또 시문 쪽에서 말썽이 생긴 모양이군요.」

「이젠 끝난 모양이에요.」리외는 말했다.

타루는 아직은 그것이 결코 끝난 것이 아니며 희생자는 더 나올 거라면서, 차례가 그렇게 되어 있다고 중얼거렸다.

「어쩌면 그런지도 모르겠군요.」리외는 대답했다. 「하지만 어쨌든 나 자신은 성자 같은 사람에게보다는 패배자 쪽에 항상 연대감을 느끼게 돼요. 나한테는 아무래도 영웅주의나 성자의 덕행을 바라는 마음은 없다고 생각해요. 내가 마음이 끌리는 건 인간이라는 존재인 거예요.」

「그렇지요, 우리는 같은 걸 추구하고 있는 거요. 그러나 내 쪽이 야심이 작지요.」

리외는 타루가 농담을 하고 있는 줄 알고 그 얼굴을 바라보았다. 그러나 타루의 얼굴은 어슴푸레한 별빛을 받아 오히려 더 진지하고 엄숙해 보였다. 바람이 또 일어 리외는 그것이 살갗에 미지근하게 와 닿음을 느꼈다. 타루가 몸을 흔들었다.

「어때요.」하고 그는 말했다. 「우리 한번 우정의 기념으로 좋은 일을 해 볼까요?」

「뭐든지 좋아요. 당신 좋을 대로 합시다.」

「해수욕을 하는 거요, 미래의 성자를 따라. 이건 부끄럽지 않은 즐거움이지.」

리외는 히죽 웃었다.

「통행증이 있으면 둑 위에까지 갈 수 있거든. 페스트 속에서만 살고 있다는 건 따지고 보면 과히 현명한 일은 못 되니까요. 물론 인간은 희생자들을 위해 싸워야 해요. 그러나 그 밖의 면에서 아무 것도 사랑하지 않게 되면, 싸우고 있다는 게 무슨 소용이 있단 말이에요?」

「좋아요.」리외는 말했다.「자, 갑시다.」

그리고 얼마 후 자동차는 항구의 철조망 옆에서 멈췄다. 달이 뜨고 있었다. 젖빛 하늘은 도처에 연한 그림자를 던지고 있었다. 두 사람의 등뒤엔 시가지가 층계를 이루고 있었고, 거기에서 흘러 오는 뜨겁고 탁한 숨결이 그들을 해안 쪽으로 몰아냈다. 초병 한 사람에게 통행증을 보이자 상대방은 천천히 세밀하게 그것을 살펴보았다. 두 사람은 거기를 통과하여 술통을 여기저기에 쌓아 올린 둑 너머로 포도주와 생선 비린내가 나는 곳을 지나 방파제로 나아갔다. 이제 곧 거기에 당도하려 하는데, 옥소(沃素)와 바닷말 냄새가 벌써 바다가 가까워졌음을 알렸다. 곧 이어 파도 소리가 들려 왔다.

바다는 둑의 커다란 퇴적(堆積)의 발밑에서 조용히 소리를 내고 있었지만 이윽고 두 사람이 둑에 올라가자 눈앞에 흡사 빌로도처럼 두께가 있는, 등불처럼 부드럽고 매끄러운 모습을 드러냈다. 두 사람은 앞바다 쪽을 향한 바위 위에 걸터앉았다. 물은 부풀어 올라왔다가는 또 완만하게 하강하곤 했다. 이 조용한 바다의 숨결이 수면에 기름 같은 반사를 명멸하게 하고 있었다. 그들 앞에는 밤의 어둠이 끝없이 펼쳐져 있었다. 리외는 손가락 밑에 거친 바위의 표면을 느끼며 야릇한 행복감에 넘쳐 있었다. 타루 쪽을 돌아다보니 그 친구의 조용하고 묵직한 표정에도 그 같은 행복감——어떤 일도, 그 살인조차도 잊고 있지 않은 행복감——이 느껴졌다.

그들은 옷을 벗었다. 리외가 먼저 물 속으로 뛰어들었다. 처음에는 차갑던 물이, 한 번 빙그르르 돌고 나더니 미지근해진 것 같았다. 두세 번 손발을 놀리고 나니 이날 밤의 바다는 대지에서 긴 여러 달 동안 축적된 열을 흡수하고 있는 미지근한 가을 바다임을 알 수 있었다. 그는 규칙적으로 헤엄쳐 갔다. 물을 때리는 발 뒤엔 거품이 이는 흰 물결이 남고, 물은 가슴을 따라 미끄러졌다가는 양쪽 발에 달라붙었다. 무겁게 울린 물소리로 타루가 뛰어들었음을 알았다. 리외는 반듯하게 누운 채, 온통 달과 별들뿐인 하늘을 거꾸로 상대하며 꼼짝도 하지 않고 있었다. 그는 천천히 숨쉬었다. 이어 점점 명료하게, 밤의 정적과 적막 속에서 뚜렷하게 물을 때리는 소리를 들었다. 타루가 다가오고 잠시 후엔 그가 숨쉬는 소리까지 들리게 되었다. 리외는 그에게로 몸을 돌려 친구와 어깨를 나란히 하고 같은 리듬으로 헤엄치기 시작했다. 타루는 그보다 더 힘차게 나아갔고 그는 뒤지지 않으려고 몸을 빨리 움직여야 했다. 그들은 몇 분 동안 같은 리듬으로 단둘이 세상에서 멀리 떨어져, 이 도시와 페스트로부터 마침내 해방되어 나아갔다. 리외가 나아가다가 먼저 멈추자, 두 사람은 함께 천천히 되돌아왔다. 다만 도중에 잠깐 얼음처럼 차가운 물줄기 속에 들어왔을 때만은, 서로 아무 말도 하지 않고 이 바다의 불의의 습격에 쫓겨 그 몸놀림을 잽싸게 했다.

다시 옷을 입은 두 사람은 한마디도 하지 않고 돌아가기 시작했다. 그러나 두 사람은 같은 심정이었고 이 날 밤의 일은 그들에겐 흐뭇한 추억이었다. 멀리서 페스트의 보초병의 모습을 봤을 때, 리외는 타루 역시 그와 마찬가지로 마음속으로 이렇게 중얼거리고 있다는 것을 알고 있었다──전염병도 조금 전에는 그들을 잊고 있었고 그건 좋은 일이었다. 그러나 이제부터 다시 시작해야 한다──고.

아닌게아니라 다시 시작해야 했고 페스트는 누구에 대해서도 그리 오래 잊고 있지는 않았다. 12월 한 달 동안 내내 페스트는 시민들의 애간장을 태우고, 화장터 화덕을 불붙게 하고, 수수방관하고 있는 망령을 수용소에 넘치게 하는 등, 요컨대 정지하는 일 없이 그 끈질긴 급템포의 걸음으로 진행해 갔다. 당국에서는 날씨가 차가워지면 병세가 수그러질 것으로 예상했으나 며칠 동안 계속된 첫추위에도 아랑곳하지 않고 페스트는 기승을 부렸다. 어쩔 수 없이 더 기다려야만 했다. 그러나 인간은 너무 오래 기다리고 있으면 더는 기다리지 못하게 되는 법이며, 모든 사람들은 아예 미래가 없는 생활을 하고 있었던 것이다.

리외의 경우는 어떤가 하면, 그에게 주어진 평화와 우정의 덧없는 한때도 그뿐이어서 그 후로 이어지는 일은 없었다. 그리고 병원이 또 하나 개설되었으므로 리외는 이젠 환자들 이외의 사람은 접촉할 기회가 없어져 버렸다. 그런 중에도 페스트는 점차 폐장성의 양상을 띠게 되고, 또 환자들도 어느 정도 의사에게 협조하는 경향을 보였다. 최초의 시기 같은 허탈 상태나 광란에 빠져 버리는 일은 없어지고, 그들은 자기들의 이익에 관해 지금까지보다 올바른 관념을 갖게 되었다. 또한 자기 자신을 위해 최상의 방법일 수 있을 것 같은 일을 자기들 쪽에서 요구하게 되었다. 끊임없이 마실 것을 요구하고 모두 따뜻하게 지내고 싶어했다. 리외로서는 피곤하기는 매일반이었지만, 그래도 그런 경우에는 그는 전처럼 외토리가 된 것같이 느껴지지는 않았다.

12월 말경 리외는 아직 그 수용소에 있는 예심판사 오통 씨로부터 한 통의 편지를 받았는데, 거기에는 오통 씨의 격리 기간이 지났다는 것, 당국이 그가 입소한 날짜를 확인하고 있지 않다는 것, 그가 여태 수용소에 억류되어 있는 것은 확실히 사무 착오 때문이라는 등의 내용이 담겨 있었다. 얼마 전에 출소한 그의 부인이 당국에 항의하러 갔지만 변변히 상대해 주지도 않고, 절대로 착오는 없다는 말만 들었다는 것이다. 리외는 랑베르가 교섭하러 가게 했는데, 그러자 2, 3일 후 오통 씨가 찾아왔다. 사실 착오가 있던 것이어서 리외는 적이 분개했다. 그러나 오통 씨는 수척한 얼굴로 힘없이 손을 들고, 무거운 말투로 한마디 한마디 천천히 얘기하면서, 누구든지 잘못을 저지를 수는 있는 법이라고 말했다. 리외는 문득 어딘가 예전과는 변한 데가 있다고 생각했다. 「앞으로 어떻게 하실 작정입니까, 판사님? 아마 틀림없이 많은 서류가 기다리고 있겠지요?」하고 리외가 말했다.

「그런데 그게 그렇지가 않은 겁니다.」판사는 말했다. 「저는 휴가를 얻을까 생각하고 있습니다.」

「아닌게아니라 휴식을 취할 필요가 있지요.」

「그렇지가 않습니다. 다시 수용소에 돌아가고 싶은 겁니다.」

리외는 놀라는 얼굴이 되었다.

「하지만 거기서는 금세 나오셨지 않습니까?」

「제가 말한 건 그런 뜻이 아니지요. 얘기를 들으니 그 수용소에는 자원해서 사무를 맡아 보고 있는 사람이 있다더군요.」

판사는 둥그런 눈을 이리저리 굴리며, 한쪽 머리칼을 자꾸 손으로 쓸어 넘기고 있었다.

「아무튼 그런 경우가 있다면 저도 일을 도와 드릴 수가 있는 거지요. 그리고 어리석은 말을 하는 것 같지만, 그래야만 자식놈하고도 그리 멀리 떨어지지 않은 것같이 여겨질 테고 해서……」

리외는 그 얼굴을 바라보았다. 이 딱딱하고 단조로운 눈에 돌연 정겨운 부드러운 빛이 깃들인다는 것은 있을 수 없는 일이었다. 그러나 그 눈은 이내 다시 흐려져서 맑은 빛은 말끔히 사라져 버렸다.

「그야 물론 말씀하시는 대로겠지요.」리외는 말했다.「그런 소망이시라면 곧 절차를 밟아 드리도록 하겠습니다.」

리외는 실제로 그 절차를 밟았고, 페스트에 짓눌린 이 도시의 생활은 크리스마스 때까지 여전히 변함 없는 나날이 계속되었다. 타루는 여전히 태연한 태도를 견지하며 여기저기를 돌아다니고 있었다. 랑베르는 리외에게 그 젊은 보초병 두 명 덕택으로, 아내와 몰래 편지를 주고받을 수 있는 비밀 루트가 생겼음을 털어놓았다. 그는 가끔 아내의 편지를 받아 본다고 했다. 그는 리외에게도 그 루트를 이용하라고 권해, 리외는 이내 승낙했다. 리외는 오랜 세월이 흐른 뒤 처음으로 편지를 써 봤는데, 쓰는 데 무척 애를 먹었다. 어떤 문구 등은 잊어버리고 있는 것이 있었던 것이다. 편지는 발송되었으나 답장은 좀처럼 오지 않았다. 코타르는 코타르대로 더욱 경기가 좋아서, 그 소규모의 투기로 재산을 늘리고 있었다. 그러나 그랑의 경우는 이 축제의 계절이 아무래도 달갑지 않은 것으로 되어 있었다.

그 해의 크리스마스는 복음의 축제라기보다는 차라리 저승의 제사였다. 텅 비어 있고 등불이 없는 가게, 쇼 윈도에 장식된 모조 초콜릿이나 혹은 빈 상자, 어두운 안색의 사람들을 태운 전차 등, 어느 것 하나도 지난날의 크리스마스를 연상케 하는 것은 없었다. 전에는 부자도 가난한 사람도 모두 같이 어울리던 이 축제에 이젠 고작해야 두세 가지 즐거움──특권자들이 지저분한 술집 별실의 구석진 곳에서 돈으로 얻는 고독하고 창피한 즐거움──밖에 존재할 여지가 없었다. 교회는 감사의 기도보다 구슬프게 호소하는 목소리로 채워졌다. 얼어붙은 듯한 음울한 시가지에서는 몇몇 어린이들이 아직 어떤 위험에 위협 받고 있는지도 모른 채 뛰어다니고 있었다. 그러나 누구 하나 그들에게 지난날의 하느님의 내방, 신선한 희망 그 자체이며 많은 선물을 가져다 주는 신의 내방을 알리려 하는 사람은 없었다. 모든 사람들의 마음속엔 이제 늙고 지친 음울한 희망, 즉 사람들이 죽음을 감수하는 것을 방해하는 단순한 삶에의 집념일 뿐인 바로 그런 희망만이 남아 있을 뿐이었다.

그 전날 밤 그랑은 약속한 시간에 나타나지 않았다. 리외는 불안해져서 아침 일찍 그의 집에 가 봤지만 그는 없었다. 모두 그 소식을 듣고 경계하고 있었다. 열 한 시경 랑베르가 병원에 찾아와 리외에게 보고한 바에 따르면, 그는 다른 사람같이 변해 버린 얼굴로 길거리를 헤매고 있는 그랑의 모습을 멀리서 보았다고 했다. 그리고 그는 그 모습을 놓쳐 버렸다고 한다. 리외와 타루는 자동차로 찾으러 갔다.

정오의 쌀쌀한 시각에 리외는 자동차에서 나오자, 초라한 목각 장난감이 잔뜩 진열되어 있는 멀리의 쇼 윈도에 거의 달라붙다시피 하고 있는 그랑의 모습을 보았다. 이 늙은 관리의 얼굴에는 눈물이 하염없이 흐르고 있었다. 그리고 그 눈물은 리외의 마음을 몹시 뒤흔들어 놓았다. 왜냐하면 그로서는 그 눈물의 이유를 알 만하고, 또 자기 자신도 목구멍 언저리에 그것이 솟구쳐 오는 것을 느꼈기 때문이다. 리외 역시 크리스마스 날 어느 가게 앞에서의 이 불행한 사내의 약혼과, 그리고 남자에게 몸을 기대며 자기는 행복하다고 말한 쟌느라는 아가씨에 대해 생각하고 있었다. 미칠 듯한 그랑의 가슴속에 지나간 세월 속으로부터 그 생기 발랄하던 쟌느의 목소리가 되살아났음이 분명했다. 그것은 이제 확실한 일이었다. 리외는 울고 있는 노인이 지금 이순간 무엇을 생각하고 있는지 알고 있었다. 그도 노인과 마찬가지로 그런 생각을 하고 있었던 것이다. 사랑이 없는 이 세계는 마치 사멸한 세계 같고, 언젠가는 반드시 감옥과 일과 용맹심 따위에 진저리가 나서, 한 인간의 모습과 애정에 희희 낙락하고 있는 마음을 추구할 때가 오리라는 것을.

그런데 상대방은 유리에 비친 리외의 모습을 알아보았다. 그리고 여전히 울며 이쪽으로 돌아서서 쇼 윈도에 등을 기대고는, 리외가 다가오는 것을 바라보았다.

「아아, 정말 선생님! 아아, 정말!」 그는 중얼거렸다.

리외는 말문이 열리지 않아 고개를 흔들어 끄덕여 보였다. 이 슬픔은 그의 슬픔이기도 하고, 이때 그의 심장을 쥐어뜯고 있는 것은 모든 인간이 함께 하고 있는 고통을 대했을 때, 인간의 마음에 생기는 끝없는 분노였다.

「정말 그래요, 그랑 씨.」 그는 말했다.

「어떻게 해서든지 편지를 한 통 쓸 시간을 갖고 싶습니다. 그녀가 잘 이해하도록 말이에요, 그리고 후회하지 않고 행복하게 살 수 있도록⋯⋯.」

마치 억지로 밀어내듯 리외는 그랑을 앞으로 걸어가게 했다. 상대방은 거의 끌려가다시피 하면서도 띄엄띄엄 계속 중얼거렸다.

「이건 너무 오래 계속되잖아요. 저도 모르게 될 대로 되라는 기분이 되는 것은 뻔한 일이지요. 정말이지 선생님, 제가 언뜻 보기엔 태평한 것같이 보일 테지요. 하지만 제 자신은 언제나 그저 당연하게 지내고 있는 것만으로도 무섭게 힘겨웠던 거예요. 그런데 지금은 그것조차 도저히 견딜 수 없게 되어 버렸답니다.」

그는 얘기를 끝내자 손발을 바들바들 떨면서 미친 사람 같은 눈빛이 되었다. 리외는 그 손을 잡았다. 그것은 불타는 것같이 뜨거웠다.

「이젠 돌아가야지요.」

그런데 그랑은 그의 손을 뿌리치고 5, 6보 달려갔다가 멈춰 서더니, 양팔을 벌리고 앞뒤로 비실거리기 시작했다. 그리고 한 바퀴 빙 돌고서는 여전히 흘러내리는 눈물로 얼굴이 뒤범벅이 된 채, 차가워져 버린 보도 위에 쓰러지고 말았다. 통행인들은 갑자기 멈춰 서서 멀리서 바라보면서도 다가서려고는 하지 않았다. 어쩔 수 없이 리외가 노인을 안아 일으켜 줘야 했다.

침대에 눕혀진 그랑은 호흡곤란에 빠져 있었다. 폐가 이미 병들어 있었던 것이다. 리외는 생각해 보았다. 그랑에겐 가족이 없다. 그렇다면 그를 병원으로 보낼 필요가 있을까? 타루와 함께 간호해 주는 게 낫겠지⋯⋯.

창백한 얼굴에 광채 잃은 눈을 하고 그랑은 베개에 머리를 파묻고 있었다. 그는 타루가 부서진 빈 상자로 난로에 피운 빈약한 불을 물끄러미 바라보고 있었다. 「아무래도 병이 악화된 것 같아요.」 하고 그는 말했다. 그가 말을 할 때마다 이미 상해 버린 그의 폐에서부터 빠지직거리는 이상한 소리가 새어 나왔다. 리외는 그에게 잠자코 있으라고 주의해 주고는, 또 이내 돌아오겠노라고 말했다. 기묘한 미소가 환자의 얼굴에 떠오르고, 동시에 일종의 온화한 기색이 그 얼굴에 나타났다. 그는 억지로 애써 눈을 껌벅여 보였다. 「혹시 무사히 극복할 수 있으면 경의를 표해야죠. 선생님!」 그러나 그렇게 말하자마자 이내 허탈 상태에 빠져 버렸다.

두세 시간이 지나 리외와 타루가 와 보니, 환자는 잠자리 속에서 반쯤 일어나 앉아 있는데, 리외는 그의 얼굴에 드러난 병세의 진행을 보고 소스라치게 놀랐다. 그러나 그는 줄곧 의식은 또렷한 모양이어서, 이내 두 사람을 보고 서랍에 넣어 둔 원고를 가져와 달라고 공허한 목소리로 부탁했다. 타루가 그 종이 뭉치를 건네 주자 그는 그것을 보려고도 하지 않고 꼭 껴안고는, 그것을 의사에게 내밀며 읽어 달라고 몸짓으로 요청했다. 그것은 50쪽 정도의 짧은 원고였다. 리외는 그것을 띄엄띄엄 읽어 보면서, 그것이 모두 똑같은 문장을 수없이 다시 쓰거나 가필하거나 삭제한 것에 지나지 않는다는 것을 깨달았다. 끊임없이 5월이니 여자 기수니 불로뉴 숲 속의 오솔길이니 하는 말들이 여러 가지 형태로 배열되어 있었다. 거기에는 또한 여러 가지 설명이 붙어 있었다. 때로는 엄청나게 긴 설명과 이동문(異同文)을 간직하고 있었다. 그러나 마지막 페이지의 끝에는 단정한 필적으로 잉크 자국도 아직 새롭게, 그저 이렇게만 적혀 있었다. '그리운 쟌느, 오늘은 크리스마스요……' 「읽어 주세요.」 하고 그랑은 말했다. 그러자 리외는 읽었다.

「아름답게 갠 5월의 이른 아침, 한 사람의 나긋나긋한 여자 기수가 태연 자약한 밤색 털의 암말을 타고 오솔길의 꽃 속을 달리고 있었다……」

「그게 틀림없지요?」 노인은 열병 환자의 목소리로 말했다.

리외는 그에게로 얼굴을 돌리지 않았다.

「아, 그래요.」 상대방은 흥분하며 말했다. 「'아름답게'예요, '아름답게'라는 건 정확한 표현이 아니에요.」

리외는 모포 위로 그의 손을 잡았다.

「괜찮아요, 선생님. 이젠 겨를이 없겠지요……」

그의 가슴은 괴로운 듯이 불룩해지고 그는 느닷없이 크게 외쳤다.

「불살라 버려 주세요!」

리외는 주저했으나 그랑이 너무 맹렬한 기세로, 더구나 몹시 고통스런 목소리로 이런 말을 되풀이하기에, 리외도 어쩔 수 없이 그 종이 뭉치를 거의 꺼져 가고 있는 불 속에 던졌다. 방안은 환히 밝아지고 한순간 따뜻해지기까지 했다. 리외가 환자 옆에 돌아왔을 적엔 환자는 이쪽에 등을 돌리고 그 얼굴은 거의 벽에 닿을 것같이 되어 있었다. 타루는 마치 이 자리의 광경과는 관계가 없는 사람같이 창문으로 바깥을 바라보고 있었다. 혈청을 주사하고 나서 리외가 그 친구에게 그랑은 오늘 밤을 넘기지 못할 것이라고 말하자, 타루는 자기가 남아 있겠노라고 말했다. 리외는 그 제의를 받아들였다.

밤새도록 그랑이 죽으려 하고 있다는 생각이 그의 마음에 달라붙어 떨어지지 않았다. 그런데 이튿날 아침 리외가 가 보니, 그랑은 침대에 앉아 타루와 얘기하고 있었다. 열은 없어져 있었다. 남아 있는 것은 다만 전반적으로 초췌해진 징후뿐이었다.

「정말 선생님, 큰 실수를 했습니다.」 그랑은 말했다. 「그러나 또 할 거예요. 죄다 기억하고 있으니까요. 아무튼 두고 보세요.」

「여하튼 증세를 살펴봅시다.」하고 리외는 타루에게 말했다.

그러나 낮이 되어도 전혀 변함이 없었다. 저녁때가 되어서야 그랑은 이젠 살아났다고 간주할 수 있었다. 리외로서는 이 소생이 아예 납득조차 가지 않았다.

그러나 거의 같은 시기에 리외한테 환자 한 사람이 왔는데, 그는 그 환자가 절망적이라고 보고 이내 병원에 격리시켰다. 그 젊은 아가씨는 완전히 착란 상태에 빠져 있고, 폐장성 페스트의 모든 징조를 나타내고 있었다. 그런데 이튿날 아침이 되자 열은 내려 버렸다. 리외는 이때에도 또 그랑의 경우와 마찬가지로 그것을 아침녘의 병세 이완이라 생각했고, 이것은 경험에 의해 나쁜 조짐으로 보는 습관이 붙어 있었다. 그러나 낮이 되어도 열은 오르지 않았다. 밤엔 고작 2,3 분만 올랐으나, 이튿날 아침이 되자 열은 아주 가서 버렸다. 젊은 아가씨는 쇠약하기는 했지만 잠자리 속에서 편히 호흡하고 있었다. 리외는 타루에게, 그 아가씨는 모든 법칙을 깨뜨리고 살아났다고 말했다. 그런데 그 한 주일 동안에 리외의 소관 내에서 같은 증례가 네 건이나 나온 것이다.

그 주말에 천식을 앓는 할아버지는 몹시 흥분한 기색으로 리외와 타루를 맞았다.

「이젠 문제가 없습니다.」할아버지는 말했다. 「그 놈들이 또 나타 났으니까요.」

「누구 말인가요?」

「쥐 말이에요, 쥐!」

지난 4월 이후로 쥐의 시체는 한 마리도 발견되고 있지 않았다.

「그럼 또 시작되는 걸까?」타루는 리외에게 말했다.

할아버지는 자꾸 손을 비비적거리고 있었다.

「정말 볼 만하다니까요, 그놈들이 뛰어다니고 있는 꼴은. 그야말로 즐겁게 되는 것 같군요.」

할아버지는 살아 있는 두 마리의 쥐가 도로 쪽의 문어귀에서 자기 집에 들어오는 것을 보았던 것이다. 근처 사람들로부터 들은 얘기로 는, 그들의 집에도 쥐들이 다시 나타났다고 한다. 어느 집 대들보 언 저리에서는 이미 여러 달 동안 잊고 있던 바시락거리는 소리가 또다 시 들리기 시작했다. 리외는 매주 초에 있는 총괄적인 통계 발표를 기다렸다. 통계는 전염병의 후퇴를 분명히 나타내고 있었다.

5

전염병의 갑작스런 퇴조(退潮)는 뜻밖의 일이기는 했지만, 시민들 은 무턱대고 성급히 기뻐하려고는 하지 않았다. 오늘날까지 지나간 몇 달 동안은 그들의 해방의 소망을 증대시키면서도, 한편으로는 또 한 경계심을 그들에게 가르치고 있어, 얼마 후면 전염병이 끝나리라 는 예측은 더욱 믿지 않도록 되어 있었던 것이다. 그렇지만 이 새로 운 사실은 모든 사람들의 입에 올랐고, 사람들의 마음속엔 은밀한 커 다란 희망이 물결치고 있었다. 그 밖의 모든 일은 제이의적(第二義

的)인 면으로 옮겨져 버렸다. 새로운 페스트의 희생자들도 이 엄청난 사실 앞에서는 아무 것도 아니었다. 통계 숫자는 하강하고 있었던 것이다. 공공연히 떠들어 대지는 않았지만 누구나 건강한 시대를 기다리고 있음이 은연중에 드러났다. 이제 시민들은 무관심한 듯한 표정으로 페스트가 퇴치되고 난 후의 생활 계획에 대해 즐겨 이야기하기 시작했다.

모두의 생각하는 바가 일치하고 있는 것은 과거 생활의 편리한 관습은 대번에 회복되지는 않을 것이며, 파괴하는 것이 재건설하기보다는 용이하다는 점에 대해서였다. 사람들은 문제가 많은 식량 보급만으로도 조금은 개선될 수 있을 테고, 그리하여 가장 절실한 걱정거리에서 해방될 수 있게 될 것이라고 보고 있었다. 그러나 사실은 이런 미온적인 고찰 앞에 하나의 어리석은 희망이 동시에 날뛰고 있었다. 시민들도 이런 사실을 문득문득 깨닫고는, 서둘러 무절제한 희망을 지워 버리고, 아무래도 오늘 내일에 쉽게 해방이 이루어질 수는 없다고 자신들을 타이르는 것이었다.

그리고 사실 페스트는 오늘 내일엔 끝나지 않았지만, 표면적으로는 사람들이 생각했던 것보다 더 빨리 쇠퇴해 가는 듯싶었다. 1월 상순 동안 한기가 예년에 없이 완강하게 도사리고 있어, 흡사 이 도시의 상공에 결정(結晶)한 것같이 여겨졌다. 더구나 지난날 이때만큼 하늘이 말끔히 개어 있은 적은 없었다. 맑게 개인 차가운 하늘에서 며칠 동안이나 계속해서 찬란한 햇빛이 내리비추었다. 광선이 맑아진 대기 속에서 페스트는 3주일 동안 연속적으로 하강하고 있어, 연신 늘어나는 시체도 더더욱 적어지면서 이대로 페스트가 사라지는 것같이 생각되었다. 단시일 동안에 페스트는 여러 달에 걸쳐 축적해 온 대부분의 힘을 잃어버렸다. 그랑과, 리외가 본 그 젊은 아가씨처럼 다 잡아 놓은 미끼를 놓쳐 버리거나, 어떤 지역에서는 2,3일 동안 병세가 격화했는가 하면, 같은 기간 동안 다른 어떤 지역에서는 아예 자취를 감춰 버리거나 했다. 또 월요일엔 희생자의 수를 격증시켜 놓고서는 수요일엔 그들 모두를 살려 버리기도 했는데, 그런 식으로 헐떡이기도 하고 돌진하기도 하는 양을 보고 있으면, 마치 정력의 소모와 피로 권태에 의해 기능이 마비되어, 자기 자신에 대한 지배력과 동시에 지금까지 그 강점으로 되어 있던 더없이 강력한 수학적인 유효성도 잃어버렸다고 말할 수 있을 성싶었다. 카스텔의 혈청은 그때까진 거두지 못하고 있던 성공을 갑자기 여러 번 연속적으로 거둘 수 있게 해 주었다. 의사들이 취하는 하나하나의 처치가 예전엔 아무런 결과도 가져 오지 못했었는데, 별안간 확실하게 효과를 올리는 것같이 보이기 시작했다. 마치 이번엔 페스트 쪽이 궁지에 몰려서, 그 갑작스런 쇠퇴가 지금까지 페스트를 공략하던 그 무딘 칼날에 위력이 생기게 한 것 같았다. 이제 페스트는 기껏해야 나을 것이라고 예상했던 3, 4명의 환자들을 예기치 않게 죽음으로 끌고 가는 것이 고작이었다. 그들은 어지간히 페스트의 악운에 잘못 걸려든 사람들이고, 희망 속에서 페스트에게 살해된 사람들이었다. 격리 수용소에서 퇴원한 오통 판사의 경우가 그러한데, 타루는 사실 그에 대해 그는 운이 나빴다고 말했다. 그런데 그것이 판사의 죽음을 생각하고 말했는지, 삶을 생각하고 말했는지 알 수가 없었다.

그러나 총체적으로 감염은 모든 방면에서 감퇴하고, 도청도 처음엔 조심스레 은근한 희망이 싹트게 하는 희망의 여운만을 던져 주었으나, 마침내는 공중의 마음에 승리가 확보되어 전염병은 그 진지를 포기했다고 하는 확신을 굳히게 하기에 이르렀다. 실토하면 이것이 승리인지 어떤지 단정해 버리기는 어려운 일이었다. 사람들은 단지 전염병이 퍼지기 시작했을 때와 마찬가지로 스스로 물러가고 있는 것 같다는 사실을 확인하는 수밖에 없었던 것이다. 이 전염병에 대해 사용되는 전략은 별로 변하지 않고 있었고, 어제는 효과가 없었는가 하면 오늘은 썩 좋은 효과를 올리기도 했다. 사람들은 그저 전염병이 스스로 고스란히 소모해 버렸거나, 혹은 아마 모든 목표물을 공략하고 나서 퇴각한다는 인상을 받았을 뿐이다. 어떤 의미에선 이젠 그 역할이 끝나 버리고 있었던 것이다.

그럼에도 불구하고 시가지의 외양은 조금도 변하지 않았다고 말할 수 있었다. 여전히 낮에 쥐죽은 듯이 조용한 길거리는 밤이 되면 같은 군중——다만 외투와 숄이 눈에 띄게 되었을 뿐인 같은 군중——에 의해 점령된다. 영화관과 카페는 한결같이 돈벌이가 잘 되고 있었다. 그러나 더 소상하게 살펴보면 사람들의 얼굴에 여유가 있어 보이고, 때로는 미소를 짓고 있는 것을 깨달을 수 있는 것이었다. 그리고 그럴 경우, 그것이 지금까지 누구도 길거리에서는 미소를 짓고 있는 사람이 없었다는 것을 확인하는 기회가 되었다. 실제로 몇 달 동안 이 도시를 둘러싸고 있던 불투명한 장막에 이젠 하나의 균열이 생기고, 매주 월요일이면 모두들 라디오 보도에 의해 그 균열이 확대되어 간다는 소식을 듣고, 그래서 마침내는 숨을 쉴 수 있으리라는 확신을 가질 수 있었다. 이것은 아직 아주 소극적인 안도에서 명백하게 표현되지는 않았다. 그러나 예전에는 기차가 떠났다거나 배가 도착했다거나, 혹은 자동차의 운행이 다시 허용될 듯하다는 등의 얘기는 의혹이 없이는 들을 수가 없었지만, 이런 일들이 1월 중순에 보도되었더라면 반대로 어떤 놀라움도 불러일으키지는 않았을 것이다. 이것은 물론 사소한 일이었다. 그러나 이 경미한 뉘앙스는 사실상 시민들이 희망에의 노정에서 상당한 전진을 성취했음을 나타내고 있었다. 그리고 또 가장 사소한 희망일지라도 그 주민에게 가능해진 순간부터, 페스트의 실제적인 치세(治世)는 끝났다고 할 수 있는 것이다.

그럼에도 불구하고 이 역시 사실이지만, 1월 한 달 동안 시민들은 아주 모순된 움직임을 보였다. 정확하게 말하면 그들은 흥분과 침체가 번갈아 오는 상태를 경험했던 것이다. 그래서 통계가 가장 유망한 결과를 보여 주고 있는 바로 그런 시기에, 또 새로운 탈출 계획이 기록되는 것 같은 일이 생겼다. 이런 사실에는 행정 당국도, 또 각 초소조차도 몹시 놀랐다. 왜냐하면 대부분의 탈출이 성공했기 때문이다. 그러나 사실 이런 시기에 탈출한 사람들은 자연스런 감정을 따랐던 것이다. 어떤 사람들의 경우는 페스트에 의해 심각한 회의(懷疑)주의가 단단히 심어져 버려서, 아무리 애써 봐도 그것을 떨쳐 버릴 수 없게 되어 있었다. 희망은 이미 그들의 마음에 달라붙을 여지가 없었다. 페스트의 시대가 다 끝났을 때에도 그들은 여전히 페스트의 기준을 따라 살아가고 있었다. 그들은 말하자면 시대에 뒤떨어져 있는 것이다. 또 어떤 사람들의 경우는 이와 반대로——그리고 이런 사람들은 그때까지 자기가 사랑하는 인간으로부터 동떨어져서 살아 온 사람들 속에 특히 그런 족속이 발견되었던 것이지만——그 오랜 유폐와 소침(消沈)의 기간 끝에 솟아오른 희망의 바람은 하나의 열망과 초조감에 불을 질러, 그것이 그들에게서 온갖 자제를 뺏어 버렸던 것이다. 자기들은 마지막 목표에 이렇게 가까워지고 나서 자칫하면 죽을지도 모른다. 제일 사랑하는 사람도 다시 만나지 못하고, 이 오랫동안의 고통도 끝내 보답을 받지 못할지도 모른다고 생각하며, 그들은 일종의 발작적인 공포에 사로잡히는 것이었다. 여러 달 동안 어둡고도 완강한 의지를 가지고 유폐와 추방에도 꺾이지 않은 채, 그들은 끈질기게 기다려 왔었는데, 다소 희망의 빛이 보이기 시작한 사실만으로도, 그때까지는 공포와 절망도 흔들지 못했던 것을 파괴하기에 충분했다. 그들은 페스트의 걸음에 끝까지 따라가지 못하고, 그것을 앞질러 가려고 미친 듯이 돌진한 것이다.

하긴 동시에 낙관 사상의 자연 발생적인 징후도 나타났다. 예를 들면 물가의 현저한 하락이 기록된 것 등이 그것이다. 순수하게 경제적 견지에서 보면 이런 움직임은 설명할 수가 없었다. 어려운 사정은 여전히 그대로이고 까다로운 검역(檢疫) 절차는 여전히 계속되고 있으며, 식량 보급도 개선되어 있는 단계랄 수는 없었다. 따라서 이 시절에서 볼 수 있었던 것은 흡사 페스트의 쇠퇴가 도처에 반향을 일으키고 있는 듯한, 순수하게 정신적인 현상이었던 것이다. 동시에 또 낙관 사상은 예전에 집단을 이루어 생활을 하고 있다가 전염병 때문에 어쩔 수 없이 분산된 사람들에게도 파급되었다. 시내의 두 군데 수도원은 복구되기 시작하고 공동생활도 다시 시작할 수 있게 되었다. 군인들의 경우도 마찬가지여서 비어 있는 채로 있는 병영에 다시 집합되었다. 그들은 다시금 평상시의 주둔 생활을 시작한 것이다. 이 같은 사소한 사실은 그나마 대단한 조짐이었다.

주민들은 이 같은 은근한 흥분 속에 1월 25일까지 살았다. 그 주에 접어들자 통계는 크게 낮은 선으로 떨어지고, 마침내 의사(醫事)위원회의 자문을 받고 나서 도청은 전염병이 퇴치된 것으로 간주할 수 있음을 선언했다. 하긴 발표문에 첨가된 바를 따르면, 반드시 시민의 지지를 얻을 수 있어야 한다는 신중한 취지에서, 도청은 두 주일 더 시를 폐쇄된 채로 두고, 각종 예방 조치는 1개월 동안 계속 취해질 것이고 이 기간 내에 위험이 재발할 듯한 징조가 조금이라도 보이면 현재와 같은 상태가 계속될 것이며, 아울러 해제되었던 조치들도 소급시켜 강화할 것이라고 밝혔다. 그러나 이 부기(附記)를 형식적인 조항으로 간주하는 데에는 누구나 모두 의견의 일치를 보았고 1월 25일 밤엔 들뜬 흥분이 시중에 넘쳤다. 시장은 시민의 기쁨에 동조하기 위해 등화 관제를 해제하라는 지시를 내렸다. 춥고 맑은 하늘 아래 등불이 켜진 길거리를 시민들은 떠들고 웃어대며 무리를 이루면서 쏘다녔다.

물론 그때도 많은 집들이 덧문을 닫아 놓은 채로 있었고, 많은 가정이 다른 사람들이 환성을 즐기고 있는 이 하룻밤을 조용히 지낸 것이 틀림없었다. 그러나 이 상중(喪中)의 많은 사람들은 다른 살붙이를 더 잃게 되는 것을 보는 두려움이 마침내 가셨다는 점으로 보건, 그들 자신의 몸의 보전이라는 감정이 이젠 위기에 부딪히고 있지 않다는 점으로 보건, 안도감으로 인해 마음속 깊은 평화를 느낄 수 있었다. 그러나 일반 사람들의 기쁨에 전혀 무관한 가족들도 있었으니, 바로 이 순간에도 어딘가의 병원에서 페스트와 격투를 벌이고 있는 환자를 가지고 있어, 예비 격리소나 혹은 자택에서 재앙이 다른 사람들에게서 손을 뗀 것처럼 자기들에게서도 정말 손을 떼어 주기를 기다리고 있는 가정이었다. 이런 가정도 확실히 희망을 품고 있었을 것은 틀림없지만, 그러나 그들은 그것을 비축(備蓄)하여 따로 치워 두고, 정말 그런 권리가 생기기까지는 그것에 손을 대는 것을 스스로 금하고 있었던 것이다. 그리고 고통과 기쁨의 중간에 서서, 그러한 기대를 품고 묵묵히 밤을 지샘으로써 모두들 기뻐하는 속에서 오히려 더욱더 안타까운 심정이 되었다.

그러나 이 같은 예외도 다른 사람들의 만족감을 조금도 해치는 것은 아니었다. 물론 페스트가 아직 끝난 것은 아니었다. 페스트가 끝났다는 증거가 나타나야만 했었다. 그럼에도 불구하고 모든 사람들의 머리 속에서는 이미 몇 주일이나 앞질러, 끝없는 철로 위에 기차가 기적을 울리며 출발하고, 햇빛으로 빛나는 바다 위에 배가 흰 물결을 걷어차고 있었다. 이튿날엔 사람들의 마음이 진정되면 다시 의혹도 되살아날 것이다. 그러나 지금 이 순간엔 시 전체는 그 석조의 뿌리를 내리고 있는 어둡고 움직임이 없는 갇혀진 장소를 떠나 움직이기 시작하여, 생존자를 싣고 마침내 전진하기 시작했던 것이다. 그 날밤 타루와 리외도, 랑베르와 다른 사람들도 군중 속에 섞여 걷고 있었는데, 그들 역시 아직 발이 땅을 밟고 있지 않는 듯한 기분이었다. 한길을 벗어난 지 오래되었는데 타루와 리외의 귀에는 이 기쁨의 목소리가 아직도 뒤쫓아오는 것이 들리고, 심지어는 그토록 쓸쓸한 거리에서 덧문이 닫힌 창문들을 따라 걸어가고 있을 때도 그 소리를 들었다. 그리고 몹시 지쳐 있던 탓으로 그들은 이 덧문 뒤에서 아직 계속되고 있는 그 고통을, 좀 떨어진 거리를 가득 메우고 있는 기쁨과 분리시켜 생각할 여유는 없었다. 다가오고 있는 해방은 웃음과 눈물이 뒤섞인 얼굴을 가지고 있었던 것이다.

한바탕 소동이 한층 격렬하고 떠들썩해졌을 때, 타루는 문득 걸음을 멈췄다. 어두운 보도 위를 어떤 그림자 하나가 경쾌하게 달리고 있었다. 그것은 한 마리의 고양이, 지난 봄 이후로 처음 보게 되는 고양이었다. 고양이는 한동안 도로 한가운데 가만히 멈춰 서서 망설이면서 한쪽 발을 핥았다. 그리고 그 발을 오른쪽 귀 위에 대고 재빨리 비비고는 또 소리도 없이 달려가 어둠 속으로 사라져 버렸다. 타루는 미소를 지었다. 그 몸집이 작은 노인도 역시 기뻤을 것이다.

그러나 페스트가 멀어지고, 맨 처음 소리도 없이 나왔던, 어딘지도 모를 야수의 둥지로 되돌아가려는 듯이 보였을 때, 시중에서 적어도 한 사람만은 이 철수로 인해 몹시 놀라지 않을 수 없는 사람이 있었다. 타루의 수첩에 적힌 바에 따르면 그것은 코타르였다.

사실은 이 수첩은 통계가 하강하기 시작했을 때부터 어지간히 기묘한 것이 되어 갔다. 피로 탓이기도 하겠지만 그 필적은 쉽게 알아보기가 어렵게 되고, 또 너무 자주 하나의 화제에서 다른 화제로 옮긴다. 더구나 이것은 처음 있는 일이지만, 수첩의 기술은 객관성을 잃고 개인적인 고찰에 그 자리를 양보하고 있다. 예컨대 코타르의 경우에 관한 상당히 긴 글의 한 구절 도중에, 그 고양이와 희롱하는 노인에 관한 간략한 기술이 나오기도 한다. 타루가 말하는 바를 믿는다면, 페스트도 이 인물에 대한 그의 평가를 조금도 저하시키는 일 없이, 페스트가 시작된 후에도 그 이전에 흥미를 끌었던 것과 마찬가지로 흥미를 끌고 있던 인물이며, 또 타루 자신의 호의의 증감(增減)이 원인은 아니지만, 불행하게도 앞으로는 흥미를 끌 수 없게 된 인물이었다. 왜냐하면 그는 노인의 모습을 다시 보려고 애썼던 것이다. 그 1월 25일 밤부터 2,3일 후에 그는 그 골목 모퉁이에 대기하고 있었다. 고양이들은 서로 만나는 시각을 충실히 지키어 그곳에 모여서 햇볕 속에서 몸을 녹이고 있었다. 그러나 예전과 같은 시간이 되어도 덧문은 완강하게 닫힌 채로 있었다. 그 후 여러 날이 지났는데도 타루는 끝내 그 덧문이 열리는 것을 보지 못했다. 그는 거기에서 기묘한 결론을 끌어냈는데, 몸집이 작은 노인은 화가 나 있거나 사망했다고 보았다. 만일 화가 나 있다면 노인은 자기 자신이 옳다고 생각하고 있어, 페스트가 노인에 대해 부당한 짓을 한 셈이 되지만, 그러나 만일 사망했다면 그에 대해서도 천식을 앓는 할아버지의 경우와 마찬가지로 그가 성자였는지 어떤지 생각해 볼 필요가 있다고 적어 놓았다. 타루는 그가 성자였다고는 생각하고 있지 않지만, 그러나 이 노인의 실례(實例) 속에 하나의 '모범'이 될 만한 것이 있다고 보고 있다. 《모름지기》하고 수첩에는 이렇게 적혀 있었다. 《인간은 성자의 덕행(德行)에 근사한 경지에밖에 도달하지 못할 것이다. 그렇다면 겸손하고 자비로운 일종의 악마주의에 만족하는 수밖에 없을 것이다.》

여전히 코타르에 관한 관찰 속에 섞여서 수첩에는 또 자주 분산된 형태로 많은 고찰을 찾아볼 수 있는데, 그 중의 어떤 것은 지금은 회복기에 접어들어 마치 아무 일도 없었던 것같이 다시 일을 시작한 그랑에 관한 것과 의사 리외의 어머니에 관한 것들도 있었다. 한 집에서 살게 된 결과 이 어머니와 타루가 주고받게 된 약간의 대화나, 이 늙은 부인의 여러 가지 태도며, 그 웃는 얼굴과 페스트에 대한 관찰 같은 것들이 세밀하게 기술되어 있다. 타루는 특히 리외 부인의 조심스러움을 강조하고 있다. 어떤 일이건 단순한 어구로 표현하는 그녀의 말투며, 조용한 길을 향해 있는 창문을 특히 좋아하는 부인이 저녁 무렵이면 그 창문 앞에서 상체를 펴고 일손을 멈춘 채, 황혼의 어둠이 방안에 밀려와 그녀의 모습이 회색의 햇빛 속에서 하나의 검은 실루엣이 되고, 그 회색이 점점 짙어져서 이윽고 그 움직이지 않는 옆 얼굴을 용해해 버릴 때까지 가만히 앉아 있는 모습. 그리고 이 방에서 저 방으로 옮겨 가는 그 경쾌한 움직임과, 타루 앞에서는 끝내 명쾌한 증거를 보인 적은 없지만, 그녀의 모든 언동에 그 광채가 돋보이는 선량한 심성, 마지막으로 타루의 견해에 따르면 그녀는 결코 생각하는 일 없이 모든 것을 알고 있고, 그렇게 그늘에 조용히 묻혀 있으면서도 어떤 광선에도, 설령 페스트의 광선조차도 훌륭하게 견딜 수 있다는 사실 등을 특히 강조하고 있었다. 그런데 여기서 타루의 필적은 묘하게 흔들리는 것 같은 조짐을 보여 주고 있다. 여기에 이어지는 몇 행은 쉽게 판독하기가 어렵고, 또 마치 이 흔들림을 새삼 입증하려는 것처럼 그 마지막 말은 매우 개인적인 기록들이었다. 《우리 어머니도 그러했다. 나는 우리 어머니의 그와 같은 조심성을 사랑했었고, 어머니야말로 내가 항상 그런 경지에 도달하고 싶어했던 그런 인간이다. 8년 전에 어머니가 돌아가셨다고는 할 수 없다. 그녀는 다만 내 눈에 띄지 않게 되셨을 뿐이다. 그래서 내가 문득 뒤돌아보니 어머니는 이미 거기에 안 계셨던 것이다.》

그런데 이젠 코타르에게로 돌아가야겠다. 통계가 하강하기 시작하면서 코타르는 여러 가지 구실을 마련해 가지고는 자주 리외를 찾아오고 있었다. 그러나 사실은 그럴 적마다 전염병의 경과에 대한 예측을 리외에게 묻고 있었던 것이다. 「이대로 아무 예고도 없이 끝나 버릴 수 있다고 당신도 생각하십니까?」 그는 그 점에 관해 회의적이며, 혹은 적어도 그렇게 공언하고 있었을 뿐인지도 모른다. 그러나 그가 되풀이해서 질문하는 것을 보면, 확신이 그다지 굳지 않음을 말해 주는 것같이 여겨졌다. 1월 중순경엔 리외는 상당히 낙관적인 말투로 대답했던 것이다. 그런데 그때마다 그런 대답은 코타르를 기쁘게 하기는커녕 여러 가지 반응을 불러일으키는 것이었지만, 그것은 날에 따라 여러 가지라고는 하나, 단순한 불쾌감에서부터 시작하여 의기 소침에까지 이르는 수가 있었다. 그 후 리외는 그에게, 통계에 나타난 양호한 징후에도 불구하고 아직은 승리를 외쳐 대거나 하지 않는 것이 좋다고 무심코 말하지 않을 수 없게 되었다.

「다시 말하면」 하고 코타르는 지적했다. 「전혀 알 수 없다는 얘기군요. 언제 어느 때 또 시작될는지도 모르는 셈이군요?」

「그렇지요. 동시에 또 더 빨리 완전히 물러갈 수도 있는 셈입니다.」

일반 세상 사람들에게 불안의 씨앗인 이 불확실성은 분명히 코타르를 안심시킨 모양이어서, 그는 타루의 눈앞에서 그 근처의 상인들과 애기를 나누며 자꾸 리외의 의견을 선전하려 하고 있었다. 하긴 그런 짓은 어렵지 않게 할 수 있었다는 것도 사실이다. 왜냐하면 최초의 승리의 열광이 지나자, 많은 사람들의 가슴엔 또 의혹이 되살아나서, 도청의 발표로 인해 흥분된 마음에 그늘이 지고 있었기 때문이었다. 코타르는 이와 같은 불안한 공기를 보고서는 안심하는 것이었다. 그러나 예전과 마찬가지로 그는 또 기가 죽어 있기도 했다. 「그렇지요.」하고 그는 타루에게 말했다. 「결국 문은 열리게 될 겁니다. 그렇게 되면 글쎄 두고 보십시오. 놈들은 모두 저를 본체 만체할 테지요.」

1월 25일까지는, 모두들 그의 변덕스런 성격을 깨달았다. 그는 오랫동안 같은 지역의 사람들과 교제하고 있는 사람들로부터 인심을 얻으려고 애써 오더니, 완전히 며칠 동안 그는 정면으로 그들을 적대하는 태도를 드러내 보였다. 적어도 표면에 나타난 바로는 그는 세상 사람들로부터 떨어져서 혼자 틀어박혀 있는가 하더니, 이내 마치 미개인 같은 생활을 시작하는 것이었다. 다시는 그가 좋아하는 레스토랑에도 극장에도 카페에도 모습을 나타내지 않게 되었다. 그리고 그러면서도 전염병이 시작되기 전의, 절도 있고 오붓했던 생활 속으로 다시는 되돌아가지 못하는 모양이었다. 자기 아파트에 완전히 틀어박혀 살면서 근처의 레스토랑에서 식사를 날라오게 하고 있었다. 다만 밤에만 몰래 외출을 해서는 필요한 물건을 사기도 하고, 가게에서 나오자마자 인기척이 없는 뒷길로 달려가기도 한다. 타루가 그를 만났지만 그저 「예」니 「아니」라는 말밖에 듣지 못했다. 그러다가도 또 이내 돌변해서 다시 사교적으로 되어 페스트에 관해 거침없이 애기하거나, 다른 사람들의 의견을 꼬치꼬치 묻거나, 밤마다 기꺼이 군중의 인파 속에 끼어들기도 하는 것이었다.

도청의 발표가 있었던 날, 코타르는 완전히 행방을 감췄다. 이틀 후 타루는 길거리를 헤매고 있는 그를 만났다. 코타르는 변두리에까지 같이 돌아가 달라고 부탁했다. 타루는 낮에 한 일 때문에 유난히 지친 듯싶어 망설였다. 그러나 상대방은 끈질기게 부탁했다. 몹시 흥분하고 있는 모양이어서 자꾸 몸짓을 섞어 가며 큰 목소리로 빠르게 지껄였다. 그는 타루를 보고, 도청의 발표대로 정말로 페스트가 물러났다고 생각하느냐고 물었다. 행정적인 발표문 그 자체가 페스트의 재앙을 멈추게 할 수는 없지만, 예측하건대 전염병은 예상 밖의 일이 일어나지 않는 한, 얼마 후면 종식할 것으로 생각해도 좋았다.

「확실히 예상 밖의 일이 일어나지 않는 한 그렇다는 말씀이군요.」하고 코타르는 말했다. 「하지만 언제나 예상 밖의 일은 있게 마련이에요.」

타루는 이 말에 대해, 하긴 시문을 열기까지 두 주일 동안의 기간을 설정함으로써 도청도 어느 정도 예상 밖의 일을 예상하고 있는 셈이라고 말해 주었다.

「그렇게 해 두길 참 잘했어요.」여전히 홍분한 어두운 말투로 코타르는 말했다. 「아무튼 일이 되어 가는 걸 보면 결국 헛짓을 한 꼴이 될는지도 모르니까요.」

타루는 그런 일도 있을 수 있다고 간주하기는 했지만, 그러나 그래도 가까운 시일 안에 시문이 열린다는 것과 정상적인 생활에의 복귀를 고려해 두는 게 좋다고 생각하고 있었다.

「그렇게 해 두기로 합시다.」코타르는 말했다. 「설령 그렇다고 하더라도, 정상적인 생활로 되돌아간다는 건 어떤 일을 말하는 겁니까 ?」

「영화관에 새 필름이 들어오는 것이죠.」타루는 웃으며 말했다.

그러나 코타르는 웃지 않았다. 그는 페스트가 이 도시 속의 어떤 것도 달라지게 하는 일 없이 모든 것이 예전대로, 즉 어떤 일도 일어나지 않았던 것처럼 다시 시작된다고 생각할 수 있는지 어떤지를 알고 싶어했다. 타루가 생각하는 바로는 페스트가 이 도시를 변화시킬 수도 있고 안 시킬 수도 있으며, 시민들의 제일 간절한 소망은 현재도 또 앞으로도 마치 아무 것도 변하지 않은 것같이 행하려는 것이라고 말했다. 또 다른 의미로는 아무 것도 변하지않을 것이지만, 그러나 또 어떤 의미에서는 설사 충분한 의지로써 모든 것을 죄다 잊어버릴 수는 없으며, 페스트는 그 흔적을 적어도 사람들의 마음속엔 남길 것이라고 했다. 코타르는 딱 잘라서, 자기는 마음 같은 것에 대해서는 흥미가 없고, 마음 따위는 자신의 관심사 중에서도 제일 꼴찌에 속할 정도라고 말했다. 그의 관심을 끄는 일은 행정 조직 자체가 개혁되지 않는지 어떤지, 예를 들면 모든 기관이 예전대로 운영되는지 어떤지 하는 문제였다. 이런 말을 들으니 타루도 그것은 전혀 모르고 있음을 인정하지 않을 수 없었다. 그의 의견으로는 그같은 모든 부과도 전염병이 발생했을 때 엉망이 되었고 다시 발족하려면 다소 어려움이 있을 것으로 예상해야 했다. 그리고 또 새로운 숱한 문제가 제기되어, 적어도 예전과 같은 부과의 재편성쯤은 필요해질 것으로 믿고 있었다.

「그렇겠군요.」코타르는 말했다. 「그런 일은 있을 테지요. 실제로 세상 사람들은 뭐든지 고쳐 시작해야 되는 셈이에요.」

두 사람은 코타르의 집 가까이까지 다다랐다. 코타르는 생기가 돌아 낙관적으로 생각하려고 애쓰고 있었다. 그는 이 도시가 다시 새로 생활을 시작하여, 과거를 말끔히 씻어내어 제로에서부터 다시 시작하는 도시를 상상해 보기도 했다.

「여하튼 그런 상태입니다.」타루는 말했다. 「결국 당신 처지도 잘 해결될지도 모릅니다. 어떤 의미에서 하나의 새로운 생활이 시작되려 하고 있으니까요.」

마침 문 앞까지 와 있어 두 사람은 악수를 했다.

「옳은 말씀입니다.」하고 더욱 흥분한 기색으로 코타르는 말했다. 「제로에서부터 다시 시작한다는 건 무척 즐거운 일일 테지요.」

그런데 복도의 어둠 속에서 두 남자가 나타났다. 타루는 코타르가 저 묘한 녀석들은 대체 무엇을 할 작정일까 하고 묻는 말을 들을 겨를도 없을 정도였다. 묘한 녀석들은 외출복으로 갈아입은 말단 공무원 같은 모습이었는데, 실제로 그들이 코타르를 보고 그가 확실히 코타르라는 사람이냐고 묻자, 코타르는 일종의 무딘 외침 소리 같은 것을 지르더니 홱 돌아서면서 어느새 밤의 어둠 속으로 돌입해 버렸다. 상대방 남자들도 타루도 그야말로 언뜻 몸 한 번 움직일 겨를조차 없었다. 놀라움이 가셔 버리자 타루는 두 사내에게 무슨 용무로 찾아왔느냐고 물었다. 두 사내는 쌀쌀하게 점잔빼는 태도를 취하며 좀 조사할 일이 있었다고 말하고는, 코타르가 돌아간 방향으로 침착하게 나갔다.

집에 돌아오자 타루는 이 장면을 기술하고, 곧 이어 자신의 피로감(그것은 그 필적이 충분히 증명하고 있다)을 적고 있다. 그는 거기에 덧붙여 자기는 아직 해야 할 일이 많은데 이렇게 아무런 마음의 준비도 없이 지내는 것은 옳지 못하다고 적은 다음, 과연 자기는 그런 마음가짐이 되어 있을까 하고 스스로 묻고 있다. 그는 마지막 대목에서 그 물음에 대답하여 —— 그리고 여기서 타루의 수첩은 끝나지만 —— 이렇게 말하고 있다. 인간이 무기력해지는 것 같은 시각이 낮이건 밤이건 반드시 있게 마련이며, 자기가 두려워하는 것은 그런 시각이라고.

이틀 후, 시문이 열리게 될 날이 얼마 남지 않았을 무렵, 의사 리외는 자기가 기다리고 있는 전보가 이젠 왔을까 해서 정오에 집에 돌아왔다. 그의 나날은 그 무렵이 되어도 페스트의 전성기 때와 같을 정도로 지칠 대로 지쳐 버렸지만, 해방에 대한 벅찬 기대가 몸 속의 온갖 피로를 풀어 주고 있었다. 지금은 그도 희망을 품고 있어, 그것을 즐기고 있었다. 항상 의지를 긴장시키고 절박한 심정에만 사로잡혀 있을 수는 없는 일이어서, 싸움을 위해 모아 둔 힘을 드디어 감정의 물줄기 속에 풀어 놓는 것은 그야말로 즐거운 일이다. 만일 기다리고 있는 전보 역시 양호한 내용이라면 리외도 또다시 시작해 볼 수 있게 되는 셈이다. 그리고 그는 너나없이 모두 다시 시작해야 된다는 의견이었다.

그는 문지기가 거처하는 방 앞을 지나갔다. 새로 온 문지기는 창유리에 얼굴을 눌러 대고 그에게 미소를 던졌다. 층계를 올라가니 피로와 결핍으로 창백해진 그 얼굴이 또 리외의 눈에 띄었다.

그렇다, 이 추상(抽象)이 끝나 버리는 대로 새출발을 해야만 하리라. 그리고 좀 운이 좋기만 하면……. 그러나 바로 그 순간 그가 자기 방문을 열자 어머니가 나와 맞으며, 타루 씨가 몸이 좋지 않다고 알렸다. 아침엔 일어났었지만 외출할 기력이 없어 방금 다시 잠자리에 드러누웠다는 것이었다. 리외 부인은 불안해져 있었다.

「대단한 병은 아니겠지요.」 리외는 어머니에게 말했다.

타루는 길게 몸을 뻗고 있었는데 그의 머리는 긴 베개 속에 푹 파묻혔고, 다부진 가슴의 선이 두껍게 겹친 모포 밑에 불룩 솟아올라 있었다. 열이 있고 두통이 심한 것이었다. 그는 리외를 보고, 아무래도 징후가 분명치 않지만 어쩌면 역시 페스트의 증상인지도 모른다고 말했다.

「아니예요, 아직 뚜렷한 징후는 아무 것도 없어요.」진찰을 해 보고 나서 리외는 이렇게 말했다.

그러나 타루는 심한 갈증에 시달리고 있었다. 복도로 나가자 의사는 어머니에게 이건 페스트의 초기 증상인지도 모른다고 말했다.

「설마!」하고 어머니는 말했다. 「이제 와서 그런 일이 있을 리가 없지.」

이렇게 말하고 나서 이내

「집에 있게 해 두자, 베르나르.」

리외는 궁리하고 있었다.

「저에겐 그런 권리는 없어요.」그는 말했다. 「그러나 시문도 이제 곧 열리게 되니, 이것이야말로 제 자신을 위해 제가 맨 먼저 얻을 권리겠지만요, 어머니만 계시지 않으면요.」

「베르나르!」어머니는 말했다. 「여기에 그냥 있게 해 줘. 우리 두 사람 다 걱정할 것 없어, 나는 예방 주사를 방금 맞았으니까.」

의사는 타루 역시 예방 주사를 맞았지만, 그러나 아마 너무 지쳐서 마지막 혈청 주사를 빠뜨리고 몇 가지 주의 사항을 잊은 게 틀림없다고 말했다.

리외는 이미 진료실 쪽으로 가 있었다. 방에 돌아왔을 때 타루가 보니, 그는 큰 혈청 앰플을 들고 있었다.

「아, 역시 그렇군.」타루는 말했다.

「아니예요, 그저 만일에 대비하려는 것뿐이에요.」

타루는 대답 대신 묵묵히 팔을 내밀며 그 자신도 다른 환자들에게 놓아 준 적이 있는 그 기다란 주사를 맞았다.

「밤이 되면 알게 될 거예요.」하고 리외는 말하고 똑바로 타루의 얼굴을 바라보았다.

「격리는 어떻게 할 건가요, 리외?」

「아직 페스트인지 아닌지 확실치 않아요.」

타루는 짐짓 빙그레 웃어 보였다.

「이런 일은 처음 보는군요. 혈청 주사를 놓고서도 격리를 명령하지 않다니.」

리외는 얼굴을 돌렸다.

「어머니와 내가 간호할 거요. 여기가 더 나을 겁니다.」

타루는 침묵을 지키고 있었고, 리외는 앰플을 치우면서 그가 말을 건네 오면 돌아다볼 생각으로 기다리고 있었다. 급기야 그는 침대 쪽으로 돌아섰다. 환자는 그쪽을 바라보고 있었다. 그 얼굴은 지쳐 있었지만 그러나 잿빛 눈은 조용했다. 리외는 그에게 미소를 던졌다.

「될 수 있는 대로 잠을 청하면 좋을 텐데요. 나는 또 이내 오겠어요.」

문 앞에 왔을 때 타루가 자기를 부르는 목소리를 들었다. 그는 그 쪽으로 되돌아갔다.

그러나 타루는 자기가 하고 싶은 말을 어떻게 꺼낼까 하고 고심하고 있는 기색이었다.

「이봐요, 리외.」 겨우 그는 입을 열었다. 「죄다 숨김없이 말해 줘야 해요. 나는 그렇게 해 주길 바라니까요.」

「네, 약속하지요.」

상대방은 그 탄탄하고 두툼한 얼굴을 좀 일그러뜨리며 히죽 웃었다.

「고마워요. 나는 죽고 싶지는 않으니 잘 싸워 보이겠어요. 하지만 혹시 싸움에 지더라도 훌륭한 임종을 맞고 싶군요.」

리외는 몸을 굽혀 그 어깨를 잡았다.

「안 돼요.」 그는 말했다. 「승자가 되려면 살아 있어야지요. 힘껏 싸워 줘요.」

그날 낮에 혹독하던 추위는 다소 풀렸으나, 그 대신 오후가 되자 우박이 섞인 장대같은 소나기가 쏟아지기 시작했다. 저녁때엔 푸른 하늘이 약간 보이고 추위가 더한층 몸에 스며들었다. 리외는 밤이 되어서야 집에 돌아왔다. 외투도 벗지 않고 그는 친구 방에 들어갔다. 어머니가 뜨개질을 하고 있었다. 타루는 그대로 꼼짝도 안하고 있는 것같이 보였지만 그러나 열 때문에 허옇게 되어 버린 입술은 그가 지금껏 계속하고 있는 싸움을 애기해 주고 있었다.

「그래 어떤가요?」 의사는 물었다.

「그런데,」 그는 말했다. 「아무래도 내가 질 것 같아요.」

의사는 환자 위에 몸을 굽혔다. 임파선은 불타는 듯한 살갗 밑에서 응어리가 굵어지고, 가슴은 어디엔가 감춰진 대장간의 온갖 울림같이 막 울리고 있었다. 타루는 이상하게도 두 가지 계열의 징후를 보이고 있었다. 리외는 몸을 일으키면서, 혈청이 아직 완전한 효력을 발휘할 만한 시간이 없었던 것이라고 말했다. 그러나 목구멍에 소용돌이치기 시작한 열의 물결이, 타루가 입 밖에 내려 한 몇 마디 말을 삼켜 버렸다.

저녁 식사가 끝나자 리외와 어머니는 환자 곁에 앉았다. 밤 시간은 환자에겐 투쟁의 시각이며, 리외는 페스트의 정령(精靈)과의 이 괴로운 싸움이 새벽까지 계속된다는 것을 알고 있었다. 타루의 튼튼한 어깨와 넓은 가슴도 최선의 무기는 아니며, 차라리 리외가 아까 바늘 끝으로 뽑아 내었던 피, 그리고 그 피 속의 영혼보다도 더 속이 깊은 어떤 것, 어떤 과학도 밝혀낼 수 없는 그것이야말로 최선의 무기인 것이었다. 그리고 그로서는 친구가 싸우는 것을 그저 바라볼 수밖에 없는 것이다. 그가 이제부터 하려는 일――화농의 정도를 촉진시킨 다거나 강심제를 주사할 필요가 있다거나 하는 일――은 여러 달 동안 되풀이된 실패의 경험에 의해, 그 실효가 어느 정도의 것인지를 그는 잘 알고 있었다. 실제로 그가 해야 할 유일한 일은 요행이라는 것에 기회를 주는 일이었지만, 그 요행은 자극을 받지 않고서는 움직이지 않는 경우가 너무나 많다. 그런데 그 요행이라는 것이 반드시 필요했다. 왜냐하면 리외는 이때 어리둥절해지는 페스트의 모습에 부딪히고 있었기 때문이다. 이번에도 또 페스트는 자기에게 향해진 전략의 의표를 찌르려고 애써서 예기치 않은 장소에 나타나는가 하면, 이미 정착을 했다고 생각된 장소에서 사라져 버리기도 하는 것이었다. 이번에도 또 자꾸 의표를 찌르려고 하는 것이었다.

타루는 꼼짝도 하지 않고 페스트와 싸우고 있었다. 하룻밤 내내 단한 번도 고통에 대해 반사적인 몸부림을 보이지 않은 채, 그저 최대한의 중후함과 최대한의 침묵을 지키며 싸우고 있었다. 그러나 또 단한 번도 입을 열려고 하지 않아, 말하자면 그 나름의 방식으로 이젠 조금도 방심을 할 수가 없게 되었음을 고백하고 있었다. 리외는 싸움의 추이를 그저 친구의 눈빛에 의해 더듬고 있었다. 번갈아 뜨고 감고 하는 눈, 눈알에 더 찰싹 달라붙는가 하면 반대로 느슨해지는 눈꺼풀, 어딘가 한 곳에 응집되거나 혹은 리외와 어머니 쪽으로 던져지는 눈길, 리외가 이 눈길에 부딪칠 적마다 타루는 비상하게 애쓰며 미소를 지어 보였다.

한동안 길거리에 황급한 발소리가 들렸다. 발소리는 멀리서 들려오는 울림 소리에 쫓기고 있는 모양이어서, 그 울림 소리는 점점 다가오더니 마침내 그 씩씩한 가락의 흔들림이 길 위를 채웠다. 비가 또 내리기 시작하더니 이윽고 우박을 섞으며 보도 위에 떨어졌다. 거대한 장막이 창 밖에 물결쳤다. 방안의 옅은 어둠 속에서 비에 잠시 정신이 팔려 있던 리외는, 나이트 램프에 비춰진 타루의 모습을 또다시 지켜보았다. 어머니는 뜨개질을 하면서 이따금 고개를 들고서는 환자의 모습을 주의 깊게 바라보고 있었다. 의사는 이젠 할 수 있는 일을 다 해 보았다. 비가 지나가자 방안은 정적이 한결 깊어지고, 오직 눈에 보이지 않는 싸움의, 소리 없는 술렁거림만이 가득 차 있었다. 잠을 자지 못해 신경이 날카로워진 리외는 정적 끝에, 전염병이 만연한 기간 동안 내내 귀에 달라붙어 있는 조용하고도 규칙적으로 으르렁거리는 소리가 들리는 것같이 생각되었다. 그는 어머니에게 손짓을 하여 잠자리에 들게 하려고 했다. 어머니는 고개를 흔들어 그 것을 거절하더니, 그 눈에는 문득 빛이 깃들고, 좀 알 수 없게 된 그 물코를 바늘 끝으로 꼼꼼하게 찾았다. 리외는 일어서서 환자에게 물을 먹여 주고 다시 자리에 돌아와 앉았다.

통행인들이 비가 멎은 사이를 이용하여 느린 걸음으로 보도를 걸어갔다. 그 발소리는 점점 멀어져 갔다. 리외는 이때 비로소 밤 늦도록 산책자가 가득 차고 구급차의 벨소리가 나지 않는 이 밤이, 지난날의 밤과 마찬가지임을 깨달았던 것이다. 그야말로 페스트로부터 해방된 밤이었다. 그리고 전염병은 추위와 등불과 군중에 쫓기어 시내의 어둡고 습기 찬 곳에서 빠져 나와, 이 따뜻한 방에 몸을 숨기고는 축 늘어져서 움직이지 않는 타루의 몸에 최후의 공격을 가하려는 것같이 생각되었다. 재화는 이젠 이 도시의 하늘을 휘젓고 있지는 않았다. 그 대신 이 방의 무겁고 탁한 공기 속에서 조용히 으르렁거리는 소리를 내고 있었다. 아까부터 벌써 몇 시간 동안이나 리외가 듣고 있는 것은 이 소리였다. 지금은 그것이 여기서도 소리를 멎게 되기를, 여기서도 또한 페스트가 스스로 패배를 선언하기를 기다려야 했다.

동트기 조금 전에 리외는 어머니 쪽으로 몸을 굽혔다.

「어머니는 주무시는 게 좋을 텐데요. 여덟 시에 저하고 교대할 수 있게요. 잠자리에 들기 전에 꼭 소독을 하세요.」

리외 부인은 일어서서 뜨개질을 하던 것을 챙기고 침대 쪽으로 다가갔다. 타루는 얼마 전부터 눈을 감은 채 누워 있었다. 그 위엄 있어 뵈는 이마 위에 머리칼은 땀으로 뒤얽히어 있었다. 리외 부인이 한숨을 쉬자 환자는 눈을 떴다. 부드러운 얼굴이 자기 쪽을 가까이서 굽어 보고 있는 것을 보자, 환자는 들끓는 열에도 불구하고 억지로 미소를 지어 보였다. 그러나 그 눈은 이내 감겨졌다. 혼자 남은 리외는 어머니가 물러간 팔걸이 의자에 자리를 잡았다. 길거리엔 소리도 없고 정적은 지금 바로 최정상에 와 있었다. 새벽녘의 한기가 방안에 느껴지기 시작했다.

리외는 깜박 졸아 버렸지만, 새벽의 첫 자동차 소리에 졸다가 깨어났다. 그는 몸을 떨고서는 타루 쪽을 보니, 마침 병세가 가라앉아서 환자도 잠들어 있었다. 나무와 쇠로 된 마차의 바퀴 소리는 아직 멀리서 울리고 있었다. 창가엔 광선이 아직 어두웠다. 리외가 침대 쪽으로 다가서자 타루는 여전히 졸음 속에 있는 듯이 표정이 없는 눈으로 그를 바라보았다.

「잠이 들었었죠?」 리외는 물었다.

「네.」

「호흡은 좀 쉬워졌어요?」

「다소……. 그게 무슨 의미라도 있는 건가요?」

리외는 잠자코 있다가 잠시 후에 말했다.

「별로 의미가 있는 건 아니예요, 타루. 병세의 진전에 대해 나만큼이나 잘 알고 있잖습니까?」

타루는 고개를 끄덕였다.

「고마워요!」하고 그는 말했다. 「그래도 정확하게 대답해 줘요.」

리외는 침대의 발치 쪽에 걸터앉았다. 그는 이미 죽은 사람처럼 굳어진 환자의 양쪽 다리를 느낄 수 있었다. 타루는 아까보다 호흡이 거칠어져 있었다.

「열이 또 오르는 모양이지요. 리외?」숨찬 목소리로 그는 말했다.

「네. 하지만 정오쯤 되면 결말이 나겠죠.」

타루는 힘을 집중하는 것 같은 기색으로 눈을 감았다. 기운이 빠져 피로한 표정이 얼굴 전체에 보이고 있었다. 그는 몸 속의 어디선가 이미 꿈틀거리기 시작한 열의 상승을 대기하고 있었다. 눈을 떴을 적엔 그 눈은 흐릿해져 있었다. 자기 곁에 몸을 굽히고 있는 리외의 모습을 보고는 그제서야 겨우 그 눈에 빛이 깃들었다.

「자, 물을 마셔요.」리외는 말했다. 타루는 물을 마시고 나서 고개를 축 떨어뜨렸다.

「너무 오래 걸리는군요.」그는 말했다.

리외는 그의 팔을 잡았지만, 타루는 눈을 돌려 이젠 반응을 나타내려고도 하지 않았다. 열은 느닷없이 내부의 어느 둑이라도 무너진 듯, 눈에 보이게 그의 이마에까지 역류했다. 타루의 눈길이 다시 의사 쪽으로 던져졌을 때, 리외는 긴장한 얼굴로 그를 격려하려 했다. 타루는 또 미소를 보여 주려고 애썼으나, 그것은 굳어진 턱과 희뿌연 거품으로 시멘트칠을 한 듯한 입술 사이로 사라지고 말았다. 그러나 굳어진 얼굴 속에서도 눈만은 최대한의 기력의 광채로 빛나고 있었다.

일곱 시에 리외 부인이 방에 들어왔다. 리외는 서재에 돌아가 병원에 전화를 걸어 자기 대신 일해 줄 사람을 부탁했다. 그는 또 자기의 진료를 뒤로 미루기로 작정하고, 잠시 진료실의 긴 의자 위에 누웠으나, 이내 일어나 다시 방에 돌아왔다. 타루는 리외 부인 쪽으로 고개를 돌리고 있었다. 그는 자기 옆의 의자에 웅크린 채 무릎 위에 두 손을 깍지끼고 있는 그 자그마한 그림자를 물끄러미 바라보고 있었다. 그리고 그 눈길이 하도 강렬하기에 리외 부인은 그의 뜻을 알아채고는 머리맡 전등을 껐다. 그러나 커튼 저편에는 햇살이 강하게 침투하기 시작하여, 잠시 후 환자의 얼굴 윤곽이 어둠 속에 떠올랐을 때, 그가 여전히 그녀의 모습을 보고 있다는 것을 리외 부인은 알아볼 수 있었다. 그녀는 그에게로 몸을 굽혀 긴 베개를 바로잡아 주고, 다시 몸을 일으키면서 젖어서 얽힌 머리털 위에 잠깐 그 손을 얹었다. 그러자 그때 그녀의 귀에 멀리서 울려 오는 듯한 목소리로 고맙다고 말하며, 지금이야말로 모든 것이 좋다고 말하는 것이 들렸다. 그녀가 다시 앉았을 때엔 타루는 눈을 감고 있었고, 그 수척해진 얼굴은 입을 굳게 다물고 있는데도 다소 미소를 띤 것같이 보였다.

정오에 열은 절정에 이르렀다. 일종의 내장성(內臟性) 기침이 환자의 몸을 흔들어, 환자는 이때 처음으로 피를 토하기 시작했다. 임파선은 더이상 부어오르지 않았다. 그것은 여전히 그대로 나사처럼 단단히 관절 사이에 박혀 있어, 리외는 그것을 절개하는 것은 불가능하다고 판단했다. 열과 기침이 잠시 멎는 사이에 타루는 이따금 친구 쪽을 바라보았다. 그러나 이윽고 그 눈은 점점 더 감겨 있기만 하고, 간혹 눈을 뜰 때 변모해 버린 그 얼굴에 떠오르는 밝은 그림자도 그때마다 엷어져 갔다. 격렬한 경련으로 그의 몸을 뒤흔들어 놓은 폭풍은 그 불꽃이 점점 사그러져 갔고, 타루는 그 폭풍 속으로 서서히 표류하고 있었다. 리외의 눈앞에 있는 것은 이젠 미소를 잃은 무기력한 하나의 가면에 지나지 않았다. 자기에게 그토록 친근했던 이 인간적인 모습은 이젠 창끝에 꿰뚫리고, 인력을 초월한 고통에 불태워지고, 천하의 온갖 증오의 바람에 뒤틀려져서 시시각각으로 페스트의 물 속에 함몰해 가고 있는 것이다. 그런데도 그는 이 난파에 대해 어쩔 수가 없었다. 그는 이 재앙에 대해 또 한 번 손을 싸맨 채, 가슴이 찢어지는 심정으로 무기도 없고 의지할 데도 없이 그 재앙을 쳐다보고 있어야 했다. 그리고 마지막엔 그야말로 자신의 무력함을 한탄하는 눈물에 젖어, 리외는 타루가 갑자기 벽 쪽으로 돌아누워 마치 몸 속의 어디선가 한 올의 중요한 줄이 끊어지기나 한 것처럼 공허한 신음 소리를 울리며 숨진 것도 보지 못했던 것이다.

이어 찾아온 밤은 투쟁의 밤이 아니라 침묵의 밤이었다. 세계에서 동떨어진 이 방에서, 지금은 옷을 단정하게 입은 이 시체의 머리 위에서, 리외는 언젠가 페스트를 내려다보던 테라스 위에서, 시문의 습격 이후 생긴 그 놀라운 적막이 감돌고 있음을 느꼈다. 이미 그 무렵에도 그는 자기가 사람들을 죽는 채로 남겨 두고 온 침대에서 들려 오는 그 침묵을 생각했던 것이다. 그것은 어디서도 똑같이 정지, 똑같이 엄숙한 한순간, 싸움 후에 이어지는 항상 같은 진정(鎭靜)이며 패배의 침묵이었다. 그러나 지금 그의 이 친구를 휩싸고 있는 침묵에 이르러서는 그야말로 그 농도가 짙고, 길거리와 페스트로부터 해방된 시내와의 침묵에 실로 긴밀하게 합치되어 있어, 리외는 이번에야말로 결정적인 패배 —— 전쟁을 종결시키고 평화 자체를 불치의 고통이 되게 하는 패배 —— 임을 절감했다. 리외는 궁극적으로 타루가 과연 평화를 찾아냈는지 어떤지 알 수 없었지만, 그러나 적어도 이 순간 자기 자신에겐 이젠 결코 평화는 있을 수 없으리라는 것과, 동시에 또 자식을 잃은 어머니며 친구의 시체를 묻어 본 적이 있는 사람에게는 휴전 따위는 존재하지 않는다는 것을 알게 되었다.

바깥은 맑게 개어 차디찬 하늘에 얼어붙은 듯한 별들의 그림자 역시 을씨년스런 밤이었다. 어둑어둑한 방안에 있으면 창유리에 덮쳐오는 한기의 기척과, 멀리 북극(北極)의 밤으로부터 불어오는 매서운 바람을 느낄 수 있었다. 침대 옆에는 리외 부인이 항상 눈에 익은 자세로 오른쪽 머리맡에 놓인 전등의 불빛을 받으며 앉아 있었다. 방 한가운데의 불빛에서 멀리 떨어져 리외는 팔걸이 의자에 묵묵히 앉아 있었다. 아내 생각이 문득 떠올랐으나 그럴 때마다 그는 그것을 떨쳐 버리곤 했다.

저녁이 되자 통행인들의 구두 소리가 추운 밤 속에서 뚜렷이 울려오고 있었다.

「모든 준비는 잘 해 두었느냐?」 리외 부인이 말했다.

「예, 전화를 걸어 두었습니다.

두 사람은 그리고는 또 묵묵히 밤샘을 계속했던 것이다. 리외 부인은 이따금 아들 쪽을 바라보았다. 그런 눈길에 부딪히면 그는 그녀에게 미소를 지어 보였다. 귀에 익은 밤의 여러 가지 소리가 연신 길거리에 이어져 있었다. 아직 허가는 나 있지 않는데도 적지 않은 승용차가 운행되기 시작하고 있었다. 이런 자동차들은 포도를 전속력으로 흡수하는 듯한 소리를 내며 사라지는가 하면 또다시 나타났다. 말소리, 서로 부르는 목소리, 다시 돌아온 정적, 말 한 필의 말발굽 소리, 전차 두 대가 커브에서 삐걱거리는 소리, 뭔지 분명치 않은 술렁거림, 그리고 또다시 밤의 숨결.

「베르나르!」

「예?」

「피곤하지 않아?」

「괜찮아요.」

그는 지금 이 순간 그녀가 무슨 생각을 하고 있고, 또 그녀가 그를 사랑하고 있다는 것을 알고 있었다. 그러나 그는 또 한 인간을 사랑한다는 것은 대수로운 일은 아니라는 것, 혹은 적어도 사랑이라는 것은 결코 그 자체의 표현을 찾아낼 수 있을 만큼 강력한 것은 아님을 알고 있었다. 그러므로 어머니와 자기는 언제까지고 침묵 속에서 서로 사랑해 갈 것이다. 그리고는 그녀가——혹은 자기가——평생 동안 자신의 애정을 고백하지도 못한 채로 죽어 갈 것이다. 마찬가지로 그는 타루 옆에서 살아 있었고, 타루는 오늘 밤 두 사람의 우정을 정말 우정답게 표현도 못한 채 죽어 버린 것이다. 타루는 싸움에 진 것이었다. 자기가 말하고 있었던 것처럼. 그러나 리외는 대체 승부에서 무엇을 얻을 수 있었던가? 그가 얻은 것은 다만 페스트에 대한 지식과 그리고 그것을 회상하는 일, 우정을 알고 언젠가 그것을 회상하게 되리라는 것 등이다. 페스트와 삶과의 도박에 있어서 무릇 인간이 얻을 수 있는 것은 그것에 대한 경험과 추억뿐이다. 모름지기 타루도 그것을 두고 내기에 이기는 거라고 말했던 모양이다.

또다시 자동차 한 대가 지나가고, 리외 부인은 의자에서 몸을 조금 움직였다. 라외는 그녀에게 웃음을 던졌다. 그녀는 자기는 지쳐 있지 않다고 말하고 나서 이내 이렇게 말했다.

「너도 산에라도 가서 쉬어야겠구나, 거기서 말이다.」

「정말 그래요, 어머니.」

정말 거기서 푹 쉬었다 와야겠다. 별로 지장은 없을 것이다. 그것은 또 회상을 위한 구실로도 되는 셈이다. 그러나 만일 이런 것이 승부에 이긴다는 일이라면, 단지 자기가 알고 있는 일과 회상하는 일만을 가슴에 안고, 자기가 희망하는 일을 모조리 빼앗기고 살아 간다는 것은 얼마나 괴로운 일일까. 미상불 타루는 그런 식으로 살아 왔었고, 그는 환영(幻影)이 없는 생활이 얼마나 불모의 것일 수 있는가 하는 것을 명확하게 의식하고 있었던 것이다. 희망이 없이 마음의 평화는 없다. 그리고 누구일지라도 단죄하는 권리를 인간에게 인정하지 않았던 타루, 그러나 누구든지 단죄하지 않을 수는 없고, 희생자들조차도 때로는 사형 집행인임을 알고 있었던 타루는 분열과 모순 속에 살아 왔던 것이며, 희망이라는 것은 끝내 알지 못했던 것이다. 즉 그 때문에 그는 성자의 덕망을 소원하고 사람들에 대한 봉사 속에 마음의 평화를 추구하고 있었던 것일까? 솔직히 말해서 리외로서는 아무것도 알지 못했고, 그런 일은 별로 문제는 아니었다. 그의 마음에 남을 타루의 유일한 모습은, 자동차 핸들을 힘껏 틀어쥐고 조종하고 있는 사내의 모습이거나 지금은 움직이지도 못하고 누워 있는 이 건장한 육체의 모습일 것이다. 삶의 체온과 죽음의 이미지, 그것이 바로 체험인 것이다.

아마 그런 탓이었을 것이지만, 의사 리외는 아침 나절에 아내가 숨졌다는 소식을 조용히 받아들였다. 그는 자기 서재에 있었다. 어머니가 거의 달리다시피하여 한 통의 전보를 가져 오고는, 집배원에게 팁을 주기 위해 다시 나갔다. 그녀가 돌아왔을 때 아들은 전보를 편 채 손에 들고 있었다. 그녀는 아들 얼굴을 바라보았지만, 그는 항구 위에 밝아오는 근사한 아침 경치를 창문으로 언제까지고 지켜보고 있었다.

「베르나르!」리외 부인은 말했다.

의사는 물끄러미 그녀의 얼굴을 빤히 바라보았다.

「전보는……?」그녀는 물었다.

「그래요.」하며 의사는 끄덕였다. 「일주일 전이에요.」

리외 부인은 얼굴을 돌리려는 듯이 창문 쪽을 돌아다보았다. 의사는 잠자코 있었다. 그리고 그는 어머니를 보고 제발 울지 말아 달라고 부탁하고, 자기는 각오하고 있기는 했지만 그래도 역시 괴로운 일이라고 말했다. 다만 그는 그렇게 말하면서도 그 고통이 예상 밖의 엉뚱한 일은 아니었음을 알고 있었다. 지난 몇 달 동안, 그리고 또 지난 이틀 동안 그와 같은 고통이 계속되고 있었던 것이다.

시문은 2월의 어느 갠 날 이른 아침, 시민과 신문과 라디오와 그리고 도청의 발표문의 축하를 받으며 드디어 열렸다. 따라서 필자에게 남겨진 임무는 이 개문 뒤에 이어진 시시각각의 환희의 기록자로서 해야 할 일이다. 하긴 필자 자신은 전력을 다해 그것에 참가할 자유를 갖지 못한 사람 중의 일원이었지만.

성대한 축하 행사가 밤낮을 가리지 않고 개최되었다. 동시에 기차는 역에서 연기를 뿜어내기 시작하고, 한편 먼 바다에서 온 선박들은 이미 이 도시의 항구로 뱃머리를 돌리고 있었다. 이렇게 모두들 그 날이 이별을 괴로워하고 있던 사람들의 역사적인 재회의 날임을 여실히 보여 주고 있었다.

이로써 그토록 많은 사람들에게 만성이 되어 버린 이별의 감정이 대체 어떻게 되었을까 하는 것은 쉽사리 상상할 수 있을 것이다. 이 날 낮에 시내에 들어온 기차도 나간 기차 못지않게 승객을 가득 태우고 있었다. 모두들 유예 기간인 두 주일 사이에 이 날을 위해 좌석을 예약해 두고 있었고 마지막 순간에 도청의 결정이 취소되지 않을까 싶어 겁을 내고도 있었다. 그러나 시내에 들어오는 어떤 승객들은 그들의 우려에서 완전히 해방되어 있는 것은 아니었다. 왜냐하면 그들은 일반적으로 가까운 친지들의 운명은 알고 있었더라도, 다른 사람들과 시 자체에 대해서는 일체 알지 못했고, 시중의 상황을 무서운 것으로 상상하고 있었던 것이다. 그러나 이런 경향은 이 기간 동안 줄곧 정열에 불타 있지 않은 사람들의 경우에만 해당되는 일이었다.

정열에 불타 있는 사람들은 사실 고정관념에 사로잡혀 있는 셈이다. 그들로서는 단 한 가지만 변하고 있었다. ──그들이 추방되어 있던 몇 달 동안, 될 수만 있다면 밀어서라도 빨리 가게 하고 싶었던 이 시간이라는 것, 이미 시내가 보이기 시작했을 때에도 더 빨리 가게 하려고 안간힘을 쓰고 있었던 이 시간이라는 것 ──그것을 그들은 기차가 정차하기에 앞서 브레이크를 걸기 시작하자마자, 이번엔 반대로 그 걸음을 늦추게 하여 그대로 정지시키기를 원했던 것이다. 그 여러 달 동안 사랑을 잃고 지냈다는 막연하면서도 격렬한 감정이 그들로 하여금 무의식중에 기쁨의 시간은 기다림의 시간보다 곱절은 더디게 흘러가야 한다는 일종의 보상 같은 것을 요구하게 하고 있었던 것이다. 그리고 그들을 방안에서, 혹은 랑베르처럼——그의 애인은 몇 주일 전부터 기별을 받고는 필요한 절차를 밟고 찾아왔던 것이다——플랫폼 위에서 기다리고 있는 사람들도, 같은 초조감과 혼란 속에 있었다. 왜냐하면 페스트가 설치던 몇 달 동안에 추상(抽象)이 되어 버리고 있었던 그 연정이나 혹은 애정을, 지난날 그 지주(支柱)였던 산 인간과 명확하게 대결시키려고, 랑베르 등도 가슴이 떨리는 심정으로 기다리고 있었던 것이다.

그는 전염병이 발생했던 초기에 즉시 이 도시를 떠나 사랑하는 그 여자를 만나러 달려가려 했던 자신에게로 될 수 있으면 되돌아가고 싶다고 생각했을 것이다. 그러나 그는 그것이 이젠 불가능하다는 것을 알고 있었다. 그는 변했고 페스트는 그의 내부에 하나의 딴 마음을 심어놓아 버려서 그것을 전력을 다해 말살하려고 애쓰고 있었지만, 그것은 마치 무딘 불안처럼 그의 내부에 계속 존재했던 것이다. 어떤 의미에서는 그는 페스트가 너무 느닷없이 끝난 것같이 느껴져서, 안정된 마음을 잃고 있었다. 행복은 전속력으로 찾아왔고 일들은 기대하고 있던 것보다도 훨씬 빨리 진행되었다. 랑베르는 모든 것이 대번에 복구될 것이며, 또한 기쁨이란 원래 제대로 맛을 볼 겨를도 없이 지나가는 일종의 불길 같은 거라는 사실을 알고 있었다.

하긴 모든 사람들이 의식한 정도는 각각 다를지라도 모두 그와 비슷한 생각을 갖고 있었다. 그들이 각자의 개인 생활을 다시 시작한 그 역의 플랫폼 위에서도, 그들은 자기들 모두의 연대감을 느끼면서 서로 눈인사와 미소를 주고받고 있었다. 그러나 그들의 귀양살이의 감정은 차차 연기를 보자마자 뒤얽힌 떠들썩한 기쁨의 소나기에 말끔히 씻겨 버렸다. 기차가 멎자, 대개는 같은 플랫폼에서 시작되었던 무한히 길었던 이별은, 사람들의 팔이 이젠 산 형체도 잊고 있었던 몸을 미칠 듯한 기쁨에 넘쳐 탐욕스럽게 껴안은 순간, 거기서 눈깜박할 사이에 종말을 고했다. 랑베르가 자기를 향해 달려오는 그 모습을 볼 겨를도 없이, 어느새 상대방은 자기 가슴을 부등켜안고 있었다. 그리고 그 몸을 힘차게 포옹하고, 눈에 익은 머리털밖에 보이지 않는 그 머리를 껴안으면서 눈물을 주르르 흘리고 있었다. 그러나 그것이 현재의 행복에서 오는 눈물인지, 너무 오랫동안 억압되어 있던 고통에서 오는 눈물인지 모른 채, 여하튼 그 눈물 덕분에 현재 자기 어깨에 파묻혀 있는 이 얼굴이, 과연 자기가 그토록 꿈꾸고 있었던 그 얼굴인지, 아니면 반대로 전혀 알지도 못하는 여자 얼굴인지, 그것을 확인해 볼 수가 없을 것이라는 데 안도를 느끼고 있었다. 어차피 얼마쯤 지난 후면 자신의 의혹이 옳았는지 어떤지 알게 될 것이다. 우선 현재는 페스트가 오건 가건 인간의 마음은 그것 때문에 변하는 일은 없다고 그의 주위에서 믿고 있는 것같이 보이는 모든 사람들처럼, 그도 처신하고 싶었다.

서로 꼭 껴안고 모두들 집에 돌아갔다. 마치 다른 이 세상 일은 아무 것도 눈에 보이지 않고, 표면상으로는 페스트와 싸워 승리를 거둔 기색으로 모든 비참한 일들도 잊어버린 것처럼, 그리고 또 역시 같은 기차를 타고 왔으면서도 아무도 마중하러 온 사람이 없어서, 오랫동안 소식이 끊어져 있었던 일이 이미 그들의 마음에 일으키고 있는 불안과 두려움의 확증을, 집에 돌아가 받아들일 마음가짐을 가지고 있는 그런 사람들에 대해서도 잊어버린 것처럼. 이 잊혀진 사람들, 이젠 상대할 것이라고는 그 새로운 슬픔 외엔 없게 된 이 사람들, 또 지금 이 순간 사망한 사람의 추억에 몸을 바치고 있는 사람들에게 있어서 그 사정은 전혀 달라서, 이별의 감정은 지금 바로 절정에 이르고 있었다. 이젠 무명의 묘혈 속에 뒤섞여 있거나, 혹은 수북이 쌓인 잿더미 속에 녹아 버린 사람과 함께 모든 기쁨을 잃어버린 어머니들, 배우자들, 연인들에게는 여전히 페스트가 계속되고 있었던 것이다.

그러나 누가 이런 고독한 모습을 생각해 주겠는가? 정오에는 태양이 아침부터 대기 속에서 항거하고 있는 바람을 이겨내어, 흔들림이 없는 광선의 끊임없는 물결을 이 도시 위에 쏟고 있었다. 낮은 정지한 것 같았다. 언덕 꼭대기에 있는 성채의 대포 소리는 정지한 듯한 하늘에 끊임없이 울렸다. 이 도시의 모든 사람들이 바깥에 뛰어 나와 고뇌의 시기는 종말을 고하고 망각의 시기는 아직 시작되지 않은, 이 숨막히는 순간을 축하하려고 했다.

모든 광장에서는 사람들이 춤추고 있었다. 교통은 이내 크게 증폭하여, 훨씬 많아진 자동차들은 사람들이 넘쳐 나온 도로를 애를 먹으며 운행하고 있었다. 시내의 종들은 오후 내내 요란하게 울려 퍼졌다. 그 소리는 푸르게 금빛을 띤 하늘을 여운으로 가득 채웠다. 교회에서는 실제로 감사하는 기도를 드리고 있었다. 그러나 동시에 또 향락 장소는 초만원이고, 카페에서는 앞날을 걱정할 것도 없이 마지막 남은 술을 선선히 제공하고 있었다. 그 카운터 앞에는 한결같이 흥분한 사람들의 무리가 북적거리고, 그 중엔 좋은 구경거리가 되는 것도 아랑곳없이 꼭 껴안고 있는 남녀들도 많이 있었다. 모두 떠들어 대거나 웃어 대고 있었다. 저마다 자기 자신의 영혼을 위축시키며 살았던 지난 몇 달 동안에 쌓인 생명감을, 마치 자기들의 생존 기념일인 양 즐기고 있었다. 이튿날은 본래의 생활 자체가 평소의 조심스러움과 더불어 시작될 것이다. 그러나 지금은 두드러지게 출신이 다른 사람들이 팔꿈치를 서로 맞대고 동료가 되어 있었다. 죽음에 직면해도 사실 실현되지 않았던 평등이 해방의 환희에 의해 적어도 몇 시간은 확립되어 있었던 것이다.

그러나 이와 같은 고리타분한 떠들썩함이 모든 것을 얘기하는 것은 아니며, 늦은 오후에 랑베르 등과 나란히 거리를 매우고 있는 사람들 중에는, 평온한 태도 뒤에 더 섬세한 행복을 감추고 있는 사람도 적지 않았다. 여러 쌍의 남녀와 수많은 가족들이 실제로 보기엔 그저 평화스런 산책자로밖에 보이지 않았다. 사실은 그 대부분이 지난날 자기들이 고통을 겪었던 장소를 찾아다니며 미묘한 순례를 계속하고 있었다. 그것은 새로 온 사람들에게 페스트의 현저하거나, 혹은 숨은 증거, 그 역사의 유적을 구경시키는 일이었다. 어떤 사람들은 안내자 역할을, 많은 일을 본 인간, 페스트와 함께 지낸 사람의 역할을 하는 데 만족을 하고, 별로 공포심을 품지 않은 채 위험에 관해 얘기했다. 이런 즐거움은 해롭지 않은 것이었다. 그러나 다른 사람들의 경우엔 그것은 더욱 전율에 넘친 행위여서 그 도중에 연인 등이 추억의 달콤한 불안에 끌려, 상대방 여자에게 이렇게 말하는 수도 있었다. 「여기서 그 당시 나는 견딜 수 없이 당신을 껴안고 싶었었지. 그런데 당신은 내 곁에 없으니 어쩔 수도 없었지.」 이같은 정열에 빠진 애인들은 소란스런 군중들 틈에 뒤섞여 걸어가면서도 속삭임과 비밀스러운 이야기로 섬을 만들고 있었다. 그들이야말로 네거리의 관현악보다도 더 뚜렷이 참된 해방을 알려 주는 존재였다. 왜냐하면 꼭 붙어서 껴안은 채 황홀한 얼굴로 걸어가는 그들에게서 우리는 정말로 페스트는 끝났고 또 공포가 지배하던 시대는 지나갔음을 확증하고 있었기 때문이다. 그들의 모습은 모든 명백한 증거를 거들떠보지도 않고, 우리가 지난날 그 어처구니없는 세계, 인간을 죽이는 일이 파리를 죽이는 일과 같은 정도로 다반사였던 세계를 경험했었다는 것을 유연하게 부정하고 있었다. 그 뚜렷이 규정된 야만스러움, 계량된 광란, 현재의 것이 아닌 모든 것들에 대해 가졌었던 참혹한 자유의 감금 상태, 그것에 의해 살해되지 않는 모든 자들을 소스라치게 놀라게 했던 그 죽음의 냄새를 경험했다는 것을 부정하고 있었다. 그리고 그들은 마침내 날마다 어떤 사람들은 화장터의 아궁이에 겹겹이 쌓여져서 짙은 연기가 되어 사라져 버리고, 한편 남은 사람들은 무력과 공포의 쇠사슬에 얽매어 자기들의 차례를 기다리고 있었던 명청한 시민이었음을 부정하고 있었다.

어쨌든 이것이 그 늦은 오후에, 변두리까지 가려고 종소리와 포성과 음악과 귀청이 떨어질 것 같은 외침 소리 속을 혼자 걷고 있던 의사 리외의 눈에 명확하게 비친 정경이었다. 환자에게 휴일은 없었기 때문에 그의 직무는 계속되었다. 이 도시 위에 내리쬐는 맑은 햇빛 속에서 불고기며 아니스 주(酒)의 냄새가 예전대로 피어 오르고 있었다. 그의 주위에서는 웃으며 떠들어 대는 얼굴들이 하늘을 향해 고개를 젖히고 있었다. 남자들과 여자들은 얼굴이 달아올라 욕정의 온갖 긴장과 홍분을 드러내며 서로 찰싹 붙어 있었다. 확실히 페스트는 공포와 때를 같이하여 끝났으며, 또 이렇게 서로 얽힌 팔은 실제로 페스트가 유배와 이별의 동의어였음을 말해 주었다.

리외는 처음으로 지난 여러 달 동안 모든 통행자들의 얼굴에서 볼 수 있었던 그 가족적인 분위기에 뚜렷이 하나의 이름을 부여할 수가 있었다. 이제는 자기 주위를 바라보는 것만으로 충분했다. 비참과 결핍을 간직하면서 페스트의 종말에 당도하자, 이 모든 사람들은 그들이 이미 훨씬 전부터 맡고 있었던 역할, 망명객으로서의 역할을 처음에는 그 얼굴에, 그리고 그 복장에 저마다 두르도록 되었던 것이다. 페스트가 시문을 폐쇄한 순간부터 그들은 별거 속에서 살아 왔으며, 모든 것을 잊게 해 주는 인간적인 따스함을 빼앗겨 버리고 있었다.

정도는 저마다 다르지만 시중의 도처에서 이런 남자들과 여자들은 모든 사람들에게 성질은 같지 않으나, 또한 모든 사람들에게 있어서 마찬가지로 불가능한 하나의 합체(合體)를 동경하고 있었던 것이다. 대부분의 사람들은 옆에 없는 상대방을 향해 뜨거운 체온과 애정을 혼신의 힘을 다해 외치고 있었다. 또 어떤 사람들은 사람들과의 우정이 끊어진 상태에 있음을, 편지니 기차니 선박이니 하는 통상적인 우정의 수단에 의해 사람들과 맺어질 수 있는 상태에 있지 않음을 괴로워하고 있었다. 또 이외에도 더 소수의, 가령 타루 같은 사람들은 스스로도 명확하게 정의를 내릴 수 없는, 그러나 그것이야말로 유일하게 바람직한 선(善)으로 생각되는 어떤 것과의 합체를 원하고 있었다. 그것을 달리 부를 말을 찾지 못해, 그들은 그것을 평화라고 부르고 있었다.

리외는 여전히 걸어가고 있었다. 나아감에 따라 주위의 군중은 더 많아지고 소동은 더 심해져서, 그가 가고자 하는 변두리는 그만큼 후퇴하고 있는 것같이 생각되었다. 점점 그는 미친 듯이 외쳐 대는 이 커다란 집단 속에 용해되어 들어가, 그 외침——적어도 그 일부는 그 자신의 외침인 그 외침——을 그로서는 더욱더 잘 이해할 수 있었다. 그런 것이다. 모든 사람들이 육체적으로도 정신적으로도 하나의 괴로운 휴가, 도리없는 귀양살이, 영원히 충족되지 않는 목마름에 더불어 괴로워 했던 것이다. 그 사망자의 누적과 구급차의 벨소리며, 흔히 운명이라고 불리고 있는 것의 예고와 공포의 집요한 제자리 걸음, 이런 모든 것들 틈에서도, 하나의 커다란 움직임이 항상 정지하는 일이 없이 계속 흘러서, 그것이 공포에 떠는 사람들에게 경고하여, 그들의 참된 조국을 다시 찾아내야 한다고 알려 주고 있었던 것이다. 그들 모두에게 참된 조국은 이 질식된 도시의 담 저편에 있었다. 그 언덕 위의 향기로운 숲속에, 바다와 자유로운 나라와 따뜻한 사랑 속에 있었다. 그리고 그 조국을 향해, 행복을 향해 그들은 돌아가고 싶었으며 그 밖의 모든 것에 대해서는 등을 돌리고 싶었다.

이 귀양살이와 이 합체의 욕구가 어떤 의미를 지닐 수 있는가 하는 데 대해서는 리외는 도통 알지 못했다. 사방으로부터 밀리고 부딪히는 가운데 여전히 걸어가다가 그는 차츰차츰 덜 붐비는 거리에 접어

들었다. 그리고 그는 이런 일이 어떤 의미를 지니고 있는지 어떤지는 중요한 일은 아니며, 그보다도 사람들의 희망에 대하여 어떤 대답이 주어졌는가 하는 것만을 확인해야 한다고 생각하는 것이었다.

그는 이젠 어떤 대답이 주어졌는가를 알고 있으며, 그리고 거의 인기척이 없는 변두리의 최초의 길에 들어섰을 때 더욱 명확하게 그것을 깨달았다. 자기 자신이라는 하찮은 존재에 집착하여 오직 자기들의 사랑의 보금자리에 돌아가기만을 원하고 있었던 사람들은, 간혹 보상을 받았다. 물론 그 중엔 자기가 기다리고 있는 인간을 빼앗겨서 혼자 쓸쓸히 시내를 돌아다니고 있는 사람도 있었다. 그러나 그들조차도 이중의 이별을 당하지 않게 된 것을 지극히 다행으로 여겨야 될 형편이었다. 예컨대 어떤 사람들은 전염병이 발생하기 전에 그들의 사랑을 견고하게 쌓아 올리지 못하고, 서로 다투는 연인을 마지막엔 서로 밀착하게 하는 것 같은 어려운 화합을 여러 해 동안 맹목적으로 계속 추구해 왔던 것이다. 이 사람들은 리외 자신과 마찬가지로 시간을 의지한다고 하는 경솔한 짓을 했던 것이다. 그러나 그들은 영원히 따로 떨어져 버린 것이다. 그러나 또 다른 사람들, 예컨대 랑베르 등은——마침 이날 아침 헤어질 때 리외는 그에게「잘 해 봐요, 지금이야말로 똑바로 분별을 해야 할 때인 거예요.」하고 말해 줬지만——이젠 잃어버렸다고 생각하고 있던 사람을 망설임없이 다시 찾아냈다. 적어도 얼마 동안은 그들이 행복하게 지낼 수 있을 것이다. 그들은 지금은 알고 있는 것이다. 사람이 항상 원하고, 또 간혹 차지할 수 있는 것이 있다면, 그것은 곧 인간의 애정이라는 것을.

이와 반대로 인간을 초월하여 스스로도 상상조차 할 수 없는 어떤 것에 눈을 돌리고 있는 모든 사람들에 대해서는, 해답이 끝내 나오지 않았다. 타루는 그가 말하고 있는 소위 마음의 평화라는 것에 도달한 것같이 생각되었지만, 그러나 그는 그것을 죽음 속에서, 이젠 그것이 그에게 아무 쓸모도 없게 되었을 때 겨우 찾아냈던 것이다. 반대로 다른 사람들, 즉 리외의 눈에 비치는, 집집의 문턱에서 엷어지기 시작한 햇빛 속에 힘껏 서로 껴안고 열렬하게 서로 얼굴을 바라보고 있는 사람들이, 그들이 원하던 것을 차지할 수 있었다면, 그것은 그들이 자기들의 힘으로 얻을 수 있는 한 가지 일만을 추구했기 때문이었다. 그리고 리외는 그랑과 코타르가 사는 지역에 접어들면서, 적어도 가끔은 기쁨이라는 게 찾아 와서 인간과 인간의 빈약하고 무서운 사랑에 만족을 느끼는 사람들에게 보상을 해야 옳을 거라는 생각을 했다.

이 기록도 이젠 종말이 가까워졌다. 이젠 의사 베르나르 리외는 자기가 이 기록의 필자임을 고백해도 무방할 것이다. 그러나 이 기록의 마지막 사건을 서술하기 전에 그는 최소한, 자신의 주제넘은 행위를 변명하고, 또 자기가 객관적인 증언자의 어투를 갖추는 데 유의했음을 알리고 싶은 것이다. 페스트가 설치던 동안에 그는 직책상 대부분의 시민을 만나 그들의 감정을 파악할 수 있는 처지에 있었다. 따라서 그는 자기가 보고 들은 바를 보고하기에는 적절한 위치에 있은 셈이다. 그러나 그는 그것을 조심스런 태도로 실행하려고 했다. 전반적으로 그는 자기가 본 이상의 것은 보고하지 않도록 애썼고, 또 페스트와 함께 지내온 사람에게 어설픈 사상을 심어 주지 않도록, 그리고 다행인지 불행인지는 몰라도 일단 그의 손에 들어온 자료들만을 이용하도록 애썼다.

그는 일종의 범죄 사건에 증인으로 불려 갔던 적이 있었는데, 그때도 그는 선의의 증언자답게 어떤 종류의 조심성을 지켰다. 그러나 동시에 또 공명한 마음의 율법에 따라 그는 단호하게 희생자 편을 들어 사람들, 같은 시민인 사람들과 한몸이 되어 그들이 공통으로 가지고 있는 유일하게 확실한 것, 즉 사랑과 고통과 추방을 맛보려고 했다. 따라서 시민들의 불안이라면 그 어떤 것도 그가 함께 하지 않은 것은 없고, 어떤 상황도 동시에 그 자신의 상황이 아니었던 것은 없었다.

성실한 증언자가 되기 위해 그는 특히 조서와 자료와 풍문 등을 보고해야 했다. 그러나 그가 개인적으로 말하고 싶었던 일, 즉 그의 기대라거나 시련 같은 것에 대해서는 침묵을 지켜야 했다. 설령 그런 얘기를 꺼냈더라도 그것은 다만 시민들을 이해하거나 혹은 이해시키기 위해서며, 대개의 경우 그들이 어렴풋하게 느끼고 있는 것에 될 수 있는 대로 명확한 형체를 주기 위해서였다. 사실은 이 이성적인 노력은 그로서는 전혀 힘들지 않았다. 수천의 페스트 환자들의 목소리에 자기 자신의 견문기를 직접 섞어 넣고 싶은 유혹을 느꼈을 때, 그는 자신의 괴로움 중에서 그 어느 하나도 동시에 다른 사람들의 괴로움이 아닌 것이 없고, 슬픔이 너무 커서 고독한 그런 세계에 있어서는 그런 고백은 안 하는 것이 더 낫다는 생각에서 참았던 것이다. 단연코 모든 사람들에 관한 이야기를 해야 했다.

그러나 시민들 중에서 적어도 한 사람만은, 의사 리외로서도 두둔할 수 없었다. 그 사람이란 사실 타루가 어느 날 리외에게 이렇게 말했던 인간이다. 「그 사내의 유일한 죄는 어린이들과 사람들을 죽게 한 것을 마음속으로 옳다고 긍정했던 것입니다. 그 외의 것은 나도 이해할 수 있어요. 그러니 그 외의 것은 용서하지 않을 수가 없어요.」 이 기록이 이렇게 무지한, 즉 고독한 마음을 가졌던 그에 관한 서술로 끝나는 것은 그야말로 타당한 일이라고 할 만하다.

축하 소동이 벌어지고 있는 떠들썩한 한길에서 나와서 그랑과 코타르가 살고 있는 길 쪽으로 돌아가려고 했을 때, 의사 리외는 마침 경찰관들이 쳐놓은 바리케이드에 부딪혔다. 전혀 예기치 못한 일이었다. 멀리서 들려 오는 축하의 술렁거림이 이 지역을 조용하게 느껴지게 하여, 그는 거기에 인기척도, 다른 소리도 없으리라고 생각하고 있었다. 그는 신분증을 꺼내 보였다.

「어쩔 수 없습니다, 선생님.」 경관은 말했다. 「미친 사람이 있어서 군중을 향해 발포하고 있습니다. 하지만 아무튼 여기에 계셔 주십시오. 혹시 도움이 필요해질지도 모르니까요.」

마침 이때 리외는 그랑이 자기 쪽으로 오고 있는 것을 보았다. 그랑도 아무 것도 모르고 있었다. 그도 통행이 저지되었는데, 그가 들은 얘기로는 그의 아파트에서 발포하고 있다는 것이었다. 그 아파트의 정면이 멀리서 싸늘해진 태양의 마지막 광선에 금빛으로 물들어 보이고 있었다. 그 주위에는 커다란 공간이 구획되어 맞은편 보도까지 펼쳐져 있었다. 도로 한가운데에 모자 하나와 지저분한 천 같은 것이 뚜렷이 보였다. 리외와 그랑은 훨씬 멀리 길 저편 끝에, 그들의 전진을 저지하고 있는 선과 평행하여 또 하나의 경찰의 차단선과, 그 배후에서 황급히 오가고 있는 이 지역의 2, 3명의 주민들의 모습을 볼 수 있었다. 자세히 살펴보니 아파트 맞은편 건물의 문 안에 권총을 들고 달라붙다시피하고 있는 경관들의 모습도 보였다. 아파트의 덧문은 전부 닫혀 있었다. 그러나 3층만 덧문 하나가 반쯤 떨어져서 가까스로 매달려 있었다. 이 길은 완전히 정적에 휩싸여 있었다. 다만 시내의 중심부에서 음악소리가 간헐적으로 들려 올 뿐이었다.

그러다가 갑자기 아파트 맞은편의 어떤 건물에서 권총 소리가 두 방 울리고, 그 떨어질 것 같은 덧문에서 파편이 몇 개 날렸다. 그리고 사방은 다시 조용해졌다. 이 모든 것이 멀리 떨어진 곳에서 일어나고 있었고, 또 한낮의 소란스러움이 막 끝이 난 다음이라서 리외에게는 모두 비현실적으로 느껴졌다.

「코타르의 방 창문입니다.」몹시 흥분해서 그랑은 말했다.「그렇지만 코타르는 자취를 감춰 버렸는데요.」

「왜 사격을 하는 겁니까?」리외는 경관에게 물었다.

「저렇게 해서 꾀어내고 있는 중이지요. 자동차로 필요한 도구를 가져 오는 걸 기다리고 있는 거예요. 아무튼 저 건물 입구로 들어가려고만 하면 쏘거든요. 경관 한 사람이 당했으니까요.」

「그런데 그는 왜 총을 쏘는 걸까요?」

「알 수가 없지요. 모두 길에서 재미있게 떠들어 대고 있었거든요. 최초의 총소리로는 뭐가 뭔지 알 수가 없었어요. 두 번째 총성에 아우성이 일어났고, 부상자가 한 사람 생겼지요. 그러자 모두 달아나 버리는 거예요. 필경 미치광이겠지요.」

다시 조용해지자, 일분 일초가 지리하게 여겨졌다. 돌연 길 저편 끝에서 한 마리의 개가 달려 오는 것이 보였다. 리외로서는 오랜만에 보는 개인데, 아마 그때까지 주인이 감춰 두고 있던 지저분한 스파니엘 종인 모양인데, 그것이 벽을 따라 조르르 달려왔다. 입구 가까이까지 오자 개는 머뭇거리다가 엉덩이를 깔고 웅크리고는, 뒤로 훌렁 자빠져서 몸의 벼룩을 물어 뜯기 시작했다. 경관들 쪽에서 여러 사람이 휘파람을 불어 개를 불렀다. 개는 고개를 들고 있다가 결심한 듯이 천천히 길을 가로질러, 떨어져 있는 모자 냄새를 맡으러 갔다. 그 순간 한 방의 권총 소리가 3층에서 울리더니, 개는 얇은 비단처럼 뒤집어져서 몹시 네 발을 버둥거리더니 한참 몸을 떨면서 마지막엔 옆으로 뒤집어졌다. 이 한 방의 총소리에 응답하여 맞은편 문에서 발사

된 대여섯 방의 총탄이 그 덧문을 산산조각으로 부수어 놓았다. 다시 정적이 깃들었다. 해는 조금 기울고 그늘이 코타르의 방 창문에 다가가기 시작했다. 리외의 뒤쪽 길에서 브레이크 소리가 약간 삐걱거렸다.

「왔다, 왔어.」 경관은 말했다.

경관들이 그 자동차의 뒷문에서 밧줄과 사다리 하나와 기름을 먹인 천으로 싼 길쭉한 꾸러미 두 개를 가지고 나왔다. 그들은 그랑의 아파트 맞은편 집들 옆으로 난 길로 들어갔다. 잠시 후 그 집들의 문 안에서 술렁거리는 것을 보았다기보다는 그랬던 것같이 느낄 수 있었다. 그리고 사람들은 숨을 죽이고 기다렸다. 개는 이젠 움직이지 않고 검붉게 괸 액체 속에 잠겨 있었다.

돌연 경찰들이 점령하고 있는 집들의 창문에서 기관총 사격이 가해졌다. 사격이 계속되자 지금까지 과녁이었던 덧문은 문자 그대로 산산이 부서지고, 그 뒤로 검은 표면이 노출되었지만, 리외와 그랑이 있는 곳에서는 내부의 어떤 모습도 분간할 수 없었다. 그 사격이 멎자 제2의 기관총이 더 먼 집의 다른 방향에서 울렸다. 탄환은 짐작컨대 창문의 네모난 구멍으로 날아 들어가고 있는 게 틀림없고, 그 중의 한 방은 벽돌 조각을 날려 보냈다. 같은 순간에 세 경관이 달리며 도로를 가로질러 입구의 문 안으로 들어갔다. 거의 동시에 또 세 사람이 뒤이어 뛰어 들어가자 기관총의 사격은 멎었다. 사람들은 또 기다렸다. 두 방의 총소리가 멀리 아파트 안에서 울렸다. 이윽고 한바탕 떠들썩해지더니 집안에서 와이셔츠 바람의 자그마한 사내가 쉴새 없이 고함을 질러 대면서, 끌려 나왔다기보다는 차라리 안겨 나왔다고 하는 편이 더 나을 것이다. 마치 기적이라도 일어난 것같이 닫혀 있던 길가의 덧문은 일제히 열리고 창문은 구경꾼들로 넘치게 되었다. 동시에 숱한 사람들이 집집에서 나와 통행을 막는 바리케이드 뒤에서 붐비고 있었다. 잠시 후 길 한가운데서 겨우 발을 땅바닥에 내려놓고, 경관에게 잡혀 양팔이 뒤로 비틀어 올려져 있는 그 작은 사내의 모습이 보였다. 그는 고함을 치고 있었다. 한 경관이 옆으로 다가가더니, 침착하게 주먹으로 힘껏 두 번 때렸다.

「코타르군요.」 그랑은 중얼거렸다. 「실성을 한 모양이군요.」

코타르는 쓰러져 있었다. 경관은 또 힘껏 발을 들어 땅바닥에 쓰러져 있는 그림자를 찼다. 그러자 사람들이 웅성거리기 시작했고, 의사와 그의 늙은 친구 쪽으로 몰려들었다.

「지나가도 좋아요!」경관은 말했다.

리외는 일행이 앞을 지나갔을 때 눈을 돌렸다.

그랑과 의사는 저물기 시작한 황혼 속을 걸어가기 시작했다. 방금 벌어진 사건이 이 지역의 잠들어 있는 마비 상태를 뒤흔들어 놓은 것처럼, 변두리의 이 언저리에도 들뜬 군중의 술렁거림이 다시 넘치고 있었다. 아파트 아래까지 오자 그랑은 의사에게 작별 인사를 했다. 그는 이제부터 일을 시작할 참이었다. 그러나 올라가려 하다가 그는 리외에게, 자기는 쟌느한테 편지를 썼으며 지금은 만족하고 있노라고 말했다. 그리고 그는 그 사연을 다시 외었다. 「형용사는 전부 빼 버렸습니다.」그는 말했다. 그리고 장난스런 웃음을 띄우며 그는 모자를 벗어 들고 의례적으로 경례를 했다. 그러나 리외는 자꾸 코타르 생각이 나서, 천식을 앓는 할아버지 집으로 가는 도중 코타르의 얼굴을 갈긴 주먹의 무딘 소리가 내내 귓전에 달라붙어 떨어지지 않았다. 모름지기 죄를 지은 인간에 대해 생각하는 것은 좋은 인간을 생각하기보다도 괴로운 일인지도 모른다.

리외가 할아버지 집에 닿았을 때엔 밤이 이미 하늘 전체를 뒤덮고 있었다. 방안에서도 멀리서 울리는 해방의 술렁거림이 들리고, 할아버지는 한결같이 완두콩을 옮겨 담는 일을 계속하고 있었다.

「저렇게 들떠 있는 것도 당연한 일이지. 세상살이를 해 나가려면 무엇이든지 필요하니까. 그런데 선생님 친구분은 어찌 되었지요?」

폭발 소리가 그들이 있는 데까지 들려 왔지만, 그러나 그것은 평화적인 것이었다. 아이들이 폭죽을 터뜨리고 있었던 것이다.

「사망했어요.」꾸르럭거리는 가슴을 청진하며 리외는 말했다.

「뭐요!」적이 얼떨떨해진 기색으로 할아버지는 중얼거렸다.

「페스트 때문에.」하고 리외는 덧붙였다.

「정말」잠시 후 할아버지는 단정하는 듯한 어투로 말했다. 「언제나 제일 좋은 사람들이 가 버리는군요. 그게 인생이라는 거요. 하지만 그 양반은 자기가 뭘 원하고 있는지 분명히 알고 있는 사람이었지.」

「왜 그런 말을 하는 겁니까.」 청진기를 넣으며 리외는 말했다.

「특별한 이유는 없지만, 그 사람은 지껄여도 의미가 없는 말은 하지 않았거든요. 아무튼 나는 그 사람이 마음에 들었어요. 그런데 이제 이 모양이 되었죠. 다른 사람들은 모두 말하지요. ‘자, 페스트다, 페스트를 이겨냈다.’ 라고요. 좀더 봐주다간 훈장이라도 달라고 할 판이에요. 대관절 페스트가 어떻단 말입니까? 인생, 그게 전부예요.」

「찜질을 규칙적으로 해야 합니다.」

「걱정할 건 없어요. 나는 아직 충분히 여유가 있으니까요. 문제 없어요. 모두 죽어 가는 걸 배웅해 줄 수 있다니까요. 나는 살아 가는 법을 제대로 알고 있거든요.」

이에 대답하듯 멀리서 환호하는 외침 소리가 들렸다.

「테라스에 가 봐도 괜찮을까요?」

「어서 그러세요. 저 사람들을 바라보고 싶은 게로군요. 그 위에서 실컷 구경해 두세요. 하지만 저 사람들은 언제나 여전하지요.」

리외는 층계 쪽으로 발길을 돌렸다.

「한데 선생님, 사망자를 위해 기념비를 세운다는 건 사실인가요?」

「신문에서 그리 말하고 있더군요. 돌기둥이나 동판 같은 거겠죠.」

「이내 그렇게 될 줄 알았지요. 거기서 또 연설이 있을 테지요.」

할아버지는 목구멍에 걸린 듯한 웃음 소리를 냈다.

「여기서도 그 목소리가 들리는 것 같군요. ‘우리들의 희생자는……’ 어쩌고 말이에요. 그리고는 모두 먹고 마시고 할 테지요.」

리외는 이미 층계를 올라가고 있었다. 넓고 을씨년스런 하늘이 집들 위에 반짝이고, 언덕 가까이에서는 별들이 부싯돌처럼 딱딱한 빛을 던지고 있었다. 이 밤은 타루와 그가 페스트를 잊으려고 이 테라스에 올라왔던 그 밤과 그리 다르지는 않았다. 그러나 오늘은 그때보다도 파도 소리가 훨씬 시끄럽게 벼랑 아래에서 들리고 있었다. 대기는 가을날의 미지근하고 찝찔한 맛이 사라지고 더욱 가볍고 상큼했다. 한편, 시내의 술렁거림은 그 동안에도 여전히 물결 같은 소리가 되어 테라스 아래에 밀려 오고 있었다. 그러나 이 밤은 해방의 밤이지 반항의 밤은 아니었다. 멀리서 검붉은 불빛이 그곳에 한길과 광장이 있다는 것을 나타내 주었다. 이제는 해방의 밤 속에서 욕망은 무엇에 저지되는 일 없이 그 울림이 리외가 있는 데까지 전해졌다.

어두운 항구에서 공식적인 축하의 최초의 불꽃이 솟아올랐다. 이 도시는 온통 은근한 환호로써 그것에 응답했다. 코타르도 타루도, 리외가 사랑했으나 잃고 만 남자들과 여자들도, 죽은 자도 죄를 지은 자도 모두 잊혀져 있었다. 할아버지가 말한 대로다——사람들은 여전히 마찬가지였다. 그러나 그것이 그들의 장점, 그들이 죄가 없다는 증거며, 그리고 이런 점에서야말로 모든 고뇌를 초월하여 리외는 자기가 그들과 하나로 되는 것을 느끼는 것이었다. 여러 가지 색깔의 불꽃이 자꾸 더 많이 하늘로 솟아오름에 따라 더욱더 그 강도와 깊이가 더해지고, 테라스 바로 아래까지 길게 울려 오는 함성 속에서, 그 때 의사 리외는 여기서 종말을 고하는 이 이야기를 쓰려고 결심했던 것이다——이러쿵저러쿵 말하는 사람들 축에 끼지 않기 위해, 페스트의 습격을 받은 사람들에게 유리한 증언을 하기 위해, 그들에 대해 행해진 비리와 포학의 추억만이라도 남겨 두기 위해, 그리고 재앙 속에서 가르침을 받은 일, 즉 인간 속에는 경멸을 해야 할 것보다도 찬미해야 할 것이 더 많다는 것을, 그대로 말해 두기 위해서 말이다.

그러나 그는 이 기록이 결정적인 승리의 기록일 수는 없다는 것을 알고 있었다. 그것은 다만 공포와 그 끈덕진 무기에 대해 수행해야 했던 일, 그리고 성자일 수도 없고 재앙을 받아들이기를 거부하면서도 역시 의사가 되려고 애쓰는 모든 사람들이, 그들의 고통에도 불구하고, 아직도 수행해야 할 것에 대한 증언이 될 수는 있으리라.

사실 시중에서 솟아오르는 기쁨의 외침 소리에 귀를 기울이면서, 리외는 이 기쁨이 항상 위협을 받고 있음을 상기하고 있었다. 왜냐하면 그는 환희하는 이 군중이 알지 못하고 있는 일을 알고 있으며, 그리고 책 속에서 읽을 수 있는 일을 맡고 있었기 때문이다. 즉 페스트 균은 절대로 죽지도 소멸하지도 않는 것이고, 수십년 동안 가구며 속옷 따위 속에서 자면서 생존할 수 있으며, 방이나 지하실과 트렁크와 손수건과 휴지 속에 참을성있게 계속 기다리고 있다가, 아마도 언젠가는 인간에게 불행과 교훈을 주기 위해 페스트가 다시 그 쥐들을 흔들어 깨워서 어떤 행복의 도시로 몰아넣고서는, 그곳에서 죽게할 날이 오리라는 것을.

이 방 인

이방인

제 1 부

1

오늘 어머니가 세상을 떠났다. 어쩌면 어제였는지도 모른다. 양로원으로부터 전보가 온 것이다.

'모친 사망, 내일 장례식. 조의를 표함.'

그것만으로써는 알 수가 없다. 아마 어제였는지도 모르겠다.

양로원은 알제에서 한 20킬로미터쯤 떨어진 마랑고에 있다. 2시에 버스를 타면, 날이 저물기 전에 도착할 수 있을 것이다. 그러면 밤샘을 할 수도 있을 것이고, 내일 저녁에는 돌아올 수 있으리라. 나는 사장에게 이틀 동안의 휴가를 신청하였다. 사장은 이유가 이유이니만큼 거절할 수는 없었다. 그러나 좋아하지는 않는 눈치였다. 나는 이런 말까지 하였다. 「그건 제 탓이 아닙니다.」 사장은 아무 대답도 하지 않았다. 그때에야 나는 그런 소리는 하지 않았어야 했을 것이라고 생각했다. 결국 내가 변명을 할 필요는 없었던 것이다. 오히려 그가 나를 위로해 주는 것이 마땅한 일이었다. 아마 모레, 내가 상복을 입고 있는 것을 보고서는 무슨 말이 있겠지. 지금은 어쩐지 어머니가 죽지 않은 것이나 별다름이 없는 것 같다. 장례식이 지난 다음에는 그 반대로 기정적 사실이 되어 모든 것이 더 격식을 갖추게 될 것이다.

2시에 버스를 탔다. 날씨가 몹시 더웠다. 나는 늘 하는 버릇대로 셀레스트네 레스토랑에서 점심을 먹었다. 레스토랑 사람들은 모두 나를 가엾게 여겨 슬퍼해 주고, 셀레스트는 이런 말까지 하였다.

「어머니란 하나밖에 없는 거요.」

내가 레스토랑을 나올 때는 모두들 문간까지 바래다 주었다. 나는 좀 멍해 있었던 것 같다. 왜냐하면 도중에서야 생각이 나서, 엠마뉘엘의 집에 들러 검은 넥타이와 완장을 빌지 않으면 안 되었기 때문이다. 엠마뉘엘은 몇 달 전에 그의 아저씨를 잃었던 것이다.

버스를 놓치지 않으려고 나는 뛰어갔다. 그처럼 서두르며 뛰어다니고, 버스에 흔들리고, 게다가 가솔린 냄새, 하늘과 길 위에 반사하는 일광, 그러한 모든 것이 뒤죽박죽이 되어 나는 잠이 들었던 모양이다. 버스 속에서 거의 내내 자 버렸다. 눈을 떴을 때는 어떤 군인의 어깨에 기대어 있었는데, 그는 나에게 웃어 보이며 먼 데서 오느냐고 물었다. 나는 더 말하기가 싫어서 그렇다고 대답했다. 양로원은 마을에서 2킬로미터쯤 떨어진 곳에 있다. 나는 걸어서 갔다. 곧 어머니를 보려고 하였으나, 관리인이 하는 말이 원장을 만나지 않으면 안 된다는 것이었다. 원장은 바빠서 조금 기다려야만 하였다. 그 동안 관리인은 줄곧 이야기를 하였고, 이윽고 나는 원장을 만났다. 원장은 자기 사무실로 나를 맞아 주었다. 레지옹도뇌르 훈장을 단 키가 작은 노인이었다. 그는 맑은 눈초리로 나를 쳐다보았다. 그리고는 내가 내민 손을 붙들고 너무나 오랫동안 놓지 않았기 때문에, 어떻게 손을 빼내야 할지 매우 난처하였다. 원장은 서류를 뒤적이고 나서 말했다.

「뫼르소 부인은 이곳에 3년 전에 들어왔었습니다. 의지할 사람이라고는 다만 당신 하나밖에 없었던 것입니다.」

나는 그가 나를 나무라는 것이라고 생각하고, 사정을 설명하기 시작했다. 그러나 그는 나의 말을 가로막았다.

「변명할 필요는 없습니다. 나는 당신 어머니의 서류를 읽어 보았는데, 어머님을 부양하실 수가 없었더군요. 어머님을 돌보아 줄 사람이 필요했지만, 당신의 월급은 적었지요. 어쨌든 어머니께서는 여기 계셔서 더 행복하셨습니다.」

「네, 그렇습니다, 원장님.」 하고 나는 말하였다. 그는 덧붙였다.

「어머님께서는 같은 연배의 친구들이 계셨습니다. 그들과 함께 지나간 옛날 이야기를 할 수도 있었던 것입니다. 당신은 젊으니까, 당신과 함께 살면 아무래도 적적하셨을 것입니다.」

그것은 사실이었다. 집에 있었을 때, 어머니는 아무 말없이 나를 바라보기만 하며 시간을 보냈던 것이다. 양로원으로 들어가고 난 처음 며칠 동안은 가끔 우는 일도 있었다. 그러나 그것은 습관 때문이었다. 몇 달 뒤에는 양로원으로부터 모셔 오겠다고 했더라도 역시 습관 때문에 우셨을 것이다. 마지막 해에 내가 별로 양로원에 오지 않은 것은 그런 이유도 조금은 있었다. 그것은 또 일요일을 허비해야 하고, 버스 정류장까지 가서 차표를 사 가지고, 몇 시간 동안이나 여행을 해야 하는 것이 귀찮았기 때문이기도 했다.

원장은 다시 이야기를 계속하였다. 그러나 나는 거의 듣고 있지 않았다. 그러더니 그는 이렇게 말했다.

「물론 어머님이 보고 싶으실 테지요.」

나는 아무 대답도 하지 않고 일어섰고, 그는 방문 쪽을 향해 걸음을 옮겼다. 계단 위에서 그는 나에게 설명했다.

「시체는 조그만 빈소(殯所)로 옮겨 놓았습니다. 다른 노인들을 자극하지 않기 위해서 그렇게 하는 것입니다. 원내에서 사망자가 생길 때마다, 다른 사람들은 이삼 일 동안 신경이 날카로워져서 일을 어렵게 만들어 버리니까요.」

우리는 안뜰을 지나갔는데, 거기에는 늙은 사람들이 많이 있었다. 두서넛씩 모여서 이야기들을 하고 있었다. 우리가 지나갈 때에는 잠시 말이 없다가, 지나간 뒤에는 다시 이야기가 시작되는 것이었다. 마치 재잘거리는 앵무새들의 소리와도 같았다. 조그만 집 문 앞에 이르러, 원장은 나를 두고 가 버렸다.

「그럼 저는 가겠습니다, 뫼르소 선생. 언제든지 사무실로 오시면 뵙겠습니다. 장례식은 아침 10시로 작정되어 있습니다. 밤샘하실 것을 생각해서 그렇게 정한 것입니다. 끝으로 한 말씀 드리겠는데, 어머니께서는 가끔 동료들에게 장례식은 종교 예식대로 해주었으면 하는 희망을 표시하셨던 모양입니다. 매장에 필요한 모든 준비는 제가 해놓았습니다. 미리 알려 드립니다.」

나는 원장에게 사례를 하였다. 어머니는 무신론자랄 것도 없었지만, 생전에 종교를 생각한 적은 없었다.

나는 안으로 들어갔다. 하얗게 회칠을 하고, 천장에 유리창이 달린 매우 밝은 방이었다. 의자들과 X자 모양의 버팀대들이 놓여 있었다. 방 한가운데 있는 두 개의 버팀대 위에는 뚜껑이 덮인 관이 놓여 있었다. 호두 기름을 칠한 판자 위에 대충 박아 둔 번쩍거리는 나사못만이 드러나 보였다. 관 곁에는 흰 블라우스를 입고 머리에 짙은 빛깔의 스카프를 쓴 아라비아 인 간호사가 있었다.

그때 관리인이 내 뒤로 들어왔다. 뛰어온 모양이었다. 그는 조금 더 듬거리며 말했다.

「입관을 했습니다만, 보실 수 있도록 뚜껑을 열어 드려야죠.」

그러면서 관으로 가까이 다가갔지만, 나는 그를 붙잡았다. 그는 말했다.

「안 보시렵니까?」

「그만두겠습니다.」

그는 말을 끊었고, 나는 그런 말은 하지 말았어야 했을 것이라고 느껴져서 어색해졌다. 조금 뒤, 그는 나를 쳐다보고 묻는 것이었다.

「왜 보고 싶지 않으십니까?」

그러나 나무라는 어조는 아니었고, 그저 이유를 알고 싶은 것 같았다. 나는 말했다.

「글쎄, 모르겠습니다.」

그러자, 그는 흰 수염을 어루만져 비틀면서, 나를 보지 않고 말하였다.

「하긴, 그러실 겁니다.」

푸르고 맑은 그의 눈은 아름다웠으며, 얼굴빛은 조금 붉었다. 그는 나에게 의자를 권하고, 자기도 내 뒤에 조금 떨어져서 앉았다. 간호사가 일어서서 문으로 걸어갔다. 그때, 관리인이 나에게 말하였다.

「종기가 나서 저렇답니다.」

나는 무슨 말인지 알아차리지 못하고 간호사를 쳐다보았다. 간호사는 눈 밑을 붕대로 감고 있었는데, 그것이 머리까지 둘러싸고 있었다. 코 끝 언저리에도 붕대를 편평하게 감고 있었다. 그녀의 얼굴에는 다만 하얀 붕대만이 보일 뿐이었다.

간호사가 가 버리자, 관리인은 말했다.

「저도 가 보겠습니다.」

내가 어떤 몸짓을 했는지 모르겠지만, 그는 그 자리에 멈춰 선 채 나가지 않았다. 그가 내 등 뒤에 서 있는 것이 나를 거북하게 했다. 방안은 저녁이 가까운 오후의 아름다운 빛으로 가득 차 있었다. 말벌 두 마리가 유리창에 부딪치며 붕붕거리고 있었다. 나는 졸음이 엄습해 오는 것을 느꼈다. 고개를 돌리지 않고, 나는 말했다.

「여기 오신 지 오래 되십니까?」

「5년 되었습니다.」

그는 곧 대답했다. 마치 처음부터 그 물음을 기다리고 있었다는 듯이.

그리고는 수다스럽게 이야기를 계속했다. 마랑고 양로원에서 그가 관리인으로 일생을 끝마치게 될 것이라고 말했다면, 아마 그는 매우 놀랐을 것이다. 그의 나이는 예순 살이며, 파리 태생이라는 것이었다. 그때 나는 그의 이야기를 가로막고 말하였다.

「그래요? 이 고장 사람은 아니시군요.」

그리고는 그가 나를 원장실로 인도하기 전에 어머니의 이야기를 했던 생각이 떠올랐다. 그는 나에게 산이 없는 평지에서는, 더구나 이 지방은 몹시 더우니까 속히 매장을 해야 한다고 말했었다. 그가 파리에 살았었고, 파리는 좀처럼 잊혀지지 않는다고 말한 것도 그때였다. 파리에서는 시체를 사흘이고 나흘이고 놓아 두는 수도 있지만, 여기서는 서둘러야 한다. 실감을 가질 겨를도 없이 곧 영구차를 따라가야 한다는 것이었다. 그때 그의 아내가 그에게 말했다.

「여보, 그만둬요. 그런 것은 이분에게 할 얘기가 아니예요.」

영감은 낯을 붉히고 사과를 하였다. 나는 그들의 대화를 끊고,

「천만에, 그러실 필요없습니다.」 하고 말했다.

관리인의 이야기는 그럴 듯하고 재미있는 것이라고 생각되었기 때문이다.

관리인은 조그만 빈소에서 그가 양로원에 극빈자로서 들어왔다는 이야기를 했다. 그는 건장하여 일을 할 수 있으리라 생각하였으므로, 그

관리인의 자리를 자원하였다는 것이었다. 나는 그에게 결국 그도 역시 재원자(在院者)의 한 사람이 아니냐고 지적했더니, 그는 아니라고 했다. 나는 그가 재원자의 이야기를 하면서, '그들', '그네들', 또 간혹 어쩌다가는 '늙은이들'이라는 말투를 쓰는 것을 듣고 놀랐다. 재원자 중에는 그보다 나이가 많지 않은 사람들도 있었던 것이다. 그러나 그는 물론 그들과는 같지 않다. 그는 관리인이니까, 어느 정도 그들에게 대하여 권리를 가지고 있는 것이었다.

그때, 간호사가 들어왔다. 갑자기 땅거미가 내렸다. 그리고는 무척 빠르게 밤이 유리창 위에서 짙어 갔다. 관리인이 스위치를 켰을 때, 별안간 쏟아지는 불빛 때문에 나는 앞이 캄캄하도록 눈이 부셨다. 그는 식당으로 저녁 먹으러 가자고 권하였으나, 나는 배가 고프지 않다고 말했다. 그랬더니, 그는 카페오레(밀크 커피)를 한 잔 가져오겠노라고 말했다. 나는 카페오레를 매우 좋아했으므로 가져오라 하였다. 조금 뒤에 그는 쟁반을 하나 들고 돌아왔다. 나는 커피를 마셨다. 커피를 마시고 나니 담배가 피우고 싶어졌으나, 어머니의 시체 앞에서 담배를 피워도 좋을지 어떨지 몰라 주저하였다. 생각해 보니, 조금도 꺼릴 이유는 없었다. 나는 관리인에게 담배 한 대를 권하고, 둘이서 함께 피웠다.

그는 갑자기 말하였다.

「자당님의 친구들도 밤샘을 하러 올 겁니다. 관습이 그러니까요. 의자와 블랙커피를 가져와야겠습니다.」

나는 전등 두 개 중 하나를 끌 수 없겠느냐고 물었다. 담벽에 반사하는 불빛이 견디기 어려웠던 것이다. 관리인은 그럴 수 없다고 말하였다. 전기 가설이 그렇게 되어 있어서, 다 켜든지 아주 꺼 버리든지 하는 수밖에 없다는 것이었다. 나는 더 이상 그에게 주의를 하지 않았다. 그는 나갔다가 들어와서 의자들을 늘어놓고, 한 의자 위에다가 커피 주전자와 그 둘레에 찻잔을 두 개 놓았다. 그리고 나서 어머니 쪽으로 가서, 나와 마주 앉았다. 간호사도 방 구석에 등을 돌리고 앉아 있었다. 그녀가 무엇을 하고 있는지는 보이지 않았으나, 팔을 놀리는 것으로 보아 털실로 무엇을 짜고 있다는 것을 짐작할 수 있었다. 방안은 훈훈했고, 커피를 마셔서 몸도 훈훈했다. 열린 문을 통해서 밤의 그

욱한 꽃향기가 흘러 들어오고 있었다. 나는 좀 졸았던 모양이다.

무엇인가 스치는 소리에 나는 눈을 떴다. 눈을 감았던 탓으로 방의 흰색은 더욱 눈부셔 보였다. 내 앞에는 그림자 하나 없었고 모든 것들이, 모서리 하나하나 곡선 하나하나가 눈에 아프게 새겨질 정도로 뚜렷이 드러나 보이고 있었다. 그때 어머니의 친구들이 들어왔다. 모두 한 여남은 명은 되었는데, 그들은 아무 말없이 그 눈부신 빛 속을 살며시 미끄러져 들어왔다. 그들은 의자 하나 삐걱거리지도 않고 앉았다. 나는 그때 그들을 본 것처럼 자세히 사람을 본 적은 일찍이 없었으며, 그들의 얼굴, 옷차림의 사소한 모습 하나까지도 나의 눈에 띄지 않은 것은 없었다. 그러나 그들은 말을 하지 않았으므로, 이 세상 사람들이라고는 믿기 어려웠다. 여자들은 거의 모두 앞치마를 두르고, 허리를 끈으로 졸라매어, 그들의 불룩한 배를 더욱 드러내고 있었다. 나는 그때처럼 늙은 여자들의 배가 얼마나 커질 수 있는 것인지를 목격한 일이 없었다. 남자들은 거의 모두 몹시 여위고 지팡이를 짚고 있었다. 그들의 얼굴을 보고 놀란 것은, 눈은 보이지도 않고, 다만 주름 바탕 한가운데 희미한 빛만이 보이는 것이었다. 그들은 앉으면서 거의 모두가 나를 쳐다봤다. 이가 빠져 버린 입 속으로 입술이 말려 들어간 얼굴들을 어색하게 기울였는데, 그것이 내게 대한 인사인지 혹은 그들의 버릇인지는 알 수 없었다. 나에게 인사를 한 것이 아니었을까 ?⋯⋯ 그들이 모두 관리인을 둘러싸고 나와 마주 앉아서 고개를 끄덕거리고 있는 것을 내가 본 것은 바로 그때였다. 잠시 나는 그들이 나를 심판하기 위해서 거기에 와 앉아 있다는 어처구니없는 인상을 받았다.

조금 뒤, 한 여자가 울기 시작하였다. 둘째 줄에 앉은 여자였는데, 앞에 앉은 다른 여자에게 가리워져 잘 보이지 않았다. 짧은 소리를 잇달아 내며 하염없이 우는 것이었다. 나에게는 언제까지나 그녀가 울음을 그치지 않을 것처럼 생각되었지만, 다른 사람들에게는 들리지도 않는 듯하였다. 그들은 맥없이 침울한 낯으로 묵묵히 앉아 있었다. 모두들 관이라든지, 지팡이라든지, 무엇을 들여다보고 있었으며, 또 그저 그 한 가지만을 보고 있는 것이었다. 여자는 그냥 울고 있었다. 그렇게 울고 있는 여자가 나에게는 알지도 못하는 사람이라는 것이 자못 이상스러웠다. 나는 그 울음소리가 듣기 싫었다. 그렇다고 그런 말을 할 수도 없었다. 관리인은 그 여자에게로 고개를 숙이고 무슨 말을 하였으나, 그녀는 머리를 흔들고 뭐라고 중얼거리고는 다시 계속해서 울기 시작하였다. 관리인이 그때 내 곁으로 와서 앉았다. 잠시 아무 말없이 있더니, 나의 얼굴을 보지 않으며 말했다.

「저 사람은 자당님과 매우 자별하게 지냈답니다. 자당님은 원내에서 그녀의 유일한 벗이었는데, 이제는 그야말로 혼자가 되고 만 것입니다.」

우리들은 그렇게 오랫동안 앉아 있었다. 여자의 한숨과 흐느낌은 차츰 사이가 뜸해졌다. 그녀는 몹시 훌쩍거리더니, 마침내 울음을 그쳤다. 졸음은 오지 않았으나, 나는 피곤하고 허리가 아팠다. 오직 대면하고 있기가 거북한 그 모든 사람들의 침묵이 있을 뿐이었다. 다만 때때로 이상한 소리가 들렸는데, 나는 그것이 무슨 소리인지 알 수가 없었다. 결국 알고 보니, 그것은 그 중의 어떤 늙은이들이 뺨의 안쪽을 빨아서 그런 야릇한 입소리를 내는 것이었다. 그들 자신은 그런 소리가 나는 것을 깨닫지 못하고 있었다. 제각기 깊은 생각에 잠겨 있었기 때문이다. 그들 앞에 눕혀진 이 시체는 그들의 눈에는 아무런 의미도 없다는 인상까지 나는 받았었다. 그러나 지금 생각해 보면, 그것은 틀린 인상이었던 것 같다.

우리들은 모두 관리인이 따라 준 커피를 마셨다. 그리고는 무슨 일이 있었는지 모르겠다. 밤이 지나갔다. 한 번 눈을 떠보았을 때, 노인들은 모두 쪼그린 채 잠이 들어 있었는데, 한 사람만은 지팡이를 움켜쥔 손등 위에 턱을 괴고, 마치 내가 깨기만을 기다리고 있었다는 듯이 나를 뚫어지게 바라보고 있었던 것을 나는 기억하고 있다. 그리고는 다시 잠이 들어 버렸다. 허리의 아픔이 더욱 심해져서 나는 눈을 떴다. 유리창 위로는 빛이 미끄러지고 있었다. 조금 뒤에, 노인 한 사람이 잠이 깨어 기침을 하였다. 그는 바둑 무늬가 있는 커다란 손수건에 침을 뱉고 있었는데, 침을 뱉을 때마다 그것은 토한다기보다는 마치 잡아 뽑는 듯하였다. 그는 다른 사람들을 깨웠고, 관리인은 갈 시간이 되었다고 알려 주었다. 그들은 일어섰다. 괴로운 밤샘 때문에 얼굴은 재처럼 부석부석해 있었다. 방문을 나서면서 매우 놀라운 일이었지만, 그들은 모두 내 손을 잡고 악수를 하였다. 마치, 서로 이야기 한 마디도 주고받지 않은 그날 밤이 우리들의 친밀감을 두텁게 할 수 있었으리라는 것처럼.

나는 피곤했다. 관리인이 나를 자기 방으로 인도하여 주어, 나는 간단히 세수할 수 있었다. 그리고 또 카페오레를 마셨는데, 무척 맛이 좋았다. 밖으로 나왔을 때는 해가 높이 떠올라 있었다. 바다와 마랑고 사이에 있는 언덕들 위에서 하늘은 붉은 빛을 가득히 담고 있었다. 언덕 위로 부는 바람은 소금기 풍기는 냄새를 실어 오고 있었다. 아름다운 하루가 시작되려는 것이었다. 나는 오랫동안 야외에 가 본 일이 없었으므로, 어머니만 없다면 산책하기 얼마나 즐거울까 하는 생각이 들었다.

그러나 나는 뜰의 플라타너스나무 밑에서 기다렸다. 신선한 흙냄새를 들이마셨고, 이제 졸음은 오지 않았다. 회사의 동료들 생각이 났다. 바로 이 시간에 그들은 회사로 가려고 일어날 것이다. 나에게는 언제나 그것이 가장 어려운 시간이었다. 나는 그러한 것을 좀더 생각하였으나, 이윽고 집 안에서 울린 종소리에 주의가 끌려 버렸다. 창문 뒤에서는 한동안 소란스럽더니, 다시 잠잠해졌다. 해는 좀더 높이 떠올랐다. 햇빛이 내 발을 쬐기 시작했다. 관리인이 마당을 건너와서, 원장이 나를 부른다고 일러 주었다. 나는 원장실로 갔다. 원장이 시키는 대로 여러 가지 서류에다 서명을 하였다. 나는 그가 줄무늬 있는 바지에 검은 웃옷을 입고 있는 것을 보았다. 그는 전화기를 손에 들고 나에게 말했다.

「장의사(葬儀社) 사람들이 조금 전에 왔습니다. 관을 닫아야겠습니다만, 그 전에 한 번 더 어머님을 보시겠습니까?」 나는 보고 싶지 않다고 말했다. 원장은 수화기 속으로 목소리를 낮추어서 지시했다. 「피자크, 인부들에게 일을 하라고 말하게.」

그리고는 장례식에 참석하겠노라는 말을 하기에, 나는 그에게 사례를 하였다. 그는 자기 책상 뒤에 걸터앉아 짧은 다리를 포갰다. 우리 두 사람 외에 당번 간호사도 참석하게 될 것이라고, 그는 덧붙여 말했다. 원칙적으로 재원자들은 장례식에 참석할 수 없었다. 밤샘만 시킨다는 것이었다.

「그건 인정(人情) 문제입니다.」

하고 그는 말했다. 그러나 이번에는 특별히 어머니와 절친한 친구였던 토마 페레라는 노인에게 장지(葬地)까지 따라가는 것을 허락했다고 말했다. 원장은 빙그레 웃고 나서 말하였다.

「그야 좀 어린애 같은 감정이지요. 그와 어머님은 떨어져 있는 일이 거의 없었습니다. 원내에서 놀리느라고 페레에게 '당신의 약혼자로군' 하면, 그는 웃곤 했어요. 그렇게 말하여 주는 것이 그들에겐 좋았던 것입니다. 그러니까 뫼르소 부인이 세상을 떠난 것을 그가 몹시 슬퍼하고 있는 것은 사실입니다. 그래서 장례식에 참석하는 것을 허락하지 않아서는 안 될 거라고 생각한 것이지요. 그러나 왕진 의사의 권고에 따라서, 어젯밤에 밤샘만은 금하였습니다.」

우리들은 꽤 오랫동안 말없이 있었다. 원장은 일어서서 사무실 창문으로 밖을 내다보았다. 문득 그는 말하였다.

「마랑고 신부님이 벌써 오십니다. 꽤 이르시군.」

마을에 있는 성당까지 가자면, 적어도 45분은 걸릴 것이라고 그는 나에게 알려 주었다. 우리는 내려갔다. 빈소가 있는 건물 앞에는 신부와 복사(服事) 아이 둘이 있었다. 하나는 향로(香爐)를 들고 있었는데, 신부는 은줄의 길이를 조절하려고 그에게로 허리를 굽히고 있었다. 우리가 앞으로 가자, 신부는 몸을 일으켰다. 그는 나를 '아들'이라고 부르면서 몇 마디 이야기를 하였다. 그리고는 안으로 들어갔다. 나도 그 뒤를 따랐다. 방안에는 나사못이 박힌 관과 인부 네 사람이 있었다. 영구차가 길에서 기다리고 있다는 원장의 말과 기도를 시작하는 신부의 목소리가 들렸다. 그리고 나서는 모든 것이 매우 빨리 진행되었다. 인부들은 큰 보자기를 들고 관 앞으로 나섰고, 신부와 그를 따르는 복사들과 원장과 나는 밖으로 나왔다. 문 앞에 알지 못하는 한 여인이 서 있었다.

「뫼르소 씨입니다.」

하고 원장은 말하였다. 나는 그 부인의 이름은 듣지 못했고, 다만 그녀가 당번 간호사임을 알았을 뿐이다. 그녀는 웃는 기색도 없이, 뼈가 앙상하게 드러난 긴 얼굴을 숙였다. 그리고 우리들은 시체가 지나갈 수 있도록 나란히 비켜 섰다. 우리는 인부들을 따라 양로원을 나왔다. 문 앞에 영구차가 기다리고 있었다. 모양이 기다란데다 옻칠을 하여 반짝거리는 모양이 필갑(筆匣)을 연상케 하였다. 영구차 옆에는 십장(什

長)이 서 있었는데, 그는 괴상한 옷차림을 한, 키가 작은 남자였다. 그리고 옷차림이 도무지 어울리지 않는 노인 한 사람이 있었다. 나는 그가 페레 씨임을 알았다. 그는 윗부분이 동그랗고 테가 널찍한 펠트 모자를 썼고(그는 관이 문을 나갈 때, 그 모자를 벗었다), 바지가 구두 위에 우그러져 늘어진 옷차림을 하고 있었다. 흰 와이셔츠에는 커다란 칼라에 비해 지나치게 작은 검은 넥타이를 매고 있었다. 주근깨가 난 코 밑에서 입술이 떨리고 있었다. 꽤 섬세한 백발이 축 늘어져 못생긴 야릇한 귀 밑으로 흘러내리고 있었다. 창백한 얼굴에 그 귀만이 피처럼 새빨간 것이 무엇보다도 이상스러웠다. 십장이 우리들에게 자리를 정하여 주었다. 신부가 앞장을 서고, 다음에 영구차, 둘레에 네 사람의 인부, 그 뒤로 원장과 나, 끝으로 당번 간호사와 페레 씨가 따르기로 되었다.

하늘에는 벌써 햇빛이 가득히 퍼져 있었다. 햇볕은 땅 위에 무겁게 내리쬐기 시작하였고, 더위는 빠른 속도로 심해 갔다. 떠나기 전에 왜 우리들은 그렇게 오랫동안 기다렸는지 모르겠다. 검은 옷을 입은 나는 더웠다. 모자를 썼던 노인은 다시 모자를 벗었다. 그에게로 조금 고개를 돌리고 그를 보고 있으려니까, 원장이 그의 이야기를 하였다. 원장은 어머니와 페레 씨가 저녁마다 간호사와 함께 마을까지 산책을 하곤 했다는 얘기를 들려 주었다. 나는 주위의 벌판을 바라보고 있었다. 하늘 밑으로 보이는 언덕까지 잇닿은 측백나무숲이며, 검붉고 푸른 땅, 드문드문 흩어져 있는 그린 듯한 집들을 통하여, 나는 어머니의 마음을 이해할 수 있었다. 이 지방에서의 저녁은 우울한 휴식 시간과도 같았을 것이다. 오늘은 대기에 흘러넘치며 풍경이 흔들려 보이게 만드는 햇빛이 잔혹하고 무기력한 분위기를 만들고 있었다.

우리는 걷기 시작했다. 그때 나는 페레가 약간 다리를 전다는 것을 알았다. 영구차의 속도가 점점 빨라져서 영감은 뒤떨어지는 것이었다. 영구차 곁을 따라가던 인부 한 사람도 지금은 뒤에 처져서 나와 나란히 걸어가고 있었다. 나는 태양이 하늘로 그렇게 빨리 떠오르는 것을 보고 놀랐다. 벌써 오래 전부터 벌판에서는 붕붕거리는 벌레소리와 바스락거리는 풀잎소리가 소란스럽게 들리고 있었다. 뺨 위로 땀이 흘러내렸다. 나는 모자를 가지고 있지 않았으므로 손수건으로 부채질을 하고

288

있었다. 옆에 걸어가던 인부가 그때 나에게 뭐라고 말하였으나 나는 듣지 못했다. 그러면서 그 인부는 오른손으로 모자 챙을 들어 올리고 왼손에 들고 있던 손수건으로 이마를 닦았다. 나는 그에게 말했다.

「뭐라고 하셨지요?」

그는 하늘을 가리키며 되풀이했다.

「무던히 내리쬡니다.」

나는「네.」하고 말했다. 조금 뒤에, 그는 다시 물었다.

「어머님이 돌아가셨지요?」

나는 또「네.」하고 말했다.

「연세가 많으셨습니까?」

「꽤 많으셨습니다.」

정확한 나이를 몰라서 그렇게 대답할 수밖에 없었던 것이다. 그러자 그는 말이 없었다.

고개를 돌려 보았으나, 페레 영감이 우리 뒤로 약 50미터나 떨어져서 따라오고 있었다. 그는 모자를 벗어 들고 팔을 휘저으며 걸음을 재촉하고 있었다. 나는 눈을 돌려 원장을 보았다. 그는 필요없는 몸짓은 전혀 하지 않고, 매우 점잖게 걷고 있었다. 이마 위에는 땀이 몇 방울 흐르고 있었으나, 그것을 닦으려고도 하지 않았다.

내가 보기에는 행렬이 좀 빠른 것 같았다. 주위는 한결같이 햇빛을 머금어 눈부시게 빛나는 벌판뿐이었다. 하늘에서 쏟아지는 빛은 견딜 수 없을 지경이었다. 우리는 새로 포장을 한 길을 지나게 되었다. 뜨거운 햇볕에 녹아서 아스팔트가 눅진하여 발이 빠져 들어가서 번쩍거리는 바닥에 자국을 내어 놓는 것이었다. 영구차 위에 드러나 보이는 마부의 가죽 모자는 마치 이 검은 역청 속에 넣어 짓이긴 것 같았다. 푸르고 흰 하늘과 그 단조로운 빛깔들, 끈적거리는 갈라진 아스팔트의 검은 빛깔, 거무스름한 의복 빛깔, 옻칠한 영구차의 까만 빛깔들 사이에서 나는 정신이 좀 흐리멍덩했었다. 햇빛, 가죽 냄새, 영구차의 말똥 냄새, 옻 냄새, 향 냄새, 자지 못한 하룻밤의 피로, 그러한 모든 것이 나의 눈과 머리를 어지럽게 만드는 것이었다. 나는 다시 한 번 뒤를 돌아보았다. 먹구름처럼 드리운 무더운 공기 속으로 페레 영감이 까마득히 멀리 나타났다. 다시 사라졌다. 나는 눈으로 그를 찾았다. 길을 벗어나서 벌판을 가로질러 가는 그가 보였다. 동시에 나는 내 앞에서 길이 구부러지고 있는 것을 보았다. 페레는 이 지방을 잘 아니까, 우리들을 따라오려고 지름길로 접어든 것임을 알았다. 길이 구부러진 곳에 이르렀을 때, 그는 우리들을 따라왔다. 그리고는 또 보이지 않았다. 그는 다시 벌판을 가로질러 갔고, 그러기를 여러 차례나 하였다. 나는 관자놀이에서 핏줄이 뛰는 것을 느꼈다.

그 다음에는 모든 것이 매우 빠르고 순조롭게 또 자연스럽게 진행되었으므로, 내 기억에는 아무 것도 남아 있지 않다. 단지 한 가지 기억에 남은 것은 마을 어귀에서 당번 간호사가 나에게 말을 걸었던 일이다. 얼굴과는 어울리지 않는 독특한, 아름답고 떠는 목소리로 그녀는 말하였다.

「천천히 가면 더위를 먹을 염려가 있고, 너무 빨리 가도 땀이 나서, 교회당에 들어가면 오한이 납니다.」

그건 사실이었다. 어쩌는 도리가 없었다. 그밖에 그날의 몇 가지 광경이 머릿속에 남아 있다. 가령 페레가 마지막으로 마을 근처에서 우리들을 따라왔을 때의 그 얼굴, 흥분과 슬픔의 굵은 눈물이 그의 뺨 위에 줄줄 흐르고 있었다. 그러나 주름살 때문에 눈물이 흘러내리지 않았다. 눈물은 맺혔다가 그 쭈그러진 얼굴 위에, 옻을 바르듯 물칠해 놓은 것 같은 형상을 이루는 것이었다. 그밖에 교회당, 보도 위에 서 있던 마을 사람들, 묘지 무덤 위의 제라늄, 페레의 기절(마치 무슨 인형이 부서져서 쓰러지는 것처럼), 어머니의 관 위로 굴러떨어지던 붉은 흙, 그 속에 섞이던 흰 나무 뿌리, 또 다른 사람들, 목소리, 어느 카페 앞에서 기다리던 일, 끊임없는 엔진 소리, 그리고 버스가 마침내 빛나는 알제 시가지에 다다라서, 이제는 드러누워 실컷 잠을 잘 수 있겠구나 하고 생각하였을 때의 나의 기쁨, 그러한 것들이 생각난다.

2

잠이 깨자, 나는 이틀 동안의 휴가를 신청했을 때, 왜 사장의 기색이 좋지 않았는지 그 까닭을 알 수 있었다.

오늘이 바로 토요일인 것이다. 말하자면 나는 그것을 잊어버리고 있었는데, 자리에서 일어나자 그러한 생각이 들었다. 사장은 자연히 내가 일요일까지 나흘 동안 쉬게 될 것을 예상했을 것이므로, 그것이 그의 마음에 흡족했을 리가 없다. 그러나 한편으로는 어머니의 장례식을 오늘 하지 않고 어제 한 것은 내 탓이 아니었고, 또 다른 한편으로는 어차피 나는 토요일과 일요일은 쉬게 되었을 것이다. 물론 그렇다고 해서 사장의 심정을 이해할 수 없는 것은 아니다.

어제 하루 일로 피곤했기 때문에 일어나기가 괴로웠다. 수염을 깎으면서 오늘은 무엇을 할까 하고 생각한 끝에 해수욕을 하러 가기로 하였다. 항구 해수욕장으로 가려고 나는 전차를 탔다. 그리하여 곧 바닷물 속으로 뛰어들었다. 젊은이들이 많이 있었다. 전에 우리 회사의 타이피스트로 있었던 마리 카르도나를 거기서 만났다. 그 전에 나는 그녀에게 마음이 있었다. 그녀 역시 그런 것 같았다. 그러나 조금 뒤에 그녀는 회사를 그만두었고 우리는 만날 기회를 갖지 못했던 것이다. 나는 그녀가 부표(浮漂) 위로 오르는 것을 거들어 주었는데, 그러면서 내 손이 그녀의 가슴을 스쳤다. 그녀가 부표 위에서 배를 깔고 엎드렸을 때도, 나는 그냥 물 속에 있었다. 그녀는 나에게로 몸을 돌렸다. 머리털을 눈 밑으로 흐트러뜨린 채 웃고 있었다. 나는 부표 위 그녀의 곁으로 기어올랐다. 그저 기분이 좋았고, 희롱을 하는 것처럼 머리를 뒤로 젖혀 그 여자의 배 위에 올려놓았다. 그녀는 아무 말도 하지 않았고, 나는 그대로 그렇게 하고 있었다. 나는 온 하늘을 나의 눈 속에 담았다. 푸른 하늘엔 황금빛이 돌고 있었다. 목덜미 밑에서 나는 마리의 배가 오르락내리락 하는 것을 느끼고 있었다. 우리는 오랫동안 그렇게 부표 위에서 어렴풋이 잠이 들어 있었다. 햇볕이 너무 뜨거워지자, 마리는 물 속으로 뛰어들었고, 나도 뒤를 따랐다. 나는 그녀의 곁으로 따라가서 팔로 허리를 감고 같이 헤엄을 쳤다. 마리는 줄곧 웃고 있었다. 물가로 나와 우리들이 몸을 말리고 있을 동안, 그녀는 나에게 말하였다.

「당신보다도 내가 더 탔어.」

나는 저녁에 영화 구경 가지 않겠느냐고 그녀에게 물어 보았다. 그녀는 웃으면서 페르낭델이 주연한 영화를 보고 싶다고 말하였다. 우리들

이 옷을 다 입었을 때, 내가 검은 넥타이를 매고 있는 것을 보고 마리
는 매우 놀라는 표정을 짓더니, 상사(喪事)가 있었느냐고 물었다. 나
는 어머니가 돌아가셨다고 대답하였다. 언제부터 그렇게 되었는지 알
고 싶어했으므로, 나는 '어제부터'라고 대답했다. 그녀는 조금 뒤로
물러섰으나, 아무런 나무람도 하지 않았다. 그건 내 탓이 아니라고 말
할까 하였으나, 그런 소리를 사장에게도 한 일이 있었던 것을 생각하고
그만두었다. 그런 말을 해보았자 무의미한 일이었다. 어차피 말이란
좀 틀리게 마련이다.

마리는 저녁에는 모든 일을 다 잊어버렸다.

영화는 때때로 우습고, 너무나 싱거웠다. 마리는 다리를 내 다리에
기대고 있었다. 나는 그녀의 젖가슴을 어루만졌다. 영화가 끝날 무렵
키스를 한다는 것이 서툴게 되고 말았다. 영화관을 나와 그녀는 내 집
으로 왔다.

내가 눈을 떴을 때, 마리는 가 버리고 없었다. 그녀는 아주머니한테
가야만 한다는 이야기를 했었다. 그날이 일요일이라는 것에 생각이 미
치자, 기분이 언짢았다. 나는 일요일을 좋아하지 않는다. 그래서 침대
속에서 몸을 뒤척여 마리가 베개에 남긴 머리털의 소금기 냄새를 더듬
으면서 10시까지 자 버렸다. 그리고는 침대에 누운 채 12시까지 담배를
피웠다. 나는 여느 때처럼 셀레스트네 레스토랑에 가서 아침을 먹고 싶
지 않았다. 왜냐하면 레스토랑 사람들이 던질 여러 가지 질문에 대꾸하
기가 싫었기 때문이다.

나는 달걀을 프라이해 오게 하여, 빵도 없이 접시에다 입을 대고 먹
었다. 빵이 없는 것을 알면서도 사러 내려가기가 싫었기 때문이다.

아침을 먹고 나니, 조금 심심했으므로 아파트 안을 서성거렸다. 어
머니가 있었을 때는 알맞은 아파트였다. 그러나 지금 나에겐 너무 커서
식당의 테이블을 내 방으로 가져올 수밖에 없었다. 나는 이 방 안에서,
조금 망가진 의자들과 유리가 누렇게 된 옷장과 화장대와 그리고 구리
침대 사이에서 살고 있을 뿐이다. 그 외에는 모두 버려 둔 채로 있다.
조금 뒤에, 나는 할 일이 있어서 오래 된 신문을 한 장 들고 읽었다. 크
뤼 향염(香鹽) 광고를 오려서 재미있는 기사들을 모아 두는 스크랩북
에다 그것을 붙였다. 나는 또 손을 씻고, 나중에는 발코니에 나가 앉

았다.

내 방은 교외의 한길로 향하고 있다. 오후의 날씨는 아름다웠다. 그러나 길은 눅진했고, 행인들은 적고 걸음도 빨랐다. 우선 산책하는 가족들이 지나갔다. 바지가 무릎 밑까지 내리덮인 해군복을 입고 풀기가 센 옷 속에서 어색해 보이는 두 소년, 다음으로는 커다란 리본을 달고, 칠피구두를 신은 소녀, 그 뒤로 자줏빛 옷을 입은 뚱뚱한 어머니와 키가 후리후리한 사나이로서 얼굴만은 나도 알고 있는 그의 아버지가 따랐다. 그는 나비 모양의 끈이 달린 밀짚 모자를 쓰고 손에는 단장을 짚고 있었다. 그의 아내와 함께 그를 보았을 때, 나는 그 동네에서 사람들이 왜 그를 보고 잘생긴 사람이라고 하는지 까닭을 알 수 있었다. 조금 뒤에 교외의 젊은이들이 지나갔다. 모두들 머리에는 기름을 바르고, 붉은 넥타이에 허리가 잘룩한 웃옷, 수를 놓은 주머니, 코가 네모진 구두, 그러한 차림이었다. 나는 그들이 시내로 영화 구경을 가는 길임을 짐작할 수 있었다. 그렇기 때문에, 그들은 그렇게 일찌감치 길을 떠나, 소리 높이 웃으면서 전차를 타러 서둘러 가고 있는 것이었다.

그들이 지나간 뒤에, 길에는 점점 인기척이 없어졌다.

아마 어디선가 구경이 시작된 모양이었다. 이제 길에는 가게를 보는 주인들과 고양이들이 있을 뿐이었다. 길가에 늘어선 가로수 위로 보이는 하늘은 맑았으나 윤택이 없었다. 맞은편 인도 위에 담배 가게 주인이 의자를 내다가 문 앞에 놓고 등받이 위에 두 팔을 괴고 거꾸로 타고 앉았다. 조금 전에는 터질 듯이 들어찼던 전차들도 지금은 거의 비어 있다. 조그만 카페 '피에로네 집'에서는 보이가 담배 가게 주인 옆에서 텅 빈 방안을 쓸고 있었다. 확실히 일요일이었다.

나도 의자를 돌려서 담배 가게 주인처럼 놓았다. 그것이 더 편리하게 생각되었기 때문이다. 나는 담배를 두 대 피우고 나서, 방안으로 들어가 초콜릿을 한 조각 가지고 창 앞으로 돌아와 먹었다. 하늘은 점점 어두워져서, 여름철의 소나기가 오려는 것이려니 생각했다. 그러나 하늘은 차차 다시 밝아졌다. 그래도 구름이 지나가며 길 위에 비를 약속하는 듯한 빛을 남겨 놓아 거리는 어스름하였다. 나는 오랫동안 하늘을 쳐다보고 있었다.

5시에 전차들이 요란한 소리를 내며 달려왔다. 야외 경기장으로부터

발판이며 난간에까지 매달린 구경꾼들을 싣고 오는 것이었다. 그 다음 전차는 운동 선수들을 싣고 왔는데, 손에 든 보스턴백으로 그들이 운동 선수임을 짐작할 수 있었다. 그들은 고함을 지르며, 그들의 클럽은 결코 지지 않을 것이라고 있는 힘을 다하여 소리 높이 노래를 부르고 있었다. 몇몇 사람은 나에게 손짓을 하였다. 그 중의 한 사람은 「우리가 이겼어.」하고 나에게 부르짖기까지 하였다. 그래서 나는 머리를 끄덕여 ‘그렇다’는 표시를 했다. 그때부터 버스들이 몰려 오기 시작했다.

해는 조금 더 기울어졌다. 지붕들 위로 하늘은 불그스름하게 되고, 깃드는 저녁과 함께 시가지는 활기를 띠었다. 행인들은 점점 늘어 갔다. 사람들 속에 섞인 그 잘생긴 신사가 눈에 띄었다. 어린애들은 울며, 또는 손목을 잡혀 끌려오고 있었다. 그러자 곧 거리의 영화관으로 부터 구경꾼들의 물결이 쏟아져 나왔다. 구경꾼들 가운데 젊은이들이 여느 때보다 굳은 결심이나 한 듯한 몸짓을 하고 있는 것을 보고, 나는 그들이 활극 영화를 구경한 것이라고 생각했다. 시내 영화관으로부터 돌아오는 사람들은 조금 뒤에 오기 시작했다. 그들은 아까보다 좀 신중해 보였다. 아직도 웃기는 하고 있었으나 그것은 이따금 그랬을 뿐, 피곤해 보였고 생각에 잠겨 있는 듯하였다. 그들은 맞은편 인도 위를 서성거렸다. 거리의 젊은 여자들이 모자도 쓰지 않고 서로 팔을 끼고 걸어오고 있었다. 젊은이들이 나란히 서서 그녀들과 마주치며 희롱하자, 여자들은 고개를 돌리고 웃는 것이었다. 그 중 내가 아는 몇몇 여자들은 나에게 손짓을 했다.

그때 가로등이 갑자기 켜지며 어둠 속에 떠오르던 첫 별빛들을 흐리게 하였다. 그처럼 사람들과 빛깔이 바뀌는 인도를 바라보고 있자니, 나는 눈이 피로해짐을 느꼈다. 가로등은 눅진한 인도를 비추고, 전차들은 일정한 간격을 두고 반짝거리는 머리털과 웃음을 띤 얼굴들, 혹은 팔목시계 위에 불빛을 던지는 것이었다. 조금 뒤에 전차들의 사이는 점점 멀어지고, 밤은 나무들과 가로등 위에서 깊어 갔다. 거리에는 차차 인기척이 없어지고, 마침내 다시 쓸쓸해진 길을 고양이가 천천히 건너가는 시각이 되었다. 그때에야 나는 저녁을 먹어야 할 것을 생각했다. 오랫동안 의자 등받이에 턱을 괴고 있었기 때문에, 목이 좀 아팠다. 나는 빵과 젤리를 사러 내려갔다. 그것으로 요리를 하여 서서 먹었다. 다시 창 앞으로 가서 담배를 한 대 피우려 하였으나, 바람이 차가워 조금 추웠다. 나는 창문을 닫고 방 안으로 돌아오며 거울 속에 알콜 램프와 빵 조각이 놓여 있는 테이블 한쪽 끝이 비치는 것을 보았다. 그때 나에게는 일요일이 또 하루 지나갔고, 어머니의 장례식도 이제는 끝났고, 내일은 다시 일을 시작해야 하겠고, 그러니 결국 달라진 것은 아무 것도 없다는 생각이 들었다.

3

　오늘 나는 회사에서 일을 많이 했다. 사장은 친절했다. 그는 나에게 너무 피곤하지 않느냐고 물었고, 어머니의 나이도 알고 싶어하였다. 나는 틀리게 대답하지 않으려고, 「한 육십 되셨었소.」하고 대답했다. 왜 그런지 알 수는 없었으나, 사장은 한시름을 덜었다는 듯한, 그리고 그건 이미 지나간 일이라고 생각하는 듯한 눈치였다.

　나의 테이블 위에는 선하증권(船荷證券)이 산더미처럼 쌓여 있었는데, 일일이 읽어 보지 않으면 안 되었다. 점심을 먹으러 회사를 나오기 전에 손을 씻었다. 정오가 되어, 손 씻는 시간을 나는 좋아한다. 저녁 때에는 수건이 눅눅하여 좀 재미가 적다. 온종일 같은 수건을 쓰기 때문에 그럴 수밖에 없는 것이다. 어느 날, 나는 그러한 이야기를 사장에게 한 적이 있었다. 사장의 대답은 그도 그것을 유감스럽게 생각은 하지만, 그러나 그것은 하찮은 문제라는 것이다. 나는 조금 늦어서 12시 반에 운송과에 근무하고 있는 엠마뉘엘과 함께 회사를 나왔다. 회사는 바다로 향하고 있어서, 우리들은 잠시 햇볕이 뜨겁게 내리쬐는 항구에 머물러 있는 화물선들을 바라보았다. 바로 그때 화물 자동차 한 대가 쇠사슬 소리와 엔진 소리를 요란스럽게 내면서 달려왔다.

　엠마뉘엘이 나에게

　「집어 탈까 ?」

하고 물었다. 그래서 나도 뛰기 시작했다. 자동차가 우리들을 지나쳐 버리자, 우리는 뒤를 따라 달려갔다. 나는 소음과 먼지 속에 잠겨 버렸다. 나의 눈에는 아무것도 보이지 않았고, 다만 권양기(捲揚機)이며 또 다른 기계들, 수평선 위에서 춤추는 돛대 옆을 지나치는 선체들 가운데서 마구 달리는 육체의 약동을 느낄 뿐이었다. 내가 먼저 발을 올리고, 매달려 가면서 뛰어올랐다. 그리고는 엠마뉘엘이 기어오르는 것을 거들어 주었다. 우리는 숨이 찼었다. 자동차는 부두의 고르지 못한 보도 위로, 먼지가 자욱한 햇빛 속을 흔들거리며 달리는 것이었다. 엠마뉘엘은 허리가 끊어지게 웃고 있었다.

우리들은 땀을 뻘뻘 흘리면서 셀레스트네 레스토랑에 이르렀다. 언제나 다름없이 흰 수염을 기른 셀레스트는 뚱뚱한 배에다 앞치마를 두르고 있었다. 그는 나에게 「많이 상심하지는 않았는가?」하고 물었다. 나는 괜찮다고 대답하고, 배가 고프다고 말했다. 나는 얼른 먹고 나서 커피를 마셨다. 그리고는 집으로 돌아와 술을 너무 많이 마셨던 탓으로 조금 잠이 들었다. 잠이 깨니, 담배를 피우고 싶었다. 그러다 보니, 시간이 늦어서 전차를 타러 뛰어갔다.

오후에 나는 줄곧 일을 하였다. 회사 안은 몹시 더웠다. 저녁에 퇴근해서 부둣가를 천천히 걸으면서 돌아오게 되었을 때는 유쾌하였다. 하늘은 푸르고 마음은 즐거웠다. 그러나 나는 감자 요리를 만들고 싶었기 때문에 바로 집으로 돌아왔다.

컴컴한 계단을 올라가다가, 나와 같은 층의 이웃에 사는 살라마노 영감과 부딪쳤다. 영감은 그의 개를 데리고 있었다. 8년 전부터 영감과 개는 늘 함께 있었다. 개는 내가 알기에는 홍버짐이라는 피부병을 앓아서 털이 거의 다 빠지고 온몸이 벌겋게 껍질과 헌데투성이가 되어 있었다. 그 개와 함께 단둘이 조그만 방에서 오랫동안 살아온 탓으로 살라마노 영감은 개의 모습을 닮고 말았다. 그의 얼굴에는 불그스름한 딱지가 있고, 수염도 누렇고 성기다. 개는 목을 늘이고 코 끝을 앞으로 내밀고, 주인의 허리를 굽힌 자세를 닮았다. 그들은 아무래도 동일한 족속 같은데 서로 미워하는 것이다. 하루에 두 번씩 11시와 6시에 영감은 그 개를 데리고 산책을 나선다. 8년 전부터 그들은 한 번도 다른 길을 산책한 적이 없다. 언제나 리용 거리에서 그들을 볼 수 있는데, 개가 늙은이를 끌고 가다가는 기어코 살라마노 영감의 발부리가 땅에 부딪쳐 버리고 만다. 그러면 영감은 개를 때리고 욕지거리를 하는 것이다. 개는 무서워서 기며 끌려간다. 이번에는 영감이 개를 끌고 갈 차례이다. 개가 잊어버리게 되면 다시금 앞서서 주인을 끌고, 그러면 또 매를 맞고 욕을 먹는다. 그때는 둘이 다 멈춰 서서 개는 공포에 떨고, 주인은 화가 나서 서로 노려본다. 매일처럼 그 모양이다. 개가 오줌을 싸고 싶어할 때도 영감은 시간을 주지 않고 끌어당겨, 스패니엘은 오줌 방울을 찔끔찔끔 흘리면서 따라간다. 어쩌다가 개가 방안에서 오줌을 싸면 또 매를 맞는다. 그러기를 이제는 8년이나 된 것이다. 셀레스트는 늘 '가엾다'고 하지만, 사실인즉 아무도 영문을 모른다. 내가 계단에서 그를 만났을 때, 살라마노는 개에게 욕지거리를 퍼붓고 있는 참이었다.

「빌어먹을! 망할 자식!」

하고 야단을 치고, 개는 끙끙거리고 있었다. 나는,

「안녕하십니까?」

하고 인사를 하였으나, 영감은 그냥 욕지거리를 계속하고 있었다. 그래서 나는 개가 무슨 짓을 저질렀느냐고 물었다. 그는 대답이 없었다. 영감은 다만,

「빌어먹을! 망할 자식!」

하고 말할 뿐이었다. 그는 개 위로 몸을 굽히고 있었는데, 목걸이 속의 무엇인지를 고쳐 주고 있는 것을 짐작할 수 있었다. 나는 목소리를 높여서 말해 보았다. 그때에야 그는 고개를 돌리지 않고, 복받치는 화를 억지로 삼켜 버리듯이,

「아직도 안 가고 있어?」

하고 대꾸하였다. 그리고는 개를 잡아 끌고 가 버렸다. 개는 네 발 걸음으로 끌려가면서 끙끙거리는 것이었다.

바로 그때 나와 같은 층에 사는 또 하나의 다른 이웃 사람이 들어왔다. 동네에서는 그가 여자들을 뜯어먹고 산다고 한다. 그러나 그에게 직업이 무엇이냐고 물을라치면 그는 '창고 감독'이라고 대답을 하는 것이다. 대체로 그를 좋아하는 사람은 별로 없다. 그러나 가끔 그는 나에게 말도 걸고, 또 내가 그의 말을 들어 주는 탓으로 내 방에 잠깐 들어와 앉는 일도 있다. 나는 그의 이야기가 재미있다고 생각한다. 그

리고 그와 말을 하지 않을 하등의 이유도 없는 것이다. 그의 이름은 레이몽 서테스라고 한다. 키가 무척 작은데, 어깨가 바라지고, 코는 마치 권투 선수의 코 같다. 옷차림은 언제나 말쑥하다. 그도 역시 살라마노의 이야기를 하며,

「참 가엾기 짝이 없어요!」
하고 말하였다. 그 꼴을 보면 진저리가 나지 않느냐고 묻기에, 나는 뭐 그렇지도 않다고 대답하였다.

우리들이 계단을 다 올라와서 막 헤어지려 할 때, 그는 말하였다.
「우리 집에 소시지와 술이 있는데, 같이 좀 잡수시지 않겠어요?」
나는 그러면 식사를 준비하지 않아도 좋을 것이라 생각되어 응낙하였다. 그에게도 역시 방은 하나밖에 없고, 창문 없는 부엌이 딸려 있을 뿐이다. 그의 침대 위에는 하얗고 불그스름한 석회로 만든 천사와 운동 선수들의 사진과 여자의 나체 음화(陰畫)가 두서너 장 걸려 있다. 방안은 더럽고 침대는 어질러져 있었다. 그는 먼저 석유 램프를 켠 다음, 호주머니에서 몹시 허름한 붕대 하나를 꺼내어 오른손을 싸맸다. 내가 손을 다쳤느냐고 물었더니, 어떤 녀석이 시비를 걸어서 그 녀석과 싸움을 하였다는 것이다.

「그건 말입니다, 뫼르소 선생.」하고 그는 나에게 말했다. 「내가 마음이 나빠서가 아니라, 성미가 급한 탓이죠. 그 녀석이 나에게 하는 말이, ‘사나이라면 전차에서 내려라.’ 그러더란 말이오. 나는 ‘괜히 쓸데없는 소리 마.’ 하고 말했지요. 그 녀석은 나더러 사나이답지 못하다고 합디다. 그래 나는 내려가서 말했어요. ‘듣기 싫어! 잔소리 말라고. 그렇지 않으면 본때를 보여줄 테니.’ ‘본때가 무슨 본때야?’ 하고 녀석은 대꾸를 하더군요. 그래서 한 대 갈겼지요. 그랬더니 나가 자빠지길래 일으켜 주려니까, 녀석은 땅에 자빠져서 발길질을 하였지요. 그래서 무릎다짐을 한 번 하고 두어 번 쐐기질을 하였지요. 녀석의 얼굴은 피투성이였어요. 나는 그 녀석에게 ‘그만큼 경을 쳤으면 되었느냐?’고 물었더니, ‘그렇다’고 하더군요.」 그런 말을 하면서 레이몽은 붕대를 감고 있었다. 나는 침대 위에 앉았다. 그는 다시 말을 이었다. 「그러니까 내가 싸움을 건 게 아니었어요. 그 녀석이 버릇없이 굴다가 그랬던 겁니다.」

그것은 사실이었다. 그래서 나는 정말 그렇다고 말했다. 그러자 그는 마침 나에게 그 사건에 관해서 충고를 듣고 싶다고 말하면서, 나는 사나이다워서 세상 물정을 잘 알 테니까 자기를 도와 줄 수 있으리라고, 그렇다면 그는 내 친구가 되겠다는 것이었다. 나는 아무런 대답도 하지 않았다. 그는 다시 자기와 친구가 되고 싶으냐고 물었다. 나는 그래도 괜찮다고 말하였더니, 그는 만족해 하는 눈치였다. 그는 소시지를 꺼내서 화덕에다가 굽고, 컵, 접시, 스푼, 그리고 술 두 병을 늘어 놓았다. 그 모든 동작을 하는 동안 우리는 아무 말도 하지 않았다. 그리고 나서, 우리들은 자리를 잡고 앉았다. 먹으면서 그는 이야기를 시작했는데, 처음에는 약간 망설이는 말투였다.

「어떤 여자를 내가 알게 되었는데…… 이를테면 나의 정부이지요.」

그와 싸움을 한 사나이는 그 여자의 오빠라는 것이었다. 여자의 생활비를 그가 대주었다는 말도 하였다. 나는 아무런 대답도 하지 않았으나, 그는 곧 덧붙여 동네 사람들이 자기를 뭐라고 말하는지 알고 있지만, 양심에 거리낄 것은 조금도 없고, 자기는 창고 감독이라는 것이었다.

「그런데 말입니다.」 하고 그는 말했다. 「내가 속고 있었다는 사실을 알게 되었어요.」 그는 여자에게 생활비를 꼬박꼬박 대주고 있었다. 그는 직접 여자의 방세를 치러 주고, 식사비로 하루에 20프랑씩을 주고 있었다. 「방세가 3백 프랑, 식비가 6백 프랑, 이따금 양말 켤레도 사주고, 그래서 한 천 프랑 들었습니다. 그런데 그 년은 일도 하지 않고, 내게 한다는 소리가, ‘그것으로써는 겨우 입에 풀칠이나 할 수 있을 뿐이고, 내가 대주는 것으로는 도저히 생활을 할 수가 없다.’는 것이었어요. 그렇지만 나는 이렇게 말했지요. ‘왜 반나절만이라도 일을 안 해? 그럼 내 짐도 퍽 덜어지겠는데. 이 달에는 앙상블 한 벌도 사주었고, 하루에 20프랑씩 용돈도 주고 방세도 내주었잖아. 넌 오후에 친구들과 커피도 마시면서 뭘 그래! 넌 친구들에게 커피와 설탕을 대접하지만, 그 돈을 내는 건 나란 말야. 난 너에게 썩 잘해 주었는데, 넌 내게 대한 보답이 신통칠 않단 말이야.’ 그래도 그 년은 일을 하지 않고, 생활할 수가 없다고 그냥 고집을 부리고 있었어요. 그래서 난 무언가 내가 속고 있는 것이 있다는 사실을 알게 된 거지요.」

그는 여자의 핸드백 속에서 복권 한 장을 발견하였는데, 여자는 그것을 어떻게 샀는지 설명하지 못하더라는 이야기를 하였다. 조금 뒤에는 여자의 방에서 전당표 쪽지를 한 장 발견했었고, 그걸 보면, 팔찌 두 개를 잡힌 것이 분명하다는 것이었다. 그때까지 그는 그 팔찌들이 있는 줄도 모르고 있었다.

「나는 속고 있었다는 것을 확실히 알았어요. 그래서 그 여자와 관계를 끊었습니다. 그러나 먼저 그 년을 때려 주었지요. 그리고 사실대로 죄다 이야기를 했습니다. 네까짓 건 그걸 가지고 노는 것밖엔 바라지 않는 년이라고 말해 주었어요. '네가 내게서 받은 행복을 사람들은 부러워하고 있지 않느냐 말이야? 좀 있으면 지난날의 행복을 알게 될 테니, 두고 봐!'」

그는 피가 나도록 여자를 패주었다. 그 전에는 여자를 때린 적이 없었다는 것이었다.

「전에도 때리긴 했었어요. 그러나 말하자면 다정스럽게 툭툭 건드리는 정도였지요. 나는 문을 닫아 버리고, 결국은 마찬가지로 끝나곤 했어요. 그렇지만 이번엔 본격적이었죠. 그런데 나로서는 그 년에게 아직 충분한 벌을 주지도 못했고요.」

그러더니 그는 나에게, 그 일 때문에 충고가 필요한 것이라고 설명하였다. 그리고는 그을음을 뿜는 램프의 심지를 조절하려고 일어섰다. 나는 줄곧 그의 이야기를 듣고 있었다. 술을 거의 한 병이나 마셨기 때문에, 관자놀이가 몹시 뜨거웠다. 내 담배가 떨어져서 나는 레이몽의 담배를 피우고 있었다. 마지막 전차들이 지나가며, 지금은 아득하게 들리는 교외의 소음을 실어 가고 있었다. 레이몽은 이야기를 계속하였다. 그가 난처한 것은 '아직도 그녀와의 잠자리에 조금 미련을 느끼고 있다.'는 것이었다. 그렇지만 혼을 내주어야겠다는 것이었다. 먼저 그는 여자를 호텔로 데려다 놓고, '풍기 단속반'을 불러들여 스캔들을 일으켜서 여자의 이름을 리스트에 오르게 할 생각이었다. 그 다음에는 그의 친구인 깡패들에게 이야기를 해봤지만, 그들은 별로 좋은 방법을 가르쳐 주지 못하였다. 사실 레이몽이 나에게 말한 것처럼 깡패란 위인들이 그런 것 하나쯤 몰라서야 말이 아니었다. 레이몽이 그런 말을 하니까, 그들은 여자에게 '문신(文身)'을 새겨 주면 어떠냐고 하였다. 그러나 그는 그렇게 하고 싶지는 않았다. 그는 좀더 잘 생각해 봐야겠다는 것이었다. 그러나 먼저 나에게 한 가지 묻고 싶은 것이 있다고 말하였다. 그런데 그것을 물어 보기 전에, 그 이야기를 내가 어떻게 생각하는지 알고 싶어하였다. 나는 별로 생각하는 바도 없지만, 어쨌든 재미 있는 이야기라고 대답했다. 그가 속고 있었다고 생각하느냐고 묻기에, 생각을 하여 보니 과연 속고 있었던 것 같다고 말하였다. 혼을 내주어야 할 텐데, 그렇다면 내가 그의 입장이라면 어떻게 하겠느냐고 물었다. 나는 어떻게 할는지는 알 수 없으나, 그가 여자를 혼내 주겠다는 것은 이해할 수 있다고 대답했다.

나는 또 술을 마셨다. 그는 담배에 불을 붙이고 나서 자기의 생각을 털어놓았다. 그는 여자에게 '발길로 차 버리는 뜻의, 그러나 동시에 여자의 육욕을 도발시킬 만한 사연을 섞어서 쓴 편지'를 보내겠다는 것이었다. 그러면 여자가 돌아오게 될 테니까. 그때는 여자와 함께 잠자리에 들고는 '바로 끝나갈 무렵에' 여자의 낯짝에다 침을 뱉어 주고는 밖으로 내쫓아 버린다는 것이었다. 그렇게 하면 정말 여자에게는 징계가 될 것이라고 나에게도 생각되었다. 그러나 레이몽은 말하기를, 자기는 적당한 편지를 쓸 수가 없을 것 같아서, 편지를 꾸미는 것을 나에게 부탁할까 하고 생각한 것이라고 하였다. 내가 아무 대답도 하지 않으니까, 그는 나에게 지금 곧 그 편지를 쓰는 것은 귀찮겠느냐고 물었다. 나는 그렇지도 않다고 대답했다.

그러자 그는 술을 한 잔 마시고 일어서서 접시들과 먹다 남은 소시지를 한 옆으로 밀어놓았다. 그러더니 초칠을 한 테이블보를 정성스럽게 닦았다. 그리고 그는 나이트 테이블 서랍에서 방안지 한 장과 노란 봉투와, 붉은 나무 펜대와, 보랏빛 잉크가 들은 네모진 병을 꺼냈다. 여자의 이름을 들어 보니, 모르 사람이었다. 나는 편지를 썼다. 되는 대로 쓰기는 하였지만, 그래도 레이몽의 마음에 들도록 애썼다. 왜냐하면 레이몽의 마음에 들지 않게 할 아무런 이유도 없었기 때문이다. 그리고 나서 소리를 높여 편지를 읽었다. 레이몽은 담배를 피우며 머리를 끄덕거리면서 듣고 있더니, 다시 한 번 읽어 달라고 하였다. 그는 매우 흡족해 하였다.

「자네가 세상 물정에 밝다는 것을 나는 알고 있었어.」하고, 그는 말했다.

처음엔 그가 나에게 자네라고 말한 것을 무심히 듣고 있었으나「이제 자넨 내 친구야.」하고 그가 말했을 때에야, 나는 비로소 그 말에 놀랐다. 거듭 그렇게 말하였고, 나는「그야 그렇지.」하고 대답했다. 나로서는 그의 친구라고 하여도 무방한 일이었고, 그는 정말로 나와 친구가 되고 싶은 모양이었다. 그는 편지를 봉하고, 우리는 남은 술을 마저 마셨다. 그리고는 잠시 서로 말없이 담배를 피웠다. 밖은 쥐죽은 듯이 고요했다. 미끄러지듯 지나가는 자동차 소리가 들렸다.

「너무 늦었는데.」

하고, 나는 말하였다. 그는 시간이 빨리 지나가 버린다는 이야기를 하였는데, 어떤 의미로는 그렇다고 할 수 있었다. 나는 졸음이 왔지만, 일어서기가 거북하였다. 내가 피곤하게 보였던지, 레이몽은 나에게 너무 상심할 일이 아니라고 말하였다. 처음엔 무슨 말인지 알아차리지 못하였다. 그는 나에게 어머니가 사망한 것을 알았다는 이야기와, 그러나 그것은 어차피 한 번은 당해야 할 일이라는 말을 하였다. 내 의견도 마찬가지였다.

나는 일어섰다. 레이몽은 굳게 나의 손을 움켜쥐고, 사나이끼리는 언제나 이해할 수 있는 것이라고 말하였다. 그의 방을 나서자, 나는 문을 닫고 층계참 위에서 어둠 속에 잠시 서 있었다. 집 안은 고요하고 계단 밑으로부터 우중충하고 습한 냄새가 올라오고 있었다. 귀 밑의 핏줄이 뛰는 소리밖에는 아무 소리도 들리지 않았다. 나는 그냥 우두커니 서 있었다. 살라마노 영감 방에서 개가 나직이 끙끙거리는 소리가 들려왔다.

4

한 주일 동안 나는 줄곧 일을 많이 하였다. 레이몽이 와서 그 편지를 보냈노라고 말하였다. 엠마뉘엘과 함께 영화 구경을 두 번 갔었는데,

엠마뉘엘은 스크린 위에서 일어나는 이야기가 무엇인지 이해 못하는 때가 가끔 있다. 그러면 설명을 해주어야 하는 것이다. 어제는 토요일이라 약속대로 마리가 찾아왔다. 나는 몹시 정욕을 느꼈다. 마리가 붉고 흰 무늬 있는 아름다운 옷을 입고 가죽 샌들을 신고 있었기 때문이다. 탄력 있어 보이는 젖가슴이 완연히 드러나 보이고, 햇볕에 그을은 살갗이 얼굴을 꽃처럼 아름답게 만들고 있었다. 우리는 곧 버스를 타고, 알제에서 몇 킬로미터나 떨어져 있는, 좌우에는 바위가 솟고 기슭에는 갈대가 우거진 바닷가로 나갔다. 4시의 태양은 그렇게 뜨겁지는 않았으나 물은 미지근하고, 길게 퍼진 게으른 듯한 물결이 나직이 넘실거리고 있었다. 마리가 장난을 하나 가르쳐 주었다. 헤엄을 치며 물결의 맨 위에서 물을 들이마시어, 입 속에 거품을 가득 채운 다음, 반듯이 누워서 하늘로 향하여 그것을 내뿜는 것이다. 그러면 물거품 레이스가 되어서 공중으로 사라지기도 하고, 미지근한 보슬비처럼 얼굴 위로 떨어지기도 하는 것이었다. 그러나 잠시 뒤에는 입 속이 짜서 얼얼하였다. 그러자 마리가 다가와 물 속에서 나에게 달라붙었다. 마리는 자기의 입술을 나의 입에 갖다 댔다. 그녀의 혀끝이 나의 입술에 산뜻하게 닿았다. 잠시 동안 우리는 물결 속을 뒹굴었다.

바닷가로 나와서 옷을 갈아 입을 때, 마리는 빛나는 눈길로 나를 보았다. 나는 그녀에게 키스를 하여 주었다. 그때부터 우리는 아무 말도 하지 않았다. 나는 그녀를 꼭 껴안았다. 그리고는 급히 버스를 잡아타고 돌아왔다. 우리는 방안으로 들어서자, 곧 침대 속으로 뛰어들었다. 나는 창문을 열어 두었었다. 여름밤이 우리들의 검게 그을은 육체 위로 흐르는 것을 느낄 수 있어 기분이 좋았다.

오늘 아침, 마리는 돌아가지 않고 있었다. 나는 점심을 같이 먹자고 말해 놓고 고기를 사러 내려갔다. 돌아오면서 레이몽의 방에서 여자의 목소리가 나는 것을 들었다. 조금 뒤에 살라마노 영감이 개를 꾸짖는 소리가 들렸다. 나무 계단 위에서 구두창 소리와 개발톱 소리가 나더니,

「빌어먹을, 망할 자식.」

하는 소리가 들려 오는 것이다. 그들은 길가로 나가 버렸다. 영감의 이야기를 마리에게 해주었더니, 마리는 웃었다. 마리는 내 파자마를 입

고 소매를 걷어올리고 있었다. 그녀가 웃었을 때, 나는 또 욕정을 느꼈다. 조금 뒤에, 마리는 나에게 자기를 사랑하느냐고 물었다. 그런 것은 아무 의미도 없는 말이지만, 사랑하고 있는 것 같지는 않다고 나는 대답했다. 마리는 슬픈 빛을 보였다. 그러나 점심을 준비하면서 아무 이유도 없이 깔깔거리고 웃었으므로, 나는 또 키스를 해주었다. 바로 그때 레이몽의 방에서 말다툼 소리가 터져 나온 것이다.

먼저 여자의 날카로운 목소리가 들리더니, 이어 레이몽의 목소리가 들렸다.

「이 년이 나를 속였어, 나를 속였단 말이야. 자, 나를 속이면 어떻게 되는지 이제 가르쳐 주마.」

툭툭 무슨 소리가 나고, 여자가 비명을 질렀다. 너무나 비참하게 소리질렀기 때문에, 층계참에는 곧 사람들이 모여들었다. 마리와 나도 복도로 나갔다. 여자는 그냥 소리를 지르고, 레이몽은 계속 때리는 것이었다. 마리는 사태가 험악하다고 말하였으나, 나는 아무 대답도 하지 않았다. 그녀는 나에게 순경을 불러 오라고 하였지만, 나는 순경이 싫다고 말했다. 그러나 3층에 사는 납땜장이와 함께 순경 한 사람이 들어왔다. 순경은 문을 두드렸으나 아무 대답도 없었다. 더 크게 두드리자, 조금 있더니 여자의 울음소리가 들리고, 레이몽이 문을 열었다. 그는 입에 담배를 물고 유순한 태도였다. 여자가 문으로 뛰어나와 레이몽이 때렸다고 순경에게 말하였다.

「이름이 뭐야?」하고 순경이 물었다. 레이몽이 대답했다. 「말을 할 때는 입에서 담배를 뽑아.」하고 순경이 말했다. 레이몽은 망설이고 나서 나를 쳐다보더니 담배를 입에 문 채 서 있었다. 그러자 순경은 느닷없이 힘껏 두꺼운 손바닥으로 그의 뺨을 후려갈겼다. 담배가 몇 미터 앞에 떨어졌다. 레이몽은 안색이 변하였으나, 그 당장에는 아무 말도 없었다. 그러더니 공손한 목소리로 꽁초를 주워도 좋으냐고 물었다. 순경은 그러라고 하면서 「다음부터는 순경이 웃음거리가 아니라는 걸 알도록 해.」하고 덧붙여 말하였다.

그 동안 여자는 줄곧 울면서 「날 때렸어요. 저놈은 뚜쟁이예요.」하고 몇 번이나 말하였다.

「나리님.」하고 이번에는 레이몽이 물었다. 「남자에게 뚜쟁이라는 말을 해도 된다는 게 법률에 있습니까?」

순경은「잔소리 말아!」하고 호통을 쳤다. 그러자, 레이몽은 계집에게로 고개를 돌리고는 말했다. 「가만 있어, 요년아, 그러면 다시 만나지 않을 줄 아느냐?」

순경은 레이몽에게 잔소리를 그치라고 말한 다음, 여자는 가도 되지만, 레이몽은 방으로 들어가서 경찰서의 소환을 기다려야 한다고 말했다. 그는 덧붙여서 레이몽에게 그렇게 몸이 떨리도록 술에 취했으면 부끄럽게 생각해야 할 노릇이라고 말하였다. 그 말을 듣자, 레이몽은 설명을 하였다.

「나리님, 나는 취하지 않았소이다. 그저 나리 앞에 서 있으니 떨릴 뿐이오, 별도리가 있습니까?」

그는 문을 닫아 버렸고, 구경꾼들도 다 가 버렸다. 마리와 나는 점심 준비를 끝마쳤으나, 그녀는 먹고 싶은 생각이 없다기에 내가 혼자서 거의 다 먹었다. 마리는 1시에 가 버리고, 나는 조금 잠을 잤다.

3시경에 문을 두드리는 소리가 나더니, 레이몽이 들어왔다. 나는 누워 있었다. 레이몽은 내 침대가에 앉았다. 그는 잠시 말이 없었다. 나는 아까 소동은 어찌 된 일이냐고 물었다. 그는 계획대로 하였었는데, 계집이 따귀를 붙이기에 때려 준 것이라고 대꾸하였다. 그 뒤의 일은 내가 목격한 대로였다. 나는 그에게 이제는 여자가 혼이 났을 테니까 만족했겠다고 말했다. 그의 의견도 역시 그렇다는 것이었다. 그리고 그는, 제 아무리 순경이 뭐라고 해보았댔자 여자가 당한 망신에는 아무 변함이 없으리라는 것을 지적했다. 그는 또 덧붙여서, 자기는 순경들의 심리를 알고 있으므로 그들과 대할 때는 어떻게 해야 할 것인지 알고 있다고 말했다. 그리고는 순경이 따귀를 붙인 것에 그가 응수하리라고 기대하고 있었느냐고 나에게 물었다. 나는 아무 기대도 하지 않았다고 대답하고, 도대체 순경이란 것을 나는 싫어한다고 말하였다. 레이몽은 매우 만족한 눈치였다. 그는 함께 나가지 않겠느냐고 물었고, 나는 일어나서 머리를 빗기 시작했다. 그때 그는 내가 그의 증인이 되어 주어야 한다고 말했다. 나는 아무래도 좋았으나, 무슨 말을 해야 좋을지 몰랐다. 레이몽에 의하면, 계집이 그를 속였다고 말하기만 하면 된다는 것이었다. 나는 그의 증인이 되기를 승낙하였다.

우리는 밖으로 나갔다. 레이몽이 권하여 브랜디를 마셨다. 그리고는 당구(撞球)를 한 판 쳤는데, 나는 잘 맞히지 못했다. 그 다음에는 색시 집엘 가자는 것이었지만, 나는 그런 것을 좋아하지 않았으므로 싫다고 하였다. 그리하여 우리는 천천히 집으로 돌아왔다. 레이몽은 자기 정부를 혼내 줄 수 있어서 얼마나 기분이 좋은지 모르겠다고 말했다. 나에게는 그가 다정스럽게 대해 주는 것 같았고, 그렇게 지내는 시간이 유쾌하게 여겨졌다.

멀리서 보니, 문간에 살라마노 영감이 흥분한 듯한 모양으로 서 있는 것이 눈에 띄었다. 그에게 가까이 가 보니, 그는 개를 데리고 있지 않았다. 그는 이리저리 사방을 둘러보더니, 두서없는 말을 중얼거리며 컴컴한 복도를 들여다보고는, 다시 그 충혈된 눈을 두리번거려 길가를 훑어보는 것이었다. 레이몽이 무슨 일이 있었느냐고 물어도 곧 대답을 하지 않았다.

「빌어먹을, 망할 자식.」하고 중얼거리는 것이 어렴풋이 들렸다. 노인은 계속해서 어쩔 줄을 몰랐다. 개가 어디 있느냐고 내가 물으니까, 달아나 버렸다고 불쑥 대답했다. 그러더니 갑자기 수다스럽게 이야기를 시작하였다.

「여느 때처럼 연병장에 데리고 갔었습죠. 노점 근처에는 사람들이 많이 있었어요. '탈주왕(脫走王)'이란 간판이 붙은 것을 보려고 잠시 멈춰 섰다 가려니까, 그놈이 없어졌겠지요. 미리 좀 작은 목걸이를 사 주려고 생각하고 있었지만, 그 빌어먹을 자식이 그렇게 도망쳐 버리리라고는 꿈에도 생각지 않았어요.」

레이몽은 개는 아마 길을 잃어버렸을지도 모르니까 어쩌면 돌아올 것이라고 말하고, 주인을 찾아오기 위해서 수십 킬로미터나 걸어다닌 개가 있었다는 예까지 들어서 설명을 하여 주었지만, 영감의 흥분은 가라앉지 않았다.

「잡혀 버리고 말 거예요. 누가 그걸 갖다 길러라도 준다면 또 몰라도 그럴 리가 없어요. 그렇게 헌데투성이니까, 어디 좋아할 사람이 있을라구? 순경에게 잡히고 말 겁니다, 틀림없어요.」

나는 그에게 경찰서의 개 마당으로 가 보는 것이 좋으리라는 것과, 세금을 얼마 내면 개를 찾을 수 있으리라는 것을 말해 주었다. 영감은

그 세금은 액수가 많으냐고 물었으나, 나는 알지 못했다. 그러더니 영 감은 성을 내며,

「그 빌어먹을 자식 때문에 돈을 내다니. 아아, 죽어 버리라지!」
하며, 욕설을 퍼붓기 시작하였다. 레이몽은 웃으며 집으로 들어갔다. 나도 그의 뒤를 따랐고, 우리는 2층 층계참 위에서 헤어졌다. 조금 뒤 에 영감의 발자국 소리가 나더니 내 방문을 두드렸다. 문을 열어 주니 까, 그는 잠시 문간에 서 있다가,

「용서하십시오, 용서하십시오.」
하고 말하는 것이었다. 안으로 들어오라고 권하였으나, 그는 들어오려 고 하지 않고 구두끝만 들여다보고 있었고, 그의 부스럼투성이 손은 떨 리고 있었다. 얼굴을 숙인 채 그는 나에게 물었다.

「개를 빼앗진 않겠지요, 뫼르소 선생. 돌려줄 테지요. 그렇지 않으 면, 나는 어떻게 되지요?」

개 보호소에는 주인이 찾아갈 수 있도록 사흘 동안 개를 매어 두는 데, 사흘이 지나면 적당히 처분해 버린다고 나는 말하였다. 그는 아무 말없이 나를 쳐다보았다. 그리고는,

「안녕히 계세요.」
하고 말했다. 문을 닫는 소리가 나더니, 영감이 자기 방안에서 왔다 갔다 하는 소리가 들렸다. 그의 침대가 삐걱거렸다. 그리고는 담벼락 을 통해서 조그맣게 들려 오는 야릇한 소리로 나는 그가 울고 있음을 알았다. 나는 왜 어머니를 생각했는지 모르겠다. 그러나 이튿날 아침 에는 일찌감치 일어나지 않으면 안 된다. 별로 배가 고프지 않아, 나는 저녁도 먹지 않고 자 버렸다.

<h1 style="text-align:center">5</h1>

레이몽이 회사로 나에게 전화를 걸어 왔다. 그의 친구의 한 사람이 (그 친구에게 나의 이야기를 하였다는 것이었다) 알제 근처의 조그만

별장으로 와서 일요일 하루를 지내도록 나를 초대했다는 말이었다. 나는 그러고 싶지만 어떤 여자 친구와 만날 약속이 있다고 대답하였다. 레이몽은 곧 그 여자 친구도 같이 오라고 말했다. 그 친구의 부인은 남자들 패 가운데 여자라곤 자기 혼자뿐이었기 때문에 매우 좋아할 것이라고 말했다. 밖에서 우리들에게 전화가 걸려 오는 것을 사장이 좋아하지 않는다는 것을 나는 알고 있었으므로, 곧 수화기를 놓으려고 하였었는데, 레이몽은 조금 기다리라고 하더니, 이 초대의 건은 저녁에라도 전할 수 있겠지만, 그보다도 다른 이야기를 하나 말해 두고 싶다고 하였다. 그는 하루 종일 옛날 정부의 오빠도 한몫 낀 아라비아 사람들의 한 패에게 뒤를 밟혔다는 것이었다. 그러면서,

「오늘 저녁 퇴근하는 길에 집 근처에서 그놈들을 보거든, 내게 좀 알려 줘.」

하고, 말하는 것이었다. 나는 그러마고 대답하였다.

조금 뒤에 사장이 나를 불렀다. 전화는 좀 삼가하고 좀더 열심히 일을 하라는 말이려니 생각하고, 그 순간 불쾌한 생각이 들었다. 그런데 그와는 전혀 다른 이야기였다. 아직 막연하지만 어떤 계획에 대해서 나에게 이야기를 하고 싶다는 말이었다. 그는 다만 그 문제에 관하여 나의 의견을 들을 생각이었다. 파리에 출장소를 설치하여, 현지에서 직접 큰 회사들과의 거래를 다루게 할 생각인데, 그리로 갈 생각은 없느냐고 나의 의향을 타진하는 것이었다. 그러면 파리에서 생활할 수 있을 것이고, 1년에 얼마 동안은 여행을 할 수도 있으리라는 것이었다.

「자넨 젊으니까, 그런 생활이 자네 마음에 들 걸세.」

나는 그렇기는 하지만, 결국 이러나저러나 내게는 마찬가지라고 대답했다. 사장은 생활의 변화에 흥미를 느끼지 않느냐고 묻기에, 사람이란 생활을 바꿀 수는 결코 없는 노릇이고 어쨌든 어떤 생활이든지 다 비슷비슷하며, 또 이곳에서의 생활을 조금도 불편하게 생각지 않는다고 대답하였다. 그는 좋아하지 않는 눈치를 보이며 하는 말이, 나는 대답을 한다는 것이 언제나 빗나가고 나에게는 야심이 없어서 사업에 큰 지장이라는 것이었다. 그래서 나는 일을 하려고 자리로 돌아왔다. 나는 사장의 비위를 거스르고 싶지는 않았으나, 나의 생활을 바꿔야 할 아무런 이유가 없었던 것이다. 곰곰 생각해 보면, 나는 불행하진 않

았다. 학생 때에는 그런 종류의 야심도 많이 있었지만, 학업을 포기하지 않을 수 없었을 때, 그러한 것이 실제로는 아무런 중요성이 없다는 것을 곧 깨달았던 것이다.

저녁에 마리가 찾아와서, 자기와 결혼할 마음이 있느냐고 물었다. 나는 그건 아무래도 좋지만, 마리가 원한다면 결혼해도 좋다고 말하였다. 그러니까 그녀는 내가 자기를 사랑하는지 어떤지 알고 싶어하였다. 나는 이미 한 번 말했던 것처럼 그건 아무 뜻도 없는 말이지만, 아마 사랑하지는 않는 것 같다고 대답했다.

「그렇다면 왜 나하고 결혼을 하지?」

하고, 마리는 말했다. 나는 그런 건 아무 중요성도 없는 것이지만, 그녀가 원한다면 결혼해도 좋다고 설명해 주었다. 게다가 결혼을 요구한 것은 그녀 쪽이니까, 나는 승낙하는 것으로 족한 것뿐이다. 그러자 마리는 결혼이란 건 중대한 일이라고 말하였다. 나는 그렇지 않다고 대답하였다. 그녀는 잠시 말없이 나를 쳐다보더니 말을 이었다. 자기와 같은 관계를 맺은 다른 여자가 똑같이 청혼을 했더라도 승낙을 하겠는지 어떤지, 다만 그것만을 그녀는 알고 싶어하였다. 나는 「물론.」이라고 대답하였다. 그러자 마리는 자기가 나를 사랑하는지 어쩐지를 생각해 보는 듯하였으나, 나는 그 점에 관해서는 아무것도 알 길이 없었다. 잠시 또 묵묵히 있다가, 그녀는 말했다. 내가 이상한 사람이며, 아마 그 때문에 자기는 나를 사랑하는 것이겠지만, 바로 그 같은 이유로써 내가 싫어질 때가 올지도 모른다고 하였다. 더 할 말이 없어 덤덤히 있노라니까, 마리는 웃으면서 나의 팔을 붙들고 결혼하고 싶다고 말했다. 나는 언제든지 그녀가 원한다면 곧 결혼을 하자고 대답하였다. 그리고 사장의 제안을 이야기하여 주니까, 마리는 파리를 알고 싶다고 하였다. 나는 잠시 파리에서 살아 본 일이 있다고 말했더니, 어떠냐고 물었다.

「더러워. 비둘기하고 어두운 안뜰만이 눈에 띄지. 사람들은 모두 피부가 희지.」

하고 나는 대답했다.

그리고 나서 우리들은 한길을 택하여 거리를 거닐었다. 여자들이 아름다웠다. 나는 마리에게 그렇게 생각지 않느냐고 물었다. 마리는 그렇다고 대답하고 나의 심정을 이해할 수 있다고 말하였다. 잠시 동안 우리는 아무 말이 없었다. 그래도 나는 그녀가 나와 함께 있어 주었으면 싶어서, 셀레스트네 레스토랑에서 저녁을 같이 먹으면 어떻겠느냐고 물었다. 마리는 그러고 싶지만 볼 일이 있다는 것이었다. 그때 우리는 내 집 근처까지 왔기에 잘 가라고 말했다. 그녀는 나를 쳐다보며,

「내가 무슨 볼일이 있는지 알고 싶지 않아?」

하고 말했다. 그것을 알고 싶지 않은 것은 아니지만, 그 생각을 미처 못했을 뿐이었는데, 마리는 그것을 나무라는 눈치였다. 그리고는 나의 어색한 표정을 보고 다시 웃더니 불쑥 앞으로 다가오며 입술을 나에게로 내밀었다.

나는 셀레스트네 레스토랑에서 저녁을 먹었다. 막 먹기 시작하려니까, 키가 작은 이상한 여자가 들어와서 나의 테이블에 앉아도 좋으냐고 물었다. 물론 앉아도 좋다고, 나는 말했다. 그녀의 몸짓은 서두르는 듯했고, 능금 같은 조그만 얼굴에 눈이 빛나고 있었다. 재킷을 벗고, 열에 들뜬 듯이 메뉴를 살펴보더니, 셀레스트를 불러 곧 명확하고 빠른 목소리로 요리를 단번에 주문하였다. 그리고는 오르되브르를 기다리며 핸드백을 열고 네모진 종이 조각과 연필을 꺼내어 미리 합산을 하여 보고는 지갑에서 팁까지 덧붙여 정확한 금액을 앞에 내놓았다. 오르되브르가 나오자, 그녀는 서둘러서 먹었다. 다음 요리를 기다리며 또 핸드백에서 푸른 연필과 1주일 동안의 라디오 프로그램이 실려 있는 잡지를 꺼내서, 정성스럽게 하나씩하나씩 거의 모든 방송에 표시를 하였다. 잡지는 열두어 페이지나 되었으므로, 그녀는 식사를 하는 동안 끝까지 세밀하게 그 일을 계속하였다. 내가 식사를 끝마쳤을 때도 그녀는 여전히 열심히 표시를 하고 있었다. 그러더니 일어서서, 그 자동 인형 같은 몸짓으로 재킷을 입고 나가 버렸다. 별로 할 일이 없었으므로, 나도 밖으로 나가서 여자의 뒤를 잠시 따랐다. 그녀는 인도 가장자리를 따라 믿을 수 없을 만큼 엄청난 속도와 정확한 걸음으로 옆으로 비키지도 않고 뒤돌아보지도 않고, 자기 길을 걸어갔다. 마침내 나는 여자를 시야로부터 놓쳐 버렸고 왔던 길을 되돌아왔다. 이상한 여자라는 생각이 들었지만 얼마 안 가 잊어버리고 말았다.

나의 문간에 살라마노 영감이 서 있는 것을 보고 방안으로 들어오게

하였더니, 영감은 개 보호소에 가 봤는데도 없으니, 개는 결국 잃어버리고 만 것이라고 알려 주었다. 개 보호소의 사무원들은 아마 차에 치었을 거라고 말하더라는 것이었다. 경찰서 측에 그런 것을 모르느냐고 물으니까, 매일처럼 있는 일이라 아무 흔적도 남지 않는다고 대답하더라는 것이었다. 나는 살라마노 영감에게 다른 개를 기르면 되지 않느냐고 말했지만, 영감은 그 개와 오랫동안 사귀어 정이 들었다고 말하는 것이었는데, 그건 그럴 법한 일이었다.

나는 침대 위에 웅크리고, 살라마노는 테이블 앞 의자에 앉아 있었다. 노인은 나와 얼굴을 마주하고 두 손을 무릎 위에 놓고 있었다. 낡은 소프트 모자를 쓴 채였다. 누런 수염 밑으로 말마디를 씹어 삼키듯이 중얼거리는 것이었다. 그와 대면하고 있기는 좀 거북했으나, 그렇다고 별로 할 일도 없었고, 졸음도 오지 않았다. 무엇이든지 이야기를 하려고 나는 그의 개에 대해서 물어 보았다. 개를 기른 것은 그의 아내가 죽은 뒤부터라고 영감은 대답하였다. 그는 꽤 늦게 결혼하였다. 젊었을 적에는 연극을 하고 싶었다. 군대에 있었을 때는 군대의 ‘보드빌’에 출연도 하곤 했다는 것이었다. 그러나 결국 철도국에 근무하게 되었는데, 그것을 후회하는 일은 없었다. 왜냐하면 적으나마 은급을 탈 수 있기 때문이었다. 아내와의 관계가 그리 행복하지는 못했으나, 전체적으로 보아 익숙하여 정이 들었던 편이었다. 아내가 세상을 버렸을 때, 그는 외로움을 느꼈다. 그래서 작업장 동료에게 부탁하여 아주 어린 강아지 한 놈을 얻어 왔다. 처음에는 우유를 먹여서 기르지 않으면 안 되었다. 그러나 개의 수명은 사람의 수명보다 짧으므로, 그들은 함께 늙고 말았다.

「그놈은 성미가 못돼서 가끔 입에다 부리망을 씌우곤 했었지요.」 하고 살라마노는 말하였다. 「그렇지만 좋은 개였어요.」

혈통이 좋은 개였다고 내가 말을 하였더니, 살라마노는 만족해 하는 눈치로 「게다가.」 하고 덧붙여 말했다. 「병에 걸리기 전에 보신 일이 없으시죠? 털이 정말 아름다웠어요.」

개가 피부병에 걸린 다음부터는, 매일 아침 저녁으로 살라마노는 연고를 발라 주었었다. 그러나 노인의 말에 의하면, 개의 진짜 병은 노쇠(老衰)였고, 노쇠란 고칠 수 없었다는 것이다.

그때 내가 하품을 하자, 노인은 가겠노라고 말하였다. 나는 좀더 있어도 괜찮다고 말하고 개가 그렇게 된 것을 딱하게 생각한다고 했더니, 고맙다고 했다. 그리고 어머니가 그 개를 귀여워했었다고 말했다. 어머니의 이야기를 하면서 그는 '가엾은 자당님'이라고 말했다. 어머니가 세상을 떠난 이후로 내가 매우 섭섭할 것이라고 그는 말하였지만, 나는 아무런 대답도 하지 않았다. 그러자 그는 빠른 어조로 어색한 낯을 보이며, 동네에서는 어머니를 양로원에 넣은 탓으로 나를 나쁘게 생각하고 있다는 것을 알고 있지만, 그는 내가 어떤 사람인지 잘 알며, 내가 어머니를 퍽 사랑했었다는 것도 알고 있노라고 말하였다. 왜 그랬는지는 모르겠지만, 나는 그 때문에 내가 악평을 받고 있다는 것은 아직 모르고 있었다. 나에게는 어머니를 돌보아 드릴 만한 돈이 없었으므로, 양로원은 마땅한 처사로 생각되었던 것이라고 대답하였다.

「그리고 오래 전부터 어머님은 내게 하실 말씀도 없어서 외롭고 적적해 하시던 걸요.」

하고 덧붙였더니 그는,

「그럼요, 양로원에서는 친구라도 생기지요.」

하고 말했다. 그리고 그는 자리에서 일어섰다. 가서 자려는 것이었다. 이제 그의 생활이 변한 것이다. 앞으로 어떻게 하면 좋을지 그는 몰랐다. 그와 알게 된 이후 처음으로 그는 슬그머니 나에게로 손을 내밀었다. 내 손에 그의 피부의 비늘이 느껴졌다. 그는 약간 웃어 보이고, 방을 나서려다가,

「오늘밤엔 개들이 제발 짖지 않았으면 좋으련만. 우리집 개가 아닌가 하는 생각이 늘 들어서요.」

하고 말하였다.

일요일 날은 좀처럼 잠이 깨지 않았다. 마리가 와서 나의 이름을 부르고 흔들어 깨워야만 했다. 우리는 일찍부터 해수욕을 하고 싶어 아침도 먹지 않았다. 나는 속이 텅 빈 것 같고, 머리가 조금 아팠다. 담배를 피워도 맛이 썼다. 마리는 나더러, '초상집에 간 사람 같은 얼굴'을 하고 있다고 놀려 댔다. 마리는 흰 옷을 입고 머리를 풀어 늘어뜨리고 있었다. 예쁘다고 말하니까, 그녀는 기뻐하며 웃었다.

내려오는 길에 우리는 레이몽의 방문을 두드렸다. 레이몽은 곧 내려

온다고 대답했다. 길가에 나서자, 피곤하기도 했지만 또 덧문을 열지 않고 있었던 탓으로, 벌써 가득 퍼진 햇볕에 나는 마치 따귀라도 얻어맞은 것 같았고, 마리는 기뻐서 깡충깡충 뛰며 날씨가 좋다고 몇 번이고 되풀이하여 말했다. 기분이 좀 나아지자, 나는 배가 고픈 것을 깨달았다. 이런 이야기를 마리에게 하니까, 그녀는 우리들 두 사람의 수영복과 수건만 들어 있는 헝겊 가방을 열어 보았다. 기다리는 수밖에 없었다. 이윽고 레이몽이 그의 방문을 닫는 소리가 들렸다. 그는 푸른 바지와 소매가 짧은 흰 셔츠를 입고 있었다. 게다가 밀짚 모자를 쓰고 있어서, 마리는 웃음을 터뜨렸다. 그의 팔은 매우 희었지만 검은 털로 덮여 있었다. 그것이 조금 보기 싫었다. 그는 휘파람을 불면서 내려왔는데, 자못 만족스런 눈치였다. 레이몽은 나에게,

「잘 잤나, 친구.」

하고 말한 다음 마리를 '마드므와젤'이라고 불렀다.

어제 우리는 경찰서에 함께 가서, 나는 그 여자가 레이몽을 '속였다'고 증언했다. 레이몽은 경고 처분만을 받고 나왔다. 나의 진술을 트집잡는 사람은 없었다. 문 앞에서 레이몽과 의논을 하여, 우리는 버스를 타기로 결정하였다. 바닷가는 그다지 멀지는 않았으나, 그렇게 하면 더 빨리 갈 수 있었기 때문이다. 레이몽은 그의 친구도 우리가 일찍 오는 것을 기뻐하리라고 생각하고 있었다. 우리는 막 길을 떠나려던 참이었는데, 갑자기 레이몽이 맞은편을 보라는 시늉을 하였다. 아라비아 사람들 한 패가 담배 가게 진열장에 기대어 서 있는 것이었다. 그들은 묵묵히 우리를 바라보고 있었는데, 마치 우리들이 돌이나 죽은 나무 이외의 아무것도 아니라는 투였다. 왼편으로부터 둘째 녀석이 그놈이라고 레이몽이 말하였는데, 그는 걱정스러운 눈치였다. 그렇지만 그건 이젠 끝나 버린 이야기라고 덧붙였다. 마리는 잘 알아차릴 수 없어서, 무슨 일이 있었느냐고 물었다. 아라비아 사람들이 레이몽에게 원한을 품고 있는 것이라고, 나는 대답하였다. 마리는 곧 출발하기를 원하였다. 레이몽은 몸을 젖히고 서둘러야 하겠다고 말하고는 웃어 버렸다.

우리들은 조금 떨어진 정류장으로 갔다. 아라비아 사람들은 따라오지 않는다고 레이몽이 나에게 알려 주었다. 나는 뒤를 돌아보았다. 그

들은 있던 자리에 그냥 서서, 우리들이 떠나온 곳을 여전히 무관심한 태도로 바라보고 있었다. 우리는 버스에 올랐다. 레이몽은 아주 안심한 빛으로 마리에게 줄곧 농담을 하고 있었다. 마리가 마음에 든 눈치였는데, 마리는 거의 아무 대답도 하지 않고, 이따금 웃으면서 레이몽을 쳐다볼 뿐이었다.

우리는 알제 교외에서 내렸다. 바닷가는 정류장에서 멀지 않았다. 그러나 바다를 굽어보며 경사진 조그만 언덕을 지나지 않으면 안 되었다. 언덕에는 이미 푸르러진 하늘 바탕 위로 노란 돌들과 하얀 국화들이 뒤덮여 있었다. 마리는 헝겊 가방을 휘둘러 꽃잎을 떨어뜨리는 장난을 하고 있었다.

우리는 푸른빛과 흰빛의 울타리를 둘러싼 작은 별장들이 늘어선 사이를 걸어갔다. 별장의 어떤 것들은 베란다까지 타마리스크나무 속에 파묻히고, 어떤 것들은 바위 가운데 덩그렇게 서 있었다. 언덕 끝에 이르기 전에 벌써 움직이지 않는 바다가 눈 앞에 나타나고, 멀리 맑은 물 속에 조는 듯 육중한 육지가 곶(岬)이 되어 뻗어 있는 것이 보였다. 가벼운 모터 소리가 고요한 대기를 거쳐 우리들에게로 올라왔다. 저 멀리 조그만 어선 한 척이 반짝이는 바다 가운데로 움직이는 듯 마는 듯 가고 있었다. 마리는 창포(菖蒲)를 몇 송이 꺾었다. 바다로 내려가는 언덕길에서 바라보니, 벌써 바닷가에는 수영하는 사람들이 여럿 있었다.

레이몽의 친구는 해변 기슭의 조그만 나무 별장에 살고 있었다. 집은 바위를 등지고 있었는데, 양쪽 밑을 버틴 기둥들은 물 속에 잠겨 있었다. 레이몽이 우리를 소개했다. 친구는 마송이라는 이름이었는데, 어깨가 딱 벌어진 육중하고 키가 큰 사람으로 파리 말씨를 쓰는 동그랗고 얌전하게 생긴 조그만 여자와 함께 있었다. 그는 곧 우리들에게 거리낌없이 터놓고 사귈 것을 권하고, 바로 그날 아침에 낚아 온 생선 프라이가 있다고 말하였다. 내가 그의 집이 어쩌면 그렇게도 아담하느냐고 말하였더니, 그는 토요일과 일요일, 그리고 휴일마다 이 별장에 와서 지낸다는 것이었다.

「물론 제 아내하고 함께 옵니다.」

하고, 그는 덧붙였다. 그의 아내는 마리와 함께 웃고 있었다. 아마 그때 처음으로 나는 마리와 결혼할 것을 진정으로 생각했던 것 같다.

마송이 수영하러 가자고 하였으나, 그의 아내와 레이몽은 가고 싶어하지 않았다. 우리들 셋이서 바닷가로 내려가자, 마리는 곧 물 속으로 뛰어들었다. 마송과 나는 잠시 동안 기다렸다. 그는 천천히 말을 하는 것이었는데, 말끝마다 ‘그뿐만 아니라’ 하고 덧붙이는 버릇이 있었다. 실제로 그의 이야기의 뜻에는 보충하는 것이 없을 때에도 그러는 버릇이 있었다. 마리에 관해서는,

「아주 그만입니다. 그뿐만 아니라, 매력도 있구요.」

하고 말했다. 이윽고 나는 햇볕이 기분좋게 전신에 스며드는 것을 느끼며 그것에 정신이 팔려서, 그의 버릇에는 주의를 하지 않게 되었다. 발밑에서 모래가 뜨거워지기 시작했다. 물 속으로 들어가고 싶은 욕망을 좀더 참았다가, 나는 마송에게,

「들어가 볼까요?」

하고 말한 다음, 뛰어 들어갔다. 마송은 천천히 물 속으로 들어가 발이 땅에 닿지 않게 되어서야 몸을 던졌다. 그는 개구리 헤엄을 쳤으나, 퍽 서툴러서 나는 그를 남겨 두고 마리에게로 쫓아갔다. 물은 차가웠고, 헤엄을 치니 유쾌하였다. 마리와 함께 멀리 헤엄쳐 갔다. 그리고 우리는 동작과 만족감에 있어 서로 일치함을 느낄 수 있었다.

바다 한가운데로 나가서 우리는 몸을 띄웠다. 하늘로 향한 얼굴 위에서 태양은 입으로 흘러내리는 물의 장막을 걷어 주었다. 우리는 마송이 모래사장에서 햇볕을 쬐려고 눕는 것을 보았다. 그와의 거리는 멀었지만, 그는 큼직하게 보였다. 마리는 나와 함께 헤엄을 치고 싶어하였다. 나는 뒤로 돌아가 마리의 허리를 붙들고 마리가 팔을 놀려 앞으로 나가는 것을 발을 움직여서 도와 주었다. 고요한 아침에 철썩거리는 물 소리가 내가 지쳐 버릴 때까지 우리들 곁을 떠나지 않았다. 그래서 나는 마리를 남겨 두고 숨을 크게 쉬면서 규칙적으로 헤엄을 쳐서 돌아왔다. 바닷가로 나와서, 나는 마송 곁에 배를 깔고 엎드려 모래 속에 얼굴을 파묻었다. 「참 기분이 좋은데요.」하고 말했더니, 그도 그렇게 생각한다고 말했다. 이윽고 마리가 왔다. 나는 고개를 돌려 마리가 걸어오는 것을 바라보았다. 소금물에 젖은 몸은 미끈거려 보였으며, 머리털을 뒤로 늘어뜨리고 있었다. 마리와 나는 옆구리를 맞대고 누웠는데, 그녀의 체온과 뜨거운 햇볕 때문에 잠이 들었다.

마리가 나를 흔들어 깨우고, 마송은 벌써 집으로 돌아갔는데, 점심을 먹어야 할 때가 되었다고 말하였다. 나는 시장하였으므로 곧 일어섰다. 그러나 마리는 아침부터 내가 한 번도 키스를 해주지 않았다고 말하였다. 그것은 사실이었다. 나도 키스를 하고 싶기는 했었다.

「물에 들어가요.」

하고 마리가 말했다. 우리는 뛰어가서 곧장 물결 속에 몸을 눕혔다. 몇 번 팔을 저어 헤엄쳐 가다가 마리는 나에게로 달라붙었다. 그녀의 다리가 나의 다리에 휘감기는 것을 느끼고, 나는 그녀에 대한 욕정을 느꼈다. 우리들이 돌아오려니까, 마송은 벌써 우리를 부르고 있었다. 배가 고프다고 말하였더니, 마송은 곧 내가 자기의 마음에 들었노라고 그의 아내에게 말하였다. 빵이 맛있었고, 나는 내 몫의 생선을 게걸스레 먹었다. 그리고는 고기와 감자 프라이가 나왔다. 우리는 아무 말없이 먹었다. 마송은 자주 포도주를 마시고 나에게도 줄곧 따라 주었다. 커피를 가져 왔을 때는 머리가 좀 무거워서 나는 담배를 많이 피웠다. 마송과 레이몽, 그리고 나는 공동 비용으로 8월을 해변에서 지낼 것을 의논하였다. 갑자기 마리가,

「지금 몇 시인지 아세요? 11시 반이에요.」

하고 말했다. 우리들은 모두 놀랐다. 그러나 마송은 점심을 너무 일찍 먹기는 했지만, 배가 고플 때가 결국 식사시간이니까 별로 이상할 것은 없다고 말했다. 그 말을 들은 마리가 왜 웃었는지 나는 모르겠다. 아마 포도주를 좀 지나치게 마신 탓이었을 것이다. 그러자 마송이 함께 바닷가를 산책하지 않겠느냐고 나에게 물었다.

「제 아내는 점심을 먹은 뒤엔 반드시 낮잠을 자는데, 나는 그것이 싫어요. 난 걸어야 합니다. 건강에는 그것이 좋다고 늘 하는 말이지만, 어쨌든 제가 하고 싶은 대로 할 수밖에 없지요.」

마리는 마송 부인을 거들어서 설거지를 하기 위해 남아 있겠노라고 말하였다. 그러자면 남자들을 밖으로 내보내야 한다고 키가 작은 파리잔느 주부는 말했다. 우리는 셋이서 바닷가로 내려갔다.

햇볕은 거의 수직으로 모래 위에 쏟아져 내려 바다 위에 반사하는 그 빛은 견디기 어려울 지경이었다. 바닷가에는 아무도 없었다. 언덕을 따라 바다 위로 솟은 작은 별장들 안에서는 접시며, 포크, 스푼 들의

덜그럭거리는 소리가 들려 오고 있었다. 땅에 깔린 돌로부터 올라오는 그 더위 속에서는 숨조차 쉬기 어려웠다. 처음 레이몽과 마송은 내가 알지 못하는 일과 사람들의 이야기를 하였다. 그들이 오래 전부터 아는 사이라는 것과 한때 그들은 같이 산 일도 있었다는 사실을 나는 알았다.

우리들은 물가로 가서 바다를 끼고 걸었다. 때때로 잔물결이 길게 밀려와서 우리들의 헝겊 신발을 적시는 것이었다. 나는 모자를 쓰지 않은 머리 위로 내리쬐는 태양 때문에 반쯤 졸고 있었으므로, 아무것도 생각할 수 없었다.

그때 레이몽이 마송에게 무엇인지를 말했지만, 나는 잘 듣지 못했다. 그러나 그와 동시에 나는 바닷가 저편 끝 멀리서 푸른 화부(火夫) 작업복을 입은 아라비아 사람 둘이 우리들에게로 걸어오고 있는 것을 보았다.

레이몽을 쳐다보았더니 그는,

「그 자식이야.」

하고 말했다. 우리들은 걸음을 멈추지 않았다. 마송은 그들이 어떻게 여기까지 우리를 따라올 수 있었는지 이상하게 여겼다.

우리들이 해수욕 가방을 가지고 버스를 타는 것을 그들이 보았던 것이라고 나는 생각하였으나, 아무 말도 하지 않았다.

아라비아 사람들은 천천히 걸어오고 있었는데, 벌써 상당히 거리가 가까워졌다. 우리들은 속도를 바꾸지 않았다.

「싸움이 벌어지면 마송, 자넨 둘째 녀석을 붙들게. 저 녀석은 내가 맡을게. 뫼르소, 자네는 또 다른 놈이 오면 맡게.」

하고 말했다. 나는,

「그러지.」

하고 말했다. 마송은 두 손을 주머니 속에 넣었다. 뜨겁게 달아 오른 모래가 나에게는 빨갛게 보였다. 우리는 일정한 걸음으로 아라비아 사람들에게로 걸어갔다. 그들과 우리들 사이의 거리는 점점 줄어들었다. 몇 걸음 되지 않는 간격을 두고 서로 가까워졌을 때, 아라비아 사람들이 멈춰 섰다. 마송과 나는 걸음을 늦추었다. 레이몽은 바로 그가 맡은 녀석에게로 갔다.

나는 그가 뭐라고 했는지 못 들었으나, 아라비아 녀석이 머리로 받는 시늉을 하였다. 그러자 레이몽은 먼저 한 대 때려 놓고 마송을 불렀다. 마송은 미리 지목했던 녀석에게로 가서 힘껏 두 번 후려갈겼다. 상대편 녀석은 얼굴을 바닥에 틀어박고 물 속에 나동그라졌다. 그러고는 잠시 그대로 있었는데, 머리께로부터 거품이 물 위로 뽀글거리고 있었다. 레이몽도 또 때렸기 때문에, 상대방 녀석은 얼굴이 온통 피투성이가 되었다. 레이몽은 나에게로 고개를 돌리고,

「자식 꼬락서니 좀 봐.」

하고 말했다. 나는,

「조심해, 그놈 단도를 가졌어!」

하고 외쳤으나, 레이몽은 이미 팔을 찔리고 입을 찢겼다.

마송이 앞으로 뛰어나갔으나, 또 다른 아라비아 사람도 일어나서 무기를 가진 녀석 뒤로 가서 섰다.

우리들은 움직이지 않았다. 그들은 우리에게서 눈을 돌리지 않고 단도로 위협을 하면서 천천히 뒷걸음질쳐서 충분한 거리가 되었다고 생각하자, 부리나케 달아나 버렸다. 그 동안 우리들은 햇살 아래 못박힌 듯 우두커니 서 있었고, 레이몽은 피가 흐르는 팔을 움켜쥐고 있었다.

마송은 곧 일요일마다 언덕 별장으로 와서 지내는 의사가 있다고 말하였다. 레이몽은 즉시로 가자고 하였으나, 이야기를 할 때마다 상처에서 흐르는 피가 입 속에서 거품처럼 뿜어 나왔다. 우리는 그를 부축하여 급히 별장으로 돌아왔다. 거기서 레이몽이 상처는 가벼우니까 의사에게 갈 수 있다고 말했다. 그는 마송과 함께 가기로 하고, 나는 남아서 여자들에게 사건 이야기를 하여 주었다. 마송 부인은 울고 있었고, 마리는 파랗게 질려 있었다. 나는 그녀에게 설명을 하는 게 귀찮아져서 이야기를 끊어 버리고 담배를 피우면서 바다를 바라보았다.

1시쯤에 레이몽이 마송과 함께 돌아왔다. 그는 팔에 붕대를 감고, 입가에는 반창고를 붙이고 있었다.

의사는 대수롭지 않다고 하였으나, 레이몽은 침울한 낯을 하고 있었다. 마송이 웃기려고 애를 써 봤지만, 레이몽은 여전히 말이 없었다. 바닷가로 내려간다고 하기에 어디로 가느냐고 물었더니, 바람을 쐬고 싶다고 대답하였다. 마송과 나도 함께 가겠다고 했더니 레이몽이 화를

내며 우리들에게 욕지거리를 퍼부었다. 마송은 그의 비위를 건드리지 말아야 한다고 잘라서 말했지만, 나는 그래도 그의 뒤를 따랐다.

우리들은 오랫동안 해변을 걸었다. 지금 태양은 찍어 누르는 듯하였다. 햇빛은 모래와 바다 위에 부서져 반짝이고 있었다.

나는 레이몽이 가는 곳을 알고 있는 것 같은 생각이 들었지만, 아마 꼭 그렇지 않았을지도 모른다.

바닷가 끝까지 가서, 우리는 마침내 커다란 바위 뒤에서 바다로 향하여 모래사장 위를 흐르고 있는 조그만 샘가에 이르렀다. 거기서 우리는 그 아라비아 사람들을 다시 만났다. 그들은 기름기가 밴 작업복을 입고 누워 있었다. 마음이 거의 가라앉은 듯 아주 태연스러운 얼굴이었다.

레이몽을 찌른 녀석도 아무 말없이 레이몽을 바라보고 있었다. 또 한 녀석은 작은 갈대 피리를 불고 있었는데, 곁눈으로 우리를 바라보며 그 악기로 낼 수 있는 세 가지 소리를 되풀이하는 것이었다.

그 동안 거기엔 다만 햇볕과 침묵이 있을 뿐, 그리고 졸졸 흐르는 샘물 소리와 피리의 세 가지 음향이 들릴 뿐이었다. 그러더니 레이몽이 주머니의 피스톨에 손을 댔으나, 상대편은 움직이지 않고 둘은 서로 마주보고 있었다. 나는 피리를 불고 있는 녀석의 발가락이 몹시 벌어진 것을 보았다.

레이몽은 상대편으로부터 눈을 떼지 않고 「쏘아 버릴까?」 하고 물었다.

그만두라고 하면, 그는 제풀에 화를 내어 기어코 쏘고야 말 것이라고 나는 생각하였으므로, 다만 「저 녀석은 아직 아무 말도 없는데, 이대로 쏘아 버린다는 건 비겁한걸.」 하고 말했을 뿐이다. 침묵과 무더운 햇볕 가운데 여전히 물과 피리의 작은 소리가 들렸다.

이윽고 레이몽이,

「그럼 저 녀석에게 욕을 해줘야겠군. 대답하면 쏘지.」

하고 말하기에 나는,

「그래, 하지만 녀석이 단도를 뽑지 않으면 쏠 수는 없겠지.」

하고 대답했다.

레이몽은 좀 화를 내기 시작했는데, 상대편은 여전히 피리를 불고 있었고, 둘이 다 레이몽의 거동을 일일이 살피고 있었다.

「쏴선 안 돼. 사나이답게 1대 1로 맞서. 그리고 그 권총은 이리 줘. 만약에 다른 녀석이 뛰어들든지, 저 녀석이 단도를 뽑든지 하면, 내가 쏘아 버릴 테니까.」

레이몽이 권총을 나에게 주었을 때, 그 위로 햇빛이 반사하여 번쩍거렸다. 그러나 우리들은 마치 모든 것이 우리들의 주위를 둘러 막은 듯이 그대로 움직이지 않고 있었다. 우리들은 눈을 내리깔지 않고 서로 마주 노려보고 있었으며, 여기에서는 모든 것이 바다와 모래와 태양, 피리소리와 물소리로 인해 더욱 두드러진 이중의 침묵 가운데 머무르고 있었다. 그 순간, 나는 권총을 쏠 수도 있고 쏘지 않을 수도 있었지만, 쏘아도 좋고 쏘지 않아도 좋을 것이라고 생각하였다. 그러나 갑자기 아라비아 사람들이 뒷걸음질을 하며 바위 뒤로 달아나 버렸다.

레이몽과 나는 갔던 길을 되돌아왔다. 레이몽은 기분이 좀 가라앉은 듯, 집으로 돌아갈 버스 이야기를 하였다.

나는 별장까지 그와 함께 갔다. 그리하여 레이몽이 나무 층계를 올라가는 동안 첫계단 앞에 서 있었다.

햇볕으로 머리가 어지러운데다가 그 나무 층계를 올라가야 하며, 다시 여자들과 대면해야 할 것을 생각하니 맥이 풀렸던 것이다. 그러나 더위가 너무 심했으므로, 하늘에서 쏟아지는 눈부신 햇살을 맞으며 우두커니 서 있기도 괴로운 일이었다. 여기 있거나 어디로 나가거나 결국 마찬가지였다.

잠시 뒤에, 나는 바닷가로 돌아서서 걷기 시작하였다.

아까와 다름없이 모든 것이 붉게 어른거리고 있었다. 모래 위에서 바다는 잔물결로 숨이 막혀 급한 숨결로 허덕이고 있었다. 나는 천천히 바위들이 있는 곳으로 걸어가고 있었는데, 햇볕에 쬐어 머리가 부푼 것 같았다.

더위 전체가 내 위로 몰려와 걸음을 막는 것이었다. 그리하여 얼굴 위에 무더운 바람이 와 닿을 때마다 이를 악물고, 주머니 속의 주먹을 움켜쥐고, 태양과 태양이 쏟아 놓은 짙은 취기(醉氣)를 견디어 내려고 있는 힘을 다하여 몸을 버티는 것이었다. 모래나 흰 조개껍질이나 유리 조각에서 빛이 칼날처럼 번쩍거릴 때마다 턱이 움찔하였다. 나는 오랫동안 걸었다.

햇볕과 바다의 수분으로 눈부신 후광(後光)에 둘러싸인 거무스름한 바위 덩어리가 조그맣게 멀리 바라다보였다.

나는 바위 뒤의 서늘한 샘을 생각했다. 나는 그 물의 속삭임을 다시 듣고 싶었고, 태양과 더위와 싸우는 노력과 여자의 울음소리를 피하고 싶었으며, 그리고 그늘과 휴식을 그곳에서 찾고 싶었다. 그러나 가까이 갔을 때, 레이몽과 싸운 녀석이 다시 돌아와 있는 것을 보았다.

그는 혼자였다. 반듯이 드러누워 있었는데, 두 손을 목 밑에 괴고, 얼굴만 바위 그늘 속에 넣고, 온몸에 햇볕을 받고 있었다. 푸른 작업복이 더위 속에서 김을 올리고 있었다. 나는 조금 당황했다. 나로서는 그 사건은 이미 끝난 것으로 믿었으므로, 그 일은 생각지도 않고 이리로 왔던 것이었다.

그는 나를 보자, 몸을 조금 위로 일으키고 주머니에 손을 넣었다. 물론 나도 웃옷 속에 들어 있던 레이몽의 권총을 움켜쥐었다. 그러더니 그는 다시 몸을 젖혀 누워 버렸으나, 주머니에서 손을 빼지는 않았다.

나는 그에게서 퍽 멀리, 한 10여 미터쯤 떨어져 있었다. 반쯤 감은 그의 눈꺼풀 사이로 이따금 그의 시선이 새어 나오는 것을 짐작할 수 있었다. 그러나 쉴새없이 그의 모습은 타는 듯한 대기 속에서, 나의 눈앞에서 어른거리고 있었다.

물소리는 정오보다도 더욱 게으르고 가라앉아 있었다. 그때나 지금이나 다름없는 모래 위에 태양, 또는 빛이 그대로 여기에도 연장되고 있었다. 벌써 2시간 전부터 낮〔晝〕은 걸음을 멈추고, 끓는 금속 같은 바닷속에 닻을 던졌던 것이다. 수평선 위로 조그만 증기선이 지나갔다. 내가 눈 구석에서 그것을 검은 얼룩처럼 느낀 것은 아라비아 사람들로부터 눈을 떼지 않고 있었기 때문이다.

내가 뒤로 돌아서기만 하면 그것으로 아무 일도 없을 것이라고 생각되었으나, 햇볕에 떠는 해변이 내 뒤를 압박하고 있었다. 나는 샘으로 향하여 몇 걸음 나섰다. 아라비아 사람은 움직이지 않았다. 그는 그래도 아직 내게서 꽤 멀리 떨어져 있었던 것이다. 아마도 얼굴 위에 덮인 그늘 탓이었던지 웃고 있는 듯하였다.

나는 기다렸다. 뜨거운 햇볕에 뺨이 타고 땀방울이 눈썹에 맺히는 것을 느꼈다. 그것은 어머니의 장례식을 치른 그날과 똑같은 태양이었다. 그날처럼 특히 머리가 아프고, 이마의 모든 핏줄이 피부 밑에서 한꺼번에 뛰고 있었다.

그 햇볕의 뜨거움을 견디지 못하여 나는 한 걸음 앞으로 나섰다. 나는 그것이 어리석은 짓이며, 한 걸음 옮겨 놓는다고 해서 태양으로부터 벗어날 수 없다는 것을 알고 있었다. 그러자 이번에는 아라비아 사람이 몸을 일으키지는 않고 단도를 뽑아서 태양에 비춰 나에게로 겨누었다. 빛이 강철 위에 반사하자, 번쩍거리는 길쭉한 칼날이 나의 이마에 와서 부딪치는 것 같았다. 그와 동시에 눈썹에 맺혔던 땀이 한꺼번에 눈꺼풀 위로 흘러내려 미지근하고 두터운 베일로 눈을 덮었다. 이 눈물과 소금의 커튼에 가리워져서 나의 눈은 보이지 않았다. 다만 이마 위에 울리는 태양의 심벌즈 소리와 여전히 내 앞에서 번쩍이는 단도로부터 퉁겨 나오는 눈부신 빛의 칼날을 느낄 수 있을 뿐이었다. 그 불타는 검(劍)은 나의 속눈썹을 자르고 고통스러운 눈을 파헤치는 것이었다. 모든 것이 동요한 것은 바로 그때였다.

바다는 두텁고 뜨거운 바람을 실어 왔다. 하늘은 활짝 열리며 불을 쏟는 듯하였다. 나의 모든 존재가 긴장했고, 나는 권총을 움켜쥐었다. 방아쇠가 밀려나고, 나는 총신(銃身)의 반짝이는 배를 만졌다. 그리하여 메마르고 귀가 멍멍해지는 굉음(轟音)과 함께 모든 것이 시작되었던 것이다. 나는 땀과 태양을 떨쳐 버렸다. 한낮의 균형과 내가 행복을 느끼고 있던 바닷가의 특이한 침묵을 파괴해 버린 것을 느꼈다. 이어서 나는 그 움직이지 않는 몸뚱이에 다시 네 방을 쏘았다. 총탄은 깊이 보이지도 않게 들어박혔다. 그것은 마치 내가 불행의 문을 두드린 네 번의 짧은 소리와도 같았다.

제 2 부

1

　체포되자, 곧 나는 여러 번 심문을 받았다. 그러나 그것은 신원 확인을 위한 심문이어서 오래 계속되지는 않았다. 처음에 경찰서에서는 나의 사건에 아무도 흥미를 느끼는 것 같지 않았다. 그런데 1주일 뒤, 예심판사는 나를 유심히 바라보았다. 그러나 처음에는 다만 나의 이름과 주소, 직업, 생년월일과 출생지를 물었을 따름이다. 그리고는 내가 변호사를 택했는지 알고 싶어하였다. 나는 택하지 않았다고 말하고, 변호사를 반드시 세워야만 하느냐고 물었더니,

「왜 그러시죠?」

하고 그는 말했다. 나의 사건은 매우 간단한 것으로 생각한다고, 나는 대답했다. 그는 웃으면서 이렇게 말했다.

「그것도 하나의 의견이겠지요. 그러나 법이라는 게 있어요. 당신이 변호사를 택하지 않으면, 우리들이 직무에 따라 선정(選定)할 것입니다.」

　법 제도가 그러한 자질구레한 일까지 해주는 것은 매우 편리하다고 생각했다. 그러한 말을 판사에게 하니까, 그는 동의를 표하고, 법률은 참으로 잘 되어 있는 것이라고 결론을 내렸다.

　나는 처음엔 그를 탐탁하게 생각하지 않았었다. 그는 커튼을 둘러친 방에서 나를 맞았다. 그의 테이블 위에 등불이 하나 놓여 있었는데, 그

것은 내가 앉은 안락의자만을 비추었을 뿐, 그는 어둠 속에 앉아 있었다. 그러한 묘사를 이전에 나는 책에서 읽은 일이 있었고, 모두가 어린아이 장난 같았다. 이야기가 끝난 뒤에 그를 살펴보았다. 섬세한 얼굴 모습에 푸른 눈은 깊숙이 들어가 있었고, 키가 크고 회색 수염을 길게 기르고 숱이 많은 머리털은 거의 백발에 가까운 것을 알 수 있었다. 그는 지각이 있어 보였고, 입을 비트는 신경질적인 버릇이 있기는 하였으나, 따져 보면 결국 호감을 가질 수 있을 것 같았다. 방을 나서면서 나는 그에게 손을 내밀려고까지 하였던 것이다. 그러나 그 순간 내가 사람을 죽였다는 사실을 상기했다.

이튿날, 변호사 한 사람이 형무소로 찾아왔다. 키가 작고 뚱뚱한 남자였는데, 나이는 매우 젊고 머리털을 정성스럽게 빗어 붙였다. 날씨가 더웠음에도 불구하고(나는 셔츠바람이었다) 어두운 빛깔의 옷을 입고, 빳빳한 칼라에 검고 흰 줄무늬가 있는 이상한 넥타이를 매고 있었다. 겨드랑이에 끼고 들어온 가방을 내 침대 위에 놓고 나서, 그는 자기 소개를 하고, 내 서류를 검토해 보았다고 말하였다.

이 사건은 어렵긴 하지만, 내가 그를 신뢰한다면 재판에 이길 것을 의심치 않는다는 것이었다.

내가 고맙다고 하니까, 그는 「문제의 요점으로 들어갑시다.」 하고 말했다.

그는 침대 위에 앉은 다음, 나의 사생활에 관하여 여러 가지로 정보를 수집하였노라고 설명하였다. 최근 양로원에서 어머니가 사망한 사실을 알게 되어서, 마랑고에 수사를 하러 갔었다는 것이고, 어머니의 장례식 날 내가 '냉정한 태도를 보였다'는 사실을 예심판사가 알았다는 것이었다.

「당신에게 이런 것을 묻는 것은 거북한 일이지만, 이건 매우 중요합니다. 그리고 만약 내가 거기에 답변할 수 없다면, 그것은 기소(起訴)의 중대한 논거가 될 것입니다.」

하고, 변호사는 말하였다. 내가 그에게 협력하여 줄 것을 그는 요구했다. 그날 슬프더냐고 그는 나에게 물었다. 이 질문은 나를 몹시 놀라게 하였다. 만약에 내가 그런 질문을 해야만 할 처지라면 나는 매우 어색했을 것이라고 생각되었다. 그러나 나는 자문하여 보는 습관을 좀 잃어버려서 정확하게 설명할 수는 없다고 대답했다. 물론 나는 어머니를 사랑하였었으나, 그러나 그런 것은 아무 의미도 없다. 건강한 사람은 누구나 다소간 사랑하는 사람들의 죽음을 바라는 일이 있는 법이다. 그러자 변호사는 내 말을 가로막고 매우 흥분한 듯이 보였다. 그는 그러한 말은 법정에서나 예심판사의 방에서는 하지 않겠다는 약속을 나에게 시켰다. 그러나 나에게는 육체적 요구가 흔히 감정을 방해하는 성질이 있다고 나는 그에게 설명해 주었다. 어머니의 장례식이 있었던 날, 나는 매우 피곤해서 졸음이 왔었다. 그렇기 때문에 그날 무슨 일이 있었는지 잘 알 수가 없었다. 내가 확실히 말할 수 있는 것은 어머니가 죽지 않았더라면 좋았을 것이라는 사실이었다. 그러나 나의 변호사는 불만스런 눈치였다.

「그것으로는 충분하지 못합니다.」

하고, 그는 나에게 말했다.

잠시 생각을 하더니, 그는 그날 내가 자연적 감정을 억제하였다고 말할 수 있느냐고 물었다.

「그건 사실이라고 할 수 없습니다.」

하고, 나는 대답하였다. 그는 내가 그에게 약간 혐오감을 느끼게 한 듯이 이상한 눈초리로 나를 바라보았다.

「어쨌든 양로원의 원장과 사무원들은 증인으로서 심문을 받을 것이오. 그러면 당신에게 퍽 불리한 결과가 될지도 모릅니다.」

라고 모질게 말하였다. 그런 이야기는 내 사건과 아무 관계도 없다는 것을 나는 지적하였으나, 그는 다만 내가 재판과 관계를 가져 본 적이 없다는 것은 그만하면 뻔히 알 수 있겠다고만 대답하였다.

그는 화가 난 태도로 나가 버렸다. 나는 그를 좀더 머물게 하고, 그의 호감을 얻고 싶다는 것, 그런데 그것은 더 잘 변호해 주기를 바라서가 아니라, 이를테면 자연히 그렇게 하고 싶은 생각이 들어서라는 것을 설명하고 싶었다. 무엇보다도 내가 그의 처지를 어색하게 만들고 있다는 것을 알 수 있었다. 그는 나를 이해하지 못하고, 좀 유감을 가지고 있었다. 나는 내가 다른 사람들과 똑같다는 것, 완전히 그들과 똑같다는 것을 그에게 말하고 싶었다. 그러나 그러한 모든 것은 결국 별로 효과도 없는 일이고, 또 나는 게을러서 단념하고 말았다.

　조금 뒤에, 다시 예심판사 앞으로 안내되어 갔다. 오후 2시였는데, 이번에는 그의 사무실은 엷은 커튼을 뚫고 새어드는 빛으로 가득 차 있었다. 매우 무더웠다. 그는 나를 앉힌 다음, 퍽 정중하게 나의 변호사는 '사고가 생겨서' 오지 못하였다고 말해 주었다. 그러나 나로서는 그의 심문에 대답하지 않고, 변호사의 도움을 기다리는 권리를 갖고 있다는 것이었다. 혼자서라도 대답할 수 있다고 말하였더니, 그는 책상 위의 벨을 눌렀다. 젊은 서기가 와서 나의 바로 등 뒤에 자리잡고 앉았다.

　우리들은 둘 다 안락의자에 푹 파묻혀 있었다. 그리고는 심문이 시작되었다. 판사는 먼저 사람들은 내가 말이 적고 틀어박혀 있으려는 성격을 가졌다고 하는데 어떻게 생각하느냐고 물었다.

　「나에겐 별로 할 말이 없습니다. 그래서 말을 안 합니다.」

하고, 나는 대답했다. 그는 첫 심문 때처럼 빙그레 웃으면서, 그것 참 지당한 이유라고 말한 다음,

　「그리고 그건 대수롭지 않은 일입니다.」

하고 덧붙였다. 그는 이야기를 끊고 나를 보고 있더니, 이윽고 갑자기 어깨를 으쓱하면서,

　「내가 알고 싶은 것은 당신입니다.」

하고 빠른 어조로 말하였다. 나는 그가 무슨 말을 하는 것인지 잘 알 수 없었으므로, 아무 대답도 하지 않았다. 그는 이어서,

　「당신의 행동에는 나로선 이해하기 곤란한 점들이 있는데, 그것을 이해할 수 있도록 당신이 도와 주리라고 나는 확신합니다.」

하고 말했다. 나는 모두 지극히 간단한 일들뿐이라고 대답했다. 그날의 사건을 이야기하도록 판사는 재촉했다. 나는 벌써 그에게 한 번 이야기한 것을 다시 요약하여 되풀이하였다. 레이몽, 바닷가, 해수욕, 싸움, 다시 바닷가, 조그만 샘, 태양, 다섯 방의 권총. 한 마디 할 때마다 그는 「네. 네.」하고 말하는 것이었다. 쓰러진 시체에까지 이야기가 미치자, 그는 「좋습니다.」하면서 나의 이야기를 확인했다. 나는 그처럼 같은 이야기를 되풀이하는 것에 지쳤고, 그렇게 이야기를 많이 한 적은 여태껏 없었던 것처럼 생각되었다.

　잠시 동안 아무 말이 없다가 그는 일어서서 나를 도와 주겠다고 하면

서, 내가 퍽 재미있는 사람이라고, 하느님의 도움을 얻어 나를 위하여 무슨 일을 해줄 수 있을 것이라고 말하였다. 그러나 먼저 그는 나에게 몇 가지 더 질문을 하고 싶어했다. 그러더니 다짜고짜로 어머니를 사랑했느냐고 물었다.

「네, 다른 사람들이나 마찬가지로 사랑했습니다.」
하고, 나는 대답하였다. 그러자 그때까지 규칙적으로 타이프를 치고 있던 서기가 키를 잘못 짚었던지 당황해 하더니 다시 고쳐 치지 않으면 안 되었다. 여전히 확연한 논리도 없이, 판사는 이번엔 다섯 방 연달아서 권총을 쏘았느냐고 물었다. 나는 잠시 생각을 하고 나서, 처음 한 방 쏘고, 후에 다시 네 방을 쏘았다고 설명했다.

「첫째 번과 둘째 번 사이에 왜 기다렸습니까?」
하고, 그때 그는 말했다. 다시 한 번 붉은 바닷가가 눈 앞에 떠올랐고 뜨거운 햇볕을 이마 위에 느꼈다. 그러나 나는 아무 대답도 하지 않았다. 그 뒤에 침묵이 계속되는 동안 판사는 흥분한 눈치였다. 의자에 걸터앉아 머리털을 벅벅 긁고 책상 위에 팔꿈치를 괸 다음, 야릇한 표정으로 나에게 약간 몸을 굽혔다.

「왜지요? 왜, 당신은 땅에 쓰러진 시체를 쏘았습니까?」
그 물음에도 나는 대답할 수가 없었다. 판사는 두 손으로 이마를 짚고 목소리조차 약간 변하여,

「왜 그랬습니까? 그것을 말해 줘야 합니다. 왜 그랬습니까?」
하고 되물었다. 나는 여전히 말을 하지 않고 있었다.

갑자기, 그는 일어서서 사무실 한 끝으로 성큼성큼 걸어가더니, 서류함의 서랍을 열었다. 거기서 은으로 만든 십자가를 꺼내 가지고, 그것을 휘두르며 나에게로 돌아왔다. 그리고는 여느 때와는 아주 다른, 거의 떨리는 목소리로 외쳤다.

「당신은 이것을, 이 사람을 압니까?」
「물론 압니다.」
하고, 나는 말했다. 그러자 그는 흥분하여 빠른 어조로 자기는 하느님을 믿는다는 것과 하느님이 용서하지 않을 만큼 죄가 많은 사람은 하나도 없지만, 용서를 받으려면 우선 뉘우치는 마음으로 영혼이 비어 있는 어린아이처럼 되어 모든 것을 받아들일 준비를 하지 않으면 안 된다는

그의 신념을 말하였다. 그는 온몸을 책상 너머로 기울이고 십자가를 내 머리 위에서 휘두르다시피 하고 있었다. 사실을 말하자면, 나는 그의 이론을 따르기가 매우 어려웠다. 첫째로 나는 몹시 더웠고, 그의 사무실에 있는 큼직한 파리들이 내 얼굴에 달라붙었기 때문이고, 또 그의 태도에 좀 겁이 나기도 했기 때문이다. 그와 동시에 나는 판사가 하는 짓이 우스웠다. 왜냐하면 결국 죄를 지은 사람은 나였기 때문이다. 그러나 그는 그의 이야기를 계속하였다. 내가 대강 알아들은 바에 의하면, 그의 의견으로는 나의 고백에 오직 한 가지 모호한 점이 있다는 것이다. 즉 권총 둘째 방을 쏘기 전에 기다렸다는 점이 그에게는 이해되지 않았다. 그밖의 다른 것들은 잘 알겠다는 것이었다.

그가 고집을 부리는 것은 잘못이고, 그 점은 그다지 중요하지 않다고 나는 그에게 말할까 생각했다. 그러나 그는 나의 말을 가로막고, 다시 한 번 몸을 일으켜 하느님을 믿느냐고 물으면서 훈계를 하였다. 나는 믿지 않는다고 대답했다. 그는 분연히 앉아 버렸다. 그럴 수는 없다고 하며, 누구나 비록 하느님의 얼굴을 보지 않고 외면하는 사람일지라도 하느님을 믿는 법이라고 말하였다. 그것이 그의 신념이요, 만약 그것을 의심해야 한다면, 그의 생애는 무의미해지고 말 것이라는 것이었다.

「나의 생애가 무의미하게 되기를 당신은 바랍니까?」
하고, 그는 외쳤다. 내 생각으로는 그것은 나와는 아무 관계도 없는 일이어서, 그에게 그렇다고 말했다. 그러나 책상 너머로 그는 벌써 그리스도의 십자가를 나의 눈 밑으로 내밀고 터무니없는 말투로 소리를 지르는 것이었다.

「나는 크리스천이야. 나는 이분에게 네가 지은 죄의 용서를 구하고 있어. 어째서 자네는 그리스도가 자네를 위해 괴로움을 당하셨다는 것을 믿지 않는단 말인가?」

나는 그가 나에게 반말을 쓰는 것을 알아차렸다. 그러나 나는 이제는 진절머리가 났다. 더위는 더욱 심해졌다. 별로 이야기를 듣고 싶지도 않은 사람으로부터 벗어나고 싶을 때 내가 늘 하는 것처럼, 나는 그의 말을 수긍하는 체했다. 그랬더니 놀랍게도 그는 승리한 듯이,

「그것 봐. 자네도 믿잖아? 하느님께 마음을 바치겠지?」

하고 말했다. 물론 나는 다시 한 번 아니라고 하였다. 그는 다시금 안락의자 위에 주저앉고 말았다.

그는 매우 피곤한 모양이었다. 잠시 그는 아무 말도 없었으나, 그 동안에도 타이프는 우리들의 대화를 따라 마지막 이야기를 계속하여 치고 있었다.

그는 조금 슬픈 표정으로 나를 물끄러미 바라보고 나서,

「당신처럼 고집 센 사람은 처음 봅니다.」

하고 중얼거렸다.

「내 앞으로 온 범인들은 이 고뇌의 형상을 보고는 모두 울었어요.」

나는 그것은 바로 그들이 범인이었으니까 그렇다고 대답하려 하였다. 그러나 나도 그들과 같은 사람이라는 것을 생각했다. 그것은 나로서는 믿을 수 없는 생각이었다. 그때, 판사가 일어섰다. 그것은 심문이 끝났다는 뜻인 것 같았다. 그는 여전히 좀 피곤한 표정으로 내가 한 일을 후회하고 있느냐고 물었다. 나는 생각을 좀 하고 나서 후회라기보다는 차라리 일종의 귀찮음을 느낀다고 대답했다. 나는 그가 나를 이해하지 못하는 듯한 인상을 받았다. 그날은 그것으로 그치고, 이야기는 더 진행되지 않았다.

그 뒤, 나는 여러 번 예심판사를 만났다. 만날 때마다 나는 변호사와 같이 있었다. 이야기는 다만 나로 하여금 먼젓번에 한 나의 진술의 어떤 점을 좀더 자세히 말하게 하는 정도에 그쳤다. 그렇지 않으면, 판사는 나의 변호사와 직무에 관한 토론을 하는 것이었다. 그러나 실상 그때마다 그들은 조금도 나에게 흥미가 없었다. 어쨌든 차츰차츰 심문의 방식이 달라졌다. 판사는 이미 나에게는 관심이 없는 것 같았고, 그는 이를테면 내 사건의 성격을 규정지어 버린 모양이었다. 그는 다시는 나에게 하느님의 이야기를 하지 않았으며, 먼젓번처럼 흥분한 그를 다시 볼 수도 없었다. 그 결과로 우리들의 대화는 점점 친밀하여졌다. 몇몇 질문이 있고, 나의 변호사와 좀 이야기를 하고 나면 심문은 끝나는 것이었다. 나의 사건은 판사 자신의 말에 의하면, 착착 진척되어 가고 있었다. 어떤 때는 회화가 일반적인 성질을 띠게 되면, 나도 거기에 한몫 끼곤 하였다. 나는 그제야 숨을 쉴 수 있었다. 그런 때에는 아무도 나에게 심하게 굴지 않았기 때문이다. 모든 것이 자연스럽고 규칙적이고

침착하게 진행되어, 나는 '가족들 사이에 끼어 있는 것 같은' 어처구니 없는 인상을 받는 것이었다. 그리하여 11개월 동안이나 계속된 예심을 치르고 나서, 나는 이따금 판사가 그의 방문까지 나를 배웅하고 어깨를 두드리며,

「오늘은 끝났습니다. 반(反) 크리스천 양반.」

하고 다정스럽게 이야기하여 주던 그 순간을 무엇보다도 즐겼었다는 사실에 스스로 놀라지 않을 수 없었다. 판사가 방문을 나서면, 나는 다시 간수의 손에 맡겨지는 것이었다.

2

이야기하고 싶지 않았던 일들도 있다. 형무소로 들어왔을 때, 나는 나의 생애의 그 시기를 이야기하고 싶지 않으리라는 것을 깨달았다.

그 뒤, 그러한 혐오감은 대수롭지 않게 생각되었다. 사실 처음에는 형무소에 있는 것이 아니었다. 나는 막연히 무언가 새로운 사건이 일어날 것을 기다리고 있었다. 모든 것이 시작된 것은 다만 마리의 최초의, 그리고 단 한 번의 방문을 받은 다음부터였다. 마리의 편지를 받은 날부터(나의 아내가 아니라고 해서 이제는 면회를 허가하지 않는다고, 마리는 말하고 있었다), 그날부터 나는 감방이 내 집이고, 내 생활은 그 속에 한정되어 있음을 느꼈다. 체포되던 날, 우선 나는 이미 여러 사람이 들어 있는 유치장에 갇히게 되었었는데, 대부분이 아라비아 사람들이었다. 그들은 나를 보고 웃더니 무슨 짓을 했느냐고 물었다. 아라비아 사람을 한 놈 죽였다고 대답하니까, 그들은 잠잠해졌다. 이윽고 저녁의 장막이 내렸다. 그들은 누워서 잘 침구를 펴는 법을 설명해 주었다. 한 끝을 말아서 베개로 사용할 수 있는 것이었다. 밤새도록 빈대가 얼굴 위를 기어 다녔다. 며칠 뒤에, 나는 독방으로 격리되어 판자 위에서 자게 되었다. 변기(便器)와 쇠로 만든 대야가 있었다. 형무소는 시의 꼭대기에 있었으므로, 조그만 창문으로 바다가 보였다. 어느

날 철창에 매달려 햇빛을 향하여 얼굴을 내밀고 있으려니까 바로 그때 간수가 들어와서 면회하러 온 사람이 있다고 말하였다. 마리려니 하고, 나는 생각했다. 과연 마리였다.

면회실로 가기 위하여 긴 복도를 거쳐서 계단을 지나, 마지막으로 또 복도를 걸어갔다. 그리하여 날따랗게 뚫린 창으로 빛이 들어오는 큰 방에 들어섰다. 방은 세로로 막고 있는 커다란 두 개의 철책에 의하여 셋으로 나뉘어져 있었다. 철책 사이에는 8미터 내지 10미터 가량 되는 간격이 있어서, 면회인과 죄수를 갈라 놓고 있었다. 내 앞에 줄무늬가 있는 옷을 입고 얼굴이 햇볕에 그을은 마리가 보였다. 내가 서 있는 쪽에는 죄수들이 10여 명 있었는데, 대부분이 아라비아 사람들이었다. 마리는 모르 사람들에게 둘러싸여 두 여자 사이에 끼어 있었다. 하나는 입술을 꼭 다물고 검은 옷을 입은 키가 자그마한 노파였고, 또 하나는 모자를 쓰지 않은 뚱뚱한 여자였는데, 몸짓을 많이 하며 목청을 돋우어서 지껄이고 있었다. 철책 사이의 거리 때문에 면회인이나 죄수들은 큰 목소리로 이야기하지 않으면 안 되었다. 방안에 들어섰을 때, 넓고 장식이 없는 벽에 튀어 울리는 소란한 목소리와 하늘로부터 유리창 위에 쏟아져서 방안으로 퍼지는 거센 광선 때문에, 나는 현기증 같은 것을 느꼈다. 나의 감방은 훨씬 조용하고 어두웠다. 이 방에 익숙해지기까지 몇 초가 걸렸다. 그러나 나중에는 밝은 빛에 드러난 얼굴들을 똑똑히 볼 수 있게 되었다. 간수 한 사람이 철책 사이의 복도 끝에 앉아 있었다. 그들은 소리를 지르지는 않았다. 그처럼 소란스러운 가운데서 나직하게 말하면서도 의사가 통하는 것이었다. 아래로부터 올라오는 그들의 희미한 속삭임은 그들의 머리 위에서 교차하는 말소리에 대하여 줄곧 일종의 베이스를 이루고 있었다. 그러한 모든 것을 순식간에 알아차리고, 나는 마리에게 다가갔다. 벌써 철책에 달라붙어서, 마리는 있는 힘을 다하여 웃어 보이고 있었다. 나는 그녀가 매우 아름답다고 생각했으나, 그 말을 그녀에게 하지는 않았다.

「어때?」

하고, 마리는 큰소리로 말했다.

「별일 없어.」

「불편하진 않아? 뭐 필요한 건 없고?」

「아무것도 없어.」

우리들은 말을 끊었다. 마리는 여전히 웃고 있었다. 뚱뚱한 여자는 내 옆의 사나이를 향해서 울부짖고 있었다. 아마 그녀의 남편인 듯 솔직한 눈매를 가진 키가 커다란 금발의 사나이였다. 무슨 말인지 이미 시작된 대화를 계속하고 있는 것이었다.

「잔느는 그 녀석을 붙잡으려고 하질 않아요.」

하고, 여자는 소리소리 지르고 있었다.

「응, 그래?」

사나이가 말했다.

「당신이 나오면 그 녀석을 꼭 붙잡을 것이라고 말했지만, 그래도 붙잡으려고 하지를 않는 거예요.」

그때 마리도 레이몽이 안부를 전하더라고 소리를 질러서, 나는 고맙다고 대답했다. 그러나 나의 목소리는,「그 녀석은 잘 있는가?」하고 묻는 내 옆의 사나이의 목소리에 뒤덮여 버리고 말았다. 그의 아내는「더할 나위 없이 몸이 좋아졌다.」하고 말하면서 웃었다. 내 쪽에 있던, 손이 가냘프고 키가 작은 청년은 아무 말이 없었다. 그는 자그마한 노파와 마주 서서 뚫어지게 서로 바라보고 있었다. 그러나 나는 그들을 더 관찰할 여유가 없었다. 희망을 가져야 한다고 마리가 외쳤기 때문이다. 나는「그야 그렇지.」하고 대답하였다. 그와 동시에 나는 마리를 바라보고, 입은 옷 위로 그녀의 어깨를 껴안고 싶었다. 나는 그 엷은 천에 욕망을 느꼈다. 그리고 그 천 이외의 무엇에 희망을 가질 것인지 알 수가 없었다. 마리가 하고자 한 말도 아마 그런 뜻이었으리라. 마리는 줄곧 웃음을 띠고 있었던 것이다. 이제 나에게는 그녀의 반짝이는 이빨과 눈의 잔주름밖에 보이지 않았다. 마리는 다시 외쳤다.

「나오면, 우리 결혼해.」

「정말?」

하고, 나는 대답했으나, 그것은 무엇이든 말을 하기 위해서였다. 그러자 마리는 아주 빨리, 그리고 여전히 높은 음성으로 정말이라고 하며, 석방되면 또 해수욕을 하러 가자고 말했다. 곁에 있던 여자도 고함을 지르며 서기과(書記課)에 바구니를 맡겼다고 말하고, 그 속에 넣은 것을 일일이 주워섬겼다. 돈이 많이 들은 것이니까 없어진 게 없나 검사해 볼 필요가 있다는 것이었다. 내 왼쪽에 있던 청년과 어머니는 여전히 서로 마주보고 있었다. 아라비아 사람들의 웅얼거리는 소리는 우리들의 발 밑에서 계속되고 있었다. 밖에서는 빛이 창문에 부딪쳐 부풀어 오르는 것 같았다. 그러더니 빛이 모든 사람들의 얼굴 위를 새로운 즙처럼 흘렀다.

나는 몸이 좀 피곤해짐을 느끼며 밖으로 나오고 싶었다. 시끄러운 소리 때문에 기분이 언짢았다. 그러면서도 한편으로는 마리를 좀더 보고 싶었다. 그 뒤로 얼마나 시간이 지났는지 모른다. 마리는 자기 일에 관한 이야기를 하고 끊임없이 웃고 있었다. 속살거리는 소리, 외치는 소리, 주고받는 이야기소리가 서로 엇갈렸다. 내 옆에서 서로 마주 바라보고 있던 젊은이와 노파 두 사람만이 침묵의 고도(孤島)를 이루고 있었다. 하나씩 하나씩 아라비아 사람들이 끌려 나갔다. 맨 앞 사람이 나가 버리자, 거의 모든 사람이 동시에 입을 다물었다. 키가 작은 노파가 철책 창살로 다가섰다. 그와 동시에 간수가 그의 아들에게 시늉을 하였다. 아들이,

「안녕히 가세요, 어머니.」

하고 말하자, 노파는 두 창살 사이로 손을 들이밀고 아들에게 천천히 조그맣게 손짓을 했다.

노파가 나가는 동안에, 남자 한 사람이 모자를 손에 들고 들어와서 자기 자리에 들어섰다. 그러자 죄수 한 사람이 끌려 들어왔으며, 그들은 활기 있게 이야기를 시작하였는데 목소리는 낮았다. 방안이 다시금 조용해졌기 때문이었다. 내 오른편에 있던 사나이가 불려 나갈 차례가 되자, 그의 아내는 마치 소리를 크게 지를 필요가 없어진 것을 알아차리지 못한 듯이 어조를 낮추지 않고 말했다.

「몸 조심하시고, 주의하셔야 해요.」

내 차례가 되었다. 마리는 키스를 하는 시늉을 했다. 나는 방을 나서기 전에 돌아다보았다. 마리는 꼼짝 않고 얼굴을 창살에 붙이고, 경련을 일으킨 듯한 웃음을 짓고 우두커니 서 있었다.

마리가 편지를 보낸 것은 그로부터 며칠 뒤의 일이다. 내가 이야기하고 싶지 않았던 일이 시작된 것은 그때부터였다. 어쨌든 무엇이나 과장은 하지 말아야 하는 법인데, 그것은 다른 사람들에 비하여 나에게는

별로 어렵지 않은 일이었다. 형무소에 수감되어서 처음에 가장 괴로웠던 일은 내가 자유로운 사람의 생각을 하는 것이었다. 가령 바닷가로 가서 물 속으로 들어가고 싶은 욕망이 솟곤 하였다. 발 밑의 풀에 부딪치는 잔물결 소리, 물 속에 몸을 잠그는 촉감, 그리하여 느끼는 해방감, 그러한 것들을 상상할 때, 갑자기 감옥의 담벼락이 얼마나 답답하게 나를 둘러싸고 있는지를 느끼는 것이었다. 그런 느낌이 몇 달 동안 계속되었다. 그 다음에는 죄수로서의 생각밖에 없었다. 나는 매일 안뜰에서 산책을 하지 않으면, 변호사의 방문을 기다리는 것이었다. 나머지 시간은 그럭저럭 보낼 수 있었다. 그 무렵, 내가 만약 마른 나무 둥치 속에서 살게 되어, 머리 위 하늘에 피는 꽃을 바라보는 것밖에 다른 일이라곤 아무것도 없게 된다고 하더라도 차차 그런 생활에 익숙하게 되리라고 생각했었다. 그러면 나는 지나가는 새들이나, 마주치는 구름들을 기다렸을 것이다. 마치 이 감방에서 변호사의 야릇한 넥타이가 나타나기를 기다리듯이, 또 저 바깥 세상에서 마리의 육체를 껴안을 것을 기다리며 토요일까지 참고 지냈듯이. 그런데 결국 생각해 보면, 나는 마른 나무 둥치 속에 들어 있는 것은 아니었다. 나보다 더 불행한 사람들도 있는 것이었다. 어머니의 생각도 그랬었다. 어머니는 늘 말하곤 했었다. 사람들은 무엇에나 결국은 익숙해지는 것이라고.

그리고 보통 그런 지경에까지는 이르지 않는 것이었다. 처음 몇 달 동안은 괴롭기는 하였지만, 바로 그것을 치르는 노력이 그 몇 달 동안을 지내는 데 도움이 된 것이다. 가령 여자에 대한 욕정이 고통거리였다. 나는 젊었으니까, 그것은 당연한 일이었다. 특히 마리만을 생각하는 것이 아니라, 모든 기회에 좋아하여 사귀었던 그저 어떤 여자, 여러 여자들, 모든 여자들을 생각한 까닭에 나의 감방은 그들 여자들의 얼굴로 가득 들어차고, 나는 욕정으로 충만했었다. 한편으로 그것들은 나의 마음을 어지럽게 하였으나, 또 한편으로는 시간을 보낼 수 있게 해주었던 것이다. 나는 마침내, 식사 시간에 취사장 보이와 같이 오곤하던 간수장(看守長)의 동정을 얻게 되었다. 처음 여자의 이야기를 한 것은 그였다. 다른 사람들도 제일 처음으로 호소하는 것이 그것이라고 그는 말했다. 나는 그에게 나도 다른 사람들과 마찬가지이며, 이런 대우를 못마땅하게 생각한다고 말했다.

「그러나 당신네들을 감옥에 가두는 것은 그 때문이라오.」
하고, 그는 말하였다.

「뭐라고요, 그 때문이라고요?」

「아무렴, 자유라는 것, 그것을 당신네들에게서 빼앗는 거란 말이
오.」

나는 그런 것을 생각해 본 일이 없었다. 나는 그의 말에 동의했다.

「그렇군요. 그렇지 않다면 형벌이라는 게 쓸모가 없을 테니까요.」
하고, 나는 말했다.

「그렇고말고. 당신은 참 이해성이 많은데, 다른 사람들은 그렇지 못
해요. 그렇지만 결국 그네들도 스스로 만족을 채우게 된답니다.」

또 담배도 고통거리였다. 형무소로 들어왔을 때, 나는 허리띠, 구두
끈, 넥타이, 그리고 주머니에 지니고 있던 모든 것, 특히 담배를 빼앗
겼다. 감방으로 옮겨 와서 담배를 돌려 달라고 말하여 보았지만, 그것
은 금지되어 있다는 것이었다. 처음 며칠 동안은 매우 괴로웠다. 내가
가장 괴로웠던 것은 아마 이것 때문이었을 거다. 침대 판장을 뜯어서
그 나무 조각을 빨곤 하였다. 온종일 구역질이 나서 견딜 수 없었다.
아무에게도 해가 되지 않는 그것을 왜 빼앗아 버리는 것인지 알 수가
없었다. 그 뒤, 나는 그것도 형벌의 일부임을 깨달았다. 그러나 그때는
벌써 담배를 피우지 않는 일에 익숙해져서, 그것은 이미 나에게는 아무
런 형벌도 되지 못하였다.

그러한 불편을 제외하면, 나는 그다지 불편하지도 않았다. 거듭 말
하자면, 문제는 다만 시간을 보내는 것이었다. 과거를 추억하는 것을
배운 때부터는 심심해서 괴로운 일은 없게 되었다. 이따금 나는 나의
방을 생각했다. 그 한 구석으로부터 출발하여 한 바퀴 돌아서 다시 출
발점으로 되돌아오는 것인데, 그러면서 도중에 있는 것을 모두 머릿속
으로 꼽아 보곤 하였다. 그것은 처음에는 아주 빨리 끝나 버렸었는데,
다시 되풀이할 때마다 조금씩 길어지는 것이었다. 왜냐하면 가구를 전
부 하나씩 생각해 내고 그 가구마다 그 속에 들어 있는 물건들을 모두
하나씩 생각하였고, 또 그 물건마다 그 세밀한 점들을 생각하고, 그러
한 세밀한 점들, 누각(鏤刻)이라든지, 흠이라든지, 깨어진 모퉁이라든
지 그런 것들에 관해서 또 빛깔과 결 같은 것을 생각했기 때문이다. 그

와 동시에 나는 내 재산 목록에 무엇 하나 빠짐 없이 완전한 목록을 만
들도록 힘쓰는 것이었다. 그리하여 몇 주일 뒤에는 내 방안에 있는 것
들을 따져 보는 것만으로 여러 시간을 보낼 수 있었다. 그처럼 생각을
하면 할수록 나는 등한시하였던 것, 잊어버렸던 것들을 기억으로부터
이끌어낼 수 있었다. 그때, 나는 단 하루만 산 사람이라도 쉽사리 백
년쯤은 감옥에서 살 수 있을 것이라고 생각했다. 그런 사람이라도 얼마
든지 추억할 거리가 있어 심심하지는 않을 것이다. 어떻게 생각하면,
그건 편리한 일이었다.

또 잠도 고통거리였다. 처음에는 밤이 되어도 잘 수 없었고, 더군다
나 낮에는 조금도 잘 수가 없었다. 차차 밤에 자는 데 익숙해졌으며,
낮에도 잘 수 있게 되었다. 마지막 몇 개월 동안은 하루에 16시간 내지
18시간씩 잤다고 말할 수 있다. 그러니까 남는 시간은 6시간이었는데,
그 동안은 식사며, 대소변이며, 추억이며, 체코슬로바키아에서 일어난
이야기로 보내면 되는 것이었다.

밀짚 메트리스와 침대 판자 사이에서 사실 나는 한 장의 옛 신문을
발견하였던 것이다. 헝겊에 들러붙어서 노랗게 빛이 바래고 앞뒤가 비
쳐 보였다. 첫부분은 없어졌으나, 체코슬로바키아에서 일어난 듯한 기
사가 실려 있었다. 어떤 사나이가 체코의 어떤 마을에서 돈벌이를 떠
났다가, 25년 뒤에 부자가 되어 아내와 어린애 하나를 데리고 고향으로
돌아왔다. 그의 어머니는 그의 누이와 함께 고향에서 호텔을 경영하고
있었다. 그들을 놀라게 해주려고 사나이는 처자를 다른 여관에 남겨 두
고, 어머니의 집으로 갔었는데, 그가 돌아왔을 때 어머니는 그를 알아
보지 못하였다. 장난을 할 셈으로 방을 하나 잡고 돈을 보였다. 밤중에
그의 어머니와 누이는 그를 망치로 때려 죽이고 돈을 훔친 다음 시체를
강물 속에 던져 버렸다. 아침이 되자, 사나이의 아내가 와서 무심결에
길손의 신분을 밝혔다. 어머니는 목을 매고, 누이는 우물 속에 빠져 죽
고 말았다. 나는 그 이야기를 아마 몇 천 번 읽었을 것이다. 한편으로
그것은 사실 같지 않은 이야기였지만, 또 한편으로는 자연스러운 이야
기였다. 어쨌든 그런 결과에 대해서는 길손에게도 좀 책임이 있고, 장
난이란 함부로 할 것이 아니라고 생각했다.

그처럼 잠을 자고, 지나간 일을 생각하고, 3면 기사를 읽는 동안 빛

과 어둠은 갈아들고 시간이 흘렀다. 감옥에 있으면 시간 관념을 잊어버리고 만다는 것을 읽은 일이 있었지만, 그때는 그러한 것이 별로 나에게 의미를 갖지 못했었다. 한나절이 얼마나 길고, 동시에 짧을 수가 있는 것인지 알지 못했던 것이다. 물론 살아가는 데 길지만, 너무나 길게 늘어져서 하루하루는 넘쳐 흘러서 서로 넘치고 마는 것이다. 세월은 이름을 잃어버리게 되었다. 어제 혹은 내일이라는 말만이 나에게는 의미를 잃지 않고 있을 뿐이었다.

내가 들어온 지 다섯 달이 지났다고 하는 말을 어느 날 간수로부터 들었을 때, 나는 그의 말을 믿었으나, 그 말을 이해할 수가 없었다. 나로서는 언제나 같은 날이 내 감방으로 밀려오고, 언제나 같은 일을 계속하고 있을 뿐이었다. 그날 간수가 가 버린 뒤에 쇠로 만든 밥그릇에 비친 내 얼굴을 들여다보았다. 내 모습은 아무리 마주보며 웃으려고 해도 심각한 표정을 짓고 있었다. 나는 빙그레 웃었으나, 비쳐진 얼굴은 여전히 무뚝뚝하고 슬픈 표정이었다. 날이 저물어 가고 있었다. 나에게 있어서는 이야기하고 싶지 않을 때, 무어라고 표현할 수 없는 때였다. 형무소 아래층의 여기저기로부터 저녁의 소리가 침묵의 행렬을 지어 올라오는 그런 때였다. 나는 천장으로 뚫린 창문으로 다가가서 마지막 빛 속에 나의 얼굴을 들여다보았다. 여전히 심각한 표정이었으나, 놀라운 것은 아니었다. 그때 심각한 얼굴을 하고 있었다는 것이 무슨 놀라운 일이겠는가. 그러나 동시에, 몇 달 이래 처음으로 나는 내 목소리를 똑똑히 들었다. 나는 그것이 오래 전부터 내 귀에 울리고 있던 소리임을 알아차리고, 그 동안 나 혼자서 이야기를 하고 있었던 것을 깨달았다. 그때 나는 어머니의 장례식 날, 간호사가 한 이야기를 생각했다. 정말 어찌할 도리가 없는 것이다. 그리고 형무소 안의 저녁이 어떤 것인지 아무도 상상할 수 없는 것이다.

3

결국 여름이 빨리 지나가고 또다시 여름이 되었다고 말할 수 있다.

첫더위가 솟아오름에 따라 나는 무엇인가 새로운 일이 생기리라는 것을 알고 있었다. 나의 사건은 중죄(重罪) 재판소의 맨 나중 회기에 심의할 예정으로 기록되어 있었는데, 그 회기는 6월로 끝나는 것이었다. 변론이 시작되었을 때, 밖에서는 햇볕이 넘치고 있었다. 변론은 2,3일 이상은 계속되지 않을 것이라고 변호사는 확언했다.

「그리고, 당신의 사건이 이번 회기의 제일 중요한 것이 아니니까, 법정에서도 서두를 겁니다. 뒤이어서 부모 살해 사건을 심의하게 될 것입니다.」하고, 그는 덧붙였다.

나는 아침 7시 반에 불려서 호송차로 재판소까지 이송되었다. 그리하여 경관 두 사람의 지시에 따라 어둠침침한 조그만 방안으로 들어갔다. 우리는 거기 앉아 기다렸는데, 옆으로 문이 하나 있어, 그 뒤에서는 말소리, 호명 소리, 의자 소리, 그리고 동네 명절놀이에서 음악 전주가 끝나고 춤을 출 수 있도록 방안을 정리할 때를 연상케 하는 뒤숭숭한 소리가 들려 왔다. 재판이 열리기까지 기다려야 한다고 경관들은 말하고, 경관 하나는 담배 한 대를 나에게 권했으나, 나는 거절하였다. 조금 뒤에, 그는 나더러 「겁이 나느냐?」하고 물었다. 나는 아니라고 대답했다. 어떤 의미로는 재판 사건을 본다는 것이 나에게는 흥미있는 일이기까지 하였다. 나는 여태껏 한 번도 그런 기회를 가져 보지 못하였던 것이다.

「그야 볼 만하지, 그렇지만 나중엔 싫증이 나고 말아요.」
하고, 또 다른 경관이 말하였다.

이윽고 조그만 벨 소리가 방안에 울렸다. 경관들은 나의 수갑을 풀고, 문을 열어 나를 피고석으로 들여보냈다. 법정에는 사람들이 꽉 들어차 있었다. 커튼이 내려져 있었으나 햇빛이 여기저기 새어 들어와서, 공기는 숨막힐 지경이었다. 유리창은 닫혀 있었다. 나는 의자에 걸터앉았고, 경관들도 나의 좌우에 자리를 잡았다. 내 앞에 나란히 열을 지은 얼굴들이 눈에 뜨인 것은 바로 그때였다. 모두 나를 바라보고 있었다. 나는 그들이 배심원이라는 것을 깨달았다. 그러나 그 얼굴들을 구별짓고 있던 특징을 나는 말할 수가 없다. 내가 받은 인상은 다만 하나밖에 없었다. 말하자면 나는 전차 좌석 앞에 서 있는데, 그 이름도 모르는 모든 승객들이 무언가 웃음거리를 찾아내려고 새로 탄 승객을 쳐다보는 것 같았다. 그러나 그것은 어리석은 생각이라는 것을 나는 잘 알고 있다. 왜냐하면 그들 배심원이 찾고 있던 것은 웃음거리가 아니라 죄였으니까. 그러나 그 차이는 그리 큰 것이 아니고, 어쨌든 내 머리를 스친 것은 그러한 생각이었던 것이다.

나는 또 그 닫힌 방안에 들어찬 사람들 때문에 좀 어리둥절해졌다. 법정 안을 둘러보았으나, 어느 얼굴 하나 분별할 수 없었다. 처음에 나는 그 모든 사람들이 나를 보려고 모여들었다는 사실을 이해할 수가 없었던 듯하다. 여태껏 사람들은 나에게 관심을 갖고 있지 않았던 것이다. 내가 이러한 모든 동요의 원인이라는 것을 이해하기 위해서는 노력이 필요했다.

「사람들이 굉장히 많군요!」

하고, 한 사람이 경관에게 말하자, 경관은 신문 때문이라고 대답하고, 배심원석 밑의 책상 옆에 자리잡은 한 패를 가리켰다.

「저기들 와 있소.」

하고, 그는 말했다.

「누구 말이오?」

하고, 내가 물으니까,

「신문기자들 말이오.」

하고, 그는 다시 말했다. 경관은 기자 한 사람을 알고 있어서, 그 기자가 그때 경관을 보고 우리들에게로 걸어왔다. 꽤 나이가 많고 얼굴은 약간 찌푸렸으나, 호감을 가질 수 있는 사나이였다. 그는 매우 다정하게 경관의 손을 잡았다. 그때 나는 마치 클럽에서 같은 세계의 사람들끼리 서로 만나서 즐거워하듯, 모든 사람들이 서로 아는 얼굴을 찾아서 이야기를 걸고, 주고받고 하는 것을 보았다. 또 나는 어쩐지 침입자 같았고, 필요없는 존재라는 기묘한 생각이 들었다. 그러나 신문기자는 웃음을 띠면서 나에게 말을 걸었다. 그는 모든 것이 나에게 유리하게 되기를 바란다고 말하였다. 내가 고맙다고 하자,

「우리들은 당신의 사건을 좀 선전했습니다. 신문이 여름철에는 경기가 없습니다. 기사거리가 될 만한 것이라곤 당신 사건하고 부모 살해 사건밖엔 없었어요.」

하고, 그는 덧붙였다. 그리고 그가 방금 같이 앉았다가 일어서서 온 사

람들 가운데 뚱뚱한 두더지처럼 생기고 검은 테의 큼직한 안경을 쓴 키가 자그마한 사나이를 가리키며 파리의 어떤 신문 특파원이라고 말하였다.

「당신의 사건 때문에 온 것은 아닙니다만, 부모 살해 사건에 관한 보고를 하기로 되어 있기 때문에, 동시에 당신의 사건도 기사로 만들어 보내라고 했습니다.」

그 말에 대해서도 나는 하마터면 고맙다고 할 뻔했다. 그러나 그것은 우스운 일일 것이라는 생각이 들었다. 그 기자는 나에게 조그맣게 다정한 손짓을 해 보이고는 가 버렸다. 우리는 또 몇 분 동안 더 기다렸다.

나의 변호사는 법복(法服)을 입고 여러 동료들에게 둘러싸여 들어왔다. 그는 기자들에게로 가서 악수를 하였다. 그들은 농담을 나누고 웃고 하며, 아무 일도 없는 듯한 태도였는데, 마침내 법정 안에 벨이 요란스럽게 울렸다. 모두들 자리에 앉았다. 나의 변호사는 나에게로 와서 손을 붙잡아 흔들고 질문을 받으면 짤막하게 대답하고, 이쪽에서 먼저 뭐라고 말하지 말라고, 그리고 그밖의 일은 자기에게 맡기라고 충고했다.

왼쪽에서 의자를 뒤로 당기는 소리가 들리더니, 붉은 법복을 입고 코안경을 쓴, 키가 크고 호리호리한 사나이가 조심스럽게 옷을 추스르며 앉는 것이 보였다. 그가 검사였다. 서기 한 사람이 개정(開廷)을 알렸다. 동시에 두 개의 커다란 선풍기가 윙윙 돌아가기 시작하였다. 판사 세 사람이, 둘은 검은 옷을 입고, 하나는 붉은 옷을 입었는데, 서류를 가지고 들어와서 실내를 한눈에 내려다볼 수 있는 단으로 빠르게 걸어갔다. 붉은 옷을 입은 남자는 중앙에 자리잡고 앉아서 앞에 둥근 모자를 벗어 놓고, 조그만 대머리를 손수건으로 닦고 나서, 재판 개시를 선언하였다.

신문 기자들은 벌써 만년필을 손에 들고 있었다. 그들은 모두 냉담하고 조금 비웃는 태도였다. 그러나 플란넬 옷을 입고, 푸른 넥타이를 맨 아주 젊은 기자 하나는 만년필을 앞에 놓은 채 나를 바라보고 있었다. 약간 균형이 잡히지 않은 듯한 그 얼굴에서 나는 매우 맑은 두 눈만을 볼 수 있었다. 그 눈은 물끄러미 나를 보고 있었는데, 뚜렷한 아무것도 표현하고 있지 않았다. 나 자신이 나를 바라보고 있는 것 같은 야릇한 인상을 받았다. 아마도 그 일 때문에, 그리고 또 그곳의 관례를 몰랐기 때문에, 나는 뒤이어 일어난 모든 일을 잘 이해할 수가 없었던 모양이다. 배심원들의 추첨과 변호사, 검사, 배심원에 대한 재판장의 질문(질문을 받을 때마다 배심원의 머리들이 일제히 재판장석으로 향하는 것이었다), 기소장의 빠른 낭독(그 속에서 나는 지명들과 인명들을 알아들을 수 있었다), 그리고 다시 변호사에 대한 질문.

재판장은 증인 호출을 하겠노라고 말하였다. 서기는 이름들을 불렀다. 그것은 내 주의를 끌었다. 여태까지 혼잡하던 방청객들 속으로부터 한 사람씩 일어서서 옆문으로 사라지는 것이 보였다. 양로원 원장, 관리인, 페레 영감, 레이몽, 마송, 살라마노, 마리.

마리는 걱정스러운 듯 조그만 손짓을 해보였다. 나는 그들이 여태껏 눈에 뜨이지 않았던 것에 놀라고 있었다. 바로 그때 마지막으로 이름이 불리고, 셀레스트가 일어섰다. 그의 곁에는 언젠가 레스토랑에서 보았던 그 키가 자그마한 여자가 그 재킷을 입고 정확하고 결단성 있는 자세로 앉아 있는 것이 보였다. 그녀는 뚫어지게 나를 바라보고 있었다. 그러나 재판장이 또 이야기를 시작했으므로, 나는 생각해 볼 시간의 여유를 갖지 못했다. 정식 공판이 이제부터 시작될 것이라는 말을 하고 나서 방청객들에게 조용하라고 요구할 필요조차 없을 줄로 안다고 말하였다. 그의 말에 의하면 사건의 공판을 공명 정대하게 진행시키는 것이 자기의 직분이며, 자기는 객관적인 눈으로 사건을 보려고 한다는 것이었다. 배심원들이 내리는 결정은 정의의 정신에 입각하여 행하여질 것이며, 어쨌든 조그만 사고라도 있으면 방청객들에게 퇴장을 명할 것이라고 말했다.

더위는 점점 심해져서, 방청객들이 신문을 가지고 부채질을 하는 것이 보였다. 구겨진 종이 소리가 잇달아 나는 것이었다. 재판장이 손짓을 하자, 서기가 짚으로 엮은 부채 세 개를 가져왔다. 세 사람의 판사가 그것을 사용하기 시작했다.

곧 심문이 시작되었다. 재판장은 나에게 부드럽게, 간곡해 보이기까지 하는 어조로 질문을 했다. 다시금 나의 신분에 관한 질문을 받아서 귀찮기는 하였으나 마음 속으로는 당연한 일이라고 생각했다. 왜냐하면, 어떤 사람을 다른 사람으로 잘못 알고 재판을 한다면 그건 너무나

중대한 일이기 때문이다. 그러더니 재판장은 내가 저지른 일을 얘기했
는데, 두서너 마디 하고는 매양, 「그렇지요?」하고 나에게 물었다.
그럴 때마다 나는 변호사의 지시에 따라「네, 그렇습니다.」하고 대답
했다. 재판장은 매우 세밀히 이야기를 하였으므로 시간이 오래 걸
렸다. 그 동안 줄곧 신문기자들은 받아 쓰고 있었다. 그 중 젊은 기자
의 시선과 그 키가 작은 자동인형 같은 여인의 시선을 나는 느끼고 있
었다. 전차의 걸상 같은 좌석의 사람들은 모두 재판장에게로 고개를 돌
리고 있었다. 그는 기침을 하고, 서류를 뒤지고 나서 부채질을 하며 나
에게로 얼굴을 돌렸다.

　재판장은 나에게 이제부터 겉으로는 나의 사건과 아무 관계도 없는
듯이 보이지만, 실상은 아마 밀접한 관계를 가진 문제를 검토해야 되
겠다고 말하였다. 또 어머니의 이야기를 하려는 것이려니 생각하고,
동시에 그것이 얼마나 나를 짜증스럽게 만드는지를 느꼈다. 왜 어머니
를 양로원에 넣었느냐고 재판장이 물었다. 어머니를 모시고 부양할 돈
이 없었기 때문이라고 나는 대답했다. 그 비용을 나 혼자 부담했어야
했느냐고 묻기에 어머니도 그렇고 우리는 이미 서로 아무것도 기대할
것이 없었고, 또 누구에게도 기대를 하지 않고 있었으며, 그리고 우리
는 각기 새로운 점에 관하여서는 더 논의하지 않겠노라고 말한 다음,
검사에게 다른 질문이 없느냐고 물었다.

　검사는 반쯤 나에게서 등을 돌리고 있었는데, 그는 나를 보지 않고,
재판장의 허락을 얻어 내가 아라비아 사람을 죽일 생각으로 혼자서 샘
으로 되돌아갔는지 어떤지 알고 싶다고 말하였다.

　「아닙니다.」
하고 나는 말했다.

　「그렇다면 무기는 왜 가지고 있었으며, 그곳으로 바로 돌아간 이유
는 무엇이오?」

　그것은 우연이었다고, 나는 대답하였다. 검사는 악의 있는 어조로,
　「지금은 그만하겠습니다.」
하고 말했다. 그리고는 모든 것이 좀 혼란스러웠다. 적어도 나에게는
그랬었다. 그러나 잠시 의논을 하고 나서 재판장은 폐정(閉廷)을 선언
하고, 오후에는 증인 심문이 있을 것이라고 말하였다.

나는 생각을 해볼 겨를도 없었다. 끌려 나와서 죄수 호송차에 실려 형무소로 돌아와서 점심을 먹었다. 매우 짧은 시간, 피곤함을 겨우 느낄 만한 시간이 지나자, 나는 다시 불려 나갔다. 모든 것이 다시 시작되어, 나는 같은 방안에 같은 얼굴들 앞에 앉게 되었다. 다만 더위가 훨씬 더 심해서 마치 기적이나 일어난 것처럼 모든 배심원들, 검사, 변호사, 그리고 몇몇 신문기자들까지도 밀짚 부채를 손에 들고 있었다. 그러나 그들은 부채질을 하지 않고 아무 말없이 여전히 나를 바라보고 있었다. 나는 얼굴에 흐르는 땀을 닦았다. 그리고 양로원 원장의 이름이 불리는 것을 들었을 때에야 비로소 그곳과 나 자신의 의식을 얼만큼 회복할 수 있었다. 어머니가 나에게 대한 불평을 말하더냐는 질문에, 원장은 그렇다고 대답하고, 그러나 친척들에 대한 불평을 말한다는 것은 재원자들의 일종의 괴벽이라고 말하였다. 내가 양로원에 넣은 것을 어머니가 못마땅하게 여기고 있었더냐고 재판장이 따져 묻자, 원장은 또 그렇다고 대답하였다. 그러나 이번에는 아무 설명도 덧붙이지 않았다. 또 다른 질문에 대하여, 그는 장례식 날 냉정한 나를 보고 놀랐었다고 대답하였다. 냉정했다는 것은 어떤 의미인가 하고 물으니까, 원장은 발 끝을 내려다보고 나서 내가 어머니를 보려고 하지 않았고, 한 번도 눈물을 흘리지도 않았으며, 장례식이 끝난 뒤에도 무덤 앞에서 묵도를 하지 않고 곧 물러 나왔다고 말했다. 그를 놀라게 한 일이 또 하나 있었다. 장의사의 일꾼 한 사람으로부터 내가 어머니의 나이를 모르더란 말을 들었다는 것이었다. 잠시 침묵이 흐른 뒤, 재판장은 원장에게 여태까지 한 말이 확실히 나에 관한 것임에 틀림없느냐고 물었다. 원장이 그 질문의 뜻을 알아차리지 못한 것을 안 재판장은,
「법률상 그렇게 하는 것입니다.」
하고 말했다. 그리고 재판장이 차석 검사에게 증인에 대한 질문이 없느냐고 묻자, 검사는,
「아, 없습니다. 그것으로 충분합니다.」
하고 외쳤다. 그 목소리가 너무나 억세고, 나에게로 향한 그 승리의 표정을 지닌 눈초리가 너무나 어마어마해서, 나는 여러 해 만에 처음으로 울고 싶은 생각이 들었다. 그 모든 사람들이 나를 얼마나 미워하는지를 느낄 수 있었기 때문이다.

배심원들과 나의 변호사에게 질문이 없는가 하고 묻고 나서, 재판장은 관리인의 증언을 들었다. 그에게 대해서도 다른 모든 증인들이나 마찬가지로 같은 격식의 절차가 되풀이되었다. 자리에 나와 서며, 관리인은 나를 바라보고 눈길을 돌렸다. 그는 질문에 대답하여, 내가 어머니를 보고 싶어하지 않았다는 것, 담배를 피웠다는 것, 잠을 자고 카페오레를 마셨다는 것을 말했다. 그때, 나는 온 장내를 동요하게 하는 그 무엇을 느끼고, 처음으로 내가 범인이라는 것을 깨달았다. 재판장은 관리인에게 카페오레 이야기와 담배 이야기를 한 번 더 시켰다. 차석 검사는 조소의 빛을 띠고 나를 바라보았다. 그때, 나의 변호사가 관리인에게 그도 나와 함께 담배를 피우지 않았느냐고 물었다. 이 질문을 듣자, 검사는 벌떡 일어서더니,

「도대체 누가 범인입니까? 증언의 불리함을 은폐하기 위하여 죄과를 증인에게 뒤집어씌우는 방법은 언어 도단입니다. 이 증언이 결정적임에는 변함이 없습니다!」

하고 외쳤다. 그렇지만 재판장은 질문에 대답하라고 관리인에게 말하였다. 영감은 당황한 빛으로,

「제가 잘못했다는 것은 잘 압니다. 그러나 저분이 권하신 담배를 거절하기가 미안해서 그랬습죠.」

하고 말했다. 끝으로 나에게 덧붙여 할 말이 없느냐고 묻기에 나는,

「없습니다. 다만 증인의 말이 옳다는 것을 말씀드립니다. 내가 그에게 담배를 권한 것은 사실입니다.」

하고 대답했다. 관리인은 그때 약간의 놀라움과 일종의 감사의 뜻을 보이는 눈초리로 나를 바라보았다. 잠시 망설이더니, 그는 카페오레를 권한 것은 자기라고 말하였다. 나의 변호사는 의기양양하여 외치며, 배심원들은 그것을 충분히 고려하여야 할 것이라고 말하였다. 그러나 검사는 우리들의 머리 위로 벼락 같은 소리를 지르며,

「물론 배심원들께서는 그것을 고려하실 겁니다. 그리고 배심원들께서는 아무 관계도 없는 사람으로서는 커피를 권할 수도 있었겠지만, 자기를 낳아 준 어머니의 시체 앞에서 아들로서는 모름지기 그것을 사양해야 할 것이었다고 결론을 내릴 것임에 틀림없습니다.」

하고 말했다. 관리인은 자기 걸상으로 돌아갔다.

토마 페레의 차례가 되었을 때는 서기가 그를 증언대까지 부축하지 않으면 안 되었다. 그는 특히 어머니를 잘 알고 있었지만, 나는 장례식 날 한 번 만났을 뿐이었다고 말했다. 그는 그날 내가 무엇을 하였는가 하는 질문에 대답하여,

「저는 그날 너무 슬퍼서 아무것도 보지 못했습니다. 가슴 속의 슬픔 때문에, 아무것도 눈에 보이지 않았습니다. 나에게는 매우 슬픈 일이었으니까요. 그래서 기절까지 했던 것입니다. 그래서 저분을 보질 못했습니다.」

하고 말했다. 차석 검사는 내가 눈물을 흘리는 것이라도 보았느냐고 물었다. 페레는 보지 못했다고 대답하였다. 그러니까 이번에는 검사가,

「배심원들께서는 이 점을 고려하시기 바랍니다.」

하고 말했다. 그러나 나의 변호사는 화를 내어 지나쳐 보일 만큼 목청을 돋우어 페레에게 내가 눈물을 흘리지 않는 것을 보았느냐고 물었다. 페레는 보지 못했다고 대답했다. 방청객들이 웃었다. 나의 변호사는 한쪽 소매를 걷어붙이면서 단호한 어조로 말했다.

「이 사건은 전부가 이 모양입니다. 모든 것이 사실인가 하면 또 아무것도 사실이 아닙니다.」

검사는 무표정한 얼굴로 기록 문서의 제목을 연필로 찌르고 있었다.

5분 동안의 휴식 시간 사이에 변호사는 모든 것이 잘 되어 간다고 말했다. 휴식 시간이 끝나자, 피고측의 요구로 호출된 셀레스트의 증언이 있었다. 피고란, 즉 나였다. 셀레스트는 때때로 나에게 시선을 던지며 두 손으로 파나마를 돌리고 있었다. 그는 새 옷을 입고 있었는데, 그것은 가끔 일요일에 나와 함께 경마장에 갈 때 입던 것이었다. 그러나 칼라는 붙일 수가 없었던지, 셔츠를 구리 단추로 채웠을 따름이었다. 내가 그의 손님이었느냐고 하는 질문에 그는,

「그렇습니다. 하지만 또 친구이기도 했습니다.」

하고 말했다. 나를 어떻게 생각하느냐는 물음에 대하여, 나는 사나이라고 대답했다. 사나이란 무슨 뜻이냐고 물으니까, 그는 그것이 무슨 뜻인지는 누구나 다 안다고 말하였다. 내가 집에 틀어박혀 있기를 좋아하는 성격을 가진 것을 알고 있었느냐는 질문에는, 다만 내가 공연한 말을 하지 않는 성질이었다는 것만 인정했다. 내가 음식값은 어김없이

치렀느냐고 차석 검사가 묻자, 셀레스트는 웃고 나서,

「그건 우리 두 사람 사이의 사사로운 일입니다.」

하고 말했다. 다시 나의 범죄를 어떻게 생각하느냐는 질문을 받자, 그는 증인대 위에 손을 올려놓았다. 할 말을 미리 준비했다는 것을 알 수 있었다.

「내 생각으로서는 그건 하나의 불행입니다. 불행이 어떤 것인지는 누구나 압니다. 불행이라는 건 어찌할 도리가 없습니다. 확실히 내 생각으로는 그건 하나의 불행입니다.」

그는 더 계속하려고 했었으나, 재판장이 그만하면 좋다고 말하고 수고했다고 말하였다. 셀레스트는 조금 당황하고 말았다. 그러나 그는 좀더 이야기를 하고 싶다고 말하였다. 재판장은 짧게 이야기를 하도록 요청했다. 셀레스트는 또다시 그것은 하나의 불행이라고 되풀이하였다.

그러니까 재판장은 「네, 알았습니다. 그러나 우리의 할 일은 그러한 불행을 심판하는 것입니다. 수고하셨습니다.」 하고 말하였다.

지혜껏, 성의껏 하였으나 그만 어쩌는 수 없었다는 듯이 셀레스트는 나에게로 고개를 돌렸다. 눈은 번쩍이고 입술은 떨리고 있는 것 같았다. 좀더 나를 위하여 자기로서 할 수 있는 것은 무엇일까 나에게 묻고 있는 듯하였다. 나는 아무 말도 하지 않고, 아무런 몸짓도 하지 않았다. 그러나 한 사람의 남자를 껴안고 싶은 마음이 우러난 것은 그때가 처음이었다. 재판장은 증인대로부터 물러가도록 그에게 명령했다. 셀레스트는 법정의 좌석으로 가서 앉았다. 나머지 심문이 끝날 때까지 그는 우두커니 몸을 앞으로 약간 기울여 팔꿈치를 무릎에 괴고 파나마를 두 손으로 잡고, 모든 얘기에 귀를 기울이고 있었다.

마리가 들어왔다. 모자를 쓰고 있었는데, 역시 아름다웠다. 그러나 머리를 풀어 놓았을 때가 나에게는 더 좋았다. 내가 앉아 있는 곳에서도 그녀의 볼록한 젖가슴의 가벼운 무게를 알 수 있었다. 아랫입술이 조금 부푼 듯한 것도 여전하였다. 매우 신경이 곤두선 것 같았다. 곧 그녀는 언제부터 나를 알았느냐고 하는 질문을 받고, 우리 회사에서 같이 일하던 시기를 말했다. 재판장은 나와의 사이가 어떤 것인지를 알고 싶어하였다. 나의 친구라고, 마리는 말했다. 또 다른 질문에 대하여 나와 결혼을 하게 되어 있는 것은 사실이라고 대답하였다. 서류를 뒤적이고 있던 검사가 갑자기 언제부터 우리들의 관계가 시작되었느냐고 물었다. 마리는 그 날짜를 말했다. 검사는 태연한 기색으로 그것은 어머니의 장례식이 있은 다음날인 것 같다고 지적하였다. 그리고는 약간 비웃는 말투로 그 같은 미묘한 사정을 더 캐묻고 싶지도 않았고, 또 마리의 근심도 모르는 바 아니지만, 그러나 (여기에서 그의 어조는 한층 더 엄해졌다) 그는 자기의 의무상 부득이 예의를 벗어날 수밖에 없다고 말하였다. 그래서 검사는 마리에게 나와 관계를 맺게 된 그날 하루 동안한 일을 요약해서 말하라고 하였다. 마리는 이야기하고 싶어하지 않았으나, 검사의 강권에 못이겨, 해수욕을 갔던 일, 영화 구경 갔던 일, 그리고 둘이서 나의 집으로 돌아온 일을 말하였다. 차석 검사는 예심에서 마리의 진술을 듣고, 그날 영화의 프로그램을 조사해 보았다고 말한 다음, 그때 무슨 영화가 상영되고 있었는지를 마리 자신의 입으로 말하여 주기 바란다고 덧붙였다. 마리는 거의 질린 목소리로, 그것은 페르낭델의 영화였다고 말하였다. 그녀의 말이 끝나자, 장내는 완전히 잠잠해졌다. 그러나 검사는 일어서서 심각하게 참으로 감동된 듯한 목소리로 나를 손가락질하면서 천천히 또박또박 끊어 말하였다.

「배심원 여러분, 어머니가 사망한 바로 그 다음날에, 이 사람은 해수욕을 하고, 부정한 관계를 맺기 시작하고, 희극 영화를 보고 좋아한 것입니다. 다시 더 말할 필요조차 없습니다.」

침묵이 흐르는 가운데 검사는 말을 맺고 앉았다. 갑자기 마리가 흐느껴 울기 시작했다. 그러면서 그런 것이 아니며, 다른 일들도 있었고, 사실 자기가 생각하는 것과는 반대 이야기를 강요당한 것이라고 말했다. 자기는 나를 잘 알고, 나는 아무것도 나쁜 일을 하지 않았다고 말했다. 그러나 재판장이 손짓을 하자, 서기가 그녀를 데리고 나갔다. 심문은 다시 계속되었다.

마송이 나와서, 나는 성실한 사람이며, 그뿐만 아니라 용감한 사람이라고 말하였으나, 거의 아무도 들어 주는 사람이 없었다. 살라마노도 내가 그의 개의 일로 퍽 친절하였다는 것을 말하고, 나와 어머니에 관한 질문에 대하여 나는 어머니에게 할 말이 아무것도 없었고, 그 때문에 내가 어머니를 양로원에 넣은 것이라고 대답하였으나, 역시 들어 주는 사람이 거의 없었다.

「이해하셔야 합니다. 이해하시기 바랍니다.」

하고, 살라마노는 말하고 있었지만, 이해하는 사람은 하나도 없는 것 같았다. 서기가 그를 데리고 나갔다.

뒤이어 레이몽의 차례가 되었다. 그가 마지막 증인이 되었다. 레이몽은 나에게 슬쩍 손짓을 해 보이고, 다짜고짜로 나에게는 죄가 없다고 말하였다. 그러나 그에게 요구하는 것은 판정이 아니라 사실이라고 재판장이 말했다. 재판장은 그에게 질문을 기다려서 대답을 하라고 주의를 주었다. 그의 피해자와의 관계를 정확하게 말하라고 했다. 레이몽은 그 기회를 이용해서 그가 피해자의 누이의 뺨을 때린 다음부터 피해자가 미워하고 있던 것은 자기라고 말하였다. 그러나 재판장은 피해자가 나를 미워할 이유가 없었는가 하고 물었다. 레이몽은 내가 바닷가에 같이 있었던 것은 우연의 결과였다고 말하였다. 검사는 그러면 어째서 사건의 발단이 된 그 편지가 나의 손으로 씌어졌느냐고 물었다. 레이몽은 그것도 우연이었다고 대답했다. 검사는 이 사건에 있어서, 이미 여러 번 우연은 진상을 왜곡하였다고 반박하였다. 레이몽이 그의 정부의 뺨을 때렸을 때, 내가 말리지 않은 것도 우연인가, 내가 경찰서에 가서 증인이 되었던 것도 우연인가, 그때의 나의 증언이 순전히 호의적이었던 것도 우연인가 알고 싶다고 하였다. 그는 끝으로 직업이 무엇이냐고 레이몽에게 물었다. '창고 감독'이라고 레이몽이 대답하자, 차석 검사는 배심원들에게 증인이 뚜장이 노릇을 업으로 하고 있다는 것은 누구나 다 아는 사실이라고 말하였다. 나는 그의 공범자요, 친구이다. 그러므로 나의 사건은 가장 비루한 종류의 음란한 범죄 사건이요, 더욱이 피고는 흉악하기 짝이 없는 파렴치한이라는 것이었다. 레이몽이 변명을 하려 하였고, 나의 변호사도 항의를 하였으나, 재판장은 검사의 이야기를 끝마치게 해야 할 것이라고 말하였다.

검사는 「나는 더 길게 말하지 않겠습니다.」 하고 말한 다음, 레이몽에게 「피고는 당신의 친구였습니까?」 하고 물었다.

레이몽은 「그렇습니다. 나의 친구였습니다.」 하고 말했다.

그러자 검사가 나에게 같은 질문을 했으므로, 나는 레이몽을 바라보았다.

그는 나에게서 눈을 돌리지 않았다.

나는「그렇습니다.」하고 대답했다.

검사는 그때 배심원들에게 돌아서며 말했다.

「어머니가 사망한 다음날 가장 수치스러운 정사에 골몰한 이 사람은 대수롭지도 않은 이유로 어처구니없는 풍기 사건의 결말을 지으려고 살인을 한 것입니다.」

검사는 이야기를 끝마치고 앉았다. 그러나 나의 변호사는 참다 못하여 두 팔을 높이 쳐들어 올리며 외쳤다. 그 때문에 소매가 흘러내려, 풀 먹인 셔츠의 주름이 드러나 보였다.

「도대체 피고는 어머니를 매장한 것으로 기소된 것입니까, 살인을 한 것으로 기소된 것입니까?」

방청객들이 웃었다. 그러나 검사는 다시 일어서서, 법복을 고쳐 입고 나서, 존경할 만한 변호인의 순진성을 갖지 않고서는 그 두 종류의 사실 사이에서 근본적이며, 감동적이요, 본질적인 관계를 느끼지 않을 수 없을 것이라고 언명하였다.

「그렇습니다.」하고 그는 기운차게 외쳤다. 「범죄인의 마음을 가지고, 자기의 어머니를 매장했으므로, 나는 이 사람의 죄를 논고하는 것입니다.」

이 논고는 방청객들에게 커다란 효과를 거둔 듯하였다. 변호사는 어깨를 으쓱해 보이고, 이마에 흐르는 땀을 닦았다. 그러나 그 자신 동요된 빛을 보였고, 사태는 나에게 결단코 유리하지 못하다는 것을 나는 깨달았다.

그러고는 심문이 빨리 끝났다. 심문이 끝나고, 재판소로부터 나와 차를 타러 가면서 나는 매우 잠깐 동안 여름 저녁의 냄새와 빛을 느꼈다. 어두컴컴한 호송차 속에서 나는 내가 좋아하던 어떤 도회지의 거리며, 이따금 스스로 만족감을 느끼던 어떤 시간의 귀에 익은 소리들을 마치 자신의 피로한 마음속으로부터 찾아내듯이 하나씩 다시 들을 수 있었다. 이미 부드러워진 공중으로 들려 오는 신문팔이들의 고함소리, 공원 속의 마지막 새소리, 샌드위치 장수의 부르짖음, 높은 시가의 휘어진 길목에서 울리는 전차의 경적소리, 그리고 항구 위로 밤이 내리려는 무렵, 하늘에 반향하는 어렴풋한 소리, 그러한 모든 것이 나에

게 장님이 더듬는 길 같은 것을 이루고 있었다. 그 길은 형무소로 들어
오기 전에 내가 잘 알고 있던 것이었다.

 그렇다, 그것은 이미 오랜 옛날, 내가 스스로 만족감을 느끼던 시작
이었다. 그러한 때 나를 기다리고 있던 것은 언제나 가볍고 꿈도 없는
잠이었다. 그러나 이제는 무엇인가 달라진 것이 있었다. 왜냐하면, 내
일을 기다리고 있었던 내가 돌아온 곳은 나의 감방이었기 때문이다. 마
치 여름 하늘 속에 그려진 낯익은 길이 죄없는 수면으로 이를 수도 있
고, 감옥으로 이를 수도 있는 것처럼.

4

 피고석에 앉아서라도 자기 이야기를 듣는 것은 언제나 흥미있는 일
이다. 검사와 변호사 사이의 변론이 있는 동안 사람들은 내 이야기를
많이 하였다. 아마 내 범죄 이야기보다도 더 많이 내 이야기를 하였다
고 할 수 있다. 그리고 양쪽의 변론에 커다란 차이가 있었을까? 변호
사는 팔을 쳐들어 올리고 범죄를 인정하되 변명을 붙였고, 검사는 손가
락질을 하며 유죄를 고발하여, 변명의 여지를 주지 않았을 따름이다.
그러나 나를 막연히 난처하게 만드는 일이 하나 있었다. 나는 스스로
생각에 깊이 빠져 있었으나, 때로는 나도 한 마디 이야기를 하고 싶
었다. 그러면 변호사는,

 「가만 있어요, 그래야 일이 잘 됩니다.」

하고 말하는 것이었다. 이를테면 사건이 나와는 아무런 관계없이 다루
어지는 셈이었다. 나는 참여도 시키지 않고 모든 것이 진행되었다. 내
의견을 물어 보지도 않은 채 내 운명이 결정되는 것이었다. 때때로 나
는 다른 사람들의 이야기를 가로막고 이렇게 말하고 싶었다.

 「그렇지만 도대체 누가 피고입니까? 피고라는 것은 중요합니다. 나
에게는 할 말이 있습니다.」

 그러나 생각을 해보면 할 이야기가 아무것도 없었다. 그리고 나는

사람들에게 관심을 갖는다는 홍미는 오래 계속되지 않는다는 것을 인정하지 않을 수 없다. 가령 검사의 논고가 곧 나에게는 싱거워졌다. 나의 관심을 끌거나 홍미를 일으킨 것은 다만 단편적인 말들, 몸짓들, 혹은 전체와는 동떨어진 한 토막의 연설, 그러한 것들이었다.

내가 옳게 이해한 것이라면, 검사의 생각의 요점은 내가 범죄를 미리 계획했었다는 것이었다. 적어도 그는 그것을 증명하려고 했으며, 그 자신이 이렇게 말하고 있었다.

「그것을 증명하겠습니다. 그것을 나는 이중으로 증명할 수 있습니다. 첫째로는 명백한 사실에 비추어서, 둘째로는 이 악한 마음씨의 음흉한 심리 상태에 비추어서 증명할 수 있는 것입니다.」

검사는 어머니가 죽은 뒤의 사실들을 요약하였다. 내가 냉담했었다는 것, 어머니의 나이를 몰랐었다는 것, 이튿날 여자와 해수욕을 하러 갔었다는 것, 페르낭델의 영화를 구경하고, 끝으로 마리와 함께 집으로 돌아왔다는 것을 지적했다. 그때, 나는 검사의 말을 이해하기에 퍽 시간이 걸렸다. 그가 '정부'란 말을 썼기 때문이다. 그러나 나에게는 마리였을 따름이다. 그리고 검사는 레이몽의 이야기를 하였다. 사건을 보는 그의 방법은 여간 명석한 것이 아니라고, 나는 생각했다. 그의 이야기는 그럴 듯했다. 나는 레이몽과 합의하여 그의 정부를 꾀어다가 '도덕 관념이 의심스러운' 사나이의 흉악한 행위에 맡기려고 편지를 썼다. 바닷가에서는 내가 레이몽의 적들에게 대들었다는 것이다. 레이몽이 다쳤다. 나는 레이몽에게서 권총을 달래 가지고 혼자서 그것을 사용할 생각으로 되돌아갔다. 그리하여 계획대로 아라비아 사람을 쏘아 죽인 것이다. 조금 기다려서 '일이 잘 되었음을 확인하기 위하여' 다시 네 방의 탄환을 태연자약하게, 말하자면 확실히 명확한 의식을 가지고 쏘았다는 것이다.

「이상과 마찬가지로.」 하고 검사는 말했다. 「나는 여러분께, 이 사람이 뻔히 알면서 살인을 하게 된 사건의 경위를 말씀드렸습니다. 나는 이 점을 강조합니다. 왜냐하면, 이것은 보통의 살인, 정상(情狀)에 따라 관대하게 보아 줄 수도 있는 반사적 행동이 아닙니다. 여러분, 이 사람은 지식도 있습니다. 이 사람의 진술을 여러분도 듣지 않으셨습니까? 그는 대답할 줄도 알고, 말의 뜻도 잘 알고 있습니다. 그러므로 자기가 하는 일을 모르고 행동하였다고는 할 수 없습니다.」

  귀를 기울이고 있던 나는 나를 지식 있는 사람이라고 하는 말을 들었다. 그러나 보통 사람이면 누구나 가지고 있는 능력이 어떻게 한 사람의 범인에게 매우 불리한 조건이 되는 것인지, 나는 잘 이해할 수가 없었다. 적어도 내 머리를 때린 것은 그러한 점이었다. 그 뒤로는 검사의 말을 듣지 않고 있었으나, 이윽고 나는 다시 그의 말을 들었다.

  「후회하는 빛을 보이기나 했던가요? 여러분, 조금도 없었습니다. 예심 때도 이 사람은 자기의 가증스러운 범행에 대해 한 번도 뉘우치는 것 같지 않았습니다.」

  그리고는 나에게로 돌아서서, 손가락으로 나를 가리키며 계속하여 열변을 늘어놓았는데, 사실 나는 그 이유를 잘 알 수 없었다. 그의 이야기가 옳다는 것을 인정하지 않을 수 없기는 했다. 나는 나의 행동을 그다지 뉘우치고 있지는 않았다. 그렇지만, 그렇게 노발대발한다는 것이 나에게는 놀라웠다. 그에게 나는 다정스럽게, 거의 애정을 기울여, 나로서는 참말로 무엇을 후회할 수가 없었던 것이라고 설명을 하여 주고 싶었다. 나는 항상 앞으로 나에게 일어날 일, 오늘의 일, 또는 내일의 일에 마음이 팔려 있었던 것이다. 그러나 물론 나의 처지로서는 누구에게도 그러한 투로 말할 수는 없었다. 나에게는 다정스러운 태도를 취하거나, 선의를 가질 권리가 없는 것이다. 그러므로 검사는 다시 나의 영혼에 관한 이야기를 시작했으므로, 나는 귀를 기울였다.

  검사는 나의 영혼을 들여다보았으나, 아무 것도 찾아볼 수 없었다고 배심원들에게 말하였다. 사실 영혼이라는 것이 나에게는 도무지 없으며, 인간다운 점이 조금도 없고, 인간의 마음을 보전하는 도덕적 원리가 모두 나에게는 받아들여지지 않고 있다는 것이었다.

  「아마도.」 하고 그는 덧붙여 말했다. 「우리는 그것을 비난할 수는 없을 것입니다. 그가 가질 수 있는 것이 그에게 없다는 것을 나무랄 수도 없는 일입니다. 그러나 이 법정에 있어서는 소극적인 관용의 덕(德)은 그보다 더 어렵기는 하지만, 더 높은 덕으로 바뀌어야 합니다. 특히 이 사람에게서 볼 수 있는 것 같은 심리의 공허가 사회 전체를 삼켜 버릴 수도 있는 심연(深淵)이 되는 경우에는 더욱 그러합니다.」

  그리고는 어머니에 대한 나의 태도를 논의하였다. 공판중에 한 말을 그는 다시 되풀이하였다. 그러나 그것은 나의 범죄를 이야기하였을 때보다도 더 길었다. 너무나 길어서, 마침내 그날 아침의 더위밖에는 아무것도 나는 느낄 수가 없었다. 얼마 지나서, 차석 검사는 잠시 말을 끊었다.

다시 매우 낮고 자신 있는 목소리로「내일 이 법정은 가장 가증스러운 범죄, 부모를 살해한 범행을 심판하게 될 것입니다.」하고 말하였다.

그의 말에 의하면, 이 잔악한 범죄는 상상조차 할 수 없을 정도로 무서운 것이었다. 그는 인간 사회의 율법이 엄중한 처단을 내리기를 바란다고 말했다. 그러나 이 범행이 일으키는 전율감도 차라리 나의 무감각함에 대하여 느끼는 전율감에는 미치지 못한다고 서슴지 않고 말했다. 또 그의 말에 의하면 자기의 손으로 죽이는 사람과 마찬가지로, 인간 사회로부터 말살되어야 한다는 것이었다. 어쨌든 전자는 후자의 행위를 준비하는 것이며, 말하자면 그러한 행위를 예고하고 승인한다는 것이다.

「여러분, 나는 확신합니다.」하고 그는 목소리를 높여서 덧붙였다. 「이 걸상에 앉아 있는 이 사람은, 이 법정이 내일 판결을 내리게 될 살인죄를 또한 범한 것이라고 말하여도, 여러분은 내 생각이 지나치다고는 생각하지 않을 것입니다. 그러므로 이 사람은 형벌을 받아야 할 것입니다.」

여기에서 검사는 땀으로 번뜩이는 얼굴을 닦았다. 끝으로 그는 자기의 의무는 괴로운 것이지만, 단호히 그것을 수행할 것이라고 말하였다. 나는 사회의 가장 근본적인 율법을 무시하고 있으므로, 사회와는 아무 관계도 없으며, 인간의 마음의 가장 기본적인 반응도 모르는 사람이므로, 인정에 호소할 수도 없는 것이라고 말하였다.

「나는 이 사람에 대하여 사형을 구형합니다. 사형을 구형하여도 내 마음은 가볍습니다. 왜냐하면, 이미 짧지 않은 재직 기간 중, 나는 여러 번 사형을 구형한 일이 있었지만, 오늘처럼 이 괴로운 의무가 신성한 지상 명령이란 의식과 흉악한 것밖에는 아무것도 읽어 볼 수 없는 한 사람의 얼굴을 앞에 놓고 느끼는 전율감에 의해 보상을 받아 균형을 이루고 빛을 받는 것처럼 느껴 본 적은 일찍이 없었기 때문입니다.」

검사가 자리에 앉자, 상당히 오랜 침묵이 흘렀다. 나는 더위와 놀라움으로 어리둥절했었다. 재판장이 두어 번 기침을 하고 나서 낮은 목소리로, 덧붙여 할 말은 없느냐고 내게 물었다. 나는 이야기하고 싶었으므로, 일어서서 그저 생각나는 대로 아라비아 사람을 죽이려는 의도는 없었던 것이라고 말하였다. 재판장은 그건 하나의 주장이라고 대답하고, 아직 나의 변호 내용을 잘 알 수 없으니 변호사의 말을 듣기 전에 내가 그런 행동을 하게 된 동기를 명확히 말해 주면 좋겠다고 말하였다. 나는 빠른 어조로, 말을 좀 뒤섞으며, 내가 우습게 보인다는 사실을 알면서도 그것은 태양 때문이었다고 말했다. 장내에는 웃음이 터졌다. 나의 변호사는 어깨를 으쓱해 보였다. 곧 뒤이어, 그는 발언의 지명을 받았으나, 시간도 늦고 자기의 진술은 여러 시간을 요할 것이므로 오후로 미루어 주면 좋겠다고 말하였다. 법정은 이에 동의하였다.

오후에도 커다란 선풍기가 여전히 실내의 무더운 공기를 휘젓고, 배심원들의 가지각색의 조그만 부채들은 모두 같은 방향으로 움직이고 있었다. 변호사의 변론은 언제 끝이 날지 모를 지경이었다. 그러나 문득 나는 귀를 기울였다. 「내가 죽인 것은 사실입니다.」하고 그가 말했기 때문입니다. 그는 그런 조로 이야기를 계속했다. 나의 말을 할 때마다 그는 '나'라고 했다. 나는 매우 놀랐다. 나는 경관에게로 몸을 굽혀 그 이유를 물었다. 경관은 가만 있으라고 말하고 조금 있더니 변호사들은 모두 그렇다고 덧붙였다. 나로서는 그것도 또한 나를 사건으로부터 젖혀 놓고, 나를 제로〔零〕로 만들어 버리는 것이고, 이를테면 그가 나 대신의 역할을 하는 것이라고 생각했다. 그러나 나의 주의는 벌써 그 법정에서 매우 멀어져 있었다고 생각한다. 그리고 나의 변호사는 우스워 보였다. 그는 빠른 어조로 나의 살인행위를 변호하고 나서, 그도 역시 내 영혼에 관해 이야기했다. 그러나 검사에 비하여 그 솜씨가 훨씬 손색이 있는 것 같았다.

「나도 역시 피고의 눈을 들여다보았습니다만, 탁월하신 검사 각하의 의견과는 반대로 나는 무엇인지를 발견할 수 있었습니다. 뿐만 아니라, 펼쳐 놓은 책을 읽듯 환히 볼 수 있었다고 말할 수 있습니다.」

나는 성실한 인물이며, 규칙적이고, 근면하고, 일하고 있던 회사에 충실하였으며, 모든 사람들로부터 호평을 받고, 다른 사람의 불행을 동정하는 사람이었다는 것을 그는 읽었다는 것이었다. 그의 의견에 의하면, 나는 힘이 자라는 한 정성껏 오랫동안 어머니를 부양한 모범적 아들이었다. 나중에는 나의 자력으로서는 안락한 생활을 시켜 드릴 수 없어 양로원이 대신 늙은 어머니에게 베풀어 줄 수 있으리라고 내가 기대했다는 것이다.

「여러분, 그 양로원에 관하여 이러니저러니 그렇게도 많은 논의가 있었다는 것을 나는 차라리 이상하게 생각합니다. 만일에 그러한 시설의 유익함과 고귀함의 증거를 제시해야 할 것이라면, 국가 자체가 그런 시설을 보조하고 있다는 사실을 말하지 않을 수 없을 것입니다.」
하고 그는 덧붙였다. 다만 장례식에 관해서는 아무 말이 없었다. 그것이 그의 결론의 결함이라는 것을 나는 느꼈다. 그러나 그러한 장광설들, 여러 날 동안 나의 영혼에 관하여 이야기를 한 그 한없이 긴 시간 때문에, 나에게는 모든 것이 빛깔 없는 물처럼 되어 버려, 그 속에서 어지러움을 느끼는 것 같은 인상을 받았다.

마침내 변호사가 이야기를 계속하고 있는 동안에 거리로부터 다른 방들과 법정의 온 공간을 거쳐서, 아이스크림 장수의 나팔소리가 내 귀에까지 울려 왔던 것을 나는 기억하고 있을 따름이다. 나는 이미 나의 것이 아닌 나의 생애, 그러나 거기서 내가 지극히 빈약하나마 집요스러운 기쁨을 얻었던 생애의 추억에 사로잡혔다. 여름의 냄새, 내가 좋아하던 거리, 어느 날 저녁의 하늘, 마리의 웃음과 옷차림. 그곳에서 내가 했던 쓸모없는 그 모든 것들이 나의 목구멍까지 치밀어 올라왔기 때문에, 나는 다만 이 일이 어서 끝나고, 나의 감방으로 돌아가서 잠잘 수 있기만을 바랐다. 나의 변호사가 끝으로 배심원들은 일시적 실수로써 소행을 그르친 성실한 근로인을 사형에 처하지는 않을 것이라고 외치고, 내가 이미 가장 확실한 벌로써 영원한 뉘우침을 끌고 다닐 범죄에 대하여 정상의 참작을 요구하는 것도 내 귀에는 거의 들리지 않았다. 법정은 심문을 중지하고, 변호사는 피곤한 빛을 보이며 자리에 앉았다. 그러자, 그의 동료들이 달려와서 그의 손을 잡았다.

「참 훌륭했어.」
하는 말이 들렸고, 그 중의 한 사람은 나에게 그것의 증거를 구하는 듯이,

「그렇지요?」

하고 말하기까지 하였다. 나는 동의를 하였으나, 나의 찬사는 진심에서 우러나온 것이 아니었다. 너무나 피곤해졌었기 때문이다.

밖에서는 시간이 기울어, 더위는 덜해졌다. 한길에서 들려 오는 소리에 의해, 나는 저녁의 부드러움을 짐작할 수 있었다. 우리들은 모두 거기서 기다리고 있었는데, 그것은 나 한 사람에 관계되는 일이었다. 나는 다시 한 번 장내를 둘러보았다. 모든 것이 첫날과 똑같은 상태에 있었다. 나는 회색 웃옷을 입은 신문기자, 그리고 자동인형 같은 여자의 눈길과 마주쳤다. 그것 때문에 재판중에 한 번도 눈으로 마리를 찾지 않았으나 할 일이 너무나 많았던 것이다. 마리는 셀레스트와 레이몽 사이에 있었다. 그녀는 「이제 끝났어요.」 하고 말하는 듯이 나에게 조그맣게 손짓을 하였다. 그리고 약간 근심어린 얼굴로 웃음을 짓고 있는 것이 보였다. 그러나 나는 마음이 닫혀 있음을 느꼈다. 그녀의 미소에 답조차 할 수 없었던 것이다.

공판이 재개되었다. 매우 빠른 어조로 배심원들에 대한 여러가지 질문의 낭독이 있었다. '살인죄'……'가해행위'……그러한 말들이 들렸다. 배심원들이 나가 버리고, 나는 앞서 기다렸던 방으로 안내되었다. 나의 변호사가 따라와서, 매우 수다스럽게 여느 때보다도 더욱 자신 있고 다정스러운 태도로 말하였다. 모든 것이 잘 될 것이므로, 몇 년 동안의 금고(禁錮)나 혹은 징역을 치르면 그만일 것이라고, 그는 생각하고 있었다. 만약에 판결이 불리할 경우에는 파기할 수도 있느냐고 나는 물었다. 그럴 수는 없다고 그는 대답했다. 배심원 측의 악감을 사지 않게 하기 위하여, 이 편의 결론적 요구를 말하지 않는 것이 그의 전술이었다는 것이다. 그는 그렇게 아무 이유도 없이 판결을 파기하지는 못하는 법이라고 설명했다. 그것은 나에게도 명백한 것으로 생각되어, 그의 이론을 수긍할 수밖에 없었다. 따져 보면, 그것은 지극히 당연한 일이었다. 그렇지 않으면, 그 숱한 서류가 쓸데없을 것이다. 「어쨌든 상소(上訴)할 수는 있습니다. 그러나 결과는 나쁘지 않으리라고 확신합니다.」 하고 나의 변호사는 말하였다.

우리들은 매우 오랫동안, 아마 거의 사오십 분이나 기다렸다. 시간이 되자, 종이 울렸다. 변호사는,

「배심원 측의 답신을 재판장이 읽습니다. 당신은 판결을 언도할 때
에야 들어오게 될 것입니다.」
하고 말하면서 나를 두고 가 버렸다. 문을 여닫는 소리가 들렸다. 사람
들이 계단을 뛰어가고 있었으나, 멀고 가까움을 분간할 수는 없었다.
그리고는 법정으로부터 나직한 목소리로 무엇인지 읽는 것이 들렸다.
다시금 종이 울리고 피고석의 문이 열렸을 때 나에게로 밀려 온 것은
장내의 침묵, 그리고 그 젊은 신문기자가 눈을 곁으로 돌리는 것을 보
았을 때의 그 야릇한 감각이었다. 나는 마리가 있는 쪽을 보지 못했다.
시간의 여유가 없었던 것이다. 왜냐하면 재판장이 이상한 말투로, 피
고는 프랑스 국민의 이름으로 광장에서 목이 잘리게 될 것이라고 말했
기 때문이다. 그때 나는 모든 사람들의 얼굴 위에 나타난 감정을 알아
볼 수 있을 것 같았다. 그것은 나를 존경하는 빛이었다고 생각된다. 경
관들은 나에게 무척 다정스러웠고, 변호사는 내 손목에 그의 손을 올려
놓았다.

나는 아무것도 생각하지 않고 있었다. 그러나 재판장이 무엇이든지
덧붙여 말할 것은 없느냐고 물었다. 나는,
「없습니다.」
하고 대답했다. 그리고 나는 누군가에게 이끌려 법정을 나왔다.

5

나는 형무소 소속 신부의 면회를 세 번째 거절했다. 그에게 말할 것
도 없고 이야기하기도 싫어서 서둘러서 만나야 할 까닭이 없었던 것
이다. 지금의 나의 관심거리는 메커닉한 것으로부터 벗어나는 것, 불
가피한 것으로부터 빠져 나갈 길이 있을 수 있는지를 알아보는 일이다.
감방이 바뀌었다. 지금 이 감방으로부터는 반듯이 누우면 하늘이 올
려다보이고, 그리고 하늘밖엔 보이지 않는다. 하늘 모습 위에 낮이 밤
으로 옮겨 가는 빛깔의 조락을 바라보는 것으로 하루하루가 지나간다.
누워서 머리 밑에 손을 괴고, 나는 기다린다. 사형 선고를 받은 사람으

로서 그 무자비한 메커니즘으로부터 벗어난 예가, 처형되기 전에 종적을 감추었다든지 경계선을 돌파한 예가 있었을까 하고 나는 몇 번이나 자문하여 보았는지 모른다. 그럴 때마다 사형 집행에 관한 이야기에 그다지 주의를 기울이지 않았던 것이 후회되었다. 그러한 문제에는 언제나 관심을 가져야 할 것이다. 어떤 일을 당하게 되는지 알 수 없지 않을까? 다른 사람들과 마찬가지로 나도 신문 기사를 읽은 일이 있긴 하다. 그러나 특별한 저서들이 확실히 있었을 텐데, 나는 그것들을 들여다보고자 하는 호기심을 한 번도 가져 본 적이 없었던 것이다. 그러한 책들 속에서라면 탈출에 관한 이야기도 찾아볼 수 있었을 것이다. 적어도 한 번쯤은, 바퀴가 멎어 그 거스를 수 없는 전락 속에서 우연과 행운이 한 번쯤은 무슨 변동을 일으킨 일이 있다는 것을 알 수 있었을 것이다. 단 한 번만! 어느 의미로는 그것만으로 내게는 충분하였으리라고 생각한다. 나머지는 나의 마음으로써 보충할 수 있었을 것이다. 신문들은 흔히 사회에 대한 죄과를 운운한다. 신문에 의하면, 그것을 갚아야 한다는 것이다. 그러나 그러한 말은 상상력을 불러일으켜 주지 못한다. 중요한 것은 탈출의 가능성, 무자비한 의식(儀式) 밖으로의 도약, 희망의 무한한 기회를 주는 미친 듯한 질주였다. 물론 희망이라고 해도 길 모퉁이에서 달리던 도중에 날아오는 총탄에 맞아 쓰러지는 것뿐이다. 그러나 곰곰이 생각해 보면, 그러한 사치를 나에게 허락해 주는 것은 아무것도 없었다. 모든 것이 나에게 그것을 금지하고 메커닉한 것이 나를 다시 붙잡는 것이었다.

아무리 하여도 나는 그러한 턱없는 확실성을 받아들일 수는 없었다. 왜냐하면, 어쨌든 그 확실성에 근거를 둔 판결과 판결의 언도가 내린 순간부터의 그 어쩔 수 없는 결말과의 사이에는 어처구니없는 불균형이 있었기 때문이다. 판결문이 오후 5시가 아니라 오후 8시에 낭독되었다는 사실, 그 판결문이 전혀 다를 수도 있었으리라는 사실, 그것이 속옷을 갈아 입는 인간들에 의하여 결정되었다는 사실, 그것이 프랑스 국민(혹은 독일 국민, 중국 국민)이란 지극히 모호한 관념에 의하여 언도되었다는 사실, 그러한 모든 것은 그같은 결정으로부터 많은 준엄성을 제거하는 것처럼 내게는 생각되었다. 그러나 그 선고가 내려진 순간부터 그 결과는 내가 몸을 비벼 대고 있던 이 벽의 존재와 마찬가지로 확실하고 준엄하게 된다는 사실을 인정하지 않을 수 없었다.

그럴 때, 나는 어머니에게서 들은 아버지의 이야기를 회상하였다. 나는 아버지를 알지 못했다. 아버지에 관하여 내가 정확히 알고 있는 것으로는 아마 어머니가 그때 이야기하여 준 것밖에 없을 것이다. 아버지는 어느 살인범의 사형 집행을 보러 갔었다는 것이다. 그것을 보러 갈 생각만으로도 아버지는 병이 들었다. 그래도 아버지는 갔었고, 돌아오는 길에 아침에 먹었던 아침 식사의 일부분을 토해 버렸다. 그 말을 들었을 때, 나는 아버지가 좀 싫어졌었다. 그러나 지금 나는 그것이 지극히 당연한 일이라는 것을 이해할 수 있었다. 사형 집행보다 더 중대한 일은 없으며, 어떤 의미로는 그것이야말로 사람에게는 참으로 흥미 있는 유일한 일이라는 것을 어째서 나는 알아차리지 못했던 것일까. 만약에 내가 이 감옥으로부터 빠져 나갈 수 있다면, 나는 모든 사형 집행을 빠짐 없이 보러 가리라. 그러한 가능성을 생각해 보는 것은 잘못이었다고 생각한다. 왜냐하면, 어느 날 이른 아침 경계선 뒤에서, 말하자면 저쪽에서 자유스러울 자기 자신을 생각할 때, 구경하러 갔다가 토할 수 있을 것을 생각할 때, 억눌렸던 기쁨의 물결이 가슴으로 복받쳐 올랐기 때문이다. 그러나 그것은 이치에 어긋나는 일이었다. 그러한 가정(假定)에 빠져 들어가는 것은 잘못이었다. 왜냐하면, 그 뒤로 곧 나는 너무나 추워서 이불 밑에서 몸을 웅크리지 않을 수 없었기 때문이다. 참다 못하여 나는 턱을 덜덜 떨고 있었다.

그러나 물론 언제나 이치에 맞는 생각만 할 수는 없는 것이다. 또 법률의 초안을 만들어 보는 때도 있었다. 형법 체계를 개혁하고 있었던 것이다. 요점은 사형 선고를 받은 자에게 기회를 준다는 것이었다. 첫 번에 한 번쯤, 그것이면 여러가지 일을 해결하기에 충분했었다. 그리하여, 그것을 먹으면 수형자가(나는 수형자라는 말을 생각했었다) 열 번에 아홉 번 죽는 그런 화학 약품의 배합을 고안해 낼 수도 있을 것이라고 생각했다. 수형자에게 그런 사실을 알려 주어야 하는 것이다. 그것이 조건이었다. 왜냐하면 곰곰이 냉정하게 일을 생각하여 보면, 단두대(斷頭臺)로써 불비한 점은 어떠한 기회도, 절대로 어떠한 기회도 없는 것이라는 사실을 나는 인정하지 않을 수 없었기 때문이다. 결국 어쩔 수 없이 수형자의 죽음은 결정되어 버리고 마는 것이다. 그것은 이미 처리된 일로서 확정적 조치요, 기정 사실이어서, 그것을 취소할 여지가 없는 것이다. 만약에 혹시 어쩌다가 목이 잘 베어지지 않는 경우가 있으면, 다시 할 뿐이다. 그러므로 기막힌 일은 수형자로서는 기계가 아무 고장 없이 움직여 주기만 바랄 수밖에 없다는 점이다. 그것이 불비한 점이라고 나는 말하는 것이다. 어떤 의미로도 그것은 사실이었다. 그러나 또 다른 의미로는 그 훌륭한 조직의 모든 비결이 거기에 있다는 것을 나는 또한 인정하지 않을 수 없었다. 요컨대 수형자는 정신적으로 협력을 하지 않으면 안 된다. 모든 것이 지장 없이 진행된다는 것이 그에게도 이로운 것이다.

나는 또한 그러한 문제에 관해서, 여태까지 정확하지 못한 생각을 가지고 있었다는 것을 인정하지 않을 수 없었다. 오랫동안 나는, 왜 그랬는지는 몰라도 단두대로 가기 위해서는 단두대로 올라가야만 하고, 그러기 위해서는 계단을 걸어 올라가야 한다고 생각하고 있었다. 그것은 1789년의 대혁명 때문이라고, 다시 말하면, 그러한 문제에 관해서 사람들이 가르쳐 주고, 또 보여 주고 한 모든 것들 때문이라고 생각한다. 그런데 어느 날 아침, 소문이 자자했던 어느 사형 집행이 있었을 때, 신문에 실렸던 사진 한 장이 생각났다. 사실인즉 기계는 땅바닥에 지극히 간단하게 놓여 있었고, 생각했던 것보다는 훨씬 좁았다. 좀더 일찍이 그런 것을 생각하지 않았었다는 것이 적이 이상스러웠다. 그 사진에 나타난 기계는 무엇보다도 정밀한 제품답게 그 규모 있고 번쩍이는 모양이 퍽 나의 인상에 남았다. 사람이란 알지 못하는 것에 관하여서는 과장된 생각을 품는 법이다. 그런데도 실상은 모든 것이 사람의 키만했다. 마치 누구를 만나러 가듯이 걸어가서 기계와 부딪친다. 어떤 의미로는 그것도 또한 참기 어려운 일이었다. 단두대로 올라간다면 대기 속으로 승천을 하는 것이다. 그런 방향으로 상상력이 매달릴 수도 있을 것이다. 그 점에 있어서도 메커닉한 것이 모든 것을 짓눌러 버리는 것이었다. 그저 얼마간의 부끄러움과 상당한 정확함과 더불어 슬그머니 목숨이 끊어지는 것이다.

그밖에 또 줄곧 나의 머리를 떠나지 않는 것이 두 가지 있었다. 새벽과 상고(上告)가 그것이다. 그러나 나는 스스로 타일러 그러한 생각은 하지 않으려고 애썼다. 누워서 하늘을 바라보며 거기에 주의를 집중해 보려고 했었다. 하늘은 초록빛으로 변했다. 저녁이 된 것이다. 나는 생각의 방향을 돌리려고 더욱 애를 썼다. 나는 심장이 뛰는 소리를 듣고 있었다. 그렇게도 오래 전부터 나를 따라다니던 그 소리가 멎을 때가 있으리라고는 아무리 해도 상상할 수 없었다. 나는 진정한 상상력을 가져 본 적이 없다. 그래도 이 심장의 고동이 나의 머리에 울리지 않게 될 그 순간을 생각해 보려고 하였다. 그러나 헛수고였다. 새벽, 또는 상고라는 것이 있었기 때문이다. 나는 마침내 내 마음을 억제하려 들지 않는 것이 가장 현명한 일이라고 생각하기에 이르렀다.

그들이 새벽녘에 온다는 것, 그것을 나는 알고 있었다. 결국 나는 밤마다 그 새벽을 기다리며 지낸 셈이다. 나는 언제나 갑자기 놀라는 것을 싫어했다. 무슨 일이든 생길 때면 마음의 준비를 해두고 싶은 것이다. 그런 까닭으로, 나는 마침내 낮 동안에 좀 자두었다가, 밤에는 끝끝내 새벽 빛이 천장 유리창 위에 훤히 밝아 오기를 기다리게끔 되었다. 가장 괴로운 것은 그들이 보통 그 일을 하러 오는 때라는 것을 내가 알고 있던 그 분간하기 어려운 시간이었다. 자정이 지나면, 나는 기다리며 지켜보고 있었다. 내 귀가 그처럼 많은 소리, 그렇게도 조그만 소리를 들어 본 적은 일찍이 없었다. 그리고 그 동안 발자국 소리는 한 번도 들리지 않았으므로, 어지간히 나는 운수가 좋았다고 할 수 있을 것이다. 사람이란 아주 불행하게 되는 법은 없는 거라고, 어머니는 흔히 말했었다. 하늘이 빛을 띠어 새로운 하루가 나의 감방으로 새어들 때, 나는 어머니의 말이 옳다고 생각했다. 왜냐하면 발걸음 소리가 들려 와서 내 심장이 터지고 말았을 수도 있었을 것이기 때문이다. 바스락 소리만 나도 문으로 달려가 판자에 귀를 대고 미친 듯이 기다리노라면, 나중에는 나 자신의 숨소리가 들려 와 마치 허덕이는 개의 숨결과도 같이 거칠었으므로 깜짝 놀라는 일은 있었지만, 결국 나의 심장은 터지지 않았고, 다시 한 번 나는 24시간을 얻을 수 있는 것이었다.

낮 동안에는 언제나 상소라는 것을 생각했다. 나는 이 상소에 대한 생각을 가장 적절하게 이용했다고 믿는다. 효과를 면밀히 따져 가지고 나의 생각으로부터 최대의 능률을 얻도록 한 것이다. 나는 늘 최악의 경우를 가정하곤 하였다. 상소 기각이 그것이었다.

「그래, 그때는 죽을 수밖에 없다.」 다른 사람들보다 먼저 죽는 것은 사실이지만, 그러나 인생이 살 만한 가치가 없다는 것은 누구나 알고 있다. 결국 30세에 죽든지 60세에 죽든지 별로 차이가 없다는 것을 나도 모르는 바 아니었다. 그 어떤 경우에든지, 그 뒤엔 다른 남자들과 다른 여자들이 살아갈 것이고, 그리고 몇 천 년 동안 그럴 것이다. 결국 그것보다 더 명백한 일은 없다. 지금이든, 20년 뒤이든 내가 죽는 것에는 다름이 없다. 그때 나의 그러한 논리(論理) 속에서 조금 방해가 되었던 것은 이제 앞으로 올 20년의 생활을 생각할 때 느낀 그 마음의 약동이었다. 그러나 20년 뒤에 역시 그곳에 가지 않으면 안 되었을 때, 내가 무엇을 생각할 것인지를 상상함으로써 그것도 눌러 버리면 그만이었다. 죽는 바에야 어떻게 죽든, 언제 죽든, 그런 건 문제가 아니다. 그것은 명백한 일이었다. 그러므로(그리고 어려운 일은 이 '그러므로'라는 말이 표시하는 모든 추론을 시야로부터 잃어버리지 않도록 하는 것이었다), 나는 나의 상소의 기각을 승인할 수밖에 없었다.

그때에야, 그때야 비로소 나는 둘째 가정을 생각해 볼 권리를 가질 수 있어. 말하자면 나 자신에게 그것을 용인하는 것이었다. 그 제 2의 가정은 무죄 석방이었다. 거북스러운 것은 턱없는 기쁨으로 눈을 찌르는 그 피와 육체의 약동을 진정시키지 않으면 안 되었던 일이다. 그 부르짖음을 억누르고 그것을 타일러야만 하였다. 첫째 가정에 있어서의 나의 단념을 더욱 적절하게 만들기 위하여서는 이 둘째 번 가정에 있어서도 나는 태연스러워야만 했던 것이다. 그럴 수 있을 때는 1시간쯤 가라앉은 마음을 가질 수가 있었다. 그만하면 어쨌든 경의를 표할 만한 일이었다.

그럴 즈음, 나는 또다시 소속 신부의 면회를 거절했다. 나는 누워서 하늘이 황금빛으로 물드는 것을 보며, 여름 저녁이 가까워 옴을 느끼고 있었다. 바로 나의 상소를 각하하고 난 터이어서, 나는 혈액의 파동이 규칙적으로 내 몸 속을 순환하고 있음을 느낄 수 있었다. 나는 구태여 신부를 만날 필요가 없었던 것이다. 오래간만에 처음으로 나는 마리를 생각했다. 퍽 오래 전부터 마리로부터 편지가 오지 않았다. 그날 저녁 나는 곰곰이 생각한 끝에, 아마 사형 선고를 받은 사람의 연인 놀음에 그만 지쳐 버린 것이리라고 결론을 지었다. 어쩌면 몸이 아프거나 죽었을지도 모른다는 생각도 들었다. 그것은 당연한 일이었다. 서로 떨어져 있는 우리들의 두 육체밖에는 이제 우리들을 결부시키고 서로 생각케 하는 것은 아무것도 없었으니, 어떻게 내가 그러한 사정을 알 수 있을 것인가?

게다가 그때부터 이미 마리의 추억은 나에게는 아무런 관계도 없는 것이었다. 죽었다면 마리에게 나는 아무런 관심도 갖지 않을 것이다. 그것은 당연한 일이라고 생각되었다. 내가 죽은 뒤에는 사람들이 나를 잊어버린다는 사실을 나는 잘 알고 있었기 때문이다. 죽고 나면, 사람들은 나와 아무 관계도 없어지는 것이다. 그런 일은 생각하기 괴로운 것이라고 말할 수도 없었다.

신부가 들어온 것은 바로 그때였다. 그를 보자, 나는 몸을 약간 떨었다. 신부는 그것을 보고 겁내지 말라고 하였다. 보통은 다른 시간에 왔었다고 말했더니, 그는 이번 면회는 순전히 친구로서 온 것이며, 나의 상소와는 아무 관계도 없으며, 상소에 관해서는 자기는 아무것도 모른다고 대답했다. 내 침대 위에 앉은 다음, 그는 나더러 가까이 오라고 권하였지만, 나는 거절해 버렸다. 그러나 그는 매우 다정스러웠다.

잠시 동안, 그는 앉아서 두 팔을 무릎 위에 올려놓고 머리를 숙여 자기 손을 바라보고 있었다. 그 손은 가냘프지만 근육이 발달되어 있었고, 두 마리의 민첩한 짐승을 연상케 했다. 신부는 천천히 그 두 손을 비볐다. 그리고는 여전히 머리를 숙이고 우두커니 앉아 있었다. 너무나 오랫동안 그대로 있어서, 나는 잠시 그를 잊어버린 것 같은 느낌이 들었다.

갑자기 그는 머리를 쳐들고 나를 정면으로 바라보았다.

「왜 나의 면회를 거절하십니까?」

하고 그는 말하였다. 나는 하느님을 믿지 않는다고 대답했다. 그 점에 대하여 확신을 가질 수 있느냐고 묻기에, 나는 그러한 것을 자문해 볼 필요는 없다고 말했다. 그런 것은 아무런 중요성도 없는 문제라고 나에게는 생각되었기 때문이다. 그러자 그는 몸을 뒤로 젖히고 손을 펼쳐 넓적다리 위에 대고 벽에 등을 기댔다. 그는 나에게 이야기를 한다는 빛을 거의 보이지 않으면서, 사람이란 자기로서는 확신을 가질 수 있다고 생각하지만, 사실은 그렇지 못할 때가 있는 것이라고 설명하였다. 나는 아무 말도 하지 않았다. 그는 나를 쳐다보고 물었다.

「어떻게 생각하십니까?」

그럴 수도 있을 것이라고 대답했다. 어쨌든 정말로 내 관심을 끄는 것에 대하여서는 확신을 가질 수 없을는지도 모르겠으나, 내 관심을 끌지 않는 것에 대해서는 명백히 확신을 가질 수 있다고 말했다. 그리고 그가 이야기하는 것은 바로 내 관심을 끌지 않는 것이라고 말했다.

그는 눈을 돌렸으나, 여전히 그 자세를 고치지 않고, 절망한 나머지 그런 말을 하는 것이 아니냐고, 나에게 물었다. 나는 절망한 것이 아니라고 그에게 설명했다. 다만 나는 두려울 뿐이고, 그것은 당연한 일이라고 말했다.

「그렇다면 하느님이 도와 주실 것입니다.」하고, 그는 지적하였다. 「내가 아는 한 당신과 같은 경우에 처했던 사람들은 모두 하느님께로 돌아갔습니다.」

그것은 그들의 권리라고 나는 인정하였다. 그것은 또한 그들이 그럴 만한 시간적 여유를 가졌었다는 사실을 증명하고 있었다. 그런데 나는 도움을 받기가 싫었고, 또 관심이 끌리지 않는 것에 관심을 가질 시간이 없었던 것이다.

그때 그의 손은 짜증이 난 듯한 시늉을 하였으나, 곧 그는 몸을 일으키고 옷주름을 바로잡았다. 그리고 나서, 나를 ‘벗’이라고 부르며 이야기를 하였다. 그가 그렇게 나에게 말하는 것은 내가 사형 선고를 받았기 때문이 아니었다. 그의 의견에 의하면, 우리들은 모두 사형 선고를 받고 있다는 것이었다. 그러나 나는 그의 이야기를 가로막고, 그것은 사정이 같지 않고, 또 그것은 어쨌든 위안이 될 수는 없는 일이라고 말하였다.

「그야 그렇지요.」하고, 그는 동의하였다. 「그렇지만 당신은 쉬 죽지 않는다 하더라도, 장차는 죽을 것입니다. 그때 같은 문제가 생길 것이오. 그 무서운 시련을 당신은 어떻게 받으시겠습니까?」

내가 지금 받고 있는 것과 마찬가지로, 나는 그 시련을 받을 것이라고 대답했다.

그 말을 듣자, 그는 일어서서 내 눈을 똑바로 바라보았다. 그것은 내가 잘 알고 있는 장난이었다. 나는 흔히 엠마뉘엘이나 셀레스트와 그 장난을 했었는데, 대개는 그들이 눈을 돌려 버리는 것이었다. 신부도

그 장난을 알고 있다는 것을 나는 곧 알 수 있었다. 그의 시선은 조금도 떨리지 않았다. 그리고, 그가,

「당신은 그럼 아무 희망도 없고, 죽으면 완전히 없어져 버린다는 생각을 가지고 살고 있습니까?」

하고 말하였을 때, 그 목소리는 떨리지 않았다.

「그렇습니다.」하고 나는 대답했다.

그러자 그는 머리를 숙이고 다시 걸터앉았다. 나를 불쌍히 여긴다고 그는 말하였다. 그것은 인간으로서 도저히 견딜 수 없는 일이라고 생각한다는 것이었다. 나는 그가 그만 귀찮아지는 것을 느꼈을 따름이다. 이번에는 내가 돌아서서 천장으로 난 창 밑으로 갔다. 나는 어깨를 벽에 기대고 있었다. 귀담아 듣지는 않았으나, 그가 또다시 나에게 뭐라고 묻는 것이 들려 왔다. 그는 불안스럽고 간곡한 목소리로 이야기하고 있었다. 그가 감동되었다는 것을 깨닫고, 나는 좀더 귀를 기울였다.

그는 그의 신념을 피력하여 나의 상소는 수락될 것이지만, 그러나 나는 죄의 짐을 지고 있으므로, 그것을 벗어 버려야 한다고 말했다. 그의 의견에 의하면 인간의 심판은 아무것도 아니고, 하느님의 심판이 전부라는 것이었다. 나에게 사형을 선고한 것은 인간의 심판이라고 지적하였더니, 그렇지만 그것으로는 내 죄가 씻긴 것이 아니라고 그는 대답했다. 죄가 무엇인지 모른다고, 나는 말했다. 내가 범인이라는 것을 사람들은 나에게 가르쳐 주었을 뿐이었다. 나는 범인으로 형벌을 받는 것이니, 그 이상 더 나에게 요구할 수는 없을 것이라고 하였다. 그러자 신부는 다시 일어섰다. 워낙 좁은 감방이라 그가 움직이려고 해도 선택의 여지는 없을 것이라고 나는 생각했다. 앉아 있든지, 일어서든지 할 수밖에 없는 것이었다.

나는 땅바닥을 내려다보고 있었다. 그는 한 걸음 나에게로 다가서더니, 더 앞으로 나설 용기가 없는 듯이 멈춰 섰다. 그리고는 창살 너머로 하늘을 바라보고 있었다.

「당신의 생각은 잘못이오.」하고, 그는 말하였다. 「당신에게 그 이상 더 요구할 수 있어요. 요구하게 될 것입니다.」

「무엇을 요구한단 말입니까?」

「보기를 요구할 것이오.」

「무얼 봅니까?」

신부는 주위를 둘러보고 갑자기 지친 듯한 목소리로 대답했다.

「이 모든 돌들엔 괴로움이 배어 있습니다. 나는 그것을 압니다. 나는 고뇌 없이 이것들을 바라본 적이 없습니다. 그러나 나는 마음속 깊이 당신들 중의 가장 비참한 사람일지라도, 이 돌들의 어두움으로부터 성스러운 얼굴이 나타나는 것을 보았다는 사실을 알고 있습니다. 당신에게 보기를 요구하는 것은 그 얼굴입니다.」

나는 조금 흥분했다. 여러 달 전부터 나는 이 담벼락을 들여다보고 있었다고 말했다. 이 세상에서 내가 그보다 더 잘 아는 것은 아무것도, 아무도 없었다. 오래 전부터 나는 거기에서 하나의 얼굴을 찾아보려 했었다. 그러나 그 얼굴은 태양의 빛과 정욕의 불길을 가졌을 뿐이었다. 그것은 마리의 얼굴이었던 것이다. 나는 그것을 찾으려 했었으나, 헛된 일이었다. 이제는 그것도 지나간 일이었다. 어쨌든 나는 그 딱딱한 돌로부터 아무것도 솟아나는 것을 보지 못했다고 말했다.

신부는 일종의 슬픈 표정으로 나를 쳐다보았다. 지금 나는 벽에 등을 완전히 기대고 있었으므로, 빛이 나의 이마 위로 흐르고 있었다. 그는 무어라고 몇 마디 말했으나, 나는 듣지 못했다. 그러더니 그는 매우 빠른 어조로 나를 껴안을 것을 허락해 주겠느냐고 물었다.

「싫습니다.」

하고 나는 대답했다. 그는 돌아서서 벽 쪽으로 걸어가, 천천히 그 위에 손을 갖다 대고,

「그래 그렇게도 이 땅을 사랑하십니까?」

하고 조그맣게 말하였다. 나는 아무 대답도 하지 않았다.

그는 퍽 오랫동안 돌아서 있었다. 그가 방안에 있는 것이 마음에 걸렸고 짜증스러웠다. 그에게 혼자 있고 싶으니 가 달라고 말하려고 했는데, 그때 그는 다시 나에게로 돌아서면서 갑자기 요란스럽게 외쳤다.

「아뇨, 나는 믿을 수가 없습니다. 당신도 다른 생애를 바란 적이 있으리라고 나는 확신합니다.」

물론 그렇긴 했지만, 그것은 부자가 된다든지, 헤엄을 빨리 칠 수 있게 된다든지, 더 멋진 입을 가지게 되는 것을 바라는 것처럼 중요하지 않다고, 나는 대답했다. 그것도 그와 같은 종류의 일이다. 그러나 그는

나의 말을 가로막고, 내세(來世)라는 것을 어떻게 보느냐고 묻기에, 나는「지금의 이 생애를 회상할 수 있는 그러한 생애」라고 외치고, 곧 이어서 이제 그런 이야기는 더 듣고 싶지 않다고 말하였다. 그는 또 하느님의 이야기를 하려고 하였으나, 나는 그에게로 다가서며 나에게는 남은 시간이 조금밖에 없다는 것을 마지막으로 한 번 더 설명하려 하였다. 그는 화제를 바꾸려고, 왜 자기를 몽 페르(나의 아버지─신부님)라고 부르지 않고 무슈라고 부르는가 하고 물었다. 나는.화가 나서, 그는 나의 아버지가 아니요, 다른 사람들과 한 편이라고 대답했다.

「아닙니다, 나의 아들이여!」하고, 내 어깨 위에 손을 올려놓고, 그는 말하였다. 「나는 당신과 함께 있습니다. 그러나 당신의 마음이 어두워서 그것을 모르는 것입니다. 당신을 위하여 기도를 드리지요.」

그때 왜 그랬는지 몰라도 내 마음속에서 무엇인가가 터지고 말았다. 나는 있는 목청을 다하여 외치며, 그에게 욕설을 퍼붓고, 기도는 그만두라고 말했다. 나는 그의 신부복 깃을 움켜잡았다. 나는 기쁨과 분노가 뒤섞인 용솟음을 느끼며 내 마음 속을 송두리째 그에게 쏟아 버렸다. 당신은 너무나 자신만만한 태도였다. 그렇지 않은가? 그러나 당신의 신념이란 건 모두 여자의 머리털 한 올만한 가치도 없다. 당신은 마치 죽은 사람처럼 살고 있으므로, 살아 있다는 것에 대한 확실한 인식조차 없다. 나는 보기에는 맨주먹 같을지 모르지만, 내게는 확신이 있다. 나 자신에 대한, 모든 것에 대한 확신, 그것은 당신보다 더 강하다. 내 인생과 닥쳐올 이 죽음에 대한 명확한 의식이 내게는 있다. 그렇다. 나에게는 이것밖에 없다. 그러나 적어도 나는 이 진리를, 그것이 나를 붙들고 놓지 않는 것과 마찬가지로 굳게 붙들고 있다. 내 생각은 옳았고 지금도 옳고, 언제나 또 옳을 것이다. 나는 이처럼 살았으나, 다르게 살 수도 있었을 것이다. 이런 것을 하고, 저런 것은 하지 않았다. 어떤 일은 하지 않았지만 이러한 다른 일을 하였다.그러니 어떻단 말인가? 나는 마치 저 순간, 나의 정당함이 인정될 저 새벽을 여태껏 기다리며 살아온 셈이다. 아무것도 중요한 것은 없다. 나는 그 까닭을 알고 있다. 당신도 그 까닭을 알고 있는 것이다. 내가 살아온 이 허망한 생애에서는, 미래의 구렁 속으로부터 항시 한 줄기 어두운 바람이 아직도 오지 않은 해들을 거쳐서 거슬러 올라와 그 바람이 도중에,

내가 살고 있던 때, 미래나 다름없이 현실적이라 할 수 없는 그때에, 내가 할 수 있는 일들을 모두 아무 차이도 없는 것으로 만들어 버렸던 것이다. 다른 사람들의 죽음, 어머니의 사랑, 그런 것에 무슨 중요성이 있는가? 당신의 그 하느님, 사람들이 선택하는 생활, 사람들이 선택하는 숙명, 그런 것이 무슨 중요성이 있다는 말인가? 단지 하나의 숙명이 나 자신을 사로잡고, 나와 더불어 그처럼 나의 형제라고 하는 수많은 특권을 가진 사람들을 사로잡는 것이 아닌가? 누구나 다 특권을 가지고 있다. 특권을 가진 사람들밖에는 없는 것이다. 다른 사람들도 또한 장차 사형을 받을 것이다. 살인범으로 고발되어 내가 어머니의 장례식 때 눈물을 흘리지 않았다고 해서, 사형을 받는다 해서 그것이 무슨 중요성이 있다는 말인가! 살라마노의 개나, 그의 마누라나 가치를 따지면 마찬가지이다. 자동인형 같은 그 자그마한 여자도, 마송과 결혼한 그 파리 여자나, 마찬가지로 또 나와 결혼을 하고 싶어하던 마리나 마찬가지로 죄인인 것이다. 셀레스트는 그 성품이 레이몽보다 낫지만 셀레스트나 마찬가지로 레이몽도 나의 친구라는 것이 무슨 중요성이 있는가? 마리가 오늘 또 다른 한 사람의 뫼르소에게 입술을 바치고 있다 한들 그것이 어떻다는 말인가? 사형의 선고를 받은 녀석, 이놈아! 너는 도대체 아느냐? 미래의 구렁 속으로부터……그 모든 것을 외치며, 나는 숨이 막혔었다. 벌써 신부를 나의 손으로부터 떼어 놓고, 간수들이 나를 노려보고 있었다. 그러나 신부는 그들을 진정시키고, 잠시 묵묵히 나를 바라보았다. 그의 눈에는 눈물이 가득 괴어 있었다. 그는 돌아서서 가 버렸다.

신부가 나가 버린 뒤에, 나의 마음은 다시 가라앉았다. 나는 기운이 없어 자리 위에 몸을 던졌다. 그리고는 잠이 들었던 모양이다. 왜냐하면, 눈을 뜨자 별들이 보였기 때문이다. 전원(田園)의 소리들이 나에게까지 올라왔다. 밤과 대지와 소금의 냄새가 관자놀이를 시원하게 해 주었다. 잠든 여름의 그 멋진 평화가 조수처럼 내 속으로 흘러들었다. 그때 밤의 끝에서 사이렌이 울렸다. 그것은 이제 나에게 영원히 관계 없는 세계로의 출발을 알리고 있는 것이었다. 참으로 오래간만에 처음으로 나는 어머니를 생각했다. 만년에 왜 어머니가 '약혼자'를 가졌었는지, 왜 생애를 다시 꾸며 보는 놀이를 했었는지, 나는 알 수 있을 것 같았다. 그곳, 생명이 꺼져 가는 양로원 근처에서도 저녁은 우울한 휴식 시간 같았다. 그처럼 죽음 가까이에서 어머니는 해방감을 느끼며, 모든 것을 다시 살아 볼 마음이 생겼을 것임에 틀림없었다. 아무도 어머니의 죽음을 슬퍼할 권리는 없는 것이다. 그리고 나도 또한 모든 것을 다시 살아 볼 수 있으리라는 생각이 들었다. 마치 그 커다란 분노가 나의 괴로움을 씻어 주고, 희망을 없애 준 것처럼 이 징후와 별들이 가득 찬 밤을 앞에 두고, 나는 처음으로 세계의 다정한 무관심에 마음을 열었다. 그처럼 세계가 나와 비슷하고 형제 같음을 느끼며, 나는 행복했었고, 지금도 행복하다고 생각했다. 모든 것이 성취되고, 내가 외롭지 않다는 것을 느끼기 위해서 나에게 남은 소원은, 다만 내가 사형 집행을 받는 날 많은 구경꾼들이 증오의 함성으로써 나를 맞아 주었으면 하는 것뿐이다.

부　　정

부정(夫情)

　조금 전부터 파리 한 마리가 버스 안의 닫혀 있는 유리창 앞에서 빙 빙 돌고 있었다. 이상하게도 그 파리는 지쳐 빠진 듯한 모습으로 소리 없이 오가고 있었다. 자닌느는 파리의 종적을 놓쳤다. 잠시 뒤, 남편의 움직이지 않고 있는 손 위에 앉는 것을 보았다. 날씨는 추웠다. 모래 섞인 바람이 유리창에 휘몰아칠 때마다 파리는 바르르 몸을 떠는 것이 었다. 겨울날 아침녘의 흐릿한 햇빛 속에서 버스는 철판과 차축(車軸) 이 흔들리는 요란한 소리를 내며 구르고 있었다. 앞뒤로 꾸벅거리며 가 까스로 전진하고 있었다. 자닌느는 남편을 보았다. 좁은 이마 위에 솟 구친 히끗히끗한 머리칼과 널찍한 코, 단정하지 못한 입술……마르셀 은 꼭 골이 난 목신(牧神) 같아 보였다. 신작로의 움푹 팬 곳을 지날 때 마다 자닌느는 남편의 몸이 자기에게로 쏠리는 것을 느꼈다. 그리고는 움직이지 않고, 생기(生氣)를 잃은, 공허(空虛)한 시선과 함께 벌어진 자기의 두 다리 위에 그 무거운 동체(胴體)가 다시 무너져 내리도록 놓 아 두는 것이었다. 다만 셔츠의 소매보다 길어서 손등을 덮고 있던 회 색 플란넬 양복 때문에 더 짧게 보이는 매끈매끈한 큰 두 손만이 움직 이고 있는 것 같았다. 그 두 손은 무릎 사이에 놓은 천막지(天幕地)로 만든 조그만 트렁크를 하도 꼭 쥐고 있었기 때문에, 그 위에서 파리가 살금살금 기어다니는 것을 느끼지 못하는 것 같았다.

　갑자기 바람소리가 뚜렷하게 들려 왔고, 버스를 둘러싸고 있었던 모 래의 안개는 더욱 짙어졌다. 모래는 마치 보이지 않는 누구의 손으로 던지기나 하는 것처럼 이제는 덩어리가 돼서 유리창에 부딪치는 것이 었다. 파리는 추운 듯이 한쪽 날개를 움직이고, 네 다리 위에 몸을 굽 히더니 날아갔다. 버스는 속도를 늦추었다. 막 정거하려는 것 같았다. 그러더니 바람이 가라앉은 것 같았고, 모래의 안개도 좀 걷혔다. 자동 차는 속력을 내고 다시 달렸다. 먼지에 잠긴 풍경 속에 햇볕의 줄기들 이 나타나고 있었다. 금속을 깎아 세운 듯한 호리호리하고 하얀 두서너

그루의 종려나무가 유리창 밖으로 보였다가 곧 사라졌다.

「무슨 고장이 이 모양이야!」 마르셀이 말했다.

버스는 잠자고 있는 듯이 보이는 아라비아 인들로 가득 차 있었는데, 그들은 아라비아식 외투 속에 파묻혀 있었다. 그 중의 몇몇은 좌석에다 다리를 올려놓고 있었고, 차가 흔들릴 때 다른 사람들보다 더욱 건들거렸다. 그들의 침묵, 그들의 태연함이 몹시도 자닌느의 마음을 억누르고 있었다. 며칠 전부터 그런 벙어리 호위(護衛)와 함께 여행을 하고 있었던 것처럼 생각됐다. 그러나 자동차는 철도의 종점에서 새벽에 출발하여, 싸늘한 아침나절의 두 시간째 돌이 많고 적적한 고원(高原) 위를 통과하고 있었다. 그 고원은 적어도 출발할 때에는 그 곧은 선을 붉은빛을 띤 지평선까지 뻗치고 있었다. 그러나 바람이 일어나서 조금씩 그 넓은 지역을 삼켜 버렸다. 그때부터 승객(乘客)들은 아무것도 볼 수 없게 되었다. 한 사람, 두 사람 입을 다물었다. 그리고는 자동차 속으로 스며 들어오고 있던 모래가 입술이나 눈에 묻는 것을 닦아 내면서, 그들은 일종의 밤샘을 하듯이 침묵 속에서 여행을 했다.

「자닌느?」

남편이 부르는 소리에 자닌느는 깜짝 놀랐다. 체격이 큼직하고 튼튼한 자기에게 그 이름이 얼마나 우스꽝스러운지를 자닌느는 또 한번 속으로 생각했다. 마르셀은 견본(見本)들이 든 트렁크가 어디 있는지를 물어 보는 것이었다. 자닌느는 좌석 밑의 빈 곳을 발로 더듬었다. 그러다가 어떤 물건에 발이 다았는데, 그것이 트렁크라고 단정해 버렸다. 사실 몸을 앞으로 굽히면, 숨이 좀 막히는 것이었다. 그렇지만 여학교에 다닐 때는 체조(體操)를 제일 잘했고 호흡은 자유로웠다. 그것이 그렇게 오래 전 일이었던가? 25년이 된다.

25년이 문제가 아니었다. 왜냐하면 자닌느는 자유로운 독신 생활과 결혼과의 사이에서 망설였던 것이 엊그제 같았고, 아마도 혼자 늙어 갈 날을 불안감에 차서 생각하곤 한 것이 엊그제 같았기 때문이다. 자닌느는 고독하지는 않았다. 자닌느는 곁을 잠시도 떠나려 하지 않았던 그 법과 대학생이 지금 곁에 앉아 있었다. 그는 몸집이 좀 작았고 탐욕(貪慾)스럽고 붙임성 없는 그 웃음소리와 너무 튀어 나온 검은 눈을 자닌느는 그다지 탐탁하게 여기진 않았지만, 결국 그를 남편으로 삼았다.

그러나 자닌느는 그 고장의 딴 프랑스 인들과 공통되는 생활에 대한 남편의 용기를 사랑했다. 또 어떤 사건들이나 사람들이 그의 기대를 어겼을 때의 남편의 낭패한 모습을 사랑했고, 특히 자닌느는 사랑받는 것을 좋아했다. 남편은 자닌느를 지성(知性)으로 함락하고 말았다. 자닌느가 그에게는 없어서 안 될 존재임을 줄곧 느끼게 함으로써 그는 자닌느가 실제로 존재하게 만들어 왔던 셈이었다. 그렇다, 그녀는 고독하지 않았다…….

버스는 요란스럽게 클랙슨을 울리면서 보이지 않는 장애물들을 거쳐서 겨우겨우 전진하고 있었다. 그러는 동안에 차 안에서는 아무도 움직이지 않고 있었다. 자닌느는 문득 누가 자기를 보고 있는 것을 느끼고 버스 통로 저쪽의 자기 좌석과 나란히 놓인 좌석으로 눈을 돌렸다. 그 사람은 아라비아 인은 아니었다. 출발할 때, 그 사람을 보지 못한 것이 자닌느에게는 놀라웠다. 그는 사하라의 프랑스 주둔군 유니폼을 입고 갈색의 군모를 쓰고 있었는데, 그의 얼굴은 외인 부대의 날쌘 병사답게 햇볕에 그을었고, 기다랗고 날카로웠다. 그는 좀 불유쾌하게 그 맑은 눈으로 자닌느를 뚫어지게 바라보고 있었다. 자닌느는 그 순간 얼굴이 화끈거리는 것을 느끼고 남편 쪽으로 시선을 돌렸다. 남편은 여전히 정면의 안개와 바람 속만을 보고 있었다. 자닌느는 외투를 몸에 걸쳤다. 그러나 그 프랑스 군인의 모습이 눈에서 사라지지 않았다. 사나이는 키가 크고, 무척 말랐다. 군복이 그의 몸에 꼭 끼어, 마치 메말라 부서지기 쉬운 물건, 뼈와 모래의 혼합으로 만들어진 사람처럼 보였다. 바로 그때, 자닌느는 맞은편에 앉은 아라비아 인들의 말라빠진 손과 볕에 그을은 검은 얼굴들을 보았다. 그들은 큼직한 옷을 입고 있으면서도 남편과 자기가 가까스로 쭈그리고 앉아 있는 좌석에서 편안하게 앉아 있는 것처럼 보였다. 자닌느는 외투자락을 잡아 올렸다. 그녀는 그렇게 뚱뚱하지는 않았지만 키가 크고 토실토실했고 육감적이며 아직도 탐스러웠다. 자닌느 자신도 그것을 남자들의 시선 아래에서 충분히 느끼고 있었다. 그녀가 잘 알고 있는 미지근하고 푹신한 남편의 커다란 몸집과는 대조적으로 그녀의 얼굴에는 애티가 남아 있었고, 눈은 시원스럽고 맑았다.

자닌느가 생각했던 일은 조금도 일어나지 않았다. 마르셀이 자기 상

374

용 여행(商用旅行)에 그녀를 동반하려고 했을 때, 그녀는 반대를 했었다. 전쟁이 끝난 뒤, 모든 거래(去來)가 정상으로 돌아왔을 때부터 오랫동안 그는 지금과 같은 여행을 계획하고 있었다. 전쟁이 일어나기 전에 그가 법률 공부를 포기했을 때, 그의 양친으로부터 물려받은 소규모의 포목(布木) 도매업으로 그들은 이럭저럭 살아왔던 것이다. 바닷가에 가면 젊었을 때는 행복할 수 있다. 그러나 마르셀은 그다지 운동을 즐겨 하지 않았기 때문에 바닷가에 아내를 데리고 가기를 이내 중지하고 말았다. 소형(小型) 자가용 차는 일요일의 소풍 때밖에는 쓰지 않게 되었다. 그 이외의 시간에는 그는 반은 토인식이고, 반은 유럽식인 그 마을의 아치의 그늘이 진 가지각색의 옷감이 걸린 자기의 상점을 좋아했다. 가게의 위층에서 그들은 아라비아 식 커튼과 바르페스 식의 가구로 장식된 방 세 개를 살림에 쓰고 있었다. 그들은 아이를 낳지 않았다. 늘 덧문은 반쯤 닫은 채로 두 사람들만이 갖는 은밀한 그늘 속에서 몇 해가 지나갔다. 여름, 바닷가, 소풍, 심지어는 하늘까지도 이미 멀리 떨어진 생활이었다. 마르셀에게는 사업밖에 아무것도 흥미가 없는 것 같았다. 자닌느는 남편의 진정한 정열, 즉 돈이라는 정열을 발견해 냈다고 생각했고, 자신은 왜 그런지 몰라도 그것을 싫어했다. 그래도 자닌느는 그 돈의 덕을 보는 셈이었다. 남편은 인색하지는 않았다. 오히려 아내에게는 너그러웠다. 「나에게 무슨 일이 생겨도 당신은 괜찮을 거야.」 이렇게 그는 말하는 것이었다. 사실 여의치 못한 처지는 피해야만 한다. 하지만 가장 단순한 불여의(不如意)가 아닐 때는 어디로 피한단 말이냐? 자닌느는 가끔 막연히 그런 생각을 하는 것이었다. 그 동안 자닌느는 마르셀의 장부를 적어 주기도 하고, 남편 대신 가게를 보기도 했다. 가장 괴로운 것은 여름이었다. 여름에는 더위가 권태(倦怠)의 나른한 감각까지도 없애 버리는 것이었다.

  바로 그런 더위 속에서 전쟁이 일어났다. 마르셀은 동원되어 나갔다가 다시 돌아왔다. 포목(布木)은 동이 났고, 거래는 중단되었다. 거리는 쓸쓸했고 더웠다. 그때부터는 무슨 일이 생겨도 괜찮을 수 없게 되었다. 그랬기 때문에 시장에 포목들이 다시 나오게 되자, 마르셀은 중간 상인들의 손을 거치지 않고 직접 아라비아 상인들에게 물건을 팔기 위해서 고원 지대나 남부의 마을들을 뛰어다닐 생각을 했었다. 그는 아내를 데리고 다닐 작정이었다. 그러나 아내는 여행이 불편하고 답답하다는 것을 알고 있었기 때문에 남아 있기를 원했던 것이다. 그러나 마르셀은 고집을 부렸다. 아내는 거절하기가 귀찮을 것 같아서 승낙해 버렸다. 막상 떠나와 보니, 자닌느가 상상했던 것과는 모든 것이 딴판이었다. 자닌느는 더위와 파리 떼와 와니스 냄새가 코를 찌르는 더러운 호텔 같은 것을 두려워했다. 추위라든지, 살을 저미는 듯한 바람이라든지, 돌이 깔린 극지(極地)와 거의 같은 고원 지대는 생각하지도 못했다. 자닌느는 또한 종려나무와 부드러운 모래밭을 상상했었다. 지금 보면, 사막이란 그런 것이 아니고 돌뿐이었다. 가는 곳마다 돌뿐이어서 땅 위에서는 돌 사이에서 말라빠진 풀만이 보이고 하늘에도 거칠고 차디찬 돌의 먼지만이 휘몰아치고 있었다.

차가 갑자기 멎었다. 자닌느가 늘 들으면서도 그 뜻을 모르는 말로 운전사가 무어라 중얼거렸다. 「무슨 일이오?」 마르셀이 물었다. 운전사는 이번에는 프랑스 어로 카뷰레터에 모래가 막힌 것 같다고 대답을 했다. 마르셀은 또 한번 그 고장을 저주했다. 운전사는 흰 이를 보이며 웃더니 대수롭지 않은 일이니까, 카뷰레터의 모래를 쓸어내면 곧 출발할 수 있다고 말했다. 그는 문을 열었다. 찬바람이 불어 들어와서 그들의 얼굴에 모래 바람을 퍼부었다. 아라비아 인은 모두 그들의 외투 속에 코를 파묻고 웅크렸다. 「문을 닫아.」 마르셀이 소리를 질렀다. 운전사는 문 앞으로 돌아와서 웃고 있었다. 침착하게 그는 계기반(計器盤) 밑에서 몇 개의 연장을 꺼내더니 문을 열어 놓은 채 안개 속으로 멀어지며 다시 차 앞쪽으로 사라져 버렸다. 마르셀은 한숨을 쉬었다. 「저 운전사가 생전 처음으로 엔진을 만지나 봐요. 놔둬요.」 하고, 자닌느가 말했다. 갑자기 자닌느는 질겁을 했다. 차 바로 옆에 있는 둑 위에 검은 담요를 쓰고 있는 물체가 움직이지 않고 있었다. 외투의 두건(頭巾) 밑 베일 뒤에서 눈들만 보이고 있었다. 말없이 어디선가 나타나서 여객들을 바라다보고 있었다. 「목자(牧者)들이야.」 하고, 마르셀이 말했다.

차 안은 조용했다. 모든 여객들은 고개를 숙이고, 끝없는 고원 위에 마구 불어 대는 바람소리를 듣고 있는 것처럼 보였다. 갑자기 자닌느는 짐들이 전혀 보이지 않는 데 놀랐다. 기차 종점에서 운전사가 그들의 트렁크와 약간의 소화물을 자동차 지붕 위에 얹었었다. 차 안의 그물 선반에는 울퉁불퉁한 지팡이와 커다란 광주리밖에는 없었다. 남쪽의 사람들은 대개가 빈손으로 여행을 하는 것이다.

운전사가 돌아왔다. 여전히 쾌활했다. 그도 역시 얼굴을 싸매고 있었는데, 그 베일 위에서 눈만이 웃고 있었다. 그는 출발을 알리고 문을 닫았다. 바람소리는 안 들렸고, 유리창에 부딪치는 모래소리가 더 크게 들려 왔다. 엔진이 쿨룩거리더니 꺼졌다. 오랫동안 엔진을 걸다가 겨우 성공해서 운전사는 액셀러레이터를 밟아 요란한 소리를 냈다. 한참 허덕이더니, 버스는 다시 출발했다. 여전히 움직이지 않고 있던 목자(牧者)들의 누더기 더미에서 손 하나가 올랐다가 곧 그들 뒤의 안개 속으로 사라졌다. 이내 길은 더 나빠져서 차가 덜컹대기 시작했다. 그 진동으로 아라비아 인들은 줄곧 건들거렸다. 자닌느가 잠이 들려 했을 때, 은단이 가득 든 노란 상자가 눈 앞에 솟아올랐다. 그 주둔병이 자닌느에게 미소를 짓고 있었다. 자닌느는 주저했으나 하나 집어 들고 고맙다고 인사를 했다. 주둔병은 그 상자를 호주머니에 넣자 미소를 거두었다. 지금 그는 오른쪽의 길을 응시(凝視)하고 있었다. 자닌느는 마르셀에게로 몸을 돌렸는데, 그의 튼튼한 목덜미만이 보였다. 그는 유리창 너머로 꾸역꾸역 한 흙더미에서 올라오는 더 짙어진 먼지의 안개를 바라보고 있었다. 차를 타고 달린 지 몇 시간이 지났다. 밖에서 사람이 떠드는 소리가 들려 왔을 때는 승객들의 얼굴에는 핏기가 없었다. 아라비아 식 외투를 입은 아이들이 팽이처럼 뱅뱅 돌면서 손뼉을 치며 버스 주변에 몰려들었다. 버스는 낮은 집들이 줄줄이 서 있는 거리를 구르고 있었다. 오아시스에 들어가고 있었던 것이다. 여전히 바람은 불고 있었으나 벽돌이 방패가 되었으므로 모래알들이 햇빛을 가르는 일은 없어졌다. 그러나 하늘은 흐렸다. 아우성 속에서 요란한 브레이크 소리를 내고 버스는 더러운 유리창이 막힌 어떤 호텔의 진흙으로 만든 아치 앞에 정거했다. 자닌느는 차에서 내려서 거리에 내려서자 어지러워지는 것을 느꼈다. 집들 너머로 노랗고 가느다란 회교사원(回敎寺院)의 탑이 보였다. 왼쪽에는 벌써 오아시스의 첫 종려나무들이 나타나고 있어, 그녀는 그리로 가까이 가고 싶었다. 그러나 정오때가 가까웠는데도 추위는 대단했고, 바람에 몸이 덜덜 떨렸다. 자닌느는 마르셀에게로 돌아섰다. 그런데 자기를 향해서 걸어오는 그 군인을 먼저 보았다. 자닌느는 그의 미소나 인사를 기다렸다. 그는 거들떠보지도 않고 자닌느 곁을 지나가 버렸다. 마르셀은 버스 지붕에 얹힌 포목이 든 트렁크와 까만색의 트렁크를 내리도록 지시하고 있었다. 그것은 간단한 일은 아니었다. 운전사가 혼자서 짐을 다루고 있었다. 그는 지붕 위에 서서 벌써 일을 멈추고 버스 주변에 몰려든 아라비아 식 외투들에게 떠들어 대고 있었다. 자닌느는 뼈와 가죽으로 만들어진 것처럼 보이는 얼굴들에 둘러싸여서, 목청을 돋운 아우성 소리에 몰려서 갑자기 피로를 느꼈다. 「난 방으로 올라가요.」하고 남편에게 말했다. 마르셀은 초조하게 운전사에게 지시하고 있었다.

자닌느는 호텔에 들어갔다. 주인은 마르고 무뚝뚝한 프랑스 인이었는데, 자닌느 앞으로 걸어왔다. 주인은 거리가 내다보이는 차고(車庫) 위의 이층 방으로 자닌느를 안내했다. 방에는 쇠로 된 침대 하나와 흰 에나멜 칠을 한 의자 하나와 커튼도 없는 옷걸이밖에는 없는 것 같았다. 갈대로 만든 병풍 뒤가 화장실로 되어 있었는데, 그 세면대(洗面臺)를 부드러운 모래의 먼지가 덮고 있었다. 주인이 문을 닫았을 때, 그녀는 석회칠을 한 아무것도 바르지 않은 벽으로부터 오는 싸늘함을 느꼈다. 자닌느는 핸드백을 어디에 놓아야 할지 몰랐고, 어디에 앉아야 할지 몰랐다. 눕든지 서 있든지 해야만 했다. 그리고 어떻게 하든지 간에 떠는 수밖에 없었다. 자닌느는 핸드백을 손에 든 채 천장 가까이 있는 하늘이 내다보이는 환기통을 물끄러미 보고 서 있었다. 자닌느는 기다리고 있었는데, 무엇을 기다리는지 자기도 모르고 있었다. 다만 고독과 스며드는 추위와 그리고 가슴을 누르는 답답함을 느끼고 있었다. 사실 그녀는 꿈속에 잠겨 있는 것 같았다. 마르셀의 고함소리와 함께 거리로부터 올라오는 시끄러운 소리는 거의 들리지 않고 도리어 환기통으로부터 들려 오는, 이제는 그렇게도 가까이 느껴지는 종려나무를 흔드는 바람이 만들어 내고 있는 웅성거리는 소리의 물결에 더 정신을 기울이고 있었다. 이윽고 바람이 세지는가 싶었고, 물결의 부드러운 소리가 파도의 거센 소리로 변했다. 자닌느는 벽 저편에 날씬하고 연한 종려나무의 바다가 폭풍 속에서 물결치고 있는 것을 상상하고 있었다. 기대했던 것과는 전혀 비슷하지 않았으나, 그 보이지 않는 파도

들은 피곤한 눈을 시원하게 만들어 주는 것이었다. 자닌느는 두 팔을 늘어뜨린 채 약간 어깨를 웅크리고 육중하게 서 있다. 찬 김이 무거운 두 다리를 타고 올라오고 있다. 자닌느는 날씬하고 연한 종려나무들과 자기의 처녀 시절을 꿈에 그리고 있었다.

　몸을 씻고 그들은 식당으로 내려갔다. 헐벗은 벽 위에는 울긋불긋한 잼 속에 빠진 듯이 보이는 약대와 종려나무들이 그려 있었다. 아치가 달려 있는 창문들을 통해서 광선이 조금 스며들고 있었다. 마르셀은 호텔 주인에게서 상인들에 대한 정보를 들었다. 그 다음엔 작업복 위에 훈장을 달고 있는 늙은 아라비아 인이 두 사람의 시중을 들었다. 마르셀은 딴 생각을 하면서 빵을 뜯고 있었다. 그는 아내에게 물을 못 마시게 했다. 「끓인 것이 아냐. 포도주를 마셔요.」 자닌느는 포도주를 좋아하지 않았다. 그것은 몸을 노곤하게 만드는 것이었다. 그 다음에는 돼지고기라고 메뉴에 적혀 있었다. 「코란에는 금지되어 있지만, 돼지도 잘 구우면 병에 걸릴 위험성이 없다는 것을 코란은 모른단 말이야. 우리는 요리법을 알고 있거든. 당신, 무슨 생각을 하지 ?」 자닌느는 아무런 생각도 안 하고 있었다. 했다면 예언자에게 이긴 요리사들의 승리에 대해서 생각하고 있었는지도 모른다. 그러나 자닌느는 서둘러야만 했다. 그들은 이튿날 아침에 아직도 더 남쪽으로 출발할 예정이었고, 오후에는 이곳의 중요한 상인들을 모두 만나야만 했다. 마르셀은 늙은 아라비아 인에게 커피를 독촉했다. 아라비아 인은 웃음도 짓지 않은 채 고개를 끄덕이더니 잔걸음으로 바에서 나갔다. 「아침엔 조용하게, 밤에는 서두르지 말고.」 웃으면서 마르셀이 말했다. 결국 커피가 나왔다. 그들은 허둥지둥 그것을 마시고 먼지투성이의 추운 거리로 나갔다. 마르셀은 트렁크를 운반하기 위해서 한 젊은 아라비아 인을 불렀다. 그러나 공식대로 삯 때문에 시비가 생겼다. 아내에게 여러 번 이야기했지만 마르셀의 의견은, 그 녀석들은 4분의 1을 받으려면 꼭 두 배의 값을 부른다는 애매한 원리에 근거를 둔 것이었다. 기분이 좋지는 않았으나, 자닌느는 짐을 진 두 사람의 뒤를 따라가고 있었다. 자닌느는 날씬한 몸차림을 하고 싶었을 테지만, 그 육중한 외투 밑에 털옷을 끼어 입고 있었다. 잘 구웠다고는 하지만, 하여간 돼지고기와 마시는 둥 마는 둥한 포도주는 역시 지겨웠었다.

그들은 먼지가 뽀얗게 앉은 나무들이 서 있는 작은 공원 곁을 따라가고 있었다. 아라비아 인들이 곁을 지나가고 있었는데, 그들은 앞에다 외투자락을 걷어올리고 이쪽은 보지도 않고 줄을 지어 가는 것이었다. 자닌느는 그들이 누더기를 두르고 있으면서도 자기가 살고 있던 도시의 아라비아 인들에게서 볼 수 없었던 떳떳한 태도를 가진 것을 보았다. 그녀는 군중 속을 헤치고 가는 트렁크 뒤를 쫓아가고 있었다. 그들은 오클토(土)로 만들어진 성벽문을 지나서, 역시 먼지를 뒤집어쓴 나무들이 서 있고 안쪽으로 길게 아치와 가게들이 늘어서 있는 좁은 광장에 다다랐다. 그러나 그들은 그 광장에서 푸른 페인트칠을 한 포탄형(砲彈型)의 작은 건물 앞에서 멈추어 섰다. 내부에는 방이 한 칸밖엔 없었는데, 출입구를 통해서만 광선이 들어올 따름이었다. 반짝거리는 판자 뒤에 하얀 콧수염을 기른 늙은 아라비아 인이 서 있었다. 그는 제각기 색이 다른 세 개의 작은 컵에다 차 포트를 들었다 올렸다 하며 차를 따르고 있는 중이었다. 상점 안의 어둠침침한 속에서 그들이 아직 아무 것도 식별(識別)하기 전에 박하차의 신선한 향기가 문턱에 있는 마르셀과 자닌느를 맞이했다. 문으로 들어서서 주석으로 만든 차 포트와 찻잔과 쟁반 들이 엽서 꽂는 회전대(回轉臺)에 섞여 혼잡하게 일종의 꽃 장식을 이룬 곳을 지나자, 마르셀은 카운터와 마주 섰다. 자닌느는 입구에서 기다렸다. 자닌느는 광선을 차단하지 않으려고 좀 비켜 섰다. 그때, 자닌느는 그 늙은이 뒤로 어둠침침한 속에 두 아라비아 인이 웃으며 자기들을 보고 있는 것을 발견했다. 그들은 불룩한 포대 위에 앉아 있었는데, 그런 포대들이 그 가게 안쪽에 빈틈없이 쌓여 있었다. 진홍색과 검은색의 양탄자와 수를 놓은 명주가 벽에 죽 걸려 있었다. 땅바닥에는 포대와 향기로운 씨앗이 든 작은 상자가 수두룩히 놓여 있었다. 카운터 위에는 반짝거리는 구리로 된 쟁반이 달린 저울과 눈금이 닳아 지워진 낡은 자〔米尺〕 둘레에 설탕 덩어리가 수북이 쭉 놓여 있었다. 그 중의 하나는 푸른 포장지가 벗겨져 꼭대기가 부스러져 있었다. 방안에 감도는 포목과 향료(香料)의 냄새가 차의 향기에 뒤어서 진동했다. 그때에 늙은 상인이 차 포트를 카운터에 놓고 인사를 했다.

마르셀은 흥정할 때, 늘 하는 낮은 소리로 빠르게 이야기를 하는 것이었다. 그러다가 트렁크를 열고 포목과 명주를 내보이고는 늙은 상인 앞에 자기의 상품을 늘어놓기 위해서 저울과 자를 치우는 것이었다. 그는 흥분하고 있었다. 목소리를 높여서 말을 하면서 어색하게 웃고 있었다. 그는 누구의 맘에 들고 싶으면서도 자신이 없는 여자처럼 행동했다. 그러다가 손을 크게 벌리고 매매(賣買) 시늉을 했다. 늙은이는 고개를 흔들고 자기 뒤에 있는 두 아라비아 인에게 차 쟁반을 주고 몇 마디를 어물거렸을 뿐인데, 그 말은 마르셀을 낙담시킨 모양이었다. 마르셀은 그의 포목을 걷어서 트렁크에 집어 넣고는 나지도 않는 이마의 땀을 씻었다. 그는 어린 짐꾼을 불러서 아치 쪽으로 발을 옮겼다. 첫 가게에서는 상인이 비록 거만한 태도를 취했지만 그들은 지난번보다 기분이 나았다. 「그들은 부처님 같지만 그네들도 팔아야 하거든! 삶이란 어려운 거야.」 마르셀이 그렇게 말했다.

자닌느는 묵묵히 그 뒤를 따랐다. 바람은 거의 없었다. 하늘은 군데군데 개고 있었다. 차고 빛나는 광선이 두꺼운 구름을 뚫고 푸른 우물 물로 쏟아지고 있었다. 그들은 광장을 떠나서 좁은 길을 흙담을 끼고 걷고 있었다. 흙담 위에는 12월의 시든 장미가 매달려 있거나 여기저기에 말라빠지고 벌레먹은 석류(石榴)가 달려 있었다. 먼지와 커피의 향기, 나무 껍질을 태우는 연기, 돌 냄새…… 그런 것이 그 마을에 감돌고 있었다. 자닌느는 다리가 무거워지는 것을 느꼈다. 그러나 물건이 팔리기 시작하자, 남편은 점점 명랑해지고 더 고분고분해졌다. 그는 자닌느를 '프티트'(어린이를 부르는 말. 아가야, 또는 꼬마야)라고 부르고 있었다. 여행이 헛수고가 되지는 않을 것이라는 것이었다. 「물론이에요.」 자닌느도 말했다. 「그들과 직접 타협하는 게 좋아요.」

그들은 딴 길로 중심지에 돌아왔다. 오후가 된 지도 오래였고, 이제 하늘도 거의 갰다. 그들은 광장에서 멈추어 섰다. 마르셀은 손을 비비며, 앞에 놓은 트렁크를 상냥한 태도로 살펴보고 있었다. 「저것 봐요.」 자닌느가 말했다. 광장 저쪽에서 마르고 씩씩하게 생긴 아라비아 인 하나가 걸어오고 있었다. 그는 하늘색 외투에 노랗고 부드러운 장화를 신고, 손에는 장갑을 꼈는데, 볕에 그을은 갈색의 얼굴을 쳐들고 있었다. 터번에 달고 있는 수실만이 자닌느가 때때로 동경(憧憬)한 적이 있는 식민지 부대의 프랑스 장교들과 구별되고 있었다. 그는 그들이 서 있는 쪽으로 곧장 걸어오고 있었다. 천천히 한 손의 장갑을 빼면서 그는 그들이 서 있는 저 너머를 보고 있는 것처럼 보였다. 「저런, 저 녀석은 장군이나 된 것처럼 생각하고 있어.」 어깨를 으쓱거리면서 마르셀이 말했다. 그것은 사실이었다. 여기서는 모두들 그렇게 거만한 태도였는데, 그는 정말 더욱 심했다. 둘레가 텅 빈 광장이었는데도, 그는 트렁크 쪽으로 곧장 걸어오고 있었다. 트렁크도 안 보이고 그들도 안 보인다는 듯이. 곧 그 거리가 좁혀지고 아라비아 인이 그들에게로 다가왔을 때, 마르셀은 갑자기 트렁크의 손잡이를 쥐고 뒤로 잡아당겼다. 아라비아 인은 아무것도 안 보였다는 듯이 성벽 쪽을 향해서 여전한 걸음걸이로 걸어갔다. 자닌느는 남편을 보았다. 그는 낭패한 태도였다. 「요새는 놈들이 무슨 짓을 해도 괜찮은 줄 알고 있단 말야.」 자닌느는 아무 대답도 하지 않았지만, 그 아라비아 인이 어리석게 뻐기는 모습이 미웠고, 갑자기 불행하다고 느꼈다. 자닌느는 떠나고 싶어졌다. 자기의 자그만 아파트를 생각했다. 호텔의 그 차디찬 방으로 돌아가야 한다는 생각이 자닌느의 용기를 죽여 버린 것이다. 문득 호텔 주인이 사막을 내려다볼 수 있는 성벽의 망루(望樓)에 올라가 보라고 권하던 말이 머리에 떠올랐다. 마르셀에게 그 말을 하고, 트렁크는 호텔에 맡기자고 말했다. 그러나 마르셀은 피곤했다. 그는 저녁 식사 전에 좀 눈을 붙이고 싶어했다. 「제발요.」 자닌느가 말했다. 남편은 문득 조심스레 자닌느를 바라봤다. 「그럽시다, 여보.」

　자닌느는 호텔 앞에서 남편을 기다렸다. 흰 옷을 입은 군중들은 점점 수가 늘었다. 여자라고는 볼 수 없었고, 자닌느는 그렇게 많은 남자들을 보는 것이 처음인 것 같았다. 그러나 아무도 자닌느를 보는 사람은 없었다. 몇몇은 그 여자를 보려들지 않으면서도 그 마르고 누르죽죽한 얼굴을 이쪽으로 돌리는 것이었다. 자닌느가 보기에는 버스 속의 프랑스 군인의 얼굴이나 장갑을 낀 아라비아 인이나 모두가 똑같이 교활하고 거만해 보였다. 그들은 그 외국 여자에게 얼굴을 돌리지만 그 여자를 보지는 않고, 발목이 아파서 서 있는 그 여자 곁을 가볍게, 그리고 묵묵히 지나가는 것이었다. 그래서 자닌느는 더 불쾌해지고, 더 떠나고 싶어졌다. 「왜 내가 왔을까?」 그러나 벌써 마르셀이 내려오고 있었다.

그들이 성벽에 올라갔을 때는 오후 5시였다. 바람은 완전히 가라앉아 있었다. 구름 한 점 없이 갠 하늘은 푸르렀다. 더 쌀쌀해진 추위가 그들의 볼을 저며 댔다. 층계의 중간에 늙은 아라비아 인 하나가 벽에 기대 누워서 안내를 원하느냐고 그들에게 물었다. 그러면서도 그들이 거절할 것이 분명하다는 것을 미리 알고 있다는 듯이 꼼짝달싹 하지 않고 있었다. 흙으로 된 층계가 몇 군데 있었는데도 층계는 길고 험하였다. 그들이 올라감에 따라서 공간이 넓어져 갔다. 그래서 점점 퍼져 가고 있는 차고 건조한 햇빛 속을 그들은 올라가고 있었다. 그러자 오아시스에서 나는 소리가 모조리 뚜렷하게 들려 왔다. 밝은 대기(大氣)가 그들이 앞으로 가면 갈수록 길어지는 진폭이 되어 그들의 주위에서 진동하는 것 같았다. 마치 그들의 통과(通過)가 광선의 결정체(結晶體) 위에다 퍼져 가는 음파(音波)를 만들고 있는 것 같았다. 그리고 망루 위에 이르러 종려나무 우거진 숲 너머로 끝없이 퍼진 지평선 속으로 선뜻 그들의 시선이 쏠렸을 때, 자닌느는 온 하늘의 짧고도 우렁찬 단 하나의 음부(音符)로 울리는 것 같이 느껴졌다. 그 반향(反響)이 점차로 자기 위의 공간을 채우다가, 갑자기 멎어서 끝없는 벌판에 자기 홀로 남게 되는 것 같았다.

동에서 서로 자닌느의 시선은 천천히 옮겨 갔으나, 결국 그 순수한 곡선 위에서 단 하나의 장애물도 보지 못했다. 발 밑엔 아라비아 인 촌의 푸르고 흰 테라스가 얼기설기 겹쳐 있었는데, 햇볕에 말리는 고추의 검붉은 얼룩으로 피투성이가 된 테라스들이었다. 사람이라곤 보이지 않았으나 몇몇 집의 앞마당에서 커피를 볶는 향기로운 연기와 함께 알아듣지 못할 웃음 섞인 말소리나 발 구르는 소리가 들려 오고 있었다. 좀 멀리서는 진흙벽으로 고르지 못하게 여러 개의 네모꼴로 막힌 종려나무밭이 망루 위에서는 이미 느끼지 못하게 된 바람의 힘으로 그 꼭대기가 흔들거리고 있었다. 더 멀리에는 아무런 생명의 약동을 볼 수 없는 오클색과 회색의 돌의 나라가 지평선까지 뻗고 있었다. 오아시스에서 좀 떨어진 곳에 서쪽으로 종려나무밭을 따라 흐르고 있는 냇물 근처에 큼직한 검은 천막들이 보였다. 그 주변에 거리가 멀어서 콩알만하게 보이는 약대들의 떼가 잿빛 땅 위에 아무리 애써도 그 뜻을 알아낼 수 없는 이상한 문자(文字)로 된 불길한 부호(符號)를 이루고 있었다. 사막 위에서 침묵은 허공처럼 광대무변(廣大無邊)했다.

자닌느는 몸 전체를 벽에 기대고 소리 없이, 앞에 벌어진 허공에서 벗어나지 못하고 서 있었다. 곁에서는 마르셀이 초조해 하고 있었다. 그는 추워서 내려가고 싶었던 것이다. 여기서 대체 무엇이 볼 게 있단 말인가? 그러나 자닌느는 지평선에서 눈을 뗄 수가 없었다. 저기 더 남쪽으로 하늘과 땅이 완연한 한 줄기 선(線)에 합치는 그곳에서 오늘까지 자닌느가 알지 못했던 그 무엇, 그리고 늘 자기에게서 부족했던 그 무엇이 자기를 기다리고 있다는 생각이 문득 들었던 것이었다. 오후의 햇살은 점점 엷어져 가고 있었다. 결정체(結晶體) 같았던 빛이 액체처럼 되어 가고 있었다. 동시에 단지 우연히 거기에 인도하게 된 한 여인의 마음속에서 몇 해를 두고 습관과 권태가 얽어 놓은 매듭이 서서히 풀려 가고 있었다. 자닌느는 유목민(遊牧民)들의 야영소(野營所)를 바라보고 있었다. 자닌느는 거기 사는 사람들을 결코 본 일조차 없었다. 그 검은 텐트 사이에서는 아무 것도 움직이지 않았지만, 자닌느는 그들에 대한 생각밖에는 머리에 없었다. 오늘날까지 그들의 존재를 거의 알지 못했던 것이 사실이었다. 그들은 집도 없이 사람들과 떨어져 헤어져서 자닌느가 바라보고 있는 방대한 지역을 방황하는 한 무리의 보잘것없는 존재였다.

그 지역은 더 넓은 땅의 아주 작은 일부에 불과하다. 현기증이 날 것 같은 그 땅은 남쪽으로, 처음으로 강물이 숲을 기름지게 한 곳까지 수천 킬로미터나 더 뻗고 있었다. 오래 전부터 뼛속까지 헐벗은 메마른 땅 위의 엄청난 고장에서 어떤 사람들은 쉬지 않고 길을 걸었다. 그들은 아무것도 가진 게 없었지만, 아무도 섬기지 않는 이 기이(奇異)한 왕국의 비참하고도 자유스러운 영주(領主)들이었다. 자닌느는 왜 그런 생각이 자기 마음에 가득 찼는지를 몰랐다. 눈을 감아 버릴 만큼 우울하고 그지없이 슬픈 생각이었다. 자닌느는 다만, 언제고 그 왕국은 자기에게 약속된 곳이며, 그러면서 결코 자기의 것이 될 수는 없으며, 요지부동인 그 하늘과 응고(凝固)된 광선의 물결 위에 자기가 눈을 다시 뜬 짧은 순간 외에는 아마도 영원히 자기의 것이 될 수 없다는 것을 알고 있었다. 그러는 동안에 아라비아 인 촌에서 들려 오고 있던 사람소리가 갑자기 들리지 않게 되었다. 시간의 흐름이 막 정지하고 그 순간부터 아무도 더 늙지도 않고 죽지도 않을 것처럼 생각되었다. 어디에서나 이제부터는, 같은 순간에 누군가가 고통과 감동으로 울고 있었던 자기의 마음을 빼놓고는 생명은 정지된 것 같았다.

그러나 빛은 움직이기 시작했다. 티 하나 없고 열도 없는 태양은 약간 불그레해진 저쪽 하늘로 기울었다. 그 반면에 동쪽에서는 잿빛의 파도가 생겨나더니 넓디넓은 공간으로 서서히 퍼져 나가려고 하고 있었다. 처음으로 개가 짖었다. 멀리서 들려 오는 그 소리는 더 싸늘해진 대기에 솟아올랐다. 그때, 자닌느는 자기의 이빨이 와들와들 떨리고 있는 것을 깨달았다. 「얼어 죽겠소. 당신은 바보야. 돌아갑시다.」마르셀이 말했다. 그리고 마르셀은 자닌느의 손을 어색하게 쥐었다. 자닌느는 난간(欄干)에서 돌아서서 남편을 따랐다. 층계에 있던 아라비아 노인은 여전히 움직이지 않고 그들이 마을로 내려가는 것을 바라보고 있었다. 자닌느는 아무도 보지 않고 걷고 있었다. 갑자기 심한 피로를 느껴서 앞으로 허리를 굽히고, 견딜 수 없을 만큼 무거워진 자신의 몸을 질질 끌다시피 걷고 있었다. 이미 흥분은 가라앉았다. 지금 자닌느는 그가 발을 들여놓은 이 세계에 비해서 자신이 너무나 크고, 너무나 둔하고, 너무나 피부가 흰 것을 느꼈다. 어린이, 소녀, 말라빠진 남자, 마른 주둔병(駐屯兵), 그들만이 고요하게 이 땅을 밟을 수 있는 사람들이었다. 잠을 자러 가기까지, 죽기까지, 자신의 몸을 끌고 다니는 일을 제외하고 자닌느는 거기에서 앞으로 무엇을 할 수 있단 말인가?

사실 자닌느는 식당까지 몸을 질질 끌고 갔다. 남편은 피로하다고 말하며 갑자기 입을 다물었다. 그 동안 자닌느는 감기(感氣)와 싸웠다. 열이 오르는 것 같았다. 침대까지도 억지로 기어갔다. 마르셀이 뒤따라와서 말없이 불을 껐다. 방은 쌀쌀했다. 자닌느는 열이 심해지며 오한을 느꼈다. 숨이 답답해지고 맥박은 심하게 뛰었으나 몸은 싸늘했다. 공포 같은 감정이 생겼다. 자닌느는 돌아누웠다. 그랬더니 그 무게로 낡은 쇠침대가 삐걱거리는 것이었다. 아니다, 자닌느는 병에 걸리기를 원치 않았다. 남편은 이미 잠들었다. 자신도 자야만 했다. 그래야만 했다. 거리의 숨가쁜 소음(騷音)이 환기통을 거쳐서 귀에 들려 오고 있었다. 모르 인의 카페의 유성기들이 어렴풋이 알아들을 수 있을 정도로 콧소리를 내고 있었다. 그 소리는 군중(群衆)의 무사태평한 소음에 실려서 들려 오는 것이었다. 잠을 자야만 했다. 그러나 검은 천막의 수(數)가 머리에 떠올랐다. 속눈썹 밑으로 그 움직이지 않던 약대들이 스쳐 갔다. 끝없는 고적(孤寂)이 자닌느의 마음속에서 휘몰아치고 있었다. 그러게 말야, 왜 여기에 왔을까? 자닌느는 그런 생각을 하면서 잠이 들었다.

　잠시 후에 눈을 떴다. 주위는 아주 고요했다. 그러나 시가지 변두리에서 목 쉰 개 짖는 소리가 묵묵히 잠든 밤을 으르렁거려 요동시키고 있었다. 자닌느는 몸서리를 쳤다. 다시 옆으로 돌아누웠다. 어깨에 남편의 단단한 어깨가 닿는 것을 느꼈다. 어렴풋이 잠이 깬 자닌느는 그에게로 몸을 기댔다. 아주 잠들어 버리지 못하고 졸음을 더듬고 있었다. 자닌느는 가장 안심할 수 있는 안식처나 되는 것처럼 남편의 어깨에 무의식적인 열정으로 매달리는 것이었다. 말을 하고 있었지만 입 밖으로는 아무 소리도 흘러 나오지 않았다. 말을 하고 있었지만, 자기 자신에게도 들리지 않았다. 마르셀의 체온밖에는 느낄 수 없었다. 20년 동안 아플 때나 여행할 때나 그의 체온 속에서 두 사람은 매일 밤 이렇게 지내 왔던 것이다. 그외에 집에서 자닌느는 무엇을 할 수 있었겠는가? 아이도 없었다! 자닌느에게 부족한 것이 바로 그게 아니었을까? 알 수가 없었다. 그녀는 어떤 사람이 자기를 필요로 한다는 것을 만족히 여기며 마르셀을 좇았을 따름이다. 그뿐이었다. 마르셀은 자닌느에게, 자닌느가 필요하다는 것을 느끼게 하는 기쁨밖에는 주지 않았던 것이다. 아마 그는 아내를 사랑하지 않았는지도 모른다. 비록 증오(憎惡)에 찬 사랑일지라도 사랑은 그런 찌푸린 얼굴은 아니다. 그러면 어떤 것이 사랑의 얼굴인가? 그들은 밤에 마주 보지 않고 손으로 더듬어서 사랑해 왔다. 어둠 속의 사랑 외의 딴 사랑, 떳떳이 대낮에 외칠 수 있는 사랑이 있을까? 자닌느는 알 수 없었다. 그러나 자닌느는 마르셀이 자기를 필요로 하고, 자기는 그 필요를 필요로 하고 있다는 것을 알고 있었다. 언제나 자닌느는 그것 때문에 살아왔다. 특히　밤에 그러했다. 밤에, 매일 밤 세상 남자들의 얼굴에서 가끔 볼 수 있는 그러한 완고한 태도로 마르셀은 혼자 있기를 싫어했고, 늙기를 싫어했고, 죽기를 싫어했다. 그런 태도는 망상(妄想)이 그들을 사로잡고, 아무런 욕망도 없이 그들을 여자의 육체 속에 몰아 넣어 고독과 밤이 그들에게 보여 주는 무서움을 거기에 파묻어 버리게 될 때까지 보통은 이성(理性)이라는 탈을 뒤집어쓰고 있는 광인(狂人)들에게 공통된 유일한 그런 태도였다. 마르셀은 아내에게서 떨어지려 하는 것처럼 꿈틀거렸다. 그렇다. 남편은 자기를 사랑하는 것은 아니었다. 다만 아내가 아닌 것에는 겁이 날 따름이었다. 그 부부는 오래 전부터 헤어졌어야 했으며, 끝내 혼자 자야만 했을 것이다. 하지만 누가 늘 혼자 잘 수 있는 것일까? 그러나 어떤 사람들은 그것이 가능하다. 그들은 천직(天職)이나 불행이 담을 막아 타인들과 격리시켜 놓아서, 밤마다 죽음과 같은 잠자리에 드는 것이다. 마르셀은, 특히 그는 그럴 수 없었을 것이다. 약하고 무력한 어린아이 비슷해서 늘 고통에 시달리고 있었고, 자닌느를 늘 필요로 하고 있었던 그 어린아이는 그때 일종의 신음소리를 냈다. 자닌느는 그에게 좀더 몸을 기대고 그의 가슴 위에 손을 얹었다. 그리고 그녀는 속으로 옛날에 자기가 남편에게 붙였던 애칭(愛稱)으로 그를 불렀다. 그 애칭을 그 뒤에도 아직 사용하고 있었으나, 그 의미에 대해서는 둘이 다 아무런 생각이 안 미치는 것이었다.

자닌느는 진심으로 그 이름을 불렀다. 자닌느 역시 남편과 그의 힘과 그의 기벽(奇癖)이 필요했다. 그녀 역시 죽는 것이 두려웠던 것이다. 「이 공포를 극복할 수 있으면 좋을 텐데……」 곧 알 수 없는 불안이 자닌느를 사로잡았다. 자닌느는 마르셀에게서 몸을 뗐다. 아니다, 아무것도 극복하지 못했고 행복하지도 못했다. 사실 자닌느는 해방되지도 못하고 죽어 가려 하고 있었다. 가슴이 아팠다. 자닌느는 20년 동안 자기가 지니고 다니다가 갑자기 발견한 그 무거운 짐과 그 짐 밑에서 온 힘을 다해서 지금 싸우고 있었다. 그 무게 아래에서 질식해 가고 있었다. 비록 마르셀이나 다른 사람들이 영원히 벗어나지 못하더라도 자기만은 벗어나고 싶었다. 눈을 뜨고 자닌느는 침대 위에 일어나 앉았다. 그리고는 아주 가까이서 들리는 듯한 부름에 귀를 기울였다. 그러나 밤의 저 끝에서 지칠 줄 모르고 낮게 짖고 있는 개소리만이 들려올 뿐이었다. 미풍(微風)이 종려나무를 스쳐 가는 소리가 들렸다. 바람은 남쪽에서 불어오고 있었다. 거기에서는 사막과 밤이 바야흐로 움직이지 않는 하늘 밑에서 뒤섞이고 있었으며, 거기에서는 삶이 정지하고 늙은이도, 죽는 이도 없는 그런 곳이었다. 그러다가 바람의 물결이 그치고 무슨 소리를 들었는지조차 확실치 않아졌다. 하여간 묵살할 수도 있었고 알아낼 수도 있는 소리였지만, 자기가 당장에 거기에 대답을 하지 않으면 영원히 알 수 없게 될 것 같은 소리 없는 호소만이 들려 왔다. 당장에, 그렇다. 적어도 그것은 확실했다.

자닌느는 살며시 일어나서 침대 곁에서 움직이지 않고 남편의 숨소리에 귀를 기울이고 있었다. 마르셀은 잠자고 있었다. 이내 침대 속에서 느꼈던 온기가 사라져서 추워졌다. 자닌느는 현관의 페르시엔느(덧문)를 거쳐서 길가로부터 스며들고 있었던 희미한 광선 속에서 주섬주섬 옷을 찾아서 천천히 몸에 걸쳤다. 구두를 손에 들고 문으로 갔다. 다시 잠시 동안 어둠 속에서 기다리다가 살며시 문을 열었다. 손잡이 소리가 삐걱거려서 흠칫 멈추었다. 가슴이 미칠 듯이 뛰고 있었다. 자닌느는 귀를 기울였다. 고요함에 마음이 가라앉아서 다시 손잡이를 돌렸다. 손잡이가 돌아가는 소리가 자닌느에게는 무한한 것으로 생각되었다. 마침내 문을 열고 밖으로 빠져 나가서 조심스럽게 다시 문을 닫았다. 그리고는 볼을 문에다 대고 잠시 기다렸다. 이내 어렴풋이 마르셀의 숨소리가 들려 왔다. 자닌느는 돌아섰다. 얼굴에 밤의 찬바람이 부딪쳤다. 그녀는 복도로 뛰어갔다. 호텔의 문은 닫혀 있었다. 빗장을 빼고 있는 동안에 야경꾼이 찌푸린 얼굴을 하고 층계 위에 나타나서 아라비아 어로 말을 걸었다. 「돌아와요.」 이렇게 자닌느는 말하고 어둠 속으로 뛰어나갔다.

별들의 장식(裝飾)이 하늘에서 종려나무들과 집들 위에 내리비치고 있었다. 자닌느는 짧은 신작로를 따라 달리고 있었다. 그 길은 성벽 쪽으로 뻗고 있었는데, 밤이라서 인기척이 없었다. 이제는 태양과 싸울 필요가 없어진 추위가 밤을 독점하고 있었다. 찬 공기가 폐부에 불을 지를 정도였다. 그러나 자닌느는 거의 장님처럼 암흑 속을 달리고 있었다. 신작로 끝에서 불빛들이 나타나더니 지그재그로 이쪽으로 내려왔다. 자닌느는 멈추어 서서 칼집소리를 들었다. 그리고 점점 커 가고 있었던 불빛 뒤에 아라비아 식 외투들의 커다란 덩어리와 그 밑에서 반짝이는 가냘픈 자전거 바퀴들을 보았다. 아라비아 외투들이 자닌느를 스쳐 지나갔다. 뒤에 어둠 속에서 세 개의 붉은 불이 솟아오르더니 사라졌다. 자닌느는 다시 성벽을 향해서 뛰었다. 층계 한복판에 바람이 타오르는 듯이 가슴이 너무 아파서 좀 쉬고 싶었다. 마지막 기운을 내서 억지로 테라스 위에 올라가서 난간에다 몸을 던지고 배를 거기에 기댔다. 자닌느는 헐떡거리고 있었고, 모든 것이 눈 앞에서 아물거렸다. 그렇게 달렸지만 몸은 조금도 녹지 않았고, 다시 온몸이 떨렸다. 그러나 크게 들이마시고 있던 찬 공기가 이윽고 몸 속에서 순조롭게 돌아갔다. 희미한 체온이 떠는 몸에서 생겨나기 시작했다. 마침내 그녀는 밤의 공간에 눈을 돌렸다.

간혹 추위가 돌을 터뜨려서 모래로 만들어 버리는 자글자글 하는 어렴풋한 소리 이외에는 아무런 입김도, 아무런 소리도 자닌느를 둘러싸고 있었던 고적(孤寂)과 침묵을 방해하지 못했다. 그러나 잠시 뒤에는 어떤 무거운 소용돌이가 하늘을 주위로 끌어내리는 듯했다. 건조하고 차가운 밤의 장막 속에서 수천 개의 별들이 쉬지 않고 모여들고 있었다. 그 반짝이는 얼음 덩어리들은 순식간에 흩어져서 지평선 쪽으로 모르는 사이에 미끄러져 내려가기 시작하는 것이었다. 쟈닌느는 그 표류(漂流)하는 불들을 바라보는 것을 단념할 수 없었다. 자닌느는 그 불들과 함께 돌고 있었고, 움직이지 않는 그 동일한 진행이 이제는 추위와 욕망이 싸우고 있는 가장 심오(深奧)한 그 존재에로 차츰차츰 자닌느를 이끌어 가고 있었다. 그 여자의 앞에서 별이 하나씩하나씩 떨어져서 사막의 돌 사이로 사라져 가고 있었다. 그럴 때마다 자닌느는 밤을 향해서 자신의 마음을 좀더 여는 것이었다. 그녀는 호흡을 하며, 추위도 인간들의 중력도 삶과 죽음에 대한 오랜 불안도 잊는 것이었다. 공포에 쫓기면서, 목적 없이 정신도 모르고 뛰어다녔던 몇 해 만에 그녀는 마침내 걸음을 멈추었던 것이다. 그러자 동시에 자기의 뿌리〔根〕를 발견한 것 같았고, 수액(樹液)이 이미 떨리지 않고 있는 육체에 다시 솟아오르는 것 같았다. 배를 난간에 꼭 대고 움직이는 하늘을 향해서 자닌느는 아직도 흔들리는 자기의 마음이 가라앉아 고요함이 깃들기를 기다리고 있을 뿐이었다. 성좌(星座)의 마지막 별들이 사막의 지평선 위 좀더 낮은 곳으로 덩어리를 지어서 떨어진 채 정지하고 있었다. 그 때에 견딜 수 없이 부드럽게 밤의 물결이 자닌느를 감싸 주기 시작하는 것이었고, 추위를 가라앉히고, 그 몸의 어렴풋한 중심으로부터 조금씩 솟아올라 끊임없는 파도를 이루어 신음소리가 가득 차 있는 입까지 넘쳐 흐르고 있었다. 그 순간은 하늘이 그녀의 머리 위에서 확대되더니 자닌느는 차가운 땅 위에 쓰러져 버렸다.

　나갈 때와 똑같이 조심하면서 자닌느가 돌아왔을 때, 마르셀은 아직 잠에서 깨어나지 않고 있었다. 그러나 자리에 가서 누웠을 때, 그는 끙끙거렸다. 몇 초 지나지 않아, 그는 요란하게 일어났다. 그는 무어라고 말했는데, 자닌느는 무슨 말인지 알아들을 수가 없었다. 그는 일어서서 불을 켰다. 불빛이 정면으로 자닌느의 얼굴을 때렸다. 그는 비틀거리면서 세면대로 걸어가 거기에 있는 식용수(食用水) 병을 들고 오랫동안 물을 마셨다. 그는 침대에 누우려고 한쪽 무릎을 올려놓고 영문도 모르고 아내를 바라보았다. 아내는 더 이상 참을 수 없어 눈물이 눈에 가득 괴어서 울고 있었다.

　「괜찮아요, 여보.」아내는 말했다. 「아무것도 아녜요.」

자라나는 돌

자라나는 돌

질퍽한 황톳길을 차는 육중하게 돌았다. 헤드라이트는 갑자기 길 한 쪽에서, 그리고 반대쪽의 양철이 덮인 목조 바라크 한 채씩을 각각 어둠 속에서 솟아나게 했다. 오른쪽의 둘째 바라크 곁에는 투박스럽게 생긴 뗏목으로 만든 원두막을 안개 속에서도 알아볼 수 있었다. 원두막 꼭대기로부터 쇠로 만든 한 줄기 케이블이 내려 뻗고 있었다. 그것이 어디에 매어져 있는지는 볼 수가 없었지만 헤드라이트의 광선 속에서 그것은 아래로 내려올수록 반짝이며 길을 막고 있던 절벽 뒤로 사라지고 있었다. 차는 속력을 늦추고, 바라크에서 몇 미터 떨어진 곳에 멈추어 섰다.

운전사 곁에 앉았다가 일어선 사나이가 문에서 빠져 나가려고 애를 썼다. 땅에 내려서자 거인처럼 커다란 몸이 휘청거렸다. 차 곁의 그늘에서 몹시 피곤한 듯이 땅 위에 버티고 서서 엔진 소리를 듣고 있는 것 같았다. 이윽고 그는 절벽 쪽으로 걸어가서 헤드라이트의 광추(光錐) 속으로 들어갔다. 그는 어둠 쪽으로 그의 넓은 등을 드러낸 채 비탈의 꼭대기에서 멈추어 섰다. 잠시 뒤에 그는 돌아다보았다. 운전사의 검은 얼굴이 계기반(計器盤) 위에서 반짝이며 웃고 있었다. 사나이는 손짓을 했다. 운전사는 엔진의 스위치를 껐다. 이내 싸늘한 침묵이 길과 숲속에 퍼졌다. 그때에 물소리가 들려 왔다.

사나이는 강물을 보고 있었다. 낮은 쪽의 거대한 암흑의 움직임과 반짝거리는 조개껍질에 의해서만 강물이 있음을 알 수 있었다. 저편에 멀리 더 짙게 엉겨 있는 어둠은 아마도 강기슭인 것 같다. 그러나 잘 보면 먼 곳의 캥케등(Quinguet燈)처럼 그 강변에는 누런빛이 움직이지 않고 있는 것을 볼 수 있었다. 그 거인은 차를 향해 돌아서서 고개를 끄덕였다. 운전사는 헤드라이트를 껐다가 도로 켰다. 그리고는 규칙적으로 그것을 깜박거리게 했다. 절벽 위에서 그 사나이는 나타났다가 사라지곤 했는데, 다시 나타날 때마다 더 크고 육중하게 보였다. 갑자기 강

저편에서 보이지 않는 그 누가 등불을 서너 번 아래위로 휘저었다. 잠복자(潛伏者)의 마지막 신호를 보고 운전사는 헤드라이트를 완전히 껐다. 차와 사나이는 어둠 속으로 사라졌다. 헤드라이트를 껐기 때문에, 강물은 거의 보이지 않았다. 기껏해야 간혹 반짝이는 물의 긴 줄기가 몇 줄 보일 뿐이었다. 길 양쪽에는 숲의 검은 덩어리가 하늘로 솟아올라 아주 가까이 보이고 있었다. 1시간 전에 길을 적셔 놓았던 구슬비는 아직도 훈훈한 공기 속에 떠돌고, 그 처녀림(處女林) 한복판에 있는 커다란 공지(空地)의 침묵과 움직이지 않는 모습을 더 무겁게 만들고 있었다. 검은 하늘에서는 흐린 별들이 떨고 있었다.

그러나 저편 기슭에서 쇠사슬 소리와 숨을 죽인 듯한 잔물결 소리가 들려 왔다. 아까부터 기다리고 있던 그 사나이의 오른쪽 바라크 위로부터 케이블이 팽팽해졌다. 희미한 마찰 소리가 케이블을 타고 들려 왔고, 또 강에서 물을 치는 소음이 약하게 들리기 시작했다. 마찰 소리가 규칙적으로 들리고 물소리가 점점 뚜렷이 퍼지더니 등불이 켜지고 있었다. 이제는 등잔을 감싸고 있는 등잔불의 무리를 어렴풋이 식별할 수 있었다. 그것이 차츰 팽창했다가 다시 졸아들었다. 그 동안에 등불은 안개를 뚫고 반짝였으며, 등불 위와 주위에 굵은 대나무로 네 귀퉁이를 받친 마른 종려나무 잎으로 만든 네모진 일종의 지붕을 비치기 시작했다. 분명치 않은 그림자들이, 주위에서 움직이고 있던 그 괴이한 오두막집이 천천히 강기슭을 향해 전진하고 있었다. 그 지붕이 거의 강 한복판에 왔을 때, 노란 불빛에 떠오른 세 명의 작은 사나이들이 분명히 보였다. 그들은 상반신을 벗고 있었는데, 거의 흑인 같았고 원추형의 모자를 쓰고 있었다. 그들은 두 다리를 조금 벌리고 서 있었다. 보이지 않는 허덕이는 강물의 힘찬 흐름을 막기 위해서 아무렇게나 만든 큰 뗏목 위에 몸을 굽히고 있었다. 그 뗏목은 어둠과 물 속에서 솟아나 보였다. 그 나룻배가 더 가까이 왔을 때, 사나이는 지붕 뒤 하류 쪽에서 두 흑인을 보았는데, 그들도 역시 넓은 밀짚 모자를 쓰고, 갈색 천으로 만든 바지를 입고 있을 따름이었다. 나란히 서서 그들은 있는 힘을 다하여 막대기들을 내리누르고 있었다. 그 막대기들은 강 속의 뗏목 뒤쪽으로 박혀 들어가고 있었다. 그 동안 여전히 느린 동작으로 물 위의 평형선(平衡線)까지 몸을 굽히고 있었다. 앞에서는 세 명의 혼혈아들이 묵묵히 움직이지 않고, 그들을 기다리고 있던 사람에게로 눈을 쳐들지도 않고 강기슭이 가까워지는 것을 바라보고 있었다.

뗏목배는 물 속에까지 뻗고 있던 방파제에 갑자기 부딪쳤다. 그래서 등불이 충격을 받고 흔들리며 방파제를 비추었다. 키가 큰 흑인들은 움직이지 않았다. 두 손을 머리 위에 올려놓고 겨우 박혔을까 말까 한 막대기의 끝에 매달려 있었다. 그러나 근육은 긴장되고 물 자체와 그 무게에서 오는 듯한 경련으로 떨리고 있었다. 딴 사람들이 둑의 말뚝 둘레로 쇠사슬을 던졌다. 그리고는 판자 위에 뛰어올라서 일종의 괴상한 번전교(飜轉橋)를 내려놓았다. 그것은 뗏목 전면을 기울어진 평면으로 덮었다.

사나이는 차에 돌아와서 앉았다. 그 동안에 운전사는 엔진을 걸었다. 차는 천천히 절벽을 올라가서 차의 포장을 하늘 쪽으로 솟아올리더니 강물 쪽으로 내려가게 함으로써 그 비탈을 넘어섰다. 기어를 건채 차는 굴러서 진흙 위를 좀 미끄러져 내려가다가는 멈추어 서고, 그리곤 다시 출발하는 것이었다. 차는 판자가 튀는 소리를 내며 둑 위에 이르렀다. 그리고는 여전히 침묵을 지키고 있는 혼혈아들이 나란히 서 있던 끝까지 가서 뗏목 쪽으로 천천히 잠겨 들어갔다. 뗏목은 차의 온 무게를 받아서, 차의 앞바퀴가 닿자마자 물 속으로 들어박히고 말았다. 그래서 운전사는 등잔이 걸려 있는 사각형의 지붕 앞까지 차를 뒤쪽으로 굴렸다. 곧 혼혈아들은 둑에 걸쳐 놓았던 기울어진 판자를 걷어올리고 뗏목 위에 가볍게 뛰어올랐다. 그리고는 질퍽한 기슭에서 뗏목을 떼어 놓았다. 강물은 뗏목 밑을 떠받치고 그것을 물의 표면까지 뜨게 하였다. 뗏목은 물 위에서 케이블을 따라서 공중에 매달려 있었던 기다란 장대 끝에 매어져 떠나갔다. 그때에 키가 큰 흑인들이 힘을 늦추고, 삿대를 거두어들였다. 그 사나이와 운전사는 차에서 나와 상류(上流) 쪽을 향해서 움직이지 않고 뗏목 끝에 서 있었다. 작업중에는 아무도 입을 열지 않았고, 지금도 역시 각자가 움직이지 않고 묵묵히 자기 자리에 서 있었다. 다만 키가 큰 흑인 하나가 찢어진 종이에 담배를 말고 있었다.

그 사나이는 강물이 브라질의 대삼림(大森林)에서 솟아나와 그들에게로 흘러 내려오는 그 골짜기를 바라보고 있었다. 몇 백 미터의 넓이를 가진 그 넓은 강은 뗏목의 옆구리에 탁하고 부드러운 물을 밀어붙이는 것이었다. 그러다가 뗏목의 양편 끝에서 벗어나서 뗏목 위에 넘쳐 흘렀다가 다시 힘찬 한 줄기의 파도로 변해서 어둠침침한 숲을 지나 바다와 어둠 쪽으로 천천히 흘러가고 있었다. 물에선지, 해면(海綿)처럼 부석부석한 하늘에서 오는 것인지 맥빠진 냄새가 감돌고 있었다. 이윽고 뗏목 밑에서 잔물결 소리가 들려 왔고, 양쪽 기슭으로부터 강 두꺼비의 소리와 신기한 새들의 울음소리가 들려 오고 있었다. 거인이 운전사에게로 가까이 왔다. 키가 작고 마른 운전사는 대나무 기둥에 기대어 있었는데, 옛날에는 푸른빛이었겠지만 지금은 온종일 뒤집어쓴 불그스레한 먼지로 덮인 양복 주머니에 두 손을 틀어박고 있었다. 젊은 나이인데도 몹시 주름이 잡힌 얼굴에 미소가 가득 찬 운전사는 축축한 하늘에서 아직도 헤엄을 치고 있는 별들을 무심히 바라보고 있었다.

그러나 새 우는 소리는 한층 더 뚜렷해지고, 이름 모를 새의 지저귐이 거기에 섞여 들려 왔다. 그러자 곧 케이블의 마찰 소리가 들려 오기 시작했다. 흑인들은 삿대를 박고, 장님처럼 강바닥을 더듬었다. 사나이는 방금 자기네들이 떠나온 기슭을 돌아다보았다. 그 기슭은 이제는 어둠과 물에 덮여서 저쪽으로 수천 킬로미터나 뻗쳐 있는 수목의 대륙처럼 무한히 넓고 야성적이었다. 멀지 않은 대양(大洋)과 이 나무와 어둠의 바다 사이에서 황막한 강에 떠도는 몇 명의 사람들은 마치 길 잃은 사람들 같았다. 뗏목이 또 다른 둑에 닿았을 때는 닻줄이 끊어져 무서운 며칠 간의 표류 끝에 어둠 속에서 한 섬에 도착한 것 같았다.

땅에 내려서자, 겨우 사람의 목소리가 들려 왔다. 운전사는 그들에게 돈을 지불했다. 그러자 곧 그 무거운 어둠 속에서 신기하게도 쾌활한 목소리가 다시 움직이기 시작한 자동차를 향해서 포르투갈 어로 고맙다고 인사를 했다.

「이과프까지 60킬로미터랍니다. 3시간만 달리면 되죠. 소크라트는 기뻐요.」

이렇게 운전사는 말했다.

사나이는 착하게 웃었다. 그에게 어울리는 무게 있고 따뜻한 웃음이었다.

「나도 기쁘네, 소크라트. 길이 나쁘군.」

「너무 무거워요. 다라스트 씨가 너무 무겁죠.」

운전사도 참지 못하고 줄곧 웃고 있었다.

차는 좀 속력을 냈다. 구수하고 달콤한 냄새 속에서 초목들이 얽혀 있는 높은 벽을 끼고 차는 달리고 있었다. 야광충(夜光虫)들이 마구 날아서 끊임없이 숲의 어둠 속을 횡단하고 있었다. 여기저기서 눈이 빨간 새들이 날아와서, 눈 깜짝할 사이에 앞창에 부딪친다. 때때로 이상한 울림소리가 깊은 어둠 속에서 들려 오고 있었다. 그러자 운전사는 우스꽝스럽게 눈을 휘둥그래 뜨고서 옆에 앉은 사나이를 바라보는 것이었다.

길은 꼬불꼬불했고, 차는 덜거덕거리는 나무 다리 위를 지나서 조그만 시냇물들을 건너갔다. 1시간쯤 지나니 안개가 더욱 짙어졌다. 가랑비가 내리기 시작해서 헤드라이트 빛을 흩어지게 하고 있었다. 다라스트는 흔들리면서도 졸고 있었다. 그들은 이미 습기에 찬 숲속을 달리지 않고 다시 상파울루로 나가는 그들이 아침에 달렸던 세라의 길을 달리고 있었다. 줄곧 그 황톳길에서는 붉은 먼지가 올라와서 지금까지 그 맛이 남아 있었다. 그리고 그 먼지는 양쪽에 산재되어 있는 스텝(황무지의 초원)의 수목들을 아득한 저 멀리까지 뒤덮고 있었다. 태양은 무겁게 내리쬐고 있었으며, 산들은 창백하게 갈라지고, 굶주린 제뷔(Zébus : 흑소)들이 길 위에 드문드문 보였으나, 유일한 동행자로서 사막이 오랜 여행에 지친 위르퓌스(Urfus : 매의 일종)가 기운 없이 날고 있을 뿐이었다. 그는 펄쩍 뛰었다. 자동차가 멈추어 섰던 것이다. 그들은 일본(日本)에 와 있었던 것이다. 길 양편에는 앙상한 장식을 한 집들이 있었는데, 집 속에는 은근한 기모노(일본옷)들이 들여다보였다. 운전사가 어떤 일본 사람에게 말을 걸었다. 일본 사람은 더러운 양복을 입고 브라질 밀짚 모자를 쓰고 있었다. 좀 있다가, 차가 발동을 걸었다.

「40킬로미터밖에 안 남았다는군요.」

「아녜요. 레지스트로죠. 우리 고장에선 일본인들이 모두 여기로 온답니다.」

「왜 ?」

「모르죠. 그들은 황인종이지요. 그렇지 않아요, 다라스트 씨 ?」

그러나 숲은 약간 밝아졌다. 미끄러지기는 했지만, 길은 점점 편해졌다. 차는 모래 위에서 미끄럼질을 하고 있었다. 자동차 문을 통해서 축축하고 훈훈하면서도 몸에 스며드는 미풍이 불어 왔다.

「냄새가 나죠.」 운전사가 말했다. 「바답니다, 곧 이과프이지요.」

「가솔린이 충분할까.」 다라스트는 이렇게 말했다.

그는 조용히 잠들었다.

새벽에 다라스트는 막 잠이 깨어난 침대 속에서 놀라운 눈으로 방을 둘러보았다. 넓은 벽들은 중간 높이까지 갈색의 석회를 새로 발랐다. 더 높은 곳은 옛날에 하얀 칠을 했었는지 누런 부스러기가 천장에까지 덮여 있었다. 두 줄로 놓인 여섯 개의 침대가 마주 보였다. 다라스트는 자기 줄의 맨 끝에 있는 침대만이 흐트러져 있음을 볼 수 있었다. 그 침대는 비어 있었다. 그러나 왼쪽에서 소리가 들렸으므로 문쪽으로 몸을 돌렸더니 거기에는 두 손에 식용수병을 든 소크라트가 웃으면서 서 있었다. 「기쁜 추억이래요!」 그렇게 그는 말하는 것이었다.

다라스트는 기운을 냈다. 그렇다, 지난밤에 면장(面長)이 그들을 재워 준 병원의 이름이 '기쁜 추억'이었다. 「분명한 추억이라야지.」 소크라트가 말을 계속했다. 「그들의 말로는 먼저 병원을 건설하고, 다음에 수도(水道)를 건설한다더니, 아직까지는 기쁜 추억이라우. 자, 따스한 물로 세수나 해요.」 그는 웃고 노래하며 사라져 버렸다. 그는 간밤 내내 그를 뒤흔들고, 다라스트의 잠을 방해했던 지독한 재채기를 했었으나 피로한 빛은 조금도 보이지 않았다.

이윽고 다라스트는 완전히 잠에서 깨어났다. 철망을 친 담 너머 정면으로 비에 젖은 조그만 붉은 진흙 마당이 보였다. 갈대 수풀 위에 소리 없이 내리고 있는 비로 땅은 촉촉히 젖어 있었다. 머리 위에 쓴 노란 명주 목도리를 손끝으로 잡은 한 여인이 지나가고 있었다. 다라스트는 다시 누웠다가 곧 일어나서 침대에서 내려왔다. 침대는 눌려서 몸의 무게로 삐걱거렸다. 바로 그때, 소크라트가 들어왔다. 「다라스트 씨, 면장(面長)이 밖에서 기다려요.」 그러나 다라스트의 모습을 보고, 「서두를 건 없어요. 그 사람은 결코 바쁘지는 않으니까요.」 하고 덧붙여 말했다.

식용수로 면도를 하고, 다라스트는 건물의 현관으로 나갔다. 몸집이 작고 금테 안경을 쓴 상냥스러운 족제비 같은 얼굴을 한 면장은 우울하게 비를 바라보며 명상 속에 잠겨 있는 것 같았다. 그러나 다라스트를 보자, 얼굴에 웃음이 감돌았다. 그는 작은 몸을 쭉 펴고 바삐 걸어와서 팔로 '기사(技師)'를 껴안으려고 하였다. 바로 그때, 차 한 대가 브레이크를 걸고 마당의 낮은 벽 쪽으로부터 진창 속을 옆으로 미끄러져 비스듬히 정거하였다. 「판사요!」면장이 말했다. 판사는 면장처럼 곤색 양복을 입고 있었다. 그러나 그는 훨씬 젊어 보였다. 어쩌면 그 큼직한 맵시 있는 몸집과 놀란 청년 같은 신선한 얼굴 때문인지도 몰랐다. 그들을 향해서 그는 우아한 태도로, 물구덩이를 피하면서 마당을 건너오고 있었다. 다라스트에게서 몇 발자국 떨어진 곳에서 그는 벌써 팔을 벌리고 환영한다는 말을 하는 것이었다. 그는 기사님을 맞이하는 것을 자랑으로 여기고 있으며, 기사님 일은 이 가난한 마을의 명예이며, 낮은 지대의 정기적인 범람(氾濫)을 방지하는 제방 건설로서 기사님이 이과프에 제공할 그 존엄한 봉사에 대해서 무한히 기뻐하는 바이며, 물을 지배하고 강을 정복한다는 것은 아! 참으로 위대한 직업이요, 필연코 이과프의 빈민들은 기사님의 이름을 기억할 것이며, 몇 해를 두고 기도를 올릴 때마다 그 이름을 욀 것이라는 것이었다. 다라스트는 이 굉장한 애교와 웅변에 어안이 벙벙해져서 감사하다고만 말할 뿐 제방 공사에 무슨 관계가 있는지를 감히 알아볼 생각도 하지 못했다. 게다가, 면장의 말로는 낮은 지대를 시찰하러 가기 전에 유지들이 정중하게 기사님을 맞아들이기를 바라고 있는 클럽에 가야만 한다는 것이었다. 유지들이란 누구를 가리키는 것일까?

「가령.」면장이 말했다. 「면장인 제 자신, 그리고 여기 계신 항무소장(港務所長)인 카르발로 씨, 그리고 고위층은 아니지만 몇 명이 있습니다. 하여간, 그 사람들에게 신경을 쓰진 마십쇼. 그네들은 프랑스 어를 못하니까요.」

다라스트는 소크라트를 불러서 점심때 만나자고 말했다.

「그럽시다. 샘마당〔泉園〕으로 가지요.」소크라트는 대답했다.

「샘마당으로?」

「네, 모두가 아는 곳이죠. 걱정 마세요. 다라스트 씨.」

다라스트는 나오면서 병원이 숲의 언저리에 서 있는 것을 발견했다.

숲의 무성한 나뭇잎들이 지붕을 거의 뒤덮고 있었다. 나무들의 곁에는 고운 물의 장막이 내려오고 있었는데, 무성한 숲은 거대한 스폰지처럼 소리 없이 그 물을 빨아들이고 있었다. 퇴색한 기와를 씌운 집이 약 백 호(百戶)쯤 되는 그 마을은 숲과 강 사이에 퍼져 있었고, 멀리서 강의 숨결이 병원까지 풍겨 오고 있었다. 자동차는 처음에는 물에 흠뻑 잠긴 길로 들어왔다가, 이내 커다란 장방형(長方形)의 광장으로 나왔다. 그 진흙 속에는 물구덩이 사이에 타이어 자국과 마차 바퀴와 말굽 자국들이 남아 있었다. 그 주위에 가지각색의 칠을 한 얕은 집들이 광장을 막고 있었는데, 광장 뒤에는 식민지 스타일의 푸르고 흰 교회의 둥근 탑들이 보였다. 그 헐벗은 배경 위에 강가로부터 오는 소금 냄새가 감돌고 있었다. 광장의 한복판에는 비에 젖은 사람들의 모습이 서성거리고 있었다. 나란히 서 있는 집을 따라서 고쇼(Gauchos : 아르헨티나의 목동), 일본인, 혼혈 인디언, 그리고 여기서는 이국적으로 보이는 검은 양복의 고상한 옷차림을 한 유지들이 법석거리고 있었는데, 그들은 잔 걸음으로 지루하게 돌아다니고 있었다. 그들은 차를 통과시키기 위해서 침착하게 옆으로 비켜 서서 차의 뒷모습을 바라보는 것이었다. 차가 광장의 어느 집 앞에 정거했을 때, 비에 젖은 한 무리의 고쇼들이 묵묵히 차를 둘러쌌다.

클럽에는 이층에 대나무로 된 카운터와 양철로 만든 둥근 탁자가 놓인 일종의 바가 있었는데, 유지들이 많이 모여 있었다. 면장이 손에 잔을 들고, 다라스트를 위하여 그의 도착과 모든 사람들의 행복을 축원하자, 사람들은 감자술을 마셨다. 그러나 다라스트가 창문 앞에서 술을 마시고 있는 틈에 승마용 바지를 입고 각반을 한 키가 크고 싱겁게 생긴 친구 하나가 약간 비틀거리며 그에게로 다가와서 빠르고 분명치 못한 이야기를 늘어놓았다. 그 말 속에서 기사는 패스포트라는 말밖에는 알아들을 수 없었다. 다라스트는 주저하다가 서류를 내밀었더니, 사나이는 그것을 후딱 빼앗았다. 패스포트를 들썩거린 뒤에 그 사나이는 아주 불쾌하다는 듯한 표정을 지었다. 그는 기사의 코 앞에서 여권을 팔락거리며 연설을 계속했다. 기사는 무표정하게 그 골난 사나이를 보고 있었다. 그때에 판사가 웃으면서 가까이 와서 무엇 때문에 그러느냐고 물었다. 주정꾼은 그의 말을 중단시킨, 약하게 생긴 인간을 훑어보

앉다. 그러다가 더 위태스럽게 비틀거리면서 이번에는 새로운 말 상대의 눈 앞에 여권을 내흔드는 것이었다. 다라스트는 침착하게 탁자 옆에 앉아서 기다렸다. 대화는 대단히 격렬(激烈)해졌다. 그러자, 갑자기 판사는 그의 목소리라고는 생각할 수 없는 떠나갈 듯한 소리를 질렀다. 예기치 못한 일이었으니 싱거운 사나이는 못된 일을 저지른 어린애처럼 뒤로 물러났다. 판사의 단호한 명령으로 사나이는 벌받은 열등생처럼 게걸음으로 문 앞으로 가더니 사라져 버렸다.

판사는 곧 다라스트에게 와서 다시 부드러워진 목소리로 저 버릇없는 녀석은 경찰서장이며, 여권이 위법이라고 감히 주장했다는 말을 전하고, 그러한 예의에 벗어난 언동은 벌받아야 할 것이라고 설명을 했다. 카르발로 씨는 이어서 유지들에게로 갔다. 그를 둘러싼 유지들에게 판사는 질문을 하는 것 같았다. 잠시 동안 의논을 한 뒤에 판사는 다라스트에게 정중히 사과를 하고, 이과프 읍(邑) 전체가 기사님에게 바쳐야 할 존경과 감사의 마음의 망각은 오직 술 때문이라고 양해할 것을 간청하면서 끝으로 그 비참한 인간에게 내릴 마땅한 처벌을 기사님 자신이 결정해 달라고 당부하는 것이었다. 다라스트는 그가 처벌을 원하지 않을 뿐더러 그런 것은 사소한 사건에 불과하며, 빨리 강으로 가봐야겠다고 말했다. 그때 면장은 지극히 상냥스러운 말투로 처벌은 꼭 해야 하며, 범인은 체포될 것이라고 말하고, 모든 사람들은 귀중한 손님께서 그의 운명을 결정하기를 기대할 것이라고 말했다. 어떠한 반대로도 그의 미소에 찬 엄격한 태도를 굽힐 수는 없었다. 다라스트는 생각해 보겠다고 약속할 수밖에 없었다.

강은 낮고 미끄러지기 쉬운 기슭에 널찍하게 그 누런 물을 펼치고 있었다. 그들은 이과프의 맨 끝에 있는 집들을 지나서 강과 높고 험한 비탈 사이에 서 있었다. 그 비탈에는 진흙과 나뭇가지로 만든 오두막집들이 매달려 있었다. 눈 앞의 둑 끝에서 삼림(森林)은 맞은편 기슭과 마찬가지로 변화 없이 뻗고 있었다. 그러나 물의 흐름은 노랗기보다는 좀더 회색기가 나는 바다 빛깔을 띠고 나무들 틈으로 잘 보이지 않는 선까지 빠른 속도로 확대되고 있었다. 다라스트는 아무 말없이 물이 범람했을 때의 제각기 다른 수면이 아직도 생생한 흔적을 남기고 있는 절벽의 옆구리 쪽으로 걸어갔다. 질퍽한 지름길이 오두막집 쪽으로 나 있었다. 그 앞에선 흑인들이 서서 낯선 손님을 묵묵히 바라보고 있었다. 몇몇 쌍의 남녀가 손을 잡고 있었고, 흙더미 끝의 어른들 앞에서 배가 불룩하고 넓적다리가 가느다란 흑인 아이들이 한 줄로 서서 둥근 눈들을 커다랗게 뜨고 있었다.

오두막집들 앞에 이르자, 다라스트는 몸짓으로 부두 책임자를 불렀다. 그는 흰 제복을 입고 늘 싱글벙글 웃고 있는 몸집이 커다란 흑인이었다. 다라스트는 스페인 어로 오막집에 들어가 봐도 괜찮느냐고 물었다. 책임자는 물론 괜찮다고 말하고 좋은 생각이라고까지 말했다. 그러면 기사님은 대단히 흥미를 끄는 일들을 보게 되리라는 것이었다. 그는 흑인들에게 가서 다라스트와 강을 가리키며, 길게 설명을 했다. 책임자가 말끝을 맺었을 때, 아무도 반응을 보이지 않았다. 그는 답답하다는 듯이 다시 한 번 설명했다. 그리고는 한 남자에게 질문을 했으나 그 남자는 머리를 흔들었다. 책임자는 명령조로 몇 마디를 했다. 사나이는 무리에서 빠져 나와 다라스트 앞으로 와서 몸짓으로 길을 가리켰다. 그러나 그의 시선은 적의(敵意)에 차 있었다. 그는 제법 나이가 들어 보였다. 머리는 짧은 반백(半白)의 머리털로 덮여 있었고, 얼굴은 마르고 여위었으나 그래도 몸은 아직 젊어서 거칠고 단단한 두 어깨와 근육이 아랫바지와 찢어진 내의를 통해서 보이는 것이었다. 그들은 뒤에 책임자와 흑인들을 거느리고 전진했다. 그들은 더 험한 다른 절벽 위로 올라갔다. 거기에는 양철과 갈대로 만든 오두막집들이 억지로 땅 위에 매달려 있었다. 그래서 그 밑을 큰 돌로 괴지 않으면 안 되었다. 그들은 맨발로 가끔 미끄러지며 머리에는 물이 가득 든 함석통을 이고 지름길로 오는 한 여자를 만났다. 이윽고 세 채의 오두막집에 둘러싸인 좁은 공터에 다다랐다. 사나이는 그 중의 한 집을 향해서 걸어가서 대나무문을 밀었다. 문의 받침틀은 칡덩굴로 만들어져 있었다. 그는 아무 말없이 여전히 냉정한 눈초리로 기사를 노려보며 그 속으로 들어가 버렸다. 오두막집 안에서 처음에 다라스트는 방 한복판에서 흙바닥 위에서 꺼져 가는 반딧불밖에는 아무것도 볼 수 없었다. 잠시 뒤에 그는 방구석 한 모퉁이에 밑이 빠지고 스프링이 빠져 나와 있는 구리 침대 하나와 또 다른 한 모퉁이에 질그릇을 올려놓은 책상과 그 사이에 성

(聖) 조르주의 색판화(色版畫)가 한 장 의젓하게 장식되어 있는 일종의 무대 같은 것을 보았다. 그밖에는 출입구 오른쪽에 누더기가 쌓여 있는 것과 천장에 세탁해서 널어 놓은 가지각색의 파뉴(토인들이 허리를 두르는 치마)가 몇 벌 걸려 있었다. 다라스트는 움직이지 않고 연기와 땅바닥에서 올라오는 숨막힐 듯한 가난의 냄새를 맡고 있었다. 뒤에서 책임자가 손을 두드렸다. 기사는 돌아보았다. 문턱에 햇빛을 등지고 우아한 흑인 처녀의 모습이 다가와서 무엇인지 그에게 내미는 것을 보았다. 그는 컵을 들어서 그 속에 든 독한 감자술을 마셨다. 처녀는 쟁반을 내밀어 빈 컵을 받아 가지고 나갔다. 그 동작이 너무나 부드럽고 싱싱하여 다라스트는 문득 그녀를 붙잡고 싶은 충동을 느꼈다.

그러나 처녀 뒤를 따라 밖으로 나갔을 때, 오두막집 주변에 둘러서 있던 흑인들과 유지들 틈에서 그 처녀를 찾아볼 수 없었다. 그는 말없이 고개를 숙인 늙은 남자에게 고맙다는 인사를 했다. 그리고 그는 떠났다. 뒤에서 감독이 다시 설명을 늘어놓고는 언제 리오에 있는 프랑스 회사가 공사를 착수할 수 있으며, 장마가 지기 전에 둑의 건설이 끝날 수 있겠는지를 물어 보는 것이었다. 다라스트는 그것을 모르고 있었다. 사실 그는 그 문제에 대해서는 생각을 하지 않았다. 그는 아주 조금씩 내리는 비를 맞으며, 강 쪽으로 걸어 내려가고 있었다. 그는 줄곧 그 막막한 소음을 듣고 있었다. 그 소리는 그가 도착한 이래 끊임없이 들려 왔는데, 그것은 물의 소리인지, 나뭇잎들의 소리인지를 분간할 수 없는 그런 소리였다. 강가에 이르자, 그는 멀리 바다의 어렴풋한 선, 수천 킬로미터나 되는 적막한 물, 그리고 아프리카와 저 멀리 그가 떠나온 유럽을 바라보고 있었다.

「소장, 우리가 지금 막 만나고 온 그 사람들은 무엇으로 생계를 유지합니까?」

「그들은 노동이 필요할 때는 일을 합니다. 우리는 가난합니다.」
라고 책임자는 대답했다.

「그들이 제일 가난한 편이오?」

「제일 가난하죠.」

그때, 끝이 뾰족한 구두를 신고 얼음을 지치듯이 다가온 판사가 그들은 일거리를 줄 기사님을 벌써 존경하고 있다고 말했다.

404

「하지만 그들은 매일 춤추고 노래하고 있답니다.」
라고 그는 말했다.

잠시 뒤에 그는 불쑥, 다라스트에게 처벌에 대해서 생각해 보았느냐
고 물었다.

「무슨 처벌을?」

「아니, 우리 경찰서장의…….」

「내버려 둡시다.」

판사는 그럴 수는 없으니 처벌해야만 한다고 말했다. 그는 벌써 이과
프 쪽으로 걷고 있었다.

가랑비가 내려 신비하고 우아하게 보이는 작은 샘마당 속에서 꽃송
이들이 바나나나무들과 팡다뉘스(Pamdanus—榮蘭科의 식물) 사이의
칡덩굴을 따라서 늘어져 있었다. 축축한 돌더미들이 지름길과 지름길
의 교차점을 이루고 있었는데, 그 시간에 거기에는 온갖 사람들이 오가
고 있었다. 잡종과 혼혈종들, 그리고 서너 명의 고쇼들이 거기에서 지
껄이고 있었다. 또 어떤 사람들은 역시 느린 걸음으로, 나지막한 소리
로 이야기를 하면서, 대나무 밭의 길을 더듬어 잡목이 무성하여 서로
얽혀 더 이상 들어갈 수 없는 곳까지 깊숙이 들어가는 것이었다. 거기
에서 갑자기 숲이 시작되고 있었다.

다라스트가 군중들 속에서 소크라트를 찾고 있었다. 그때 뒤에서 그
의 기척이 들렸다.

「잔치 같은데요.」하고 웃으며 소크라트는 말하고, 그 자리에서 껑
충 뛰어 보려고 다라스트의 어깨를 짚는 것이었다.

「무슨 잔치야?」

「아니! 아직 모르슈? 예수님 명절이지요. 해마다 모두들 망치를
가지고 동굴로 갑니다.」

소크라트는 다라스트를 마주 보며 말하는 것이었다.

소크라트가 가리킨 것은 동굴이 아니고 공원의 한 구석에서 무엇인
가 기다리고 있는 것처럼 보이는 한 떼의 사람들이었다.

「아시겠죠! 어느 날, 예수의 자비로운 조상(影像)이 강을 거슬러서
바다로부터 왔지요. 어부들이 그것을 발견했죠. 참 아름다운 것이었어
요! 아름다운 것이었어요! 그래서 어부들이 조상을 동굴에서 씻었지

요. 그런데 그 동굴에서 그 조상이 자라난 거예요. 해마다 그것이 행사예요. 망치로 그것을 부수고, 축복받은 행복을 위해서 가루가 되도록 부수는 겁니다. 그러나 조상은 여전히 커지고, 늘 부수고……그것은 기적입니다. 」

그들은 동굴에 도착했다. 기다리고 있는 사람들의 머리 너머로 낮은 입구가 보였다. 내부에 바람에 나부끼는 촛불이 켜진 어둠 속에서 그 밑에 웅크린 그림자가 망치로 두들기고 있었다. 그 사나이는 긴 콧수염을 기른 마른 고쇼였다. 그는 다시 일어나서 나왔다. 축축한 편박석(片剝石)의 부스러기를 손에 쥐고 나와서 사람들에게 펴 보였다. 곧 그는 조심스레 손바닥을 다시 오므리고 사라져 버렸다. 그때 딴 사나이가 구부린 채 동굴 안에 들어갔다.

다라스트는 뒤로 돌아섰다. 주위에는 순례자들이 그를 보지도 않고 서 있었다. 나무에서 고운 망사처럼 떨어지는 빗물을 태연히 맞고 있었다. 그도 역시 동굴 앞에서 안개 같은 빗물을 맞아 가며 기다리고 있었다. 그러나 그 이유를 모르고 있었다. 정말 이 나라에 도착한 이래 한 달 동안이나 그는 줄곧 기다려 왔던 것이다. 그는 축축한 날씨의 붉은 열기 속에서 밤하늘에 깜박이는 조그만 별들을 바라보며, 둑을 건설하고 도로를 개통한다는 그의 직무에도 불구하고, 그가 여기에 하러 온 일은 구실에 불과하다는 듯이, 상상조차 하지 않았던, 그러나 이 세상의 끝에서 끈기 있게 그를 기다렸을 어떤 놀라움의 또는 어떤 만남의 기회를 그는 기다리고 있었다. 그는 몸을 돌려서 사람들에게서 떠났다. 그러나 아무도 그를 보는 사람은 없었다. 그는 출입구로 걸어갔다. 강으로 돌아가서 일을 해야만 했다.

그러나 문에서 소크라트가 기다리고 있었다. 그는 키가 작고 뚱뚱한 데다 허리가 굵고 검다기보다 노란 피부빛을 한 어떤 남자와 열심히 이야기를 하고 있었다. 박박 깎은 머리 때문에 그 사나이의 이마의 곡선은 더 넓게 보였다. 윤기 있는 그의 넓적한 얼굴은 그와 반대로 시커멓고 모나게 붙어 있는 턱수염으로 꾸며져 있었다.

「이 사람이 맨 앞에 서요.」 하고 소크라트가 소개했다.

「내일 이분이 행렬을 한답니다.」

그는 육중한 사지로 만든 수부복(水夫服)을 입고 해군 작업복 아래에는 청백(靑白)의 줄을 친 셔츠를 입고 있었는데, 검고 침착한 눈으로 주의깊게 다라스트를 관찰하고 있었다. 동시에 그는 두꺼운 입술을 벌려 희고 반짝이는 이를 내놓고 웃는 것이었다.

「이 사람은 스페인 말을 하지요.」

소크라트는 그 미지의 사나이를 돌아보고 그렇게 말하면서,

「이야기해 보세요, 다라스트 씨.」하는 것이었다. 그리고 나서, 소크라트는 춤을 추면서 딴 사람들 쪽으로 가 버렸다. 사나이는 웃음을 멈추고, 솔직한 호기심을 보이면서 다라스트를 보았다.

「재미있으슈? 대장.」

「난 대장이 아닌걸.」다라스트가 말했다.

「상관없지요. 그러나 당신은 귀족이시라죠. 소크라트가 그러더군요.」

「난 안 그런데. 하지만 우리 할아버지가 그랬었지, 고조할아버지도 그렇고, 또 그 할아버지들도 모두 그랬지만 지금 우리 나라엔 귀족은 없어졌다네.」

「아! 알겠어요. 모두가 귀족이란 말이죠.」흑인이 말했다.

「아니, 그게 아냐. 귀족이나 평민의 구별이 없단 말일세.」

그는 가만히 생각하고 있더니 이윽고 납득한 것처럼 말했다.

「일하는 사람이 아무도 없고 고통받는 사람도 없어요?」

「수백만의 인간들이 일하고 고통받고 있네.」

「그럼 그것이 평민이구먼요.」

「바로 그렇지, 평민들이 있단 말이야. 그러나 그들의 상전들은 경찰이거나 장사꾼들이지.」

그의 상냥한 얼굴은 다시 긴장했다. 그러다가 그는 꿍꿍거렸다.

「흥! 사고, 팔고, 응! 더럽군! 그리고 경찰과 함께, 개놈들이 명령을 하겠군.」

갑자기 그는 웃음을 터뜨렸다.

「당신은 팔지 않나요?」

「거의 안 팔지. 나는 다리를 놓고, 길을 닦지.」

「거 참 좋습죠. 나는 배의 쿡(요리사)이죠. 원하신다면, 당신을 위해서 검정콩 요리를 만들지요.」

「그럼, 좋지.」

쿡은 다라스트에게로 와서 그의 팔을 잡았다.

「여보슈, 당신 말씀이 마음에 들어요. 나도 말하겠어요. 당신도 마음에 드실 것 같군요.」

그는 다라스트를 출입구 근처 대나무 숲 아래의 축축한 나무 의자로 데리고 갔다.

「난 이과프 바다에서 해변의 항구에 기름을 공급하다가 전복한 조그만 급유선(給油船)을 타고 있었죠. 배에 불이 났거든요. 내 잘못은 아니었죠. 절대로! 난 나의 직책을 알고 있고말고요! 내 잘못이 아니라, 운이 나빴던 거죠! 우리는 보트를 물에다 내려놓을 수 있었어요. 파도가 으르렁대는 밤에 보트는 뒤집혔고, 나는 물에 빠졌죠. 내가 다시 떠올랐을 때, 내 머리는 보트에 부딪쳤어요. 난 표류했지요. 캄캄한 밤이었고 물결이 센데다 나는 수영이 서툴지 않았겠어요? 참 무서운 일이었죠. 문득 멀리서 불빛이 보이더군요. 나는 이과프의 예수교회의 돔(둥근 지붕)을 봤어요. 그때, 나는 예수님에게 나를 살려 주기만 하면 50킬로그램의 무게를 가진 돌을 머리에 이고 행렬을 따라가겠다고 말했죠. 믿을 수 없으실 거예요. 그러나 물은 잔잔해졌고 내 마음도 가라앉았거든요. 난 천천히 헤엄을 쳤고, 마음이 기뻤어요. 그래서 난 해변가에 닿았습죠. 난 내일 내 약속을 지켜야 합니다.」

그는 문득 의아스러운 태도로 다라스트를 보았다.

「안 웃으시는군요?」

「웃을 일이 아냐. 약속한 것은 해야지.」

흑인은 그의 어깨를 쳤다.

「자, 강가에 있는 우리 형 집으로 갑시다. 콩을 볶아 드리죠.」

「아냐, 난 할 일이 있어. 괜찮거든 저녁으로 하세.」

「좋아요. 그러나 오늘 저녁엔 오두막집에서 춤을 추고 기도를 올립니다. 성(聖) 조르주의 명절입죠.」

다라스트는 그도 역시 춤을 추느냐고 물었다. 쿡의 얼굴은 갑자기 시무룩해지더니 처음으로 두 눈을 숙였다.

「아니, 아닙니다. 난 춤 안 춥니다. 내일 돌을 날라야 하거든요. 돌은 무거워요. 난 오늘 저녁에 성자를 예배하러 가겠어요. 그래서 일찍이 떠나야겠습니다.」

「오래 걸리나?」

「밤새도록이죠. 새벽까지일 걸요.」

그는 어렴풋한 수줍음을 나타내며 다라스트를 바라보았다.

「춤추러 오십쇼. 그래서 나중에 날 데려다 주세요. 그렇지 않으면 난 남아서 춤추고 말 거예요. 안 추곤 못 배길 것 같아요.」

「춤을 좋아하나?」

쿡의 눈은 어떤 탐욕스러운 빛으로 빛났다.

「오! 그럼요. 좋아하다마다요. 게다가 여송연도 있고, 성자들, 여자들이 있거든요. 모든 것을 잊고, 아무에게도 복종 안 해도 되거든요.」

「여자들도 있어? 마을의 모든 여자들이?」

「마을의? 아녜요. 오두막집의 여자들이죠.」

쿡은 다시 미소를 지었다.

「오세요. 대장에게 복종하겠어요. 오셔서 내일 약속을 지키도록 도와 주십시오.」

다라스트는 막연히 귀찮은 생각이 들었다. 그 어리석은 약속이 도대체 무슨 상관이란 말인가? 그러나 다라스트는 그 넓적한 얼굴이 신뢰심에 가득 차고, 그 검은 피부가 건강과 생기에 넘치며 반짝이고 있는 것을 보았다.

「그래 가 보지. 그럼 지금 자넬 좀 따라가 볼까.」

왜 그런지 이유는 알 수 없었지만, 그는 자기에게 환영의 선물을 주었던 흑인 처녀의 모습이 눈에 떠올랐다.

그들은 공원에서 나와 질퍽한 거리를 여기저기 걷다가 푹 내려앉은 광장 앞에 이르렀다. 광장을 둘러싸고 있는 집들이 낮아서 광장은 더 넓어 보였다. 벽의 칠 위에는 비가 더 내리지도 않았는데 습기가 흐르고 있었다. 하늘의 해면 같은 공간을 통해 강과 나무들의 웅성거리는 소리가 어렴풋이 그들에게까지 들려 왔다. 그들은 똑같은 속력으로 걷고 있었다. 다라스트는 다리가 무거웠고 쿡은 다리가 켕기는데도 걸었다. 가끔 쿡은 고개를 들고 동료들에게 미소를 지어 보였다. 그들은 집 너머로 보이는 교회당 쪽의 길을 걸어서, 광장 끝을 지나 지독한 음식 냄새가 감돌고 있는 질퍽한 길에 접어들었다. 가끔가다 여인들이 접시나 취사 도구를 손에 들고, 호기심에 찬 얼굴을 내밀었다가 곧 들이밀곤 했다. 그들은 교회당 앞을 지나서 똑같이 낮은 집들 사이에 있는 옛 시가(市街)를 거쳐, 갑자기 보이지도 않는 간의 소리가 들리는 구역에 들어섰다. 다라스트는 그 구역에 있는 토막집을 알아보았다.

「알았어, 저녁에 보세.」하고 그는 말했다.

「네, 교회 앞에서.」

그러나 쿡은 동시에 다라스트의 손을 움켜잡았다. 그는 망설이다가 이윽고 조심스럽게 말을 꺼냈다.

「당신은 여지껏 구원을 부르고 맹세한 적이 없나요?」

「있지, 아마 한 번 있었지.」

「파선(破船)했을 때예요?」

「그렇다면 그렇지.」그러면서 다라스트는 갑자기 손을 뿌리쳤다. 그러나 발꿈치를 돌리다가 그는 쿡의 시선과 마주쳤다. 그는 주저하다가 웃음을 띠었다.

「대단한 일은 아니지만, 자네에게 말하지. 내 잘못으로 어떤 사람이 죽게 되었어. 내가 기도(祈禱)한 탓인 것 같아.」

「맹세했어요?」

「아니, 맹세하고 싶었지.」

「오래 전 일이에요?」

「여기 오기 전 일이야.」

쿡은 두 손으로 수염을 잡았다. 그의 두 눈은 반짝이고 있었다.

「당신은 대장이에요.」그는 말을 이었다.

「내 집은 당신의 집이나 다름없어요. 그리고 당신은 내가 맹세를 지키도록 도와 주실 테니까, 그것은 당신이 몸소 하시는 거나 마찬가지죠. 당신에게도 도움이 될 거예요.」

다라스트는 미소를 지었다. 「그럴 것 같지 않은데……」

「당신은 거만하신데, 대장.」

「거만했었지. 그러나 지금 난 고독해. 이것만 말해 봐. 자네의 예수님은 늘 자네에게 대답을 하던가?」

「늘요? 아뇨, 대장!」

「그럼?」

쿡은 맑고 천진한 웃음을 터뜨렸다. 「그거야, 그분 자유 아네요?」 그는 말했다.

다라스트는 클럽에서 유지들과 점심을 먹고 있었다. 면장은 그가 이과프에 왔다는 대사건의 표적을 적어도 후대에 남기기 위해 마음의 서명첩(署名帖)에 서명해야 된다고 말했다. 판사는 판사대로, 내빈의 미덕과 재능뿐만 아니라 내빈께서 국민된 영광을 가진 그 위대한 나라를 대표함에 있어 취한 바 지극히 담담한 태도를 찬양하는 몇 마디의 치사를 했다. 다라스트는 그저 자기는 그 영광을 가졌으며, 그의 확신에 의하면, 그것은 과연 영광스러운 일이긴 하지만, 이 장기간의 공사 낙찰(落札)을 획득한 것은 자기 나라의 회사의 이익이기도 하다고 답변했다. 거기서 판사는 그러한 겸손에 대해 항의를 했다.

「그것은 그렇고.」 판사는 말을 이었다.

「서장에 대해서 우리가 할 일을 생각해 두셨나요?」 다라스트는 웃으면서 그를 바라보았다. 「정했어요.」 다라스트는 이과프의 아름다운 마을과 훌륭한 주민을 알게 된 것을 퍽 기쁘게 생각하고 있으며, 그의 체류를 협조와 우호적 분위기에서 시작하기 위해서, 자기 이름으로 그 경솔한 사나이를 용서해 준다면, 자기는 이것을 개인적인 은혜로 생각하며, 특별한 호의로 생각하겠다고 말했다. 판사는 자세히 듣고 있다가 미소를 짓고 고개를 끄덕였다. 그는 전문가답게 틀에 박힌 태도로 잠시 생각을 가다듬었다. 그는 다라스트를 둘러싼 사람들에게 위대한 프랑스 국민의 관용(寬容)의 전통을 찬양하자고 말하고, 다음과 같이 만족스러운 결론을 내렸다.

「그렇게 됐으니 오늘 저녁 서장과 함께 식사를 합시다.」

그러나 다라스트는 동굴에서 춤의 의식(儀式)에 초대를 받았다고 말했다.

「아, 그러세요!」 판사는 말했다. 「귀하께서 거기에 가시는 것은 참 반가운 일입니다. 보시게 되겠지만, 우리의 민중을 사랑하지 않을 수 없으실 겁니다.」

그날 밤 다라스트, 쿡, 그리고 그 형은 기사가 이미 아침에 방문한 적이 있는 오두막집 한가운데서 꺼진 불을 둘러싸고 앉아 있었다. 형은 그를 다시 보고 별로 놀란 기색을 보이지 않았다. 그는 스페인 어를 거의 하지 않고, 대개는 고개만 끄덕였다. 쿡은 사원(寺院) 쪽에 정신이 팔려 있더니, 검정콩의 수프 이야기를 지루하게 늘어놓았다. 이윽고 해가 거의 저물었다. 다라스트는 아직 쿡과 그 형을 보고 있었으나, 토막집 안쪽에 쭈그리고 앉아 있는 노파와 다시금 그에게 마실 것을 갖다 준 그 처녀의 모습을 희미하게나마 분간할 수 있었다. 낮은 지대에서 강물의 단조로운 흐름소리가 들려 왔다.

쿡이 일어서서 말했다. 「시간이 됐어.」 그들도 일어섰다. 그러나 여인네들은 꼼짝 하지 않았다. 남자들만이 밖으로 나왔다. 다라스트는 멈칫거리다가 그들을 쫓아갔다. 이젠 아주 밤이 되었고, 비는 멎어 있었다. 검푸른 하늘은 아직도 축축하게 보였다. 수평선 밑의 그 투명하고 어두운 물 속에서 별들이 빛나기 시작했다. 별들은 이내 꺼져서 마치 하늘이 마지막 빛을 뚝뚝 흘리듯이 하나하나 강 속으로 없어져 버리는 것이었다. 짙은 공기는 물과 연기 냄새를 풍기고 있었다. 거대하면서도 움직이지 않는 숲의 동요가 아주 가까이 들려 왔다. 갑자기 북과 노랫소리가 멀리서 어렴풋하게, 그러다가 똑똑하게 들려 왔다. 그 소리들이 점점 가까워지더니 멎어 버렸다. 잠시 후에 키가 작고 거친 흰 비단 옷을 입은 흑인 처녀들의 긴 행렬이 나타났다. 알록달록한 상아로 만든 목걸이를 늘어뜨린, 붉은 투구를 꼭 붙게 쓴 키가 큰 흑인 하나가 처녀들 뒤를 따라왔다. 그 뒤에는 흰 파자마를 입은 한 떼의 남자들과 트라이앵글과 넓고 짧은 북을 멘 악사들이 뒤를 따랐다. 쿡은 그들을 따라가야 한다고 말했다.

수백 미터 걸쳐서 몰려 있는 오두막집들을 지나서 그들이 도착한 오두막집은 크고 텅 비었으며 안쪽 벽에 칠을 하여 비교적 아늑했다. 땅바닥은 단단한 흙으로 되어 있었고, 짚과 갈대로 이은 지붕은 가운데가 기둥으로 받쳐져 있었으며, 벽은 발가숭이였다. 안쪽에 종려 잎을 깔아 놓은 제단 위에는 으리으리한 채색판화(彩色版畵)가 걸려 있고, 그 판화에는 성(聖) 조르주가 매혹적인 모습으로 굵은 수염이 난 한 마리의 용을 타고 있었다. 제단 밑에, 로코코식(루이 15세 때 프랑스의 공예 양식)의 벽종이를 바른, 일종의 벽장 속에 촛불 하나와 물 한 그릇 사이에 뿔이 돋힌 신을 상징하는 붉은 물감을 칠한 진흙 조상(彫像)이 놓여 있었다. 그 신은 무서운 얼굴을 한 채 은종이로 만든 칼을 휘두르고 있었다.

쿡은 다라스트를 한 구석으로 안내했다. 그들은 문 옆의 벽에 몸을 붙이고 서 있었다. 「이렇게 하고 있으면 간단히 출발할 수 있죠.」쿡이 이렇게 중얼댔다. 오두막집은 실상 남녀들이 꽉 차서 법석거렸다. 벌써 더워졌다. 악사들은 작은 제단 양쪽에 자리를 잡았다. 춤을 출 남녀들이 두 개의 동심원(同心員)을 그렸는데, 남자들이 안쪽으로 들어갔다. 중앙에는 빨간 투구를 쓴 흑인의 추장이 와서 자리를 잡았다. 다라스트는 팔짱을 끼고 벽에 기대 섰다.

그러나 추장은 춤추는 사람들의 원을 헤치고 나와, 그들이 서 있는 곳으로 와서 엄숙한 태도로 쿡에게 몇 마디 말을 했다. 「팔짱을 펴세요, 대장. 팔을 꼬고 있으면 성인의 혼이 내려오는 걸 막는답니다.」쿡이 이렇게 말을 옮겼다. 다라스트는 순순히 팔을 내렸다. 등은 여전히 벽에 기대고 있었는데, 그 길고 육중한 사지(四肢)와 땀이 흘러서 반짝이는 그 얼굴은 마치 그 자신이 믿음직한 짐승의 신인 양 싶었다. 그 흑인은 그를 바라보더니 저으기 만족한 태도로 제자리로 돌아갔다. 곧 쩽쩽 울리는 목소리로 그는 곡조를 붙여서 첫마디를 불렀다. 모두들 북의 반주에 맞추어 그것을 받아서 합창했다. 그때, 춤추는 원들은 반대 방향으로 돌아가기 시작했다. 무겁게 힘을 쏟아 붓는, 춤이라기보다는 차라리 발을 구르는데다가 그저 허리들이 이중으로 파동치는 몸짓을 조금 한 것뿐이었다.

더위는 심해졌다. 그러나 조금씩 휴지(休止)는 줄고, 정지(停止)하는 시간의 간격이 멀어지고, 춤은 템포가 빨라지고 있었다. 딴 사람들의 리듬이 늦춰지지 않은 채 자기도 줄곧 춤을 추면서 그 키 큰 흑인은 제단으로 가기 위해서 다시 원(圓)을 헤치고 나갔다. 그는 물 한 잔과 불을 켠 초를 하나 들고 와서 오두막집 중앙의 땅바닥에 세웠다. 그는 촛불 주위에 동심원을 그려서 물을 쏟았다. 그리고는 다시 일어나서 광기가 도는 눈을 지붕으로 돌렸다. 온몸이 긴장된 채 꼼짝 하지 않고, 그는 기다리고 있었다. 「성 조르주가 오신다. 보아라, 보아라.」그렇게 쿡은 속삭였는데, 그의 두 눈은 톡 튀어 나와 있었다.

사실 몇몇 춤꾼들은 바야흐로 성령의 감촉이나 받은 듯한 표정이었다. 그들은 두 손을 허리에 올려놓고 발을 꼿꼿이 뻗고, 눈은 멍하니 한 점만 바라보고 있는 응고(凝固)된 표정을 하고 있었다. 딴 춤꾼들은 경련을 일으키면서 그들의 리듬에 속도를 가하여 뜻 모를 고함을 지르기 시작했다. 고함소리는 조금씩 높아 가더니 하나의 집단적인 노호(怒號)로 변했을 때, 여전히 눈을 치켜들고 있던 추장도 헐떡거리는 숨결로 말소리라고는 여겨지지 않는 기다란 아우성을 질렀다. 추장은 똑같은 단어를 되풀이하고 있었다. 「자기가 신의 싸움터라고 말하고 있어요.」쿡이 속삭였다. 다라스트는 쿡의 목소리가 변한 것에 놀라서 그를 보았다. 쿡은 몸을 앞으로 내밀고, 주먹을 쥐고 눈을 부릅뜨고, 딴 사람들의 리드미컬한 발 구르는 소리에 발을 맞추고 있었다. 그때, 다라스트는 자기 자신도 조금 전부터 비록 발은 움직이지 않더라도 온몸의 무게로 춤추고 있었다는 것을 깨달았다.

그런데 북이 갑자기 미친 것처럼 울리고, 갑자기 그 붉은 키다리가 미쳐 날뛰었다. 눈은 불을 뿜는 듯했고, 팔과 다리를 몸 주위에 뱅뱅 돌리며, 사지가 분리될 것 같은 느낌을 줄 정도로 빨라진 리듬으로 두 다리를 한쪽 한쪽 굽혀서 무릎을 꿇더니, 마침내 덥석 주저앉고야 말았다. 그러나 갑자기 그는 북이 요란하게 울리는 가운데 거만하고 무서운 모습으로 동작을 멈추더니 관중들을 둘러보았다. 곧 춤꾼 하나가 어두운 한 구석에서 나타나서 무릎을 꿇고 그 신에 홀린 사람에게 짧은 칼을 내밀었다. 그 커다란 흑인은 줄곧 둘레를 바라보며 칼을 받더니 자기 머리 위에서 빙빙 돌리는 것이었다. 바로 그때, 다라스트는 사람들 가운데서 춤추고 있는 쿡을 발견했다. 기사는 그가 춤추러 나가는 것을 보지 못했었다.

불그스름하고 희미한 불빛 속에서 숨막힐 듯한 먼지가 땅에서 올라와 공기를 탁하게 만들고 있었기 때문에 몸이 더 끈적거렸다. 다라스트는 조금씩 몸이 피곤해지는 것을 느꼈다. 점점 숨이 가빠졌다. 그는 춤꾼들이 춤을 계속하면서 지금 피우고 있는 커다란 여송연을 어떻게 손에 들게 되었는지 역시 보지 못했다. 그 이상한 냄새는 오두막집을 자욱이 채웠다. 다라스트를 약간 도취시키고 있었다. 그는 여전히 춤을 추며 자기 앞을 지나가고 있던 쿡밖에는 아무것도 보지 못했다. 쿡도 역시 담배를 피우고 있었다. 「담배 피우지 말아.」다라스트가 말했다.

414

쿡은 발을 구르면서 중얼거렸다. 목덜미에는 끊임없이 긴 핏대가 돋아서 종소리를 들은 권투 선수 모양으로 중앙의 기둥을 노려보고 있었다. 그 옆에서 육중한 흑인 여자 하나가 그 동물적인 얼굴을 좌우로 흔들면서 줄곧 짖어 대고 있었다. 그러나 특히 젊은 흑인 여자들은 가장 무서운 실신 상태에 빠져 있었다. 발들을 땅에 붙인 채 발 끝에서 머리 끝까지 온몸에 경련을 일으키고 있었는데, 어깨로 올라갈수록 더욱 격심해지고 있었다. 그때 그들의 머리는 문자 그대로 목을 잘린 몸에서 떨어져 나온 것처럼 앞뒤로 흔들리고 있었다. 동시에 모든 사람들은 쉬지 않고 일제히 길게 힘없이 소리를 지르기 시작했다. 숨은 쉬는 것 같지도 않았고 억양도 없이, 마치 그때까지 절대 침묵을 지켜 온 어떤 존재에게 제각기 한 마디씩 말을 거는 것처럼 힘을 다해 내지르는 한 마디 소리 속으로 그들의 육체는 근육도 신경도 완전히 융합하고 있는 것 같았다. 여전히 소리를 지르며 여자들은 하나 둘 쓰러지기 시작했다. 추장은 쓰러진 여자마다 그 기다랗고 시커먼 근육이 솟은 손으로 재빨리 경련하듯이 관자놀이를 조르는 것이었다. 그러면 여자들은 일어서서 휘청거리면서 다시 춤을 추고, 처음에는 힘없이, 그러나 차츰 높고 빠른 소리로 고함을 치다가 또다시 오랫동안 쓰러지는 것이었다. 그것은 일동의 고함소리가 약해져서, 딸꾹질이 나서 그들을 헐떡거리게 하고 목쉰 개 짖는 소리로 변해서 안 들리게 될 때까지 계속되는 것이었다. 다라스트는 자신이 부동(不動)의 기나긴 춤으로 인해 굳어져서 힘이 빠져 스스로가 벙어리처럼 숨이 막혀 휘청휘청하는 것을 느꼈다. 더위, 먼지, 여송연 냄새, 사람 냄새가 이제는 아주 숨을 막아 버렸다. 그는 쿡을 찾아내려고 애썼으나, 쿡은 어디 갔는지 볼 수 없었다. 그래서 다라스트는 벽을 따라서 미끄러져 나오다가 구역질을 참으면서 주저앉아 버렸다.

그가 눈을 떴을 때, 공기는 여전히 숨이 막힐 지경이었다. 그러나 소음은 그쳤다. 북소리만이 끊임없이 낮게 울리고 있었다. 그 소리에 맞추어서 오두막집의 구석구석에서 하얀 보자기를 쓴 무리들이 발을 구르고 있었다. 그러나 물그릇과 촛불을 치워 버린 실내의 중앙에는 흑인 처녀의 한 떼가 반 최면 상태 속에서 박자에 조금 뒤떨어지게 느리게 춤을 추고 있었다. 눈은 감았으나 똑바로 서서 여자들은 거의 같은 자리에서 발 끝을 세우고 조금씩 앞뒤로 몸을 흔들고 있었다. 그 여자들 중의 지나치게 뚱뚱한 두 여자는 라피아 종려나무의 포장으로 얼굴을 덮고 있었다. 여자들은 키가 크고, 마르고, 라피아를 쓴 젊은 여자 하나를 에워싸고 있었는데, 다라스트는 그녀가 그 집 주인의 딸임을 알아챘다. 초록색 옷을 입은 처녀는 총사(銃士)의 새털을 단 여자 사냥꾼의 푸른 면사(綿紗) 모자를 이마 위로 올려쓰고 있었다. 그리고 손에는 초록과 노란색 활을 들고 화살통을 둘러메고, 그 끝에는 알록달록한 새 한 마리를 꼬챙이에 꿰어 차고 있었다. 연약한 그 육체 위에 약간 뒤로 젖혀진 어여쁜 머리가 천천히 흔들리고 있었다. 그리고 무감각한 그 얼굴 위에는 냉담하고 말끔한 우울(憂鬱)이 반영되고 있었다. 음악이 멈출 때마다 여자는 꿈꾸듯이 휘청거리고 있었다. 북의 더욱 커진 리듬만이 그 여자에게 일종의 뒷받침의 역할을 하고 있었는데, 그 주위에서 여자는 기운 없이 아라베스크를 그리며 돌아가다가 마침내 음악과 함께 다시 멈추어 서서 균형을 잃을 정도로 휘청거리며, 찌르는 듯하면서도 음률적인 야릇한 소리를 질렀다.

그 느린 춤에 매혹된 다라스트는 그 검은 디아나(달의 여신)를 응시하고 있었다. 그때, 쿡이 그에게로 다가왔다. 번질번질해진 그의 얼굴은 일그러져 있다. 선의가 사라져 버린 그의 눈에는 알지 못할 일종의 탐욕만이 나타나 있었다. 퉁명스럽게, 마치 모르는 사람에게 이야기하듯 말했다. 「늦었습니다, 대장.」 이렇게 그는 말했다. 「그들은 밤새도록 춤을 출 작정이죠. 그러나 그들은 당신이 지금 여기 계신 것을 좋아하지 않아요.」 머리가 무거워진 다라스트는 일어나 쿡을 따라서 벽을 끼고 문에 이르렀다. 문지방 위에서 쿡은 대싸리문을 붙잡고 옆으로 비켰다. 그래서 다라스트는 밖으로 나왔다. 그는 돌아서서 움직이지 않고 서 있는 쿡을 보았다. 「가세. 돌을 날라야지.」

「난 있겠어요.」 쿡이 쌀쌀하게 말했다.

「그럼 자네 약속은 어떻게 되는 거야?」

쿡은 아무 대답 없이 다라스트가 한 손으로 붙잡고 있던 문을 조금씩 밀었다. 그들은 그런 상태로 잠시 동안 서 있다가 다라스트는 어깨를 으쓱 올리고 물러났다. 그는 그곳을 떠났다.

밤은 신선하고 향기로운 냄새를 풍기고 있었다. 숲 위에는 남쪽 하늘의 드문드문 나타난 별들이 보이지 않는 안개에 가려 가냘프게 반짝이고 있었다. 축축한 공기는 무거웠다. 그러나 오두막에서 나오니 서늘하여 기분이 좋았다. 다라스트는 비탈길을 다시 올라가서 근처에 있는 집들에 가까이 갔다. 구덩이가 파인 길에서 그는 취한 사람처럼 건들거리고 있었다. 아주 가까이서 숲이 웅성거리고 있었다. 강물의 소리가 커지고, 온 대륙이 어둠 속에서 나타나고 있었다. 다라스트는 구역질을 느꼈다. 그는 이 나라 전체를, 그 넓은 고장의 슬픔이며, 그 숲들의 검푸른빛이며, 그 거친 거대한 강들의 밤의 물결소리를 모조리 토해내고 싶어졌다. 그 땅은 너무나 넓었고, 피와 계절들이 온통 뒤섞이고 있었으며, 시간은 용해(溶解)되고 있었다. 거기에서 생활은 땅과 붙어서 영위되고, 거기에서 어울리는 삶을 누리기 위해서는 여러 해 동안 질퍽하거나 건조한 같은 땅 위에서 눕고 자야만 한다. 저기 유럽에서는 그런 것은 치욕과 분노였다. 여기서는 말라빠지고 떨며 죽어갈 때까지 춤추는 그 미치광이들 가운데에는 유배(流配) 아니면 고독이 있었다. 그러나 축축한 식물의 냄새로 가득한 밤의 눅눅한 기운을 타고 잠든 미녀가 지르는 상처입은 야릇한 외침소리가 아직도 그의 귀에 들려왔다.

심한 편두통(偏頭痛)을 머리에 느끼며 다라스트가 악몽 끝에 잠에서 깨어났을 때, 무더운 열이 마을과 움직이지 않는 숲을 짓누르고 있었다. 그는 멈춰 버린 자기 시계를 보며 몇 시인지도 모르고, 마을에서 떠오르는 환한 햇살과 침묵에 놀라서 병원 현관 아래서 기다리고 있었다. 새파란 하늘은 불을 끈 첫번째 지붕들 위에 내려덮이고 있었다. 누런 매〔鷹〕들이 병원과 마주 서 있는 집의 지붕에서 더위에 지쳐서 잠자고 있었다. 그 중의 한 마리가 갑자기 재채기를 하더니 주둥이를 벌리고 날아가려고 양지 쪽을 향하여 먼지가 뽀얀 두 날개를 제 몸에다가 두 번 털고, 지붕 위에서 삼사 미터 위로 날았다가 다시 주저앉아서 이내 잠들어 버리는 것이었다.

기사는 마을 쪽으로 내려갔다. 넓은 광장은 그가 막 지나온 길들처럼 쓸쓸했다. 멀리 강의 양 기슭에서는 낮은 안개가 숲 위를 떠돌고 있었다. 더위는 직각으로 내리쬐어 다라스트는 피해 설 그늘을 찾았다. 그때 그는 어떤 집의 처마 밑에서 손짓하고 있는 남자를 보았다. 더 가까이 가서 그는 그 사람이 소크라트임을 알아봤다.

「그런데 다라스트 씨, 명절놀이를 좋아하시나 보죠?」

다라스트는 오두막집 속은 너무 덥고, 하늘과 어둠이 더 좋아서 나왔다고 말했다.

「그렇죠.」소크라트가 대답했다.

「댁의 나라에서는 미사뿐이니까요. 아무도 춤은 안 추니까…….」

소크라트는 손을 비비면서 한쪽 발로 뛰면서 그 자리에서 돌며, 숨이 막힐 정도로 웃고 있었다.

「할 수 없죠. 할 수 없는 사람들이에요.」

그러다가 그는 호기심에 찬 눈으로 다라스트를 보았다.

「그래, 선생님도 미사에 나가세요?」

「아니.」

「그럼 어디에 가슈?」

「아무 데도 안 가지. 모르겠어.」

소크라트는 또 웃어 댔다.

「그럴 수가 있나! 교회 없는 귀족, 아무것도 없는 귀족이라니!」

다라스트도 웃고 있었다.

「그렇다네, 난 내게 마땅한 자리를 찾지 못해서 떠난 거야.」

「우리하고 살아요, 다라스트 씨. 전 선생님이 마음에 들어요.」

「그러고도 싶지만, 소크라트, 난 춤을 못 추는걸.」

그들의 웃음소리는 쓸쓸한 마음의 침묵 속에서 쨍쨍 울렸다.

「아참!」소크라트가 말을 했다. 「면장께서 보자더군요. 면장은 클럽에서 점심을 잡수신다나요.」그러면서 인사도 없이 병원 쪽으로 갔다.

「어디 가는 거야?」다라스트가 소리쳤다.

소크라트는 코고는 것 같은 소리를 냈다. 「잠자러요. 이제 곧 행진이 있으니까.」그리고는 반은 뛰어가는 걸음걸이로 코고는 소리를 또 냈다.

면장은 다만 다라스트에게 행진을 볼 수 있는 귀빈석 하나를 내주고 싶었던 것이었다. 그는 기사에게 고기 한 접시와 풍증(風症)을 고치는 데 좋다는 쌀밥을 같이 하도록 권하면서, 그런 설명을 했다. 우선 행렬이 떠나는 것을 보기 위해서 판사댁의 발코니 위에 교회와 마주 자리를 잡아야 한다는 것이었다. 그 다음에는 면사무소에 가서, 교회와 광장으로 통하는 고해자(告解者)들이 돌아올 한길 앞으로 간다. 판사와 경찰서장이 다라스트와 동행을 할 것이고, 면장은 의식에 참여하게 되어 있었다. 사실 경찰서장은 클럽의 홀에 있었는데, 사라지지 않는 미소를 입 언저리에 띠고, 다라스트의 주위를 쉴새없이 둘러보며, 알아들을 수는 없지만 극진한 말을 그에게 거는 것이었다. 다라스트가 아래층으로 내려올 때, 그는 앞의 문들을 손으로 밀어 붙잡고는 길을 내주려고 서둘러 댔다.

여전히 텅 빈 마을에서 무거운 태양 아래 두 사나이는 판사댁으로 걸어가고 있었다. 그들의 발자국 소리만이 고요한 가운데 울리고 있었다. 그러나 갑자기 멀지 않은 길거리에서 화약통이 터졌으므로, 모든 집 위에서 목의 털이 빠진 매들이 장중하게, 그리고 흩어져서 떼를 지어 날아갔다. 곧 이어서, 십여 개의 화약통이 사방에서 터졌다. 문들이 열리고, 사람들이 집 밖으로 나와 좁은 길이 꽉 찼다.

판사는 자기의 누추한 집에 오시는 영광을 주셔서 고맙다는 것을 다라스트에게 표시하고 하얀 회를 바른 바로크 식의 아름다운 층계로 그를 안내했다. 다라스트가 층계를 지나갈 때에, 층계참 위에서는 문들이 열리고 밤색 머리털을 가진 아이들의 머리가 나왔다가 웃음을 삼키고 사라져 버렸다. 훌륭한 구조로 만들어진 귀빈석에는 등(藤)나무로 만든 집기(什器)와 시끄럽게 울어 대는 새의 커다란 새장밖에 아무것도 없었다. 그들이 자리잡은 발코니는 교회 앞의 작은 광장과 마주 보고 있었다. 이윽고 군중이 그 광장에 모이기 시작했다. 신기할 정도로 고요했고, 거의 눈에 뜨일 정도의 광파(光波)를 이루어 하늘에서 내리쬐는 더위 아래서 움직이지 않고 서 있었다. 아이들만이 뛰어다니다가 멈추어 서서 화약통에 불을 당길라치면 폭발소리가 곧 들려 오곤 했다. 발코니에서 보이는 울퉁불퉁한 벽과 푸른 석회를 칠한 십여 개의 계단과 파르스름한 금빛의 두 개의 탑이 있는 교회당은 다 자그맣게 보였다.

갑자기 교회당 속에서 오르간 소리가 터져 나왔다. 현관 쪽으로 돌아선 군중은 광장 주변에 줄을 지었다. 남자들은 모자를 벗고, 여자들은 무릎을 꿇었다. 오르간은 멀리서 일종의 행진곡을 오랫동안 연주했다. 그러다가 야릇한 날개소리가 숲으로부터 들려 왔다. 투명한 날개와 연약한 기체를 가진 조그만 비행기 한 대가 연륜도 모르는 그 고장에서는 어울리지도 않게 나무 위로 솟았다가 광장 쪽으로 좀 내려와서 그쪽을 바라보는 사람들의 머리 위를 요란스럽게 부르릉 소리를 내고 지나갔다. 비행기는 좀 흔들리더니 하구(河口) 쪽으로 멀어져 갔다.

그러나 교회당의 그늘 속에서 모호한 소동이 생겨 다시 주위를 끌고 있었다. 이제 현관 아래 보이지 않는 곳에서 들려 오는 징소리와 북소리에 뒤섞여 오르간 소리는 들리지 않았다. 검은 도복을 뒤집어쓴 고해자(告解者)들은 한 사람씩 교회로부터 나와 사원 앞마당에 모여들었다. 그리고는 층계를 내려오기 시작했다. 그 뒤를 백홍(白紅)의 기(旗)를 든 흰 옷을 입은 고해자들이 따랐고, 천사의 옷을 입은 조무래기들, 검고 심각한 조그만 얼굴을 한 성모 마리아의 유아단(幼兒團), 그리고 끝으로 짙은 색깔의 양복을 입고 땀을 흘리는 저명인사들이 떠받든 울긋불긋한 빛깔을 칠한 성골함(聖骨函) 위에 그리스도의 성상이 나타났다. 손에 갈대를 들고 머리에 가시관을 쓰고 피를 흘리는 그 상은 사원 앞마당의 계단에 몰려 있던 군중의 머리 위에서 흔들리고 있었다.

성골함이 층계 아래로 내려왔을 때, 잠시 동안 잠잠해졌다. 그 동안에 줄을 서는 듯한 모습으로 고해자들은 열을 지으려고 했다. 바로 그 때, 다라스트는 쿡을 보았다. 그는 웃통을 벗고 사원 마당 위로 막 나선 참이었다. 수염이 덮인 얼굴 위에는 네모꼴의 커다란 덩어리를 이고 있었는데, 그것을 코르크 판대기에 대고 머리에 얹었다. 그는 교회당의 층계를 힘차게 걸어 내려왔다. 돌은 그의 짧고 근육이 드러나 활 모양으로 보이는 두 팔을 완전히 균형잡히게 만들고 있었다. 그가 성골함 뒤로 오자마자, 행렬은 움직이기 시작했다. 그때에 현관으로부터 짙은 빛깔의 저고리를 입고 리본을 단 관악기를 숨가쁘게 불면서 악사들이 나타났다. 박자가 빨라진 곡조에 맞추어서 고해자들은 걸음을 빨리 옮겨 광장으로 면한 길에 다다랐다. 그 뒤를 따라서 성골함이 자취를 감추었을 때에는 이미 쿡과 맨 뒤의 악사밖에는 보이지 않았다. 그 뒤에서는 화약통 소리가 들리는 가운데 군중이 움직이기 시작했다. 한편 비행기는 피스톤을 요란하게 삐걱거리며 맨 끝의 군중에게로 돌아왔다. 다라스트는 그때 거리 속으로 사라져 버리려는 쿡만을 보고 있었다. 갑자기 그의 어깨가 굽은 것처럼 보였다. 그러나 그만한 거리에서는 잘 보이지 않았다.

텅텅 빈 거리를 지나 문을 닫은 상점과 집집의 닫힌 문 사이를 지나서 판사, 경찰서장, 그리고 다라스트는 드디어 면사무소에 도착했다. 나팔과 화약 소리에서 멀어짐에 따라 침묵은 다시 거리를 휩쓸었고, 이미 몇 마리의 매는 돌아와서 지붕 위에 앉아 있었다. 마치 오래 전부터 그 장소를 차지하고 있었던 것 같았다. 면사무소는 좁은 거리에 면해 있었다. 그 길은 변두리 마을에서 교회당 광장으로 통하는 기다란 거리였다. 그때, 거리는 텅 비어 있었다. 면사무소의 발코니로부터 눈에 보이는 것이라곤 구멍투성이의 한쪽 길밖에 없었다. 그 거리에는 최근에 내린 비가 군데군데 물 구덩이를 만들고 있었다. 이제 좀 가라앉은 태양은 길 건너편 집들의 닫혀진 정면을 아직 파먹어 들어가고 있었다. 그들은 오랫동안 기다렸다. 너무 오래 기다렸기 때문에, 다라스트는 마주 보이는 벽에 태양이 반사하는 것을 너무 오랫동안 보았고, 피로와 현기증이 되살아나는 것 같았다. 인기척 없는 집들이 나란히 서 있는 텅 빈 거리는 그의 마음을 사로잡는가 하면 동시에 구역질을 느끼게 했다. 또다시 그는 그 고장에서 도망치고 싶어졌다. 동시에 그 거대한 돌을 생각하고 있었다. 그 시련이 끝나기를 그는 원했다. 그는 소식을 알아보기 위하여 내려가 보자고 제의하려고 했다. 그때 교회당의 종이 우렁차게 울렸다. 그 순간 길 저쪽 끝 왼쪽에서 소동이 일어났다. 미친 것 같은 군중이 나타났다. 고해자도 순례자도 한데 뒤섞여서 성골함 주위에 몰려드는 것이 멀리서 보였다. 그들은 화약 소리와 환희의 부르짖음 속에서 좁은 길을 계속 걸어가고 있었다. 이내 그들은 길 가장자리에 넘쳐서 표현하기 어려운 혼란 속에서 연령도, 종족도, 의상도 여러 빛의 한덩어리로 뒤섞여 큰소리로 떠들어 대는 입과 눈만이 보일 뿐이었다. 그들은 교회당으로 다가오고 있었다. 거기에서 수많은 큰 촛불의 한 덩어리가 마치 창(槍)처럼 솟아 나와 그 불꽃은 대낮의 뜨거운 빛 속에서 사라져 버리는 것이었다. 그러나 그들이 가까이 왔을 때, 그리고 발코니 밑에 이르러 너무나 촘촘히 몰린 군중들이 벽을 따라서 올라오는 것처럼 생각되었을 때, 다라스트는 쿡이 거기에 없는 것을 알았다.

인사도 없이 갑자기 그는 발코니와 방에서 빠져 나와 계단을 구르듯이 내려와서 종소리와 화약이 터지는 소리 가운데로 거리에 나왔다. 거기서 그는 기뻐하는 군중, 촛불을 든 사람들, 눈을 가린 고해자들과 부딪치지 않으면 안 되었다. 그러나 악착같이 몸 전체로 인간의 물결을 거슬러 길을 열었다. 너무나 힘이 들었으므로 거기서 헤어 나와 군중 뒤, 길의 한쪽 끝에 와 섰을 때 휘청거려서 그는 쓰러질 뻔했다. 타오르는 듯한 벽에 붙어서, 그는 숨을 돌리고 있었다. 좀 있다가, 그는 다시 걷기 시작했다. 바로 그때 한 떼의 남자들이 거리로 밀려 나왔다. 맨 앞 사람들은 뒷걸음을 치고 있었다. 다라스트는 그들이 쿡을 둘러싸고 있는 것을 보았다.

쿡은 눈에 뜨일 만큼 기진맥진해 있었다. 그는 멈춰 서서 기다란 돌 밑에서 몸을 굽히고 하역인부나 쿨리(노동자)처럼 종종걸음으로 조금 뛰었다. 발바닥 전체로 땅을 치며, 그는 비참하게 뛰고 있었다. 그 주위에서는 촛농과 먼지에 덮인 도복을 입은 고해자들이 그가 멈춰 설 때마다 그를 응원하고 있었다. 왼쪽에서는 묵묵히 그의 형이 걷다가 뛰곤 했다. 그들과 자기가 떨어져 있는 간격을 통과하려면 시간이 꽤 걸릴 것 같다고, 다라스트는 생각했다. 그와 거의 같은 높이의 지점까지 이르러, 쿡은 다시 멈춰 서서 주위에 생기 잃은 시선을 던졌다. 그는 다라스트를 보았을 때도 알아본 것 같지는 않았으나, 다라스트 쪽을 향해서 움직이지 않고 서 있었다. 기름처럼 더러운 땀이 그의 얼굴을 덮고 턱수염에는 침이 줄줄 흐르고 갈색의 거품이 입술에 말라붙어 있었다. 그는 웃으려고 애썼다. 그러나 이고 있는 짐의 무게로 꼼짝 못하고 온 몸을 떨고만 있었다. 두 어깨의 근육만이 눈에 띄게 경련하며 오그라들고 있을 뿐이다. 다라스트를 알아본 그의 형은 그에게 「벌써 넘어진 거나 마찬가지이지요.」라고만 말했다.

그런데 어디서 나타났는지 소크라트가 그의 귀에 대고 말했다.

「밤새도록 춤을 너무 췄거든요. 다라스트 씨, 피곤한 겁니다.」

쿡은 다시 빠른 걸음으로 걸어갔다. 그 모습은 앞으로 가려는 사람 같지 않았고, 움직임으로써 그 짐의 무게를 덜려고 하는 사람 같아 보였다. 다라스트는 자기도 모르는 새에 그의 오른편 곁으로 갔다. 그는 가벼워진 두 손을 쿡의 등에 놓고 무거운 걸음으로 그의 곁을 걸어 갔다. 거리의 저쪽 끝에서 성골함은 사라졌다. 군중은 이제 광장에 가득 차 있는 것 같으나, 더 이상 전진하지 않고 있는 것 같았다. 몇 초 동안 쿡은 자기 형과 다라스트 사이에 끼여서 전진했다. 이윽고, 그가 지나는 것을 보려고 모여 있던 군중들과 20여 미터밖에는 떨어져 있지 않게 되었다. 그러나 다시 그는 섰다. 다라스트의 손은 더 무거워졌다. 「조금만 더 가!」 하고 그는 말했다. 쿡은 떨고 있었다. 침이 또 입에서 흐르기 시작했고, 한편 그의 온몸에서 문자 그대로 땀이 용솟음치고 있었다. 그는 숨을 깊이 쉬려 했으나, 곧 막히고 말았다. 그는 또 휘청거리고 세 걸음 걷고는 비틀거렸다. 그러자 갑자기 돌이 그의 어깨로 미끄러져 내려와 어깨를 치고 땅에 떨어졌다. 한편 쿡은 균형을 잃고 그 옆에 주저앉고 말았다. 앞장을 서서 그를 응원하며 걷고 있던 사람들이 큰소리를 지르며, 펄쩍 뛰었다. 그들 중의 하나는 딴 사람들이 쿡에게 다시 메게 하려고 돌을 움켜쥐고 있는 동안 코르크판을 들었다.

다라스트가 쿡에게로 허리를 굽히고, 먼지와 피로 더럽혀진 그의 어깨를 손으로 닦아 주고 있는 동안에 그 키 작은 사나이는 얼굴을 땅에 대고 헐떡거리고 있었다. 그는 아무 소리도 들리지 않는 모양이었고 이제는 꼼짝달싹도 하지 못했다. 숨을 쉴 때마다 그의 입은 마치 그것이 마지막 숨결이라는 듯 빠끔 열리곤 했다. 다라스트는 그의 팔뚝을 붙잡고 어린아이를 다루듯이 번쩍 일으켰다. 그는 선 채로 쿡을 꽉 붙잡고 있었다. 허리를 있는 대로 다 굽히고, 그는 마치 그의 힘을 불어 넣어 주려는 듯이 얼굴에 대고 말을 하고 있었다. 잠시 뒤에 쿡은 피와 흙투성이의 몸을 다라스트에게서 뗐다. 얼굴의 표정이 흉악했다. 비틀거리면서 그는 딴 사람들이 조금 들어 올린 돌 쪽으로 다시 걸어갔다. 그러나 그는 서고 말았다. 그는 공허한 시선으로 돌을 보고 있다가 고개를 휘저었다. 그리고 그는 두 팔을 아래로 축 늘어뜨리고 다라스트에게로 돌아섰다. 구슬 같은 눈물이 그의 일그러진 얼굴 위에 소리 없이 흘러 내렸다. 그는 말을 하고 싶었으나, 그의 입은 가까스로 몇 마디 음절을 발음했을 뿐이다. 「난 맹세했죠.」 그렇게 입을 움직여 보이는 것이었다. 그리고는 「아! 대장. 아! 대장.」 그리고는 눈물이 그의 목소리를 죽여 버렸다. 그의 형이 그의 등 뒤로 나타나서 껴안았다. 쿡은 울면서 기진맥진하여 고개를 뒤로 젖히고 하는 대로 가만히 있었다.

다라스트는 아무 말도 못하고 그를 바라보고만 있었다. 다라스트는 멀리서 또 소리를 지르고 있는 군중을 돌아다보았다. 그는 갑자기 코르크판을 쥐고 있는 손에서 그것을 빼앗아 가지고 돌 있는 곳으로 걸어갔다. 그는 딴 사람들에게 그것을 들도록 눈짓을 하고, 거의 힘들이지 않고 판자에 돌을 얹었다. 돌의 무게에 다소 눌려서 어깨를 웅크리고 약간 허덕이면서 그는 쿡의 흐느끼는 소리를 들으며 자기의 두 발 밑을 보고 있었다. 그리고 이번에는 그가 힘찬 걸음으로 발을 내디뎌 군중과 벌어져 있던 공간을 길 끝까지 힘을 잃지 않고 걸어갔다. 그리고는 결단성 있게 맨 앞줄을 뚫자, 그 앞에서 모두들 비켜났다. 그는 종과 화약통의 요란한 소리를 들으며 광장으로 들어갔다. 그러나 놀라서 그를 바라보고 있던 양쪽 사람들의 울타리는 갑자기 조용해졌다. 그는 여전히 성급한 걸음걸이로 걸어가고 있었다. 군중은 교회당까지 가는 길을 비켜 주는 것이었다. 돌의 무게가 그의 머리와 목을 짓누르기 시작하는데도 그는 교회당과 담 앞에서 그를 기다리고 있는 듯한 성골함을 보았다. 그는 성골함 쪽으로 걸어가고 있었다. 벌써 그는 광장의 한복판을 지나갔다. 그때 까닭도 모르게 그는 갑자기 왼쪽으로 돌아서서 순례자들이 그를 마주 보지 않으면 안 되게 교회당으로 가는 길에서 방향을 돌렸다. 뒤에서 빠른 발걸음 소리가 들려 왔다. 그의 앞에서 모두들 입을 벌리고 있었다. 줄곧 외치는 포르투갈 어 하나를 알아들을 듯했지만, 무슨 소리인지 알 수 없었다. 갑자기 소크라트가 눈이 휘둥그래져서 그의 앞에 나타나 두서없이 지껄이며 뒤쪽의 교회당 쪽으로 가는 길을 가리키고 있었다. 「교회당으로 가요, 교회당으로!」 소크라트와 군중이 소리치는 말은 바로 그것이었다. 그럼에도 불구하고, 다라스트는 자기가 택한 길을 계속해서 걸었다. 그러니까 소크라트는 우스꽝스럽게 두 팔을 하늘 높이 들고 물러섰다. 그 동안 군중은 조끔씩 조용해졌다. 다라스트가 이미 한 번 쿡과 지나가 본 일이 있고, 강변의 마을로 통한다는 것을 알고 있는 첫골목으로 접어들었을 때, 광장은 그의 뒤에서 웅성거리고 있을 따름이었다.

이제 돌은 고통스럽게 그의 머리를 내리누르고 있었으며, 그는 모든 힘을 다해서 돌의 무게를 덜 필요가 있었다. 그의 두 어깨는 첫골목 미끄러운 비탈길에 다다랐을 때, 이미 꽉 오그라들었다. 그는 멈추어 서서 귀를 기울였다. 아무도 없었다. 그는 코르크판 위에 놓인 돌을 꼭 쥐고, 조심조심, 그러나 아직도 꿋꿋하게 오두막집 마을까지 내려갔다. 그곳에 다다랐을 때 숨이 차기 시작했다. 돌 둘레에서 그의 팔은 떨고 있었다. 그는 걸음을 재촉해서 마침내 쿡의 집이 있는 마당에 도착했다. 쿡의 집으로 달려가 발로 문을 차서 열고, 방 한가운데 아직도 불그스레한 불 위에다 단숨에 돌을 내던졌다. 그리고 나서 몸을 쭉 펴고 일어나서, 그는 이미 알고 있던 가난과 재 냄새를 몇 모금 마구 들이마시며 갑자기 자유로운 기분으로, 무어라 이름 붙일 수 없는 애매하고 벅찬 기쁨의 파도가 그의 마음속에서 용솟음치는 것을 들었다.

오두막집 식구들이 왔을 때, 그들은 눈을 감고 방안 벽에 기대어 선 다라스트를 보았다. 방 한가운데 부뚜막 자리에 재와 흙에 덮인 돌이 반쯤 파묻혀 있었다. 그들은 앞으로 나가지 못하고, 마치 질문을 던지는 것처럼 다라스트를 바라보고 있었다. 그러나 그들은 입을 다물고 있었다. 그때 쿡의 형이 쿡을 돌 앞으로 데리고 왔다. 쿡은 땅에 쓰러졌다. 그 형도 역시 땅에 앉아서 딴 사람들에게 손짓을 하는 것이었다. 노파가 그 곁에 앉고, 다음엔 지난밤의 소녀가 역시 와서 앉았으나 아무도 다라스트를 보지 않았다. 그들은 돌 주위에 묵묵히 쭈그리고 있었다. 강물의 소리만이 무거운 공기를 뚫고 그들에게까지 들려 오고 있었다. 다라스트는 그늘 속에 서서 아무것도 보지 않고 귀만 기울이고 있었다. 강물 소리는 벅찬 기쁨으로 그의 가슴을 채워 주는 것이었다. 눈을 감고, 그는 자신의 힘에 즐겁게 경의를 표하고 있었다. 한번 더 그는 새로 시작되고 있는 생활에 경의를 표했다. 바로 그때 아주 가까이서 들리는 듯한 화약통의 폭발 소리가 들렸다. 형은 쿡을 좀 옆으로 밀고 다라스트 쪽으로 몸을 돌리고 그를 보지 않은 채로 빈 자리를 가리켰다. 「우리하고 함께 앉읍시다.」

■ 감상과 해설

《페스트, La Peste》는 《이방인》에 이어지는 카뮈 소설의 두 번째 작품으로서 1947년 6월에 발표된 것이다. 《이방인》 이후 어느 정도 기대가 있었다고는 하나, 이 작품에 대한 폭발적인 열광은 근년 프랑스 문단에서 매우 놀라운 사건이었다고 한다. 그래서 이 작품이 출간된 지 며칠 후에 『비평가상』이 수여되었을 때에도, 『이로써 이 상도 유명해질 것이다』라고 말하는 사람이 있었을 정도였으며, 이내 이 작품은 여러 외국어로 번역되어, 전에 마를로의 《인간의 조건》이 15년이나 걸렸던 지역에서 겨우 6개월 사이에 널리 읽혀졌다고 한다.

이 작품에는 통상적인 성공작에서 흔히 볼 수 있는 상상과 감정에 강하게 호소하는 것과 같은 요소는 극히 적고, 주로 두뇌에 호소하는 요소로 되어 있어서 원체 일반 독자로서는 이해하기가 매우 어려운 작품이다. 그럼에도 불구하고 이 작품이 그렇게 폭발적인 성공을 거둘 수 있었던 이유는 과연 무엇일까? 그것은 바로 이 작품의 간결한 리얼리즘이 여러 가지 각도에서 매우 명료한 상징성을 지니고 있기 때문에, 독자들 각 개인이 거기에서 그 당면한 관심을 만족할 수 있었다는 점 때문이라고 카뮈 연구가 알베르 마케는 말한다. 페스트 때문에 외부와 완전히 차단된 한 도시 속에서 그 악성 전염병과 싸우는 시민들의 기록이라는 체재를 취하고 있는 이 이야기에서, 페스트란 제목은 어쩌면 인생의 모든 종류의 악을 상징하고 있는 것처럼 생각될 수도 있을 것이다. 즉, 죽음과 질병과 고통 등, 인생의 근원적인 부조리로 볼 수도 있고, 인간 내부의 악덕과 취약함, 혹은 빈곤, 전쟁, 전체주의 등의 정치악의 상징으로 볼 수도 있다는 것이다. 하지만 이 작품은 전쟁 직후의 생생한 체험을 바탕으로 하여 독자들에게 거의 상징으로 느껴지지 않게 할 만큼 박력있는 인상을 주고 있기 때문에, 그것이 이 작품의 커다란 성공의 이유가 되었을 것임은 의심할 여지가 없다. 또한 거기에는 카뮈의 범상치 않은, 문학적 수련으로 배양된 문제의 매력 역시 크게 작용하고 있다는 사실을 간과해서는 안 될 것이다. 압축된 이 청결한 문체는 언뜻 보기엔 자못 객관적으로, 그리고 무감동한 묘사로 일관되어 있는 것처럼 보이지만, 그 간결한 표현 뒤에는 억제된 감동의 아름다움이 마치 수줍어하듯 도처에서 은밀하게 숨쉬고 있기 때문이다. 예컨대 늙은 관리 그랑의 생애 등은 간결한 필치로 아무런 수식도 없이 담담하게 서술되고 있지만, 사실상 이야기하는 사람과 그 이야기를 듣는 사람의 마음의 아름다움은 독자의 가슴속 깊이 감동적으로 전해지고 있다. 마음과 마음이 서로 닿는 미묘한 감촉을 이토록 아름답게 전할 수 있는 문체를 지닌 작가가 전에도 과연 있었는가 하고 생각될 정도이다. 이것은 물론 작품의 성질이 다르긴 하지만, 그의 초기의 에세이와 《이방인》에서는 찾아볼 수 없었던 문체의 특질로서, 그의 작가로서의 큰 성장을 잘 보여 주고 있다. 이렇게 볼 때, 그가 단 한 작품에 의해 대번에 세계적인 작가가 되었다는 사실이 결코 부당한 결과는 아니며, 오늘날의 그의 명성 역시 문체의 청결한 아름다움에 힘입은 바가 결코 적지 않다고 생각된다.

카뮈가 이 작품을 착상하게 된 것은 멜빌의 《백경》에 감동한 결과라고는 하지만, 이 방대한 가공의 사건 기록에 충분한 박진성을 부여하기 위한 그 구성상의 고심은 매우 깊었던 모양이어서, 1941년에 착수하여 46년 말에 겨우 탈고했다고 한다. 이것은 그의 작품 중에서도 제일 고심한 것으로 보이는 작품인 만큼, 이 치밀한 대작을 충분히 이해하며 읽는다는 것은 그리 쉬운 일이 아닐 것이다. 따라서 독자는 먼저 이 작품의 구조를 분석해 볼 필요가 있을 것이다.

이 이야기의 서술자는 의사 리외지만 그의 서술과 병행하는 또 하나의 서술로 타루의 『수첩』을 들 수 있겠다. 리외는 처음엔 엄정한 역사가의 입장으로 서술하려고 하지만, 사건이 점차 외적인 것에서 내적인 것으로, 그리고 개인적인 것에서 집단적인 것으로 진전해 감에 따라, 그의 서술에는 무언의 공감과 애정이 감돌기 시작하여, 마지막엔 결국 이런 고백까지 하게 된다.

그는 선의의 증언자답게 어떤 종류의 조심성을 지켰다. 그러나 동시에 또 공명한 마음의 율법에 따라 그는 단호하게 희생자 편을 들어 사람들, 같은 시민인 사람들과 한몸이 되어 그들이 공통으로 가지고 있는 유일하게 확실한 것, 즉 사랑과 고통과 추방을 맛보려고 했다.

희생자 편을 든 선의의 증언자, 그것은 바로 작가인 카뮈 자신의 입장으로, 그 서술이 충분히『희생자 편을 든』증인이 될 수 있게 하기 위해 스스로 사건의 중심에 뛰어들었던 리외는 작가의 대변자로서 이미 선택되었던 것이다. 사건의 일반적인 부분과 중요한 국면은 바로 이러한 입장에서 서술되고 있다.
한편, 타루의『수첩』은 이것과 현저하게 다르다.

이 기록은 사소한 일만을 다루는 방침을 따랐다고 생각되는 아주 특수한 기록이다……. 일반적인 혼란 속에서 그는 결국 이야기가 없는 것에 관한 화자이고자 애쓰고 있는 것이다.

이것은『부조리한 인간』의 수첩이라고 할 수 있다. 그러나 이것은 《이방인》의 무관심하고 고립적인 뫼르소가 아닌, 항상 이해하려고 애쓰고 궁극적인 무엇인가를 찾고자 했던『부조리』의 고행자에 의해 씌어진 수기이다. 사람들이 페스트와 부조리와의 싸움에 마음을 빼앗겨 페스트에 대한, 그리고 부조리에 대한 경계를 거의 잊고 있을 때, 이 고행자의 수기는 끊임없이 그것을 상기시키는 역할, 이를테면『부조리』를 각성한 양심으로서의 기조 저음을 부단히 연주하는 역할을 담당하고 있었던 것이다.
이 두 가지 흐름 외에도 이 작품 속에는 떠도는 세 개의 작은 섬과 같은 세 편의 완전한 전기가 들어 있다. 리외가 들은 늙은 관리 그랑의 생애와 타루의 생애, 그리고 타루가 적어 둔 천식 환자인 어느 할아버지의 생활. 여기에서 한 사람은 아내의 가출에 의해, 또 한 사람은 사형·집행을 본 것에 의해, 그리고 한 사람은 노경에 접어든 사실에 의해, 이들은 모두『부조리』를 각성한『부조리한 인간』의 삶을 살았던 것이다. 이 전기들은 눈 앞의 페스트로 인해『부조리』를 각성하게 된 사람들을 현재로부터 과거와 역사, 그리고 인류에 결부시켜 줌으로써,『부조리』를 집단적이며 역사적인 문제로 부각시키고 있는 것이다.
《페스트》는 이상과 같은 세 가지의 차원에 의해 구성되어 있다. 결국 이것은 인생의 근본적인 부조리에 근저를 두고 그 머리 부분은 『역사』의 구름 속에 디밀면서, 특히 현재의 행복을 위해 살려고 하는 한 도시의 주민들의 투쟁을 다룬 기록이라 하겠다. 한편 이 이야기 속의 작중 인물은 크게 두 유형으로 나누어 볼 수 있는데, 그들은 즉 페스트의 발생으로 인해 두드러지게 변모를 보이는 사람들의 유형과 거의 변함이 없는 사람들의 유형, 이 두 가지이다. 전자에는 신부 파늘루, 판사 오통, 신문기자 랑베르, 그리고 범죄자 코타르 등이 속하며, 이들은 저마다 신과 사회와 인간의 정의를 각각 대표하는 인물로서 그런 정의, 특히 사회의 정의에 반항하는 그림자인데, 이 미증유의 체험에 의한 그들의 심각한 변화는 정의의 문제가 인생에 대한 이해와 사랑에 얼마나 깊이 연관되어 있는가를 나타내 주고 있다. 또한 후자에 속하는 인물로는 리외, 타루, 그랑, 천식 환자 할아버지, 그리고 카스텔을 들 수 있는데, 카스텔 노인을 제외한 그들 모두는 『부조리한 인간』이며, 더구나 천식 환자 할아버지 이외의 인물은 모두 공동 사회의 연대성에 각성한 『부조리한 인간』들이다. 그들의 불굴의 태도는 『부조리』의 절망에 입각한 인간이 공동의 이상과 희망을 위해 얼마나 힘차게 싸울 수 있는가를 잘 보여 주고 있는데, 이 중에서 특히 타루는 리외와 표리 일체를 이루는 리외의 분신으로서, 그들은 행동에 있어서도 서로 일치하고 있다. 단 아주 미묘한 것이지만 그 두 사람의 차이점을 든다면 가장 근본적인 것으로서, 타루는 이미 모든 것을 알고 있다고 믿는 반면, 리외는 아직 모든 것을 찾고 있다는 것이다. 이렇게 모든 것을 알고 있다고 믿고, 『마음의 평화』라는 목표까지도 명확하게 파악하고 있었던 타루로서는 그 목표에 도달하기 위해, 말하자면 신과 같은 책략을 써서 사람을 움직이는 일도 허용했던 것이다. 이런 의미에서 그는 리외의 정치적 분신이라고도 할 만하며, 곁은 『공감』을 지향하면서 리외의 『성실』의 모랄에 대해서 그의 모랄이 『이해』인 것도 바로 그 때문이다.

《페스트》에서는 처음으로 연대감의 윤리가 확립되어, 『부조리』와의 끊임없는 싸움이라고 하는 그의 사상의 긍정적인 면이 힘차게 나타나 있다. 짐작컨대 이 성장은 제2차 세계대전 중 레지스탕스의 동지적 활동이 가져다 준 것으로서, 1945년에 발표된 《반항론》에는 개인에서부터 연대성으로의 승화가 명확하게 서술되어 있다.

부조리의 체험에 있어서 고통은 개인적인 것이다. 반항의 충동이 일어난 순간부터 그 고통은 만의 일이 된다……. 그때까지 단 한 사람의 인간이 느끼고 있었던 악은 집단의 페스트로 되는 것이다.

이것은 1951년에 발표된 대작《반항적 인간》의 출발점을 이루는 사상이며, 이 사상을 구상화한《페스트》는 그런 점에서《반항적 인간》에 대해,《시지프스의 신화》에 대한《이방인》과 같은 관계에 있다고 하겠다.
성실한 인간 리외를 중심으로 신을 믿는 파늘루 신부에서부터 이성을 믿는 타루에 이르기까지 될 수 있는 한 광범위한 사람들의 입장을 규합하여, 『인간』을 위한 강력한 공동전선을 결성해 보이고자 했던 작품《페스트》는, 결국 공산주의와 기독교와의 사이에 보다 인간적인 제3의 길을 추구하려고 했던 카뮈의 입장을 가장 잘 표현해 주고 있는 그의 대작이라고 할 수 있겠다.

《이방인》은 일상적인 논리의 일관성을 잃어버린 주인공 뫼르소의 행위를 통해, 근원적인 인생의 가지가지 부조리(不條理)를 부각시킨 작품이다.
인간 세계에 있어서 존재라는 것은 곧 인생이다. 그리고 이성을 가진 인간에게는 합리의 욕망이란 것이 있으므로 인간은 곧 합리적으로 인생의 의미를 파악하려 한다. 그러나 이 세계에서 인간의 이성으로써 파악할 수 있는 것이란 아무 것도 없다. 인간이 가진 바 합리의 욕망과 세계의 비합리라는 상반성, 또한 그러한 이율 배반으로부터 생기는 모순, 그것이 바로 소위 카뮈의 부조리요, 절대적이며 피치 못할 인간의 숙명이요, 인간 조건인 것이다. 그래서 카뮈의 이런 사상은 흔히 『부조리의 문학』, 『절망의 문학』, 『실존주의』라는 이름으로 불리어졌던 것이다. 프랑스에서는 이미 제2차 세계대전 이전에 인간과 현실 사이의 관계가 무의미하고 반이성적이라는 생각이 싹텄다고 한다. 그러나 이런 생각에 일정한 이름이 붙여진 것은, 《시지프스의 신화》에서 카뮈가 이것을 정의한 이후부터이다.

《시지프스의 신화》는 《이방인》보다 몇 개월 앞서 발표된 철학적 평론인데, 《이방인》은 그 작품을 이론적 배경으로 하고 있다. 여기서 뫼르소는 카뮈가 《시지프스의 신화》 속에서 부조리한 인간이라고 부른 사람들의 한 전형에 지나지 않는다.

모순에 맞닥뜨릴 때, 거기에서 벗어나려고 하는 것은, 이성을 가진 존재인 인간으로서는 지극히 당연한 욕구이다. 그런데 카뮈는 부조리를 인간으로서는 도저히 벗어날 수 없는 모순으로 보고 있다. 그는 부조리 해소의 희망을 거부하고 있는 것이다. 여기서 희망이란 절대성, 부조리의 결과로 모순에 맞닥뜨린 의식이 체험하는 유혹은 의미 없는 삶, 그리고 비합리한 세계에 의미와 합리성을 부여하려는 희망이다.

평범한 샐러리맨인 뫼르소는 어머니의 장례식 다음날, 여자 친구 마리와 바닷가로 가서 해수욕을 즐기고, 희극 영화를 보고, 하룻밤을 함께 지낸다. 그 후의 어느 날, 그는 알제의 바닷가에 갔다가 말다툼을 하고 있던 아라비아 사람을 권총으로 쏘아 죽인다. 그리고 체포되어 재판정에 선 그는, 왜 그 사람을 죽였느냐는 재판관의 물음에 단지 『태양 때문에』라고 대답한다. 그는 재판관에게도, 검사에게도, 변호사에게도, 그리고 더 나아가서는 모든 일상사에 대해서도 역시 무관심한 태도를 보인다. 판결은 『사형』. 그는 재판도, 세상도 얼마나 부조리하고 우스꽝스러운 것인가를 느끼고, 교화 신부(敎化神父)의 권고도 거부한 채, 고독한 이방인으로서 사형 집행을 기다린다. 하지만 독방의 창으로 내다보이는 별빛 찬란한 하늘과 자연이 그에게는 인간에 대해 무관심한 것처럼 보이고, 또 그것이 그의 인생에 대한 무관심과 일치된다는 생각이 들어, 그는 자기 자신이 행복하다고 느끼게 된다.

1930년대 청년들의 기쁨과 괴로움을 한몸에 구현한 듯한 뫼르소는, 비극적 휴머니즘의 상징적 인물이며, 《이방인》은 그것을 단적으로 보여 주고 있는 작품이라 할 수 있겠다. 그리고 역시 같은 부조리의 작가 사르트르의 말처럼, 어쩌면 『이방인이란 결국 자기에 대한 자기를 말하며, 정신에 대한 자연의 인간』을 가리키는 것일는지도 모르겠다.

〈편집부〉

페스트·이방인(外)

■ 저　자 / A.　　카　　뮈
■ 역　자 / 이애경 · 최정순
■ 발행자 / 남　　　　용
■ 발행소 / 一信書籍出版社

주소 : 121-110 서울 마포구 신수동 177-3
등록 : 1969. 9. 12. NO. 10-70
전화 : 영업부 703-3001~6
　　　편집부 703-3007~8
　　　FAX 703-3009
ⓒ ILSIN PUBLISHING Co. 1990.

값 10,000원